LA FEMME,
LE MARI ET L'AMANT,

SUIVI D'UN PARISIEN DANS L'ANDALOUSIE,

PAR

CH. PAUL DE KOCK,

ÉDITION ILLUSTRÉE DE 31 VIGNETTES PAR BERTALL.

PRIX : **1** FRANC **10** CENTIMES.

PARIS,

PUBLIÉ PAR GUSTAVE BARBA, LIBRAIRE-EDITEUR,

RUE DE SEINE, 31.

1849.

ROMANS POPULAIRES ILLUSTRÉS

Gte BARBA
Éditeur
31 RUE DE SEINE

A. LAFONTAINE   E. DECOURT   P. DE KOCK
A. AMARD   PIGAULT LEBRUN

LA FEMME
LE MARI ET L'AMANT
PAR
PAUL DE KOCK.

CHAPITRE I. — Première représentation d'un mélodrame.
La capote pensée.

— Mesdames, serrez-vous un peu sur la gauche... Et vous, messieurs, appuyez sur les dames... Il y a encore une place... On doit tenir dix, et vous n'êtes que neuf... Il faut que le compte y soit.

— Le compte! Est-ce que l'on vient au spectacle pour être encaissés comme des sardines?... Vous voyez bien que nous sommes déjà gênés; où diable voulez-vous placer encore quelqu'un? D'abord, moi, je ne me dérange pas.

— Allons, l'ouvreuse, laissez-nous en repos. Il n'y a plus de place...

— Je vous dis, monsieur, qu'on doit tenir dix... — Ne voyez-vous pas que ce monsieur et ces deux dames qui tiennent le coin peuvent compter pour quatre au moins?...

— Ça ne me regarde pas, monsieur.

— Madame, entrez donc... Il y a une place... Si ces messieurs ne veulent pas se déranger, je ferai venir l'inspecteur... Passez donc, madame; si vous ne la prenez pas, j'y mettrai une autre personne...

En disant ces mots, une vieille femme maigre, à la

41.

Louis Dubois le farceur et Jolivet l'économe.

voix nasillarde, et que l'on a déjà reconnue pour une ouvreuse de loges, sans s'inquiéter des murmures que faisaient entendre les personnes placées sur la première banquette du balcon, poussait vers nous une jeune femme qui semblait hésiter pour prendre la place que l'ouvreuse lui indiquait.

Moi, j'étais assis sur le second banc; aimant mieux être là que sur le devant, je n'avais pas demandé la place que l'ouvreuse offrait à la dernière personne arrivée; mais je tournai la tête pour voir cette dame, car on va souvent au spectacle autant pour voir le monde qui est dans la salle que pour écouter la pièce; je me retournai donc, et je vis une fort jolie figure, ce qui n'est pas rare à Paris, mais une figure qui me plaisait beaucoup, ce qui est bien différent, car les goûts sont très-variés, et tout en rendant justice à la beauté, on lui préfère quelquefois une physionomie dont les traits n'ont aucune régularité, mais dont l'expression a pour nous plus de charme.

Cette dame, ou cette demoiselle, car il me serait encore difficile de décider cette question, paraît âgée de vingt-quatre ans environ; elle n'est ni grande ni petite, ni brune ni blonde; quant à ses yeux...

1

ma foi, je ne puis pas encore affirmer s'ils sont noirs ou bleus ; elle a un grand chapeau, et je n'ai pas pour habitude de regarder une dame de manière à voir sur-le-champ dans le blanc de ses yeux ; ce qu'il y a de certain cependant, c'est qu'elle est fort bien.

J'ai offert ma main pour que l'on puisse passer par-dessus la seconde banquette ; la dame s'appuie légèrement sur moi ; je puis voir maintenant qu'elle a un petit pied, un bas de jambe qui est parfaitement pris, et, de plus, qu'elle est chaussée avec beaucoup de soin : je tiens infiniment à ce que l'on soit chaussé proprement ; je n'augure pas bien de ces dames qui ont un beau châle et des bas sales.

Mais ce monsieur qui a déclaré à l'ouvreuse qu'il n'entendait pas être traité comme une sardine, quoiqu'à la maigreur de son corps et à la longueur tranchante de son profil on puisse croire qu'il a été longtemps pressé dans une bourriche, ce monsieur, sans se retourner, a mis son chapeau entre ses jambes ; il paraît décidé à ne point céder un pouce de terrain. Son voisin, jeune homme dont la figure est plus aimable, s'est retourné, comme moi, pour voir la personne que l'on veut placer à côté de lui ; probablement que, comme moi aussi, il trouve cette dame à son goût, car il se range de côté, fait une petite place, et la jeune dame, longtemps indécise, arrive enfin sur le devant et s'assied, d'un air timide, entre ces deux messieurs.

Le personnage à figure de couperet continue de murmurer, de se plaindre, de maudire les premières représentations. L'égoïste !... Se plaindre parce que cette jeune dame est tout contre lui, que ses bras et peut-être ses pieds touchent les siens... Ah ! je voudrais bien être à sa place !... Mais je n'ai pas trente ans, et ce monsieur en a près de soixante. Il me semble cependant que même lorsque je serai vieux j'éprouverai encore la douce influence de la beauté... peut-être n'en sera-t-il rien... mais il faut toujours espérer.

Cette dame a murmuré quelques phrases : — Messieurs... je suis bien fâchée... si je vous gêne trop, je ne resterai pas...

Le grand homme sec n'ose cependant pas la renvoyer, c'est bien heureux ! Le jeune homme se serre encore pour lui faire de la place, et lui jure qu'il est fort à son aise... J'étais sûr qu'il la trouverait aussi de son goût.

Il paraît que cette dame est seule, car je ne vois venir personne avec elle. Seule au spectacle et au balcon... hum ! Cependant ne préjugeons rien ; elle peut avoir un mari, un parent ou un ami au parterre ; on peut venir l'attendre à la porte.

La salle s'emplit. Nous sommes au théâtre de la Gaîté. On va jouer la première représentation d'un mélodrame ; c'est une grande affaire pour tous les habitués, pour les amateurs du boulevard du Temple, et même des autres quartiers ; en effet, pourquoi ne viendrait-on pas aussi bien aux mélodrames des petits théâtres qu'à ceux des grands ; depuis quelque temps on ne donne-t-on pas des mélodrames partout ? L'année mil huit cent vingt-neuf fera époque pour cela... et nous sommes dans cette année là.

Il reste encore deux places près de moi, mais la porte du balcon s'ouvre ; deux dames entrent, ou plutôt se précipitent : celles-ci n'attendent pas que l'ouvreuse leur dise s'il y a encore de la place ; elles n'enjambent point, elles sautent, elles se jettent spontanément sur la banquette ; celle qui est sous mon coude jette à terre mon chapeau ; elle ne fait pas attention à tout cela, elle ne semble nullement s'inquiéter de gêner ses voisins, pour elle la grande affaire d'être placée ; en s'asseyant elle pousse un *ouf* capable d'éteindre un quinquet, puis s'écrie :

— Nous v'là dedans enfin... Ah bien, ça n'est pas sans peine !... Dis donc, Marie, comme on se bouscule à la porte... c'est une tuerie !... J'ai manqué d'avoir le sein pris dans une balustrade... c'est qu'il y avait des sournois qui poussaient... et puis, en poussant, ils vous pincent. As-tu vu comme j'ai parlé à ce vilain rouget qui était derrière moi ? Il avait toujours sa main sur ma hanche ; il disait que c'était pour me protéger !... Je lui ai dit : Si vous ne voulez pas finir vos protections, je vous fais empoigner par le gendarme !... Recule-toi donc un peu, Marie... que nous soyons à notre aise...

Je prévois que nous aurons pendant les entr'actes, et peut-être pendant les actes, le plaisir d'entendre la conversation de ces deux dames, qui ne veulent pas être poussées, mais ne se gênent nullement pour pousser les autres. Ce sont pourtant deux femmes jeunes, dont les traits sont assez agréables, mais quelle différence avec cette dame qui est venue auparavant ! des joues bien rouges, des yeux bien brillants, des bouches bien fraîches, mais une expression commune, rien de spirituel, rien de délicat dans tout cela.

J'avance un peu la tête : je voudrais bien apercevoir de temps à autre la figure de cette jolie dame que je n'ai fait qu'entrevoir ; mais je suis placé précisément derrière elle, et elle a un de ces chapeaux désespoir des habitués de spectacles. Je maudis le chapeau, non parce qu'il me cache une grande partie de la scène, mais parce qu'il m'empêche de voir cette figure dont l'expression m'a plu sur-le-champ. Je voudrais savoir si en l'examinant à loisir le charme sera toujours le même... Il y a tant de choses qui pour plaire ne demandent pas à être examinées longtemps !

On ne se retourne pas, on reste bien tranquille ; je crois m'apercevoir qu'on ne répond que par monosyllabes au jeune voisin de gauche qui cherche à entamer la conversation, et qui, piqué de ce qu'on ne

lui montre pas plus de reconnaissance pour la place qu'il a bien voulu faire, finit par tourner le dos et lorgner ailleurs.

Je commence aussi à m'ennuyer de ne regarder que le derrière d'une capote pensée ; portons nos regards sur ce qui nous entoure : à côté du grand monsieur sec est une jeune femme coiffée d'un petit bonnet à la lingère, une figure lutine, de petits yeux noirs bien éveillés, un nez retroussé, toujours un demi-sourire sur les lèvres. un certain air moqueur en regardant les autres femmes. Cela m'a bien l'air d'une jeune ouvrière ; elle est avec une petite fille de quinze ou seize ans, mise dans le même goût, qui n'est pas jolie, mais qui parle très-haut et rit toujours avec sa compagne.

Après ce jeune homme qui est à gauche est un petit-maître de quarante ans au moins, une recherche affectée dans la mise, les boutons en opale, le lorgnon, des gants serin, des cheveux très-noirs, bien bouclés ; on voit que le coiffeur a passé par là... des favoris taillés, et plus noirs encore que les cheveux, des sourcils de jais ; tout cela pourrait bien être peint ; ce serait même pas surpris qu'il eût un faux toupet ; on les adapte si bien maintenant ! avec cela de belles couleurs ; ce serait un fort joli garçon sans ce nez, extrêmement aquilin, n'était pas d'une petitesse ridicule : au total, un air aussi bête que suffisant.

Après ce mirliflore, un monsieur et une dame... de ces figures ordinaires, de bons bourgeois, qui aimeraient mieux ne point dîner que manquer la première représentation d'un mélodrame ; le chapeau de l'épouse a l'air d'un colimaçon ; il est probable qu'il aura reçu quelques bourrades à la queue, c'est ce qui l'aura déformé, et on aime trop à se moquer des autres pour que personne ait eu la charité de dire à cette dame que sa capote fait la gouttière par le haut. Quant au mari, il ne voit pas cela ; il ne regarde jamais sa femme.

Dans la loge derrière moi, sont une dame, dont la mise est trop recherchée pour venir à un théâtre des boulevards ; cela jure avec ces individus qui, à deux étages plus haut, sont sans vestes, et ont retroussé leurs chemises jusqu'au coude, allongent leur tête couverte de la casquette de loutre, pour échanger avec des amis, placés aux autres extrémités de la salle, des plaisanteries qui sont pas trop voisines. Mais ces messieurs sont au paradis, et il paraît qu'on s'y permet tout.

Je connais déjà les deux femmes assises à côté de moi ; je sais que l'une s'appelle Marie, et que l'autre met à chaque instant son bras sur mon épaule et ses cuisses sur les miennes, c'est toujours très-agréable. Derrière nous sont deux hommes, l'un, qui est fort jeune, a la bouche béante, l'air étonné, les yeux aussi ouverts qu'il soit possible, et semble encore neuf aux plaisirs du spectacle et aux habitudes de Paris ; l'autre, à moitié chauve, a ramené avec peine sur le devant de sa tête le peu de cheveux qui en couvre encore le derrière ; il fait le gentil, sourit et fredonne sans cesse, regarde les dames en dessous, et fait en sorte d'avoir ses genoux tout contre le dos de ma grosse voisine.

— Dis donc, Marie, vois-tu nos hommes ?... ils doivent être au parterre... ils sont partis une heure avant nous, ils se seront bien placés... — Je ne les vois pas plus que notre chat !... — C'est drôle, ça... c'est qu'ils se sont perdus dans la queue, ou bien qu'ils n'auront pas pu percer dans le *fouillis-là*!... — Oh ! je suis bien tranquille pour Gérard, il sait se faire faire place... Quand on est de sa force et nerveux comme lui, est-ce qu'on n'entre pas partout ? — Mon mari est nerveux aussi, ce pauvre Bribri !... Mais comme il n'est pas grand, j'ai toujours peur qu'on ne l'étouffe... Ah ! attends, je crois que je les vois sous le lustre...

— Prenez donc garde, madame, vous vous couchez sur moi, dit le vieux monsieur de devant, sur lequel ma voisine se penchait pour mieux voir dans le parterre.

— Dame, il faut bien que je cherche mon homme... Oui, c'est lui, c'est Bribri..., il a mis son bonnet de soie noire... — Gérard est à côté de lui...

— Mais, madame, vous nous étouffez... — Ah ! mon Dieu ! est-ce qu'on n'a pas le droit de se remuer ici ?...

La voisine se jette alors sur moi et met sa main sur mon épaule pour se pencher vers le parterre, tandis que le vieux monsieur se retourne et lance à ces dames des regards courroucés, auxquels elles ne font aucune attention, continuant de parler comme si elles étaient chez elles.

— Je voudrais bien que Gérard nous *visse*... — Sont-ils bêtes de ne pas regarder de notre côté... — Attends, je vais lever la main. Hum ! hum !...

Fort heureusement pour moi que messieurs Gérard et Bribri aperçurent les signaux de leurs épouses, sans quoi ces dames ne cessaient point leurs évolutions ; mais aux sourires qu'on leur rendit, elles se calmèrent, se remirent à leur place, et je pus respirer et voir devant moi.

La capote pensée conserve toujours sa même tranquillité, ne se retournant pas, ne regardant ni à droite ni à gauche, ne causant point avec ses voisins. Pour une dame qui est venue seule, cette conduite est assez surprenante. Je suis précisément derrière elle, je pourrais appuyer mes genoux contre elle, et glisser ma main le long de sa robe, ainsi que je le font tant de ces amateurs qui se sont mis au spectacle que pour se procurer ce petit plaisir. Mais que le ciel me préserve de me conduire jamais ainsi ! N'est-ce pas une manière bien délicate de faire connaître à une dame qu'elle nous plaît, que de lui enfoncer nos genoux dans le dos, ou de lui pincer le bas des reins ! conduite que l'on

Paris. — Imp. Lacrur et C., rue Soufflot, 16.

ne pourrait se permettre qu'avec des filles publiques, et auxquelles, par conséquent, on semble assimiler les femmes à qui on fait de telles offenses. Quand donc les hommes sauront-ils se respecter?... Ah, mon Dieu! je crois que je fais de la morale!... Non, je dis ce que je pense, et voilà tout.

Le public s'impatiente de ce qu'on ne commence pas; et le public du boulevard du Temple exprime bruyamment son ennui. Au parterre, on bat la semelle; aux galeries, on siffle; au paradis, on crie: — La toile! avec accompagnement de jurons. Pendant tout ce tapage, je m'aperçois que le monsieur chauve, assis derrière ma grosse voisine, a tiré un petit peigne d'écaille de sa poche, et qu'il s'occupe à ramener sur son front une trentaine de cheveux, qui s'obstinent à vouloir retomber en arrière d'où ils se développent en longues mèches, ce qui donne à la tête de ce monsieur la tournure de ces plumeaux que vendaient les Alsaciennes.

Mes deux voisines, qui ont sans doute juré de ne pas rester deux minutes tranquilles, se sont levées de nouveau, et regardant dans le parterre:

— Ah! Marie, voilà ton époux qui fait la conversation avec ses voisins... — Il n'est pas bête, il cause très-longtemps quand il veut... — Tiens, voilà Bribri qui jacasse aussi!... As-tu remarqué comme il fait des yeux fixes en parlant? C'est un genre pour se donner de l'expression. Ils rient, ces messieurs... Ah! les espiègles!... Dieu! que je voudrais savoir ce qui les fait rire... Hum!... hum!...

Et ma voisine se penche tout à fait sur moi, et avance son bras en faisant aller son mouchoir; mais le mouchoir va sur la figure du petit-maître, qui repousse le bras de la dame en s'écriant:

— Faites donc attention, madame... vous m'éborgnez... Voilà une heure que vous gênez tout le monde... Vous n'êtes pas ici dans votre chambre.

— Tiens! cette nouvelle! Si j'étais dans ma chambre, je sais bien ce que je ferais... Est-ce qu'il n'est pas permis de parler à son époux?... — On ne se parle pas de la galerie au parterre... — Est-ce qu'il y a une ordonnance de police qui le défend? — Si vous voulez parler à votre mari, descendez auprès de lui... J'ai payé comme vous, et peut-être mieux que vous... Je parlerai quand cela me fera plaisir... Vous faites le méchant, parce que vous parlez à des femmes; si Bribri était avec moi, vous filerez doux comme un mérinos! On connaît ça!

Le monsieur bouclé lève les épaules et se retourne d'un autre côté en murmurant: — Comme ces théâtres-ci sont composés!... Je ne sais pas comment on peut y venir... S'il y avait eu de la place dans une loge, certainement je ne serais pas ici... Mais, tout est loué! tout est retenu d'avance!...

— On dit beaucoup de bien de la pièce nouvelle, répond le mari de la dame au colimaçon, auquel s'était adressé le mirliflore.

— Ah! beaucoup de bien!... Parbleu! ces mélodrames, c'est toujours la même chose... Un tyran, un niais et une orpheline persécutée. J'en ai vu soixante!... c'est toujours la même intrigue. — Monsieur est donc un habitué de ces théâtres? — Un habitué! non; mais j'y viens... parce qu'il faut bien faire quelque chose. — La pièce qu'on va donner est en six tableaux. — Incessamment, ils les feront en trente-six!... Ça sera comme une véritable lanterne magique. Parais! disparais! — Moi, j'aime beaucoup les pièces en tableaux, c'est amusant; c'est un genre bien varié. — C'est un genre qui ruinera plus d'un directeur. Mais, comme vous dites, c'est assez divertissant. — On voit un salon, puis une forêt, puis une caverne... Des jours, des années se passent dans un même acte. A la vérité, ça vous embrouille un peu; on ne sait plus trop où on en est, ni ce que cela signifie; mais c'est à la manière de Shakspeare, de Schiller; on n'a pas besoin de comprendre.

— Mesdemoiselles, vous me poussez sans cesse... c'est insupportable. Vous mettez vos pieds dans mes jambes; bientôt je ne pourrai plus remuer les bras pour prendre ma tabatière.

C'est le grand monsieur sec qui s'adresse aux deux grisettes qui sont à sa droite, et dont l'aînée lui répond en lui riant au nez: — Nous, monsieur, nous ne remuons pas!... Puis les jeunes filles se regardent, recommencent à chuchoter en poussant des éclats de rire, regardent le jeune homme à l'air étonné et à la bouche ouverte, qui est placé derrière elles, lui font des mines, lui tirent la langue, puis se montrent du doigt la capote en riant davantage.

On frappe les trois coups. Mes voisines se rasseyent; la petite pièce commence. Les deux ouvrières, qui ont probablement une passion parmi les acteurs de ce théâtre, et qui se sont placées au balcon afin de voir leur objet de plus près, avancent la tête et se penchent sur l'avant-scène en disant: — Ah! qu'il est beau là-dedans!... Comme ce costume-là lui sied bien!... Il à l'épingle que je lui ai donnée avant-hier... Ah! il nous voit... il nous regarde... J'en suis folle, ma petite...

— Mesdemoiselles, vous m'empêchez de voir, dit le grand monsieur; vous avez la moitié du corps en dehors de la balustrade!... — Monsieur, nous ne verrions pas sans cela... Vous êtes bien heureux encore que nous n'ayons pas de chapeaux...

— Silence donc! crie madame Gérard, est-ce qu'on peut parler comme ça quand la toile est levée! — A la porte! crie-t-on au parterre. — Voulez-vous vous taire, filous! dit une voix du paradis.

Le calme se rétablit, la petite pièce s'achève, et dès que le rideau

est baissé mes voisines se mettent de nouveau en mouvement et font des signes à leurs maris.

Le mirliflore sort en laissant un gant à sa place; les deux grisettes sortent en marchant sur les banquettes; le jeune homme placé près de la jolie dame sort aussi, j'espérais que mesdames Bribri et Gérard en feraient autant, mais elles restent pour mon malheur.

Comme cette dame placée sur le devant se trouve pour l'instant plus à son aise, elle regarde dans la salle et je puis apercevoir ses traits. Je ne m'étais pas trompé, elle est charmante!... plus on la regarde, plus sa figure plaît... à moi, du moins. De beaux yeux, fendus en amande, et d'une expression si douce, quoique noirs... les cheveux châtains... un nez moyen, mais d'une forme gracieuse. Une bouche... ni grande ni petite... et des dents... impossible de les voir, elle tient sa bouche fermée, mais elle doit avoir de belles dents, je le gagerais; d'ailleurs il faut toujours juger plus tôt qu'on ne veut pas; il n'en coûte pas plus, et cela contente; pour le teint, je dois avouer qu'elle en a bien peu, elle est plutôt pâle, et son air est sérieux; mais j'aime beaucoup les femmes pâles, et une bouche sérieuse devient si séduisante lorsqu'elle sourit!... tandis qu'une bouche qui rit toujours c'est constamment la même chose!

Je crois que cette dame s'est aperçue de mon attention à la regarder. Elle se tourne de manière que je ne puis plus la voir. Diable! c'est bien contrariant...

Je n'ose lui parler... Elle n'a pas de ces airs qui permettent d'entamer la conversation... Après tout, à quoi bon causer avec cette dame?... Quelle nécessité de chercher à faire sa connaissance? Tenons-nous tranquille, cela vaudra beaucoup mieux. Ne me suis-je pas promis d'être sage; de plus courir les bals, de ne plus fréquenter les grisettes, de dîner moins souvent chez le traiteur avec des amis qui aiment autant le champagne que moi, de ne plus monter à cheval, de ne plus jouer à l'écarté?...

Il est cependant cruel de penser qu'on ne reverra peut-être plus une personne qui nous plaît, que l'on se sent disposé à aimer, vers laquelle il semble qu'une secrète sympathie nous entraîne. Il est vrai que cette sympathie-là s'établit bien souvent entre une belle femme et un joli garçon, ne l'ai-je pas cent fois ressentie!... Je ne prétends pas dire par là que je sois beau, mais je suis essentiellement sensible.

— Ah! mille pardons, monsieur!... C'est l'élégante placée dans la loge derrière moi qui avec sa main avait légèrement touché ma tête. Je lève les yeux et je m'incline. Elle est très-bien aussi cette dame-là; beaucoup de personnes la trouveront peut-être plus jolie que la dame pâle et sérieuse, cependant je n'éprouve pas pour elle les mêmes désirs que pour la capote pensée. C'est peut-être parce que celle-ci ne me regarde jamais, tandis que je puis voir l'autre tout à mon aise; les hommes sont si bizarres! ou plutôt la nature leur a donné un cœur si bizarre, car certainement ce n'est pas par notre volonté que nous sommes comme cela, et que nous aimons de préférence ce que nous ne pouvons pas avoir. Si nous nous étions faits nous-mêmes, nous n'aurions probablement pas tous ces petits désagréments-là.

— Ah!... Pif!... paf!... V'là qu'on se bat au parterre... Ah! mon Dieu, Marie, c'est sous le lustre... c'est auprès de mon homme... pourvu qu'ils ne se fourrent pas là-dedans... Ne t'en mêle pas, Bribri... ne t'en mêle pas, entends-tu? Tu vas perdre ton bonnet de soie noire!...

Ma voisine s'était couchée sur la balustrade et m'étouffait par le poids de son corps; je la repoussai doucement en lui disant:

— Calmez-vous, madame, vous voyez bien que M. Bribri est fort tranquille, et que la dispute ne le regarde pas.

— Ah! monsieur, c'est que je connais mon mari, il ne faudrait qu'un mot pour qu'il s'exposât... il est petit, mais c'est égal, il est rageur comme un griffon!...

La dame à la capote pensée se retourne un peu; elle souriait légèrement, je souriais aussi, nos regards se rencontrèrent, et il me sembla qu'il s'établissait dès lors une secrète intelligence entre nous; du moins je me plus à le croire parce que j'en avais le désir.

Mais les personnes qui étaient sorties reviennent prendre leurs places. Les deux jeunes filles tiennent dans leurs mains des oranges et de la galette, elles se bourrent de gâteaux et épluchent leurs oranges du côté de leur voisin, qui est un supplice et ne cesse de répéter: — Mesdemoiselles, vous allez me tacher... prenez garde, l'orange emporte la couleur...

— Une demi-heure d'entr'acte, et ils ne commencent pas encore! dit le petit-maître en lorgnant dans les loges. C'est indécent!... Nous faire attendre ainsi pour une pièce qui ne vaudra peut-être rien.

— Dis-donc, Marie, ce beau petit camus à favoris cirés qui dit que la pièce qu'on va donner est indécente... — Bah! on a dit à Gérard que c'était superbe... Le premier ouvrier de notre voisin le lampiste a vu la répétition, il assure que c'est magnifique... Plus fort en crimes que les Bourreaux, les Voleurs, les Mandrins, et tout ce que nous avons déjà vu. Il dit que la fin est si terrible, qu'à la répétition les pompiers ont pleuré, et qu'il y a deux machinistes qui se sont blessés... — Combien en meurt-il dans la pièce, Marie? — Je crois qu'il n'y a que deux morts, mais il y en a quatre ou cinq qui sont blessés, et la princesse s'évanouit à la fin de chaque tableau... et puis des décors locaux, et tout cela écrit dans une prose superbe, du pur Racine, ma petite... C'est l'ouvrier lampiste qui l'a dit, et c'est un gaillard qui

1.

s'y connaît; il a fait des études pour être garçon tailleur, et il a joué le Blondel de *Joconde* chez M. Doyen, dans la nouvelle petite salle, au troisième.

J'écoutais cette conversation, lorsque le monsieur au petit peigne se penchant vers madame Bribri, à laquelle il faisait des yeux très-tendres, dit en passant sa main droite sur ses cheveux pour les retenir à leur place : — Il paraît, mesdames, que vous êtes au courant des mystères de coulisses... Eh! eh!... vous êtes initiées dans les secrets interdits aux profanes...

Les deux commères, qui probablement ne comprenaient pas ce que voulait dire ce monsieur, se laissèrent aller sur la banquette sans répondre à l'amateur.

Enfin on a donné le signal; l'ouverture est jouée au milieu du bruit, du tumulte, et des réclamations de ceux qui ne retrouvent plus leurs places, et des portes de loges qu'on ferme.

Mais dès que le mélodrame commence, le bruit cesse; si quelqu'un se mouche un peu fort, une voix de tonnerre s'écrie : — A la porte le poitrinaire! et une autre voix enrouée répond : — Taisez-vous donc, *gueulards!*

Malgré ces légères interruptions, la pièce va son train. Mes voisines sont tout yeux; l'une d'elles pleure déjà, l'autre prononce de temps à autre des mots entrecoupés : — Ah! Dieu! pauvre innocente... scélérat de brigand... tu auras ton compte tout à l'heure...

Le monsieur au petit peigne, qui veut à toute force lier conversation avec ces dames, répond aux derniers mots de madame Bribri : — Oui... je le crois aussi... C'est fort intéressant... Diable! ça s'embrouille.

Mais au beau milieu d'une scène, ma voisine se retourne brusquement, et repousse de côté les genoux de ce monsieur en s'écriant : — Dites donc, cher ami, est-ce que vous avez des fourmis dans les jambes?... Tâchez donc de ne pas tant frotter vos genoux sur mon châle; je suis chatouilleuse, voyez-vous.

Le monsieur chauve devient rouge comme un homard; il balbutie quelques mots, puis se lève, et se tient debout pendant toute la durée de l'acte, après lequel il sort et ne revient plus, étant probablement allé tâtonner ailleurs. Le premier acte s'achève au bruit de deux cents mains qui frappent les unes contre les autres.

— Les claqueurs sont toujours là, dit le petit-maître en haussant les épaules et en m'adressant la parole. Ces théâtres-ci sont insupportables pour cela.

— Ces théâtres-ci, monsieur, n'en ont pas plus que les grands. Pourquoi voulez-vous que les auteurs des petits spectacles se privent d'un moyen de succès exploité par leurs confrères des grands théâtres? Sans doute il est malheureux de penser que ce sont maintenant les claqueurs et non pas le vrai public qui assurent le succès des pièces! Aussi l'auteur qui a le moyen de payer le plus de mains d'œuvre est-il certain d'avoir les plus beaux succès!... Si vous voulez détruire un abus, faites que la réforme soit générale; mais non, lorsqu'on crie au scandale, c'est toujours aux pauvres diables que l'on s'adresse, et on laisse en paix les grands seigneurs faire des sottises.

— Face au parterre!... face au parterre!... crient cinq ou six messieurs à casquette, en apostrophant un jeune homme des secondes galeries, qui s'est retourné pour s'appuyer sur la balustrade. Le jeune homme reste immobile, les cris deviennent plus forts. Les *Solons* du parterre s'irritent de ce qu'on ne défère pas sur-le-champ aux arrêts qu'ils dictent; ils montent sur les banquettes, allongent les bras, et montrent le poing à l'individu dont ils ne veulent que le dos. Il semble que ces messieurs veulent lapider le jeune homme des secondes galeries; s'ils avaient des pierres, je crois que cela en viendrait là : ce ne sont plus des cris, ce sont des hurlements à faire crouler la salle; enfin le jeune homme, qui est probablement enchanté de causer tout ce tapage, se retourne, et montre au public une figure ignoble qui rit bêtement en regardant le parterre : c'était bien la peine de faire tant de bruit pour voir cette face-là!

Je m'avance quelquefois pour tâcher d'apercevoir la jolie figure que me dérobe la grande capote pensée. J'ai beau tousser, me retourner, cette dame ne fait pas attention à moi; et tout à l'heure, quand elle a souri, je m'étais imaginé qu'on me voyait déjà favorablement!... Nous avons trop d'amour-propre! qu'une femme nous regarde deux ou trois fois, et nous nous imaginons avoir fait sa conquête, lorsque souvent on ne veut que rire à nos dépens.

Les deux jeunes filles étaient encore sorties; elles reviennent avec des marrons et des châtaignes, dont elles ne cessent point de se remplir la bouche; elles veulent que les demoiselles aient un bien bon estomac. Leur vieux voisin est au supplice, elles jettent les épluchures de marrons de son côté, mais il n'ose plus rien dire, parce qu'il s'aperçoit qu'alors elles remuent et le poussent davantage.

Le second acte commence. Lorsque la scène est gaie, ma voisine se penche sur moi pour me regarder dans le parterre en disant : — Faut que je voie si ça fait rire Bribri. Lorsque la situation devient attendrissante, c'est encore le même manège de la part de ma voisine, qui tout en se mouchant veut voir si M. Bribri pleure.

L'acte finit. — C'est magnifique! disent mes voisines. — C'est bien

mauvais! dit le petit-maître. — C'est bien amusant, disent les petites ouvrières en enjambant de nouveau les banquettes, probablement pour aller encore chercher des provisions.

Le jeune homme placé derrière nous est le seul qui n'ait pas témoigné son opinion. J'ai dans l'idée qu'il croit que le mélodrame est la continuation de la petite pièce, comme ce provincial, qui, après avoir assisté à une représentation composée d'*Andromaque* et des *Plaideurs,* disait à *Racine* : — La douleur de la princesse m'avait d'abord attristé, mais le dénoûment est bien joli, et les petits chiens m'ont fait beaucoup rire. Je cherche dans la salle si j'apercevrai quelque connaissance, lorsqu'une voix partie de la loge derrière moi, me dit : — Comment se porte monsieur Deligny.

C'est un jeune homme que j'ai vu quelquefois en société; il est entré dans la loge pour causer avec le monsieur et la dame qu'elle renferme. Il m'a reconnu, et nous échangeons de ces phrases banales qu'on est convenu d'appeler conversation; puis il me dit bonsoir, et quitte la loge pour retourner à sa place.

Je me rassieds, mais c'est avec surprise que mes yeux rencontrent alors ceux de la dame à la capote pensée. Elle a maintenant repris sa position; mais lorsque je lorgne à droite ou à gauche dans la salle, je m'aperçois que la jolie figure se tourne bien doucement, et qu'on m'examine avec attention. Oui, c'est bien moi qu'elle regarde... Voilà qui me paraît singulier... C'est depuis qu'on m'a nommé que cette dame cherche à me voir. Si j'étais un artiste célèbre, si l'on me citait parmi les poëtes, les peintres ou les musiciens, je comprendrais cette curiosité; mais je ne suis rien de tout cela. Dans le monde je ne pense pas que l'on s'occupe de moi!... J'ai fait, il est vrai, des folies; j'ai mangé, depuis quatre ans, presque toute la fortune que m'avait laissée ma mère; j'ai eu beaucoup d'aventures galantes; mais cela se voit tous les jours, et ne peut me faire distinguer des autres personnes de mon âge.

Cependant, puisque cette dame paraît maintenant faire attention à moi, pourquoi ne chercherais-je pas à lui parler? Peut-être le désire-t-elle aussi; et, en conscience, elle ne peut pas commencer. Voyons... essayons... un moyen bien usé, mais qui est toujours commode. Je feins d'être poussé par ma voisine et pousse brusquement le bras de la jolie dame. Elle se retourne, alors je me confonds en excuses : — Mille pardons, madame; je suis désolé... mais on est si pressé... si gêné ici...

On me répond : — *Il n'y a pas de mal, monsieur,* d'un ton bien bref, bien sec, et on me tourne vite le dos. Décidément, on ne veut pas entrer en conversation; mais, alors, pourquoi m'examiner ainsi à la dérobée? Je n'y comprends rien.

Les deux jeunes filles reviennent; cette fois, elles tiennent du *flan* dans du papier. En reprenant sa place, la plus âgée en laisse tomber un échantillon sur le pantalon de son vieux voisin. Celui-ci n'y tient plus; il se met en fureur.

— Mesdemoiselles, c'est trop fort!... Vous le faites exprès; vous me tachez mon pantalon, avec toutes vos chatteries. Je vais aller chercher un commissaire, ou j'en veux un inspecteur... un commissaire, pour qu'on vous fasse tenir tranquilles.

Les petites filles rient aux larmes; l'aînée répond : — Je ne crois pas que le commissaire ait le droit de nous empêcher de manger du flan. — Vous me devez pas en jeter sur ma culotte, au moins. — Est-ce qu'on l'a fait exprès? — Oui, depuis le commencement du spectacle vous cherchez à me tacher. Ce sont des marrons, des oranges, des pommes... — Ça n'est pas vrai, nous n'avons pas mangé de pommes. — Est-ce qu'un théâtre est une cuisine? — Tiens, on voit bien que vous n'avez pas dîné à deux heures pour avoir de la place.

Les trois coups mettent fin à cette altercation. — Dieu merci, cela va finir! dit le vieux monsieur.

Le dernier acte commence, mais le dénoûment trouve des improbateurs; on siffle d'un côté, on applaudit de l'autre; les acteurs vont toujours; madame Bribri est presque constamment couchée sur moi, parce qu'elle craint que son mari ne soit rossé par l'un ou l'autre parti. Grâce au ciel, la pièce s'achève, il était temps, j'étouffais. On nomme l'auteur; je reste encore; je ne sais quel charme me retient près de la dame en capote. Je suis curieux de savoir si quelqu'un va venir la chercher. Non, elle se lève. Je présente ma main pour l'aider à gravir les banquettes, elle ne la prend pas, et, légère comme une plume, elle est déjà sortie. Je la suis, mais quelques personnes nous séparent... Cependant je ne la perds pas de vue... Ah! maudites soient les robes qui se mettent sous mes pieds, je ne puis pas descendre aussi vite que je le voudrais; et la foule augmente, à chaque instant un nombre plus considérable de personnes me séparent de cette dame. Nous sommes sous le péristyle, je l'aperçois encore... lorsqu'on me prend brusquement par le bras en me disant : — Te voilà! je me doutais bien que je te rencontrerais ici... ne va donc pas si vite, tu vas te faire étouffer dans cette cohue.

Celui qui me disait cela me retenait par le bras, et pendant ce temps la dame inconnue disparaissait à mes regards. Je me débarrasse de ma rencontre en lui disant : — Attends-moi... je suis à toi... Puis je me précipite dans la foule, je pousse, je coudoie tout le monde; mais, hélas! j'arrive trop tard à la porte... Je ne vois plus celle que je suivais : je regarde à droite, à gauche, je cours de divers côtés sur le boulevard.... C'en est fait, j'ai perdu la dame à la capote pensée.

CHAPITRE II. — Le Café.

J'étais encore arrêté sur le boulevard, devant le café du théâtre; je regardais de tous côtés, indécis sur la route que je prendrais, lorsque j'entends rire à côté de moi : c'est Dubois, le jeune homme qui m'avait déjà arrêté sous le péristyle du théâtre, et qui vient de passer son bras sous le mien, en me disant : — Il paraît, mon ami, que la *particulière* te tient au cœur, et qu'elle vaut la peine qu'on monte une garde sur le boulevard, car, Dieu merci, mon pauvre Deligny, voilà cinq minutes que je t'admire courant après tous les chapeaux que tu aperçois. — Oui, certainement, elle est charmante, et je suis désolé de l'avoir perdue!... C'est toi qui en es cause, tu m'as retenu sous le péristyle... — Il fallait donc me dire que tu poursuivais un objet... je t'aurais secondé, au contraire... entre amis, ça se fait tous les jours... Donne-moi son signalement, je vais aller m'informer à toutes les marchandes de marrons si elles l'ont vue passer. — Ah! tu plaisantes toujours... — Viens au café, c'est une affaire manquée, mais nous allons en entamer une autre... J'ai lorgné deux jolies filles qui prennent des riz au lait... Jolies comme des amours, surtout vues de profil; mais nous ne sommes pas forcés de nous mettre en face d'elles. Allons, viens... — Non, je veux encore attendre... — Tu vois bien que tout le monde est sorti... Il n'y a plus à attendre que les ouvreuses de loges, et je ne présume pas que ce soit parmi elles que soit ta passion. Viens donc.

Dubois a raison, il n'y a plus personne dans la salle, et quand je resterais cloué sur le boulevard, cela ne me fera pas retrouver cette jolie dame; n'y pensons plus, entrons au café.

Dubois, qui entre avec moi, est un jeune homme de mon âge : vingt-sept ans, à peu près. Il n'est pas grand, mais il est bien fait, et tient sa tête fort en arrière pour mieux s'effacer. C'est un joli garçon, il a des cheveux très noirs, de beaux yeux, noirs aussi; des couleurs qui donnent encore plus de vivacité à sa physionomie, qui est très-mobile; d'assez vilaines dents, mais un sourire agréable; c'est dommage que dans cette figure, très-bien du reste, il y ait quelque chose de canaille; un comique de mauvais ton, qui décèle sur-le-champ un mauvais sujet du second ordre. Les manières de Dubois sont ce qu'annonce sa figure, des prétentions, des façons de petit-maître, mais qui, affectées ou exagérées, ont constamment l'air de charges; enfin l'habitude de parler très-haut, pour se faire remarquer par tous ceux qui l'entourent, et se regardant dans une glace toutes les fois qu'il en trouve l'occasion.

Dubois ne manque pas d'esprit; il est gai, amusant, il vous force à rire, quoique ses plaisanteries ne soient pas toujours de bon goût; mais il trouve moyen de tourner tout au comique; cependant son désir de se faire remarquer, ses prétentions et l'habitude de vouloir parler plus haut que les autres, lui attirent souvent des disputes; alors il fait beaucoup de bruit, il crie, il menace, il veut battre tout le monde, mais il ne bat jamais personne, et lorsque les querelles deviennent sérieuses, il trouve quelque prétexte pour s'éclipser et ne plus reparaître. Malgré ses défauts, qui tiennent à une éducation négligée et à l'habitude d'être trop souvent en mauvaise compagnie, Dubois est un fort bon enfant, obligeant, serviable, n'ayant rien à lui quand il s'agit de servir ses amis. Dans ce monde, où les égoïstes sont en si grande majorité, lorsqu'on rencontre un bon cœur, on doit lui pardonner bien des défauts. Combien de gens en ont qui ne sont rachetés par aucune qualité! Dubois est un homme que l'on n'ose pas présenter en bonne compagnie, de crainte qu'il n'y fasse ou n'y dise quelque sottise; mais on le retrouve avec plaisir en petit comité, et il est l'âme des parties de campagne, ou des déjeuners de garçons. Après vous avoir vu trois fois, il vous tutoie et il vous semble à vous-même que vous le connaissez depuis des années. Toujours gai, insouciant tant que sa personne ne court aucun péril, il vit aussi indépendant que puisse l'être un courtier marron, mangeant en une soirée ce qu'il a gagné en un mois, négligeant les affaires pour les plaisirs; puis, quand il n'a plus le sou, courant gaiement à pied dans les maisons de commerce, et faisant les quatre coins de Paris avec des échantillons de sucre et de café dans ses poches, après avoir été pendant huit jours en tilbury avec une grisette ou une danseuse des petits théâtres; enfin aimant beaucoup les femmes, et enchanté d'avoir la réputation d'un roué et d'un homme à bonnes fortunes, il s'est promis de ne pas être un jour sans faire une conquête, aussi le voit-on presque continuellement chercher à faire ce qu'il appelle *ses frais*, c'est-à-dire à nouer une nouvelle connaissance, ce qui l'expose souvent à très-mal placer ses sentiments.

Il ne me sied guère de critiquer les autres, moi qui viens de me prendre de belle passion pour une femme que je ne connais pas, qui ai fait ce que j'ai pu pour la suivre... qui enfin n'ai pas dans le monde une grande réputation de sagesse!... Mais je veux prie de croire, cependant, que je n'agis pas aussi légèrement que Dubois, et qu'avant de former une liaison je veux savoir à qui j'ai affaire. Cette dame en capote pensée avait l'air très-distingué, et quoiqu'elle fût seule au spectacle, ses manières, sa tenue, tout annonçait une personne comme il faut; malgré cela, si j'avais pu faire sa connaissance, je ne m'en serais pas rapporté aux apparences, et j'aurais fait en sorte de savoir si je pouvais sans rougir lui donner le bras. Mais ne pensons plus à cette dame, il y a tout à parier que je ne la reverrai point, et je ne suis pas encore assez romantique pour soupirer longtemps pour une inconnue.

Il y a foule au café. Là se rendent, en sortant du spectacle, les habitués, les flâneurs, les employés du théâtre, qui viennent donner leur opinion sur la pièce nouvelle; chacun prouve que si l'on avait suivi ses conseils, on aurait retranché cette scène qui a été sifflée et changé cette situation qui a produit un mauvais effet. À écouter tous ces gens-là, vous croiriez qu'il leur est impossible de se tromper; ils ont tant d'habitude de la scène, ils connaissent si bien le goût du public!... Il n'est pas jusqu'aux vieux joueurs de dominos qui ne lèvent les épaules en s'écriant : — Certainement, c'est mauvais, c'est détestable, je l'avais dit!... Et ces messieurs n'ont pas quitté leur partie pendant la représentation de l'ouvrage qu'ils censurent, et dont ils n'ont vu aucune répétition. Pauvres auteurs!... par qui êtes-vous jugés!... Tous ces gens qui coupent et taillent si bien votre pièce après l'événement, n'auraient pas été capables de changer un mot, ni d'apercevoir un endroit faible avant la représentation. Boileau a bien raison :

La critique est aisée, et l'art est difficile.

En entrant dans le café, j'aperçois mes deux fillettes du balcon qui boivent de la bière et mangent des échaudés avec un jeune homme que j'ai vu jouer dans la petite pièce. Ces demoiselles sont à leur seconde douzaine d'échaudés!... Cela me fait vraiment trembler pour elles, je suis tenté de leur envoyer du thé.

Dubois m'entraîne vers le fond du café en criant à tue-tête : — Viens donc par ici... — Je ne vois pas de place. — Viens toujours... je m'en ferai faire.

Nous arrivons devant les deux demoiselles qui savourent des riz au lait. À côté d'elles sont deux hommes qui prennent des petits verres et jouent aux dominos. Dubois s'assied sans façon à leur table, en disant : — Ces messieurs voudront bien permettre et nous faire une petite place.

Les joueurs de dominos regardent Dubois avec un air de mauvaise humeur, mais il n'y fait pas attention, passe s'asseoir entre ces messieurs et leurs voisines, et appelle le garçon en criant : — Garçon... ici... Servez-nous... Ces messieurs veulent bien se reculer un peu.... Deligny, qu'est-ce que tu prends?... Du punch, n'est-ce pas?... Au rhum, c'est ce qu'il y a de mieux... Un demi au rhum... — Es-tu fou?... Un quart, c'est bien assez pour nous deux. — Non, non; nous prendrons bien un demi... D'ailleurs, nous en offrirons un verre à ces dames... si elles veulent bien nous faire le plaisir de l'accepter...... Garçon, un demi-bol... soigné comme à l'ordinaire.

Les deux petites femmes se sont regardées à la proposition de Dubois; l'une a souri, l'autre a baissé les yeux, sans répondre. Je lui pousse le genou en lui disant à l'oreille : — Tu les connais donc, pour leur proposer sur-le-champ du punch?

Dubois me répond très-haut : — Je n'ai pas l'avantage de connaître ces dames; mais elles ont l'air trop aimables pour qu'on ne désire pas faire leur connaissance.

— Mon cher ami, lui dis-je en continuant de parler bas, quoiqu'il s'obstine à me répondre très-haut, je t'avoue que je n'ai pas fort bonne opinion de ces demoiselles... Et moi j'en ai la meilleure... Aussi serais-je enchanté d'être leur chevalier, si toutefois on voulait bien accepter mon bras.

En disant cela, Dubois se mirait, passait sa langue sur ses lèvres, puis lançait des œillades à ses voisines.

— Mais elles ne sont pas jolies. — Ah! que dis-tu là! Des figures charmantes, des nez à la Niobé, bouches de corail, dents d'albâtre et une pudeur virginale répandue sur tout cela.

Je ne trouvais pas une expression bien virginale sur les traits de ces demoiselles, qui souriaient entre elles en écoutant les propos de Dubois.

— Il y en a une qui louche, lui dis-je à l'oreille. — C'est justement celle qui me plairait le plus... Cependant, je suis bon enfant; laisse ton choix : prends la brune ou la blonde, moi je m'accommoderai sur-le-champ de l'autre; j'espère que c'est agir en ami... — Je ne veux ni de l'une ni de l'autre. — Bah! quand tu auras bu un verre de punch, tu t'attendriras... — Est-ce que tu penses encore à la dame que tu poursuivais à la porte?... — Tais-toi donc, Dubois!... — Eh bien! quel mal de courtiser ce sexe charmant... qui répand des fleurs sur le chemin de notre vie!... hein... Ah Dieu! la jolie main! si j'étais peintre, je voudrais la croquer sur-le-champ...

La jeune femme à qui ce compliment s'adressait ne put s'empêcher de rire; je vis cependant son amie qui lui donnait des coups de pied par-dessous la table, probablement pour l'engager à conserver plus de décorum.

— Ah! vivat! voilà le punch... Garçon; ici... posez ça là... Ces messieurs voudront bien reculer un peu leurs dominos.

— Mais, monsieur, je ne vois pas pourquoi nous nous gênerions, dit un des joueurs en faisant un mouvement d'impatience. — Il y a maintenant de la place à d'autres tables, que ne vous y mettez-vous?

— Nous sommes trop bien ici pour changer de place... Il y a un aimant qui nous y attire... Garçon, des macarons.

Les joueurs reprennent leur partie en murmurant contre Dubois, qui n'y fait pas attention, et dit à nos voisines, qui viennent de finir leur riz au lait :

— Si nous osions vous proposer un verre de punch... — Non, monsieur; je vous remercie!... — Il est bien doux, bien léger... véritable punch de dames. — Nous n'en prenons jamais...

Dubois avait versé du punch dans deux verres qu'il pose devant les deux demoiselles.

— Garçon, deux verres blancs... — Mais, monsieur, c'est inutile, nous ne boirons pas ce punch-là... — Ah! mesdames, seulement pour le goûter... Ça fait du bien, après le riz au lait... — Mais, monsieur... — Avec un macaron...

Et Dubois jetait un macaron dans chacun des verres. Je voyais l'une de ces demoiselles qui avait envie d'accepter, et l'autre qui lui donnait de nouveaux coups de pied par-dessous la table.

— Nous devrions depuis longtemps être parties, dit l'une de ces dames, celle qui ne louche pas; et certainement nous ne serions pas entrées au café, si le cousin de mon amie ne lui avait pas dit qu'il viendrait nous y chercher.

— C'est vrai, répond l'autre; si nous avions pensé qu'il ne vînsse pas, nous ne serions pas ici; car, de quoi a-t-on l'air, deux femmes seules dans un café? — On a l'air de prendre du riz au lait, mesdames, et pas autre chose! Buvez donc un peu de punch. — Dis donc, Charlotte, si Alexandre ne vient pas, il faudrait nous en aller; car il doit être déjà tard. — Non, mesdames, pas encore onze heures. — Par exemple, si mon cousin me jouait un tour comme ça de nous laisser en plan!... je ne lui pardonnerais de ma vie. — Ces petits scélérats de cousins sont quelquefois bien perfides!... mais s'il ne vient pas, mesdames, j'espère que vous nous permettrez de vous servir de cavaliers, mon ami et moi...

Je pousse à mon tour le pied de Dubois, parce que je n'ai nulle envie d'aller reconduire ces demoiselles; mais il ne m'écoute pas et poursuit :

— Mon ami n'est pas moins galant que moi, mesdames; et s'il vous paraît un peu sérieux dans ce moment-ci, c'est parce qu'il pense à une certaine dame, dont il est devenu amoureux au spectacle, et qu'il a perdue devant le bureau des cannes.

Les deux petites filles se mettent à rire. J'aurais presque envie de me fâcher, mais avec Dubois il n'y a pas moyen; je me contente de lui répondre : — Mon cher ami, je ne t'ai pas dit que j'étais devenu amoureux.... on peut atteindre quelqu'un à la porte, et cela ne prouve pas que... — Laisse donc!... je t'ai vu arpenter les boulevards; figurez-vous, mesdames, qu'il avait l'air de jouer aux barres... C'est que mon ami est très-sensible.... presque autant que moi... Le petit cousin ne viendra pas, j'espère que nous aurons le plaisir de vous mettre chez vous... — Nous demeurons très-loin, monsieur. — Tant mieux! le plaisir en sera plus long, et d'ailleurs les fiacres ne sont pas là pour les figures de Curtius.... Ah! mesdames, regardez donc cet homme qui vient d'entrer!... quelle tête!... ne dirait-on pas un singe habillé?

Avec les femmes, et surtout avec les grisettes, le meilleur moyen de lier votre connaissance, c'est de les faire rire; ces dames aiment beaucoup qu'on les amuse. Dubois avait pour cela le tact, et surtout une grande habitude.

Ces demoiselles se retournèrent pour voir l'homme dont Dubois se moquait, elles rirent beaucoup de la plaisanterie qu'il avait faite; dans ce moment-là, celle qui louchait, et qui depuis longtemps convoitait le verre de punch placé devant elle, oubliant la réserve qu'elle voulait conserver, avala fort lestement la liqueur et le macaron, et son amie, en se retournant, la voyant poser sur la table son verre vide, se décida à suivre son exemple.

Alors Dubois se penche vers moi et me dit en clignant de l'œil : — Elles ont bu, elles sont à nous. — A nous! à toi, à la bonne heure; mais moi, je t'ai déjà dit que je ne donnais pas dans ce genre-là. — Eh! mon cher, il faut bien varier! j'aime aussi les grandes dames, les prudes, les vertus farouches, mais de temps à autre, un petit bonnet à la folie, un tablier de soie noire, une grisette enfin, c'est gentil, ça réveille.... Après tout, nous pouvons toujours les reconduire, ça n'engage à rien.... Mesdames, vous ne buvez pas.... Garçon, du punch.... du même, mais qu'il soit meilleur...

— Prenez donc garde, monsieur, vous jetez nos dominos à terre, dit un de nos voisins que Dubois vient de coudoyer en versant à ces dames.

— Monsieur, ce n'est rien, répond Dubois en riant d'un air moqueur, vous n'aviez pas le double six... — Monsieur, je n'ai pas besoin que vous disiez mon jeu.... — C'est pour vous consoler. Mesdames, encore un macaron... Ça se prend comme une pilule.... Je sais cela, moi, j'ai avalé beaucoup de pilules dans ma vie... je veux dire par là que je me suis souvent laissé attraper; c'est une métaphore.

Je me penche encore vers Dubois et je lui dis à l'oreille : — Ne poussons pas plus loin cette connaissance... il est tard; payons, et laissons ces dames attendre leur cousin... — Ah ben! par exemple, tu plaisantes, je suis amoureux de toutes les deux, moi. — Est-ce que vraiment tu veux reconduire ces petites filles? cela n'aurait pas le sens

commun. — Il faut absolument que je fasse mes frais... Il me faut tous les jours une passion. Plutôt que de m'en aller seul, je reconduirais la marchande de sucre d'orge...

Les deux jeunes filles, qui depuis quelques moments se regardaient et paraissaient indécises, font un mouvement pour se lever, Dubois les retient en s'écriant : — Où donc allez-vous?... — Nous nous en allons, monsieur... il est tard... mon cousin n'aura pas le venir... — Il n'est pas tard, la pendule avance.... D'ailleurs vous ne pouvez pas partir sans nous; des femmes seules s'exposer le soir dans les rues de Paris... nous ne le souffrirons pas. Buvez donc un peu...

Les deux amies se rasseyent, je les examine; elles n'ont cependant pas l'air effronté de ces demoiselles qui fréquentent les cafés.... Il y a même quelque chose de bourgeois, d'honnête dans leur mise; mais des jeunes filles honnêtes ne seraient pas seules là, à onze heures et demie du soir !

— A propos, Deligny, tu ne sais pas, j'ai dîné au Cadran-Bleu aujourd'hui....

Je fais des signes à Dubois, en le priant de ne point crier ainsi mon nom dans le café; peine perdue! il ne m'écoute pas, parce qu'en me parlant il se mire ou sourit à nos voisines.

— Nous avons fait un dîner dans le bon style. J'étais avec Saint-Germain... tu sais, ce gros père qui fait des affaires... Il a un cabinet qui vaut de l'or!... Toujours du monde chez lui... On attend son tour pour entrer... C'est comme chez un ministre...: C'est agréable d'être homme d'affaires; d'abord on n'a pas de charge à acheter.... Mais ça ne m'aurait pas convenu parce que cela vous tient trop esclave... moi qui aime tant ma liberté... Vive le courtage pour être heureux!... et surtout le courtage en marchandises... Les verres d'eau et de sucre ne me coûtent rien.... Je ne consomme que des échantillons et, Dieu merci! je n'en manque pas.... Je marche sur le sucre et je foule aux pieds la cassonade.... Mesdames, encore un soupçon de punch.... Ce demi-bol-ci est meilleur que le premier... Oh! vous avez beau regarder la pendule, il ne faut plus penser au cousin... Mais nous vous en tiendrons lieu... Nous serons vos oncles, vos tuteurs, vos maris... tout ce que vous voudrez.... Je te disais donc, mon ami, que j'ai dîné au Cadran-Bleu avec Saint-Germain, Jolivet et Jenneville, cet aimable et infortuné jeune homme qui s'est séparé d'avec sa femme parce que probablement elle le faisait... Hum!... diable, il ne faut pas dire ce mot-là... ces dames se fâcheraient... C'est égal, Jenneville est un bon enfant... Il fait bien les choses, c'est lui qui payait le dîner... Mais tu le sais, car je crois qu'il t'avait engagé à être des nôtres... Il t'aime beaucoup, il était bien contrarié que tu n'aies pas pu venir; pourquoi donc n'es-tu pas venu? Mesdames, un petit biscuit de Reims... C'est très-bon trempé dans le punch...

Les jeunes filles, fidèles au principe qu'il n'y a que le premier pas qui coûte, après avoir fait des façons pour accepter le verre de punch, se laissent aller maintenant à tout ce que Dubois leur propose. Celui-ci, en faisant l'aimable, et en voulant se donner les grâces pour verser, a envoyé son coude dans le visage d'un des joueurs de dominos, qui, déjà fort ennuyé du voisinage et du bavardage de Dubois, se fâche tout à fait :

— Monsieur, aurez-vous bientôt fini vos gestes, et n'irez-vous pas bavarder et boire ailleurs? — Comment, monsieur... je ne vous comprends pas. — Et moi je vous engage à vous tenir tranquille, ou je me ferai bien comprendre. — Qu'est-ce que c'est, est-ce que nous nous fâchons?... — Vous avez encore l'air de vous moquer, je crois... — J'ai l'air qui me convient; s'il ne vous plaît pas, vous n'avez qu'à parler. — Eh bien! non, monsieur, il ne me plaît pas... Voilà deux heures que je vous porte sur mes épaules!... — Il fallait donc le dire plus tôt; je me serais mis sur vos genoux... Monsieur vient sans façon se mettre à notre table.... il repousse nos dominos... — Il fallait prévenir que vous vouliez le café pour vous seul, on vous l'aurait peut-être loué...

— Allons, messieurs, dis-je à mon tour, tout cela ne vaut pas la peine qu'on se querelle.... Mon ami vous a poussé sans le vouloir, monsieur.

La querelle va se calmer, et probablement se terminer là, lorsque Dubois, qui croit que par son air décidé il a effrayé son adversaire, s'écrie : — Ce monsieur qui prétend que mon air ne lui plaît pas!... c'est bien malheureux! changez donc votre figure pour être à son goût !...

Le joueur de dominos se lève alors, et, regardant Dubois de très-près, lui dit d'une façon fort énergique : — Oui, monsieur, je vous trouve la mine d'un fanfaron, je vous répète que vous m'ennuyez; et si vous ne vous taisez pas, je saurai vous réduire au silence.

Dubois s'aperçoit que son adversaire est un grand gaillard de cinq pieds six pouces, qui ne paraît nullement effrayé de ses rodomontades; il devient rouge jusqu'aux oreilles, mais il crie encore plus haut : — Monsieur, on ne me fait pas peur à moi... J'ai fait mes preuves, je suis connu.... — Je serais curieux de vous connaître aussi... — Quand vous voudrez, monsieur; tout le monde sait comment je tire le pistolet.... Mais je vous préviens que je ne me bats jamais qu'à trois pas de distance, et que je tire le premier, parce que vous êtes l'agresseur.

J'essaie de mettre le holà, de faire taire Dubois, qui crie bien fort

pour faire voir qu'il a du courage. Le maître du café vient aussi inter-
poser son autorité; il ne veut pas qu'on se dispute chez lui.

— Sortons, d.t le joueur de dominos. — Oui, sortons, répond Dubois; et il court à la porte, par laquelle il disparaît aussitôt. Les deux
messieurs payent leur consommation, puis suivent Dubois; je cours
après m'être accompagné de quelques habitués du café, pour tâcher d'ar-
ranger cette affaire.

Mais, arrivés sur le boulevard, nous cherchons en vain Dubois, impossible de le retrouver. Je l'appelle à plusieurs reprises. — Oh! vous
appelez en vain, me dit son adversaire, je suis sûr qu'il est déjà bien
loin!... Et cela ne m'étonne pas, c'est presque toujours ainsi que se
comportent ces gens qui font tant de bruit.

— Messieurs, dis-je aux deux étrangers, la conduite de mon ami
me semble en effet fort extraordinaire; mais j'étais avec lui, et c'est
à moi de le remplacer: voici mon adresse... Je vous attendrai demain
matin, et je serai à vos ordres.

L'adversaire de Dubois, dont le grand air a probablement un peu
calmé la mauvaise humeur, repousse mon adresse en me disant : —
Non, monsieur, c'est inutile, vous ne nous avez pas offensés, vous, et
si votre ami vous eût ressemblé, il est probable que nous n'aurions
pas eu ensemble la moindre altercation. Engagez-le seulement à faire
moins de bruit à l'avenir, c'est dans son propre intérêt.

En achevant ces mots, ces deux messieurs me saluent et s'éloignent.
Les flâneurs qui nous avaient suivis se sont aussi dispersés, et je reste
seul sur le boulevard.

Maudit Dubois!... je me souviendrai de cette aventure; ce n'est
pourtant pas la première de ce genre qui lui arrive avec moi, vingt
fois je l'ai prié d'être plus circonspect. Il n'est pas donné à tout le
monde d'aller de sang-froid se faire couper la gorge, mais au moins, si vous
n'êtes pas doué d'un courage à l'épreuve, n'insultez personne, et ne
faites pas sans cesse le rodomont.

Il est tard, le boulevard est désert... les cafés se ferment... rentrons
chez nous.

Je m'achemine vers le faubourg Poissonnière, dans lequel je demeure. J'ai déjà dépassé le corps de garde du boulevard du Château-
d'Eau, lorsque tout à coup je me rappelle le punch que nous n'avons
pas payé, ces deux jeunes filles auxquelles nous en avons fait boire,
et qui, peut-être, vont être obligées de payer pour nous.

La querelle de Dubois m'avait fait oublier tout cela. Je reviens sur
mes pas; je cours au café, il n'y a plus personne que les deux demoiselles, qui sont fort inquiètes de nous, et ne savent comment s'en
aller. Maudit Dubois! c'est lui qui me met encore sur les bras ces
deux femmes; j'ai manqué de me battre pour lui, et vous verrez qu'il
faudra que je les reconduise à sa place. Mais il est minuit passé, je ne
puis laisser là ces petites filles qui ont compté sur mon bras!... il
faut prendre son parti. — Quand vous voudrez, mesdames, je suis à
vos ordres.

J'ai payé et nous sortons du café.

CHAPITRE III. — Les deux Grisettes.

Nous voilà sur le boulevard; les deux jeunes filles regardent à droite
et à gauche, et semblent surprises de ne voir personne. Enfin celle
qui se nomme, je crois, Charlotte me dit : — Mais où donc est-il,
monsieur? — Qui cela, mademoiselle? — Votre ami, mon Dieu!
est-ce qu'il va se battre? — Non, mesdemoiselles, tranquillisez-
vous, il fait beaucoup de tapage, mais il ne se bat jamais; cela n'entre
pas dans sa manière de voir... Il est allé probablement se coucher. —
— Ah! par exemple.... après nous avoir forcées de rester pour nous
reconduire!... C'est presque aussi malhonnête que mon cousin Alexandre!... — Cela vous prouve, mesdemoiselles, qu'il ne faut pas plus
compter sur les nouvelles connaissances que sur les anciennes. Mais
je ferai en sorte de remplacer mon ami, auquel sa querelle a fait oublier ce qu'il vous avait promis.

La compagne de mademoiselle Charlotte me dit à demi-voix : —
Nous sommes bien fâchées, monsieur, de la peine que ça va vous
donner.

Cette jeune fille a la voix beaucoup plus douce et l'air plus timide
ue sa compagne; c'est celle qui est blonde, qui ne louche pas, et, qui
café, poussait les pieds de son amie pour l'engager à s'en aller et à
point accepter du punch. Décidément elle me plairait plus que
tre, et j'avais un choix à faire entre elles deux.

e fais avancer ces demoiselles du côté de la chaussée, mais il n'y
us un seul fiacre... il faudra reconduire ces dames à pied, et il faut
brouiller, le chemin est mauvais, nous sommes au mois de fé-
...er... cela commence à ne plus être aussi amusant.

— Plus de voiture! dis-je avec humeur. — Oh! monsieur, cela
...ous est égal, dit la petite blonde, nous irons aussi bien à pied. —
Moi j'aimerais bien mieux aller en voiture! dit mademoiselle Charlotte; c'est bien plus agréable, avec ça qu'il y a une fameuse trotte
d'ici chez nous! — Où demeurez-vous, mesdemoiselles? — Moi,
dit Charlotte, je reste dans la rue aux Fers, devant le marché des
Innocents, et Ninie est de la rue Aubry-le-Boucher, qui est à deux pas.

Voilà un quartier où je ne me soucierais pas d'aller faire l'amour,

quoiqu'il puisse y avoir là de jolies femmes comme ailleurs; mais je
n'ai jamais aimé ce côté de la ville qui entoure les halles, il me semble
qu'on y respire continuellement l'odeur des viandes ou de la marée.
Cependant si cette dame en capote pensée demeurait par là, et qu'elle
me permît d'aller la voir... avec quel plaisir j'y courrais! lors même
qu'elle logerait rue des Prêcheurs ou de la Huchette; mais il n'est pas
question de cette dame-là, il faut reconduire les deux grisettes que
M. Dubois m'a laissées sur les bras.

— Mesdemoiselles, voulez-vous bien accepter chacune un bras?...
Mademoiselle Charlotte prend mon bras droit, la petite Ninie mon
bras gauche, et me voilà, entre la brune et la blonde, m'acheminant
vers le quartier des Innocents.

Il est assez naturel de désirer savoir à qui l'on a affaire. Je commence la conversation par demander à ma dame de droite ce qu'elle
fait, et mademoiselle Charlotte, qui ne demande pas mieux que de
parler, me répond sur-le-champ :

— Monsieur, je suis dans les franges, je travaille dans les effilés,
dans les garnitures de châles; je suis très-habile... c'est dommage que
cela ne rapporte pas beaucoup... vingt-cinq sous par jour... quelquefois trente, quand on veut s'abîmer les yeux. Ah! les femmes ont
bien de la peine à gagner leur vie... et avec ça, pour peu qu'on aime
à s'amuser, à notre âge c'est bien naturel! Moi, j'avoue que j'aime le
spectacle et le bal de passion.... Ah! si j'avais suivi ma vocation, je
serais au théâtre, maintenant je ferais les princesses ou les amoureuses;... on grognerait, on me claquerait, je serais mise dans le
dernier genre, et cela vaudrait bien mieux que de faire des franges!
N'est-ce pas, monsieur?

— Mais, mademoiselle, on ne réussit pas toujours au théâtre; il ne
s'agit pas seulement de se dire : Je veux être actrice, pour obtenir des
succès, il faut du talent; sans cela, au lieu d'être claquée... comme
vous paraissez désirer l'être, on est huée, sifflée, ce qui doit être beaucoup moins agréable, et, dans les franges, vous n'avez pas cette chance
à courir.

— Oh! monsieur, j'aurais eu du talent, j'en suis bien sûre, et il y a
un monsieur qui me l'a dit bien des fois. — Votre cousin Alexandre?
— Non, Alexandre est ébéniste; c'est un bon enfant, mais il a raison,
il ne s'occupe pas de son état. Je suis sûre que c'est parce qu'il avait
à travailler à sa boutique qu'il ne sera pas venu nous chercher ce soir...
Oh! ce garçon-là n'a pas du tout d'usage. Le monsieur qui me trouvait du talent était un homme très-distingué, il connaissait tous les
acteurs de mélodrame, les auteurs aussi, il prenait du café avec eux!...
— Diable!.... — Par ses connaissances, j'aurais peut-être débuté,
mais il est parti pour Lyon..... Ça m'a fait bien de la peine!... J'ai
connu ensuite un commis de bureau... Comme il chantait bien, cet
homme-là!... comme au Vaudeville, absolument; il me faisait toujours chanter avec lui de petits morceaux à deux... Comment donc ap-
pelait-il ça?... Ah! des nocturnes, c'est ça... ça m'amusait beaucoup!
Ensuite il y a un jeune sous-officier, ami de mon cousin Alexandre,
qui me montrait à filer des sons... Ah! Dieu! comme il en filait
bien!... Il avait un port de voix magnifique; il disait que je tenais la
note au bout aussi ferme qu'à l'Opéra, où il allait toutes les fois qu'il
était de garde. Après ça j'ai connu...

Je prévois que mademoiselle Charlotte, que le punch a rendue très-
communicative, va me passer en revue toutes les personnes qu'elle a
connues, et je crains que ce ne soit long. Je vais me tourner vers la
petite Ninie, qui ne dit rien, et tâcher de la faire causer aussi, lorsqu'au coin de la rue Meslay, dans laquelle nous allions entrer, un monsieur se présente devant nous en chantant :

> Viens, gentille dame !
> Je t'attends, je t'attends, je t'attends!...

C'est Dubois qui s'écrie en nous voyant : — Eh! allons donc, mes
petits amours. Où vous cachez-vous depuis une heure? je vous
cherche partout.

— Par exemple, c'est trop fort! dis-je à mon tour. Tu nous cher-
ches depuis une heure!... et pourquoi as-tu disparu quand ces messieurs et moi sommes sortis du café? pourquoi t'ai-je appelé en
vain?... Dubois, ta conduite dans cette circonstance ne fait pas ton
honneur.

— Comment! qu'est-ce à dire,.... qu'est-ce que vous avez donc
pensé?... Je vous ai quittés pour aller chercher des pistolets, parce
que je ne suis pas un gaillard à traîner les choses en longueur; je
voulais me battre sur-le-champ; et comme je connais ici près un ami
qui a des armes, j'ai couru chez lui pour les lui emprunter.... Il me
semble que cette conduite n'est pas celle d'un homme qui recule.... Dans ce moment je retournais au café pour chercher mon
adversaire.

— Le café est fermé, et tu savais fort bien qu'on ne passerait pas la
nuit à t'attendre... Et où sont donc ces pistolets?

— Vous allez voir combien j'ai été contrarié! D'abord je cours
chez mon ami.... il demeure rue Saint-Martin; je suis certain que je
n'ai pas mis trois minutes à faire le chemin. J'arrive donc chez lui.
Le portier me dit : Monsieur, il n'est pas encore rentré, mais il ne
peut tarder. Alors, dis-je, je vais l'attendre. J'attends donc, le temps
s'écoule, je faisais un mauvais sang!... Je tapais des pieds!... Au bout

d'un bon quart d'heure que j'étais dans sa loge, voilà l'imbécile de portier qui me dit : Ah ! monsieur, je me rappelle à présent que votre ami est allé au bal ; il passera sans doute la nuit dehors. Vous jugez de ma colère, j'avais envie de bâtonner ce coquin de portier. Enfin je suis revenu.... espérant trouver encore mon adversaire sur le boulevard... Et tu dis qu'il est parti... T'a-t-il laissé son adresse au moins ! — Non, il a pensé que ce n'était pas la peine !... — C'est bien ! je le reconnaîtrai ! je lui dirai deux mots quand je le rencontrerai !... Mais c'est fini, ne parlons plus de cela... la beauté réclame tous nos moments.

— Oui, ne parle plus de cela, je crois aussi que c'est ce que tu peux faire de mieux. — J'espère que tu vas me céder une de ces dames ?...— Très-volontiers !...

En disant cela, je quitte le bras de mademoiselle Charlotte, dont je ne suis nullement fâché d'être débarrassé, et elle prend celui de Dubois en lui disant tendrement : — Vraiment, monsieur, j'avais bien peur que vous ne vous *batassiez* !... — Vous êtes trop aimable ! mais il ne faut jamais trembler pour moi, je me tire de toutes les affaires avec honneur. A propos, allons-nous loin comme ça ? — Au marché des Innocents. — Quartier délicieux !... fontaine superbe ! j'ai souvent donné des rendez-vous le soir sous les piliers qui l'entourent. Mais il me semble que le sapin serait de rigueur. — Nous n'en avons pas trouvé. — Oh ! nous allons en rencontrer.... Tenez, j'en aperçois un arrêté là-bas... courons.

A la Gaîté.

Je vois Dubois qui court avec mademoiselle Charlotte. Je tâche de les suivre en faisant doubler le pas à la petite Ninie, avec laquelle je n'ai pas encore eu le temps d'entrer en conversation ; nous arrivons près d'un fiacre qui était arrêté devant une porte cochère. Dubois se disputait avec le cocher.

— Tu marcheras. — Je ne peux pas, monsieur. — Je te dis que tu vas marcher. — Je vous dis que je suis loué, monsieur. — Ça n'est pas vrai. — Si, monsieur. — Où est la personne qui t'a loué ?... — Va la chercher pour qu'elle me le dise. — Ah ben ! en v'là d'une bonne ! Depuis quand que les cochers vont dans les maisons chercher les bourgeois pour prouver qu'ils sont retenus ? — Je ne veux pas de toutes ces raisons-là.... Montez, mesdames. — Je vous dis que vous ne monterez pas... Est-ce que je suis sur la place ici ?... est-ce qu'à minuit passé je m'amuserais à rester devant une porte cochère si je n'étais pas retenu !

— Allons, dis-je à Dubois, cet homme a raison, tu n'as pas le droit de le prendre, il est très-inutile de nous arrêter là.

— Inutile... Ah ! morbleu ! si je n'étais pas avec des dames, je le ferais bien avancer... — Laissez donc, not' bourgeois, vous ne feriez rien du tout !... — Tu es un drôle ! — C'est bien plutôt vous qui êtes drôle de crier comme ça... — Je te couperai les oreilles... — Bah ! vous me couperez rien ! vous n'êtes pas si méchant que vous en avez l'air !...

Ennuyé de cette scène, je poursuis mon chemin avec la petite Ninie, qui me dit en tremblant : — Ah, mon Dieu ! monsieur, est-ce qu'ils vont se battre ?... — Non, n'ayez aucune crainte, cela n'aura pas de suites !

Au bout de quelques minutes, nous sommes en effet rejoints par Dubois et sa demoiselle. — Eh bien ? lui dis-je. — Ah ! heureusement que je l'ai retenu, dit mademoiselle Charlotte ; sans moi, je crois qu'il allait se jeter sur le cocher... Vraiment, monsieur, vous avez une bien mauvaise tête !... Tout de suite vous vous emportez, vous voulez vous battre ! C'est terrible un homme comme ça !

— C'est vrai, répond Dubois ; je l'avoue, j'ai une mauvaise tête... J'ai le sang bouillant... je me suis promis cent fois de me corriger, mais c'est plus fort que moi !... Je ne puis pas me vaincre... Le moindre mot... la plus petite chose me font sortir des gonds !...

— En te voyant revenir en courant, dis-je à Dubois, j'ai cru que tu allais chercher quelque part une épée pour te battre avec le cocher.

Dubois ne me répond pas ; il s'éloigne de nous, sans doute pour causer plus à son aise avec mademoiselle Charlotte. De mon côté j'entame la conversation avec mademoiselle Ninie.

— Travaillez-vous aussi dans les châles, mademoiselle ? — Oui, monsieur, j'ai le même état que Charlotte. — Et avez-vous comme elle du penchant pour être actrice ? — Oh non ! monsieur ; je n'oserais jamais paraître sur un théâtre !

Elle n'*oserait* pas, j'aime assez cette crainte. Cependant elle a bien osé se faire reconduire par un homme qu'elle ne connaît pas, et ceci n'annonce point une grande timidité. Je poursuis :

— Vous logez seule ? — Oui, monsieur... depuis six mois. — Et avant cela ? — Avant cela, je demeurais avec une de mes tantes... parce que mes parents ne sont pas de Paris ; ils habitent la campagne... Je suis de Noisy-le-Sec, monsieur ; connaissez-vous cet endroit-là ? — Oui, mademoiselle, je connais votre endroit. Noisy-le-Sec est un village assez grand, où il y a quelques maisons bourgeoises fort bien bâties, une petite église d'une construction assez élégante et un joli château. — C'est bien ça, monsieur. — Et je connais mes environs de Paris... Et que font vos parents à Noisy-le-Sec ? — Ils sont laboureurs, monsieur. C'est ma tante qui m'a fait venir à Paris, qui m'a fait donner de l'éducation et apprendre un état. — Pourquoi donc l'avez-vous quittée ? — Dame, monsieur, j'ai fait la connaissance de Charlotte... et Charlotte, qui a beaucoup d'esprit, m'a dit qu'une jeune personne ne réussissait jamais à s'établir tant qu'elle ne se mettait pas dans sa chambre. Alors vous concevez que cela m'a donné des idées... Charlotte m'emmenait souvent avec elle au spectacle, où je n'allais presque jamais autrefois... Nous y causions toujours avec des jeunes gens bien aimables. D'abord je n'osais pas répondre à des messieurs que je ne connaissais pas ; mais Charlotte m'a tant dit que j'avais l'air d'une niaise, que ça me donnerait l'usage du monde de causer avec les messieurs, que j'ai fait ce qu'elle m'a dit, parce que c'était pour mon bien. — Je vois qu'en effet mademoiselle Charlotte vous a donné de très-bons conseils. — Oh ! oui, monsieur, elle a, comme elle dit, agrandi les idées ; avant de la connaître, je trouvais que vingt-cinq sous par jour c'était bien gentil pour une jeune fille ; mais Charlotte m'a fait sentir que ce n'était pas assez, qu'on ne pouvait pas avec vingt-cinq sous aller souvent au spectacle, s'acheter des boucles d'oreilles, et avoir des bonnets à la mode... Moi, je ne calculais pas tout cela avant qu'elle me l'eût appris. — Et vous a-t-elle enseigné le moyen de vous procurer plus d'aisance ? — Elle m'a dit que toutes les jeunes filles honnêtes devaient avoir une petite connaissance, parce qu'alors la connaissance paye pour elles, et leur donne ce qui leur manque... Qu'enfin elle avait déjà eu cinq petites connaissances, qui toutes lui avaient donné quelque chose. — Et vous avez fait comme mademoiselle Charlotte ? — Oui ! monsieur, moi... je suis un peu gauche, à ce que dit Charlotte... Quand un jeune homme ne me plaît pas, je ne me soucie pas de faire sa connaissance. — Et il paraît que mademoiselle Charlotte ne tient pas à cette bagatelle-là ?... — Ce n'est pas comment cela se fait, mais on lui plaît tout de suite pourvu qu'on soit bien mis et qu'on lui offre de prendre quelque chose. — C'est qu'elle a probablement beaucoup de sensibilité et un bon estomac. Plusieurs fois, quand nous étions ensemble au spectacle, et que des messieurs causaient avec nous, j'ai dit bas à Charlotte : Cet homme-là m'ennuie, il est vilain, il est vieux, il me déplaît ! Elle me répond toujours : Il a très-bon genre, ma chère, et je m'y connais mieux que toi. — Mais, enfin, vous ne vous êtes pas mise dans votre chambre avec le produit de votre travail... vous aviez donc des économies ?... — Non, monsieur. Mais alors j'ai rencontré un jeune homme bien aimable, bien mirliflore, bien joli garçon... il m'a offert de m'enlever de chez ma tante, en me disant que j'étais faite pour briller dans un palais. Charlotte m'a conseillé de me laisser enlever... Ce jeune homme me plaisait beaucoup... alors... je.... j'ai cédé.... — Je comprends. — Il m'a conduite dans la chambre que j'habite, au cinquième, rue Aubry-le-Boucher. — Diable ! il me semble que le palais est un peu haut. — Les meubles, qui devaient être d'acajou, ne sont qu'en noyer, mais mon bon ami m'a dit que c'était plus moderne. Je n'ai trouvé dans ma chambre que quatre chaises, au lieu d'une douzaine qu'il m'avait promise ; mais il m'a dit encore que comme nous ne serions jamais plus de quatre à la fois chez moi, il ne fallait pas plus de quatre chaises.—C'est raisonner comme *Diogène*.—Diogène ! — Oh non ! monsieur, il s'appelait Adolphe, et puis il avait encore un autre nom; mais il n'a jamais voulu me le dire, parce qu'il prétendait que ça pourrait le compromettre. Moi, j'étais très-contente de ma chambre, que je trouvais superbe !... Charlotte me disait que cela aurait pu être mieux, mais que cependant, pour un commencement, c'était déjà bien gentil. — Et ce monsieur Adolphe, qu'en avez-vous fait ? — Pendant six semaines il est venu me voir tous les jours. Il me menait quelquefois au spectacle et dîner en ville; mais nous ne sortions qu'en voiture, nous n'allions qu'en loges grillées.... Oh! c'était bien amusant, et Charlotte me disait que j'étais bien heureuse! Mais au bout de ce temps-là, il est venu plus rarement; puis il ne m'emmenait plus nulle part; enfin, un matin, il m'a annoncé qu'il était obligé de partir pour l'Angleterre, où l'appelaient ses affaires; mais il m'a dit

La dame à la capote pensée.

qu'il reviendrait le plus tôt possible, et qu'à son retour, si j'avais été bien sage, il m'épouserait peut-être. — Son départ vous a fait bien du chagrin, sans doute ? — Oui, monsieur, dans les commencements.... Après ça j'ai tâché de me distraire, Charlotte m'a de nouveau emmenée au spectacle. — Et la recommandation de M. Adolphe, l'avez-vous oubliée ? — Charlotte m'a dit que c'était des bêtises. D'ailleurs disaient tous la même chose, qu'on lui avait promis cinquante fois de revenir l'épouser, et qu'on n'était jamais revenu; enfin elle m'engageait à faire toujours une autre connaissance en attendant, sauf à la *planter là* si Adolphe revenait. — Mademoiselle Charlotte a de biens bons principes! Et vous avez suivi ses conseils ? — Pas encore, monsieur, car je n'ai rencontré personne qui m'ait plu de nouveau; et quoique Charlotte prétende qu'on s'amuse mieux avec un homme quand on ne l'aime pas, moi, je ne suis pas de son avis, et je ne veux me lier qu'avec quelqu'un que j'aimerai.

Le babil de la petite Ninie m'intéresse; cette jeune fille aurait peut-être été toujours sage si elle n'eût pas fait la connaissance de mademoiselle Charlotte, qui me fait l'effet d'être un bien mauvais sujet. Il y a dans l'accent de Ninie, dans sa manière de s'exprimer, quelque chose de naïf, qui annonce de la franchise... Peut-être que tout cela est étudié aussi; à Paris, on sait si bien prendre toutes les formes, affecter tous les tons!... Il faut y être en garde contre ces niaiseries, ces simplicités, qui ne sont quelquefois que le résultat du calcul et du libertinage. A l'école de mademoiselle Charlotte, je crois que l'on peut apprendre beaucoup de choses. Cependant cette petite Ninie est bien jeune encore. Dix-huit ans, tout au plus... Ce serait dommage de lui supposer tant de duplicité. Il y avait du naturel dans le récit qu'elle vient de me faire.

Nous sommes dans le haut de la rue Saint-Martin, depuis quelque temps Dubois et mademoiselle Charlotte sont toujours en avant d'une dizaine de pas; cependant nous les entendons rire, leur entretien paraît fort animé. Dubois gesticule beaucoup, suivant son habitude. D'après la manière dont il se penche, je vois qu'il serre tendrement la main de sa compagne, et mademoiselle Charlotte pousse des éclats de rire à

réveiller tous les chiens du voisinage. Tout à coup Dubois se retourne de notre côté en nous criant :

— Ah çà! vous autres, vous allez comme des tortues. Mais je ne vois pas trop pourquoi nous vous attendrions, puisque ces tendres amies ne demeurent pas ensemble. Bonsoir donc, bien du plaisir... Les Innocents nous réclament. Deligny, j'irai te voir demain dans la journée... Nous dînerons ensemble...

— Charlotte,... Charlotte!... crie la petite blonde à son amie, tu m'avais promis de me remettre jusqu'à ma porte...

Mademoiselle Charlotte s'éloigne lestement avec Dubois, tout en répondant : — Bonsoir, bonsoir!... Bientôt nous les perdons de vue tous les deux, et je reste seul avec mademoiselle Ninie.

— Charlotte en fait jamais d'autres! dit la jeune fille d'un air contrarié. Elle me laisse là avec quelqu'un que je ne connais presque pas... — Et peut-être avec quelqu'un qui vous déplaît!

En disant cela, je crois que je pressai assez tendrement le bras de la petite.

La jeune fille est quelque temps sans me répondre. Enfin, elle dit bien bas : — Non, monsieur... je ne dis pas que vous me déplaisez... au contraire...

Voilà un *au contraire* qui me semble aussi significatif que le *plus souvent* des *Petites Danaïdes*.

Nous continuons de marcher, et bientôt nous arrivons rue Aubryle-Boucher, rue sale, vilaine, dont les maisons n'ont rien de gracieux; mais qui est très-populeuse, très-fréquentée, et où il passe presque toute la nuit des voitures de marchands qui se rendent à la Halle, ce qui doit être fort agréable pour ceux qui aiment à dormir tranquilles... Mais on doit avoir le sommeil dur dans ce quartier-là.

Je me laisse conduire par mademoiselle Ninie, qui s'arrête, à peu près au milieu de la rue, devant une porte d'allée grillée jusqu'à la moitié de sa hauteur, en me disant : — C'est ici, monsieur.

— Ah! c'est ici que vous demeurez? — Oui, monsieur... Au cinquième sur le devant, la porte au fond du *collidor*... — Vous avez donc la clef de cette porte? — Non, monsieur, il y a un portier, qui demeure à l'entresol; je vais frapper, et il va m'ouvrir. Oh! c'est une maison bien sûre et bien honnête. Monsieur, je vous remercie de votre peine : je vous souhaite bien le bonsoir...

Mademoiselle Ninie, grisette, frangère, et sensible.

La petite allait frapper, je lui arrête la main en lui disant : — Est-ce que je ne pourrai pas vous revoir? — Mais... si, monsieur... si cela vous fait plaisir. — Et vous, cela vous en fera-t-il de me recevoir?... — Mais... je crois que oui. — Eh bien! j'irai vous dire bonjour, y êtes-vous dans la journée? — Certainement, toute la journée je travaille : je ne sors presque jamais. — Au revoir, en ce cas. A propos, quel nom me demanderai-je, car vous vous appelez sans doute autrement que Ninie? — D'abord c'est Fanny que je m'appelle, on me nomme Ninie parce que c'est plus gentil... Vous demanderez mademoiselle

Boissard, ou Fanny Boissard, comme vous voudrez. D'ailleurs je vous dis que c'est au cinquième au fond du *collidor*, et c'est moi qui vous ouvrirai la porte. — C'est entendu... à demain... Ne puis-je pas vous embrasser en attendant? — Mais... si, monsieur.

La petite me tend son visage et se laisse embrasser de fort bonne grâce; puis elle frappe, on lui ouvre, elle entre, et me tend encore la main à travers la grille en me disant : — Au revoir.

Voilà donc une liaison de commencée avec une petite grisette à laquelle je ne voulais pas donner le bras. C'est ce maudit Dubois qui est cause de tout cela... Voilà où nous entraînent les mauvaises connaissances, elles perdent les jeunes gens comme les jeunes filles... Mais cette petite Ninie est plus gentille qu'elle ne me l'avait semblé d'abord; après tout, j'irai ou je n'irai pas. Ceci n'est qu'une plaisanterie sans importance, rien ne me force à me lier avec cette jeune fille... Je puis même aller la voir par pure curiosité et sans qu'il en résulte rien !... Mais allons nous coucher, demain il fera jour.

Chapitre IV. — Jenneville, Jolivet et moi.

J'ai dit que je demeurais faubourg Poissonnière, c'est vrai; mais on sera peut-être bien aise d'apprendre ce que je fais là, si je suis rentier, artiste ou négociant, car encore faut-il savoir à qui l'on a affaire.

Hélas ! s'il faut en convenir, je ne fais rien : ce n'est point positivement par paresse, non, car j'ai déjà fait quelques entreprises; mais, soit que je m'y prenne mal, soit que ceux avec lesquels je m'associe s'y prennent trop bien, je me trouve toujours avoir perdu mes fonds et mon temps. On assure cependant que je ne suis pas bête; il y a même par le monde des personnes qui prétendent que j'ai de l'esprit parce que je rime facilement un couplet et que je chante avec assez de goût... Dans le monde on a de l'esprit à si bon marché ! Il est d'abord de la politesse de trouver aimables les gens qui nous amusent. J'ai vu dans un cercle un monsieur que toutes les dames trouvaient charmant, parce qu'il avait le talent de leur faire sur-le-champ leur profil à la silhouette; mais quand ce pauvre homme n'avait pas ses ciseaux, il restait dans un coin et n'ouvrait pas la bouche de la soirée. On s'apercevait alors qu'il n'avait de l'esprit que pour découper.

Au surplus, ce ne sont pas les gens qui ont le plus d'esprit qui s'entendent le mieux à gagner de l'argent; nous avons chaque jour les preuves du contraire, et l'histoire nous fait connaître qu'il en fut ainsi de tout temps. *Homère*, pauvre et aveugle, allait de ville en ville réciter ses vers pour avoir du pain; *Plaute* gagnait sa vie à tourner la meule d'un moulin; *Xylander* vendait pour un peu de soupe ses notes sur Dion Cassius; *Agrippa* termina ses jours à l'hôpital, et l'on croit que *Michel Cervantes* est mort de faim. *Paul Borghèse*, poète italien, qui avait fait une *Jérusalem délivrée*, savait quatorze métiers et n'avait pas de quoi vivre; le cardinal *Bentivoglio*, l'ornement de l'Italie et des belles-lettres, le bienfaiteur de tous les malheureux, fut, dans sa vieillesse, obligé de vendre son palais pour payer ses dettes, et mourut sans laisser de quoi se faire inhumer; *André Duchesne*, savant historiographe français; *Vaugelas*, de l'*Étoile*, sont morts dans l'indigence, et *le Tasse*, qui n'avait pas de quoi acheter de la chandelle, fut obligé pour écrire la nuit de prier sa chatte de lui prêter la lumière de ses yeux.

Je dois pourtant convenir qu'aujourd'hui les gens de lettres sont mieux traités par la fortune, qu'ils savent tirer un meilleur parti de leurs productions, et que pour écrire la nuit ils n'ont pas besoin des yeux de leur chatte, ce qui me semble devoir être peu commode, quoique cela dispense d'avoir des mouchettes.

Mais voilà une longue digression pour en venir à dire que je me nomme Paul Deligny; que mon père, bon bourgeois campagnard et seul parent qui me reste, habite une petite maison dans les environs de Chartres; qu'il y vit heureux et tranquille avec ses trois mille livres de rente, son jardin, son chien de chasse, sa ligne, sa servante, sa bouteille et ses voisins; qu'après m'avoir fait élever dans un collège de Paris et fait donner une assez bonne éducation, il m'a, à vingt et un ans, donné le bien de ma mère, et laissé absolument maître de mes actions, parce que j'avais l'air si sage alors, qu'il me supposait incapable de faire des sottises. Ce bon père !... il me croit toujours rangé, économe, prudent... Je suis venu vivre à Paris, il a trouvé cela fort naturel, parce que cette grande ville est le centre des affaires et des plaisirs. La fortune de ma mère se montait à deux cent mille francs, ce qui me faisait dix bonnes mille livres de rente. J'ai commencé par manger le tiers avec mes maîtresses et mes amis; pour rattraper ce tiers-là, j'ai voulu faire quelques spéculations, m'associer à des entreprises, et je suis maintenant réduit à mon dernier tiers, avec lequel je crois que je ferai bien de ne point courir après les deux autres. Du reste, depuis six ans environ que j'habite la capitale et que je suis maître de ma fortune, mon père ignore combien elle est diminuée, il ne vient jamais à Paris; c'est moi qui vais le voir dans sa paisible retraite, et lorsqu'il me demande comment vont les affaires, je lui réponds toujours : Fort bien. Je gage que maintenant il croit que j'ai doublé mes capitaux ! Ne vaut-il pas mieux lui laisser cette idée, que de lui apprendre la vérité? Si je ne l'avais pas trompé, voilà six ans qu'il s'inquiéterait pour moi; au lieu de cela, il vit content et tranquille sur le sort de son fils. J'ai

donc bien fait de mentir; un mensonge qui fait des heureux doit être excusable, c'est dommage que l'on ne puisse pas se mentir à soi-même.

Il me reste à peu près trois mille six cents livres de rente, avec cela est-ce qu'un garçon ne peut pas vivre heureux? Oui, quand il est sage, économe, et j'ai déjà dit que ce ne sont pas mes vertus. L'habitude de dépenser beaucoup est si facile à prendre et si difficile à perdre !... N'importe, je me rangerai, puis je finirai par faire un bon mariage; alors, adieu pour jamais les folies, les parties fines, les petits soupers ! Un homme marié doit constamment prêcher économie et ne jamais dépenser d'argent en parties de plaisir. Cela est peu divertissant pour sa femme; mais nous nous sommes divertis avant de nous marier, et cela suffit.

Je viens de me lever, il est près de dix heures, c'est raisonnable; mais un homme qui vit de ses rentes peut se lever tard, si cela lui fait plaisir; et puis, au lit, on pense si bien aux événements de la veille et à ce que l'on compte faire dans la journée! Je suis en songeant à notre aventure d'hier au soir, à la querelle de Dubois, et aux deux grisettes qu'il me laissait sur le bras. A propos de grisettes, irai-je voir cette petite Ninie?... Elle est gentille, il y a de la naïveté dans son discours, dans ses manières, c'est une perle à côté de mademoiselle Charlotte. Mais pourquoi revoir cette jeune fille?... Certainement je ne suis pas amoureux d'elle; à quoi bon le lui faire croire? Je sais bien qu'il n'est pas nécessaire d'être très-amoureux d'une maîtresse. Quand on est bien amoureux, on est nécessairement jaloux; alors ce sont des craintes, des soupçons, des querelles, et on n'est pas heureux. Tandis qu'avec une femme que l'on aime... raisonnablement, c'est-à-dire fort peu, pourvu qu'elle ait l'air d'être contente en nous voyant, et qu'en nous quittant elle nous dise : A demain ! on est fort d'accord, toujours de bonne humeur, et on ne s'inquiète pas de ce qu'elle peut faire quand elle n'est pas avec nous; c'est ce que j'appelle aimer philosophiquement.

Mais puis-je faire ma maîtresse de cette petite Ninie? Non, je la mènerais bien par hasard au spectacle, ou chez le traiteur; mais encore il faudrait lui acheter des chapeaux, un châle !... cela n'en finit pas; on prend une grisette par économie, et tôt ou tard il faut lui donner quelque chose. Ainsi, décidément, je n'irai pas chez mademoiselle Fanny Boissard; mon cœur soit libre depuis quelque temps, quoique j'aie rompu avec ma dernière maîtresse, et que je ne voie plus que très-froidement les anciennes, je ne formerai pas cette nouvelle liaison. D'ailleurs, j'avoue que j'éprouve une certaine répugnance à aller faire l'amour rue Aubry-le-Boucher !... Ah ! si j'avais pu connaître cette dame à la capote penchée ! Quelle différence !... Quelle jolie tournure, quelles manières distinguées; que d'expression dans ce regard qui s'est arrêté un moment sur moi !... Cette femme-là a reçu de l'éducation; je gagerais qu'elle a de l'esprit. A la bonne heure, c'est un plaisir de donner le bras à une femme comme celle-là, de causer avec elle... Sa conversation doit être charmante... C'est beaucoup dans une amie, c'est encore plus dans une maîtresse, car on ne peut pas toujours faire l'amour, et dans la plus jolie bouche : je t'aime, je t'adore, finit par devenir monotone, lorsque cela n'est pas coupé par d'autres discours. Quant à mademoiselle Ninie, sa manière de s'exprimer peut amuser un moment, mais elle m'a déjà fait par-ci par-là quelques petits *cuirs* dans le genre de mademoiselle Charlotte; cela passe dans le tête-à-tête, mais devant le monde, cela me contrarierait.

Je viens de déjeuner, lorsque j'entends sonner à ma porte; ma bonne va ouvrir, et je vois entrer Jenneville.

Jenneville est un homme de vingt-six à vingt-sept ans; il est grand, bien fait, d'une jolie tournure. Ses traits sont agréables, son sourire gracieux laisse voir une rangée de fort belles dents; une forêt de cheveux blonds, qui bouclent naturellement, ombrage un front qui n'est pas sans noblesse. Cependant il y a dans la physionomie de Jenneville quelque chose d'insouciant qui n'indique pas un grand fonds de sensibilité, et un certain air présomptueux qui dénote trop d'amour de soi-même; enfin, quoique toujours mis avec beaucoup de recherche, la nonchalance qui règne dans ses manières et dans toute sa personne semble s'être communiquée à sa toilette, qui est faite sans goût, et annonce un homme qui se croit sûr de plaire sans avoir besoin de prendre pour cela la moindre peine. Du reste, Jenneville a bon ton, de l'esprit; et quoique ses principes soient fort relâchés, il a une manière de présenter ses opinions qui en fait pardonner l'inconvenance.

Il n'y a que trois mois que je connais Jenneville, et nous sommes déjà ensemble comme d'anciennes connaissances; lorsqu'on me témoigne de l'amitié et que l'on a des dehors qui me plaisent, je me lie facilement, trop facilement peut-être !... Mais je sais que Jenneville est né d'une famille respectable. Il a, je crois, douze mille livres de rente; au train qu'il mène, à son goût pour les plaisirs, pour le changement, je crains que cette fortune ne lui soit pas suffisante. On m'a dit qu'il s'était marié avec une femme qui avait autant de fortune que lui et qu'il adorait; cependant, après deux ans de ménage, ils n'ont pu continuer à vivre ensemble, et voilà huit mois que Jenneville vit de nouveau comme un garçon. Quel du moins ce que j'ai entendu dire, car sur les affaires de famille ou de ménage, je ne me permets jamais de question, et souvent même j'évite les confidences. J'ai rencontré Jenneville dans le monde; notre goût pour les plaisirs, certains rapports d'humeur nous ont rapprochés, et maintenant nous passons rarement un jour sans nous voir.

—Bonjour, mon cher Deligny, me dit Jenneville en me tendant la main. Vous n'avez pas été des nôtres, hier, au dîner du Cadran-Bleu, ah ! c'est mal, je vous en veux beaucoup ; je viens savoir ce qui nous a privés du plaisir de vous posséder. Quelque rendez-vous, quelque affaire galante, je le parie, car vous êtes comme moi, vous aimez à varier vos conquêtes.

— Pas tout à fait autant que vous, mon cher Jenneville. De ce côté, je crois que vous êtes mon maître. Moi, je suis pour le sentiment, je m'enflamme, je me passionne ; à la vérité cela dure peu, mais n'importe : chaque fois que je deviens amoureux, je me persuade que cela durera éternellement !... Ma foi, mon ami, il faut bien s'amuser !... Nous sommes jeunes, nous avons tout ce qu'il faut pour plaire, pour séduire... Pourquoi ne profiterions-nous pas de nos avantages ? Le temps passe si vite !... Surtout, mon cher, ne vous mariez pas !... Ah ! ne faites pas cette folie, attendez pour cela que vous ayez quarante-huit ans... que vous soyez plus calme, plus rassis. — Mais si j'attends si tard, comment me flatter d'inspirer de l'amour à une jeune femme ! et il me semble que pour être heureux en ménage il faut un rapport d'âges, d'humeur, de goûts... qu'il faut s'aimer enfin. — Eh ! non, mon ami, ne vous figurez pas cela ! Je l'ai cru comme vous !... Je me suis marié à vingt-quatre ans avec une femme que j'adorais, et qui m'adorait aussi, à ce qu'elle disait ; elle avait vingt ans... vous voyez que les rapports d'âge y étaient. Mais d'abord je ne sais pas trop pourquoi je l'avais aimée, car elle n'avait rien d'aimable ; une figure... ma foi de ces figures insignifiantes dont on ne dit rien : ni bien, ni mal enfin !... D'abord je lui ai cru de l'esprit, mais elle n'en a pas.... je lui avais cru aussi un bon caractère... comme je m'étais trompé !... Il n'y avait pas un an que nous étions mariés, quand je me suis aperçu qu'elle était maussade, boudeuse, jalouse !... d'une humeur horriblement contrariante et très-coquette... aimant passionnément les plaisirs. Madame voulait m'accompagner au bal, aux spectacles ; il aurait fallu que je l'eusse sans cesse pendue à mon bras ! Jugez, mon cher, comme c'était ennuyant ! Et lorsque je refusais, c'étaient des cris, des pleurs, des attaques de nerfs, des scènes enfin !... ma foi, il n'y avait plus moyen d'y tenir. Je me suis aperçu bientôt qu'il y avait un jeune parent qui venait de préférence quand je n'y étais pas, qui s'informait au portier des heures où je sortais, pour n'arriver qu'après mon départ... Vous sentez bien, mon ami, que cela ne pouvait pas se supporter : ce n'est pas que je sois persuadé... que j'affirme que ma femme m'ait été infidèle ; mais c'est déjà trop d'être dans le doute à cet égard. Voyant que nous ne pouvions plus vivre ensemble, nous nous sommes séparés sans éclat, sans bruit, sans procès, comme des gens distingués doivent le faire. Madame à sa fortune et moi la mienne ; elle s'est retirée je ne sais où, peu m'importe, je n'irai pas l'y chercher, car depuis que je suis redevenu garçon je suis le plus heureux des hommes, et la vie n'est plus pour moi qu'une continuelle série de plaisirs.

— Quand on ne peut plus vivre ensemble, il est certain qu'on fait fort bien de se séparer ; et si votre femme est vraiment telle que vous venez de me la dépeindre... — Oh ! bien pis encore ! Je vous l'ai peinte en beau. Mais laissons ce chapitre, ne parlons plus de madame, il ne me faut quittée pour m'occuper d'elle. Vous ne m'avez pas dit ce qui vous avait empêché de dîner avec nous ? — J'avais reçu une lettre de mon père dans laquelle il me donnait quelques commissions pressées, cela m'a retenu trop tard pour que je puisse ensuite me rendre au rendez-vous. — Je ne vous en veux plus, mon ami ; se hâter d'accomplir les désirs d'un père, c'est très-bien, c'est d'un bon fils.... Vous êtes bien heureux d'avoir encore votre père ; le mien est mort trois mois après mon mariage, c'est même lui qui avait été en partie cause de cette union. Il voulait assurer mon bonheur... Pauvre cher homme ! heureusement il n'a pas été témoin des douces suites de cet hymen !... Et votre père habite la campagne ?... — Oui, les environs de Chartres. Dès que la saison sera plus belle, je compte aller le voir.

— Je veux vous accompagner, mon cher Deligny, je serai charmé de faire la connaissance de monsieur votre père ; et puis quelques jours de campagne, c'est très-bon pour la santé. — Vous verrez un bon bourgeois campagnard, bien franc, bien rond, bien simple dans ses manières et ses goûts. — Il doit être fier d'avoir un fils que l'on recherche dans le monde, que l'on cite pour l'élégance de sa tournure, pour son esprit, ses talents agréables. — Mon cher Jenneville, je viens de vous dire que mon père tenait fort peu à l'élégance des manières ; et je ne sais pas trop s'il a lieu d'être fier de son fils, qui possédait, il y a six ans, dix mille livres de rente, et qui en est déjà réduit au tiers de cette somme. — Ma foi, mon cher Deligny, est-ce notre faute si les plaisirs coûtent si cher ? — Je suis comme vous, je trouve que ce diable d'argent va d'un train... Cependant depuis quelque temps je mets de l'économie dans mes dépenses. Je fais moins de folies ; autrefois, dès qu'une petite brunette me plaisait, je la mettais dans sa chambre, je la meublais élégamment... Ces petites filles sont contentes d'être chez elles... Mais tout cela coûte... Oh ! j'y regarde maintenant, et lorsque j'ai encore quelque caprice de ce genre-là, ma foi, je ne me ruine plus en meubles d'acajou ; du noyer, mon cher, c'est bien assez bon pour une petite passion de quinze jours. C'est pourtant désagréable d'être obligé de calculer,..... de lésiner..... et de voir que malgré cela notre fortune diminue... C'est si doux d'être assez riche pour ne rien se refuser..... Il faudrait, mon cher Deligny, que nous trouvassions quelque moyen de tripler les fonds qui nous restent. — J'ai déjà essayé des spéculations, cela ne m'a pas réussi. — C'est que vous êtes comme moi, que vous vous entendez peu aux affaires ; mais en s'associant à quelqu'un d'intelligent, de riche..... Tenez, vous avez vu avec moi Blagnard ; ce gaillard-là prétend qu'il n'y a rien de plus facile que de faire fortune ; il y a deux ans il n'avait pas le sou, aujourd'hui il a cabriolet, il donne des dîners superbes, il mène un train de prince... Il m'a déjà offert de me mettre dans une de ses entreprises et, si vous le voulez, il vous mettra dedans aussi. — Nous verrons.... Il faudrait d'abord s'assurer..... Ces gens qui font fortune si vite, est-ce bien solide ?... — Oh ! mon cher, il n'y a pas le moindre danger... Un homme qui dépense énormément ! il faut bien avoir de l'argent pour en dépenser.... — Quelquefois on dépense celui des autres. Au reste, nous verrons..... Votre M. Blagnard ne me plaît pas beaucoup ; il a l'air doucereux, un ton patelin... Tout cela ressemble à de la fausseté ; mais je sais qu'il ne faut pas juger sur les apparences.

Notre entretien est interrompu par l'arrivée d'un autre de mes amis, nommé Jolivet. Celui-là a été mon camarade de pension ; dans le monde nous avons continué de nous voir, quoiqu'il y ait peu de rapports entre nos caractères. Jolivet passe pour un sage, du moins n'aime-t-il à s'amuser que lorsque cela ne lui coûte rien. Il est fort économe, peut-être même pousse-t-il cette vertu trop loin ; il y a des gens qui assurent qu'il est ladre et vilain. Je me suis bien aperçu lorsqu'on fait avec lui un pique-nique, il laisse toujours les autres payer son écot ; que, si on l'accompagne au spectacle, il vous prie de prendre son billet, et ne songe jamais à vous en rendre le montant ; qu'il agit de même lorsqu'on le suit au café, ou que l'on prend avec lui des voitures ; j'ai attribué cela à de l'étourderie, on assure que c'est un calcul de sa part, et que Jolivet cherche à boire, à manger et à s'amuser sans rien dépenser ; cependant Jolivet est à son aise, il doit être fort riche un jour, et il se fâche quelquefois pour des misères ; mais je m'aperçois que c'est dans les petites choses que nous faisons connaître le fond de notre caractère. Un homme saura se comporter convenablement dans une affaire importante : s'il s'agissait mal, il sait qu'on le remarquerait ; mais il manquera quelquefois de délicatesse dans des choses légères, parce qu'il pense qu'on ne s'en apercevra pas. C'est donc sur les actions les plus futiles en apparence qu'on peut le mieux juger le cœur des hommes.

Malgré ces petits défauts, Jolivet est assez bon enfant ; ni beau, ni laid, ni grand, ni petit, la gourmandise est la seule chose par laquelle il se fasse remarquer. On le voit avec plaisir, quoiqu'il n'ait point d'esprit et peu de gaieté ; mais il fait tout ce qu'on veut, et dans le monde on aime à rencontrer de ces gens-là.

— Bonjour, messieurs, dit Jolivet en se frottant les mains et en courant se chauffer. Ah ! il fait froid ce matin... le bois va augmenter... Est-ce que tu as déjà déjeuné, Paul ? — Oui. Pourquoi ? — Oh !... pour rien. — Est-ce que tu venais déjeuner avec moi ? — Non... cependant si tu n'avais pas déjeuné... j'aurais peut-être pu... — Veux-tu que je te fasse apporter quelque chose ? — Ma foi, au fait, je le veux bien, parce que j'y réfléchis que je suis très-pressé ; j'ai encore cinq courses à faire, et je n'aurai pas le temps de rentrer déjeuner chez moi... Mais, presque rien, la moindre des choses, une omelette...

J'appelle ma bonne, on met sur une table un restant de pâté, une aile de volaille, du fromage à la crème, des petits verres et du vin. Jolivet se met à table en disant : — En voilà dix fois trop... Je n'ai pas très-faim ce matin... Nous avons si bien dîné hier au Cadran-Bleu !... Dites donc, monsieur Jenneville, les filets sautés aux truffes ?... — Ah ! tu étais du dîner du Cadran-Bleu, toi, Jolivet ? — Certainement, M. Jenneville m'a fait l'amitié de m'inviter. — Dubois en était aussi. — Je le sais, je l'ai vu le soir à la Gaîté. — Ah ! vous étiez à la Gaîté, messieurs : qu'est-ce qu'on donnait ? — Un mélodrame nouveau. — C'est donc ça que je n'ai pas pu trouver de contremarque à acheter.

— Je comptais d'abord accompagner Dubois à la Gaîté, dit Jenneville, mais un petit billet que j'ai reçu a changé mes dispositions. — Un billet doux, je parie ! s'écrie Jolivet en faisant disparaître l'aile de volaille. — Ma foi, oui, messieurs, et d'une femme divine !.... Oh ! celle-là mérite bien qu'on lui fasse des sacrifices !... D'ailleurs, je n'ai pas encore tout obtenu d'elle, et vous savez qu'il ne faut rien négliger pour réussir. — C'est juste, dit Jolivet ; il n'y a que lorsqu'elles ont tout fait pour nous qu'il n'est plus besoin de nous gêner... — Et quel genre de femme est-ce ? — Du meilleur genre !... non-seulement elle est charmante de figure, mais encore une taille délicieuse, des formes ravissantes, de la grâce dans les moindres mouvements, et de l'esprit jusqu'au bout des doigts !... — Oui, dit Jolivet, ce que nous autres négociants nous appelons de l'esprit argent comptant... Ma foi, pendant que je suis en train, je vais goûter de pâté.

Le portrait que Jenneville vient de faire m'a rappelé cette dame en capote pensée ; je ne puis m'empêcher de pousser un léger soupir.

— Est-ce que vous êtes amoureux aussi, Deligny ? me dit Jenneville en souriant. — Non... mais j'ai bien manqué de le devenir. Hier, au spectacle, j'étais auprès d'une dame bien jolie, elle avait aussi une tournure assez distinguée.... J'aurais voulu faire sa connaissance. — Il y avait un mari, un amant ? — Non, elle était seule. — Elle était seule, et vous n'avez pas pu lui parler ! Ah ! mon cher, je ne vous reconnais plus ! Qui diable vous gênait donc ? — Cette dame n'a répondu que par monosyllabes à ce que je lui ai dit..... j'ai bien vu qu'elle ne se souciait pas de causer. — Bah !... ruse que tout cela, c'est pour mieux attraper son monde ; une femme qui va seule au spectacle, c'est toujours pour se faire reconduire. Certainement, dit Jolivet en se coupant du pâté, c'est pour se faire reconduire. — Et moi, je crois qu'on l'attendait à la porte, et je m'en serais assuré sans ce maudit Dubois, qui m'a retenu et m'a fait perdre de vue ma jolie dame. — Allons, consolez-vous, mon cher, vous en trouverez beaucoup comme cela. Mais si vous pouviez voir ma nouvelle passion, je gage que vous en deviendriez amoureux.... Aussi je ne vous la ferai pas connaître.... de quelque temps, du moins ; d'ailleurs, ce n'est point de ces femmes que l'on mène avec ses amis. — Oh ! diable ! — Il y a même beaucoup de ménagements à garder !... la veuve d'un général !... qui reçoit chez elle la meilleure société de Paris !...

— C'est une femme riche ? dit Jolivet en attaquant de nouveau le pâté. — Riche, sans doute... elle devrait l'être davantage, mais elle a essuyé des pertes : dans ce moment elle soutient un procès considérable pour une terre en Normandie. — Il faut toujours tâcher d'avoir pour maîtresse une femme riche, dit Jolivet, c'est plus agréable... on dîne chez elle..... Il est bon le pâté, il est très-bon !..... — C'est une femme qui reçoit des gens en crédit, des gens en place... Oh ! si elle voulait, si elle était intrigante, elle n'aurait qu'un mot à dire pour faire obtenir des emplois à ceux qu'elle protégerait..... elle m'a déjà laissé entrevoir le désir qu'elle aurait de m'être agréable... mais, moi, je ne veux pas de place, ça me gênerait, ça m'ennuierait !... — Dites donc, Jenneville, j'en veux bien une, moi, dit Jolivet ; je fais le commerce, l'escompte, mais si je trouvais une bonne place, bien payée, ça m'irait parfaitement.

Jenneville ne répond pas à Jolivet, qu'il n'a pas eu l'air d'écouter. Dans ce moment j'entends chanter dans mon antichambre ; on ouvre brusquement la porte du salon, et Dubois paraît au milieu de nous.

— Eh ! les voilà, ces chers amis !... Réunion charmante ! il ne manquait que moi... J'étais sûr que je trouverais Jolivet mangeant. Bonjour, Jenneville. Eh bien ! mon petit Deligny.... comment ça s'est-il passé avec la petite ?... conte-moi donc ça.

— Comment ! il est question d'une petite, et Deligny ne nous en a rien dit ! s'écrie Jenneville. Ah ! c'est fort mal !...

— C'est très-mal, reprend Jolivet en achevant le pâté. — Messieurs, dis-je, je ne vous ai rien conté, c'est que vraiment cela n'en valait pas la peine. Deux grisettes que nous trouvons au spectacle, que Dubois veut absolument reconduire ; il m'en met une sur les bras, et s'éloigne avec l'autre. Moi, je mène cette demoiselle jusqu'à sa porte, où je lui souhaite le bonsoir : voilà toute l'histoire.

— Bah ! vraiment ! dit Dubois, ça s'est terminé comme ça !... Oh ! moi, c'est différent. Diable !... je suis venu, j'ai vu, j'ai vaincu, comme Pompée ?.... — Est-ce César ou Pompée qui a dit cela ? C'est égal, n'importe lequel !... Encore une fleur à ajouter à ma couronne ? — Si tu appelles cela une fleur, tu n'es pas difficile. — Mon cher, je t'assure qu'elle est ravissante mieux que tu ne crois... On a des beautés cachées aux profanes !... Et elle est d'une gaieté !... Ah ! Dieu ! avons-nous ri !...

— Et la petite que vous avez ramenée chez elle n'était donc pas jolie ? me dit Jenneville. — Pardonnez-moi, elle était gentille... mais je n'en suis pas amoureux, ma foi...

— Tu as bien raison, dit Jolivet en passant au fromage à la crème, avec toutes ces petites grisettes c'est sans cesse de l'argent à dépenser.

— Oh ! voilà bien mon ladre ! s'écrie Dubois ; je suis sûr que lorsque ce gaillard-là va dîner chez le traiteur avec sa maîtresse, il lui fait payer la moitié de la carte ; bien heureuse encore si elle ne paye pas pour lui !... — Ah ! Dubois... — Oh ! tu es un crasseux, c'est connu... Messieurs, je vais vous conter un trait de Jolivet : dernièrement il revenait avec une dame du faubourg Saint-Antoine ; la pluie survint, cette dame ne veut pas se faire mouiller, Jolivet la fait monter dans un Omnibus, mais au lieu d'y monter avec elle, il se précipite dans une Dame-Blanche afin de ne pas être obligé de payer les six sous pour elle ! — Messieurs, le fait n'est pas exact, je suis monté dans une autre voiture parce qu'il n'y avait plus de place dans celle où j'avais fait monter la personne qui était avec moi. — Il y en avait encore, s'écrie Dubois, je le sais de la dame elle-même, qui me l'a conté en ajoutant qu'elle se promettait bien de ne plus aller promener avec toi. — Eh bien ! tant mieux ! qu'elle n'y vienne plus ! je ne la regretterai pas ; elle avait toujours soif, cette femme-là !... il fallait toujours la mener au café !... Je ne connais rien qui ait plus mauvais genre que cela.

— Ah çà ! mes enfants, dit Dubois, comme il ne faut pas que les plaisirs fassent oublier les affaires... surtout quand les fonds sont bas, je vais tâcher de placer une partie de sucre et de café chez quelque demi-gros de la rue de la Verrerie.... j'irai ensuite laver la tête à un coquin à qui j'ai fait vendre trois livres de vanille dans laquelle il avait coulé de l'huile pour la faire peser davantage... mais à cinq heures je suis libre : dînons-nous ensemble ?

— Volontiers, dit Jenneville, je n'ai affaire qu'à huit heures ce soir. — Es-tu des nôtres, Jolivet ? — Mais.... je ne sais pas trop si je pourrai... et puis, messieurs, quand on dîne avec vous on fait toujours

des dépenses folles !... vous n'êtes pas raisonnables. — Oh ! nous serons très-sages aujourd'hui.... cent sous par tête, ça ne passera pas cela... — Peste ! c'est encore bien assez.... c'est que j'ai peur de n'avoir pas faim. — Il est certain que si tu continues de manger comme tu le fais depuis deux heures...

En effet, tout en disant qu'il ne veut manger qu'un morceau, Jolivet a fait disparaître volaille, pâté, crème, et dans ce moment il achève le pot de confitures.

— Ma foi, j'ai mangé... sans y penser, dit Jolivet, votre société m'a donné de l'appétit ; moi, d'abord, je mange bien plus en société... chez moi je n'ai jamais faim... Eh bien ! à quelle heure dînerez-vous ?... — A cinq heures et demie, le rendez-vous au passage des Panoramas... nous dînerons chez Champeau. — C'est bien, j'irai.... Ces confitures me tiennent au gosier... Deligny, est-ce que tu n'aurais pas quelque chose pour me faire couler ça ? — Veux-tu un petit verre de kirsch ? — Ah ! oui !... du kirsch !... ça fait digérer...

— Oh ! le gourmand ! s'écrie Dubois, il lui faut le petit verre !... Donne-m'en un aussi, Paul ; à la bonne heure, moi, j'ai besoin de toniques ; il faut à l'homme sensible et volage des côtelettes de mouton et des petits verres ; sans ça, enfoncé !.... Adieu, jeunes amis ; je vais faire la cassonade et le café martinique. A cinq heures et demie, au Panorama ; je vous montrerai, dans un magasin de modes, deux vestales dont j'ai éteint le feu sacré !

Dubois sort. Jolivet se décide enfin à quitter la table ; il regarde sa montre, et s'écrie : — Ah ! mon Dieu ! midi passé.... moi qui avais rendez-vous à onze heures... Monsieur Jenneville, ne m'a semblé que j'avais vu votre cabriolet en bas ? — Oui, il m'attend. — De quel côté allez-vous ? — Au faubourg Saint-Germain. — Justement, j'ai affaire rue de Seine... si vous pouviez me mettre là ? — Volontiers... partons. A tantôt, Deligny. — Oui, messieurs, à tantôt.

Ils sont partis ; et moi, après avoir écrit à mon père, je sors aussi, en pensant à ce M. Blagnard, dont Jenneville m'a parlé, et qui a fait fortune en deux ans, tandis que moi, en six, je me suis aux deux tiers ruiné. Cependant ce Blagnard n'économise pas, il affiche un grand luxe, il ne se refuse rien. Il y a vraiment des gens adroits en affaires ! mais il y a aussi bien des fripons qui mériteraient la corde, et qui font figure dans le monde. Je n'envie pas cette adresse qui consiste à baser ses calculs sur la ruine d'autrui, à étaler un grand faste pour faire des dupes, à s'enrichir aux dépens de vingt familles que l'on met dans la misère... Cette manière de faire fortune est pourtant très-commune. Diable !... je fais ce matin des réflexions bien sérieuses ! Mais quand on a déjà été dupe des intrigants, on n'est pas content ; et quand on n'est pas content, on n'est pas toujours philosophe.

CHAPITRE V. — Soirée chez des grisettes — Les Crêpes.

Tout le monde est exact au rendez-vous excepté Jolivet, qui se fait toujours attendre. J'avoue qu'avant l'heure du dîner j'ai été plusieurs fois au moment de me rendre chez la petite Ninie, mais j'ai résisté à cette envie ; si elle demeurait dans un quartier un peu moins sale, il est probable que la jeune frangère aurait eu déjà ma visite.

Nous nous promenons quelques instants dans le passage des Panoramas. Jenneville me parle de sa nouvelle passion, il a l'air bien amoureux ; à l'entendre, il n'a jamais connu de femme aussi jolie, aussi aimable, aussi séduisante... Elles nous paraissent toujours ainsi dans le commencement.

Dubois regarde dans les boutiques, il lorgne les filles de comptoir, il nous en fait remarquer plusieurs... ce garçon-là est incorrigible.

Enfin Jolivet arrive le parapluie à canne à la main ; il tire sa montre en nous abordant, et s'écrie : — Ce n'est pas ma faute... je retarde ou vous avancez. Puis il court prendre le bras de Jenneville, auquel il témoigne beaucoup d'amitié ; il a toujours des préférences marquées pour les personnes qui ont cabriolet et qui donnent des dîners.

Nous nous rendons chez le restaurateur ; comme nous allions entrer, un jeune homme fort élégant descendait de son cabriolet.

— Eh c'est Blagnard ! dit Jenneville.

— C'est ce cher Jenneville ! dit M. Blagnard ; puis il nous fait à chacun un salut gracieux, en disant : — Vous allez dîner, messieurs ? — Oui.... et toi aussi ? dit Jenneville. — Sans doute... mais si vous me permettez d'être des vôtres, messieurs, cela me sera très-agréable.

Il n'y a pas moyen de refuser une telle proposition ; d'ailleurs Jenneville paraît être fort lié avec M. Blagnard, et Dubois s'écrie déjà : Plus on est de fous, plus on rit !

Nous entrons dans les vastes salons du restaurant, et Jolivet me dit tout bas : — Qu'est-ce que c'est que ce monsieur qui va dîner avec nous ?.... — Ma foi, je ne le connais peu... je sais qu'il fait beaucoup d'embarras, et qu'il a fait fortune en très-peu de temps. — Il a fait fortune... ce n'est pas bête ça !... C'est à lui ce joli cabriolet qui était à la porte ? — Oui.

Jolivet n'a pas le temps de m'en demander davantage ; nous nous plaçons, et il a soin de s'asseoir à côté de M. Blagnard.

M. Blagnard débute par demander des huîtres d'Ostende, du sauterne pour boire avec, puis du beaune première qualité pour ordinaire. Je prévois qu'en continuant sur ce ton-là notre écot dépassera de beaucoup ce que nous avions projeté, mais ce n'est ni moi ni Jenneville qui en ferons la remarque; nous rougirions de paraître craindre de dépenser trop. Au contraire, comme nous ne voudrons pas rester en arrière, nous allons trancher aussi du capitaliste. Il n'y a rien de tel que l'amour-propre pour faire faire des sottises; il est vrai que quelquefois aussi il fait faire de bonnes actions.

Dubois, qui ne calcule jamais, savoure à longs traits le sauterne et le beaune, sans s'inquiéter de la suite. Il n'en est pas ainsi de Jolivet, il fait la moue, il ne sait pas s'il doit boire, et lorsque Blagnard demande des coquilles aux truffes et des faisans rôtis il se saisit de la carte en s'écriant : — Un instant, messieurs, voyons le prix d'abord !... Vous allez !... vous allez !...

— Fi donc !... est - ce qu'on regarde jamais le prix? dit Blagnard. Que nous importe cela? Nous payerons, cela suffit... — Certainement, dit Dubois, on paye, et voilà tout... Mais Jolivet, lui, c'est différent; quand il dîne chez le traiteur, ce ne sont pas les noms des mets qu'il cherche, ce sont les articles cotés au plus bas. Il ne prend que de ceux-là. — Je prends ce que j'aime, répond Jolivet. Tenez, messieurs, il me semble, par exemple, que du petit salé aux choux pour deux serait... Un murmure général accueille la proposition de Jolivet, qui met la carte sur ses genoux avec humeur, puis mange sans souffler mot.

— Est-ce que vous ne pourriez pas reculer un peu votre chaise ?... dit Dubois à un monsieur à cheveux rouges qui est assis à une table derrière nous, et dont la chaise touche la nôtre. Le monsieur ne répond pas; toute son attention paraît être absorbée par un roast-beef qui est devant lui.

— Monsieur, je vous prie de vous reculer! reprend Dubois en criant de manière à fixer l'attention générale. L'homme aux cheveux rouges se tourne tout d'une pièce, et répond à Dubois avec le flegme et l'accent de la Grande-Bretagne :

— Merci beaucoup ! Vous pas gêner moi nullement.

— C'est un Englisch, dit Dubois; j'aurais dû m'en douter à la manière dont il regarde son roast-beef.

— Laisse cet Anglais tranquille et ne nous fais pas de scènes ici, dis-je à Dubois. — Il n'est pas question de scènes, mais je veux être à mon aise... Il appuie sa chaise contre la mienne. — Avance-toi. — Je ne veux pas m'avancer; je ne suis pas dans l'habitude de céder à personne... Ne faudrait-il pas se gêner pour un Anglais?

Quelques moments se passent sans que Dubois redise rien; il se contente de regarder de temps à autre son voisin par-dessus son épaule, mais le voisin mange et boit sans y faire la moindre attention.

Nous arrivons au dessert. — Si nous prenions une légère omelette soufflée ? dit Jolivet, qui petit à petit s'est remis en train. M. Blagnard part d'un éclat de rire en s'écriant : — Une omelette soufflée !... Ah! fi donc !... C'est un peu trop classique... Il faut laisser cela aux grisettes et aux garçons de boutique !... Des gelées, des blanc-manger, passe encore... Mais, tenez, messieurs, du champagne avant tout; un homme comme il faut ne saurait terminer un dîner sans champagne!

Le champagne est demandé. Jolivet n'ose rien proposer, mais il boit beaucoup; nous en faisons tout autant. En sablant le champagne, Jenneville me parle que de sa belle ; nous savons qu'elle se nomme Herminie, car ce nom lui échappe plusieurs fois en portant son verre à ses lèvres. M. Blagnard me témoigne beaucoup d'amitié et me fait mille offres de services; il m'assure qu'il sera trop heureux de cultiver ma connaissance. C'est possible, moi je veux bien le croire; au dessert d'ailleurs on croit tout si facilement! Jolivet ne dit rien; mais il fouille constamment dans ses poches. Je gage qu'il compte son argent. Quant à Dubois, comme l'Anglais vient de remuer sa chaise au moment où il portait son verre à ses lèvres, il se retourne en lui criant aux oreilles:

— Dites donc, je vous ai déjà prié de vous reculer... monsieur John Bull, vous me gênez, vous m'empêchez de boire, Goddem!

Sur le Goddem, l'Anglais laisse son plumb - pudding, se retourne, et dit à Dubois en le regardant fixement : — Comment que vous appelez moi? — Reculez-vous! — Comment que vous appelez moi? — Il n'est pas question de ça, je vous dis que vous me gênez... Si vous n'êtes pas content, prenez des cure-dents !...

L'Anglais devient rouge comme un coq, et je vois qu'il se prépare à se mettre en colère; je tâche de lui faire entendre que mon ami désirait seulement qu'il reculât sa chaise. Mais l'homme aux cheveux rouges se croit insulté, il frappe sur l'épaule de Dubois, qui se verse du champagne, et lui dit : — Si vous vouloir sortir toute de suite avec moi, j'étais prête. — Que je sorte toute de suite... Et pourquoi faire, mylord? Pour nous battre à coups de poing, n'est-ce pas?.. Je ne suis pas un crocheteur, entendez-vous... Allez vous rouler avec les commissionnaires, si ça vous amuse. Ce n'est pas mon genre, à moi.

Je ne sais si l'Anglais a compris ce que Dubois vient de lui répondre; mais après avoir attendu encore quelques minutes, voyant que celui-ci ne bouge pas de la table, l'homme aux cheveux rouges appelle le garçon, paye sa carte avec colère, et s'éloigne en disant : Je ne plus jamais restaurer dans ce traiteur !

Dubois, qui n'est pas fâché de voir son voisin parti, frappe alors de son verre sur la table en s'écriant : — Voyez - vous comme le léopard s'en va la queue entre les jambes !... J'espère que je ne me suis pas gêné pour lui dire son fait... Hein?

Nous ne répondons rien à cette bravade; le champagne est fini,

nous demandons la carte. Le garçon l'apporte, Blagnard s'en empare et paye, puis va pour se lever. — Un instant, lui dis-je, cela ne peut se passer ainsi, combien devons-nous chacun? — Eh, messieurs !..... nous compterons cela une autre fois... — Non pas, s'il vous plaît; un vieux proverbe dit : Les bons comptes font les bons amis, et j'ai toujours reconnu la justesse de cet adage... La carte, je vous en prie, ou je me fâcherais.

Blagnard cède et me passe la note, qui se monte à cent soixante-cinq francs. Pour cinq c'est assez bonnête, c'est trente-trois francs par tête. Je paye, Jenneville et Dubois en font autant; quant à Jolivet, il est si longtemps à fouiller dans chacune de ses poches, à retourner dans ses doigts quelques pièces de sous, que nous nous levons tous pour aller prendre le café avant qu'il soit parvenu à faire la somme qu'il doit rendre à Blagnard.

Nous nous rendons au Palais-Royal; mais, au moment d'entrer au café, Jolivet regarde sa montre, et nous quitte en prétextant un rendez-vous. Il aura craint qu'en payant le café on ne se rappelât son écot du dîner.

Le café où nous entrons est rempli de vieux habitués, qui font de la politique en commentant les journaux. Mais toutes les discussions ont lieu avec calme, personne ne s'échauffe, on entendrait une mouche voler ; notre arrivée change tout cela ; comme nous avons beaucoup bu, nous faisons beaucoup de bruit; mais nous ne nous en apercevons pas. Nous rions, nous parlons tout haut, nous nous croyons très-aimables, et je gage que les paisibles habitués du café nous portent sur leurs épaules; mais les hommes ne se voient pas ce qu'ils sont quand ils ont la tête calme, comment donc se connaîtraient-ils quand ils ne sont plus de sang-froid? Heureusement Jenneville est pressé de nous quitter pour aller chez sa maîtresse, et M. Blagnard a aussi un rendez-vous. Il aura craint qu'en payant le café on ne se rappelât son écot du dîner... car notre séjour au café pourrait amener encore quelque aventure : Dubois a déjà jeté deux fois à terre le chapeau d'un vieil habitué, et je vois dans les yeux de celui - ci que la troisième fois ne serait pas excusée.

Jenneville et Blagnard nous ont quittés, il reste avec Dubois dans les galeries du Palais-Royal ; et nous sommes tous deux trop en train de rire pour ne point chercher quelque manière de passer gaiement notre soirée.

— Que diable allons-nous faire? dis-je à Dubois. Je ne me sens pas d'humeur à m'enfermer dans un spectacle... Il me semble d'ailleurs que j'aurais de la peine à rester en place... on n'y rit guère, et nous avons déjà dit trop de folies pour que maintenant je puisse m'asseoir à une table d'impériale ou d'écarté.

Dubois se frappe le front, et fait un saut de joie en s'écriant : — Ah, mon ami !... je n'y pensais plus !... J'ai notre affaire !... Et moi qui l'avais oublié!... Ces pauvres petites, nous allons passer la soirée la plus amusante ! nous pourrons dire des bêtises, en faire même..... tout ce que nous voudrons ! Finis coronat... Eh bien! quand je veux faire une citation, je n'en trouve jamais que la moitié... — Parle-moi français, et dis-moi ce que nous allons faire de si charmant? — Ce que nous allons faire, mon ami !... et la douce, la tendre, la piquante Charlotte qui m'attend pour manger des crêpes !... et moi qui ne m'en souvenais plus !... — Des crêpes ? — Eh oui, des crêpes, ne sommes-nous pas en carnaval, à cette époque voluptueuse de l'année dans laquelle les crêpes et les beignets jouent un si grand rôle !... En me quittant ce matin... car je n'ai quitté Charlotte que ce matin, elle m'a dit : Mon bon ami, j'aurai ce soir chez moi trois de mes amies, nous devons faire des crêpes, parce que nous les aimons beaucoup, vous seriez bien aimable de venir... vous apporterez des marrons... Dis donc, des crêpes et des marrons, toutes choses légères! J'ai accepté. Il est huit heures passées, en avant chez Charlotte... Et vivent les grisettes!

En tout autre moment, j'y regarderais peut-être à deux fois avant d'accompagner Dubois ; mais notre dîner nous a mis en gaieté, et l'idée de passer la soirée chez des grisettes me paraît alors très-piquante.

— Allons donc chez Charlotte, dis-je à Dubois ; mais penses-tu qu'elle sera contente que je t'amène quelqu'un avec toi? — Tiens! par exemple, est-ce que l'amour doit jamais gêner l'amitié?.. J'amènerais cinq ou six amis qu'elle n'en serait que plus satisfaite, puisque je le dis qu'elle a des amies, elle, nous allons voir de nouveaux visages... nous allons peut-être faire quelque nouvelle passion... on ne sait pas... — Par exemple, je te prie d'avoir la complaisance de ne m'appeler que par mon nom de baptême devant ces petites filles... je n'ai pas besoin qu'elles sachent toutes le nom de ma famille... — Sois tranquille, c'est entendu. Déjà hier ou ce matin, en parlant de toi à Charlotte je ne t'ai appelé que Paul; j'ai dit que tu ne te nommais pas Deligny, que c'était une plaisanterie de carnaval que je t'avais faite... Quant à moi, il n'y a plus moyen que je te garde l'incognito; je suis trop connu de tous les jolis minois de Paris !... — Penses-tu que Ninie sera chez Charlotte? — Probablement... — Je ne serais pas fâché de la revoir.... elle va me faire la mine. — Tu lui feras une crêpe, et elle te pardonnera... — Ah çà ! si c'est une partie de manger des crêpes, et nous sortons de table... — C'est égal, ça fait faire la digestion.

Tout en parlant, nous marchions à grands pas, nous suivions la rue Saint-Honoré jusqu'à la halle, et nous gagnions la rue aux Fers. Dubois s'arrête devant la porte d'une allée qu'il ouvre en pressant un secret qu'on lui a déjà fait connaître, nous pénétrons dans une allée

noire comme un four. — Nous allons nous casser le cou, dis-je à Dubois. — Tu as raison, me dit-il, avec ça que Dulcinée loge sous les
toits... nous n'avons pas la moindre inspiration, attends-moi là.

Dubois ressort aussitôt de l'allée, où je reste seul. Où est-il? que va-
t-il faire?... mais je ne suis pas longtemps livré à ces réflexions, car
Dubois revient bientôt tenant à la main un rat-de-cave allumé.

— Avec ça, dit-il, nous trouverons plus aisément notre chemin; ordinairement j'ai toujours un rat-de-cave dans ma poche... c'est un
meuble indispensable quand on va souvent le soir chez les grisettes...
on l'allume dans la boutique du voisin, et on monte comme on
rentrait chez soi.

Nous montons un escalier horrible; mais arrivés au troisième étage,
nous entendons des éclats de rire.

— Entends-tu les petites folles? me dit Dubois, il paraît qu'elles
sont déjà réunies... — Est-ce que c'est ici? — Non pas, encore deux
étages... je reconnais la voix de Charlotte... je suis sûr qu'elle fait la
pâte!... c'est une fille versée dans les arts utiles.

Nous arrivons au cinquième; et le bruit que l'on fait chez mademoiselle Charlotte nous indiquerait la porte, si Dubois ne la connaissait pas.

Nous frappons, on pousse une exclamation de joie en nous voyant : — Ah! le voilà!... que c'est gentil! Ces demoiselles me disaient : Ton monsieur ne viendra pas, et moi je ga-
geais que si!... — Et vous voyez, mesdemoiselles, que je vous amène
un ami... il craignait d'être indiscret, mais j'ai pris sur moi de lever
ses scrupules. — Ah! par exemple!... est-ce que nous sommes des cérémonies, nous autres?... d'ailleurs c'est M. Paul, qui était avec nous
hier, je le reconnais bien... Entrez donc, messieurs.

Nous entrons dans une pièce assez grande, où les meubles ne gênent
pas... Il y a en tout un lit sans rideaux, une vieille commode et six
chaises dont deux sont cassées. Une porte entr'ouverte au fond m'indique une autre pièce, mais je ne vois pas encore l'intérieur; je con-
sidère en ce moment la compagnie : elle se compose, outre-mademoi-
selle Charlotte, de trois demoiselles. L'une, grande et maigre, a le
nez et les coudes si pointus qu'on craint de se piquer en l'approchant,
on la nomme Aimée; l'autre, presque aussi grande, est du moins
grasse à proportion, sa figure est pleine et fraîche, ses bras et ses mains
sont énormes; elle n'a pas encore seize ans, à ce que nous dit Charlotte, et cela ferait déjà un beau grenadier, celle-là se nomme Manette; enfin la troisième est une petite personne de dix-huit ans, assez
gentille, très rieuse, et qui ne reste pas un moment en place, on
l'appelle Laure.

Dans tout cela je ne vois pas Ninie, et cela me contrarie... car c'est
ainsi que nous sommes : ce matin je n'ai pas voulu la revoir, et ce soir
je suis fâché de ne pas être avec elle; mais du matin au soir il se fait
bien des changements dans nos idées! surtout quand nous avons bu du
champagne.

Où donc sont les marrons que vous deviez apporter? dit Charlotte à Dubois. — Ah! aimable pastourelle, nous les avons oubliés!... mais est-
ce qu'on ne pourrait pas réparer cela par quelque chose de plus spiri-
tueux?... car les marrons avec les crêpes, ça me semble tant soit peu
étouffant... Que comptez-vous boire avec vos crêpes? — Nous voulions
boire du cidre, mais la fruitière n'en a pas. — Eh bien! chers amours,
nous vous offrons du vin blanc... ce qui vaudra beaucoup mieux que
votre cidre... hein? — Oh! certainement.

— Mais, dit la petite Laure en riant, ça va nous griser, du vin
blanc... moi, dès que j'ai bu un doigt de vin, je suis toute chose!...
— Eh ben! tant mieux, dit Charlotte, nous griserons Laure. — Oh!
moi, je ne veux pas me griser, dit la grande Aimée, parce qu'alors
j'ai mal au cœur et je rends tout ce que j'ai bu. — Alors nous ne vous
ferons pas boire, vous. — Mes enfants, qui est-ce qui se charge d'aller chercher les liquides? — Tiens, vas-y, toi, Manette... c'est bonne
enfant. — C'est ça; c'est toujours moi qui fais les commissions! — Mais
il faut aussi rapporter des œufs et de la farine... — Comment, la pâte
n'est pas faite! s'écrie Dubois. — Mais non, nous vous attendions...
— Alors je m'en charge, et vous connaîtrez mon talent!... S'il y a un
grumeau, je vous permets de m'appeler ganache.

La grosse Manette sort avec un saladier et des bouteilles vides; pendant que Laure l'éclaire, je dis à Charlotte : Est-ce que Ninie ne
viendra pas? — Mais si fait... je lui ai dit... Est-ce qu'elle ne sait pas
que vous êtes ici? — Comment le saurait-elle, je ne l'ai pas revue depuis hier au soir; et alors j'étais loin de me douter de ce que je ferais
aujourd'hui. — Oh! elle va venir, c'est qu'elle avait de l'ouvrage à
finir... Tenez, je crois que je l'entends dans l'escalier... Oh! cachez-
vous, nous lui ferons une surprise.

— Oui, oui, il faut lui faire une surprise, disent toutes ces demoiselles. — Moi, je veux bien me cacher, mais où cela? — Dans l'autre
chambre, dit Charlotte en m'y poussant, nous lui ferons croire que
c'est son Adolphe qui est revenu.

On me fait entrer dans la pièce du fond, on referme la porte sur
moi, et me voilà dans une complète obscurité. Je cherche à m'orienter,
je tâtonne pour savoir si je ne pourrais pas m'asseoir jusqu'au moment
de la surprise. Ma main gauche rencontre d'abord un poêle, et ma
droite s'enfonce dans une motte de saindoux; je la retire de là-dedans
le mieux que je puis, et, en cherchant toujours, je rencontre au milieu

de la chambre, le dos d'une chaise. — Bon! me dis-je, voilà mon affaire, j'attendrai plus à mon aise là-dessus. Alors j'écarte les pans de
mon habit, et je me laisse aller sur la chaise; mais aussitôt quelque
chose éclate sous moi, je me sens mouillé et piqué assez fortement. Je
pousse un cri, on ouvre la porte, c'était le moment de la surprise :
ces demoiselles et Dubois paraissent avec une chandelle, et me trouvent assis sur les débris d'un vase nocturne, qu'en m'asseyant j'avais
mis en pièces, et dont le contenu avait inondé le carreau.

D'abord on ne peut résister à l'envie de rire que cause ma position,
mais on s'aperçoit que je fais la grimace; on craint que je ne sois
blessé, on ne rit plus, o vient m'aider à me relever.

— Mon Dieu! mon Dieu! que nous sommes bêtes! s'écrie Charlotte,
nous avons oublié que c'était là... C'est la faute de ces demoiselles
aussi... elles prétendaient que c'était plus commode...

— Comment, c'est ce monsieur, dit Ninie en rougissant un peu, et
vous me parliez d'Adolphe... voilà une belle farce que vous lui
avez jouée là! — Es-tu blessé? me dit Dubois. — Mais je ne pense
pas l'être sérieusement... cependant j'ai quelque chose... — Nous allons visiter ça, mon pauvre ami... Allons, mesdemoiselles, qui est-ce
qui tient la chandelle, qui est-ce qui se dévoue? Dans un cas comme
celui-ci, l'humanité avant tout! il n'y a plus de sexe...

Ces demoiselles font toutes une petite moue qu'elles voudraient faire
prendre pour de la pudeur. La grande Aimée seule s'avance en disant : — Moi, je tiendrai tout ce qu'on voudra! Quand il s'agit de
blessure, il ne faut pas faire l'enfant.

On lui donne la chandelle, les autres passent dans la première
chambre; Dubois examine alors ma blessure. qu'il m'est impossible de
voir moi-même, et mademoiselle Aimée nous éclaire avec une stoïcité
digne d'une Lacédémonienne.

Heureusement cet accident, qui pouvait avoir pour moi les suites
les plus graves, ne m'a causé qu'une assez forte blessure. Dubois
demande des linges, des chiffons pour me panser; mademoiselle Charlotte entr'ouvre la porte et lui passe une vieille camisole et deux
bandes de percale à demi festonnées. Après avoir étanché le sang avec
les bandes destinées à orner le bas d'une robe, Dubois déchire sans
pitié la camisole, en met une partie sur ma blessure; mademoiselle
Aimée attache tout cela elle-même, parce que les hommes ne savent
pas bien mettre les épingles, et, l'opération terminée, je me rhabille,
et je retourne, en boitant un peu, près de la société.

Les jeunes filles me demandent avec inquiétude si c'est dangereux,
je les rassure. — Non, la blessure n'est pas conséquente, dit la grande
Aimée, et c'est bien heureux! car un peu plus bas... — Ça sera une
fière leçon pour nous, dit Laure.

Dans ce moment, Manette revient avec les provisions, et Dubois
s'écrie : — Oublions cet événement, Paul en est quitte pour une ba-
gatelle qui le rend plus intéressant en marchant; ces demoiselles ne
laisseront plus le meuble indispensable au milieu de la chambre. Ne
pensons qu'à nous réjouir!... C'est moi qui fais la pâte!...

Dubois ôte son habit, retrousse ses manches, met devant lui ce qui
reste de la camisole déchirée. Quoique boitant un peu, je voudrais
l'aider; mais il n'y a chez Charlotte ni table, ni vase assez grand pour
contenir la pâte, ni grande cuiller pour la verser dans la poêle. Chacun se met en campagne pour se procurer ce qui manque. Pendant
que Dubois tire au milieu de la chambre la commode, dont il fait une
table, Manette vont chercher des assiettes et des verres
chez les voisins; Laure allume le feu dans la cheminée, la grande Aimée nettoie la poêle, et Ninie lave quelques mauvaises fourchettes de
fer. Moi, je cherche un égrugeoir, ou du moins un marteau pour piler
le sucre dont on saupoudrera les crêpes. J'ouvre sans façon les armoires; je trouve dans l'une un vieux pot à l'eau, quelques savates et
une chandelle; dans une autre, quelques chiffons, un assez joli fichu
de barége, un petit pot de cirage anglais; enfin un fer à repasser
s'offre à ma vue, je m'en empare, et il me sert à piler le sucre.

Bientôt Charlotte revient avec une immense cuvette dans laquelle
on fera la pâte, une cuiller à punch pour la verser. Manette apporte
un moutardier pour mettre le sucre, et deux verres, dont un à patte;
ce qui, avec celui que possède déjà Charlotte, pourra suffire à la société : vu que lorsqu'on est sans cérémonie on peut bien boire dans
le même verre. Les patriarches du bon vieux temps partageaient leur
couche avec leurs hôtes, il me semble qu'une grisette peut bien partager son verre avec ses amis.

Enfin on a à peu près tout ce qu'il faut; et à chaque objet que l'on
pose sur la commode, ce sont des éclats de rire interminables; la pau-
vreté a donc quelquefois son côté comique; s'il ne manquait rien pour
ce festin, si l'on avait trouvé chez Charlotte toutes les choses nécessaires, on rirait beaucoup moins. La table et tous les objets qui la cou-
vrent ne fourniraient pas des plaisanteries à ces demoiselles. Les grisettes sont vraiment philosophes; avec elles le plaisir du moment chasse
bien loin le lendemain, et fait oublier la veille.

Dubois a mis son mouchoir autour de sa tête pour achever de se
donner l'air d'un gâte-sauce; pendant qu'il bat ses œufs et sa farine
au bruit des applaudissements de ces demoiselles, je me suis assis
près de Ninie, qui me regarde avec un petit air boudeur, et ne me
dit rien. Quoi, pas un reproche de ce que je ne suis pas allé la voir!...
Cette petite niaise a déjà le tact d'une grande coquette. Si elle me té-

moignait des regrets de ne m'avoir pas revu, je m'en excuserais né-
gligemment; elle ne m'en souffle pas mot, il faut donc que ce soit moi
qui commence à m'excuser...

— Etes-vous sortie ce matin, mademoiselle? — Non, monsieur. —
J'avais bien envie d'aller vous voir... Mais des affaires... — Oh! vous
avez bien fait de ne pas vous gêner, monsieur.... Si j'étais une belle
dame, à la bonne heure... — Vous pensez donc qu'une belle dame me
plairait mieux que vous? — Est-ce que ce n'est pas vrai?

Je ne sais trop que répondre; cependant en ce moment Ninie me
paraît préférable à beaucoup de belles dames; je la trouve bien plus
gentille qu'hier; elle est pourtant moins parée, elle a un bonnet bien
simple, une robe foncée, un tablier d'alépine, mais cela lui donne
un air plus honnête, plus bourgeois que les chiffons qu'elle portait
la veille.

Je lui ai pris la main en souriant, je joue avec cette main qu'elle
m'abandonne et qui est blanche et potelée, quoiqu'un peu rude au
toucher. Je regarde Ninie en dessous, elle s'efforce en vain de conserver son air boudeur, je vois que nous aurons bientôt fait la paix...
Dans ce moment de grands éclats de rire attirent notre attention. C'est
le dessus de la commode, vieux noyer vermoulu, qui vient de céder
sous le poids de la cuvette pleine d'œufs, de farine et de lait, que Dubois battait à tour de bras, et la pâte est descendue dans le tiroir d'en
haut.

— Sacré mille Vénus!... dit Dubois, il paraît, mes petits anges, que
tout est mûr chez vous!... Voilà au moins six crêpes de perdues! —
C'est fameusement vexant! dit Manette.

On rattrape ce qu'on peut de la pâte avec la cuiller à punch, on
y remet de l'eau pour réparer le *déficit* et, afin qu'elle soit meilleure,
Dubois court fouiller dans les poches de son habit et en tire un
échantillon de vanille dont il fait hommage à la société, et que l'on
met dans la pâte.

Le feu flambe; c'est Dubois qui veut avoir l'honneur de faire la
première crêpe : on lui met la poêle à la main, le saindoux lui est
présenté par la pétulante Laure, et la pâte est versée par Ninie. Pendant que Dubois fait la crêpe, Charlotte verse du vin dans les trois
verres, et Aimée cherche dans tous les coins un peu de sel, qu'elle
préfère au sucre pour assaisonner sa crêpe. Le moment est venu où
celui qui tient la poêle doit montrer son talent; la pâte fume, tout
annonce que la crêpe est cuite d'un côté, il s'agit de la retourner.
Dubois, qui ne doute de rien, n'écoute pas Charlotte, qui lui conseille
par prudence de retirer sa poêle de dessus le feu, et de retourner la
crêpe dans la chambre. Avec l'assurance d'un vieux cuisinier, il fait
voltiger la crêpe... elle disparaît par le haut de la cheminée; et lorsque enfin elle retombe dans la poêle, c'est avec une couche de suie
qui la rend méconnaissable.

Les éclats de rire recommencent. Dubois quitte la poêle et va boire,
la grosse Manette le remplace en disant : — Vous allez voir, moi,
comme je retourne ça. On attend avec impatience le moment décisif;
alors Manette retire la poêle dans la chambre, et avec un vigoureux
tour de bras envoie la crêpe dans le visage de la grande Aimée : celle-
ci crie, on s'empresse de lui ôter le masque qu'elle a sur la
figure, mais on ne peut s'empêcher de rire de la grimace que fait la
pauvre fille; pour la consoler on lui abandonne la crêpe, dont personne d'ailleurs ne se soucie de goûter.

— Avec cela, dit Charlotte, si nous continuons ainsi, nous aurons
fait de la pâte pour le roi de Prusse. C'est pourtant dommage; des
crêpes à la vanille, ça doit être bien bon!... Est-elle bonne, Aimée?
— Ça leur donne un drôle de goût!... — Ah! pardi! tu mets du sel
dessus, ça ne doit pas trop aller avec la vanille.

— Donnez-moi la poêle, dit la jeune Laure, je vois bien qu'il faut
que je vous montre comment on fait ça.

Laure tient en effet la queue de la poêle avec une grâce toute particulière; et quand vient l'instant de retourner la crêpe, elle la fait
sauter et la reçoit avec beaucoup d'adresse, et au bruit des bravos de
chacun. Laure, qui est bien aise de poursuivre ses triomphes, fait
plusieurs crêpes de suite. Dubois est en admiration toutes les fois
qu'elle les retourne; et cela finit par impatienter Charlotte, qui le
pince en lui disant : — Mon Dieu! comme vous la regardez retourner
ça!... vous devriez vous mettre dans la poêle pour mieux juger de son
talent!...

Et mademoiselle Charlotte prend la place de Laure. Mais quand elle
retourne la crêpe, elle n'en rattrape jamais que la moitié; alors la petite
Laure se pince les lèvres et sourit d'un air moqueur, car les femmes
se moqueraient de leur meilleure amie quand leur amour-propre est
en jeu. Ninie dit qu'elle mange bien les crêpes, mais ne sait pas les
faire; moi je suis de la même force. Cependant une pile de crêpes
circule, et on les arrose avec le petit vin blanc qui serait bon pour
accompagner les huîtres, mais que ces demoiselles trouvent bien gentil, et dont elles ne se font point faute. Je bois dans le verre de Ninie,
Dubois dans celui de Charlotte, et les trois autres se servent du seul
verre qui reste. Pour égayer le repas, Dubois chante des gaudrioles;
car dans une romance serait peu goûtée par la société.
Après Dubois c'est moi que l'on fait chanter, puis chacune de ces demoiselles dit ensuite sa chansonnette. Là c'est encore l'espiègle Laure
qui obtient la palme; car Ninie n'a presque pas de voix, la grosse Ma-

nette a une basse-taille, la grande Aimée chante du nez, et Charlotte
chante faux.

Le concert ne fait pas oublier le festin; quelqu'un tient constamment la queue de la poêle, les grisettes ont toujours bon appétit, elles
ne connaissent pas ce bon genre qui consiste à faire croire que l'on a
l'estomac délicat; elles se bourrent de crêpes. Dubois leur verse sans
cesse, et bientôt le vin blanc fait son effet; toutes ces jeunes filles
veulent parler. Et comme aucune n'a la patience d'attendre que
l'autre se taise, elles parlent toutes à la fois; elles chantent; elles
crient, elles sautent; on ne s'entend plus, mais on rit toujours.

Dubois propose d'organiser une contredanse : comme nous n'avons
pas d'instrument, il faut que l'un de nous chante. C'est Manette qui
se charge de faire l'orchestre; elle s'accompagne avec la pincette,
dont elle frappe la poêle : ce qui, à ce que dit Charlotte, produit l'effet
d'une symphonie turque. Comme nous ne sommes que deux cavaliers,
et qu'il reste quatre dames, Dubois pense qu'il nous faut en prendre
chacun deux, et faire constamment la figure de la pastourelle.

Voilà dix minutes que nous dansons la pastourelle, et que Manette
frappe sur la poêle avec les pincettes; nous mettons tant d'abandon
dans notre danse, que nous faisons trembler la maison. Tout à coup
nous entendons frapper sous le plancher.

— Ah! c'est le vieux voisin, c'est M. Fouyoux, dit Charlotte,
tiens! il nous *embête*; ne faudrait-il pas se gêner de danser pour
qu'il dorme!... dansons plus fort, ça lui apprendra à frapper au
plafond.

Nous n'avions pas besoin de la recommandation de Charlotte pour
faire du bruit. On cogne de nouveau, nous faisons des cabrioles à dé-
foncer le plancher. Le bruit cesse au-dessous, et Charlotte croit que
le voisin a pris son parti; mais bientôt c'est à la porte du carré que
l'on frappe avec force.

— Comment! oser venir chez moi! dit Charlotte, par exemple!...
Le voisin est sans gêne!... Est-ce qu'il croit qu'il me fera peur?...
Faut le laisser à la porte. — Non, il faut lui ouvrir, dit Dubois, nous
allons nous moquer de lui... Ça sera bien plus piquant. — Ah!
oui, oui, disent toutes les jeunes filles, il faut faire aller M. Fouyoux!

Charlotte ouvre la porte, et nous voyons un petit homme de soixante
ans, tout ridé, tout ratatiné, dont la peau est couleur de bigarade, et
le nez couvert de petits rejetons; un bonnet de coton, fixé sur sa tête
par un large ruban verdâtre, descend jusque sur ses yeux; il a le
corps enveloppé dans une vieille robe de chambre à fleurs qui descend
jusqu'à sa cheville; nous nous apercevons que pour monter il ne
s'est pas donné le temps de mettre des bas, ses pieds nagent dans de
vastes pantoufles jadis fourrées, et il tient d'une main son bougeoir
tandis que de l'autre il retient autour de son corps sa grande robe de
chambre.

Le voisin jette un regard colérique dans l'intérieur de la chambre.
Cependant la vue de tout le monde semble lui en imposer un peu; il
porte son bonnet de coton la main dans laquelle est le bougeoir, et
par ce mouvement manque de se brûler le nez, puis dit d'une voix
grêle et fêlée :

— Mademoiselle, il est...
— Entrez donc, monsieur Fouyoux! dit Charlotte d'un air aimable.
— Mademoiselle, je viens... Je ne souffrirai pas que vous restiez
sur le carré!...
— Entrez donc, monsieur! répètent toutes les jeunes filles; et le
vieux voisin, étonné, se décide à faire cependant deux pas dans la
chambre; aussitôt on referme la porte du carré; et Dubois, qui est allé
chercher une chaise, la présente à M. Fouyoux, en lui faisant une profonde salutation.

— Monsieur, donnez-vous donc la peine de vous asseoir.... — Je
vous remercie, monsieur... Mademoiselle, il est minuit sonné à Saint-
Eustache et à Saint-Magloire.... — Vous allez prendre quelque chose,
monsieur Fouyoux...
— Monsieur sait-il faire les crêpes? dit Dubois en présentant d'un
air respectueux la poêle au vieux voisin. — Non, monsieur.... Mademoiselle, vous savez que le propriétaire n'aime pas que, passé minuit... — Voulez-vous vous débarrasser de votre bougeoir, monsieur
Fouyoux? — C'est inutile, mademoiselle, je ne... — Approchez-vous
donc du feu, vous allez vous enrhumer....

Le voisin commence à penser qu'on a l'intention de se moquer de
lui, il fronce le sourcil, va se fâcher, et déjà reprend le chemin de la
porte, lorsque Dubois, allant à lui, l'arrête en lui disant d'un air de
bonhomie : — Tenez, monsieur, vous nous en voulez un peu, parce
nous faisons du bruit en dansant, qu'il est tard, et que cela vous empêche de dormir... — C'est vrai, monsieur. — Nous sentons que
votre réclamation est très-juste et, pour vous laisser reposer en paix,
nous allons nous retirer avant dix minutes.... — Ce sera très-
aimable, et je... — Mais il faut nous prouver que vous n'êtes plus
fâché, et pour cela il faut boire un verre de vin blanc avec nous...
— Messieurs, je vous assure... — Oh! il le faut absolument!... vous
allez vous asseoir deux minutes pour être témoin de la dernière contredanse; nous ne vous laissons pas partir sans cela !...

M. Fouyoux, vaincu par les instances de Dubois, par les prières
de ces demoiselles, et espérant que sa condescendance le fera bientôt
dormir tranquille, se laisse conduire vers la chaise que lui présente

toujours Dubois, et, sans lâcher sa robe de chambre, pose son bougeoir sur la commode et s'assied en saluant la société.

Mais Dubois avait choisi la chaise qu'il avait présentée au voisin, elle était du nombre de celles reléguées dans les coins de la chambre. Au moment où M. Fouyoux s'assied, les pieds de derrière manquent, et le voisin roule sur le plancher; en cherchant à se retenir, il a naturellement lâché sa robe de chambre, qui s'est ouverte dans sa chute, et M. Fouyoux se montre à la société presque comme un petit saint Jean.

A la vue du voisin par terre toutes les jeunes filles partent d'un rire fou. M. Fouyoux se relève furieux, ramasse son bonnet de coton, l'enfonce au hasard sur ses oreilles, se saisit de son bougeoir, et court à la porte en s'écriant : — C'est une horreur!.. C'est un tour infâme... C'est bon, mesdemoiselles, j'irai voir demain le commissaire et le propriétaire!... On verra s'il est permis de jeter les gens par terre!...

Monsieur, dit le joueur de dominos, je vous répète que vous m'ennuyez ; et si vous ne vous taisez pas, je saurai vous réduire au silence.

Les jeunes filles rient trop pour pouvoir répondre; Dubois seul suit le voisin, en lui criant : — Monsieur Fouyoux, quand on monte chez des dames, il me semble qu'on devrait mettre au moins un caleçon!... c'est nous qui serions en droit de nous plaindre... Vous êtes un homme bien dangereux, monsieur Fouyoux!...

Le voisin a redescendu l'escalier en jurant qu'on entendrait parler de lui, et il a refermé sa porte de manière à ébranler la maison.

— Ah! mon Dieu! était-il drôle par terre! dit Laure. — Je suis sûre que je vais rêver de lui! dit Manette. — Il n'y a pas de quoi, dit la grande Aimée.

— Ce pauvre M. Fouyoux, dit Charlotte, désormais je ne l'appellerai plus que M. *Fouillis!*... Au reste, s'il se plaigne au propriétaire, ça m'est bien égal, je déménage au terme; o m'a déjà donné congé : le plus souvent que je vais me gêner pour faire du bruit!... Ah! messieurs, faites-nous donc danser la Boulangère.... et appuyons sur les talons.

La Boulangère est acceptée; après cela on propose une valse, et je fais tourner mademoiselle Ninie, tandis que Dubois fait tourner Charlotte, et que Laure valse avec Aimée.

Mais la valse achève d'étourdir les demoiselles, Aimée se sent déjà mal à son aise; et comme les autres se moquent d'elle, elle se met à pleurer.

— C'est ça, dit la petite Laure; quand elle a bien soupé il faut toujours qu'elle pleure, celle-là!... comme c'est amusant!

Si la grande Aimée a le vin triste, mademoiselle Laure l'a fort gai, Manette devient très-querelleuse, Charlotte se jette sur une chaise et étend les bras en bâillant; moi, je m'aperçois que Ninie, qui cependant a moins bu que les autres, est plus tendre, plus sentimentale que de coutume, je suis assis près d'elle dans un coin de la chambre, et

je lui ai déjà pris plusieurs baisers auxquels elle n'a opposé que des soupirs qui semblaient plutôt m'engager à recommencer.

Pendant que Manette crie après Aimée, qui lui répond en pleurant, Dubois, qui lorgne depuis longtemps mademoiselle Laure, profite d'un moment où il croit Charlotte assoupie pour prendre un baiser à la petite rieuse; mais celle-ci s'échappe des bras de Dubois, et se sauve en riant dans la chambre où m'est arrivé le fatal accident. Dubois y suit mademoiselle Laure et, soit par mégarde, soit avec intention, repousse la porte après lui.

Moi, je cause avec Ninie, et je m'inquiète fort peu de ce que Laure et Dubois peuvent faire sans chandelle dans l'autre chambre. Manette et Aimée sont trop animées par leur querelle pour avoir remarqué cette circonstance; mais Charlotte, qui fait tout ce qu'elle peut pour ne point s'endormir, après s'être frotté les yeux assez longtemps, regarde autour d'elle, et s'écrie : — Eh bien! où est-il donc?... est-ce qu'il serait parti... ça serait aimable... et Laure; je ne la vois plus... Ah! le monstre! est-ce qu'il l'aurait reconduite?...

Cette idée chasse tout à fait le sommeil de ses paupières; elle se lève, tourne dans la chambre, puis ouvre brusquement la porte du fond; alors mademoiselle Laure en sort un peu chiffonnée, et Dubois arrive en valsant pour se donner une contenance.

— Ah! vous étiez là-dedans, tous les deux sans chandelle! s'écrie Charlotte furieuse, par exemple!... c'est un peu trop fort!...

— Nous venions d'y entrer en valsant, dit Dubois. — En valsant!.. et c'est pour mieux valser que vous aviez fermé la porte!... quelle horreur!...

— Ma chère amie, dit la petite Laure en bégayant, j'espère bien que tu ne crois pas... que tu ne penses pas... certainement je ne suis pas capable de chercher à enlever un amant à mes amies!... — Ah! vous êtes une prude, une vertu peut-être!... C'est affreux, mademoiselle. Enfin que faisiez-vous là-dedans sans lumière avec monsieur?....

— Je vous dis que nous valsions, répond Dubois. — Quel mensonge!... Et pourquoi aller valser là-dedans? — Je voulais montrer une passe à mademoiselle pour vous faire une surprise. — Vous me croyez donc bien bête pour me dire ça!... C'est bon, mademoiselle Laure, je conterai cela à M. Édouard.

Jenneville.

Laure prend un air piqué et s'écrie : — Je n'ai point fait de mal, et je me moque bien de ce que vous direz. Si je voulais, moi, conter ce que je sais sur vous, c'est alors que j'en pourrais dire long. — Et que diriez-vous, petite chipie? — Ah! ne m'insultez pas, parce que je vous saute au visage!...

Ces demoiselles se font des yeux terribles, je pense qu'il faut se hâter de les séparer. Je fais entendre qu'il est fort tard et qu'on doit songer à se retirer. Manette entraîne Laure, je prends le bras de Ninie. Aimée, qui demeure dans la maison, rentre chez elle; quant à Dubois, nous le laissons faire sa paix avec Charlotte.

Il est près d'une heure lorsque nous sortons de la maison ; Laure et Manette demeurent à deux pas, nous les mettons chez elles, puis nous nous acheminons moi et Ninie vers la rue Aubry-le-Boucher.

J'ai remarqué avec plaisir que ma petite blonde n'a pas pris part à toutes ces querelles, qu'en général elle a été plus sage, plus tranquille que les autres ; ces remarques et les baisers que j'ai pris à la jeune fille m'ont rendu aussi très-tendre avec elle. Chemin faisant, nous sommes fort bons amis, et lorsque je suis arrivé à sa porte, je ne puis me décider à la quitter sitôt !... Comme vingt-quatre heures apportent de changement dans nos résolutions !... mais ce n'est pas en montant chez Ninie que je me dis cela ; j'ai alors bien autre chose dans la tête !

CHAPITRE VI. — L'Opéra.

C'est en retournant chez moi, le lendemain, que je fais des réflexions ; car alors je suis à jeun, les vapeurs du dîner, du souper de la veille, ne troublent plus ma raison, et je vais maintenant me faire de la morale... Mais à quoi bon ?... Quel mal, après tout, que Ninie soit ma maîtresse ?... Mieux vaut peut-être celle-là qu'une autre. Elle est gentille, je la crois douce et franche. À la vérité elle n'a pas grand esprit et aucune éducation ; mais je ne la mènerai pas dans le monde ; avec un châle et un chapeau, elle ne sera pas ridicule à mon bras, d'ailleurs on ne sort jamais qu'à la brune avec une grisette. Elle m'a dit qu'elle m'aimait beaucoup.... ce beaucoup-là est venu bien vite.... Je ne la crois pas susceptible de ressentir une violente passion ; elle croit qu'elle aime quand on lui plaît : c'est assez l'histoire de tout le monde ; mais je la juge capable d'être fidèle à celui qu'elle croit aimer, et ce n'est plus comme tout le monde.

Voilà huit jours que je vais chez elle, je l'y trouve toujours, et sans cesse travaillant. Son petit mobilier est mesquin, mais sa chambre est propre et bien rangée ; je lui ai dit que je ne voulais plus qu'elle vît Charlotte, et elle ne met plus les pieds chez elle ; décidément Ninie est une bonne fille. Elle a rougit point en me voyant, elle ne soupire pas quand je la quitte, mais je lui crois de l'amitié pour moi. Cependant elle me parle un peu trop souvent de son M. Adolphe. Quand je lui dis quelque chose elle s'écrie : — Adolphe me disait cela aussi ; ou : — Adolphe faisait comme vous... ou : — Adolphe n'aimait pas cela non plus.

— Ma chère Ninie, lui dis-je un matin, est-ce que vous ne pourriez pas vous dispenser de me citer si souvent votre Adolphe ?... Cela n'a rien d'agréable pour moi de voir que vous pensez toujours à lui.

— Oh ! mon Dieu !... je disais cela... comme autre chose, me répond Ninie ; puisque cela te déplaît, je ne le dirai plus, mon ami ; certainement je ne pense plus à Adolphe, qui m'a laissée là comme un paquet !... Ah ! c'est bien mal se conduire !... A présent que je t'aime, je ne l'aime plus !!... Tu peux être bien tranquille.

J'avoue qu'au fond je suis fort tranquille, et que mon amour pour Ninie ne m'empêche pas de dormir. Au reste, la connaissance de cette petite n'est pas gênante, et ne me prive pas de voir mes sociétés habituelles ; sans doute Ninie aime beaucoup que je la mène au spectacle, ou dîner chez le traiteur, mais quand je lui dis : — Cela ne se peut pas aujourd'hui, j'ai des affaires, elle me répond avec douceur : — Eh bien ! tant pis, ce sera pour un autre jour, n'est-ce pas ?

Je lui ai donné les choses indispensables : un châle, un chapeau, une robe, des fichus ; mais je ne lui ai donné que des choses simples, et qui ne m'ont point ruiné ; cependant elle a trouvé tout admirable,

et le modeste bourre de soie de cent francs lui a fait autant de plaisir qu'un cachemire en causerait à une femme entretenue ; elle n'est pas trop coquette, elle est toujours satisfaite de ce qu'elle reçoit, elle ménage ses parures ; cette jeune fille a des qualités.

Depuis quelques jours je ne lui ai point fait quitter sa chambre, elle ne s'en plaint pas, elle me témoigne autant d'amitié ; je veux aujourd'hui l'en récompenser en lui procurant un plaisir qu'elle désire goûter depuis longtemps. Plusieurs fois Ninie m'a dit qu'elle n'avait jamais été à l'Opéra, qu'elle voudrait bien voir l'Opéra, que ce devait être bien amusant !... Je ne me suis pas pressé de l'y mener, car à l'Opéra toutes les loges sont découvertes, à moins d'aller en face, et c'est trop cher ; ou en haut, mais ce n'est pas du cintre que Ninie jouirait du coup d'œil des décorations ; il faut que je mène cette petite à l'amphithéâtre, derrière le parterre, c'est de là que l'illusion est la plus complète, et à l'Opéra ce n'est que cela qu'on va chercher. Je ne me soucie pas trop d'être à l'amphithéâtre avec cette jeune fille, je puis être vu par des connaissances... Mais elle gardera son chapeau... Après tout, sait-on ce qu'elle est ? et ne suis-je pas mon maître ?... Le désir de jouir de la joie de Ninie, qui grille d'aller à l'Opéra, l'emporte sur toute autre considération.

Je vais chez elle dans la matinée, je la préviens que le soir je la mènerai à ce spectacle qu'elle désire tant connaître ; elle fait des bonds de joie, elle est dans le ravissement. Je suis bien aise de voir qu'elle n'est encore blasée sur les plaisirs, il y a tant de gens qui ne sont plus amusables ! Je recommande à Ninie de se faire bien belle, de soigner sa toilette ; elle n'y manque pas, et moi je lui promets de venir la chercher à six heures et demie avec un cabriolet.

À l'heure convenue, je me rends rue Aubry-le-Boucher, je descends de cabriolet et monte lestement un escalier, qui heureusement est un peu plus clair que celui de mademoiselle Charlotte. J'arrive devant la porte de Ninie, je frappe, on n'ouvre pas... elle est donc sortie, car elle m'entendrait ; elle n'a pas deux pièces ! je ne conçois pas son absence... Mais en regardant la porte, je viens d'apercevoir quelques mots écrits avec du charbon, lisons : « Je cuis chez ma voisine au-dessous. »

Je cuis... au-dessous..... Qu'est-ce que cela veut dire... Ah ! j'y suis ! Pauvre petite, elle ne pense pas qu'un c peut se prononcer autrement qu'une s !... Allons donc au-dessous, chez la voisine.

Je descends, je frappe ; une femme, en fichu sur la tête, vient m'ouvrir.

— Pardon, madame, mademoiselle Boissard n'est-elle pas chez vous ? — Oui, monsieur... Donnez-vous la peine d'entrer. — Ce n'est pas la peine, madame, si vous vouliez lui dire seulement qu'on la demande. — Mais entrez donc, monsieur... certainement je ne vous laisserai pas à la porte.

Que le diable emporte la voisine avec ses politesses, me voilà obligé d'entrer chez je ne sais qui, et je trouve là deux autres femmes, qui sont au moins des blanchisseuses ou des ravaudeuses ; elles sont assises autour d'un poêle, mais elles se lèvent à mon aspect, tandis que la voisine me présente une chaise.

— Donnez-vous la peine de vous asseoir, monsieur... — Madame, c'est inutile, je veux dire un mot à Ninie, et... — Monsieur, il ne vous en coûtera pas plus de vous asseoir !...

Dans ce moment, Ninie sort d'une pièce voisine à demi habillée en me disant : — Me voilà, mon bon ami, je serai bientôt prête ; c'est que je mets ma robe neuve, et je ne pouvais pas m'habiller toute seule ; elle est lacée par derrière ; mais madame Ballu a la complaisance de m'aider.

Il faut se résigner, je m'assieds pendant que madame Ballu achève

SOIRÉE CHEZ DES GRISETTES.
Que diable, monsieur Fouyoux ! on met au moins un caleçon quand on va chez des dames !
vous êtes un homme bien dangereux, monsieur Fouyoux !

d'habiller Ninie; mais je fais une moue horrible. On se sent si mal à son aise quand on n'est pas à sa place!

Les deux commères, qui s'étaient levées à mon arrivée, se rasseyent et reprennent leur conversation :

— C'est comme j'avais l'honneur de vous le dire, madame Mattoux, ma fille est là comme dans du coton!... Une place superbe!... presque rien à faire que des enfants à promener, à nettoyer, à bercer. Quand ils sont couchés, Rose va se joindre à la société de l'antichambre; elle m'a dit que tous ces messieurs et ces dames étaient avec elle d'une grande *amabilité*!... Sa maîtresse est un peu vive, c'est vrai, souvent elle l'appelle trois fois en une seconde; mais elle n'est pas *foncièrement* méchante, et elle a déjà donné à ma fille deux de ses robes.

— Ah! ça me fait bien de la satisfaction pour vous, madame Lebœuf, d'autant que je ressens par moi-même comme quoi z'on est glorieux d'avoir des enfants dans une place aussi belle!... et d'autant que Rose peut devenir z'un jour femme de chambre, si elle se conduit toujours bien!...

— Oui, madame Mattoux, c'est ce que sa maîtresse a eu la complaisance de lui dire dans la perspective... Et, comme vous dites, c'est bien agréable pour une mère.... V'là mes trois enfants placés, et tous les trois dans de bonnes maisons; c'est le fruit d'une bonne exemple; je m'en flatte!... Bonne d'enfants à seize ans... c'est joli, ça!

Madame Mattoux me regarde en disant cela, et semble m'adresser la parole. Je me retourne avec humeur, et porte mes regards sur de petites images encadrées qui ornent la chambre.

Ces dames voyant que je ne prends point part à leur conversation, madame Lebœuf reprend bientôt la parole :

— Moi, j'ai z'ai eu aussi assez de bonheur dans mes garçons. Nicolas mord bien z'au cuir, son maître en est bien satisfait. C'est de lui les souliers de madame Ballù; est-ce qu'il n'a pas aussi inventé une nouvelle manière pour attacher les claques!... — En vérité! — Oui, ma chère; oh! il a un esprit d'imagination étonnante. Quant à mon aîné, c'est z'un être qui nous donne bien du contentement, d'autant qu'il est toujours gendarme. L'autre jour il était de poste à la queue du spectacle de l'Ambigu-Comique, il nous a protégés pour la foule!... Nous avons vu *Caïen*, que ça nous a fait bien plaisir, d'autant que c'est historique. D'abord j'étais un peu effarouchée de voir toute une famille sans chemise; mais un monsieur qui était z'à côté de nous a dit que les costumes étaient bien imités de dans ce temps-là. — Ah! pardi! *Caïen!* qui est-ce qui ne connaît pas ça?... C'est dans la *Mythologie* des dieux.... Mais approchez-vous donc du poêle, monsieur, il y a place pour tout le monde.

— Merci, madame, je n'ai pas froid, dis-je en me levant avec humeur, et je me mets à marcher à grands pas dans la chambre. En effet je n'ai pas froid, le sang me monte à la tête, je bous d'impatience!... Enfin Ninie reparaît en s'écriant : — Me voilà, mon ami.

Je ne lui laisse pas le temps d'achever; je lui prends le bras, je l'entraîne et je fais sortir brusquement de chez la voisine. Ces dames me trouveront sans doute fort malhonnête, mais il m'importe, je n'y tenais plus. Il faut encore que Ninie remonte chez elle mettre son chapeau, son châle. Elle s'aperçoit alors de mon humeur et me dit :

— Qu'avez-vous donc, mon ami, vous avez l'air en colère?... Ce n'est pas ma faute si ma robe a été si longue à lacer. — Il fallait au moins rester chez vous. Croyez-vous que cela m'amuse d'entrer chez votre voisine... de me trouver avec... je ne sais qui?... Mesdames Mattoux et Lebœuf peuvent être fort honnêtes, je n'en doute pas; mais il ne me convient nullement d'en faire ma société. — Mon Dieu, mon ami.... je suis bien fâchée.... une autre fois je tâcherai de m'habiller toute seule.

Mais l'heure s'avance, dépêchons-nous de partir, ou nous serons mal placés. Je fais descendre Ninie, nous montons en cabriolet, et nous partons pour le spectacle.

A peine suis-je assis dans la voiture, près de ma petite blonde, dont j'examine la toilette, qu'une odeur très-forte me fait reculer la tête.... Cela sent l'ail d'une manière épouvantable. — Ah, mon Dieu! est-ce le cocher, est-ce Ninie?.... Je me rapproche du cocher.... cela n'est plus sensible; je me penche vers Ninie... elle me parle... ah! c'est à faire tomber les mouches au vol.

— Qu'avez-vous donc, mon ami? — Ninie, qu'est-ce que vous avez mangé aujourd'hui? — Ce que j'ai mangé?... mais... des haricots, et puis de la salade.... — De la salade avec de l'ail dedans? — J'ai oui, c'était de la chicorée, on met dedans un petit morceau de pain frotté d'ail, vous savez bien, on appelle cela un chapon... et j'ai mangé le chapon, parce que j'aime bien cela. — Ah! malheureuse! mais vous empoisonnez! — Comment, j'empoisonne? — Oui, vous sentez l'ail d'une force horrible.... — Est-ce que vous n'aimez pas ce goût-là?... Mon Dieu! j'aurais dû m'en douter, Adolphe ne l'aimait pas non plus! — Manger de l'ail lorsque vous savez que le soir je vous mène à l'Opéra!... mais cela n'a pas le sens commun... vraiment, vous ne faites que des bêtises!... — Mon Dieu!... j'en suis bien fâchée... si j'avais su... je n'y ai pas pensé... Quoique ça... pour un pauvre petit chapon, me gronder ainsi... vous êtes bien méchant aujourd'hui!

Je m'aperçois qu'elle va pleurer, sa bouche se contracte, ses yeux se gonflent : je la console, je lui presse la main, mais je cherche toujours dans ma tête comment je pourrai t'extraire cette odeur, qui va

empester tous nos voisins à l'Opéra!... Ah! bon.... je crois que j'ai trouvé un moyen : — Cocher, arrêtez-nous devant le premier confiseur que vous apercevrez. — Oui, mon bourgeois.

Nous ne tardons pas à trouver un confiseur. Je descends et je me fais donner des pastilles de menthe; j'en prends à la rose, à l'ambre, j'en emplis mes poches, puis je remonte dans le cabriolet, et je dis à Ninie : — Tiens, mets cela dans ta bouche; aies-en toujours, j'espère que cette odeur-là l'emportera sur la première... mais quand nous serons au spectacle ne parle pas trop. — Non, mon ami.

Nous arrivons à l'Opéra. Il y a déjà beaucoup de monde à l'amphithéâtre; cependant j'aperçois encore des places. Je conduis Ninie en lui tenant la main, car la vue du monde et des toilettes l'intimide. J'ai eu soin de lui emplir la bouche de pastilles, ce qui lui fait faire une petite grimace fort drôle. Enfin nous sommes placés; je m'assieds à la gauche de Ninie; je voudrais bien être aussi à sa droite, pour que personne ne l'approchât que moi; mais comme cela ne se peut pas, je lui recommande de rester tranquille, de ne pas se remuer, surtout de ne pas tourner la tête du côté de ses voisins, et elle me répond en croquant ses pastilles : — Oui, mon ami.

Il y a encore deux places vacantes sur la banquette devant nous, je voudrais bien qu'on ne les prît pas, nous resterions plus isolés, et cette mauvaise odeur d'ail, qui perce toujours malgré les pastilles, ne frapperait pas de si près; mais il ne faut pas espérer que personne ne viendra là, lorsqu'il n'y a plus de place ailleurs.... et déjà j'aperçois deux dames qui se dirigent de ce côté.

Ne me trompé-je point!... Ces dames qui viennent pour se placer devant nous... Je reconnais la première. Oui, c'est elle.... c'est bien elle... cette jolie dame que j'ai vue à la Gaîté, que je voulais suivre, que Dubois m'a fait perdre; c'est la dame à la capote pensée! Ah! je ne saurais la méconnaître.... voilà bien ses traits charmants, sa tournure élégante.... et le même chapeau que ce soir-là! Quoi! je la retrouve! le hasard me replace auprès d'elle, et je ne suis pas seul, et je ne pourrai encore satisfaire ma curiosité!... Ah, pauvre Ninie! si tu savais combien je me repens en ce moment de t'avoir près de moi!...

La jolie femme qui s'est assise avec une dame âgée, d'un extérieur distingué, s'est placée précisément devant moi. Je ne crois pas qu'elle m'ait encore aperçu, d'ailleurs il n'est pas dit qu'elle me reconnaîtra; quoiqu'il n'y ait que quinze jours d'écoulés depuis qu'elle s'est offerte à ma vue, il n'est pas probable qu'elle ait gardé mon souvenir.... Cependant elle m'avait examiné longtemps et avec attention; je m'en souviens aussi.

Ninie, qui ne fait que manger des pastilles, sans oser regarder ni à droite ni à gauche, parce que je lui ai défendu de tourner la tête, me dit enfin : — Mon ami, ça va-t-il bientôt commencer?

— Oui, dans un instant, lui dis-je. Je ne sais si cette dame a reconnu ma voix, mais elle a légèrement tourné la tête.... elle me regarde... et je vois l'expression de ses yeux qu'elle me reconnaît. J'en éprouve un secret plaisir. Je ne lui suis donc pas tout à fait étranger.... A quoi cela m'avancera-t-il? Je n'en sais rien; mais enfin cela me fait plaisir.

Je m'aperçois que cette dame tourne encore la tête, c'est alors du côté de Ninie.... elle veut donc voir aussi la personne qui est avec moi... Mon Dieu!... pour peu qu'elle examine longtemps ma compagne, elle saura bientôt avec quel genre de femme je suis. Mais pourquoi donc regarde-t-elle Ninie si longtemps.... est-ce qu'elle connaît cette petite fille?... Ah! c'est fini, je suis donc heureux!

Il est apparemment écrit que toutes les fois que je rencontrerai cette dame je serai placé de manière à ne voir que le derrière de son chapeau. Aujourd'hui cependant j'aime autant qu'elle ne puisse me voir, car, auprès de Ninie, je dois avoir l'air bien contrarié! Mais nous sommes si près d'elle, que, si nous causons, elle entendra nécessairement tout ce que nous dirons; je ne causerai donc point, parce que je ne me soucie pas qu'elle entende parler Ninie.

Il y a cinq minutes seulement que nous sommes entrés, et déjà les personnes placées derrière Ninie s'écrient : — Mon Dieu!... qu'est-ce que cela sent donc ici?... C'est inconcevable, cela porte à la tête, à la gorge!...

— C'est vrai, dit le monsieur assis près de ma petite blonde, c'est comme un mélange d'ail et de menthe!... C'est une odeur ignoble!

Je deviens rouge jusqu'aux yeux; Ninie me regarde et n'ose plus tourner la bouche, parce qu'on verrait que c'est elle qui croque les pastilles. Pauvre petite! je ne crois pas qu'elle s'amuse beaucoup à l'Opéra.

Heureusement on commence, et cela distrait l'attention. Ninie est tout yeux, tout oreilles; elle ne me dit rien, c'est tout ce que je demande. Moi, je ne m'occupe pas du spectacle, je réfléchis et je soupire.

Cependant Ninie n'est point toujours maîtresse de maîtriser sa surprise; il lui échappe quelques exclamations, comme : — Est-il charmant beau!... Ah! comme elle est mise celle-là... Mais pourquoi donc qu'ils chantent toujours et qu'ils ne parlent jamais?... Je n'entends pas un seul mot, mon ami.

Je tâche de faire taire Ninie; car cette dame a encore tourné doucement la tête de son côté, et j'ai aperçu sur ses lèvres un léger sourire dont l'expression me fait mal. Ah! je voudrais déjà que le spectacle fût fini!

La première pièce est terminée, il n'y a plus que le ballet. Dans l'entr'acte, tout le monde se lève autour de nous; j'en fais autant, mais je fais rester Ninie assise. Le monsieur qui est à côté d'elle sort en disant qu'il ne peut plus tenir à l'odeur d'ail qui se fait sentir. Tout le monde rit autour de nous... moi seul je n'ai pas envie de rire. Les dames tirent leurs flacons, les hommes prennent du tabac, Ninie ne bouge pas; je suis au supplice.

Cette dame s'est levée aussi; elle est tournée maintenant de notre côté. Je m'aperçois qu'elle nous examine et que ses yeux vont alternativement de Ninie sur moi. Je feins de ne point la regarder et de regarder dans la salle. Tout à coup Ninie, qui s'ennuie, je crois, beaucoup du silence que je garde avec elle, me présente une de ses mains en me disant : — Vois-tu comme je les ai blanches aujourd'hui; c'est que j'ai savonné ce matin.

C'est pour le coup que je voudrais me cacher sous la banquette. Je n'en puis plus... j'étouffe, et j'entends dire derrière moi : — D. p is cela, il n'est pas étonnant qu'on sente l'ail.

Je me rassieds sans oser lever les yeux. Sans doute ma figure aura exprimé ce que j'éprouvais, car Ninie me dit : — Qu'avez-vous donc, mon ami? est-ce que vous êtes incommodé? — Je n'ai rien. — Vous avez rougi, pâli... — Je n'ai rien, vous dis-je. — Mais je vois bien que... — Taisez-vous.

Ninie fait la moue et n'ouvre plus la bouche. Comme cette dame doit se moquer de moi! comme elle doit rire à mes dépens !... Je veux m'en assurer et je la regarde.... Mais non, je ne vois point dans ses yeux cette expression moqueuse qui anime ceux de nos voisins; en ce moment elle semble plutôt prendre pitié de ma situation.... Ah! que je lui sais gré de ce faible intérêt !...

Dieu soit loué! sur le signal, on va commencer le ballet. Chacun reprend sa place, chacun s'occupe de la danse, de la pantomime, et on ne songe plus à nous. Ninie regarde aussi et ne dit plus mot; moi, je me dis : Cela finira bientôt.

C'est fini, grâce au ciel ! Tout le monde se lève ; Ninie va en faire autant, je la fais rester à sa place. Chacun sort. Cette dame aussi s'éloigne avec la personne qui l'accompagne; mais avant de partir elle a encore jeté un regard sur nous. Ah! cette fois je n'ai nulle envie de la suivre.

Enfin tout le monde est bien parti ; la salle est vide, on descend le lustre; et Ninie, qui est toujours assise et n'ose pas remuer, me dit à demi-voix : — Est-ce que nous coucherons ici, mon ami ? — Non, nous pouvons sortir maintenant.

En effet, nous ne rencontrons plus que les ouvreuses et les gendarmes. Ah! je me souviendrai de cette soirée à l'Opéra !

CHAPITRE VII. — Réflexions. — Confidence. — Rupture.

Ma partie d'Opéra avec Ninie m'a fait faire d'assez sérieuses réflexions. Je me dis d'abord qu'un homme qui a de l'éducation, du savoir-vivre, qui tient un certain rang dans le monde, ne devrait jamais s'exposer à rougir du choix de ses connaissances. Cependant je veux bien admettre que l'amour... ou ces caprices qui lui ressemblent fassent faire des folies; dans ce cas on n'est jamais gauche et embarrassé, car, lorsqu'on est amoureux, l'objet de nos feux nous semble valoir tous les autres; et certainement, si j'avais été bien amoureux de Ninie, je me serais fort peu inquiété qu'elle sentît l'ail ou qu'elle parlât trop haut. Mais quand nous n'avons pas pour excuse ce sentiment impérieux, qui a fait faire tant de sottises au genre humain, je sens qu'on n'est pas excusable de se lier avec des personnes dont le ton, l'éducation, les manières n'ont aucun rapport avec les nôtres; c'est cependant ce que nous faisons souvent, et ce dont nous nous repentons après.

Le résultat de ces réflexions n'est pas favorable à ma petite frangère. Je vais cher et plus rarement j'aurais ni-même envie de v'y plus aller du tout;... mais avec toutes les femmes il y a de ces égards auxquels on ne doit jamais manquer. Je pense que la petite ouvrière y a autant de droits que la grande dame; car les larmes sont aussi amères dans la mansarde que dans un boudoir; souvent même elles y sont plus sincères.

Ah ! si j'avais pu me lier avec cette jolie femme !... La capote pensée me revient toujours à l'esprit.... Que de grâces, de charmes! quelle tournure séduisante !... Certainement c'est une femme comme il faut, je le gagerais... la vieille dame qui l'accompagnait à l'Opéra avait un air fort respectable... Si je l'ai vue seule à la Gaîté, c'est qu'on l'attendait à la porte, j'en suis certain. Sans ce maudit Dubois, j'en saurais davantage... Le hasard qui m'a placé deux fois près d'elle ne me procurera peut-être plus ce bonheur !...

Je suis tiré de mes réflexions par l'arrivée de Jenneville, la joie brille dans ses yeux; tout, dans sa personne, annonce l'homme qui vient d'obtenir un triomphe flatteur. Les succès se lisent sur la physionomie d'un séducteur comme sur celle d'un poète.

— Eh! mon cher Deligny.... je suis enchanté de vous rencontrer, me dit Jenneville en m'abordant. Il me semble qu'il y a un siècle que je ne vous ai vu... Cinq jours au moins, et depuis ce temps si vous saviez combien je suis heureux !...

— Je vois que vous avez l'air fort satisfait.... Que vous est-il donc

arrivé ?... — Mon ami, j'ai triomphé, j'ai vaincu, elle est à moi... cette Herminie, cette femme adorable... — Ah ! la veuve d'un général... — Oui, la femme la plus belle, la plus spirituelle que vous ayez jamais vue... Eh bien ! j'ai vaincu sa résistance..... ses craintes, ses refus; enfin je suis le plus heureux des hommes !...

Je ne sais pourquoi la confidence que vient de me faire Jenneville ne me paraît pas proportionnée au ravissement qu'il laisse éclater, et je ne puis m'empêcher de sourire en lui répondant : — Mais, mon cher Jenneville, il me semble que vous deviez vous attendre à ce qui est arrivé... N'êtes-vous pas habitué à de tels triomphes ?

— De tels triomphes ! Oh ! mon ami, on voit bien que vous ne connaissez pas madame de Rémonde, c'est le nom d'Herminie; vous pensez que c'est une femme comme mille autres, à laquelle on fait la cour, et qui ne résiste que pour mieux nous captiver; il n'en est pas ainsi : Herminie est une femme à part; une femme dont le cœur est brûlant, m is qui sait surmonter les faiblesses de son sexe, et commander à ses sentiments. Pour triompher d'elle, il fallait lui inspirer un amour bien violent... un amour qui pût l'emporter sur la fierté de son caractère... J'avais beaucoup de rivaux.... et quand vous verrez Herminie, vous conviendrez que j'avais raison de trembler qu'on m'enlevât un tel trésor. — Mon cher Jenneville, je vois que vous êtes bien amoureux. — Oui, je l'avoue !.... J'ai connu beaucoup de belles, mais aucune ne m'avait encore inspiré une passion aussi vive, aussi sincère... Ordinairement avec mes désirs satisfaits je voyais s'éteindre mon ardeur, cette fois c'est tout le contraire... Plus je vois Herminie, plus j'en suis épris ! D'honneur, cette femme-là ferait de moi tout ce qu'elle voudrait !... Mais vous la verrez, Deligny, je veux que vous la voyiez...

— Vous ne me faites donc plus l'honneur de me craindre, ou vous avez plus de confiance en mon amitié ? — C'est de l'honneur, mon ami; d'ailleurs, je croirais outrager Herminie en la mettant au rang de ces femmes qui ne peuvent voir un joli garçon sans en devenir amoureuses. J'ai eu trop de peine à vaincre sa résistance pour ne pas penser qu'elle me sera fidèle.

Je pourrais répondre à Jenneville que, pour avoir été longtemps avant de plaire à une femme, il ne s'ensuit pas de là qu'on lui plaira longtemps; mais je me tais, car il y a des choses qu'on ne doit pas dire, même à ses amis.

Madame de Rémonde reçoit demain, reprend Jenneville, je veux vous présenter à elle... nous dinerons ensemble... Je viendrai vous prendre; puis, le soir, je vous conduirai chez mon Herminie... Voilà qui est convenu, adieu... Je cours chez mon bijoutier, je lui fais faire une bague dans laquelle elle mettra de mes cheveux... elle m'a aussi promis des siens.... Mon ami, c'est charmant de s'adorer, je n'avais jamais éprouvé cela...

Jenneville s'éloigne en chantant, il a l'air bien amoureux, mais il ne se souvient pas qu'il l'a été cent fois comme cela, et que cela devait toujours durer éternellement. Cependant je sens qu'il est agréable de se voir préféré par une femme aimable, jolie, spirituelle, dont la conquête nous fait honneur, et avec laquelle on ne craint pas de se placer à l'amphithéâtre de l'Opéra ou ailleurs.

En ce moment on m'apporte une lettre; je ne reconnais pas l'écriture, et l'adresse est à peine lisible... Ouvrons... Ah ! mon Dieu, quels caractères et quelle orthographe ! Comment déchiffrer cela ? heureusement il n'y en a pas long.

« Monsieur, sai indigne de ne plu venire; si vous me mémé plus, i je vous atan ojourd'hui pour sa voire à quoi m'en tenire. Ninie. »

Voilà un billet qui ne sent ni sa Sévigné, ni sa Héloïse; Ninie n'est pas romantique dans son style, ni classique dans son orthographe; elle parle encore mieux qu'elle n'écrit. Au fait, j'ai des torts avec cette petite, depuis sept jours je ne suis point allé la voir; j'aurais dû lui dire franchement que je ne voulais plus être son amant, et que je la laissais libre de son choix, nous nous serions quittés bons amis, car je ne crois point que Ninie ait jamais été fort amoureuse de moi. Cependant ce billet m'étonne de sa part, elle est d'un caractère trop tranquille pour écrire une telle épître sans y avoir été poussée; elle aura revu Charlotte. Mais il faut en finir, allons rue Aubry-le-Boucher.

J'arrive chez ma petite frangère; au moment de frapper à sa porte, j'entends parler avec feu.... je reconnais la voix de Charlotte; comme la pièce est petite, il est difficile de ne pas entendre.

— Tu n'es qu'une bête, Ninie, tu ne sais pas te conduire avec les hommes. Voilà ton Paul qui te fait des traits; et au lieure de te revenger, tu restes dans ta chambre à travailler : c'est comme ça qu'on gâte les hommes... Tu vois bien que, malgré la lettre que je t'ai fait lui écrire, il ne vient pas... Il s'amuse avec quelque femme, pendant que tu pleurniches. Tu n'as pas pour deux liards de fierté dans le cœur !

Ninie gardait le silence; je frappe, on m'ouvre. Mademoiselle Charlotte prend un air doucereux, Ninie est embarrassée et chiffonne ses franges sans me regarder. Je lui avais défendu de revoir Charlotte, et elle est fâchée que je l'aie trouvée chez elle. Mais quand on ne s'occupe plus des gens, n'est-ce pas les laisser maîtres de ne point tenir compte de nos avis ?

Je prends une chaise et je m'assieds; j'attends pour m'expliquer avec Ninie, que mademoiselle Charlotte soit partie.

Ninie dit enfin en hésitant : — Charlotte est venue... po r me te ir

2.

un peu compagnie... car à présent que je suis presque toujours seule,.. je m'ennuie.

— Oui, dit Charlotte, je tâchais de la consoler; et certainement, quoiqu'on ait l'air de mal penser de moi, je ne lui donne pas de mauvais conseils... N'est-ce pas, Ninie, que je ne t'ai jamais *induite* à mal faire?...

Ninie ne répondait rien. — Mon Dieu! mademoiselle, dis-je à Charlotte, Ninie peut recevoir qui bon lui semble!... et je ne vois pas pourquoi vous prenez la peine de justifier vos intentions. — Ah! c'est que je sais très-bien que vous aviez défendu à Ninie de me revoir. Il me semble cependant que ma connaissance ne pouvait pas la compromettre. — Je ne lui ai rien défendu. — Pardonnez-moi, vous le lui avez défendu... elle me l'a dit devant madame Mattoux, à qui je me plaignais de ce qu'elle ne venait plus me voir... Je vous le ferai dire par la voisine et madame Lebœuf, et... — Pour Dieu! mademoiselle Charlotte, ne me mêlez point dans vos cancans... dans vos propos!... — Je ne fais pas de cancans, monsieur. Voulez-vous que j'appelle madame Mattoux?... — Non, mademoiselle, n'appelez personne. Au reste, j'ai pu dire à Ninie ce qui m'a plu; que cela vous déplaise ou non, cela m'est fort indifférent. Ce n'est pas pour causer avec vous que je suis venu ici.

Charlotte ne répond rien; elle se mord les lèvres. Moi, j'ai une secrète envie de rire de la mine qu'elle fait; mais je me contiens, parce que je ne veux pas la mettre en fureur. Ninie ne souffle pas mot; elle a peur de moi et de Charlotte.

Au bout d'un moment, Charlotte me dit : — Monsieur, y a-t-il longtemps que vous avez vu votre ami M. Dubois? — Oui, mademoiselle, il y a plusieurs jours. — Quand vous le verrez, je vous prie de lui dire que je le regarde comme un polisson; on ne se conduit pas avec une femme de la manière dont il a fait à mon égard. Je ne sais pas, en vérité, pour qui il me prend!.. me faire *droguer* trois soirs de suite devant la fontaine des Innocents, ça passe la permission! Il devait me mener prendre du *bischoff*; au *lieure* de cela, j'ai pris un coup d'air, que j'en ai encore le torticolis. Ce n'est pas que je me fiche bien de lui, certainement!.... Il n'est déjà pas si beau! mais je tiens aux procédés. D'ailleurs, s'il ne veut plus me voir, je vous prie de lui dire de me renvoyer ma brosse à dents qu'il m'a emportée. S'il avait été honnête, je ne la lui aurais pas redemandée; mais, avec un homme si peu délicat, on ne doit pas faire la généreuse, et je ne vois pas pourquoi je lui ferais cadeau d'une brosse à dents. — Je lui dirai cela quand je le verrai, mademoiselle. — Je vous serai obligée, monsieur. Adieu, Ninie, amuse-toi bien, et ne sois plus si bête.

Charlotte est partie. Je me rapproche de Ninie, qui a pris un air piqué, et je lui dis gaiement : — Ma chère amie, je conviens que j'ai eu des torts envers vous. — Ah ben! puisque vous en convenez, c'est fini, je ne vous en veux plus... C'est Charlotte qui m'a engagée à vous écrire... je ne l'aurais pas osé de moi-même. — Je m'en doute bien; mais écoutez-moi. Je ne reviens pas auprès de vous pour jurer que je vous aime encore... ce serait vous tromper. — Comment, monsieur! vous ne m'aimez plus, et vous me le dites comme ça!... — Il me semble que pour dire la vérité il est inutile de prendre des détours... — Par exemple! c'est bien honnête de dire aux gens qu'on ne les aime plus!... Pensez-vous qu'il vaille mieux le leur faire croire quand cela n'est pas?... Tenez, Ninie, j'ai pour vous beaucoup d'amitié, parce que vraiment vous êtes une bonne fille; vous avez des qualités: vous êtes douce, peu coquette, laborieuse... — Eh bien! monsieur, puisque vous convenez que je suis tout cela, pourquoi donc que vous ne m'aimez pas?... — Je vous dis que j'ai beaucoup d'amitié pour vous; mais, gentille comme vous l'êtes, vous méritez de trouver quelqu'un qui vous aime entièrement et qui vous rende heureuse... J'étais heureuse avec vous quand vous étiez aimable, et que vous me meniez promener... Je ne vous parlais plus d'Adolphe, ni de personne, ni même plus Charlotte... je faisais tout ce que vous vouliez enfin.—Vous voyez bien que je suis un ingrat, puisque tout cela ne suffit pas pour me fixer. Tenez, Ninie, soyons toujours bons amis, mais ne soyons plus amants. — Voilà la première fois qu'on me propose une chose pareille!... Jeune et jolie, vous trouverez mille amants plus aimables... vous m'aurez bientôt oublié! — Vous croyez que tout le monde est volage comme vous!... Charlotte a bien raison de dire que tous les hommes ensemble ne valent pas une pomme d'api! elle les connaît mieux que moi. Si je l'avais écoutée... je vous aurais quittée la première. — Ninie, je vous le répète, Charlotte donne de fort mauvais conseils. Si vous l'aviez écoutée, vous m'auriez déjà été infidèle; qu'en serait-il résulté? que je vous aurais méprisée... tandis que je me souviendrai toujours de vous avec plaisir, et que, pour gage de notre amitié future, je vous prie d'accepter ce léger présent.

En disant cela je tire de ma poche un ruban noir, auquel est pendue une petite montre d'or. Je passe le ruban autour du cou de Ninie, qui voudrait conserver son air fâché, mais sourit à demi tout en disant : — Est-ce qu'on fait des cadeaux aux gens pour qui l'on n'a plus d'amour? — Pourquoi pas, Ninie?

Je l'embrasse tendrement après avoir attaché le ruban, et elle reprend : — Est-ce qu'on embrasse les gens pour qui on n'a plus d'amour? — Cela n'empêche pas d'y trouver du plaisir.

Ninie me laisse l'embrasser encore tout en marmottant de temps à

autre : Est-ce qu'on fait de ces choses-là aux gens pour qui l'on n'a plus d'amour?

Enfin j'ai fait comprendre à Ninie que nous pouvions rester très-bons amis; elle me fait promettre que j'irai encore la voir quelquefois, et nous nous quittons tous deux fort contents l'un de l'autre. Une telle rupture n'est-elle pas préférable aux reproches, aux pleurs, aux injures que souvent on s'adresse en pareil cas? Ne devrait-on pas toujours conserver de l'amitié pour ceux à qui l'on a dû des instants de bonheur? Mais, dans le monde, c'est à qui ne conviendra pas de ses fautes; souvent on se garde avec ennui, parce qu'on se croit fidèle, et pourtant il ne s'agirait que de s'entendre!

CHAPITRE VIII. — Madame de Rémonde et sa société.

C'est donc ce soir que je vais chez cette dame si vantée par Jenneville!... Mais il est amoureux d'elle, et je trouverai sans doute beaucoup d'exagération dans le portrait qu'il m'a fait de son Herminie. Il faut se défier des éloges d'un amant; il en est de cela comme des concerts d'amateurs, du petit vin du cru, de la fortune du pot et des pièces reçues à l'unanimité.

J'ai rendez-vous avec Jenneville au Palais-Royal devant la Rotonde. Au moment où je vais sortir, je vois arriver Jolivet, que je ne l'avais pas revu depuis le jour où nous avons dîné chez Champeaux.

— Bonjour, mon ami; il me paraît que tu sors? — Oui, j'allais au Palais-Royal, où je dois retrouver Jenneville. — Est-ce que vous dînez ensemble? — Probablement. — Ah!... ma foi, je ne sais pas trop où je dînerai aujourd'hui, moi... J'avais presque l'intention de dîner avec toi. — Tu vois que cela ne se peut pas... Viens-tu de mon côté? — Oui, je vais te conduire jusque-là.

Je ne me gêne pas avec Jolivet, je descends avec lui. Je vois sur sa figure qu'il est contrarié : il calcule qu'aujourd'hui il faudra qu'il se paye à dîner.

— A propos, me dit-il en marchant à côte de moi, y a-t-il longtemps que tu as vu Dubois? — Mais oui, et cela m'étonne... Je passerai chez lui savoir s'il est malade. — Oh! il n'est pas malade, car j'ai été chez lui plusieurs fois, et on m'a toujours dit qu'il était sorti. Sais-tu son aventure du Colysée? — Du Colysée!... Non, je ne sais rien; qu'est-ce que c'est? — Il y a eu dimanche quinze jours, je rencontre Dubois le soir sur les boulevards. Il me dit : Je vais faire un tour au Colysée, viens-y avec moi. Je ne m'en souciais guère... Je ne suis pas grand amateur de ces bals-là; enfin je me laisse entraîner. Arrivé au bal, Dubois commence à rire, à causer avec les demoiselles de là.... Il les connaissait presque toutes. Il danse, il valse, il fait le diable... On l'entendait par-dessus tout le monde, il parle plus fort que la grosse caisse. Bientôt il me dit : Prenons du punch. Je ne m'en souciais pas, mais il veut absolument m'en payer; alors je cède. Nous nous plaçons à une table; à peine avions-nous bu un verre de punch, qu'on donne le signal de la contredanse; Dubois se lève et me quitte en me disant : Je vais danser, je te retrouverai ici. Il court à une grosse dondon qui était près de nous et l'engage, elle lui dit : — Monsieur, c'est que je suis déjà invitée. — Vous voyez bien qu'on ne vient pas vous chercher, lui dit Dubois, et la contredanse commence; vous a oublié, et ce serait un meurtre si vous ne dansiez pas... Venez, mademoiselle, d'ailleurs je vous réponds de tout; si celui qui vous avait invitée se fâche, il trouvera à qui parler. La grosse dondon, qui craignait de ne pas danser, se laisse aller et suit Dubois. Moi, de ma table je les voyais danser, tout en entretenant la flamme de notre punch. Mais au moment du *Balancé*, voilà un monsieur à moustaches et décoré qui va se placer devant Dubois en lui disant : — Monsieur, j'avais invité mademoiselle, vous ne pouvez pas danser avec elle. Dubois continue de balancer en s'écriant : — Vous voyez bien que si. — Mademoiselle, vous danserez avec moi! s'écrie le militaire. Mais Dubois entraîne la grosse dondon et lui fait faire la queue du chat en lui disant : — Trémoussez-vous, amusez-vous, belle. Le militaire, qui ne veut pas absolument que la belle se trémousse avec un autre, court après elle et veut lui prendre le bras; Dubois, qui danse toujours, marche sur les pieds du militaire. Aussitôt celui-ci lève la main pour lui donner un soufflet, mais Dubois s'esquive, et c'est la grosse dondon qui reçoit le soufflet. Cet événement met tout le monde en l'air. La danse cesse, on entoure nos deux champions. La grosse dondon pleure, Dubois crie, le militaire jure qu'il lui donnera un coup d'épée en réparation du soufflet que la jeune fille a reçu. L'adjudant arrive, il veut rétablir la paix; mais déjà Dubois n'est plus là, et son adversaire parcourt la foule et parvient à sortir aussi. Nous pensons qu'ils sont allés se battre ou se donner rendez-vous pour cela. Au bout d'un quart d'heure, le militaire revient furieux; il n'a pas retrouvé Dubois et l'a attendu en vain à la porte. On a fini par rire de cette aventure, excepté la grosse dondon, qui se tâtait la joue en disant : Ce monsieur m'avait cependant répondu de tout. Bref, le militaire a juré de pourfendre Dubois quand il le rencontrera, et moi, j'ai été obligé de payer le demi-bol de punch, car il faudra que Dubois me le rembourse, parce que c'est lui qui m'avait invité.

Ce que Jolivet vient de me conter ne m'étonne nullement, ce n'est pas la première aventure de ce genre qui arrive à Dubois. Nous voici dans le jardin du Palais-Royal, Jolivet tourne et retourne autour de moi en murmurant : — Est-ce un pique-nique que vous faites ?... — Sans doute. — Ah! oui... mais vous allez trop grandement, messieurs, vous dépensez des douze, des quinze francs par tête!... moi, je donnerai volontiers un petit écu, si on veut me tenir quitte pour cela.

Je commence à me lasser de payer pour Jolivet, et comme il voit que sa proposition ne me tente pas, il se décide enfin à me quitter en s'écriant : — Parbleu, je suis dans le quartier de ma tante... je n'y pensais pas! je vais aller lui dire un petit bonjour... Il n'est pas cinq heures et demie... j'arriverai à temps. Adieu, Deligny. Si tu vois Dubois, dis-lui donc qu'il me doit cinquante sous de punch.

Il s'éloigne en courant. Voilà bien les gens intéressés; ils ne se souviennent jamais de leurs dettes, mais ils n'oublient par un sou qu'on leur doit.

Ah! j'aperçois Jenneville... mais il est avec un monsieur... C'est Blagnard. Cela me contrarie; j'aurais préféré n'être qu'avec Jenneville. Ces messieurs viennent à moi les bras ouverts. — Mon cher ami, me dit Jenneville, vous allez m'en vouloir; j'avais oublié qu'aujourd'hui Blagnard m'avait invité à dîner avec lui; mais il répare ma faute en vous priant de vouloir bien accepter son invitation, et j'espère que vous ne la refuserez pas.

M. Blagnard m'adresse mille choses obligeantes pour m'assurer du plaisir que je lui ferai en acceptant; il n'y a pas moyen de refuser. Cet homme-là aime terriblement à faire l'amphitryon. Est-ce vanité? est-ce calcul?

C'est chez Beauvilliers que M. Blagnard nous traite. Un petit salon était retenu pour nous. Nous y sommes bientôt rejoints par deux messieurs fort élégants. On nous sert. Nous ne sommes que cinq, le dîner suffirait à quinze personnes. Quelle somptuosité! quelle profusion! quel raffinement dans le choix des mets! et M. Blagnard nous demande encore pardon de nous traiter sans façon. Cela m'a l'air d'une mauvaise plaisanterie.

Pendant le dîner, on parle d'affaires et de plaisirs, du cours de la rente et de la pièce nouvelle, de la situation de l'Europe et du dernier calembour d'Odry. M. Blagnard tranche sur tout avec une grande assurance; ses raisonnements sont souvent erronés, mais il parle comme un homme qui est persuadé que lorsqu'on a ses poches pleines d'or, on en sait plus que tous les autres. Il y a beaucoup de gens persuadés de cela.

Jenneville grille d'être près de son Herminie; moi, je ne m'amuse pas beaucoup en écoutant M. Blagnard: nous nous hâtons de prendre le café, et nous quittons notre donneur de dîners pour aller chez madame de Rémonde.

C'est rue Le Pelletier que demeure cette dame, dans une fort belle maison, dont la cour est éclairée par le gaz. — Mon ami, dis-je à Jenneville en montant avec lui l'escalier ciré comme mon salon, dans une maison comme celle-ci on ne vient jamais avant neuf heures... il n'est que huit heures et demie. Je vais être de trop, car nous allons trouver madame de Rémonde seule.

— Non, non, elle a toujours quelques personnes à dîner les jours de soirée, ainsi elle ne sera pas seule... — Alors on est encore à table, je le gage...—Non, elle nous attend... elle aura fait presser le dîner.

Nous entrons au second. Un domestique prend nos manteaux, nous demande nos noms, et nous ouvre la porte d'un beau salon en annonçant : — M. Jenneville, M. Deligny.

Nous entrons dans le salon; je ris en voyant qu'il n'y a encore personne, et que le domestique nous a annoncés aux chaises et aux fauteuils.

— Quoi! personne ici! dit Jenneville; on n'est donc pas sorti de table?—Je vous l'avais dit, mon cher, vous savez bien qu'on ne dîne qu'à six heures et demie maintenant, incessamment on ne dînera plus du tout... J'avais cependant promis à Herminie que je viendrais de bonne heure.— Moi, si je n'étais pas avec vous, je sortirais et j'irais voir le ballet de l'Opéra avant de revenir.

Jenneville ne me répond pas; il se promène dans le salon, il a de l'humeur. Je devine ce qu'il pense : il trouve mauvais que madame de Rémonde s'amuse à table lorsqu'elle doit le croire arrivé; mais la porte par où nous sommes entrés s'ouvre. Le domestique annonce : cette fois au moins il ne parlera pas qu'aux meubles du salon.

— Madame de Saint-Julien, M. Mélino.

Le monsieur et la dame entrent; je leur fais les honneurs. Je présente un fauteuil à la dame, je salue le monsieur. Il est très-plaisant de faire les honneurs d'une maison où l'on va soi-même pour la première fois, et dont on ne connaît pas la maîtresse; mais à Paris on voit des choses plus singulières encore.

La dame qui vient d'arriver est assez jolie, mais je crois que ses charmes doivent redouter le grand jour. Ce n'est pas pour elle que Voltaire a fait ce vers :

L'art n'est pas fait pour toi, tu n'en as pas besoin.

Que ce soit grâce à la toilette ou aux lumières, n'importe, il y a de l'éclat dans sa physionomie comme dans son costume. Je m'assieds près d'elle, et nous causons. J'aime beaucoup les dames avec lesquelles on peut tout de suite causer, et qui ne vous répondent pas d'un ton

pincé, d'un air serré, par quelques monosyllabes, qu'elles semblent encore n'accorder que par faveur.

Je voudrais savoir si ce petit homme gros et court, qui est arrivé en même temps que madame de Saint-Julien, est avec elle. Depuis qu'il est entré, M. Mélino n'a pas bougé d'un fauteuil où il s'est jeté, et dans lequel il se dandine avec beaucoup de complaisance, en jouant avec le cachet de la montre.

La porte du salon s'ouvre de nouveau; le domestique annonce; des dames toutes fort parées, mais parmi lesquelles j'en vois peu de jeunes et de jolies, arrivent; les hommes de tout âge remplissent bientôt le salon, où il ne manque encore que la maîtresse de la maison. On ne semble pas s'occuper de son absence; on se salue, on s'assied, on cause. Déjà deux jeunes gens se sont assis à une table où des cartes attendaient les joueurs. Je ne serais pas étonné que beaucoup de gens passassent ainsi la soirée, sans s'inquiéter des personnes chez lesquelles ils sont. N'ai-je pas vu souvent dans des cohues, que l'on appelle des réunions, des maîtresses de maison ne pas apercevoir la moitié des personnes qu'elles recevaient, puis dire ensuite à une de leurs amies : — Amenez-moi donc monsieur un tel; on le dit fort aimable, et l'amie répondait : — Je vous l'ai amené, ma chère; il était chez vous à votre dernière soirée... — Bah! vraiment... je ne l'ai pas vu... Eh bien! ramenez-le-moi, et tâchez que je le voie.

Enfin une autre porte, qui fait face à celle par laquelle nous sommes entrés, vient de s'ouvrir pour une nouvelle société qui achève d'encombrer le salon. Une dame est à la tête de cette compagnie; à l'aisance avec laquelle elle salue chacun, aux amitiés qu'elle prodigue aux dames, aux sourires qu'elle accorde aux hommes, je juge que c'est madame de Rémonde. Je ne me trompe pas, car déjà Jenneville s'approche, et tâche de se faire jour jusqu'à elle.

Cette dame est très-bien, sa taille est élégante et svelte, ses traits fort piquants; c'est une brune, et ses grands yeux noirs ont un éclat qui semble augmenter encore par l'habileté avec laquelle on les fait jouer; puis une bouche bien garnie, qui sourit tantôt avec tendresse, tantôt avec malice; une figure fort jolie... Mais je n'en deviendrai pas amoureux, et il y a vingt minois chiffonnés que me plairont plus que cette belle dame-là.

Jenneville est parvenu à l'aborder. Il lui parle à demi-voix... Il se plaint sans doute, il me semble qu'on l'écoute à peine... On éclate de rire... Ce n'est pas possible que l'on soit bien touché de ses reproches... il est fâché... Il s'éloigne... On le retient, on lui dit un mot en le regardant d'une certaine façon... Allons, le voilà calmé, le voilà enchanté!... Madame de Rémonde connaît son pouvoir sur cet homme-là.

Dans son enchantement, Jenneville ne songe plus à moi. Je ne puis cependant me présenter tout seul, et je ne suis pas encore habitué à être dans un salon comme dans le foyer d'un théâtre; attendons que cette dame ait eu le temps de parler à toute sa société. Ah! Jenneville vient à moi, et nous saisissons un moment où son Herminie n'est pas trop entourée.

— Madame, je vous présente M. Deligny, mon meilleur ami, dont je vous ai parlé souvent.

— Tous vos amis sont les miens, et monsieur me fera grand plaisir toutes les fois qu'il voudra bien venir chez moi.

A ce compliment j'ai répondu par un profond salut en marmottant: Madame... assurément... je suis charmé...

Je crois que je n'ai pas fini ma phrase, mais en général on ne finit jamais ces sortes d'échanges de compliments, cela se termine par un salut, et la dame de la maison passe à d'autres personnes.

Maintenant que je suis de la société de madame de Rémonde, voyons comment est composée cette société. A en juger par l'extérieur, tous ces gens-là sont fort riches ou font de brillantes affaires; j'étais tout à l'heure près d'un groupe d'hommes, je n'entendais compter que par millions!... Celui-ci venait d'acheter une terre magnifique, cet autre venait de former une entreprise qui rapportait cinquante pour cent aux actionnaires, ce troisième ne savait que faire de ses capitaux. Mais je ne sais pourquoi tous ces gens-là me font l'effet de mentir... Il y a dans le ton, dans les manières de ces messieurs quelque chose qui sent les intrigants... Je puis me tromper sur quelques-uns, mais je gagerais pour la plupart.

On joue à l'écarté et à la bouillotte; j'aime peu ce dernier jeu, où, à moins de faire Charlemagne, ce qui ne fait jamais plaisir aux perdants, on ne peut quitter sa place qu'en y laissant son argent. Trois dames sur le retour se sont placées à la bouillotte, elles disent je passe comme si elles n'avaient fait que cela toute leur vie. M. Mélino, qui jouait avec ces dames, vient de perdre son va-tout, il m'offre sa place, je l'accepte. La cave est de cinq francs, et je me promets bien de n'en risquer qu'une. Au premier tour, une dame m'emprunte un jeton, au second une autre me font l'autre fiche. Je suis trop galant pour demander ce qu'on me doit... D'ailleurs une de ces dames, qui me prie souvent de mettre au jeu pour elle, n'a qu'une pièce d'or, et elle assure que cela lui ferait de la peine de changer. Bref, je suis bientôt décavé, et je me lève sans que l'on m'ait rendu mes fiches et mes jetons.

— Vous ne recavez pas? me dit d'un air fort aimable cette dame qui ne veut pas changer. Je la remercie. Je ne suis plus tenté de lui prêter mes fiches. Elle a au moins cinquante ans.

Je tourne autour d'une table d'écarté, il est difficile d'en approcher, il y a foule de parieurs de chaque côté. Le tapis est couvert d'or... Oserais-je placer là des pièces de cinq francs?... Cependant, comme j'en aperçois quelques-unes, je me permets d'en jeter deux pour un jeune homme dont la figure semble annoncer une veine heureuse. Mais on ne laisse pas ce pauvre jeune homme profiter de ses inspirations, chaque parieur est sur son dos, et lui crie d'un ton impératif : — Monsieur, jouez cela... — Non, monsieur, jouez ceci... — Jouez donc cela, monsieur. — Du milieu. — Non pas, à gauche. — Monsieur, je vous dis de jouer de là.

Etourdi par tous ces conseils, qui ressemblent à des ordres, le pauvre jeune homme ne sait plus où il en est ; il joue mal, il perd, et il est grondé par ceux qui ont parié, quoique ce soient leurs conseils qui l'aient fait perdre. D'honneur! c'est bien agréable de jouer à l'écarté dans une grande soirée. Quant à moi, je ne prendrai pas les cartes, car parmi messieurs les parieurs, il en est qui vous conseillent ou vous blâment d'un ton si impertinent, que je ne me sentirais pas d'humeur à recevoir patiemment leurs avis; il est plus sage de m'éloigner de cette table; laissons jouer ces messieurs qui ont l'air d'en faire leur état et cherchons à nous amuser ailleurs, si c'est possible.

Il y a bien dans une autre pièce une table d'écarté où je vois des dames : là on joue un jeu plus modéré; mais, au total, il paraît qu'ici le jeu est la grande affaire, l'unique but de la réunion. Point de piano, point de danse, fort peu de conversation; et toutes ces figures ont un air d'importance, de présomption ou de fatuité. Triste société que celle où l'on ne va que pour gagner ou perdre de l'argent! Je prévois que madame de Rémonde ne me verra pas souvent.

La maîtresse de la maison vient à moi; elle s'aperçoit que je ne fais rien, elle devine peut-être que je m'ennuie.

— Eh bien! monsieur, vous ne faites rien? — Je viens de jouer, madame.— La fortune vous a-t-elle été favorable? — Pas encore. — Je dois beaucoup de remercîments à M. Jenneville, qui m'a procuré le plaisir de vous connaître... — C'est moi, monsieur, qui lui suis très-redevable. — Il y a longtemps que vous connaissez M. Jenneville? — Mais... non... pas très-longtemps... — Du moins je sais que vous êtes fort liés tous deux; il a infiniment d'amitié pour vous, j'espère que vous voudrez bien l'accompagner... — Madame, je... — J'ai ordinairement quelques amis à dîner deux fois la semaine, mes jours de réunion; il faut, monsieur, que vous me promettiez d'en augmenter le nombre. — Vous êtes trop bonne, madame. — Vous voyez qu'ici c'est sans façon... chez moi chacun fait ce qu'il veut, je déteste que l'on se gêne... Aussi je laisse à mes amis liberté entière,...

— Un rentrant à la bouillotte! crie la vieille dame qui n'aime pas à changer, et madame de Rémonde me pousse vers la table en me disant : — Monsieur Deligny, c'est à vous de rentrer.—Non, j'y ai déjà joué.— Il faut un rentrant... mettez-vous là.—Mais je préférais...— Mettez-vous là; je suis sûre que la place est délicieuse, vous allez gagner.

Il n'y a pas moyen de s'en défendre, il faut que je me remette à la bouillotte avec ces vieilles femmes, qui trichent et ne me rendent pas mes jetons. Madame de Rémonde a une singulière manière de laisser à ses connaissances une liberté entière... mais elle m'a accablé de politesses, il faut bien que je m'en rende digne en perdant mon argent de bonne grâce.

Cette fois du moins j'ai près de moi madame de Saint-Julien; elle est fort aimable. Tout en jouant, nous causons, nous rions un peu : je crois que nous sommes les seuls de la société qui ayons ri. Aussi cela paraît déplaire aux trois dames sur le retour, dont nous faisons la partie. Celle qui me veut pas changer me dit plusieurs fois : — Monsieur, faites attention, vous n'êtes pas à votre jeu. Il me semble que j'y suis assez, puisque je perds mon argent. Apparemment qu'il n'est pas permis de perdre et de rire.

Je suis encore décavé, et je quitte la place; mais je m'assieds près de madame de Saint-Julien, ne fût-ce que pour faire enrager ces vieilles joueuses qui m'ont gagné mon argent. Nous continuons de causer, de rire. Je ne sais ce que c'est que cette dame, mais elle est fort gaie, fort aimable, et c'est une bonne fortune que sa rencontre dans un salon. Avec elle, on est bientôt comme avec une ancienne connaissance. C'est au point que je lui offre mon bras pour la reconduire; elle part alors d'un éclat de rire en me répondant :

— Et monsieur Mélino, qu'en ferons-nous? — Comment! ce monsieur est avec vous? — Certainement. — Et il vous reconduira? — Mais il le faut bien.

Quelle singulière chose! et ils ne se sont pas adressé la parole depuis qu'ils sont entrés dans le salon. Allons, puisque M. Mélino est le conducteur de madame de Saint-Julien, je ne vois pas trop pourquoi je resterais plus longtemps dans une maison où je ne m'amuse pas du tout. J'ai perdu trente francs; c'est bien assez pour un jeune homme qui n'a plus que trois mille six cents francs de rente... il me semble même que c'est trop, et j'ai perdu cela avec des gens qui n'ont pas du tout l'air aimable, et qui m'ont à peine regardé, moi, chétif, qui ne jouais pas l'or à poignée. N'est-ce pas le cas de chanter :

Quel bonheur!
Quel bonheur!...

Jenneville cause avec la belle Herminie; il ne fait pas attention à moi. Je m'éclipse du salon; mais, arrivé dans l'antichambre, il me faut attendre encore cinq minutes pour que l'on retrouve mon manteau sous cet amas de vêtements, qui donne à cette pièce l'aspect d'une boutique de tailleur.

Ah! j'ai enfin mon manteau; je m'entortille dedans, et je quitte la société de madame de Rémonde en fredonnant de nouveau la chanson du Sénateur.

CHAPITRE IX. — Encore la dame inconnue.

Non, me dis-je encore quelques jours après ma soirée chez madame de Rémonde, cette société ne me verra pas souvent. En récapitulant la manière dont j'ai dépensé mon bien depuis que je suis mon maître, ce qui me donne surtout des regrets, c'est de ne point m'être toujours amusé pour mon argent. Je ne regrette pas celui qui m'a vraiment procuré du plaisir; mais se ruiner et s'ennuyer... ma foi! c'est par trop bête; cependant c'est ce qui arrive à bien des gens. Par exemple, hier, pour mes trente francs, je me suis-je amusé chez madame de Rémonde?... Bien au contraire; et sauf la conversation de cette dame de Saint-Julien qui m'a distrait un peu, je n'aurais vraiment pas trouvé l'occasion de sourire. Je sais bien que l'on va dans le monde par bienséance, par ton, par complaisance; mais dorénavant je suis très-décidé à ne plus faire que ce qui me plaira. En général, c'est une duperie de se sacrifier pour les autres; ils ne vous en tiennent jamais compte.

Il me tarde de voir renaître les beaux jours. Dès que les arbres auront quelque verdure, dès que la campagne reprendra sa parure du printemps, je veux aller voir mon père; je suis décidé à passer quelques mois auprès de lui. Cela lui fera grand plaisir, et pendant ce temps j'économiserai mon revenu; car aux champs on a mille plaisirs qui ne coûtent rien : la chasse, la pêche, la promenade... Oui, ce projet me sourit, je l'ai déjà formé bien des fois, et toujours quelque motif frivole, quelque amourette me retenaient à Paris. Cette année, rien, j'espère, ne s'opposera à son exécution.

Mais aujourd'hui le temps est superbe, la température est douce et invite à la promenade; sortons : j'ai remarqué que les premiers beaux jours on rencontrait toujours une foule de jolies femmes,... Comme les fleurs qui se cachent pendant l'hiver, il semble qu'elles n'attendent que le soleil pour se montrer.

J'étais sur le boulevard, ma promenade favorite, un monsieur vient à moi en souriant : je ne l'avais pas reconnu.

— Comment! c'est toi, Dubois!... Que diable as-tu donc de changé? Depuis plus d'un mois que je ne t'ai aperçu, je ne te reconnaissais pas... — Eh mais... j'y suis maintenant, ce sont ces favoris qui te donnent une tout autre figure.. tu n'en portais pas autrefois... — Non, c'est vrai; mais ça me va bien, n'est-ce pas? — Ma foi, il me semble que je t'aimais autant sans cela. — Oh! si fait, ça va mieux, c'est plus mâle... D'ailleurs j'ai une nouvelle maîtresse qui tient essentiellement aux favoris... elle m'a donné son cœur, et un petit peigne d'écaille pour les entretenir dans une bonne direction, et elle m'a dit : Mon cher ami, le jour où vous les ferez couper, ne comptez plus sur ma fidélité... — Diable, cette femme-là devrait prendre pour amant un sapeur. — Moi, je trouve cela assez commode, parce que, vois-tu, quand elle ne me plaira plus, je me ferai raser, et, Bien le bonsoir... nous sommes brouillés. — Mais qu'as-tu donc fait depuis un mois qu'on ne t'a pas vu? — Mon ami, j'ai fait des passions, comme à mon ordinaire!... — A propos, Charlotte te prie de lui reporter sa brosse à dents. — Ah! bon! le plus souvent!... Je vais venir avec sa brosse, c'est un piège pour me ravoir!... Mais j'ai renoncé aux amours de la fontaine des Innocents, je suis pour l'instant répandu dans les brunisseuses; ce sont des filles charmantes, et j'ai remarqué qu'elles étaient beaucoup moins gourmandes que les frangères... c'est très à considérer cela... Je deviens économe comme Jolivet. — A propos de Jolivet, il m'a conté ton aventure du Colysée. — Quelle aventure? — Tu ne te souviens pas de cette pauvre fille qui a reçu un soufflet qu'on voulait te donner?... — Ah!... oui, oui... un homme à moustaches qui faisait son embarras... Ah! parbleu! je lui ai fait voir qu'on ne m'empêchait pas de danser, à celui-là... — Je ne sais pas ce que tu lui as fait voir, mais en revenant dans le bal, Jolivet prétend qu'il était furieux de ne pas t'avoir retrouvé à la porte, et qu'il jurait de te pourfendre à la première rencontre... il disait cela... il osait dire qu'il me...

Dubois s'arrête au milieu de sa phrase et paraît tout troublé. Je cherche ce qui a pu lui causer de l'effroi, et je vois passer près de nous un monsieur à moustaches et décoré; quand Dubois s'aperçoit que ce monsieur passe son chemin sans faire attention à lui, il reprend la conversation.

— D'abord Jolivet rapporte toujours les choses autrement qu'elles ne sont... Il buvait du punch, et ne pouvait pas voir comment cela se passait. — Il dit aussi que tu lui dois le punch... — Le ladre!... en fesse-mathieu que ce garçon-là; j'ai payé cent fois pour lui, au spectacle, chez le traiteur, et j'ai été jusqu'à fois mettre son nom chez ma portière pour que le lui rende cinquante sous!... Si celui-là ne fait pas fortune, ça ne sera pas sa faute!... Des amis comme ça, c'est bon à mettre dans un bocal avec des cornichons. Je suis sûr que...

Dubois s'arrête de nouveau, et me marche sur les pieds en faisant une grimace qui le rend méconnaissable : c'est parce qu'un officier vient encore de passer près de nous.

— Ah çà! mon cher ami, lui dis-je, il me parait que maintenant la vue d'une figure avec des moustaches te donne des crispations. — A moi? Bah!... et pourquoi donc? — Pourquoi? ma foi, je l'ignore... Ah! si fait parbleu!... j'y suis maintenant... ah! ah! ah!... ce pauvre Dubois! — Qu'est-ce qui te fait rire? — Oh! je devine pourquoi tu portes à présent des favoris... ah! ah! — Je ne sais ce que tu penses, mais je t'ai dit la vérité... c'est pour contenter mon objet. — Et pour que ton homme du Colysée ne te reconnaisse pas. — Ah! par exemple!... si un autre que toi me disait cela, je me fâcherais... Tiens... ne restons pas de ce côté du boulevard... il y a trop de soleil. — Oui; et on ne rencontre que des militaires. — Viens au Palais-Royal, j'y ai un rendez-vous pour de la muscade et du cacao.

N'ayant pas de but de promenade déterminé, je me laisse conduire au Palais-Royal; d'ailleurs ce lieu est fréquenté de nouveau par la bonne compagnie, et depuis qu'on en a banni les nymphes *omnibus*, les femmes honnêtes ne craignent plus de s'y promener.

Nous étions dans le jardin, Dubois me parlait de ses conquêtes et du prix des sucres; tout à coup je m'arrête, c'est moi à mon tour qui lui serre le bras avec un mouvement convulsif, au point qu'il en est effrayé.

— Qu'as-tu donc? me dit-il, tu m'as presque fait peur... — Ah! mon ami! la voilà... c'est bien elle... — Qui, elle? — Cette femme charmante que j'ai vue à la Gaîté, que j'ai revue à l'Opéra, et avec laquelle je n'ai pu encore faire connaissance... Tiens, vois-tu... devant nous... elle n'a pas la capote pensée, mais j'ai vu sa figure... elle passe devant le bassin!... elle donne le bras à une autre dame. — Oui, oui... je vois, cette dame en robe vert-monstre, tournure élégante et légère... Oh! cette fois je te réponds bien que je saurai son adresse... — Ecoute; nous allons doubler le pas; quand nous serons derrière ces dames, nous leur marcherons sur les talons... c'est une manière d'entrer en conversation... ou bien tu me pousseras, je tomberai sur l'une d'elles... tu me chercheras querelle... — Mon cher Dubois, tu ne feras rien de tout cela, mais tu vas avoir la complaisance de me quitter et de me laisser seul, alors je ferai ce que je voudrai; déjà une fois tu as été cause que je n'ai pu rejoindre cette dame, je ne veux pas qu'il en soit de même aujourd'hui. — Comment! tu ne veux pas... — Adieu. — Comme tu voudras, les volontés sont libres. J'irai te voir demain pour connaître les résultats de l'aventure.

Il m'a quitté, et je puis me livrer sans contrainte à tout ce que j'éprouve. D'où vient donc le trouble que la vue seule de cette dame me cause? quel enfantillage! une personne que je ne connais pas... que peut-être je ne dois jamais connaître : est-ce curiosité, est-ce pressentiment?... ce ne peut être de l'amour puisque j'ai déjà pour cette inconnue : que ce soit ce que cela voudra... tâchons de ne point la perdre de vue.

Elle a gagné les galeries; là, pour ne point m'exposer à la perdre encore, je me rapproche d'elle, on s'arrête devant les boutiques, on regarde des étoffes. Alors il faut que je m'arrête aussi, et je me parais regarder quelque chose... on doit avoir l'air bête en suivant quelqu'un; mais quand c'est une femme dont on est amoureux, on s'embarrasse fort peu de l'air que l'on a.

Elle ne m'a pas vu... elle ne sait pas que je suis à dix pas d'elle... et d'ailleurs se souvient-elle de moi?... Allons! les voilà encore devant une boutique de bijoutier... je ne puis résister au désir de voir ses traits... je saurai si je m'étais trompé dans le jardin, si ce n'était pas elle, il serait par trop drôle de suivre une autre dame.

En un instant je suis à côté d'elle, elle je m'arrête aussi comme pour regarder les bijoux, mais dans le fait pour jeter les yeux sous un grand chapeau blanc... Ah! je ne m'étais pas trompé, c'est bien elle... elle m'a vu, elle ne pouvait faire autrement... M'a-t-elle reconnu? je l'ignore, mais je l'entends dire à son amie : — Venez, ma chère, ce n'est pas ici que nous trouverons ce que vous désirez.

Elles s'éloignent, je les suis de nouveau. On sort du Palais-Royal... on gagne la rue Vivienne, la place de la Bourse... il m'a semblé qu'en passant devant les boutiques on regardait un peu de côté; est-ce pour savoir si je suis encore là?...

On prend les boulevards, on tourne la droite : bon, c'est mon quartier. On passe les portes Saint-Denis, Saint-Martin, cela commence à ne plus être mon quartier, mais je le suivrais jusqu'à Vincennes si elle y allait... on arrive près du Château-d'Eau; là, les deux dames s'arrêtent, puis se séparent; l'une descend la rue de Bondy : qu'elle aille où elle voudra, ce n'est pas celle-là que je suis. L'autre est seule maintenant... si j'osais lui parler... oh! non... mais elle suit toujours les boulevards... passe le café Turc, entre dans la rue Charlot, puis dans la rue Boucherat... puis, enfin, dans une belle maison de cette rue; et moi, je reste fixé au coin de la borne.

Est-ce bien là qu'elle demeure? elle peut y aller faire une visite, alors si je m'éloigne maintenant, je l'aurai suivie pour rien.

Je prends mon parti. J'entre aussi dans la maison, et je m'adresse sans hésiter au portier. Je n'en ai pas encore trouvé qui aient résisté à une pièce de cent sous.

Il m'a semblé reconnaître cette dame en chapeau blanc qui vient

d'entrer dans la maison, n'est-ce pas madame... madame... Benoît? — Non, monsieur, cette dame qui vient de rentrer est madame Luceval... — Ah... vous êtes bien sûr qu'elle se nomme Luceval? — Certainement que j'en suis sûr, puisque c'est une de nos locataires... — Ah!... elle demeure dans cette maison... — Oui, monsieur. — Et elle n'est point mariée à un... à un ancien officier? — Non, monsieur, car elle est veuve. — Ah! elle est veuve... et elle n'a pas deux petites filles jumelles? — Non, monsieur, car elle n'a pas d'enfant... — Allons, je vois que je me suis trompé... merci, mon ami. — A votre service, monsieur.

Le portier a mes cent sous, et moi je suis au comble de la joie, parce que je sais qu'elle demeure là, qu'elle est veuve, et se nomme madame Luceval.

A quoi me serviront les renseignements que je viens d'obtenir? je n'en sais rien encore; mais enfin cette dame n'est plus une inconnue pour moi. Elle est veuve... déjà veuve! et elle paraît avoir tout au plus vingt-trois ans... N'importe, l'état de veuve laisse une grande liberté... Une femme peut alors faire toutes ses volontés, il ne doit y avoir près d'elle ni père, ni tuteur pour la gêner : décidément je suis enchanté qu'elle soit veuve.

Imbécile que je suis! j'ai oublié de demander au portier si elle demeurait sur le devant et à quel étage... Si je retournais?... oh! non... cela pourrait paraître singulier... Ce portier irait peut-être redire cela à cette dame, et elle pourrait s'en formaliser... Je crains déjà de la fâcher!... Devenir amoureux d'une femme que l'on a vue trois fois!... Mais il y en a que l'on verrait trois fois par jour sans en être épris.... cela fait compensation.

Je ne puis pas rester toute la journée dans la rue Boucherat, avec cela qu'il n'y a pas là de boutiques devant lesquelles on puisse s'arrêter... D'ailleurs, madame Luceval, qui vient de rentrer, ne ressortira probablement pas ce matin... Eloignons-nous, j'en sais assez pour aujourd'hui.

Je m'éloigne en jetant toujours les yeux sur les croisées de la maison qu'elle habite... Si Dubois était avec moi, il me conseillerait de jeter des pierres dans les carreaux, pour attirer les locataires aux fenêtres. Mais ce n'est pas par de semblables moyens que je veux essayer de faire connaissance avec cette jolie femme, il ne s'agit pas ici d'une frangère ou d'une brunisseuse.

Je marche au hasard, et le hasard me conduit souvent dans les ruisseaux, mais je suis trop préoccupé pour y faire attention. Quelqu'un me prend par le bras en riant et me disant :

— Mon cher ami, si vous étiez poète, je vous croirais inspiré, car vous ne vous apercevez pas que vous vous crottez....

— Ah! c'est vous, mon cher Jenneville. Ma foi, j'avoue que je ne vous voyais pas... — Que diable faites-vous dans la rue Meslay? — Dans la rue Meslay!... Comment! je suis rue Meslay? — Il ne le savait pas... Oh! oh! pour le coup, mon ami, vous êtes amoureux. — Ma foi, oui, et je ne m'en défends pas... Il y a une certaine dame qui m'occupe beaucoup... — Est-elle bien jolie? — Elle est charmante... — J'espère que vous me ferez connaître aussi... si ce n'est pas indiscret... — Oh! je n'en suis pas encore là, il faut avant tout que je puisse la connaître moi-même... — Comment! vous en êtes amoureux et vous ne la connaissez pas?... — Ah! c'est délicieux... Au reste je me reconnais là... Mais quand venez-vous chez madame de Rémonde? — Dès que je le pourrai... — Elle vous a pris en amitié, mon cher Deligny, elle m'a parlé de vous, et vous attend à dîner tous les jours où elle reçoit; vous savez que ce sont les lundis et les vendredis. — Oui, oui... j'aurai le plaisir d'y aller... — Allons, mon ami, je vous laisse rêver à vos amours. Je vais chez un homme d'affaires que Blagnard m'a procuré. A propos de Blagnard, il veut m'intéresser pour quatre-vingt mille francs dans une entreprise superbe, excellente... En un an on triple ses capitaux... Voulez-vous que nous lui donnions cette somme à nous deux? — Nous verrons... j'y penserai, je vous le dirai... — Oui, oui, je vois que ce n'est pas le moment de parler d'affaires... Adieu... venez voir Herminie, ou elle se fâche avec vous.

Peu m'importe que son Herminie se fâche ou non; vous verrez que pour être agréable à Jenneville et à madame de Rémonde il faudra que j'aille tous les lundis et vendredis perdre mon argent chez elle... A la vérité, on me donnerait à dîner, mais le payerais bien.

A propos de dîner, il doit être l'heure d'y songer... Eh mais, au lieu d'aller, suivant ma coutume, au Palais-Royal, pourquoi ne dînerais-je pas sur le boulevard du Temple?... J'y serai infiniment mieux!... J'irai, pour faire ma digestion, me promener dans la rue Boucherat.

Enchanté de cette idée, je retourne sur le boulevard du Temple. Quel dommage qu'il n'y ait pas un traiteur rue Boucherat en face de sa maison!... je m'y serais mis en pension. Allons au Cadran-Bleu : c'est le plus près.

J'entre au Cadran-Bleu, je demande un cabinet, j'ai la vue sur le boulevard; il n'y en a pas qui donne sur la rue Boucherat. C'est égal, je suis tout près de chez elle, et ça me fait plaisir.

On dîne mal quand on est amoureux, et surtout quand l'amour n'est pas satisfait. Cependant tout en regardant la carte avec indifférence, je ne puis m'empêcher de rire du motif qui m'a conduit au Cadran-Bleu!... Que les hommes sont fous!... Se prendre de belle passion pour un minois plus ou moins agréable, penser continuellement à une femme qui peut-être ne vous écoutera jamais!... Et on se moque des enfants qui font des châteaux de cartes!

C'est ennuyant de dîner seul, surtout quand on n'a pas faim. J'ai bientôt terminé mon repas. J'irai prendre mon café rue Boucherat... Allons, il n'y a pas un seul café dans cette rue-là, et on ne voit que cela dans les autres. Je vais aller au café Turc, c'est à deux pas... quel dommage que nous ne soyons qu'au mois de mars! certainement dans les beaux jours cette dame doit se promener quelquefois au jardin Turc : c'est à sa porte.

Je vais prendre ma demi-tasse au café Turc, il y a là de vieux habitués qui ont le cachet du Marais; mais je ne puis tenir en place; il faut que je retourne rue Boucherat. Elle va peut-être sortir pour aller au spectacle.

Je me promène depuis un quart d'heure en regardant en l'air; une jeune fille m'accoste... Je ne serai donc pas tranquille aujourd'hui !

La porte de mademoiselle Ninie.

— Bonsoir, monsieur Paul. — Ah! c'est vous, Ninie?... — Oui, monsieur; je vais reporter de l'ouvrage rue Saint-Antoine. — Eh bien! allez... Je ne vous arrête pas. — Vous m'aviez promis de venir me voir quelquefois, et vous ne venez plus du tout... Cependant nous ne sommes pas fâchés ensemble, n'est-ce pas? puisque vous devez être mon ami. — Oui, oui, certainement j'irai vous voir. Je n'ai pas eu le temps... Bonsoir. — Ah! vous ne savez pas!... j'ai rencontré Adolphe; ce menteur-là n'est pas en Angleterre. Je l'ai bien reconnu, avec une belle dame sous le bras... Ah! si j'avais osé... — Vous me conterez tout cela quand j'irai chez vous. — Oui; et puis j'ai aussi une petite connaissance en train... Mais je n'en veux pas, c'est un homme qui fume... je ne veux pas d'un amant qui fume... — Vous me direz toutes vos affaires une autre fois... Je suis pressé; adieu, Ninie. — Adieu, monsieur Paul... Quand viendrez-vous? — La semaine prochaine.

Elle me laisse enfin. Si madame Luceval était sortie de chez elle dans ce moment, elle m'aurait encore vu avec une grisette, c'eût été fort désagréable. Mais elle ne sort pas... Pauvre Ninie, comme je l'ai brusquée !... L'amour nous rend injustes, égoïstes, bêtes... ah! très-bêtes, surtout...

Je commence à m'ennuyer de faire sentinelle dans la rue Boucherat. La nuit est venue depuis longtemps; l'heure d'aller au spectacle est passée; elle ne sortira pas ce soir, j'ai fait sentinelle pour rien; mais je sais qu'elle est là, je n'ai pas perdu ma journée.

CHAPITRE X. — Je fais connaissance.

Voilà six jours que je passe mes journées à me promener dans la rue Boucherat, et cela n'est pas très-récréatif; à la vérité je pousse quelquefois jusqu'à la rue de Vendôme, puis jusqu'à la rue Saint-Louis.

Malgré cela, cette promenade me semble un peu monotone, car depuis six jours madame Luceval n'est pas sortie de chez elle, à moins qu'elle ne soit sortie de fort grand matin ou pendant que je dîne au Cadran-Bleu; mais il faut bien que je dîne. Je ne suis pas encore amoureux au point de dîner avec un petit pain en me promenant dans la rue.

Je sais qu'elle loge au second, qu'elle a des fenêtres sur le devant; mais cette femme-là ne se met jamais à la fenêtre, et les petits rideaux sont toujours fermés. Tous les jours je me dis que c'est la dernière fois que je viens faire sentinelle dans le Marais; et cependant j'y viens encore; je crois que maintenant c'est autant par entêtement que par amour.

Il m'est bien venu une idée : il y a un logement à louer dans la maison où demeure madame Luceval; si je montais au second, si je sonnais chez elle... je feindrais de m'être trompé, et d'être venu pour voir l'appartement vacant. Oui, mais il est probable que c'est une domestique qui m'ouvrira; il faudra que je dise à cette bonne ce que je veux; alors, elle m'indiquera où est le logement à louer, et refermera sa porte sans que j'aie probablement aperçu sa maîtresse; je n'en serais pas plus avancé...

Cependant je veux absolument revoir cette dame et ne plus me promener dans la rue. Aujourd'hui je viens d'apercevoir plusieurs domestiques sortir de la maison. Il n'est que midi; c'est, je crois, l'heure où les bonnes vont faire leurs provisions; ma foi, je me risque!... Nous verrons ce qui en résultera.

J'entre rapidement dans la maison, je vais monter l'escalier... Ce maudit portier m'arrête : j'espérais qu'il ne me verrait pas.

— Où va monsieur?

Je ne veux pas demander à voir le logement, il me conduirait, et je ne pourrais pas me tromper de porte. Je prends mon parti, et je réponds : — Chez madame Luceval...

— Madame Luceval... je crois qu'elle vient de sortir.

Sortie!... ah! par exemple, je suis bien certain que non, et je vais dire au portier qu'il y a une heure que je suis dans la rue, lorsqu'il reprend : — Ah! non, non; je me trompais... madame Luceval est chez elle, c'est sa bonne qui est sortie... La porte à gauche, monsieur.

— La bonne est sortie, tant mieux!... je suis au second... je sonne, le cœur me bat... il me battait moins, je crois, à mon premier rendez-vous; mais alors j'étais sûr de triompher, et aujourd'hui je puis me faire fermer la porte sur le nez; c'est bien différent.

On ouvre : c'est elle... c'est bien elle... coiffée en cheveux, dans un négligé de bon goût. Ah! je ne l'avais pas encore si bien vue; toujours un grand chapeau me dérobait une partie de sa figure... Elle est cent fois plus jolie que je ne le croyais.

Elle a fait un mouvement de surprise en me voyant : je suis tout au bonheur de la voir, et je ne dis rien; mais comme ce n'est pas l'usage de sonner chez les gens seulement pour les regarder, elle me dit bientôt : — Monsieur, puis-je savoir ce que vous demandez?

Je tâche de cacher mon trouble; mais malgré moi, je m'embrouille en lui répondant : — Madame... pardon... je voulais... je suis venu... je crois que je me suis trompé...

Elle a la bonté de me donner le temps de me remettre; est-ce qu'elle devinerait le motif de mon embarras? Enfin je reprends d'un air moins gauche : — Il y a un appartement à louer dans cette maison, est-ce que ce n'est pas le vôtre, madame? — Non, monsieur, c'est ici dessus...

— Ah! mille pardons, madame, je vous ai dérangée... Cet appartement est grand, à ce qu'on m'a dit?... — Vous pourrez le voir, monsieur, c'est ici dessus.

On me fait une révérence très-polie et on referme sa porte. Au fait, elle ne pouvait pas remplacer le portier en me donnant des détails sur le logement à louer. C'est égal, je l'ai vue, je lui ai parlé, elle m'a répondu avec bonté, il y avait même dans son air quelque chose de singulier, qui me semblait pas indiquer que ma méprise lui fût désagréable... Je m'éloigne enchanté, et depuis que je l'ai vue en cheveux j'en suis cent fois plus amoureux.

Je rentre chez moi, car pour un jour je ne puis pas en faire davantage. Je cherche par quel nouveau moyen je pourrai la revoir. Je suis comme ces auteurs qui cherchent une scène, un dénoûment... Le dénoûment!... ah! je n'en suis pas encore là, et qui sait si l'intrigue que je veux former se terminera bien pour moi?

Ma portière me remet un mot de Jenneville; il est venu me demander plusieurs fois, et me rappelle qu'on m'attend à dîner aujourd'hui, rue Le Pelletier; c'est chez madame de Rémonde, en effet, c'est aujourd'hui lundi, jour où elle reçoit. Mais on peut m'attendre, je n'irai pas; peu m'importe que cela fâche Jenneville et son Herminie!... Son Herminie, dont il me faisait un portrait si séduisant, ah! qu'elle est loin de madame Luceval! Chez l'une, tout est art, apprêt, coquetterie; chez l'autre, tout est naturel, grâces, attraits; si Jenneville voyait celle-ci, il en deviendrait amoureux aussi, j'en suis sûr!...

Dubois est venu pour me voir. Je suis fâché qu'il ne m'ait pas trouvé; il a de l'imagination, rien ne l'embarrasse pour réussir près d'une femme; les moyens qu'il emploie ne sont pas toujours convenables, mais dans le nombre il aurait pu me faire naître quelque idée. Ma portière me remet aussi une lettre de mon père. Il m'attend incessamment; le temps devient beau, les jours sont plus longs, il me rappelle ma promesse de passer quelques mois près de lui, si mes affaires ne s'y opposent point.

Ce bon père! s'il savait de quel genre sont les affaires qui me retiennent à Paris!... Oui certainement j'irai passer quelque temps près de lui... à moins que je ne puisse le passer ici près de madame Luceval... Oh! non, je ne manquerai point encore à mes devoirs pour une amourette, pour une femme... que je ne connais pas... mais en cheveux elle est si jolie!... Ah! depuis huit jours ma conduite est celle d'un enfant. Se prendre de passion pour une inconnue!... comme si l'on manquait d'occasions dans la société!... Répondons à mon père...

Mademoiselle Ninie était chez la mère Ballu, qui lui aidait à passer sa robe neuve.

Quelles sont encore ces lettres que m'a remises ma portière?... Des invitations à dîner... à des soirées. On me reproche de négliger mes amis... En effet, depuis quelque temps je vais moins dans le monde... et moins j'y vais, plus je reçois d'invitations; c'est l'ordinaire, on veut toujours avoir les gens qui ne se prodiguent pas.

Mon père ne m'écrit jamais sans me charger de plusieurs commissions. Il faut que je lui envoie de la poudre, du plomb pour la chasse, des lignes, des hameçons, du tabac.

Ces commissions me distrairont, cela m'occupera; quand on est bien occupé on pense moins à faire des folies; un ouvrier, un artisan ne passe point sa journée à suivre une femme, ou à regarder ses fenêtres; il faut qu'il gagne d'abord son dîner, et c'est fort heureux pour lui; cela l'empêche de faire des sottises; la preuve en est dans le dimanche et le lundi.

J'ai couru pour mon père jusqu'à cinq heures, alors j'hésite où je porterai mes pas. On m'attend à dîner dans deux maisons... je puis choisir... Qu'irais-je faire encore au Cadran-Bleu... on n'y dîne pas à bon marché, et toujours dîner seul, c'est bien triste.

Je suis devant chez moi... je balance sur le chemin que je prendrai, lorsque je vois arriver Jolivet.

— Tiens! je viens toujours au moment où tu sors. — Oui, j'allais dîner... — Tu ne sais pas ce qui m'arrive? Mon oncle m'avait invité, il y a huit jours, pour aujourd'hui; je viens de chez lui, il est parti d'hier pour la campagne... Comme c'est honnête!... moi qui avais refusé deux dîners pour aujourd'hui!... — Veux-tu venir dîner avec moi?... je t'invite... — Bah! vraiment... ma foi! je veux bien. — J'ai aussi deux invitations pour aujourd'hui, mais ce sont de ces dîners de cérémonie, bien sérieux et bien ennuyeux... on me placerait peut-être entre deux femmes à prétentions, ou deux hommes qui causeraient politique, et je ne me sens pas le courage d'avoir tant de plaisir. — Ah! tu as bien raison, il n'y a rien d'ennuyeux comme ces dîners-là. — Allons au Cadran-Bleu... on y est bien... — Oui, on y est supérieurement, et nous causerons, nous rirons, nous nous amuserons. À propos, as-tu vu Dubois?... je ne peux pas le rencontrer... il me doit

toujours le demi-bol. — Ah! j'ai bien autre chose en tête que Dubois, je te conterai cela en dînant.

Nous nous acheminons vers le boulevard du Temple. Je me sens de fort bonne humeur, car je grillais en secret d'aller dîner au Cadran-Bleu, et je suis enchanté que Jolivet m'en ait fourni l'occasion. Quant à lui, il est toujours très-aimable quand il a la perspective de bien dîner sans dépenser d'argent.

Nous voici arrivés... Il me semble que je respire mieux dans ce quartier. Je demande un cabinet qui donne sur le boulevard, parce que, tout en dînant, je regarderai le monde, et si par hasard elle sortait ce soir, je la verrais passer.

Je laisse Jolivet commander, je trouve tout bon, tout excellent; j'ai fait mettre la table contre la fenêtre, et j'ai presque toujours les yeux sur le boulevard. Cela est fort égal à Jolivet, il ne regarde que son assiette.

— On est très-bien ici, dit Jolivet. Le garçon a l'air de te servir en habitué. — Oui, je viens souvent depuis quelque temps... Je trouve ce quartier charmant depuis que je sais qu'il renferme une femme dont je ne puis m'empêcher d'être amoureux... — Pourquoi voulais-tu t'en empêcher? est-ce qu'elle n'est pas riche? — Je ne sais pas si elle est riche ou pauvre... Que m'importe cela?... — Mon cher Deligny, je t'assure qu'il vaut toujours mieux avoir une connaissance à son aise... une femme qui ne coûte rien... Si tu savais comme elle est jolie!... Ce ne sont pas de ces charmes apprêtés, de ces attraits factices qui doivent tout à l'art... — Non, j'entends : c'est de la beauté... argent comptant... — Ah! que tu m'ennuies avec ton argent!... — Mon ami, cela veut dire que ce n'est pas de la fausse monnaie, que ce sont des charmes de bon aloi... Style de commerce.

Je conte à Jolivet mes rencontres avec madame Luceval; il m'écoute avec d'autant plus d'attention, que cela ne l'empêche pas de manger; au contraire, comme je parle toujours, il mange pour deux : les gourmands aiment beaucoup à dîner avec les bavards.

Nous sommes au dessert, et Jolivet vient de se servir pour la seconde fois de la compote, lorsqu'il m'échappe un cri de joie, et aussitôt je quitte la fenêtre contre laquelle j'étais penché, je me lève, et je prends mon chapeau

M. Blaguard le capitaliste.

— Qu'est-ce que tu as donc? me dit Jolivet. — Mon ami, je viens de la voir... oh! c'est bien elle, j'en suis certain!... elle traversait le boulevard... elle va peut-être au spectacle... il faut que je sache... — Mais dis donc, dépêche-toi, ne sois pas longtemps... je vais demander le café.

Je n'écoute plus Jolivet, je suis déjà en bas; je cours sur le boulevard du côté que je lui ai vu prendre... je tremble de l'avoir perdue... Mais non!... je la vois... n'allons plus si vite... Elle est avec une fille de campagne... sa bonne sans doute... Où vont-elles se rendre?...

N'importe, je ne la perdrai pas de vue... Ah! elles vont chez *Franconi*. Fort bien... je passerai la soirée près d'elle. Je la laisse entrer, puis je prends un billet. Que cette salle est grande!... mais je l'y trouverai, dussé-je me faire ouvrir toutes les loges... Ah! elle est aux premières sur le côté.

Je cours aux premières, l'ouvreuse m'offre une place sur le devant...

— Non, madame, je veux être où il y a déjà deux personnes. — Mais, monsieur, vous seriez ici sur le devant. — Pour Dieu! madame, mettez-moi sur le derrière, et que cela finisse.

On m'ouvre où je veux enfin. J'enjambe vivement les banquettes, il me semble que je ne puis assez tôt être près d'elle et qu'on va me voler ma place. J'y suis; elle s'est retournée, elle m'a vu... je me permets de la saluer... elle ne peut trouver cela mauvais. Non, car elle me rend mon salut d'un air fort aimable; je ne donnerais pas ma place pour mille écus.

Voilà le moment, l'occasion de lui parler : sa bouche reste béante et pas assez d'yeux pour regarder la salle et les chevaux... je suis comme seul près d'elle... Ah! pourquoi est-ce toujours lorsque l'on a mille choses à dire que l'on ne peut pas trouver à en exprimer une!

— C'est... je crois... vous, madame, que j'ai dérangée ce matin, en voulant voir un logement dans votre maison... — Oui, monsieur, c'est chez moi que vous avez sonné. — Je suis bien heureux aujourd'hui, madame, puisque le hasard me fait vous rencontrer deux fois...

Elle ne répond rien à cela... c'est un compliment. J'ai eu tort de lui en adresser un, en ne parlant que de choses indifférentes on se fait plutôt répondre.

Je reprends au bout d'un moment :

— Je me suis aussi trouvé près de madame, à la Gaîté, à une première représentation... — Oui, monsieur,.. j'étais allée, comme aujourd'hui, avec ma bonne; depuis longtemps je lui promettais de la conduire au spectacle, dont elle n'avait aucune idée, puisqu'elle arrivait de son village. J'avais acheté deux billets; mais, à la porte, la foule nous a séparées; je suis entrée seule, espérant retrouver ma domestique dans la salle... Je l'y ai cherchée en vain..., cette pauvre fille avait perdu son billet dans la foule, et elle a passé toute la soirée à m'attendre à la porte. Depuis ce jour, je me suis bien promis de ne plus m'exposer dans une telle cohue.

Voilà une explication qui m'enchante, c'est une manière de me faire savoir pourquoi elle se trouvait seule au spectacle; elle désire que je n'aie pas d'elle une mauvaise opinion... elle tient donc à mon opinion... il me semble que c'est d'un augure très-favorable.

— Nous nous sommes aussi rencontrés à l'Opéra, reprend cette dame en souriant. J'aurais autant aimé qu'elle ne se rappelât pas cette rencontre-là. Cependant c'est elle qui me parle, et je ne veux pas laisser tomber la conversation.

— Oui, madame,.. oui... je me le rappelle. — Ce soir-là, vous étiez en société. — Oui... en effet, j'étais avec une jeune dame de province qui ne connait rien encore aux usages de Paris. — Ah! c'était une dame de province !...

Elle sourit d'un air moqueur. Je pense bien qu'elle n'est pas la dupe; mais pourquoi ces questions?... est-ce qu'elle serait déjà jalouse de la personne qu'elle a vue avec moi?... ce serait charmant.

Nous gardons quelque temps le silence, elle s'occupe du spectacle, de sa bonne; moi je fais des conjectures.

— Vous allez souvent au spectacle, madame? — Assez souvent, monsieur, l'hiver c'est ma seule distraction... depuis que je ne vais plus dans le monde. — Vous n'allez plus dans le monde?... c'est renoncer de bonne heure aux plaisirs qu'il devait vous offrir. — Oh! je ne les regrette pas, monsieur. — C'est sans doute depuis que vous avez perdu monsieur votre mari?...

Elle me regarde d'une façon singulière en répétant : — Oui, monsieur, c'est depuis que j'ai perdu mon mari. — Vous êtes veuve bien jeune...

Elle fait encore une drôle de mine, et ne me répond pas. Est-ce que j'ai dit quelque bêtise?... J'ai peut-être eu tort de lui parler de son mari, que sans doute elle aimait et qu'elle regrette... j'ai renouvelé sa douleur; où diable vais-je lui parler de son mari !...

Au bout d'un moment elle me regarde en disant : — Qui donc vous a appris que j'étais veuve, monsieur? — Madame... c'est... votre portier... — Mon portier !...

Elle sourit d'un air incrédule. Mais je ne me sens plus la force de cacher ce que j'éprouve, et je continue : — Oui, madame, je me suis permis de questionner votre portier... de m'informer si en effet vous logiez dans cette maison où je vous avais vue entrer, car vous devez vous rappeler aussi que je vous ai rencontrée au Palais-Royal, il y a quelques jours... Votre souvenir était sans cesse présent à ma pensée; enchanté de vous retrouver, je vous ai suivie... vous avez quitté votre amie, et je vous ai vue entrer dans une maison de la rue Boucherat... mais vous pouviez n'y pas demeurer : c'est alors que je me suis permis de questionner votre portier... J'ai su que vous étiez veuve, et vous demeuriez madame Luceval; depuis ce jour, madame, j'ai passé presque toutes mes journées dans votre rue, à regarder vos fenêtres, dans l'espoir que je vous apercevrais... enfin, ce matin, j'ai pris le prétexte d'un logement à louer pour sonner chez vous... Voilà ce que j'ai

fait, madame; je ne sais si vous blâmerez ma conduite, mais vous ne sauriez m'empêcher d'être ce soir le plus heureux des hommes, puisque je suis auprès de vous.

Elle m'a écouté avec attention, je ne vois point de courroux dans ses yeux; elle semble réfléchir; mais elle ne dit rien, elle ne me répond pas... je crois que j'aimerais mieux qu'elle me grondât.

— Ma franchise vous a déplu, madame, j'en serais désolé,.. je n'eus jamais l'intention de vous offenser... — Votre franchise... monsieur...

Elle sourit d'un air ironique. Je n'y comprends rien...

— Vous semblez, madame, douter de ma bonne foi. N'ayant pas l'avantage d'être connu de vous, je conçois que vous puissiez me confondre avec ces étourdis qui s'enflamment pour toutes les jolies femmes qu'ils aperçoivent; mais... — Je vous demande pardon, monsieur; j'ai l'avantage de vous connaître, ou du moins de savoir qui vous êtes, et si je ne l'avais pas su, je vous prie de croire que je ne causerais pas avec vous, comme je le fais depuis un moment. Vous êtes M. Deligny. — Oui, madame. — Je vous ai entendu nommer la première fois que je me suis trouvée près de vous... votre nom m'a frappée, parce que... je l'avais entendu prononcer souvent. Vous allez beaucoup dans le monde? — Oui, madame... mais je ne me souviens pas de vous y avoir rencontrée, certainement je vous aurais remarquée. — Non, nous ne nous sommes pas trouvés ensemble en société... mais je connais des personnes... que vous connaissez aussi.,. — Qui donc, madame?... — Ah!... je ne me rappelle plus leur nom en ce moment... Vous avez perdu votre mère; et monsieur votre père habite la campagne. — En effet, madame. — Vous voyez, monsieur, que j'avais raison en disant que vous n'étiez pas un inconnu pour moi. — Je serais bien heureux, madame, si, par cette même raison, vous daigniez me permettre de cultiver votre connaissance. — Puisque vous savez mon nom et ma position dans le monde, on a dû vous dire aussi, monsieur, qu'excepté quelques dames de mes amies, je ne reçois personne... Est-ce que mon portier ne vous a pas dit cela, monsieur?

Elle sourit d'un air moqueur qui me semble assez hors de saison, et je lui réponds d'un ton un peu piqué :

— Madame, si je me suis permis de parler à votre portier, c'était uniquement pour savoir si vous demeuriez là, du reste, et malgré tout le désir que j'avais de vous connaître, je vous prie de croire que je n'ai pas l'habitude de chercher à savoir ce qui ne me regarde pas.

Elle se tait, moi de même; elle regarde le spectacle, et ne semble plus songer que je suis là. Moi, je ne vois qu'elle, je m'enivre du plaisir de la regarder, et je cherche comment je renouerai la conversation.

C'est elle qui se tourne vers moi et me dit d'un air aimable : — Comme ma bonne est contente! pauvre fille! je la dédommage de la soirée qu'elle a passée à m'attendre à la porte de la Gaîté... Elle n'a quitté son village que depuis trois mois. Tout dans Paris est encore nouveau pour elle... il faut peu de chose pour la rendre heureuse.

Je suis prêt à répondre : — Elle est trop heureuse d'habiter avec vous... mais je me retiens... cela aurait encore l'air d'un compliment, et toujours des compliments, c'est si fade !...

Il faut que je me contente pendant quelque temps de parler de choses indifférentes. Madame Luceval a de l'esprit, de la finesse; elle s'exprime avec grâce, sans jamais montrer de prétentions; plus je l'écoute, plus je la vois, plus je sens s'augmenter le sentiment qu'elle m'inspire. Je n'ai jamais rencontré de femme qui m'ait plu autant.

Je voudrais bien savoir si elle me permettra d'aller chez elle; je n'ose le lui demander. Je vois avec peine s'écouler le temps, chaque minute me semble ne durer qu'une minute... je suis si bien près d'elle... cette soirée finira si vite!

— Comment trouvez-vous cette pièce? me dit-elle. — Cette pièce... mais je vous avoue que je ne l'ai pas écoutée; je suis si heureux d'être près de vous et de ce que vous me permettez de vous parler, que... — Ah! monsieur, je vous le répète, si je ne savais pas qui vous êtes, je me fâcherais; je ne suis nullement habituée à écouter de semblables discours... mais je vous excuse, parce que... — Parce que, de grâce, achevez, madame... — Je crois que c'est inutile, et que vous me devinez fort bien... — Je vous devine... non vraiment, madame, je vous assure que je ne sais ce que vous voulez dire.

Elle me regarde, et toujours d'un air incrédule... je n'y conçois rien. Au bout d'un moment elle me dit en souriant : — Vous n'avez pas amené aujourd'hui au spectacle votre jeune dame de province ?...

Je me mets à rougir, je réponds en balbutiant : — Je ne vous croyais pas méchante, madame. — Méchante... comment! il y a donc de la méchanceté à vous demander cela?... Elle est jolie, cette jeune... dame. — Je ne m'en souviens plus, madame. — Vous oubliez vite... mais d'autres ont peut-être plus de mémoire que vous... — D'autres, d'honneur, madame, ou le plaisir d'être près de vous me fait perdre l'esprit, ou vos paroles sont énigmatiques. Je vous avoue que je ne sais pas encore ce que vous voulez dire.

Elle se retourne avec un léger mouvement d'humeur. Que veut-elle donc me dire?... est-ce que l'amour me rend imbécile?... cela s'est vu; heureusement on en guérit.

Nous ne nous parlons plus, et le temps fuit... Il n'y a plus qu'un acte!... Ils n'ont donc pas donné trois mélodrames ce soir!

Je cherche encore à renouer l'entretien; il me semble qu'elle est plus réservée... qu'elle se livre moins à son heureux naturel. Il faut me contenter de quelques mots sur la pièce, sur les acteurs, sur la salle... Je suis bien sûr que je réponds tout de travers, car je m'aperçois qu'elle me regarde quelquefois avec surprise et qu'un léger sourire effleure ses lèvres.

Mais il se fait dans la salle un mouvement général, tout le monde se lève... Ah! mon Dieu, est-ce que ce serait fini?... Hélas! oui... Cette soirée délicieuse n'a duré qu'un instant... et il en est dans le monde qui nous paraissent si longues!... Ah! ce sont nos sensations seules qui ôtent ou donnent des ailes au temps!

Madame Luceval s'est levée aussi... je sens bien qu'il faut partir, je lui donne la main pour sortir de la loge... puis je marche à côté d'elle. Elle a pris le bras de sa bonne... mais je lui parle toujours et elle me répond. Nous sortons ainsi de la salle, et je continue à marcher près d'elle.

Au bout d'un moment elle me dit : — Est-ce que vous demeurez de ce côté, monsieur? — Pas précisément, madame, mais je pense que cela ne vous offense pas si je me permets de vous accompagner jusque chez vous. — D'un autre cela pourrait me déplaire, monsieur; mais comme vous n'êtes pas un étranger pour moi, je ne saurais m'en fâcher.

Je ne comprends vraiment rien à cette connaissance qu'elle prétend exister entre nous; n'importe, il me semble qu'il faut en profiter. Je songe qu'elle ne demeure qu'à deux pas, que bientôt il faudra la quitter. Cette pensée m'enhardit à en demander davantage.

— Madame, puisque je ne suis pas un étranger pour vous, puisque vous connaissez ma famille et des personnes avec lesquelles je suis lié... si j'osais vous demander la permission d'aller vous offrir mes hommages!

Elle ne répond pas... elle semble réfléchir... je tremble... ce qu'elle va dire décidera du bonheur de ma vie, car bien certainement je ne puis plus vivre heureux sans voir cette femme-là!

— Si cela vous est agréable, monsieur, je recevrai vos visites avec plaisir.

Grand Dieu! mes sens ne m'ont pas trompé!... c'est elle, c'est sa douce voix qui vient de prononcer ces paroles... elle recevra mes visites avec plaisir!... je n'en suis plus le maître de ce que je lui réponds!... je vais faire quelque extravagance... Heureusement nous sommes arrivés à sa porte, elle rentre dans sa maison après m'avoir fait un salut charmant!... Je crois que dans ce moment je suis content de ne plus être en sa présence... je puis me livrer à ma joie, je cours, je saute dans la rue!... Ah! j'ai déjà été amoureux bien des fois, mais jamais, non, jamais de cette façon!... c'est que probablement je n'ai pas encore été véritablement amoureux.

Je me trouve sur les boulevards, j'entre dans un café, je ne sais ce que je veux, mais je demande quelque chose... Je regarde tout le monde avec un air triomphant... On n'y fait pas attention!... Ces gens-là lisent les journaux... je ne conçois pas, dans ce moment, qu'on puisse lire les journaux... mais on a un air froid qui m'ennuie, Je me lève au moment où le garçon m'apportait du punch; je le paye, et je m'en vais.

Rentrons chez moi, cela vaudra mieux. Puisqu'elle m'a dit qu'elle recevrait mes visites avec plaisir... ces mots avec plaisir ne me sortent pas de la tête... puisqu'elle m'a dit cela, je puis bien, sans indiscrétion, aller la voir dès demain. Oui, j'irai demain dans la journée, et pour être plus tôt à demain, il faut bien vite me coucher.

Je rentre et je me mets au lit. Mais on ne peut pas dormir quand on a dans la tête un nouvel amour; c'est bien plus lorsqu'on l'a dans le cœur, car le cœur vous tient encore plus éveillé que l'esprit. Je saute dans mon lit comme si j'avais bu trois bouteilles de champagne.

Puisque je ne puis pas dormir, rappelons-nous les événements de cette heureuse journée... Ah, mon Dieu!... En songeant au hasard qui m'a fait apercevoir ce soir madame Luceval, je me rappelle que j'étais au Cadran-Bleu avec Jolivet, et que je suis parti brusquement au moment où l'on nous montait le café... Ce pauvre Jolivet!... Moi qui l'avais invité, il aura fait payer, il doit m'attendre encore chez le traiteur... S'il n'était pas si tard j'y retournerais... Mais non, il aura payé, il doit être certain que je le lui rendrai... Je ne puis m'empêcher de rire en songeant à la mine que Jolivet a dû faire.

Bientôt cet événement cesse de m'occuper. Je ne puis plus penser qu'à cette femme charmante que j'adore, et qui me permet d'aller chez elle. Si j'ai été si heureux ce soir, placé au spectacle auprès d'elle, que sera-ce donc quand je pourrai sans témoins lui dire tout ce que j'éprouve!... Je cherche à me rappeler ce qu'elle m'a dit ce soir, les moindres mots qu'elle a prononcés... Dans sa bouche il n'en est point qui n'ait du charme... Oui, elle a dit cela... et puis cela encore... Mais enfin mes souvenirs deviennent confus, mes idées s'embrouillent... je mêle ensemble la journée d'hier et celle de demain... c'est que je m'endors probablement.

CHAPITRE XI. — Je vais chez elle.

Il n'était pas huit heures du matin, je dormais encore, ce qui était assez naturel, car je ne m'étais endormi que fort tard... Je rêvais

à madame Luceval, et cela était encore fort naturel; le sommeil n'est que le repos des idées : mais lorsqu'il en est une qui nous occupe sans cesse, celle-là ne s'endort pas entièrement, et elle doit nécessairement nous apparaître encore dans nos songes.

Un bruit violent me réveille, il me semble qu'on a sonné... Bientôt j'entends qu'on parle très-haut dans mon antichambre, c'est ma bonne qui se dispute avec la personne qui vient de venir, et ne veut pas qu'on se permette déjà de me réveiller.

Mais on n'écoute pas ma bonne, on entr'ouvre ma porte... C'est Jolivet... je l'avais deviné.

Je pars d'un éclat de rire, et il s'écrie : — Vous voyez bien qu'il est éveillé... j'en étais sûr... Ta bonne est d'un entêtement... elle croit que tu veux dormir comme une marmotte... — Et toi, mon cher ami, tu es venu avant huit heures, craignant apparemment que je n'aie dessein de partir pour la Belgique, afin de ne point te rembourser la carte du Cadran-Bleu. — Ah! quelle idée! c'est très-mal ce que tu dis là!... Je passais par ici, je suis monté... D'ailleurs je t'avoue que j'étais inquiet de toi, tu m'as laissé là hier... tu as disparu... crac!... On ne te revoit plus... Moi, je t'ai attendu jusqu'à neuf heures chez le traiteur... Et comme je sais que tu n'es pas capable de vouloir te moquer de moi, j'ai craint qu'il ne te fût arrivé quelque chose... une dispute, une querelle... Je te voyais déjà tué... — Ce pauvre Jolivet!... Je te remercie de l'intérêt que tu prends à moi; mais, mon ami, il ne m'est rien arrivé que d'heureux... Si tu savais!... Je suis au comble de la joie... — Bah!... est-ce que tu hérites? — Il est bien question d'héritage!... — Ma foi, c'est qu'il me semble qu'avec de l'argent on peut acheter du bonheur gros comme soi! — Il est des jouissances qui ne s'achètent pas... qui ne sauraient se payer... Celles que ce jour me promet sont de ce nombre!

Je raconte à Jolivet que j'ai fait hier au soir, et une partie de ma conversation avec madame Luceval. Mais le traître m'écoute d'un air distrait; puis il tire doucement un petit papier de sa poche, et il l'examine pendant que je lui conte mes amours... Je n'y tiens plus, je saute hors de mon lit, et je lui arrache le papier des mains en m'écriant : — Va! tu es indigne de la connaître!...

— Mais qu'est-ce que tu as donc? dit Jolivet. — Ce que j'ai! je te parle d'une femme charmante, et tu n'es occupé que de cette misérable carte à payer... — Je t'assure, Paul, que je t'écoutais... — Une femme si jolie!... — C'est que je viens de m'apercevoir qu'ils se sont trompés. — Pleine d'esprit... de grâces. — Il y a un petit pot de crème de trop. — Un pied et un bras charmants. — Je ne l'ai pas mangé. — Un son de voix si doux... — Il était au citron, car il n'y avait pas au chocolat. — Et des dents d'une blancheur... — C'est huit sous à déduire.

Je cours prendre ma bourse, je regarde le montant de la carte, et je compte à Jolivet quinze francs en lui disant : — Tiens, j'espère que maintenant tu me feras le plaisir de ne plus me parler de ton dîner... — Ce n'est pas pour ça que je suis venu... mais c'est égal... ils se sont trompés de huit sous, et j'irai les réclamer.

Cet homme-là ne saura jamais me comprendre; n'importe, je m'habille, je parle de madame Luceval, dont cependant j'ai soin de ne jamais prononcer le nom; mais il faut qu'un amant parle de sa maîtresse, c'est un besoin pour son cœur... qu'importe qu'il s'adresse à des sourds... Ne parle-t-on pas quelquefois à des arbres, à des fleurs, à des objets inanimés?

Je passe un pantalon, puis je m'arrête pour me rappeler une circonstance de la veille; j'endosse mon gilet à l'envers, je mets ma cravate, et je me barbouille ensuite de savon pour me faire la barbe. Jolivet me regarde en ouvrant ses petits yeux, il ne conçoit pas que l'amour fasse perdre la raison.

Nous entendons fredonner, rire, et bientôt Dubois paraît. Je suis enchanté de le voir, au moins Dubois comprend les passions, il a fait des folies pour les femmes; il ne restera pas, comme Jolivet, à m'écouter d'un air surpris.

— Ah! on te trouve enfin! dit Dubois en entrant; c'est bien heureux!... Je suis venu dix fois, j'ai cru que tu n'avais plus de logement que pour la forme... comme les demoiselles de modes... Eh ben! ces amours!... cette divinité en robe vert-monstre?

Je cours à Dubois, je veux le serrer dans mes bras... il recule d'un air épouvanté... Je ne m'apercevais pas que je tenais mon rasoir ouvert à ma main.

— Fais donc attention... un peu moins de vivacité, je t'en prie... rase-toi... nous causerons après. — Ah, mon cher Dubois, je suis le plus heureux des hommes... — Prends garde de te couper alors. — Tu l'as revue?... — celle que tu l'as montrée. — Oui, c'est-à-dire dont j'ai vu la robe, car pour sa figure... — Je vais chez elle aujourd'hui... — Alors il est —probable que demain... consummatum est!... — Ah! je ne pense qu'au plaisir de la voir, d'être reçu chez elle; je t'assure que dans ce moment je n'ai point d'autre désir !... — C'est juste; mais tu ne veux pas faire sa connaissance pour porter la queue de sa robe? — Ah, Dubois! si tu savais comme elle est jolie... et de l'esprit... un ton, des manières... — Je connais tout cela! Dans sa nouveauté, une conquête est toujours une divinité, ensuite c'est une humanité... et après ce n'est quelquefois plus qu'une fatalité. — Tais-toi, Dubois, tu ne sais ce que tu dis, tu ne comprends pas l'amour! —

Ah ! il est bon enfant, je ne comprends pas l'amour ?... moi qui le tire à l'alambic : l'amour et le courtage, voilà ma vie...

Je ne réponds pas, et je songe sérieusement à m'habiller, car je vois que tous ces gens-là ne sentent pas l'amour comme moi. Dubois va frapper sur les genoux de Jolivet en s'écriant : — Et toi, mon vieux... les plaisirs, le sentiment... il ne faut pas que ça passe un franc cinquante, n'est-ce pas ? — Dis donc, Dubois, je ne t'ai pas revu depuis le soir de ta querelle... — Quelle querelle ?... j'en ai tous les jours, moi ! j'ai une si mauvaise tête !... Cependant je me promets tous les matins de me modérer... — Ta querelle au Colysée... — Ah ! oui, où j'ai voulu rosser un insolent ?... — Non, c'est toi qu'on voulait rosser... mais c'est égal, c'est pour en venir au demi-bol de punch que tu avais demandé, et que j'ai été obligé de payer... plus, trois macarons que tu avais mangés, ça fait... — Ça fait, Jolivet, que tu es un vilain, un harpagon... — Tiens ! je suis un vilain parce que je lui demande ce qu'il me doit depuis six semaines au moins... — Tu as le front de me demander un demi-bol de punch... et si je te rappelais, moi, toutes les fois où j'ai payé pour toi? Le jour où nous dînâmes aux Champs-Élysées... tu avais oublié ta bourse; le soir où nous prîmes un fiacre pour revenir, après minuit, de chez Rosette, tu avais soi-disant tout perdu à l'écarté, je me suis rappelé depuis que tu n'avais pas joué; cette fois où nous allâmes voir la pièce nouvelle aux Français..., tu n'avais pas assez pour prendre un billet, et mille autres encore que je ne veux pas te rappeler. Mon cher ami, quand on n'a pas de mémoire pour rendre, il ne faut pas emprunter. A présent, tiens, voilà cinquante-six sous pour ton demi-bol et tes trois macarons; mais songe bien que jamais, ne fût-ce qu'un centime, je ne l'avancerai pour toi.

Jolivet à la mine longue, il murmure quelques mots entre ses dents, tout en mettant dans sa poche les cinquante-six sous que Dubois lui présente. Pendant ce temps, j'ai enfin terminé ma toilette. Il n'est pas encore dix heures, je ne puis décemment me présenter chez madame Luceval qu'après midi : comment tuer le temps d'ici là ?... J'engage ces messieurs à venir déjeuner au café avec moi. Dubois accepte, mais Jolivet refuse, il prétexte une affaire, et nous quitte. C'est la première fois que je le vois refuser un déjeuner; peut-être a-t-il peur que je ne le laisse encore en gage chez le traiteur.

Je vais donc déjeuner avec Dubois seulement. Il me conte ses amourettes; il en a toujours de nouvelles; il me fait quelquefois sourire. Cependant je n'écoute qu'avec distraction ce qu'il me dit : je regarde ma montre, les pendules, je soupire, et Dubois rit en s'écriant : — Comme il est ça !

Enfin, tout en causant, en mangeant, en regardant les journaux, nous avons atteint midi. Alors je quitte Dubois en lui disant : — Je puis maintenant me présenter chez elle. — Va donc, mais présente-toi d'un air dégagé, ne te tortille pas comme ça... tu as l'air d'un conscrit; on croirait que tu vas à ton premier rendez-vous... ça peut te faire beaucoup de tort... Viens me retrouver à cinq heures à la Rotonde, nous dînerons ensemble, tu me conteras le résultat de ta visite. — Oui... j'irai.

Dubois a raison; il semblerait au trouble que je ressens que nulle femme encore n'a fait battre mon cœur. Tâchons de nous calmer, de ne point avoir l'air gauche et embarrassé... Disons-nous bien que puisqu'on a consenti à nous recevoir c'est que nous ne déplaisons pas, et conduisons-nous en conséquence.

Me voici arrivé... Comme je suis glorieux de pouvoir entrer dans cette maison en criant au portier : — Chez madame Luceval ! J'espère que le portier me verra passer souvent.

Je suis chez elle. Sa domestique m'ouvre : c'est la bonne d'hier, je la reconnais; elle aussi sans doute, car elle me sourit. Je suis sûr que c'est une bonne fille. On me dit que madame y est... on m'ouvre une porte, j'entre dans un petit salon décoré avec élégance; mais en ce moment je ne puis faire attention à ce qui m'environne.... Je ne vois qu'elle; elle est seule... assise près de la cheminée... elle se lève et me fait un salut fort aimable.

Je suis d'abord un peu embarrassé, mais bientôt je me remets; je m'excuse de me présenter sitôt, sur le vif désir que j'éprouvais de la revoir. Une fois en train, je vais bien. Je ne sais si je m'exprime avec esprit, mais je sais que je ne suis plus embarrassé pour parler... et pourtant il y a encore mille choses que je n'ose lui dire.

Madame Luceval m'écoute d'un air assez aimable; cependant il me semble qu'elle m'écoute froidement, et cela me fait de la peine. J'ai bientôt trouvé le moyen d'amener la conversation sur l'amour, car je ne voudrais parler que de cela; elle m'interrompt en me disant d'un air grave : — Monsieur... vous m'avez parlé d'amour hier; j'ai pensé que ce n'était qu'une plaisanterie. Monsieur... en vous accordant la permission de venir me voir, j'aurais dû, je le vois, vous prévenir que c'était à condition que vous ne me tiendriez plus un tel langage. Je vous verrai avec plaisir, monsieur, oui... je vous le répète, vos visites me seront même agréables... si vous voulez bien, toutefois, ne plus revenir sur ce sujet.

Quoi ! une femme jeune et jolie me permet d'aller la voir, mais à condition que je ne lui ferai pas la cour... lorsque je lui ai fort bien fait comprendre que je l'adorais !... Dubois dirait que ceci n'est pas du manège, de la coquetterie... mais dans les yeux de madame Luceval je ne vois rien qui ressemble à cela.

— Comment, madame ! dis-je au bout d'un moment, vous aurez la cruauté de m'interdire le seul langage que je voudrais tenir près de vous !... — La cruauté !... Allons, monsieur Deligny, laissons de côté ces grands mots !... Vous savez fort bien d'ailleurs que je ne puis pas répondre à vos sentiments !... — Moi, madame, je sais cela... et comment donc le saurais-je ?... N'êtes-vous pas veuve, libre, maîtresse de vous-même ?... En quoi donc mes sentiments pourraient-ils vous offenser ?...

Elle me regarde quelques instants avec attention... Je ne sais ce qui se passe en elle, mais je la vois tour à tour rougir, pâlir et se troubler. Enfin elle reprend d'une voix tremblante : — Comment !... monsieur Deligny !... vous ne me connaissez pas... vous n'aviez pas souvent entendu parler de moi ?... Ah ! je vous en prie, ne me mentez pas !...

— Mais, madame, en vérité, je ne sais ce que vous voulez dire.... Je vous ai aperçue au spectacle, à la Gaîté, pour la première fois. Vous savez où je vous ai rencontrée depuis. Je me suis permis de demander votre nom à votre portier, et c'est lui qui m'a dit que vous étiez veuve. Voilà, je vous jure, tout ce que je sais; jamais auparavant je n'avais entendu parler de vous; jamais, j'en suis certain, je ne vous avais vue dans le monde. Si l'on m'a trompé, si vous n'êtes point veuve, c'est que j'ignore. Je n'ai pas encore droit à votre confiance, mais lorsque vous me connaîtrez mieux, madame, vous verrez que l'on peut être dissipé, étourdi, inconséquent, sans que cela exclue entièrement les qualités du cœur.

Madame Luceval m'a écouté sans m'interrompre. Lorsque je cesse de parler elle baisse tristement la tête en murmurant : — Je m'étais donc trompée !...

Je ne conçois rien à ce changement, à cette tristesse. Cette femme-là commence à me sembler incompréhensible... mais elle est, elle sera toujours charmante; sa mélancolie a je ne sais quoi qui m'impose et me touche; je n'ose lui en demander la cause. Pendant assez longtemps nous gardons tous deux le silence. Mais je suis près d'elle, je la vois, et cette situation même a du charme.

Madame Luceval rompt la première le silence en me disant : — Monsieur, je dois vous paraître bien bizarre... bien ridicule même... — Ridicule ? ah, madame ! vous ne sauriez l'être... Si j'ai, sans le savoir, dit quelque chose qui ait pu vous rappeler un souvenir pénible, vous m'en voyez moi-même désolé... Mais j'ignore comment... — Non, monsieur, vous ne m'avez rien dit qui m'ait offensée... Seulement je croyais... oui, j'étais persuadée que vous me connaissiez de nom depuis longtemps; que vous étiez envoyé chez moi par quelqu'un... à qui je suis très-attachée... Je me suis abusée. Je dois aussi vous avouer que cette idée seule m'avait fait vous remarquer au spectacle, vous écouter hier au soir, et enfin vous permettre de venir me voir.

Voilà une confidence qui n'a rien de fort agréable pour moi; je croyais avoir fait sa conquête... je me flattais de lui plaire, et elle m'avoue qu'elle ne m'a reçu que par des motifs qui me sont étrangers. Que répondre à un pareil compliment ?... Rien; je reste fort sot, et je me tais.

Madame Luceval s'aperçoit sans doute de l'impression que m'a faite sa confidence, car elle ajoute d'un air plus aimable : — Cependant, si cela peut vous être agréable de venir quelquefois me rendre visite, je serai encore disposée à vous recevoir... à condition que vous ne m'entretiendrez plus de choses que je ne dois pas entendre, parce que je ne puis y répondre, et sous la promesse formelle que vous ne parlerez de moi à aucune de vos connaissances... que vous ne prononcerez jamais mon nom devant aucun de vos amis... aucun, vous entendez, monsieur !...

— Pour vous voir, madame, il n'est pas de conditions auxquelles je ne puisse me soumettre. Ne parler de vous à personne n'est qu'un acte de discrétion facile à exécuter. D'ailleurs, madame, un homme n'est ordinairement indiscret que sur le chapitre de ses conquêtes, et vous conviendrez qu'il ne fera pas flatter d'avoir fait la vôtre. La première condition sera plus pénible à remplir... Ne plus vous parler d'amour, madame... ne plus vous dire que je vous aime !... lorsque depuis le premier moment où je vous ai aperçue je me suis senti attiré vers vous par un charme irrésistible, lorsque depuis ce jour je n'ai cessé de penser à vous... de chercher à... — Monsieur ! monsieur !... — Ah ! c'est juste, madame... je ne vous le dirai plus... je vous cacherai un sentiment... qui fera maintenant le malheur de ma vie !... mais je vous verrai, j'aurai quelquefois le bonheur d'être près de vous... c'est beaucoup, je le sens !... je dois donc me soumettre à tout pour mériter cette faveur...

Madame Luceval tâche d'amener la conversation sur des choses indifférentes; mais je ne sens plus en train de causer; malgré moi, je réfléchis à ce qu'elle m'a dit; d'un côté, je la crois préoccupée, et bientôt notre conversation languit. Alors je me lève, et je prends assez tristement congé d'elle.

Je suis beaucoup moins content en sortant de chez madame Luceval que je ne l'étais en y allant. Je me promettais tant de bonheur de cette visite !... je voyais déjà son cœur répondre au mien, elle m'aimait, elle cédait à mon ardeur, j'étais bientôt le plus heureux des hommes... Tout cela n'a pas tourné comme je l'espérais !... Elle m'a reçu... je ne sais trop pourquoi... je n'ai pas bien compris ce qu'elle a voulu dire, si ce n'est qu'elle pensait que j'étais envoyé près d'elle par un autre... Cet autre, elle l'aime, c'est assez présumable... et moi, on veut bien me recevoir par compassion, par commisération... Si j'avais du cœur, je ne retournerais plus chez cette femme-là !...

Je rentre chez moi de mauvaise humeur. Tout en me disant que je ferais bien de ne plus penser à madame Luceval, je ne cesse de m'occuper d'elle... Allons au rendez-vous que m'a donné Dubois, il me distraira, lui.

Dubois vient à moi en sautillant; il a fait couper ses favoris. — Eh bien, mon petit! les amours?... la belle inconnue que tu connais à présent? — Cela va mal... je ne suis pas content. — C'est donc ça que tu as une figure convexe!... Est-ce que vous êtes déjà brouillés? A la seconde visite ça se voit quelquefois, mais à la première c'est rare. — Je m'étais trop flatté, Dubois, cette dame ne m'aime pas... Elle ne veut pas que je lui parle d'amour, sous peine de ne plus me recevoir. — Est-ce que c'est pour apprendre à parler à son serin qu'elle t'a reçu?... Laisse-moi cette femme-là de côté!... c'est une bégueule. — Oh! non... elle est fort aimable, mais... — Mais elle veut te faire aller!... N'y retourne pas, et elle t'enverra chercher, ou elle ira t'attendre chez ta portière!... Oh! je connais ça!... — Non, non, tu te trompes... C'est une femme qui... — Eh, mon Dieu! c'est une femme, et elles se ressemblent toutes. Au surplus, une de perdue, douze de retrouvées : c'est ma maxime. Allons dîner, et entre la poire et le fromage je te parlerai d'une petite brunisseuse qui est vacante pour le quart d'heure; elle ne t'irait qu'au coude; mais un pied pas plus gros qu'une aveline, et des hanches comme la Vénus pudique!... C'est gentil... J'ai fait la connaissance de cette amie en allant voir les animaux au Jardin des plantes; ces demoiselles étaient arrêtées devant les singes, qui leur faisaient des gestes très significatifs... — Et c'est depuis ce temps que tu as coupé tes favoris?... — J'en ai fait le sacrifice à Zénobie... mais je les lui porterai ce soir avec un rouleau d'eau de Cologne.

Nous allons dîner. Dubois fait tout ce qu'il peut pour me distraire. Mais pendant qu'il me parle de Zénobie et de sa petite amie, je pense à madame Luceval. Enfin, le soir, quoiqu'il puisse dire, je refuse de l'accompagner, et je vais me promener... rue Boucherat!... Cette femme-là m'a ensorcelé.

CHAPITRE XII. — Je fais tout ce qu'elle veut.

J'ai été deux jours sans aller chez elle... Mais que ces deux jours m'ont paru longs! Voilà le troisième, je ne puis plus y tenir... Je vais aller la voir... Après tout, elle ne m'a pas défendu sa porte; elle m'a même dit qu'elle me recevrait avec plaisir, si je ne lui parlais plus de mon amour; eh bien! est-ce que je ne sais plus parler de cela?... Ah!... si elle ne me le défendait pas, peut-être en aurais-je moins envie...

Me voilà chez elle, la bonne m'ouvre la porte du salon... Ah! mon Dieu! elle n'est pas seule... Que je suis malheureux! être deux jours sans la voir, et ne la trouver seule!... Mais du moins c'est une dame qui est avec elle; j'aime mieux cela que de la trouver en tête-à-tête avec un homme, avec un rival, peut-être.

On me reçoit très-poliment. Cette dame qui est chez elle est la même qui l'accompagnait le jour où je l'ai suivie. Nous parlons un peu de tout, nous passons en revue les nouveautés en modes, en plaisirs, en littérature. Son amie se nomme Juliette, et quand elle parle à madame Luceval, elle l'appelle Augustine. Ah! elle se nomme Augustine... Ne pourrai-je donc jamais l'appeler ainsi que dans ma pensée!

Son amie est fort gaie; Augustine a de l'esprit; notre conversation ne languit pas; ces dames paraissent m'écouter avec plaisir. Madame Luceval qui ne va plus dans le monde, semble pourtant aimer à en entendre parler. Plusieurs fois elle me questionne sur ce que j'ai fait depuis trois jours, me demande s'il y a toujours beaucoup de bals, de soirées, quelles sont les sociétés que je préfère!... Pourquoi donc s'informer de tout cela si elle ne lui suis indifférent? Je n'y conçois rien; mais cela me fait plaisir; et je satisfais à toutes ses questions.

Cependant il faut que je mente en lui répondant, car je ne veux pas lui dire que depuis trois jours j'ai passé mes soirées à me promener devant ses fenêtres; elle se moquerait de moi, et elle aurait raison!... Je cite au hasard quelques-unes de mes sociétés, je parle des réunions où l'on ne fait que danser, de celles où l'on ne va que pour jouer, comme chez madame de Rémonde... Madame Luceval a changé de couleur : — Vous trouveriez-vous indisposée? lui dis-je.

— Non, monsieur, non... C'est un étourdissement... Cela me prend quelquefois; mais vous parliez, je crois, de la société de... madame de Rémonde; j'ai entendu parler déjà de cette dame... on la dit très-jolie... Est-ce vrai? — Je ne lui trouve rien d'extraordinaire!... C'est une belle femme, mais il en est mille qui sont mieux. — Vous la connaissez depuis longtemps?... — Non... J'ai été conduit chez elle par un de mes amis, nommé Jenneville... Oh! quant à lui, il ne voit rien qui soit comparable à madame de Rémonde... Mon Dieu, madame, vous vous trouvez certainement indisposée.

Juliette a couru à madame Luceval, qui semble près de se trouver mal; elle la prend dans ses bras, lui dit quelques mots à l'oreille; moi, j'ouvre la fenêtre; nous conduisons Augustine près de la croisée; bientôt elle revient à elle. Sa main presse celle de son amie, qui lui dit : — Vraiment, Augustine, si j'osais, je vous gronderais bien fort!... — Que voulez-vous!... vous savez bien que ce n'est pas ma faute... Mais cela se passera... avec le temps... Pardon, monsieur Deligny, je vous ai inquiété; vous êtes trop bon... — Vous avez peut-être besoin de repos, madame, je vais me retirer. — Oh! non, non... pas encore... Cela est passé... Je me sens bien maintenant, et je suis sûre que cela ne reviendra plus.

Elle veut que je reste; je suis très-content.

— Vous nous disiez qu'un de vos amis... trouvait madame de Rémonde fort à son goût... Il en est donc amoureux? — Mais je le pense. — Et croyez-vous qu'il soit payé de retour? — Il y a tout lieu de le croire. — Cependant j'ai été trop peu chez madame de Rémonde pour pouvoir déjà connaître ses sentiments. — Ah!... je croyais que vous alliez très-souvent chez elle avec ce monsieur Jenneville... — Non, madame, je n'y ai été qu'une fois; et quoique madame de Rémonde ait eu la bonté de me faire de pressantes invitations, je crois qu'elle me verra rarement, sa société ne me plait pas du tout. — Écoutez, monsieur Deligny, je ne vais plus dans le monde, moi, mais je suis bien aise de savoir encore ce qu'on y fait. Vous irez pour moi, et vous me tiendrez au courant... Le voulez-vous? — Je ferai tout ce qui vous sera agréable, madame.

Nous causons encore quelque temps, mais je vois bien que son amie ne s'en ira pas avant moi; d'ailleurs il vaut mieux qu'on trouve mes visites trop courtes que trop longues. Je prends congé, et je m'éloigne plus satisfait de la quittant la première fois... J'avais donc tort de me désespérer!... Mais en amour il suffit de peu de chose pour nous rendre l'espoir!

Quinze jours s'écoulent. Je suis retourné souvent chez madame Luceval, et j'ai eu le bonheur d'être plusieurs fois seul avec elle. Le bonheur!... Je n'en suis pourtant pas plus avancé dans mes amours, mais je crois que je le suis dans son amitié : c'est toujours quelque chose. Jamais mes visites ne paraissent lui être importunes; quand elle me voit, il me semble que c'est avec plaisir. Déjà nous sommes moins sur le ton de la cérémonie; avec les gens aimables on est bien plus vite à son aise. La charmante Augustine veut toujours que je lui conte ce que j'ai fait, ce que j'ai vu de nouveau dans le monde; elle m'écoute avec un intérêt qui m'enchante lorsque je lui parle de moi, de mes habitudes, de mes amis, des gens que j'aime à voir. Quelquefois elle me fait recommencer les détails les plus minutieux... Ce plaisir qu'elle éprouve à m'entendre n'est-il pas une preuve des progrès que je fais sur son cœur? Je m'en flatte en secret.

Une fois j'oublie la promesse que je lui ai faite; en contemplant ses yeux si tendres et si doux, je laisse échapper quelques mots d'amour. Aussitôt son front devient plus sévère, et elle m'interrompt en me disant : — Monsieur Deligny, voulez-vous que je me fâche avec vous? que je sois obligée de ne plus vous recevoir? ah! j'en serais vraiment fâchée, car plus je vous connais, plus je vois que l'on m'avait trompée sur votre compte. On vous avait peint à moi comme un jeune homme très-étourdi... très... — Mauvais sujet, n'est-ce pas, madame? — Je n'osais pas le dire... mais je vois bien maintenant que vous valez beaucoup mieux que votre réputation. — Et qui vous dit, madame, que ce ne soit pas à vous, à vos sentiments que je suis redevable du changement qui s'est fait en moi? — Quelle qu'en soit la cause, il me serait doux d'avoir en vous un ami; ah! croyez-moi, monsieur, ce titre vaut bien celui d'amant, il vaut plus encore!... car l'amitié véritable n'est pas inconstante!... — Avec vous, madame, l'amour ne saurait l'être!... — Ah! monsieur, je suis trop certaine du contraire!...

Elle détourne la tête, elle porte son mouchoir sur ses yeux!... Allons, j'ai encore dit quelque chose qui lui a fait de la peine. J'en suis au désespoir, et je lui jure de ne plus lui parler d'amour, de ne plus chercher qu'à mériter son estime, son amitié, de ne plus venir la voir que rarement, si elle l'exige... Elle verse des larmes, ah! dans ce moment je lui ferais tous les serments possibles pour la consoler.

Elle tourne la tête vers moi, elle me sourit, et me tend la main en me disant : — Oui, nous serons amis... et vous saurez quelque jour tout le prix que j'attache à votre amitié.

Je prends cette main qu'elle m'offre, je la presse dans les miennes... trop fort sans doute, pour qu'un homme qui ne doit être qu'un ami, car Augustine la retire bien vite en disant : — Mais je ne veux pas cependant que l'amitié que vous avez pour moi et les visites que vous me rendez vous fassent négliger vos anciens amis; cela me ferait même de la peine si vous les voyiez moins souvent à cause de moi... Vous étiez fort lié avec M. Jenneville autrefois; on m'a dit que vous étiez toujours ensemble; depuis quelque temps vous ne me parlez plus de lui... Vous le voyez donc moins souvent? — Il est presque toujours chez madame de Rémonde, et je vous ai dit que j'aimais peu cette maison-là... — Pourquoi?... — Il faut bien qu'un jeune homme aille dans le monde, qu'il s'amuse. — Ce ne m'amuse pas du tout chez madame de Rémonde. — Vous n'y avez été qu'une fois... N'est-ce pas aujourd'hui le jour où elle reçoit? — Mon Dieu oui!... j'ai même reçu hier au soir un billet par lequel elle m'invite à dîner pour aujourd'hui. — Un billet de madame de Rémonde?... — Oui, je pense bien que c'est elle qui l'a écrit... — L'avez-vous sur vous?... — Je ne sais...

Oui, le voilà... — Ah! voyons donc comment écrit cette dame si jolie!... Je pense qu'il n'y a pas d'indiscrétion. — Oh! non, madame!... C'est une invitation à dîner, et rien de plus.

Je présente à madame Luceval le billet de madame de Rémonde, elle le regarde longtemps et avec une attention qui m'étonne; enfin elle me le rend en me disant : — Son écriture n'est pas belle... — Elle est lisible, voilà tout. — Son style même ne me semble pas bien spirituel. — Vous voulez qu'on mette de l'esprit dans une invitation à dîner? — Ah!... vous avez raison... Je ne sais à quoi je pensais. Eh bien, on vous attend à dîner aujourd'hui, vous irez! — Non, ma foi. — Ah! monsieur Deligny, ce serait très-mal de refuser encore... Vous irez... je le veux, et demain vous viendrez me conter ce que vous aurez fait, et me dire si vous vous êtes amusé. — Vous le voulez, je n'ai rien à objecter à cela. J'irai donc dîner chez madame de Rémonde... Mais vous me permettez de vous revoir demain, et cet espoir m'empêchera de trop m'ennuyer aujourd'hui.

Madame Luceval paraît enchantée de ce que je consens à aller chez madame de Rémonde; je ne comprends rien à cette fantaisie, mais je suis heureux de faire quelque chose qui lui soit agréable. Je prends congé d'elle; elle me fait elle-même promettre que je viendrai le lendemain... Décidément elle a du plaisir à me voir, et elle ne veut pas que je lui parle d'amour... Oh! nous verrons.

Puisqu'on veut absolument que j'aille dîner chez madame de Rémonde, allons faire notre toilette. Quel singulier caprice peut porter madame Luceval à me prier d'aller dans cette maison! C'est peut-être bonté de sa part. Elle voit bien que je l'aime, que je ne m'occupe plus que d'elle, et elle veut que j'aille dans le monde pour me distraire de ce sentiment, qu'elle ne veut pas encourager. Oh! oui, c'est là sans doute son motif; mais elle aura beau m'envoyer chez les autres, je n'y verrai qu'elle, je n'y songerai qu'à elle. Plus je la connais, plus je l'aime... Que deviendrai-je donc, s'il me faut toujours aimer seul?

A six heures, je me rends au brillant hôtel de la rue Lepelletier. On m'annonce, et ce n'est pas qu'à des fauteuils cette fois; je trouve madame de Rémonde entourée d'une demi-douzaine d'hommes, parmi lesquels je reconnais Jenneville et Blagnard.

La brillante Herminie vient à moi en faisant une exclamation fort aimable : — Monsieur Deligny!... Mais c'est un miracle; nous n'osions pas compter sur tant de bonheur... En vérité, monsieur, vous devenez si rare, que je dois regarder comme une grande faveur de vous posséder aujourd'hui.

Je réponds de mon mieux à ces reproches flatteurs. M. Blagnard vient me serrer la main avec effusion; Jenneville me frappe sur l'épaule en s'écriant : — Mon cher Deligny... que devenez-vous donc?... Est-ce que vous vous faites ermite? on ne vous voit nulle part!... Cependant vous ne restez pas chez vous, car j'ai été plusieurs fois vous y chercher en vain. — C'est très-mal de négliger ainsi ses amis, me dit Blagnard. — Oh! je me rappelle à présent ce qui l'occupe, reprend Jenneville en riant, — il est amoureux... C'est une nouvelle passion...

— Que parle-t-on d'amour, de passion! dit un petit monsieur de cinquante à soixante ans, qui a un faux toupet noir et le reste de ses cheveux gris, mais qui est habillé en fashionable, et tâche de sourire sans ouvrir la bouche, parce qu'il n'a plus de dents; l'amour! c'est mon fort, à moi, messieurs!

— Je croirais plutôt que c'est son faible, dit madame de Rémonde en souriant. Le pauvre monsieur Breillard! il veut toujours être jeune... Quant à vous, monsieur Deligny, je vous en veux... Oh! je vous en veux beaucoup!... Est-ce qu'une nouvelle maîtresse doit vous faire oublier vos amis? — Mais, madame, je vous assure que je ne sais pas ce que Jenneville veut dire, et que... — Vous êtes discret, monsieur, c'est fort bien, et je vous en fais mon compliment; mais Jenneville ne parle pas sans motif... — Je vous jure... — Allons, taisez-vous, je ne veux pas d'ailleurs être votre confidente... ce rôle-là n'aurait aucun charme pour moi!...

En disant cela, on appuie une main sur mon bras, on l'y laisse même quelque temps... Je présume que c'est par distraction. Mais il arrive du monde, et la belle Herminie va recevoir les nouveaux venus.

C'est monsieur de Saint-Julien et M. Mélino; je suis bien aise que cette dame soit du dîner, je me rappelle qu'elle est aimable et aime à causer. Jusqu'à présent je ne vois qu'elle de dame avec la maîtresse de la maison, et nous sommes huit hommes; mais madame de Rémonde est coquette, elle aime à captiver tous les suffrages; ces dames-là n'invitent jamais que les femmes qui ne peuvent pas leur porter ombrage.

On attend sans doute encore du monde, car je ne sers pas; il est cependant six heures et demie passées. Je dînerais volontiers; mais il est de mode maintenant de ne se mettre à table que lorsque l'appétit est passé.

Ah! voilà encore une dame... Elle est horriblement laide! Le contraire m'aurait surpris, je suis même étonné qu'on ait prié madame de Saint-Julien; on la trouve apparemment sans conséquence.

Enfin, à sept heures moins un quart un valet vient annoncer qu'on est servi; c'est bien heureux! Madame de Rémonde est auprès de moi, je lui offre la main; elle l'accepte en me souriant fort agréablement. Dans le trajet pour aller du salon à la salle à manger, il me semble que ses doigts pressent doucement les miens... C'est peut-être une habitude!... J'ai connu une dame qui serrait la main à tous les hommes qu'elle connaissait; elle ne pouvait cependant pas les aimer tous.

Madame de Rémonde me place à côté d'elle... Décidément on me fait les honneurs; et Jenneville, est-ce qu'elle ne lui donnera pas au moins l'autre côté?... Non; elle y place M. Mélino, le conducteur de madame de Saint-Julien. Je gagerais que cet homme-là est riche et joue gros jeu; il faut bien qu'il ait quelque chose pour lui.

On place Jenneville entre M. Breillard et la dame qui ressemble à Jocko. A coup sûr il n'aura pas de distraction. Enfin madame de Saint-Julien a pour voisins deux petits jeunes gens sans conséquence que probablement on veut bien lui abandonner. J'admire comme une femme d'esprit sait placer son monde.

En face de moi est un monsieur maigre et blême, dont le sourire veut être railleur, et qui ne dit pas un mot sans avoir l'air d'y attacher une double intention. Je vois que toutes les fois qu'il parle on sourit d'avance. Comme je ne lui ai encore entendu rien dire de drôle, je demande tout bas à madame de Rémonde quel est ce monsieur-là?

— C'est un homme plein d'esprit, très-aimable, très-drôle... Oh! vous verrez; il nous fera rire, c'est un farceur. Il a un sérieux imperturbable en contant les choses les plus plaisantes. — En effet je ne me serais pas douté qu'il fût gai. — Il sait toujours une foule d'anecdotes, d'aventures piquantes... Il nous en racontera au dessert.

Puisque ce monsieur est un farceur, puisqu'il est drôle, je vais faire comme les autres, et prêter beaucoup d'attention à ce qu'il dira. Mais comme jusqu'à présent je ne lui ai entendu dire que : Ceci est bon... Ceci est très-bon ou, Ceci est excessivement bon; je pense qu'il n'est pas encore en train; et j'examine les autres convives.

Madame de Saint-Julien cause et rit déjà avec ses deux jeunes voisins; il paraît que M. Mélino n'est point jaloux; et que pourvu qu'il amène et emmène sa dame, il ne s'inquiète pas du reste : c'est un homme précieux, et je conçois que madame de Rémonde l'ait fait placer près d'elle. Du reste, il est à table comme dans le salon : il mange, et ne dit rien. Blagnard parle d'affaires, de ventes, d'acquisitions avec un de ses voisins. M. Breillard veut faire le gentil, et jette la croûte de son pain par-dessous la table, parce qu'il ne veut pas qu'on s'aperçoive que faute de dents il ne mange que de la mie. La dame qui est auprès de Jenneville mange comme quatre, et fait aller sa mâchoire avec la volubilité d'un singe. Quant à Jenneville, il parle peu, il a l'air d'avoir de l'humeur; je le conçois, le voisinage qu'on lui a donné ne le charme pas. Mais madame de Rémonde ne répond point aux mines qu'il lui fait; en revanche, elle m'accable de prévenances, de petits soins... Est-ce qu'elle veut rendre Jenneville jaloux? C'est bien là le manège d'une coquette.

Ah! le monsieur farceur dit quelque chose, écoutons : — Madame de Rémonde, votre cuisinier nous a traités à l'anglaise... Voilà un filet de bœuf qui est sanglant!... — Est-ce que vous ne l'aimez pas ainsi? — Pardonnez-moi... sans quoi, je dirais que... que c'est un tour sanglant que vous nous jouez là!...

Tout le monde rit; je fais semblant de rire comme les autres; mais j'avoue que je trouve ce début-là bien médiocre, et encore j'ai dans l'idée que ce monsieur préparait son mot depuis qu'il avait vu arriver le filet. Ah! il parle encore, voyons : il se met peut-être en train.

— Voilà une sauce qui rappelle un bon buveur... Ce coquin de poisson doit être bien content d'être accommodé à une telle sauce... si ce gaillard-là avait prévu son bonheur, il est probable qu'il se serait fait pêcher plus tôt.

On rit encore... j'ai donc l'esprit bien mal fait, pour ne pas trouver tout cela drôle... Eh! mais, je sens quelque chose qui me semble beaucoup plus drôle que les bons mots de ce monsieur. Depuis le commencement du dîner j'avais bien remarqué que le genou de madame de Rémonde était souvent contre le mien; mais je m'étais reculé dans la crainte de gêner ma voisine; maintenant c'est mon pied qu'Herminie vient d'appuyer sur le mien, et elle ne le retire pas, au contraire; elle doit bien sentir cependant qu'il n'est pas sur le carreau. Diable!... qu'est-ce que cela signifie?... il ne s'agit plus ici de donner de la jalousie à Jenneville, il ne peut pas voir ce qui se passe sous la table. Je suis un peu embarrassé, mais enfin je me laisse presser le pied, parce qu'il faut savoir vivre, surtout quand on dîne chez les gens.

Madame de Rémonde ne se contente pas de me presser le pied, elle a rapproché son genou et me lance des regards pleins de feu. On est au dessert, le champagne circule... c'est le moment où l'on est plus échauffé, plus disposé à rire ou à s'entendre. Moi, je voudrais bien que l'on quittât la table, mais madame de Rémonde semble si plaire beaucoup; elle engage le monsieur plaisant à raconter quelque chose; le monsieur se balance sur sa chaise d'un air grave en disant : — Moi, madame, je ne sais rien... j'ai fort peu de mémoire!... et puis,... conter quelque chose comme ça... quand on vous le demande, ça ne fait plus d'effet... il faut qu'une histoire soit amenée... soit préparée... Je sais bien qu'il y a de ces gens... qui ont l'air... comme ça, de vouloir vous dire quelque chose... qui vous tiennent là longtemps avec des phrases arrangées... et puis les gobe-mouches écoutent,... et puis après... comme ça, après avoir écouté longtemps... ils s'aperçoivent qu'on ne leur a rien dit!...

Le farceur se tait après avoir dit tout cela ; il attend que l'on rie, mais cette fois on ne rit pas, car on ne sait pas ce qu'il a voulu dire, ni s'il vient de faire une plaisanterie.

— Il n'est pas en train aujourd'hui, me dit madame de Rémonde, mais il y a des jours où il nous fait pouffer de rire.

En disant cela, elle se lève, je lui donne la main, et tout en regagnant le salon, elle me dit à l'oreille : — J'espère que je vous verrai, maintenant ; si je ne vous reçois que le lundi et le vendredi... on me trouve aussi les autres jours... le matin... entre onze heures et midi.

Je fais une profonde inclination, qu'elle peut interpréter comme elle le voudra ; nous sommes au salon, où il y a déjà nombreuse compagnie, et je me flatte que madame de Rémonde va me faire le plaisir de ne plus s'occuper de moi. Pauvre Jenneville ! voilà donc cette femme que tu adores !... dont tu as eu tant de peine à vaincre les rigueurs !... Quoique je ne conçoive rien à ce caprice, je ne puis me dissimuler que j'ai fait la conquête de la belle Herminie, et certes je ne l'ai pas cherchée !...

Je vois Jenneville s'approcher d'elle, il lui parle un moment, elle lui répond d'un air impérieux ; je ne puis distinguer que ces mots : — Il le faut, je le veux, cela sera ! puis elle s'éloigne de lui et va s'occuper de sa société. Je m'approche alors de Jenneville, je suis curieux de savoir s'il est toujours aussi épris de sa belle. — Eh bien ! mon cher Jenneville ?... — Eh bien ! mon cher Deligny ? — Il y a quelque temps que nous ne nous sommes vus. — Vous deveniez introuvable ; mais j'espère que maintenant on vous verra plus souvent. Herminie vous trouve fort aimable, elle me l'a dit ; elle sait que nous sommes amis, et c'est une raison pour qu'elle ait encore plus de plaisir à vous voir. — C'est bien bon de sa part... il me paraît que vous êtes constant cette fois... et que vos amours... — Vous m'en voyez moi-même surpris !... cette femme-là m'a fixé... j'en suis fou !... elle est bien un peu capricieuse, un peu boudeuse parfois... mais dans ses humeurs même elle est adorable !... D'ailleurs, je suis certain qu'elle n'aime que moi, qu'elle a pour moi un profond attachement ; elle m'en a donné des preuves !... je ne suis pas très-riche... et si elle voulait pour amants des princes, des millionnaires !... il en est mille qui mettraient leur fortune à ses pieds ; mais elle a rejeté leurs hommages ; avec elle, la richesse n'est rien, c'est le cœur seul qui la guide.

Je ne trouve rien à répondre à tout cela ; laissons Jenneville se féliciter de la constance de madame de Rémonde ; à coup sûr je ne chercherai point à troubler son bonheur... à quoi bon détruire l'illusion qui rend heureux ?

Pour ne plus avoir de conversations particulières avec la maîtresse de la maison, je me mets à jouer ; et pour abréger la longueur de cette soirée je pense à Augustine, je me dis que c'est elle qui veut que je sois dans cette réunion : cette idée fait que je m'ennuie moins.

Je perds mon argent, cela doit être ; je suis distrait, et je joue contre des gens qui font du jeu leur unique occupation. Je suis bientôt à sec. Alors je me promène un moment dans le salon, elle veut que je lui rende compte de ce que j'aurai vu ; il faut donc que j'observe un peu. Mais que verrai-je ici que ne soit ce que l'on voit toujours dans ces maisons où presque personne ne connaît son voisin ? Près des tables d'écarté, des jeunes gens qui se pressent, qui se foulent pour parier et conseiller ; une table couverte d'or, et autour du tapis quelques figures communes, quelques tournures canailles que l'on s'étonne de voir là !... et ce sont ces gens-là qui jouent le plus gros jeu ; je n'y conçois rien.

M. Breillard est à ce qu'on appelle la petite table, avec des dames ; le pauvre homme est si content de se voir pressé, entouré par le beau sexe, qu'il perd son argent fort gaiement ; il jouerait jusqu'à son faux toupet, si ces dames l'exigeaient.

Dans un coin, le farceur du dîner est assis sur une ottomane ; il s'est isolé du monde ; il semble réfléchir profondément. C'est juste : un homme qui se croit plus d'esprit que les autres doit toujours avoir l'air absorbé dans ses pensées !... Je crois que c'est sa meilleure plaisanterie d'aujourd'hui.

La dame qui ressemble à Jocko s'est emparée d'un adolescent avec lequel elle joue à l'impériale ; le pauvre jeune homme semble être la en pénitence ; je crois qu'il a envie de pleurer ; voilà une soirée dont il se souviendra.

Blagnard parle avec chaleur à Jenneville, qui l'écoute avec attention. Madame de Rémonde gagne l'argent de M. Mélino, et ne fait pas en ce moment attention à moi. Il est près de minuit ; partons, j'en ai bien assez.

Quelle différence de cette soirée avec une heure passée près d'Augustine ! En sortant de chez madame de Rémonde, il me semble que je sens mieux tout ce que vaut madame Luceval ; non, je n'avais pas besoin de cette comparaison pour l'apprécier ; mais je me fais une fête de la revoir, comme après une journée d'orage on goûte mieux le charme d'un beau temps.

Ma portière me remet une lettre. Je reconnais l'écriture et l'orthographe, c'est de Ninie ; que me veut-elle donc encore ?

« Mon ami, quart vous ma vé dit que vous lete, venez don me voir, je vous en pri, je encore rencontré Adolphe, je pouvais bien male avec que moi ; j'ai besoin de vous conseille, votre ami Ninie. »

Je fourre ce billet dans ma poche en me promettant d'aller voir cette petite ; mais bientôt son souvenir s'efface de ma mémoire, et je m'endors en ne songeant qu'au bonheur d'aller chez Augustine.

Le lendemain, dès que l'heure me permet de me présenter chez madame Luceval, je sors pour aller rue Boucherat. A ma porte je rencontre Dubois ; il venait chez moi, mais je n'ai pas le temps de m'arrêter. — Tu sors ? me dit-il. — Oui, je suis très-pressé. — Eh bien ! ta princesse fait-elle toujours la renchérie ?... — C'est une femme charmante, adorable !... je vais la voir... — Ça va donc bien maintenant ?... Elle a mis de l'eau dans son vin ?... — Je te conterai cela une autre fois. — Ah ! dis donc, Paul, tâche donc de me placer Zénobie...

Je suis déjà loin de Dubois, j'ai des ailes pour arriver chez madame Luceval. Elle me reçoit avec ce sourire qui n'appartient qu'à elle. — Je vous attendais avec impatience, me dit-elle. Elle m'attendait !... et il n'est pas encore midi !... Ne dois-je pas bien augurer de ce désir qu'elle a de me voir ?... Je ne lui suis donc plus indifférent ? car on n'attend pas avec impatience quelqu'un pour qui l'on n'éprouve rien. En une seconde j'ai fait toutes ces réflexions, et je m'assieds auprès d'elle.

— Eh bien ! vous avez été hier dîner chez madame de Rémonde ? — Oui, madame, puisque vous m'y aviez engagé. — Vous êtes-vous bien amusé ?... y avait-il beaucoup de monde ? Contez-moi tout ce qu'on a fait...

Pour lui conter tout cela j'approche ma chaise de la sienne, et elle ne se recule pas. Un peu plus et en étendant mon bras je pourrais entourer sa taille... Mes genoux touchent presque les siens... Ah ! que l'on est bien ainsi !

— Eh bien, vous ne parlez pas ! monsieur ? — Ah ! pardon, madame, je recueillais mes souvenirs. La société que j'ai vue chez madame de Rémonde était à peu près la même que celle que j'y avais déjà rencontrée.... peu de dames... aucune de jolie ; mais en revanche beaucoup d'hommes de tous les âges, de toutes les façons, et peut-être de toutes les conditions.

— M. Jenneville y était ? — Oh ! cela va sans dire. — Eh bien ! toujours épris de cette dame ? — Plus que jamais. — Plus que jamais !... je croyais ce monsieur très-volage... — Les plus inconstants finissent quelquefois par devenir les plus fidèles... — Oui... quelquefois !

Elle baisse la tête en soupirant. Je soupire aussi... Nous restons quelques instants sans parler.

— Il vous a dit... ou avez-vous remarqué qu'il était toujours très-amoureux ? — Il me l'a dit lui-même. — Et sans doute on l'adore aussi ?... — Vous savez que ce n'est pas toujours lorsqu'on aime beaucoup qu'on est beaucoup aimé.... il m'a semblé au contraire.... — Il vous a semblé !.... quoi donc ?.... qu'avez-vous remarqué ?... — Je voulais dire seulement que madame de Rémonde est fort coquette, et que ces femmes-là sont rarement très-sensibles.... — Oui, mais ce sont ces femmes-là qu'on aime le plus.... — Pas toujours, madame ! — Mais avez-vous vu quelque chose qui ait pu vous faire présumer que cette dame n'aime pas M. Jenneville ? — Non, madame, non... je parlais en général.

Je n'ai nulle envie de parler à madame Luceval des coups de genou, des serrements de pied dessous la table, et de l'invitation pour les matins ; d'abord c'est toujours tort mal de divulguer les faiblesses d'une femme ; ensuite, dire que j'ai fait une conquête, n'aurai-je pas l'air d'un fat ? Je lui conte en détail tout ce qui s'est passé chez madame de Rémonde, mais je ne lui dis pas non plus que j'y ai perdu quatre-vingts francs, puisque c'est elle qui est cause que j'y ai été.

Augustine m'écoute avec attention. Lorsque j'ai fini, elle me dit d'un air aimable, quoiqu'un peu mélancolique :

— Je vous remercie, monsieur Deligny ; c'est par complaisance pour moi que vous avez été dans cette maison. Je vous en ai beaucoup d'obligation ; si je pouvais faire aussi quelque chose qui vous fût agréable !... — Si vous pouviez !... Ah ! madame !... vous n'auriez qu'un mot à dire pour me rendre le plus heureux des hommes !... Si j'avais seulement l'espoir de vaincre un jour votre indifférence.... — Monsieur Deligny, je vous en prie, ne me parlez pas d'amour... il ne doit plus, il ne peut plus en exister pour moi. Pour vous... et vous êtes au printemps de l'âge, et vous réunissez tout pour plaire, pour captiver ceux qui ont le bonheur de vous connaître. — Je vais encore être forcée de vous rappeler les conditions de notre liaison ! — Je me tais, madame.

En effet, je ne dis plus rien, je me contente de soupirer et de faire la moue... ressource ordinaire de l'amant qui n'obtient pas ce qu'il désire ; mauvais moyen de se faire aimer, cependant, que de faire une triste figure !... Mais quand on est vraiment amoureux, on n'est pas adroit.

Au bout de quelque temps, madame Luceval me dit d'un ton plus gai : — Ah çà ! monsieur, est-ce que vous allez rester constamment à soupirer et sans rien me dire ? je veux que l'on me parle, moi-même ; et je ne veux pas que l'on soit triste. Ah !... il y a bien longtemps que je voulais vous questionner.... car je suis questionneuse, comme vous savez, au sujet de cette jeune fille assez gentille avec qui je vous ai vu à l'Opéra. — Depuis que j'ai le plaisir de venir chez vous, je ne la vois plus, madame. — Mon Dieu ! depuis que vous venez chez moi, vous ne voyez donc plus personne? Savez-vous que je ne veux pas de cela, moi, monsieur? Je n'entends pas que vous deveniez misanthrope à cause de moi... Pourquoi ne voyez-vous plus cette jeune personne? — Parce que... je ne pouvais pas toujours la connaître... de telles liaisons ne sont pas éternelles... D'ailleurs cette jeune fille... ne pouvait pas... et puis... enfin je ne la vois plus. — Comme c'est bien répondre !... Pourquoi ne pas dire : je ne l'aime plus : ce serait plus franc... et parce que vous avez cessé de l'aimer, faut-il pour cela l'abandonner entièrement... ne plus même savoir ce qu'elle fait, et si elle est heureuse ou dans l'infortune... Mais voilà bien, comme vous êtes, messieurs : tout de feu, quand vous êtes amoureux ; tout de glace, quand on a cessé de vous plaire. — Madame, je ne crois pas mériter ces reproches... cette jeune fille a un état. — Oui, elle est frangère.

Deligny présenté à madame de Rémonde.

Je le sais. — Vous savez cela ?... — Je sais même qu'elle se nomme Ninie... ou Fanny... — Comment se fait-il ?... — Oh! je sais tout, moi ; j'ai souvent su des choses que j'aurais voulu ignorer !... J'avais bien envie de rire quand vous m'avez dit : C'est une jeune dame de province. — D'honneur, je n'en reviens pas !... Comment savez-vous tout cela ?... — C'est mon secret. — Vous connaissez apparemment cette jeune fille. — Non... je ne lui ai jamais parlé. — Puisque vous êtes si bien instruite de tout, vous savez sans doute aussi que Ninie m'a écrit hier. — Elle vous a écrit... Je ne savais pas cela... Et que vous a-t-elle donc écrit ?... — Elle m'engageait à aller la voir... — Elle vous aime encore? — Non. Elle vient au contraire me parler de son premier amant... de celui qu'elle connaissait avant moi, et auquel je crois qu'elle pense toujours. — Vraiment !... Et cependant elle lui a été infidèle pour vous. — Il l'avait abandonnée. — Vous ne l'avez pas connu celui qu'elle aimait avant vous ? — Non, sans doute... — Elle ne vous a pas dit son nom ? — Il s'appelait Adolphe... Mais je suppose que c'est un nom qu'il avait pris seulement pour aller avec elle... — Ah! il se faisait nommer Adolphe ?... — Mais, madame, il me semble que les amours de mademoiselle Ninie ne doivent pas beaucoup vous intéresser, et nous pourrions... — Pardonnez-moi, monsieur, cela m'intéresse beaucoup au contraire. Monsieur Deligny... vous allez me trouver bien curieuse... mais un ami doit être indulgent, et vous m'excuserez... — Qu'est-ce donc ? — Avez-vous la lettre de cette petite ? — Oui, madame... — Voulez-vous me la montrer? — Vous montrer la lettre de Ninie ?... — Je vous en prie. — J'ai pu vous montrer la lettre de madame de Rémonde, elle était au moins écrite en français ; mais celle de Ninie... je ne puis vraiment pas !... — Pardon, monsieur, je vois qu'il y a dans cette lettre des choses que je ne dois pas savoir !... — Que vous ne devez pas savoir !... vous !... Tenez, voilà cette lettre, madame.

Je lui donne le billet de Ninie ; elle le prend avec vivacité et le lit avec autant d'attention que celui de madame de Rémonde. Je ne conçois rien à cette femme-là ! Mais il faut bien faire tout ce qu'elle veut.

Elle me rend le billet en me disant : — Elle a revu cet Adolphe... il se conduit mal avec elle... elle veut vous conter tout cela ; il faut y aller, monsieur, vous ne pouvez refuser vos avis, vos conseils à cette petite, qui met sa confiance en vous... — Mais, madame, que voulez-vous que je lui conseille, moi? Est-ce que je connais son Adolphe? D'ailleurs, il l'a aimée, il ne l'aime plus, je ne vois rien de bien extraordinaire là-dedans !... — Pardonnez-moi, monsieur, elle vous contera ses sujets de plainte. — Ah! s'il fallait écouter toutes les plaintes de ces demoiselles qui ont eu des amants perfides !... — Oh! je sais bien que vous trouvez cela tout naturel ; mais moi, je suis très-curieuse de savoir si elle revoit cet Adolphe... ce qu'elle veut vous dire, enfin. Vous irez, n'est-ce pas ?... Je n'ose pas dire que je le veux, ce serait une plaisanterie ; je sais bien que je n'ai aucun empire sur vos volontés... — Aucun empire !... Ah! j'irai, madame, j'irais au bout du monde si vous le désiriez... Cependant, je vous avoue que je ne conçois rien à cette envie que vous avez de me faire aller chez toutes les femmes qui m'écrivent. — Quelque jour je vous en apprendrai la raison... Mais il n'est pas encore deux heures ; vous pouvez aller voir cette petite aujourd'hui, et ce soir vous viendrez m'apprendre ce qu'elle voulait vous dire. — Quoi !... y aller tout de suite !... — Et vous reviendrez ce soir... — Allons, madame, je pars, et je vais aller chez mademoiselle Ninie.

Tout en me rendant rue Aubry-le-Boucher, je réfléchis à la singularité d'esprit de madame Luceval ; elle dit qu'elle ne peut plus aimer, et elle reçoit presque tous les jours un homme dont elle n'ignore pas qu'elle est adorée. Elle me défend de lui parler de mon amour ; mais, en me quittant le matin, elle m'engage à revenir la voir le même soir. Elle ne veut me donner aucune espérance, mais elle s'informe minutieusement de ce que je fais, de toutes les personnes que je vois ; elle aime à m'entendre lui conter l'emploi de ma journée ; enfin elle veut lire les billets que les dames m'écrivent... Ah ! Augustine me défend en vain d'espérer ; tout m'annonce qu'elle m'aime... peut-être sans le s'avouer encore à elle-même ; mais à force d'amour je l'obligerai bien à ne plus me cacher ses sentiments.

Voici la demeure de Ninie, sa maison me semble encore plus laide qu'il y a deux mois... C'est qu'alors quelque chose m'attirait près d'elle. Me voici devant sa porte. Pourvu que Ninie ne soit pas chez madame Ballu ; je ne me sentirais plus le courage d'aller l'y chercher, ni d'écouter les discours de madame Mattoux.

M. Mélino, le gros monsieur qui donne toujours le bras à madame de Saint-Julien.

Mais Ninie est chez elle ; elle pousse un cri de joie en me voyant. — Ah! c'est vous, monsieur Paul !... c'est bien heureux que vous veniez enfin ! il a fallu que je vous écrive pour cela !... — Que voulez-vous, ma chère Ninie ! je ne suis pas toujours maître de mes moments. — C'est juste, ce n'est pas comme jadis... Mais asseyez-vous donc... Attendez que je vous trouve une chaise où il n'y ait rien dessus... Autrefois, quand il n'y en avait pas de libre, vous vous asseyiez sur mon lit. — Je m'y mettrai bien encore, Ninie. — Oh! non, ce n'est plus la peine à c't' heure; tenez, voilà une chaise, monsieur.

La petite me présente une chaise d'un air moitié sérieux, moitié riant, puis elle jette son ouvrage de côté et s'assied en face de moi. Je la regarde quelques instants, et je m'aperçois qu'elle a les yeux très-rouges.

— Ninie, qu'avez-vous donc?... vous avez pleuré. — Oh! oui, je pleure souvent à présent. — Et pourquoi cela? — Dame!... pour me distraire. — Voilà une singulière distraction! Je veux que vous me contiez vos chagrins... Si j'ai été longtemps sans venir, croyez-le, je n'en suis pas moins votre ami... Voyons, dites-moi pourquoi vous avez pleuré. — Parce que je m'ennuie. — Vous vous ennuyez? et après qui? — Je ne sais pas si c'est après vous ou après Adolphe.... — Moi, je suis sûr que c'est après Adolphe..... Vous m'avez écrit qu'il s'était fort mal conduit avec vous... Qu'a-t-il donc fait? — D'abord vous savez bien qu'il m'avait dit qu'il partait pour l'Angleterre, et qu'en revenant il m'épouserait peut-être. — Oui, si vous aviez été bien sage; mais ces promesses-là n'engagent à rien. — Oh! si fait, parce que M. Adolphe est le premier que j'ai connu... C'est lui qui m'a fait quitter ma tante, qui m'a enlevée, enfin. — C'est-à-dire que vous vous êtes laissé enlever de fort bonne grâce. — Oh! c'est égal, c'est lui qui m'a séduite, et Charlotte dit que quand un homme a été le premier qui... le premier que... notre séducteur enfin, il nous doit toujours des égards et de la reconnaissance. — Mademoiselle Charlotte vous a souvent dit des choses que vous n'auriez pas dû écouter; mais enfin je conviens que votre M. Adolphe vous doit des égards; on en doit à toutes les femmes, surtout à celles qui nous ont rendus heureux, et M. Adolphe s'est donc mal conduit? — Il y a quelque temps... l'avant-veille du jour où je vous ai rencontré rue Boucherat, comme je passais dans la rue des Petits-Champs pour aller chercher de l'ouvrage, j'ai rencontré M. Adolphe avec une belle dame à plumes, à panaches, à qui il donnait le bras... En le voyant, ça m'a donné un coup terrible!... moi, qui le croyais en Angleterre!... Je suis restée toute saisie; je ne sais pas s'il m'a vue; mais il a continué son chemin sans s'arrêter et sans même se retourner... Moi, je n'avais plus de jambes!... je suis rentrée toute bouleversée de cette rencontre, puis j'ai été conter cela à Charlotte. Charlotte m'a dit : — Tu es une fichue bête, ton Adolphe est un monstre, un perfide; il fallait courir après lui, lui faire une scène dans la rue, et le menacer de tes parents s'il ne te mettait pas de nouveau dans tes meubles. — Mademoiselle Charlotte vous donnait là de fort mauvais conseils. — Ah! je n'avais pas envie de les suivre; vous savez bien que je ne suis pas capable de faire des scènes, ni dans la rue, ni chez moi!... Cependant j'étais fâchée de ne pas avoir suivi Adolphe; j'aurais voulu savoir où il demeurait et s'il était marié avec cette belle dame que j'avais vue à son bras. Plusieurs jours se sont passés; j'espérais qu'il viendrait me voir, puisqu'il est à Paris; mais il n'est pas venu; enfin, il y a quatre jours, j'ai encore rencontré Adolphe sur la place des Victoires; il était seul cette fois, et je me suis dit : Il faudra bien qu'il me voie. Il allait très-vite, mais je l'ai rattrapé, puis je l'ai arrêté en lui disant : C'est bien heureux que je vous rencontre, monsieur; car depuis que vous êtes revenu d'Angleterre vous ne venez pas souvent chez moi! Alors il est devenu rouge, il a pris un air de mauvaise humeur, puis m'a répondu : Ma chère amie, je n'aime pas que l'on me parle dans la rue; je vous défends à l'avenir de m'arrêter, et d'avoir l'air de me connaître; j'ai pu avoir un caprice pour vous, mais il est passé, et désormais il ne doit plus y avoir rien de commun entre nous. Mon voyage d'Angleterre n'était qu'un conte pour me débarrasser de vous, vous auriez dû

le deviner : je vous le répète, ne vous avisez plus de me parler, sinon je vous traiterai comme on doit traiter les filles de votre sorte. Après m'avoir dit cela, il s'est éloigné; moi, je suis restée quelque temps immobile à la même place; je n'en pouvais plus, j'étouffais!... J'ai été chez Charlotte en pleurant, et Charlotte m'a encore appelée fichue bête, en me disant que j'aurais dû égratigner mon séducteur de manière à ce qu'on en vît longtemps la marque sur sa figure. C'est depuis ce temps-là que j'ai souvent pleuré... on ne m'avait jamais parlé comme ça... les filles de ma sorte!... De quelle sorte suis-je donc pour être traitée ainsi? — Votre M. Adolphe a eu très-tort; il pouvait vous dire qu'il ne vous aimait plus, sans vous parler durement; c'est fort mal. — Oh! oui, c'est bien mal; quand vous m'avez dit que vous ne m'aimiez plus, vous, Paul, vous ne m'avez pas dit de sottises au moins! — Il faut oublier cet homme-là, n'y plus penser et vous consoler, Ninie. — Certainement que je ne l'aime plus... que je n'y pense plus.... mais ce sont les choses qu'il m'a dites que je me le cœur.... parce que je l'ai aimé... que je l'ai cru... Dire que je suis une fille de ma sorte... hi! hi! hi!... me menacer... me défendre de le connaître... hi! hi! hi!...

— Eh bien! Ninie, voulez-vous finir de pleurer comme cela!...—Ah! si!... c'est... que... c'est... affreux!... — Vous avez promis de ne plus penser à lui. — Vous ne m'avez pas défendu de vous connaître, vous!... au moins!... et pourtant... vous n'êtes pas mon séducteur... vous... hi! hi! hi!... — Ninie, cela n'est pas raisonnable de pleurer ainsi, vous vous rendrez les yeux rouges et malades. — Ça m'est bien égal... personne ne m'aime à c't'heure!... Ça m'ennuie qu'on ne m'aime pas... hi! hi! hi!...

Cette petite ne veut pas cesser de pleurer; pour la consoler je l'attire sur mes genoux, je la presse dans mes bras, je l'embrasse... Il n'est rien que je ne fasse enfin!... Elle a un chagrin profond, et ce n'est pas sans peine que je parviens à la calmer; mais elle ne pleure plus, au contraire elle me sourit, et je ne sais comment il se fait que nous sommes assis tous deux sur le siège que j'occupais jadis chez elle quand les chaises n'étaient pas libres.

— Eh bien! Ninie, tu ne pleures plus! — Oh! non, c'est fini... je ne veux

Galantes entreprises de Dubois au bal d'Auteuil.

plus avoir de chagrin, je ne penserai plus à Adolphe... mais tu m'aimeras... mais vous m'aimerez toujours un peu, vous, n'est-ce pas ? — Sans doute; mais vous n'irez plus avec Charlotte, vous ne suivrez plus ses conseils, car, voyez-vous, Ninie, c'est alors qu'un homme aurait le droit de vous mépriser, et de vous parler comme cet Adolphe l'a fait. — Oh! maintenant je ne vais plus avec elle; je travaille toute la semaine, et le dimanche je retourne chez ma tante, avec qui je suis raccommodée. — C'est très-bien! Mais dites-moi, Ninie, connaissez-vous une dame qui se nomme madame Luceval? — Non, mon ami. — Avez-vous été quelquefois pour l'ouvrage ou d'autres motifs dans une maison, rue Boucherat? — Non... je ne connais personne dans cette rue-là. — C'est bien singulier!... — Pourquoi cela! — Ah! c'est quelque chose... qui me concerne... Adieu, Ninie, il faut que je vous quitte. Soyez bien sage... n'allez plus chez Charlotte, et ne pleurez plus. — Mais vous viendrez me voir de temps en temps pour que je ne m'ennuie pas trop? — Oui, je vous le promets.

Je l'embrasse encore et je pars. Dirai-je ce soir à madame Luceval tout ce que j'ai fait chez cette petite? — Non, il y a certaines choses que je lui tairai. Après tout, madame Luceval a une singulière manie de vouloir à toute force que j'aille chez d'autres femmes; est-ce pour me distraire de la passion qu'elle m'a inspirée? est-ce pour mettre ma constance à l'épreuve?... Quand je succomberais, comme ce matin par exemple, qu'est-ce que cela prouverait? N'est-on pas infidèle, sans cesser d'être constant?

Je retourne le soir chez Augustine, et je lui conte tout ce que je peux lui conter de ma visite à Ninie. Elle écoute attentivement ce qui a rapport à M. Adolphe, puis elle s'écrie : — C'est mal!... c'est vraiment mal!... traiter ainsi une jeune fille qui s'est livrée à lui !... je crois que j'aurais préféré qu'il l'aimât toujours!

Je ne vois pas ce que peut lui faire la conduite de M. Adolphe, que je n'ai pas l'honneur de connaître. Augustine me remercie d'un air charmant de ce qu'elle appelle ma complaisance, comme si je n'étais pas trop heureux de faire ce qui lui plaît! et après tout ma visite chez Ninie n'a rien eu de désagréable. Enfin, lorsque je la quitte, elle me tend la main et me nomme son ami... Ah! qu'elle ordonne désormais, qu'elle dispose à son gré de tous mes instants!

Chapitre XIII. — Le bal d'Auteuil.

Nous voici au mois de mai, les arbres reprennent leur parure, les champs leur verdure, les prairies leurs riantes couleurs. Mon père m'a écrit plusieurs fois qu'il m'attendait; je lui ai répondu que j'allais bientôt le rendre près de lui, et je suis toujours à Paris; je n'ai pas le courage de m'éloigner pour quelques jours de la femme que j'adore.

Cependant suis-je plus avancé dans mes amours?,.. ai-je fait des progrès dans le cœur d'Augustine?... Elle ne m'a rien dit qui puisse me le faire espérer; mais elle est maintenant si bonne avec moi! je ne puis douter que ce qu'elle appelle ma complaisance, comme si je n'étais elle, je vois bien que ma présence lui est agréable,.. Plus de ces froides cérémonies, plus de ces phrases de convenance, de ces politesses qui glacent le cœur, mais un doux sourire, un regard, un mot d'amitié, voilà ce qui m'attend... ce qui fait battre délicieusement mon cœur. Aussi il se passe rarement un jour sans que j'aille la voir, soit le soir, soit le matin.

Je connais à présent les personnes qu'elle reçoit; cela se borne à son amie, cette Juliette que j'avais déjà vue, puis la dame âgée avec qui je l'avais rencontrée à l'Opéra. Ces deux dames sont les seules personnes que je voie venir chez elle; encore la dame âgée n'y vient-elle que rarement. Je suis donc le seul homme qu'elle reçoive,.. Le seul !... ah! combien je dois m'estimer heureux de la préférence qu'elle m'accorde, car sans doute beaucoup ont dû chercher à obtenir la faveur de la voir. Quelquefois Augustine semble effrayée en songeant à ce que le monde doit penser de mes fréquentes visites chez elle. Mais bientôt elle se calme en disant : — Le monde ne s'occupe plus de moi!... Je ne reçois que deux amies fidèles... faut-il donc que je sacrifie ce dernier plaisir aux sots propos de gens que je n'estime pas, et qui voient partout du mal, parce que la médisance donne plus de piquant à leur conversation? Non, venez toujours, monsieur Deligny; désormais l'opinion du monde ne doit plus avoir d'influence sur mes actions... je l'ai vu trop souvent se tromper dans ses jugements pour qu'ils puissent encore m'affecter.

Je continue donc à aller chez elle; mais elle veut aussi que j'aille souvent avec mes amis : ce n'est qu'à cette condition qu'elle consent à me voir fréquemment. Je la trompe quelquefois, je ne suis pas retourné chez madame de Rémonde depuis le jour où j'y ai dîné. J'ai rencontré Jenneville au spectacle avec la belle Herminie, qui m'a fait un accueil très froid, et n'a qu'à peine daigné répondre à mes profonds saluts. Je sais à quoi attribuer ce changement dans les manières de cette dame à mon égard. Je n'ai attiré son courroux en ne répondant pas à ses avances. C'est un grand crime que j'ai commis là! C'est l'offense la plus grave dont on puisse se rendre coupable envers les femmes, elles ne la pardonnent jamais. Singulière manière de voir de ces dames! elles ne pardonnent pas à un homme qui leur a plu, de ne point être amoureux d'elles. Mon Dieu! s'il nous fallait, nous, mesdames, avoir de la haine pour toutes les femmes qui nous plaisent, et dont nous n'obtenons rien! Il est vrai qu'un homme est habitué à faire sa cour, et une dame à ce qu'on la lui fasse; le contraire doit être beaucoup moins agréable.

Le sentiment qui m'occupe sans cesse, qui est devenu le mobile de toutes mes actions, me fait faire quelquefois de sérieuses réflexions sur ma situation. Puisque j'adore Augustine, puisqu'elle est veuve et ne dépend d'aucun parent, si j'parviens à m'en faire aimer, ne serait-il pas tout naturel de lui demander sa main? Je sens bien que l'amour que j'ai pour elle n'est point un caprice frivole, un de ces passions irréfléchies qui ne connaissent nul obstacle, mais qui s'éteignent dès qu'elles sont satisfaites. Nommer Augustine ma femme, ne plus vivre que pour elle, comblerait mes vœux... Mais madame Luceval est riche, du moins d'après ce que j'ai pu comprendre, et, sur quelques mots qu'elle a dits en causant, je présume qu'elle a au moins douze mille livres de rente. Et moi!... je n'ai plus à peu près que le quart de cette fortune. Tous les jours, en voulant économiser, je dépense plus que je ne devrais; si je vais en société pour plaire à Augustine, je perds mon argent au jeu; enfin je vois diminuer mon revenu sans aucun espoir de l'augmenter. Cette idée m'inquiète, me tourmente. Si je suis beaucoup moins riche que madame Luceval, ne peut-elle pas croire qu'en lui faisant sa cour, en demandant sa main, l'intérêt est pour quelque chose dans ma conduite? Oh! non, Augustine ne croira pas cela!... elle me jugera mieux!... elle lira dans mon

cœur... Mais ma fierté est blessée, quand je songe que je ne puis offrir à cette femme charmante tous les plaisirs, tous les agréments de la vie. Ces plaisirs bruyants, elle ne les aime pas... N'importe, je voudrais pouvoir voler au-devant de tous ses vœux, et ne pas ressembler à ces maris qui ont recours à la bourse de leur femme pour lui faire des cadeaux.

Ah! si j'avais connu Augustine en arrivant à Paris, je n'aurais pas mangé les deux tiers de ma fortune. Mais à quoi bon revenir sur le passé?... Le mal est fait... il faudrait le réparer. C'est là le difficile!...

Je pense maintenant à Blagnard, cet homme qui fait de si belles affaires, et pour qui cela est si facile de gagner de l'argent... Si j'avais été plus hardi, peut-être aurait-il augmenté mon capital; oui, peut-être!.... Mais je ne le rencontre plus depuis que je ne serais pas fâché de le voir.

Quelquefois ces pensées me surprennent chez Augustine; quand elle s'aperçoit que je suis distrait et rêveur, elle m'en demande avec bonté la cause; je n'ai garde de la lui apprendre!... Il semble qu'il y ait de la honte à dire que l'on n'est pas riche; il y en a souvent bien davantage dans la source de certaines fortunes.

Je me décide un matin à me rendre chez Jenneville; il voit souvent Blagnard, il pourra me donner quelques conseils.

Il est neuf heures du matin lorsque j'arrive chez Jenneville; je pense qu'il est encore au lit, et je suis surpris de le voir faisant à la hâte sa toilette.

— Vous vous disposez à sortir de bon matin, lui dis-je. — Oui, mon cher, une affaire importante, une affaire d'argent. Ce diable d'argent, vous savez qu'on n'en a jamais assez... J'en dépense beaucoup, je voudrais en gagner une fois par hasard. Blagnard m'offre une occasion de doubler quatre-vingt mille francs en un an, et je la saisis. — Je voudrais bien qu'il me trouvât la même occasion... Je vous avoue que c'est à cela que je pensais en venant chez vous. — Blagnard est homme à faire votre affaire, je vais chez lui, venez-y avec moi, peut-être pourra-t-il vous associer à notre opération.

J'accepte la proposition de Jenneville. Nous sortons, et son cabriolet nous a bientôt menés chez M. Blagnard, qui occupe un logement magnifique dans la rue d'Antin.

L'homme d'affaires me reçoit fort bien. — Mon cher ami, lui dit Jenneville, voici un garçon qui voudrait aussi faire quelque bonne spéculation... est-ce que vous ne pourriez pas l'y aider? — Pourquoi pas?... D'abord je serais enchanté d'être agréable à M. Deligny; nous allons voir cela.

M. Blagnard regarde des notes, pose des chiffres, puis nous fait un détail qui n'en finit pas sur une affaire de remboursement, de créances qu'on veut vendre, et dont la liquidation est sûre dans l'espace de quelques mois. Jenneville et moi nous nous entendons fort mal aux affaires, et nous ne comprenons qu'une chose dans ce que nous dit M. Blagnard, c'est qu'on peut acheter à fort bon marché des créances excellentes, et doubler ainsi ses capitaux.

— Tenez, mon ami, dis-je, je n'entends rien aux mots d'hypothèques, d'arriérés, de dégrèvement!... mais j'ai en vous une confiance entière, et Deligny également; au total, que peut-il faire dans tout cela?

— M. Deligny peut entrer dans cette opération... Je n'avais plus besoin de fonds; mais pour lui être agréable je prendrai les siens..... Qu'il me donne une soixantaine de mille francs, et j'espère qu'avant un an nous aurons doublé son capital.

Malgré ma confiance dans M. Blagnard, je réfléchis que soixante mille francs composent à peu près tout ce qu'il me reste de fortune, et je ne veux pas la risquer entièrement. D'ailleurs je suis moins ambitieux que Jenneville, et pour une première affaire je pense qu'il sera fort agréable de gagner moitié de cette somme. Je dis donc à Blagnard que je ne puis disposer que de trente mille francs.

— Eh bien! vous n'aurez pour trente mille francs! Vous gagnerez moins, mais une autre fois vous serez plus hardi.

Nous convenons de nos faits. J'irai dans la soirée chez mon notaire, et le lendemain je remettrai les fonds à Blagnard. Cet arrangement terminé, Blagnard fait servir à déjeuner, et nous ne parlons plus d'affaires.

Jenneville me demande comment vont mes amours; je soupire et je me tais, car ces messieurs ne croiraient pas à l'innocence de ma liaison avec madame Luceval; Jenneville me plaisante en s'écriant : — Vous faites le discret, mon cher Deligny; mais on sait que vous passez maintenant tout votre temps près de votre maîtresse; il faut qu'elle soit bien jolie pour vous subjuguer à ce point... C'est mal à vous de ne pas nous la faire connaître. — Messieurs, il est très-vrai que j'aime une femme charmante; mais si je vous dis que depuis deux mois que je la connais, que je la vois presque tous les jours, je n'en ai encore rien obtenu... vous vous moquerez de moi!... — Nous ne vous croirons pas, dit Blagnard. — Non certes, reprend Jenneville; vous, Deligny, que l'on voulait mener si promptement certaines intrigues. — On dit des intrigues où le cœur n'est pour rien... Oh! celles-là se mènent très-vite. — Comment! mon cher, est-ce que vous en êtes réduit à l'amour platonique?... Ah! messieurs, si vous pouviez savoir... si vous aimiez comme moi!... — Alors c'est donc une coquette qui se fait un jeu de vos soupirs? — Une coquette! oh! non; si elle l'était, je n'en serais pas amoureux. — Eh! mon cher, on finit par en triompher. Voyez Herminie, qui désolait tous ses adorateurs!... Je me suis dit : Je vaincrai la superbe!... et j'ai réussi... C'est une victoire qui me fait encore chaque jour bien des jaloux!... — Je le crois. — Tenez, Deligny, quand un homme aimable, un homme comme nous enfin, veut se faire aimer d'une femme, il est toujours sûr d'y parvenir. — Mon cher Jenneville, je ne connais pas vos moyens de séduction, et je n'ai pas autant de confiance en moi-même. — Parbleu! si je connaissais votre belle, je voudrais lui faire aussi la cour ; et nous verrions!...

Je ris en moi-même de la fatuité de Jenneville, qui pense qu'aucune femme ne peut lui résister, surtout depuis qu'il a triomphé de madame de Rémonde ; quel triomphe!... Oser mettre une telle femme en parallèle avec Augustine! Mais il ne la connaît pas, il n'est pas digne de la connaître.

L'heure de la Bourse nous sépare. Nous nous donnons rendez-vous pour le lendemain. Je me rends chez mon notaire, et il me promet les trente mille francs dont j'ai besoin. Cette affaire terminée, je vais chez madame Luceval, à qui je ne conte pas cette fois ce que j'ai fait. Elle ignore la situation de ma fortune ; elle me croit riche, peut-être... Je ne lui fais pas l'injure de penser que cela entre pour rien dans la bienveillance qu'elle me témoigne ; mais je suis bien aise qu'on me croie plus fortuné que je ne le suis... Quand l'amour n'est pas satisfait, il faut au moins que la vanité le soit.

Le lendemain, mon notaire me remet la somme que je lui ai demandée, et je vais la porter à Blagnard. J'éprouve un secret serrement de cœur en lui donnant les trente mille francs, tandis que Jenneville lui en apporte gaiement plus du double... Sans le désir que j'éprouve de voir ma fortune plus rapprochée de celle d'Augustine, je n'aurais pas risqué cette somme ; mais ce n'est pas risquer, puisque l'affaire est certaine. D'ailleurs Blagnard s'engage à nous payer l'intérêt de notre argent à douze pour cent, et Blagnard est solide. Un homme qui a cabriolet, domestique, logement superbe, et qui traite si splendidement!... Enfin l'affaire est conclue, il ne faut plus en attendre que d'heureux résultats.

Je sors chez Blagnard avec Jenneville, qui me propose d'être le lendemain d'une partie de campagne à Auteuil, il y a fête, c'est l'ouverture du bal champêtre ; et quoique les bois ne soient pas encore fort touffus, madame de Rémonde a témoigné le désir de s'y rendre avec quelques personnes de sa société. Je ne me soucie pas de faire une partie de campagne pour être avec madame de Rémonde. Je prétexte une affaire, et remercie Jenneville de son invitation.

Malgré moi, la pensée de mes trente mille francs me revient souvent à l'esprit. Ce n'est qu'auprès d'Augustine que je pourrai me distraire, ce n'est plus que là que je suis bien. Ces messieurs auraient se moquer de moi!... ils ne comprennent pas le sentiment qu'elle m'inspire.

Madame Luceval est seule. Toutes les fois que je me trouve en tête-à-tête avec elle, j'ai l'espoir qu'elle se montrera moins sévère, et qu'elle me permettra de lui parler de mon amour. Il faut bien que cela finisse... Quoique je sois heureux près d'elle, je brûle de l'être davantage... Cela ne peut toujours durer ainsi... ces messieurs auraient alors raison de se moquer de moi.

Mais les plus belles résolutions s'évanouissent devant un de ses regards. Si elle me défendait de la revoir!... Si je ne pouvais plus passer près d'elle ces heures qui s'écoulent si vite!... Je regretterais de lui avoir désobéi... je craints pourtant que je ne devienne trop timide!... Si elle ne m'aimait pas un peu, aurait-elle du plaisir à me voir si souvent?

Tout plein de ces idées, je me suis assis plus près d'elle qu'à l'ordinaire. J'ai pris sa main, que je presse tendrement dans la mienne ; pendant quelques minutes elle me l'abandonne ; mais je veux la porter à mes lèvres... Aussitôt elle la retire en me disant : — Que faites-vous, monsieur Deligny? on ne baise pas la main de son amie... — Vous n'êtes pas que cela pour moi — J'en veux être que cela... — Et vous serez toujours aussi sévère? — Je serai toujours la même... Et moi, madame, je sens qu'il m'est impossible de ne pas vous parler de mon amour, ou de rester près de vous dans une froide indifférence. — Alors il faudra que je me prive de vous voir!... — Que vous vous priviez!... Je crois, madame, que la privation sera légère pour vous... puisque pour quelques mots vous me banniriez de votre présence... Vous êtes injuste, monsieur Deligny; j'espérais que vous ne doutiez pas de mon amitié. — Votre amitié!... il me semble maintenant que j'aimerais mieux votre haine... mais cette amitié entre une femme de vingt-trois ans et un homme de vingt-sept!... comme c'est agréable!... On a de l'amitié à soixante ans, mais à notre âge on fait de l'amour. Enfin, madame, si je ne vous suis pas odieux, qui vous empêche de m'aimer? n'êtes-vous pas libre, n'êtes-vous pas maîtresse de vous-même?... Vous soupirez, vous ne me répondez pas... — Quelque jour je vous répondrai... mais, je vous en prie, monsieur Deligny, cessons de parler de tout cela... Et vos amis, que les faites-vous? vous ne m'en dites plus rien. — Ah, madame! mes amis m'ennuient, le monde m'ennuie, tout me déplaît maintenant quand je ne suis pas avec vous... — C'est fort mal de négliger qui vous aiment. — Que m'importe d'être aimé par d'autres!... quand je ne voudrais l'être que par une personne... qui ne peut pas me souffrir!... — Qui ne peut pas vous souffrir!... c'est pour cela qu'elle vous reçoit presque tous les jours. — C'est par pitié

peut-être... — Mais voilà la saison où l'on va à la campagne.... sans doute madame de Rémonde ira à une dans les environs de Paris? — Je n'en sais rien, madame, et cela m'est fort égal, car certainement je n'irai pas à sa campagne. — Pourquoi donc cela, monsieur? — Parce que je m'y ennuierais, madame. — Vous le croyez? — J'en suis sûr, mais je n'en ferai pas l'essai. Aussi j'ai déjà refusé une partie de campagne pour demain avec Jenneville et cette dame. — Une partie de campagne pour demain?... et où donc vont-ils? — A Auteuil. — Ah!... est-ce qu'il y a fête? — Je crois que oui. — Et vous n'irez pas?... — Non, madame, non, je suis très-décidé à n'y pas aller.

Augustine n'insiste pas. Nous changeons de conversation; enfin, l'heure vient où je dois la quitter; elle me dit en me reconduisant : — Demain, j'irai passer la journée chez Juliette... depuis longtemps je le lui ai promis... — C'est dire que demain je ne dois pas vous voir. — Je veux vous épargner une course inutile. — Il suffit, madame, demain vous ne me verrez pas. — Demain seulement... j'espère.

J'allais m'éloigner le cœur serré, ce mot seul me rend à la vie; je croyais déjà qu'elle ne voulait plus me voir, que sa visite chez son amie n'était qu'un prétexte pour me défendre petit à petit de revenir, mais elle-même me dit qu'elle espère me voir après-demain, et je me sens soulagé.

Que cette journée où je ne dois pas la voir va me paraître longue!... Depuis quelque temps je me suis habitué à aller tous les jours chez elle; maintenant, je ne sais ce que je deviendrais s'il me fallait ne plus la voir. Mais être près d'elle et ne pas lui parler d'amour... c'est le supplice de Tantale!... car en la voyant peut-on rester indifférent?

Cette journée est superbe; que ferai-je pour me distraire? Se promener seul, ce n'est pas fort amusant... je suis presque fâché d'avoir refusé la partie d'Auteuil!... Oh non, je ne me serais pas amusé avec la belle Herminie!... Parbleu, allons chez Ninie, cela me distraira; j'ai promis d'ailleurs de la voir de temps en temps... Augustine elle-même m'y engage... j'aimerais mieux qu'elle me la défendit!

Je vais rue Aubry-le-Boucher, mais je frappe inutilement à la porte de Ninie, elle n'y est pas; c'est aujourd'hui fête, il fait très-beau temps, Ninie est allée se promener.

Cela me contrarie! Si Dubois... oui, avec lui, il faut toujours rire, et je ne serais pas fâché qu'il me forçât à m'amuser. Je vais au logement qu'il occupait, rue de la Lune, il y a trois mois. — M. Dubois ne reste plus ici, me dit le portier, il reste présentement rue du Petit-Lion-Saint-Sauveur.

Je vais rue du Petit-Lion, au numéro qu'on m'a indiqué; mais là on me dit : — M. Dubois est déménagé, il reste pour le quart d'heure dans la rue Godot-de-Mauroy.

Quelle manie a-t-il donc de déménager si souvent? Aller à la Madeleine, c'est un peu loin... mais avec un omnibus ou un cabriolet à la minute on voyage maintenant dans Paris à peu de frais. Je vais rue Godot. Là, le portier me dit : — M. Dubois ne reste plus chez nous depuis quinze jours. — Il ne reste donc nulle part ce homme-là? — Monsieur, vous le trouverez maintenant cour du Harlay, sur le Pont-Neuf... — Au diable si je vais le chercher là?

Je m'en retournais chez moi d'assez mauvaise humeur, lorsqu'en face des lignes Chinois je me trouve devant Dubois.

— Je viens de chez toi, me dit Dubois en me prenant le bras. — Et moi je viens de trois de tes logements... Tu déménages donc tous les demi-termes? — Mon ami, j'aime assez à changer de logement, parce que ça fait faire des connaissances nouvelles... On a d'autres voisines, et en allumant sa chandelle le soir on se faufile vite... — Tu as donc quitté ta brunisseuse? — Ah! par exemple!... j'en ai eu quatorze depuis... — Et ta Zénobie? — Je l'ai passée à un courtier en vins, qui en est très-content. Mais toi, l'amour, la passion pour la dame que tu suivais partout comme un carlin, est-ce toujours superbe?... — Eh bien! tu soupires?... — Je n'ai pas sujet d'être bien satisfait!... Si je te disais, Dubois, qu'avec cette femme adorable je ne suis pas plus avancé que le premier jour, si ce n'est qu'elle me témoigne beaucoup d'amitié. — Alors, mon petit, je te dirais, moi, qu tu tombes dans l'eau bénite... Pas plus avancé! depuis deux mois!... Et tu vas souvent chez elle?... — Ah! si tu étais amoureux comme moi!... — Si ça m'amuse, c'est différent. — Oh! non... je brûle pour elle!... Mais elle est si sévère!... — Prrrr!... ce sont des mots, mon cher ami; si à la seconde visite tu lui avais pincé la fesse catégoriquement, tu saurais maintenant à quoi t'en tenir. — Oui, elle m'aurait mis à la porte sur-le-champ. — Que non!... Les femmes aiment les téméraires... D'ailleurs on s'excuse après. — Tu juges toutes les femmes sur tes brunisseuses. — Mon petit, tu t'y trompe pas : j'ai trouvé souvent plus de résistance sous le bavolet que sous le chapeau à blonde.... — Laissons cela, Dubois. Que fais-tu aujourd'hui? — Ma foi, rien... Ah! si cependant, j'avais envie d'aller après le dîner à Auteuil; on ouvre le bal, il y aura des beautés champêtres et de la poussière : c'est amusant, on danse et on fait ses frais. Veux-tu venir?

Je pense qu'Augustine voulait que j'acceptasse l'invitation de Jenneville, en y allant je ferai donc ce qu'elle désirait; cette idée me détermine, et j'accepte la proposition de Dubois. Nous nous décidons à dîner à Paris, quoiqu'on dîne parfaitement bien chez Fauriez, à la porte d'Auteuil. Mais un jour de fête il y a tant de monde, que nous

3.

pourrions ne pas trouver de place. Après le dîner, nous prenons un cabriolet, et nous arrivons sur les six heures et demie à Auteuil.

Nous nous dirigeons du côté du bal. Il y a déjà beaucoup de monde, de jolies femmes, des élégantes de Paris, et quelques paysannes. J'ai dit à Dubois que Jenneville devait s'y trouver avec sa maîtresse, mais nous ne les avons pas encore aperçus.

Dubois veut déjà suivre cinq paysannes qui se donnent toutes le bras, et se promènent du côté de la mare. Je ne me soucie pas de suivre cette ribambelle de bonnets ronds, sous lesquels je ne vois rien de joli.

— Laisse donc aller ces paysannes, lui dis-je; est-ce que tu veux faire la cour aux cinq? — Mon cher, il y a du choix... Vois-tu, elles se retournent et nous regardent en riant. — Parbleu, tu leur tires la langue depuis une heure. — Je t'assure qu'il y a quelque chose à faire avec ces villageoises... Nous leur offrirons des ânes, et nous les prendrons en croupe. — Je ne me soucie pas de me promener à âne avec une de ces demoiselles en croupe. — Tu ne connais pas le bonheur! Quand on a une petite femme en croupe, on fait trotter sa bête un peu vite, et alors votre particulière vous serre dans ses bras comme si elle voulait vous étouffer. — Ça peut être très-agréable; mais si tu veux absolument suivre ces paysannes, je vais retourner du côté de la danse, tu m'y retrouveras.

J'allais quitter le bras de Dubois, lorsqu'une voix me dit : — Bonjour, monsieur Paul.

Je me retourne et je reconnais Ninie, qui donne le bras à une jeune fille de son âge.

— C'est vous, Ninie... — Oui, monsieur, je suis venue à Auteuil avec ma tante et des dames de ses amis; ma tante est assise là-bas, et nous nous promenons un peu, nous deux, Louise... — C'est très-bien... — Vous ne dansez donc pas, monsieur Paul? — Non, vous savez que j'aime peu la danse... Adieu, Ninie, amusez-vous bien...

Je m'éloigne avec Dubois, parce que je ne me soucie pas de faire société avec ces demoiselles dans un endroit où je puis rencontrer des connaissances de Paris. Ninie me regarde aller en me souriant, et Dubois, qui ne perd pas de vue ses cinq paysannes, m'entraîne de leur côté en me disant : — C'est la jeune amie de Charlotte?... — Oui, mais ce n'est pas un mauvais sujet comme Charlotte. — Ah!... parce qu'elle fait peut-être ses coups à la sourdine, tandis que Charlotte développe tous ses moyens de séduction... Mais pressons le pas mon... voilà mes cinq bergères qui s'enfoncent dans le bois. — Est-ce que tu veux absolument être leur berger? — Mon ami, il me faut du champêtre, j'en veux tâter; je n'ai pas passé la barrière pour faire ma cour à une femme de la rue Saint-Denis... Tiens... tiens, les voilà qui nous regardent... bon! les voilà qui se lâchent... Elles sont venues dans le bois pour quelque chose... elles vont jouer... aux quatre coins... Délicieux; je vais être leur pot-de-chambre... Puisqu'elles sont cinq elles n'ont pas besoin de toi. — C'est égal, nous ferons deux coins de plus, viens donc.

Dubois s'approche des paysannes et leur dit en souriant : — Voulez-vous, charmantes bergerettes, nous permettre de nous mêler à vos jeux? Les bergerettes nous regardent d'un air moqueur, et ne répondent que par de gros rires. Enfin l'une d'elles nous dit : — Tiens, jouez si vous voulez, quequ'une ça nous fait à nous?

— Elles acceptent!... Nous sommes des vôtres! s'écrie Dubois; à quoi voulez-vous jouer? — Au chat. — Bon! je suis le chat; courez, je vais vous attraper.

Les paysannes se mettent en mouvement en poussant de grands cris; l'une des bergerettes, en voulant se garer du chat, a mis une fois sa main sur mon épaule, et m'a presque disloqué le bras; j'en ai bien assez, je ne me soucie pas de courir après ces dames, je laisse Dubois faire le chat tout à son aise, et je reviens du côté du bal.

Il y a beaucoup de monde à la danse. J'aperçois bientôt Jenneville et madame de Rémonde; je reconnais près d'eux trois jeunes gens que j'ai vus chez la belle Herminie. Il serait ridicule de ne point aller leur parler, ce lieu n'étant pas assez grand pour qu'on ne s'y retrouve pas; je m'approche de la société.

— Comment, tu es ici, me dit Jenneville, et tu ne pouvais pas y venir, à ce que tu m'assurais hier?

— C'est-à-dire que monsieur ne pouvait pas y venir avec nous, ajoute madame de Rémonde d'un air ironique.

— Ce n'est pas cela, madame. Hier je croyais en effet ne pas être libre ce soir; mais j'ai terminé plus tôt que je ne pensais mes affaires à Paris, alors je me suis décidé à venir.

Herminie écoute à peine ce que je réponds, et regarde ailleurs d'un air dédaigneux, comme si ma vue l'obsédait. Cette femme-là m'en veut toujours; ma foi, cela m'est tout à fait indifférent. Pour lui épargner l'ennui de me voir, après avoir causé quelques minutes avec Jenneville, qui est assis près d'elle, je m'éloigne sous prétexte d'aller faire un tour dans le bal.

Je n'ai pas fait trente pas que je me sens saisi par le bras. C'est Ninie... je vais la gronder... mais elle est pâle, tremblante... son état me fait de la peine : — Qu'avez-vous donc? lui dis-je pendant qu'elle m'entraîne vers un endroit où il n'y a pas de monde.

La pauvre petite est si tremblante qu'elle peut à peine parler. Enfin, elle me dit : — Il est là!... — Qui donc? — Adolphe. — Adolphe?...

Eh bien! est-ce que cela doit vous faire trembler?... Montrez-moi donc ce monsieur. — Mais vous le connaissez, puisque vous venez de lui parler... — Je viens de lui parler? moi! — Sans doute, c'est ce monsieur qui est assis à côté de cette dame qui a un chapeau blanc et rose... — Quoi... ce serait!... — Oui, il est avec la dame avec qui je l'ai déjà rencontré plusieurs fois... Mon Dieu!... il a dit que quand il me verrait il me traiterait comme une fille... de ma sorte... je n'ose plus danser, à présent... Ah, monsieur Paul! s'il allait me faire une scène, vous me défendriez, n'est-ce pas? — Tranquillisez-vous, Ninie; je vous réponds que s'il vous voit il n'aura nullement l'air de vous connaître et ne vous empêchera pas de danser. Mais il ne faut pas non plus que vous ayez l'air de faire attention à lui. — Oh! je n'en ai pas envie! allez... au contraire, car... Ah, mon Dieu! le voilà qui vient à vous... est-ce qu'il m'a vue?...

Ninie pousse un cri et se sauve. Je vois en effet Jenneville venir à moi; mais il ne semble pas faire attention à la jeune fille qui s'éloigne. Jenneville est agité; il me prend le bras, et me dit en m'attirant vers une autre partie du bois : — Mon ami, vous ne savez pas qui je viens de rencontrer ici?... ma femme... — Votre femme?... — Oui, ma femme; oh! parbleu, je l'ai fort bien reconnue, quoiqu'elle ait un grand chapeau et semble vouloir se cacher... Je ne sais pas si c'est pour épier mes actions qu'elle est venue à Auteuil... ou si elle y cherche un tendre ami, c'est ce dont je ne m'inquiète guère; mais il faut que je vous la fasse voir... si nous la retrouvons toutefois... elle donnait le bras à une de ses amies, qui se promenaient aussi... elles étaient de ce côté... sous ces arbres...

Je me laisse conduire par Jenneville; je ne sais pourquoi mon cœur bat plus vite à l'idée de voir sa femme! Jenneville s'arrête bientôt en me disant : — Tenez, les voilà... regardez là-bas... à ma gauche... ma femme est celle qui a le chapeau de paille... Tenez... vous pouvez dans ce moment voir très-bien sa figure.

Je n'ai que trop bien vu, je reste immobile de surprise en reconnaissant Augustine dans la femme de Jenneville.

CHAPITRE XIV. — Tout s'explique.

Augustine et son amie se sont éloignées; je ne sais si elles nous ont vus, mais elles se sont tout à coup éclipsées sous les arbres qui entourent la danse.

Je suis toujours à la même place, les yeux fixés sur l'endroit où je viens de la voir, je ne puis bouger, je ne puis parler, je serre avec force le bras de Jenneville, il me semble que je suis près de tomber.

— Eh bien! me dit Jenneville, comment la trouves-tu?... — Hein?... Qui cela? — Eh, parbleu! ma femme?... — Votre femme? — Sans doute, puisque c'est elle que je viens de vous montrer... Mais qu'avez-vous donc, mon cher Deligny, vous semblez souffrant? — Oui... en effet, il vient de me prendre un étourdissement... Je ne me sens pas à mon aise... — Venez prendre quelque chose. — Non... Cela commence à se passer... Je vais me promener un peu... Loin de la danse on est plus tranquille... Je ne vous gênez pas pour moi, Jenneville; madame de Rémonde vous cherche sans doute... J'irai vous rejoindre tout à l'heure... — Comme vous voudrez; moi, je vais faire danser Herminie.

Jenneville me quitte, je suis bien aise d'être seul pour me livrer aux sentiments qui m'agitent. Augustine est la femme de Jenneville! En un moment tout s'explique.... tout s'éclaircit... Je vois pourquoi elle m'a reçu; pourquoi elle me questionnait avec tant de cesse. Je vois qu'elle ne s'informait de ce que je faisais que pour en venir à savoir ce que faisait Jenneville; cette découverte me fait mal, elle oppresse mon cœur, elle vient de détruire toutes mes illusions!... Moi, qui me croyais aimé, je n'étais qu'un être indifférent dont elle se servait pour être instruite des actions de son époux... Et ces lettres de femmes qu'elle voulait voir... C'est cela... Madame de Rémonde... Ninie... Elle savait que cet Adolphe n'était autre que son mari... Oui, tout est expliqué, et elle ne m'aime pas... Ah! c'est affreux!

Je me promène avec agitation autour du bal, je coudoie, je pousse plusieurs personnes que je ne vois pas. Les Parisiens murmurent après moi, les paysans me disent des injures; mais je n'entends rien, je n'ai plus qu'une pensée : Elle ne m'aime pas. Tout mon espoir s'est évanoui.

Dans ma colère, je la nomme perfide, ingrate! En ai-je le droit? Non; elle ne m'avait rien promis; au contraire, elle me défendait de lui parler d'amour... Mais me permettre de la voir tous les jours, me témoigner de l'amitié, et ne pas m'avouer qu'elle est l'épouse de Jenneville... Ah! voilà ce qui est mal, voilà ce que je ne lui pardonne pas.

C'est fini; je ne veux plus la voir, je ne veux plus penser à elle. Après tout, je trouverai mille femmes aussi jolies... plus même. L'amour sans espoir s'éteint, dit-on, bien vite, le mien sera donc bientôt passé. Cependant je veux la voir encore. Il faut qu'elle sache que je suis instruit de tout, que je n'ignore plus qu'elle se servait de moi comme d'un instrument nécessaire à ses projets; mais quand je lui aurai dit ce que j'ai sur le cœur, c'est alors que je ne la reverrai jamais.

Tâchons de la rencontrer... rapprochons-nous du bal... de Jenneville; sans doute elle l'observe, elle ne le perd pas de vue... Surtout n'ayons pas l'air triste. Faisons l'aimable, le galant avec madame de Rémonde... cela lui fera peut-être de la peine... Hélas, non! puisqu'elle voulait toujours que j'allasse chez elle!...

Je rentre dans l'enceinte de la danse. Je m'approche de madame de Rémonde, je trouve moyen de m'asseoir tout près d'elle, puis je lui dis tout ce qui me passe par la tête.

Herminie me regarde d'un air surpris, se met à rire, puis me dit à demi-voix : — Qu'est-ce qui vous prend donc, monsieur? quoi! vous m'aimez, vous m'adorez ce soir! Et c'est ce moment que vous choisissez pour le dire?... — Comment, madame, est-ce que je viens de vous dire que je vous adorais? — Mais il me semble que oui, monsieur, et en termes assez clairs... — Ah! pardon, madame, c'est que je ne savais pas... c'est-à-dire je n'aurais pas dû... — Allons, c'est bien, taisez-vous; ce n'est pas ici le moment de vous excuser... Je vous attends demain matin... Nous verrons alors comment vous m'expliquerez votre conduite, et si vous êtes encore digne que l'on ait quelque... estime pour vous.

Je ne sais pas ce que je réponds, car depuis quelques instants j'écoutais à peine; j'avais cru reconnaître Augustine dans l'ombre, sous le feuillage, et je la suivais des yeux. Mais madame de Rémonde se lève en me tenant la main, et me dit : — Eh bien! venez donc danser... Est-ce que vous avez oublié aussi que vous venez de m'inviter? — Ah! c'est vrai, madame, en vérité, je ne sais pas ce que vous avez ce soir! Mais vous êtes bien singulier!...

Madame de Rémonde m'entraîne, me voilà obligé de danser. Je suis en face d'une petite maîtresse et d'un fashionable, le reste du quadrille est composé de bons bourgeois. Je ne suis pas à ma danse, je regarde sans cesse à droite ou à gauche; mes yeux voudraient percer sous les arbres ou dans les groupes qui m'entourent; chaque chapeau de paille me donne des mouvements nerveux, Herminie est obligée de me dire : — C'est à vous... Mais allez donc... Ce n'est pas cela, prenez donc garde.

Jenneville, qui est venu nous regarder danser, rit aux éclats à chaque bévue que je fais, et s'écrie : — C'est la suite de son étourdissement.

Ma danseuse prend fort bien la chose, parce qu'elle croit que c'est elle qui me cause toutes ces étourderies. Le fashionable et sa dame sont les seuls que je n'amuse pas. Je suis bien sûr qu'ils se promettent de me reconnaître, pour ne plus danser devant moi.

Enfin la contredanse finit, j'en suis enchanté; je reconduis Herminie, je la laisse près de Jenneville, et je vais chercher un peu de calme loin du bal. D'ailleurs Augustine n'y est plus, j'en suis bien sûr, il est probable qu'elle se cache et se tient à l'écart sous le feuillage.

Je fais quelques pas dans le bois... Je vois madame de la foire... Tout mon corps a tressailli, j'ai cru que c'était elle... Non, c'est Ninie.

— Eh bien! Adolphe m'a-t-il vue? vous a-t-il parlé de moi? — Non, Ninie, il ne m'en a pas dit un mot. — Ah! tant mieux. Je vous assure qu'à présent je n'ai plus envie de le rencontrer... Vous venez de danser, monsieur Paul? — Oui. — Et avec la dame d'Adolphe... Est-ce que vous en êtes amoureux aussi, vous, de cette dame-là? — Oh! non, je vous assure. — On l'aurait cru pourtant à la manière dont vous avez ri et causé avec elle!... Ah!... je vais m'en aller, ma tante m'attend, nous retournons à Paris... Je ne me suis guère amusée ici!... Adieu, monsieur Paul... — Adieu, Ninie. — Vous viendrez me voir, n'est-ce pas? — Oui, j'irai.

Ninie me quitte tristement. Je m'enfonce dans le bois, je marche au hasard... Je cherche toujours Augustine.

Tout à coup des cris se font entendre. Ce n'est pas du côté du bal. Je me dirige vers l'endroit d'où ils partent, et bientôt j'aperçois Dubois se débattant entre quatre paysans dont deux tiennent des bâtons levés sur lui.

Je vole près de Dubois, qui, à ma vue, quitte le ton suppliant et prend un air furieux.

— Qu'est-ce donc, et pourquoi menacez-vous monsieur? dis-je aux paysans. — Parce qu'il s'avise, lui, de vouloir turlupiner nos amoureuses. — Ça n'est pas vrai... Je jouais au chat avec elles, et voilà tout. — Ouais! nous vous avons ben vu là-bas avec Madeleine que vous avez jetée par terre. — C'est en courant, le pied m'a manqué... D'ailleurs Madeleine n'a pas besoin de vous pour se défendre. J'en ai la preuve sur les joues... — Vous mériteriez de n'avoir ben d'autres... — Qu'est-ce à dire?... — Est-ce que je savais que c'étaient des amoureuses, moi!... D'ailleurs vous n'êtes pas quatre, elles étaient cinq... — Tiens, ce faraud de Paris, qui vient enjôler nos filles... Et si nous te faisions danser sans violons, dis donc, monsieur le chat! — Messieurs, apprenez que je ne me bats qu'au pistolet et à l'épée... Je ne joue pas du bâton, moi; mais venez chez moi à Paris, demain matin... Je vous rendrai raison à tous les quatre. — Oui, je crois que tu ferais un beau merle avec tes pistolets!...

J'emmène Dubois loin des paysans; je leur crie, quand il est près du bal : — Vous attendez demain matin tous les quatre... Et si vous avez du cœur, vous me le prouverez... Les lâches, ils s'étaient mis quatre contre moi, heureusement que j'ai tenu ferme. — Oui, et que je suis arrivé.

Quand nous sommes près des lumières je m'aperçois que Dubois a la figure tout égratignée.

— Il me paraît, lui dis-je, que ce n'est pas toujours toi qui faisais le chat? — Ah!... ces petits coups d'ongles viennent de la grosse Madeleine... Parce qu'en voulant l'attraper je me suis trouvé avoir la main sous son jupon, au lieu de l'avoir dessus. Ces villageoises n'ont aucune habitude des jeux innocents!... Quant à ces misérables paysans, je jamais je les retrouve!...

Dubois ne termine pas sa phrase; il vient de voir devant nous les cinq paysannes avec leurs quatre galants, aussitôt il me lâche et disparaît sous les arbres.

Je ne m'occupe pas de Dubois, je parcours de nouveau toutes les avenues qui sont près de la danse. Elle n'est plus ici, j'en suis certain. Jenneville est parti avec sa société; déjà la danse n'est plus aussi animée. Rien ne me retient à Auteuil. Ah!... j'étais venu avec Dubois... Mais je ne le vois plus... Il est parti sans doute; partons aussi.

Je n'ai point retenu de voiture; mais je suis décidé à revenir à pied. Il me semble que l'exercice m'est nécessaire, qu'il me fera du bien; peut-être aussi la fatigue me procurera-t-elle quelques heures de sommeil. Je ne trouve pas la route longue; j'ai trop de choses à penser.

Me voilà à Paris, sur les boulevards. Si j'osais, j'irais chez elle ce soir. Mais non... Il est onze heures passées : cela serait trop inconvenant... Il faut attendre jusqu'à demain. D'où vient donc que je suis si impatient de la revoir, puisque je suis certain maintenant de n'en être pas aimé?

Après une nuit dont j'ai compté toutes les heures, je vois enfin naître le jour, qui ne m'apportera pas le bonheur, mais qui, j'espère, verra se terminer une liaison qui ne peut plus me causer que des peines.

Je me lève, je m'habille, je sors, je ne puis rester en place, je vais dans sa rue... sous ses fenêtres... Tout est encore fermé... Ah! je ne croyais pas que je l'aimasse autant!... Si elle savait combien je l'aime, peut-être serait-elle sensible à mes tourments. Non, l'amour est un sentiment égoïste. On aime parce que cela plaît; mais on n'aime jamais pour faire plaisir à quelqu'un.

Je retourne sur les boulevards, j'entre dans un café; enfin j'atteins neuf heures, et je me décide à me présenter chez elle, quoiqu'il soit un peu matin.

Je demande à sa bonne si elle est levée. — Oui, monsieur, madame est levée depuis longtemps. — Demandez-lui si elle peut me voir.

La bonne me quitte, et revient bientôt me dire que sa maîtresse m'attend dans sa chambre.

Je tâche de calmer mon agitation... mais je ne le puis... Elle vient à moi : — Vous voici de bonne heure, monsieur Deligny, me dit-elle en me présentant un siége, venez-vous déjeuner avec moi?

Je la regarde... ses yeux sont rouges, gonflés; elle a pleuré... Je sens s'évanouir mon ressentiment... je demeure interdit et ne sais que répondre; Augustine me regarde à son tour et s'écrie :

— Qu'avez-vous donc?... êtes-vous malade?... vous est-il arrivé quelque événement fâcheux... vous avez quelque chose, je le vois bien.

Je m'assieds près d'elle en balbutiant : — Vous avez été hier à Auteuil, madame?

— Hier... oui... j'y ai été un moment avec Juliette... Qui donc vous a dit cela? — J'ai vu... — Moi, je ne vous ai pas aperçu... il est vrai que j'y suis restée si peu de temps... Et avec qui étiez-vous? — Avec Jenneville, et c'est lui qui m'a fait vous apercevoir... — Lui!...

Augustine rougit et se tait; nous gardons longtemps le silence, enfin elle me prend la main en me disant :

— Eh bien, maintenant, vous savez qui je suis? — Oui, madame, mais j'aurais préféré l'apprendre par vous... — Ah! monsieur Deligny... ne m'en veuillez pas... je vous en prie. Depuis longtemps je voulais me confier à vous, mais je n'osais pas. Mon mari a dû me peindre sous des couleurs si défavorables!... Maintenant que vous savez que je suis cette femme avec laquelle son époux n'a pu vivre, écoutez-moi, je vous en conjure... Ah!... je serais si fâchée de perdre votre amitié... Écoutez-moi, vous me jugerez ensuite.

Déjà toutes mes résolutions se sont évanouies... Je regarde Augustine... je soupire, et j'attends en tremblant ce qu'elle va me dire, non pour juger si elle fut coupable, mais pour savoir si elle aime toujours celui qui l'a quittée. — Jenneville a dû vous dire, monsieur Deligny, qu'il s'était marié à vingt-quatre ans; j'en avais vingt lorsque je l'épousai. J'étais orpheline, je demeurais avec un oncle qui était mon tuteur. J'avais vu quelquefois Jenneville dans le monde. Mon oncle me laissait prendre peu de plaisirs, et, dans la solitude, j'aimais à réfléchir, à me créer un avenir suivant mes goûts. Je ne voyais pas de plus grand bonheur que d'épouser un homme de mon choix, de ne plus vivre que pour lui, de ne plus avoir d'autres pensées, d'autres désirs que les siens... Ces rêves de ma jeunesse, je crus qu'ils se réaliseraient lorsque Jenneville me fit la cour. Jenneville me plut; il me jura qu'il m'aimerait toute la vie... Il était alors si tendre, si aimable, si passionné!... Tous les moments qu'il passait loin de moi étaient, disait-il, des siècles de tourments, il ne se trouvait bien qu'à mes côtés; moi, je partageais son amour, et l'avenir ne s'offrait à mes yeux que sous les plus riantes couleurs! Enfin nous fûmes époux. Ma fortune était égale à celle de Jenneville, et mon oncle crut ainsi assurer ma félicité.

Pendant les premiers six mois qui suivirent notre hymen, Jenneville me montra la même tendresse, le même empressement à être auprès de moi. Au bout de ce temps, il commença à former des parties de plaisir desquelles je n'étais pas... Hélas!... j'ignorais qu'il fallait que cela fût ainsi, et qu'un mari ne peut pas toujours ne s'amuser qu'auprès de sa femme. Je n'avais aucune connaissance du monde, et encore moins du cœur humain. Je ne savais pas que pour être toujours bien vue de son mari il faut lui laisser la liberté entière. Ce n'était pas là l'idée que je m'étais formée du mariage; mais j'avais fait un roman, et il s'agissait alors de la réalité. J'eus le malheur de me plaindre à mon mari, de trouver mauvais qu'il pût s'amuser sans moi... Ce fut mon premier tort!... je l'ai payé bien cher!

Mes reproches donnèrent de l'humeur à mon époux, il ne fut plus aussi aimable avec moi. Craignant que quelque autre femme ne me ravît son cœur, je voulais le suivre partout, être sans cesse à ses côtés... j'étais jalouse enfin!... C'était encore un tort et un bien grand!... non pas d'être jalouse, mais de ne point savoir le cacher.

Jenneville m'emmenait avec lui dans le monde, mais ce n'était plus que contre son gré. Il prétendait que j'étais coquette, que j'aimais trop les plaisirs... Ce n'était pas les plaisirs que je cherchais, mais je voulais être avec lui, et il n'en goûtait plus dans l'intérieur de son ménage.

Bientôt ce furent des plaintes, des scènes, des emportements. Bien des fois, au moment d'aller ensemble en soirée, lorsque ma toilette était terminée, Jenneville changeait de résolution et ne voulait plus sortir; ou bien, lorsqu'il était sorti d'avance, en promettant de revenir me chercher, il me laissait tout habillée passer ma soirée à l'attendre; il me cachait les invitations que l'on m'adressait, il me faisait entendre au contraire que ma présence était ridicule dans beaucoup de réunions; enfin il faisait tout ce qu'il pouvait pour me dégoûter d'aller avec lui. Pardon, monsieur Deligny, ces détails vous paraîtront minutieux peut-être, mais pour une femme ce sont tous ces riens qui composent le bonheur ou le malheur de sa vie!

Jenneville me déclara enfin qu'il voulait être son maître et qu'il irait sans moi tant que cela lui conviendrait, parce que cela l'ennuyait beaucoup de traîner sans cesse une femme avec lui. Ce furent ses propres expressions; je pleurai, je me plaignis... j'eus encore tort... d'ailleurs on a toujours tort quand on n'est plus aimée.

Un an s'était à peine écoulé depuis notre hymen, et ce bonheur que je m'étais promis avait déjà fait place aux larmes, aux tourments, aux regrets. Mon oncle mourut; Jenneville, sachant que je n'avais plus personne à qui compter mes peines, n'eut plus aucun égard pour moi. Bientôt il mit le comble à ma douleur, je sus qu'il m'était infidèle...; qu'une autre recevait ses hommages... J'adressai les plus vifs reproches à mon mari, cela ne fit que l'aigrir davantage... Je ne savais pas qu'il est permis à ces messieurs d'être inconstants, mais qu'il ne nous est pas permis de nous en plaindre.

J'avais retrouvé dans le monde Juliette, une de mes amies de pension; elle était veuve, et venait souvent me tenir compagnie; mon mari le trouva mauvais; il prétendait qu'elle me donnait de mauvais conseils. Pauvre Juliette! elle m'engageait seulement à ne pas tant pleurer. Enfin, un parent éloigné de mon oncle, un jeune homme de dix-huit ans, arriva à Paris, où il n'avait pu trouver encore mon oncle. Il vint me voir; il ne connaissait personne dans cette ville, et désirait se faire un appui de mon mari; mais Jenneville le reçut si froidement que le pauvre garçon n'osa plus se présenter devant lui, et pour venir me rendre visite il avait soin de s'informer si mon mari n'était pas à la maison. J'ignorais cette circonstance... j'étais si loin de me douter que Jenneville s'en ferait une arme contre moi!... qu'il pourrait me soupçonner d'être coupable... moi qui aurais voulu qu'il ne me quittât pas un instant!... Il osa cependant me faire entendre que les visites de mon parent avaient un motif outrageant pour lui... Je fus indignée de ce soupçon, je fis défendre à ce jeune homme de revenir; mais je ne cachai point à Jenneville toute la peine que me causaient sa conduite, son abandon et ses infidélités. Que vous dirai-je enfin! J'étais devenue insupportable à mon époux; il me le déclara, m'annonça qu'il ne lui était plus possible de vivre avec moi, et qu'il fallait nous séparer.

Nous séparer!... après deux ans de mariage!... et lorsque l'amour avait formé nos nœuds!... Ah! monsieur... vous ne pouvez concevoir tout le mal que me fit cette proposition... J'aimais toujours Jenneville, et, malgré ses torts, je me flattais encore qu'il reviendrait à moi. Mais la proposition de nous séparer détruisait toutes mes espérances... elle brisait mon cœur... Je sentis combien j'aimais l'ingrat... Je fondis en larmes... je fus sur le point de tomber à ses pieds et de lui demander la grâce de ne le point quitter, en lui jurant qu'il n'entendrait plus une plainte sortir de ma bouche... Mais il n'était plus là... il s'était éloigné aussitôt après m'avoir fait connaître ses intentions.

Lorsque je me vis seule, je donnai un libre cours à mes sanglots, mais je pris la résolution de ne plus m'opposer aux désirs de mon mari. Hélas! je payais bien cher cette résistance que j'avais quelquefois apportée à ses volontés. Puisque ma présence lui était insupportable, je me résignai à cette séparation, et je lui écrivis que je me conformerais à ses désirs.

Jenneville cessa dès ce moment de se présenter devant moi. Un homme de loi fut chargé de divers arrangements relatifs à nos fortunes respectives... Je redevins libre de faire toutes mes volontés: mon mari me le fit signifier un jour, et j'appris en même temps qu'il ne demeu-

rait plus avec moi. Je quittai le logement que nous avions habité ensemble; il me rappelait des moments de bonheur qui avaient trop peu duré!... Je pensai aussi que puisque M. Jenneville ne voulait plus que je fusse sa femme, ce serait l'obliger de ne plus porter son nom. Je repris celui de Luceval, qui est le nom de mon père, et, me faisant passer pour veuve, je vins m'établir dans ce quartier, éloigné de celui qu'habite mon époux. Je pris la ferme résolution de ne plus aller dans le monde, de ne plus voir personne que ma fidèle Julliette et la respectable madame Dermont, qui m'avait toujours témoigné le plus tendre intérêt.

Je m'étais aussi promis de ne plus m'occuper d'un époux qui ne voulait être qu'un étranger pour moi; mais je l'aimais toujours! et, malgré tous mes raisonnements, malgré les conseils de mes deux fidèles amies, souvent, seule, enveloppée d'un grand manteau, la tête couverte d'un vaste chapeau et d'un voile épais, j'allais passer des heures entières près de la maison de mon mari. Je l'apercevais entrer ou sortir... quelquefois je ne pouvais résister à l'envie de le suivre... de savoir ce qu'il faisait!... Hélas! ce que j'apprenais ajoutait encore à mes peines... mais nous ne pouvons pas résister à cette curiosité du cœur qui nous fait souvent désirer de savoir ce qui nous rendra plus malheureux encore!...

Je sus le nom de plusieurs maîtresses de Jenneville; j'appris que, sous le nom d'Adolphe, il avait mis dans sa chambre une jeune fille nommée Ninie; enfin, j'appris sa nouvelle passion pour madame de Rémonde. Je savais quels étaient les amis les plus intimes de Jenneville; c'est ainsi que votre nom me fut familier. Je ne vous connaissais pas, mais on m'avait dit que vous étiez un des compagnons de plaisir de mon mari, et, d'après ce que l'on m'avait conté de vous, je ne vous jugeais ni plus sage ni plus raisonnable que lui... Pardonnez, je ne vous connaissais pas alors.

Peu à peu, cependant, grâce à ma bonne Juliette, je cessai d'épier les démarches de mon mari. Je devins raisonnable, et je tâchai de me persuader que Jenneville n'était plus rien pour moi. Ce fut vers cette époque que je vous rencontrai au spectacle. Votre nom prononcé près de moi m'apprit que j'étais auprès d'un ami de mon époux, et j'examinai avec plus d'attention.

Je vous revis ensuite à l'Opéra; mais jugez de ma surprise en vous voyant avec cette jeune fille que j'avais aussi aperçue avec mon mari... Je fis là-dessus mille conjectures... mais je ne soupçonnais pas la vérité. Enfin je vous retrouvai au spectacle de Franconi... Je m'étais déjà aperçue que vous désiriez me parler; je crus que vous saviez fort bien que j'étais l'épouse de Jenneville, et que c'était lui, pour m'éprouver, vous avait engagé à me faire la cour... Cette idée me piqua, je résolus de vous faire voir que je n'étais pas votre dupe... Vous devez vous rappeler ce que je vous dis en vous permettant de venir me voir... J'étais persuadée que vous me compreniez et que vous étiez envoyé par mon époux.

Mais bientôt je m'aperçus que je m'étais trompée, et que vous ne saviez pas qui j'étais... je m'aperçus aussi que vous n'étiez pas tel que je vous avais jugé. On vous avait peint à mes yeux sous des couleurs peu favorables, ai-je en tort à vous croyais les mêmes principes qu'à Jenneville. En vous connaissant mieux, j'ai su apprécier les qualités de votre cœur; alors sans doute j'aurais dû avoir pour vous une entière confiance... j'aurais dû vous apprendre que j'étais cette femme avec laquelle votre ami n'avait pas pu vivre. Mais en vous cachant cette circonstance, je vous cachais aussi mille choses que vous ne m'auriez pas dites si vous saviez mon véritable nom : l'amour de Jenneville pour madame de Rémonde, les folies qu'il fait pour elle, l'inconséquence de sa conduite, vous m'auriez certainement caché tout cela si vous aviez su que j'étais sa femme, car vous auriez craint de me faire de la peine, et cette crainte vous aurait engagé à me taire la vérité.

Vous savez maintenant les motifs de mon silence; si j'ai été coupable en ne vous disant pas plus tôt mon secret, pardonnez-moi, monsieur Deligny, mais que cela ne me fasse pas perdre votre amitié... Vous connaissez ma triste situation dans le monde... Repoussée par celui que j'adorais, ai-je en tort en vous disant que je ne devais plus connaître l'amour?... Mais faut-il aussi que cela me prive d'un ami?

Comme je me tus à mon tour, elle m'interrompre, et reste muet encore. Que pourrais-je lui dire?... je sens bien qu'elle n'a aucun tort envers moi, car elle n'a jamais encouragé mon amour, mais je n'en suis pas moins malheureux.

Voyant que je garde le silence, Augustine me dit en souriant : — Vous êtes toujours fâché contre moi?

— Fâché?... non, madame, je ne suis pas fâché, mais je suis désolé, désespéré!... Avant de savoir que vous étiez l'épouse de Jenneville, je conservais l'espoir de ne pas vous être indifférent... Cette permission que vous m'accordiez de vous voir presque tous les jours... la bonté avec laquelle vous me receviez... l'intérêt que vous preniez à savoir ce que j'avais fait... à lire même les lettres que les dames m'écrivaient, tout cela ne devait-il pas me persuader que j'avais touché votre cœur?... Dites, madame, étais-je donc un fat de le supposer, d'après votre conduite avec moi?

— Non... non, sans doute, j'ai eu tort... bien tort... je ne réfléchissais pas à ce que je faisais...

— A présent je vois bien que je me trompais complètement... que ce n'est que Jenneville qui vous occupait... Jenneville!... un homme qui vous a trahie, abandonnée!... qui a pu dédaigner le trésor qu'il possédait... Et vous aimez encore cet homme-là!...

— Il est mon époux.

— Il ne l'est plus, puisqu'il a voulu se séparer de vous. Par sa conduite, il vous a rendue entièrement libre... que lui importe désormais qui vous aimerez?... en vous quittant ne vous a-t-il pas dégagée de tous vos serments?

— Oh! non... non... je ne le pense pas!... — Et moi, je vous assure qu'il s'inquiète fort peu de tout ce que vous faites, qu'il ne voit, ne pense qu'à sa madame de Rémonde; que cette femme-là fera de lui tout ce qu'elle voudra, parce que... Ah! pardon, madame, pardon! je vous afflige en disant cela... mais je trouve maintenant Jenneville inexcusable de ne pas vous aimer, vous!... Ne pas vous adorer... ah! c'est indigne!... je ne lui pardonnerai jamais sa conduite envers vous... désormais je ne veux plus le voir... je ne veux plus lui parler.

— Monsieur Deligny, je vous en prie, ne vous brouillez pas avec Jenneville à cause de moi... il était votre ami... — Mon ami!... non, madame, il n'a jamais été ce qu'on appelle un ami, c'était une connaissance, et voilà tout... mais je vous jure qu'il ne le sera jamais... je ne puis être l'ami d'un homme qui a fait votre malheur... et que malgré cela vous adorez toujours... ce qui n'a pas le sens commun...

— Pouvez-vous me faire un crime de désirer ramener mon époux près de moi? Alors même que je n'aurais plus pour lui le même amour, et que mon cœur, ulcéré par ses mépris, aurait enfin plus de raison, Jenneville n'est-il pas mon mari?... — Votre mari!... vous voyez bien qu'il ne veut plus l'être, puisqu'il vous a quittée... Au reste, madame, je sens que tout ce que je vous dirais serait inutile, l'amour ne se guérit qu'avec un autre amour... Je veux tâcher de faire usage de ce remède... et comme ce n'est pas en continuant de vous voir que je cesserais de vous aimer, ou que je me livrerais à une passion nouvelle... alors... je ne vous verrai plus... car vous conviendrez que ce serait une folie à moi de ne pas chercher à me guérir d'un sentiment sans espoir... n'est-il pas vrai, madame? — Je ne puis vous blâmer, monsieur; cependant... cesser entièrement de me voir... il me semble qu'en venant seulement plus rarement... — Non, madame, non, oh! en amour il ne faut jamais prendre de demi-mesures!... Il faut que je ne vous voie plus du tout... ce ne sera pas une grande privation pour vous... A la vérité, vous aurez moins souvent des nouvelles de votre mari; mais à Paris il est facile, avec de l'argent, de connaître toutes les actions de quelqu'un!... vous trouverez mille personnes obligeantes qui vous rendront ce service.

Augustine ne me répond pas, sa tête est penchée sur sa poitrine... elle semble réfléchir... je ne puis voir ses yeux!... mais pourquoi désirer les voir encore, ces yeux qui portent le trouble dans mon cœur?

Depuis assez longtemps nous gardons tous deux le silence. Enfin je fais un effort sur moi-même, et prenant brusquement mon chapeau, je m'écrie : — Adieu, madame! puis je sors précipitamment de chez elle.

CHAPITRE XV. — Une scène à la Râpée.

Je suis content du courage que j'ai montré, et me voilà bien décidé à ne plus retourner chez madame... madame Luceval, car je ne puis m'habituer à l'appeler madame Jenneville.

Mais pour me fortifier dans ma résolution je sens que j'ai besoin de m'étourdir, de me distraire. Je suis comme ces poltrons qui se grisent la veille d'un combat.

Je rentre chez moi. Je voudrais travailler, me créer quelque occupation. Mais non, je ne suis pas assez calme pour travailler, il me faut du bruit, du mouvement. Je vais ressortir. Jolivet arrive.

— Dis donc, Paul, je n'ai pas laissé un parapluie chez toi la dernière fois que je suis venu?... Ah! tu te portes bien du reste? Un parapluie brun passé... à canne? — Je suis enchanté de te voir, Jolivet : que fais-tu aujourd'hui? — Moi? mais, comme tu vois, je cours partout pour tâcher de retrouver ce maudit parapluie... — Laisse-là ton parapluie, et réponds-moi. — C'est que tu ne sais pas qu'il n'était pas à moi; c'est un monsieur qui me l'avait prêté, il y a trois ou quatre mois, j'avais toujours oublié de le lui rendre... mais comme il a plu ce matin, il est venu me le redemander. C'est très-désagréable; il faudra que je le paye... Il était vieux, et il faudra que j'en donne un neuf...

— Jolivet, je suis décidé à m'amuser aujourd'hui, ou à l'essayer du moins. Reste avec moi, je te mène dîner, je te mène au spectacle, je te mène où tu voudras. — Bah! vraiment?... c'est assez séduisant... Et tu ne me laisseras pas avec la carte chez le traiteur? — En tous cas il me semble que je t'ai donné le prix du parapluie!... le tien ça pour rire. Ma foi, je me laisse séduire, je reste avec toi. D'ailleurs je vois bien qu'il faut que je fasse mon deuil du parapluie... Je tâcherai d'en trouver un de hasard.

En ce moment on sonne avec violence à ma porte : c'est Dubois; il ne pouvait arriver plus à propos.

— Ouf! je n'en puis plus, j'arrive d'Auteuil, dit Dubois en se jetant dans un fauteuil. — Comment! tu y as couché? — Il a bien fallu, je t'attendais toujours... Il était tard, plus de voitures... Revenir seul...

c'est une route si ennuyeuse!... Je me suis dit : Au fait, il y a des lits à Auteuil comme ailleurs... J'ai couché dans une auberge où il y a une servante qui n'est pas piquée des vers !...

— Mais tu as été piqué par quelque chose, toi? dit Jolivet en examinant la figure de Dubois. — Ça?... oh! ce n'est rien... Ce sont les caresses de la verdu!... Eh bien, mes enfants, vous semblez disposés à sortir? Avez-vous des projets pour aujourd'hui? — Tu vas venir avec nous, Dubois : je veux me distraire, m'égayer... si cela est possible. — Et c'est lui qui régale, dit Jolivet.

— Oh! c'est lui qui régale!... c'est ça qui le fait venir, toi, cancre!... S'il fallait payer ta part tu n'en serais pas!... — Ah! par exemple... c'est faux! — Quant à moi, j'avoue que pour le moment il me serait difficile de payer la mienne, je suis à sec... Mais je me remonterai!... Nous allons donc nous divertir, c'est le principal. — Dubois, je n'ai pas laissé un parapluie chez toi? — Va donc te promener avec tes riflards... Dis donc, Paul, est-ce que tu as triomphé de la belle? Tu veux célébrer ta victoire, Paul?... — Ne parlons pas de cela, Dubois, je t'en prie... — Tu soupires? Pauvre garçon! on s'est moqué de toi; j'en étais sûr. Tu as agi en troubadour du treizième siècle, et ce n'est plus ce genre-là qui plaît maintenant. Mais nous allons dîner ensemble, nous boirons chacun nos deux bouteilles de champagne, et je te réponds qu'en sortant de table tu ne sauras plus de quelle couleur sont les cheveux de la maîtresse. — J'espère l'oublier sans avoir besoin de cela.

— Messieurs, dit Jolivet, si nous allions chercher Jenneville, pour qu'il vienne avec nous?...

— Non, non... c'est inutile, dit-je aussitôt, Jenneville ne pourra pas sans doute quitter madame de Rémonde...

— Eh! d'ailleurs nous n'avons pas besoin de lui pour nous amuser, dit Dubois. Jenneville n'a pas notre rondeur, notre franchise... Mais ce Jolivet est étonnant!... Du moment que ce n'est pas lui qui paye, il livrerait toutes ses connaissances, et il leur ferait croire que c'est un dîner qu'il leur rend. Partons, le temps est beau... Prenons la noble citadine et faisons-nous mener à la campagne... Qu'en dis-tu, Paul?

— Tout ce que vous voudrez, messieurs, ne ménagez pas ma bourse... Il y a quelques jours je désirais amasser, devenir riche... Mais aujourd'hui je ne tiens plus à rien, il m'en restera toujours assez!... — Eh bien! sois tranquille, tu es avec deux gaillards qui feront ton affaire. Nous montons tous les trois en citadine, et Dubois dit au cocher : — Nous te garderons toute la journée; mène-nous à la campagne. — Quelle campagne, mon bourgeois? — Celle que tu voudras!... nous n'y tenons pas : les gens d'esprit s'amusent partout... pourvu qu'il y ait des arbres, de jolies filles et de la friture : c'est tout ce que nous voulons. — Allons, fouette tes chevaux, dit Jolivet, et mène-nous argent-comptant.

La citadine roule, Dubois et Jolivet font ce qu'ils peuvent pour m'égayer. Ils disent toutes les folies qui leur passent par la tête : Jolivet est presque aimable lorsqu'on lui paye à dîner. Je fais mon possible pour partager leur gaieté, mais mon rire est forcé, j'ai au fond du cœur comme un poids qui m'oppresse, et en riant même je le sens toujours.

Dubois a baissé les stores de la voiture, il veut que nous ayons le plaisir de la surprise, et que nous abandonnions le sujet de la conduite; enfin la citadine s'arrête, nous descendons, et Dubois rit aux éclats. Nous sommes à la Râpée.

Peu m'importe où nous dînerons; mais Jolivet fait la grimace en disant : — Jolie campagne!... où l'on ne voit que des pièces de vin! — Est-ce que nous n'êtes pas contents, mes maîtres? dit le cocher. Dame! vous m'avez demandé de la verdure et de la friture... J'vous ai menés au Gros-Arbre, ous qu'on mange de fameuses matelotes. — C'est très-bien, mon garçon, dit Dubois, autant la Râpée qu'autre chose!... Et nous avons les bords de l'eau pour promenade, ce qui doit donner de l'appétit. Toi, cocher, laisse-nous dans les environs, nous te garderons jusqu'à ce soir, tu nous ramèneras à Paris. Allons, messieurs, il est trop tôt pour dîner, côtoyons la Seine en folâtrant, et tâchons de rencontrer des sirènes.

Nous nous mettons en marche, mais Jolivet a de l'humeur de ce que Dubois a laissé le cocher nous mener à Bercy. Il prétend que nous dînerons mal, que nous n'aurons que du fromage pour dessert; il boude et marche loin de nous.

— A-t-on idée d'un garçon comme ce Jolivet? me dit Dubois en me prenant le bras. Il voudrait faire un dîner à vingt francs par tête parce que tu payes; il est de mauvaise humeur parce qu'il n'aura pas de charlotte russe à son dessert... Ah! que je voudrais donc lui jouer quelque tour pour nous moquer de sa lésinerie!

Nous continuons pendant quelque temps de suivre les bords de la Seine, quoique Jolivet s'écrie à chaque instant : — Messieurs, il est l'heure d'aller dîner! Enfin nous revenons du côté de la Râpée. En nous approchant de la barrière, nous apercevons trois femmes un peu loin devant nous. Une d'elles est en chapeau, les deux autres en bonnets.

— Je vais reconnaître les objets, dit Dubois. Aussitôt il nous quitte; il a bientôt atteint les trois personnes qui nous devançaient. Nous les voyons avec surprise les saluer et leur parler.

— Ce Dubois connaît toutes les femmes, dit Jolivet; jusqu'à la Râpée, où il trouve des connaissances!...

Dubois revient bientôt vers nous d'un air indifférent.

— Eh bien! qu'est-ce que c'est? dit Jolivet. — Oh! il n'y a rien à faire!... Il serait inutile de perdre notre temps par là... — Tu connais ces dames cependant? — C'est justement pour cela que je vous dis qu'il n'y a rien à faire. Celle qui a le chapeau est la veuve d'un *demi-gros* de la rue de la Verrerie... C'est une femme qui, avec cette tournure simple que vous voyez, a environ cinquante mille livres de rente! — Peste!... c'est joli ça! — A l'entendre, on ne s'en douterait pas... Elle est toute ronde... sans prétention... Elle ne se remarie pas parce qu'elle se trouve fort heureuse. Je ne la crois pas insensible cependant. — Et tu n'as pas cherché à te faufiler par là, toi, Dubois? elle est donc laide? — Non, elle est très-bien au contraire, beaucoup de jeu dans la physionomie. Il y a des gens qui prétendent qu'elle louche, mais quand elle a les yeux baissés ça ne se voit pas. J'ai voulu lui faire la cour... je n'ai pas réussi... Oh! si je lui avais plu, elle m'aurait sur-le-champ laissé voir... Elle est très sans façon... Du reste, ça m'aurait été assez bien... C'est une femme qui est d'une générosité!... Elle n'a rien à elle; quand on lui plaît, elle vous assomme de cadeaux... Je connais un jeune homme à qui elle a envoyé dix-sept bourses et quarante-deux cravates. Elle se promène par ici avec deux de ses petites cousines; je suis sûr qu'elle vient les régaler d'une matelote.

La grosse Charlotte.

Jolivet écoutait Dubois avec beaucoup d'attention, et tout en l'écoutant il ne perdait pas de vue les trois femmes. Bientôt nous les vîmes entrer chez un marchand de vin traiteur.

Jolivet s'arrête devant l'endroit où sont entrées les trois promeneuses et dit: — Entrons là, je crois que l'on doit y dîner très-bien. — Là?... et pourquoi n'allons-nous pas au Gros-Arbre? dit Dubois, c'est le premier traiteur de l'endroit. — Eh! mon Dieu, messieurs, la Râpée on est bien partout!... Les matelotes, tout le monde sait les faire ici!... Et puis je crois que c'est horriblement cher au Gros-Arbre. — Tiens, tu prends les intérêts de Deligny, à présent? — Pourquoi pas?... Quand on peut être aussi bien, à quoi bon tant dépenser?... Messieurs, j'entre le premier, je vais donner un coup d'œil à la cuisine.

— Est-ce que nous dînerons là? dis-je à Dubois, cela me fait l'effet d'une gargote... — Mon cher ami, quand nous devrions n'y dîner qu'avec des arêtes et des mies de pain, il faut y entrer... Mon avare mord à l'hameçon, j'en étais sûr! — Qu'est-ce donc? — Cette femme en chapeau que je lui ai dit avoir cinquante mille livres de rente et veuve d'un épicier en gros, sais-tu qui c'est? — Non? — Tu n'as pas reconnu sa tournure?... c'est Charlotte!... — Charlotte!... — Elle-même, avec deux demoiselles qui font des queues de boutons. Charlotte demeure maintenant dans le faubourg Saint-Antoine, et tous les lundis ces demoiselles viennent se promener hors barrière et entrent chez un marchand de vin où elles font leur provision pour la semaine, provision qu'elles passent dans des vessies attachées sous leur jupon, ce qui

fait que l'entrée ne leur coûte qu'un tour de hanche. — Comment diable sais-tu tout cela? — Charlotte me l'a conté elle-même, il y a huit jours. — Je te croyais brouillé avec elle. — Mon ami, une femme ne peut jamais rester brouillée avec moi? Je lui ai envoyé deux livres de sucre tombé. En voyant les demoiselles, il m'est venu sur-le-champ l'idée de nous amuser aux dépens de Jolivet. Charlotte ne le connaît pas; et en l'abordant tout à l'heure je lui ai dit que nous nous promenions avec un jobard qui a soixante francs à manger par jour... Les grisettes aiment beaucoup ces jobards-là. Charlotte ne demande qu'à faire sa connaissance; elles sont entrées ici faire leur provision hebdomadaire; maintenant laisse-moi agir, et ne dis rien.

Je suis Dubois: Nous pénétrons dans la guinguette; cela y sent l'ognon à faire pleurer. Jolivet est dans la cuisine. Tout en ayant l'air de regarder dans les casseroles, il porte fréquemment ses regards dans le jardin qui est derrière la maison, parce qu'il a vu nos trois grisettes entrer dans un des cabinets particuliers qui sont au fond de ce jardin.

Un gros homme en bonnet de coton, et dont le visage est cramoisi, met toutes ses casseroles sous le nez de Jolivet, tandis que deux servantes, qui prennent du tabac comme des Suisses, arrangent avec leurs mains des morceaux de fricandeau qu'elles courent ensuite porter en léchant leurs doigts.

— Diable! dis-je tout bas à Dubois, j'aimerais autant ne pas dîner ici. — Laisse donc, pour une fois!..... Tu veux te distraire; il faut bien voir du nouveau... J'aurais préféré ne pas voir les servantes tatouer les plats avec leurs mains. — Mon ami, ça ne se fait pas autrement chez les premiers traiteurs de Paris; la seule différence, c'est qu'on se garde bien de laisser pénétrer le public dans la cuisine, et on a raison. Eh bien! Jolivet, penses-tu que nous trouverons de quoi dîner ici?

— Très-bien, messieurs, très-bien... Voilà monsieur le chef qui va nous soigner cela; — Allons, monsieur le chef, une superbe matelote et de la friture... C'est tout ce qu'il nous faut, n'est-ce pas, Paul?... — Oui... mais surtout pas de fricandeau.

— Si ces messieurs veulent monter au premier dans le grand salon, on va y mettre leur couvert.

— Nous ne voulons pas dîner dans un salon, dit Jolivet; vous avez des cabinets dans le jardin. — Oui, messieurs... des cabinets bien agréables, bien gais... — Messieurs, nous y serons mieux, nous y aurons de l'air. Dis donc, Dubois, ces dames sont dans un cabinet là-bas... — Eh! qu'est-ce que cela nous fait, ces dames... puisque je te dis qu'il n'y a rien à faire!...

Nous entrons dans le jardin, qui ressemble beaucoup à une cour. Une servante nous ouvre un des cabinets agréables dans lesquels il n'y a que les quatre murs, une table sans nappe et deux bancs de bois, et où la vue ne peut se porter que sur des lieux à l'anglaise.

— Ils sont champêtres, les cabinets! dit Dubois, il n'y a pas de luxe; mais si la matelote est bonne, c'est l'essentiel. — C'est ça, dit Jolivet; à la guerre comme à la guerre!... Ah! Dubois... ces dames ouvrent leur cabinet.

En effet, Charlotte venait de se montrer sur le seuil de la porte. Jolivet lui fait un salut profond, auquel elle répond par un sourire très-encourageant. Bientôt nous voyons entrer dans leur cabinet une des servantes avec un énorme broc de vin. Alors Dubois me regarde en se pinçant les lèvres.

— Que diable ces dames vont-elles faire de ce broc de vin, qui tient au moins dix litres? s'écrie Jolivet qui a vu la servante sortir du cabinet les mains vides.

— Ah! c'est pour leurs cors, dit Dubois. — Pour leurs cors? — Sans doute; tu ne connais pas ce remède-là pour les cors aux pieds? — Quel remède? — Et parbleu! de les faire baigner dans du vin de vigneron... C'est probablement pour cela que ces dames sont entrées ici. D'abord je sais que la veuve a des cors... Je l'ai vue très-souvent boiter.

Jolivet a toujours les yeux fixés sur le cabinet de ces dames, mais la porte en reste fermée, et personne ne se montre. On nous apporte notre dîner, et nous nous mettons à table. Les souvenirs de la cuisine me poursuivent encore; mais Dubois met le feu à la matelote qui flambe comme un bol de punch. Je songe que le feu purifie tout, et nous attaquons la matelote à la marinière, dont la sauce emporte la bouche, mais qui doit nécessairement rappeler son buveur.

C'est singulier, dit Jolivet tout en dînant, je ne vois rien porter chez ces dames... excepté le broc de vin. — Bah! dit Dubois, j'ai vu porter, moi, une énorme carpe et une superbe volaille. — Dans quel moment donc? — Pendant que tu cherchais tes arêtes. Mais le temps se couvre, messieurs, voyez, vous voyez que nous avons bien fait de garder la *citadine*, car par ici il est fort difficile de trouver des voitures.

Nous en sommes à la friture, et la pluie tombe avec violence, lorsque la porte du cabinet de ces demoiselles s'ouvre de nouveau, et Charlotte paraît. Je remarque qu'elle a les hanches beaucoup plus fortes qu'avant notre dîner. Jolivet, qui probablement ne fait pas attention à cela, quitte la table et va dans le jardin comme pour examiner le temps.

— Il pleut, dit Charlotte, c'est bien *vexant*! — Il est impossible que vous reveniez à pied, mesdames, dit Jolivet en s'approchant d'un air galant. — Dame... il est certain que si l'on pouvait revenir autrement... on ne se crotterait pas... Mais le temps est bien pris... ça n'a pas l'air de vouloir cesser.

Jolivet revient vers nous en s'écriant : — Messieurs, nous avons une voiture ; il serait très-mal de laisser revenir ces dames à pied, par le temps qu'il fait, surtout sachant qu'elles ont des cors aux pieds... Qu'en pensez vous ! — Est-ce que tu plaisantes ? dit Dubois ; tu veux nous faire tenir tous les trois avec ces trois dames... Regarde-les donc... elles ne sont pas minces. — C'est vrai, elles ne paraissaient pas si puissantes tout à l'heure.

Un gros homme en bonnet de coton et dont le visage est cramoisi met ses casseroles sous le nez de Jolivet.

Les deux amies de Charlotte s'étaient aussi fait des hanches énormes, et ces trois demoiselles étaient debout à l'entrée de leur cabinet, où elles lorgnaient les nuages et Jolivet. Celui-ci, enchanté d'être lorgné par celle qu'il croit une riche veuve, revient encore vers nous d'un air décidé en s'écriant :

— Messieurs, j'ai une grâce à vous demander... — Est-ce que tu veux souper ici ? — Ce n'est pas cela... Mais si vous étiez assez aimables pour me céder la citadine... je vous avoue que j'ai le plus grand désir de reconduire ces dames ; entre nous, la veuve me fait des yeux terribles, et je crois que mes hommages ne seront pas mal reçus. — Laisse donc aller ces dames, Jolivet, tu n'as pas seulement fini de dîner. — Je n'ai plus faim. — Tu en trouveras mille plus jolies. — Oh ! la veuve est charmante. — Si tu nous prends ta voiture, songe qu'il faudra la payer depuis l'heure où nous l'avons prise. — Ça m'est égal... je payerai argent comptant... Je suis amoureux... je ne calcule rien... — Eh bien ! Paul, qu'en dis-tu ? — Qu'il la prenne la voiture, s'il la veut ; j'y consens. — Merci, mon cher Deligny... Je vous laisse, mes enfants, excusez-moi !... Mais vous savez ce que c'est, quand ça vous tient, on n'y est plus... Adieu.

Jolivet nous quitte, enchanté, et court à Charlotte, à laquelle il dit : — J'ai une citadine à mes ordres, si j'osais vous proposer de vous reconduire ainsi que vos jeunes cousines ?...

Charlotte regarde ses compagnes en dessous, lorsque Jolivet lui parle de ses jeunes cousines. Mais ces demoiselles acceptent sans façon la proposition qu'on leur fait, et toutes trois sortent du cabinet. Jolivet offre son bras ; on n'a garde de l'accepter, parce qu'on craint qu'il ne sente en marchant les objets qui sont attachés sous les jupons. On s'excuse sur la crainte de le crotter, et ces dames sortent de chez le marchand de vin en allant à pas comptés, comme si elles marchaient sur des œufs.

La citadine nous attendait devant le Gros-Arbre. Au train dont marchent ces dames, qui ont l'air d'avoir les jambes nouées avec des ficelles, Jolivet voit qu'elles seront trempées avant d'arriver là, et il court devant pour ramener la voiture. Pendant ce temps, comme nous sommes curieux de savoir comment les choses vont se passer, nous terminons à la hâte notre dîner ; je paye, et nous sortons de chez le traiteur quelques minutes après ces dames.

Nous apercevons Charlotte et ses deux amies à cinquante pas devant nous. La pluie a rendu les chemins fort mauvais, et ces dames ont déjà leurs robes toutes crottées, parce qu'elles ont des raisons pour ne point se retrousser. Enfin Jolivet arrive avec la citadine. Mais quand il s'agit de monter dans la voiture, aucune de ces dames ne veut que Jolivet ou le cocher l'aide, et cependant elles semblent fort embarrassées. Ce n'est qu'avec peine qu'elles atteignent le marchepied, et leurs énormes hanches font un balancement que Jolivet attribue à la timidité de ces dames. Enfin elles sont assises dans la voiture. Jolivet y monte et se jette à côté de Charlotte, qui se recule vivement pour lui faire place, en lui disant : — Prenez garde, monsieur, ne vous mettez pas trop près de moi... Il me faut beaucoup d'air dans une voiture.

Jolivet se blottit avec respect dans un petit coin, et le cocher demande où il doit aller. — Rue de la Verrerie, chez madame, dit Jolivet en regardant Charlotte. — Rue de la Verrerie... non, monsieur... Je demeure faubourg Saint-Antoine, auprès du boulevard. — Madame a donc déménagé ? — Oui, monsieur... Oh ! je déménage très-souvent... Cocher, c'est dans la maison du charcutier ; une allée rouge.

Jolivet commence à trouver singulier que la veuve, qui a cinquante mille livres de rente, loge dans une maison à allée du faubourg Saint-Antoine. Le cocher ferme sa portière et part... Dubois et moi nous suivons de loin la citadine.

Arrivés à la barrière, pendant que Jolivet écoutait avec surprise les discours un peu libres de mademoiselle Charlotte et de ses amies, la voiture s'arrête et le commis de l'octroi ouvre la portière en disant : — N'avez-vous rien à déclarer ?

— Rien absolument, dit Jolivet, tandis que les trois demoiselles se tiennent bien droites et regardent par l'autre portière. Mais le commis a reconnu les trois jeunes femmes dont depuis quelque temps la conduite a éveillé les soupçons des employés de l'octroi. On a remarqué que ces demoiselles qui sortent de Paris avec une taille fine et des formes très-peu prononcées, y rentrent avec des appas dans le genre de la Vénus hottentote. Les commis ont jugé avec sagacité qu'un derrière ne pouvait augmenter d'un tel volume même après le dîner ; ils ont donc porté toute leur attention sur les formes de ces demoiselles, et le résultat fut qu'on en ferait la visite la première fois qu'elles se présenteraient de nouveau pour rentrer dans Paris.

Mesdames, vous avez des hanches dont la grosseur nous est suspecte : nous voudrions bien les visiter.

D'après cela, et malgré la réponse laconique de Jolivet, le commis s'adresse d'un air malin à Charlotte et à ses amies, en disant : — Et vous, mesdames, n'avez-vous rien à déclarer ?

— Pas le moindre chiffon, dit une de ces demoiselles. — Qu'est-ce qu'il veut donc qu'on lui déclare ? s'écrie Charlotte. Est-ce que nous avons l'air d'une contrebande ? — Monsieur le commis, j'ai l'avantage d'être avec ces dames, dit Jolivet, et nous ne sommes pas capables de vous frauder.

— Je ne sais pas ce dont vous êtes capables, monsieur, dit le commis, mais je sais qu'il faut que ces dames aient la bonté de descendre et de passer au bureau pour se soumettre à la visite. — Ah! Dieu! quelle horreur!... nous visiter! nous!... s'écrie Charlotte; apprenez, méchant rat-de-cave, qu'on ne m'a jamais visitée, ni moi, ni mes compagnes, et qu'on ne nous visitera pas!...—Pardonnez-moi, mesdames, nous vous visiterons. — Ah! quelle indécence!... Comment, monsieur, est-ce que vous souffrirez que l'on tâte, que l'on touche des femmes qui sont avec vous?... — Monsieur le commis, reprend Jolivet, je vous assure que vous êtes dans l'erreur... Fouillez dans la voiture, dans les coffres tant que vous voudrez, mais quant à ces dames, je réponds de leur innocence. — Si ces dames sont innocentes, qu'elles se laissent tâter les fesses... Ah! quelle infamie! le plus souvent que vous nous les toucherez!... Est-ce qu'une femme ne pourra plus rentrer dans Paris sans montrer son postérieur à l'octroi? — Il n'est pas question de cela, mesdames; mais vous avez des hanches dont la grosseur nous est suspecte. — Il paraît que vous n'en avez jamais vu que de bien maigres!... C'est notre nature d'être dodues, à nous. — Vous n'êtes pas aussi grasses quand vous sortez de Paris. — C'est que l'air des champs nous boursoufle apparemment. — Allons, mesdames, pas tant de raisons, descendez. — Nous ne descendrons pas. — En ce cas, nous allons vous sonder dans la voiture.

Le commis fait un signe à ses collègues; deux de ces messieurs arrivent avec des sondes. À la vue de ces instruments, Charlotte et ses compagnes poussent les hauts cris; Jolivet veut écarter les terribles pointes de fer; les jeunes filles, qui ont peur d'être sondées, se réfugient au fond de la voiture; mais dans leur frayeur elles ont oublié leur prudence habituelle; et en se jetant les unes sur les autres elles crèvent les vessies pleines de vin qu'elles portent sous leur jupon. En un instant les sondes deviennent inutiles, car les appas de ces demoiselles ont disparu, et la *citadine* est inondée de vin.

Les commis rient, le cocher jure, et Jolivet, qui a reçu une partie du broc de vin sur son habit et son pantalon, regarde d'un air pétrifié Charlotte et ses compagnes, en s'écriant : — Quoi!... une femme qui a cinquante mille livres de rente s'amuse à passer du vin sous ses jupons!...

À ces mots, les demoiselles éclatent de rire, et se débarrassant de leurs fausses hanches, sautent lestement de la voiture et rentrent dans Paris, laissant Jolivet se débattre avec les commis et le cocher.

Jolivet s'aperçoit qu'il a été la dupe de Dubois, et s'écrie :

— Je n'étais pas avec ces dames... je ne les connais pas... Je les reconduisais par pure galanterie...

— Monsieur, dit le commis, vous aurez encore la galanterie de payer l'amende. D'ailleurs, vous nous avez dit tout à l'heure que vous répondiez de l'innocence de ces dames. — Et ma voiture donc, qui est toute pleine de vin!... Est-ce que vous croyez que vous ne me payerez pas le dégât, mon bourgeois?

Jolivet est atterré, il veut en vain se défendre, on le mène au bureau. Nous passions, Dubois et moi, au moment où Jolivet était entraîné par le cocher, les commis et les badauds que cette scène avait attirés. Il nous aperçoit, nous appelle, montre le poing à Dubois; mais nous faisons semblant de ne pas l'entendre; nous montons dans un cabriolet que nous trouvons à la barrière, et qui nous éloigne lestement de la Râpée.

Je n'ai pu m'empêcher de rire de la situation de Jolivet et de sa tournure quand il est descendu de la *citadine*, tout couvert de vin. Mais de retour chez moi, les images de cette journée s'effacent bien vite, il me semble même que j'éprouve un plus grand plaisir à me retrouver seul et à pouvoir m'occuper d'Augustine.

Ma domestique me donne une lettre qu'on a apportée pour moi. Je brise le cachet avec précipitation... Si elle m'écrivait, si elle m'engageait à aller la voir... Je sens qu'elle n'aurait qu'un mot à dire, et je serais à ses côtés !

Mais non... pas de paix d'elle !... Je la brûle, est signé Herminie. Ah! mon Dieu! je me rappelle maintenant... Hier, à Auteuil, ne m'avait-elle pas donné un rendez-vous pour ce matin... Voyons ce qu'elle m'écrit :

« Monsieur, votre conduite est indigne; on ne se joue point ainsi d'une femme; si vous en valiez la peine, je me vengerais de votre manque de procédés à mon égard. Mais je vous défends de vous trouver en ma présence et de revenir jamais chez moi. »

Elle est furieuse !... Je le conçois; je n'avais pas besoin de sa défense pour ne plus retourner chez elle. Je n'y allais que par condescendance... que pour obéir aux désirs de madame Luceval... Désormais je serai affranchi de toutes ces complaisances... Désormais je ne ferai plus rien pour elle.

Je déchire le billet d'Herminie. Hélas! je m'étais flatté qu'il était d'une autre; et cet espoir déçu me donne de nouveaux regrets. Augustine ne m'écrira pas!... peu lui importe que je cesse d'aller chez elle... je lui suis indifférent. Quelle bizarrerie!... cette madame de Rémonde, que j'adore et que Jenneville, aurait eu de l'amour pour moi, et celle que j'aime me pense qu'à Jenneville qui l'a abandonnée!... On dit qu'il y a un bon côté dans tout, mais je le cherche en vain dans ces maladresses du cœur qui nous font si mal placer nos affections.

CHAPITRE XVI. — Ce qu'on avait prévu.

Plus de quinze jours se sont écoulés, et j'ai eu la force de tenir ma résolution; je ne suis pas allé chez elle. Pendant tout ce temps, qui m'a semblé si long, j'ai couru les réunions, les spectacles, les concerts; j'ai été souvent avec moi. Il a mauvais ton, mais il a bon cœur; il voit que j'éprouve réellement une peine secrète, et il fait ce qu'il peut pour me distraire. Quant à Jolivet, nous ne l'avons pas revu depuis la partie de la Râpée.

Dubois a été souvent avec moi. Il a mauvais ton, mais il a bon cœur; il voit que j'éprouve réellement une peine secrète, et il fait ce qu'il peut pour me distraire. Quant à Jolivet, nous ne l'avons pas revu depuis la partie de la Râpée.

Je me flattais qu'elle m'écrirait pour m'engager à retourner la voir... qu'elle s'informerait si je suis malade, pourquoi elle ne me voit plus enfin; mais non, pas un mot! pas un souvenir!... Ah! peu lui importe que je fais, ce que je deviens... Je ne suis rien pour elle!... si elle avait, comme elle le disait, de l'amitié pour moi, me montrerait-elle maintenant autant d'indifférence!

Ninie n'a pas agi de même : elle m'a écrit plusieurs fois pour que j'aille la voir; elle veut que je lui dise sans doute d'où je connais son Adolphe.... mais je ne suis pas pressé de parler de cet homme-là!... La saison est belle.... je devrais être à la campagne de mon père.... Qui me retient encore à Paris, puisque je ne vais plus chez madame Luceval?

Un matin, que seul, chez moi, je me rappelle avec délices les moments si doux que j'ai passés près d'Augustine, lorsque je croyais être aimé d'elle, on sonne avec violence à ma porte, et bientôt Jenneville entre dans mon appartement.

Je ne l'avais pas vu depuis la soirée d'Auteuil.... car maintenant sa présence me fait mal... Que vient-il faire chez moi?

Jenneville paraît violemment agité, ses cheveux sont en désordre, ses traits altérés; il se jette sur une chaise et me dit :

— Eh bien! Deligny, savez-vous ce qui nous arrive?

Je le regarde avec inquiétude; j'attends qu'il poursuive. Il frappe de son poing une table qui est près de lui en s'écriant :

— Ce misérable Blagnard est parti!... — Blagnard? — Oui, Blagnard..., à qui nous avons confié notre argent... Moi, quatre-vingt mille francs et vous trente... Il fait banqueroute... Il est parti ou caché... Enfin il doit plus de quatre cent mille francs!... et on assure qu'il ne laisse pas de quoi payer cent écus!... En bien... vous ne dites rien?... Vous êtes bien heureux de prendre cette nouvelle avec tant de calme... C'est que je ne suis pas surpris d'apprendre que cet homme était un fripon... Je vous assure que j'en ai toujours eu un secret pressentiment... — Alors pourquoi lui avez-vous confié des fonds?... — Je me suis laissé entraîner... Je désirais m'enrichir en peu de temps.... Je vous ai vu une telle confiance en lui! — Eh! qui n'en aurait pas eu? des manières si brillantes, un ton si assuré dans les affaires... un train de maison fastueux... de la grandeur dans les plus petites choses; voulant toujours traiter ses amis et le faisant avec un luxe!... — C'est justement tout cela qui aurait dû nous donner des craintes. L'homme qui veut faire honneur à ses engagements met plus d'ordre dans ses dépenses; les gens vraiment riches ne sont pas ceux qui veulent le plus le paraître; mais celui qui veut faire des dupes dépense l'argent avec profusion : et pourquoi le ménagerait-il? ce n'est pas sa fortune qu'il mange, c'est celle des autres. Il reçoit, il traite, il fait le grand seigneur;... mais nous payons bien cher ces dîners qu'il nous donne. Il brille, il s'amuse avec les épargnes d'une pauvre veuve, avec le fruit du travail d'un artiste, avec les économies du modeste commerçant. Ah! de tels êtres sont cent fois plus vils, plus méprisables que le voleur de grand chemin, qui, du moins, expose sa vie en vous demandant votre bourse; tandis que ces élégants voleurs de salon, ces impudents banqueroutiers, ont l'air de se moquer de ceux qu'ils ruinent, et rient aux dépens des malheureux qu'ils ont faits.

— Oui!... Vous avez parfaitement raison... Mais ces réflexions ne nous ne rendront pas notre argent. Quatre-vingt mille francs de perdus quand j'espérais en avoir bientôt le double!... — Du moins cette perte ne vous ruine pas... Vous êtes encore à votre aise... tandis que moi !... me voilà réduit à dix-huit cents francs de rente... tout au plus, car depuis quelque temps je dépense aussi beaucoup plus que je ne devrais... Mais il faut bien prendre son parti!... Il m'en restera toujours assez. — Vous êtes bienheureux d'être philosophe... J'avoue que cet événement ne me désespère!... Je ne suis pas aussi riche que vous le pensez... L'habitude de dépenser beaucoup... et puis, comptant sur ce misérable Blagnard pour me remonter... j'ai été un peu vite... Je n'aime pas à calculer... Fi donc!... de quoi a-t-on l'air?... surtout avec une femme! — Je croyais que madame de Rémonde ne vous occasionnait nulle dépense. — Nulle dépense!... C'est une manière de parler.... Vous savez bien qu'il est mille présents qu'une femme ne refuse jamais.... Ce sont des bagatelles, mais des bagatelles qui coûtent cher... Ce qui me désole, c'est que justement dans ce moment Herminie vient de perdre son procès!... Et cela va la gêner horriblement. Elle ne veut pas me le dire!... Elle connaît avec moi la délicatesse jusqu'à l'excès... Mais je l'ai appris, ainsi que le refus qu'elle a fait aux offres d'un Allemand millionnaire qui mettait sa fortune à ses pieds.... C'est pour moi qu'elle l'a refusé, je n'en puis douter !... Quand une femme nous donne tant de preuves d'amour, convenez, Deligny, qu'elle mérite bien qu'on fasse aussi quelques sacrifices pour l'en récompenser. Dans ce moment elle a besoin de cent mille francs pour payer les frais de ce maudit procès et les dommages à sa partie adverse. Mais j'ai une terre qui vaut cette somme, et certainement je ne laisserai pas Herminie dans l'embarras. — Vous vendriez votre terre pour madame de Rémonde ? — Sans doute.... Cela me réduira aussi à peu de chose, j'en conviens... Mais Herminie n'est gênée que momentanément : je suis certain qu'elle me rendra la somme que je veux lui avancer... Jenneville... prenez garde... — Que voulez-vous dire ? — Madame de Rémonde n'est que votre maîtresse.... Songez que les femmes sont capricieuses ; ce ne sont pas celles pour qui on fait beaucoup qui nous aiment le plus. — Herminie m'a donné assez de preuves de son amour, je ne crains pas qu'elle change.

J'ai sur le bord des lèvres certaine confidence à lui faire.... Mais non, je ne le dois pas. Je ne puis me résoudre à perdre Herminie dans son esprit. Il ne me croirait pas ; d'ailleurs elle peut avoir eu un caprice pour moi et aimer toujours Jenneville... Cela s'est vu ; surtout chez les femmes du genre d'Herminie.

Nous gardons quelque temps le silence. Cependant je sais que je lui rendrais un grand service en le détachant de cette maîtresse-là... Mais comment y réussir ?... Si je parvenais à le réconcilier avec sa femme... Augustine serait heureuse, et j'en serais la cause.... Je sens que cette idée peut me donner le courage de tenter cette entreprise... Être cause de son bonheur, ce serait m'assurer sa reconnaissance... Alors je ne lui serais plus indifférent !...

Je me rapproche de Jenneville, qui sans doute réfléchit à la perte de ses quatre-vingt mille francs. Je ne sais comment en venir à mon but... Je crois que le plus court est de l'aborder franchement :

— Jenneville... est-ce que vous ne pensez pas quelquefois que vous êtes marié ?

Jenneville me regarde avec surprise et me répond :

— C'est la chose à laquelle je songe le moins !... — Vous avez donc tout à fait oublié... votre femme ? — Oh ! tout à fait !... Mais pourquoi, diable ! me demandez-vous cela ? — C'est que je croyais qu'il était impossible que l'on ne pensât quelquefois à celle à qui l'on est enchaîné pour la vie. — Enchaîné ! c'est bien ce qui me fâche !... mais vous voyez que cela ne nous empêche pas de vivre chacun comme si nous ne l'étions pas... — Oui, vous ; mais peut-être que votre femme... — Elle fait ce qu'elle veut, cela m'est fort égal ! — Vous n'avez donc pas quelquefois envie de vous remettre avec elle ? — Me remettre avec elle !... Dieu m'en garde !... je me souviens du mariage !... comme c'est amusant !... — Cependant quand vous avez épousé... votre femme, vous en étiez amoureux ?... — Je crois que oui... mais cela n'a pas duré longtemps... — Si cela avait duré, n'auriez-vous pas été aussi heureux, et plus même que vous ne l'êtes maintenant ?... Tenez, Jenneville, on se lasse tôt ou tard d'aimer toutes les belles... on sent qu'il est plus doux, plus naturel de n'en aimer qu'une... Vous éprouvez déjà cela, puisque vous êtes constant avec madame de Rémonde... mais il me semble qu'il vaudrait mieux être constant à sa femme qu'à sa maîtresse ; je suis persuadé qu'on s'en trouverait plus heureux.

— Mon cher Deligny, vous parlez bien comme quelqu'un qui n'a jamais été marié !... Si vous saviez combien ces dames deviennent exigeantes, fatigantes, assommantes, du moment que nous sommes liés à elles ! D'abord, leur premier désir est d'être nos maîtresses absolues, et par conséquent de nous rendre leurs esclaves. Quand nous montrons de la fermeté, quand nous ne voulons pas nous laisser mener comme des M. Pépin, alors nous sommes des tyrans ! des monstres !... Oh ! parbleu ! si j'avais voulu faire toutes les volontés de ma femme, depuis le matin jusqu'au soir, nous aurions vécu très-bien ensemble ; elle m'aurait peut-être adoré !...

— Est-ce que vous pensez qu'elle ne vous aimait pas ?

— Ma foi, mon cher ami, je ne crois jamais qu'on m'aime quand on me rend malheureux.... Je ne connais rien de plus détestable que ces femmes qui vous font enrager en vous disant qu'elles vous adorent.... Eh ; morbleu ! haïssez-moi, et laissez-moi tranquille.

— Vous mettez tous les torts du côté de votre épouse, mais n'en avez-vous jamais eu envers elle ?...

— Des torts... envers ma femme ?... Ah çà ! Deligny, qu'est-ce qui vous prend aujourd'hui ?... vous plaidez la cause de ma femme avec une chaleur ! vous qui ne m'en parliez jamais... Est-ce que vous en êtes amoureux depuis que je vous l'ai fait voir à Auteuil ?

Quoique Jenneville dise ces mots en riant, je ne puis m'empêcher de rougir et d'être embarrassé. Il m'a vu apercevoir ma femme et reprend :

— Auriez-vous revu Augustine depuis ? vous aurait-elle pris pour son avocat ?

— Je me suis en effet trouvé... une fois.... en société.... avec madame votre épouse.... et je vous avoue qu'elle m'a paru la différente du caractère que vous m'en aviez fait.... — Ah ! parbleu !... en société ces dames sont charmantes !... c'est dans leur intérieur qu'il faut les voir... Mais c'est assez... c'est beaucoup trop parler de ma femme... c'est d'avoir de l'argent que je dois m'occuper maintenant... Misérable

Blagnard !... un homme en qui j'avais une confiance !... C'est qu'il avait des manières si élégantes !... et toujours mis à la dernière mode !... allons... il faut que je vende ma terre...

Jenneville se lève, il va me quitter ; je l'arrête, je lui prends la main, je veux faire un dernier effort :

— Jenneville, avant d'en venir à cette extrémité, réfléchissez encore. — A quoi voulez-vous que je réfléchisse ? Il me faut de l'argent, il m'en faut absolument... Est-ce que vous pouvez me trouver cent mille francs ? — Non.... malheureusement, si je le pouvais.... — Eh bien ! mon ami, laissez-moi alors vendre ma terre... — Mais enfin... vous n'auriez pas besoin de vous dépouiller de votre fortune... si, retournant vivre avec votre femme... — Ma femme !... encore ma femme !... ah ! mon cher ami, c'est trop fort !... Figurez-vous que me parler de ma femme, c'est parler à Pourceaugnac d'un apothicaire... vous voulez me faire fuir ?... — Non !... je voudrais au contraire vous apprendre à la mieux connaître, vous forcer à lui rendre justice... De grâce, écoutez-moi un moment... Vous avez mal jugé votre épouse ; elle vous adorait, elle vous adore toujours, j'en suis certain ; elle a pu vous paraître exigeante, jalouse, parce que, dans les premiers temps de son mariage, une femme ne sait pas laisser assez de liberté à son époux ; mais désormais soyez persuadé qu'elle ferait votre bonheur... que, plus indulgente pour vos faiblesses, elle les excuserait en faveur de vos qualités, et se montrerait pour vous l'amie la plus tendre, la plus sincère. Croyez-moi, retournez avec elle, et vous me remercierez bientôt du conseil que je vous donne en ce moment...

Jenneville me regarde avec un grand sang-froid, et, pour toute réponse, me dit :

— Mon cher ami, je vais vendre ma terre.

Il est parti !... Ma foi, j'ai fait ce que j'ai pu !... Il refuse ce bonheur que je suis désolé de ne pouvoir obtenir !... qu'il se ruine, qu'il se dépouille pour une femme indigne de son amour, tant pis pour lui !... Refuser de voler dans les bras d'Augustine !... Il ne mérite vraiment pas d'être heureux.

Avec tout cela, me voilà ruiné aussi... comptant doubler mes trente mille francs et ne voulant plus amasser, depuis quelques jours je dépense sans compter !... C'est tout au plus s'il me restera dix-huit cents livres de rente... Si mon père savait comme j'ai bien mené ma fortune !... mais je n'ai plus d'ambition, plus de vains désirs !... Ce modeste revenu me suffira ; cependant, comme je ne veux ni emprunter à mes amis, ni porter des habits râpés, je sens qu'il faudra que je vive avec beaucoup d'ordre et d'économie.

Je suis en train de faire un nouveau budget, lorsque Dubois entre chez moi en sautillant. Je me rappelle que nous devions aujourd'hui aller dîner chez Véfour. Je lui tends la main et lui dis en soupirant :

— Mon cher Dubois, je ne puis plus te donner à dîner, ni même payer mon écot chez Véfour... Ne compte plus sur moi pour des parties de traiteur, de cheval, de campagne... c'est fini, mon ami, je suis ruiné !... — Allons donc ! — Je ne te fais une farce !... — Non, je te dis la vérité. M. Blagnard m'emporte trente mille francs qu'il devait me doubler... — Blagnard !... sais-tu de quel côté il est parti ? je cours sur ses traces, je le trouve... et, s'il ne te rend pas ton argent, je lui passe mon épée au travers du corps. — Je te remercie ; mais on tuerait dix fois un fripon plutôt que de lui faire rendre un sou de ce qu'il vole. Il faut que je me résigne ; il me reste dix-huit cents francs de rente, et je puis encore vivre ; mais je conçois que je ne puis plus dîner tous les jours à dix francs par tête ? — Dix-huit cents francs et une jolie figure... Ah ! si tu voulais ! comme je te trouverais bien vite une riche douairière... une femme sensible, de quarante à cinquante ans, qui se chargerait de te procurer toutes les jouissances de la vie sans que tu touches à ton revenu !... — Je te remercie, mais j'aime mieux dépenser modestement mes dix-huit cents francs. — Alors il faudra te contenter de la grisette sentimentale, qui, pourvu que son amant soit bel homme, ne demande qu'à être promenée le dimanche, et avec laquelle la dépense n'excède jamais la bouteille de bière et la demi-douzaine d'échaudés, parce qu'on lui fait prendre en amour ce qu'on lui refuse en comestibles. — Je ne veux ni grisette, ni douairière... je serai sage... je penserai à celle... que je ne puis oublier ! — Ah ! par exemple, l'amour platonique ; c'est ce qu'il y a de mieux quand on n'est pas en train... Je t'ai dit que je ne le pouvais plus... — Je te dis que tu viendras. C'est moi maintenant qui te régale... j'ai fait une affaire superbe en cassonade, j'ai gagné cinquante louis de commission... Je les mangerai avec toi jusqu'au dernier : c'est trop juste... Tu m'as donné des dîners, c'est mon tour. — Dubois, je ne veux pas que... — Tu ne veux pas !... est-ce que tu te fiches de moi ? me prends-tu pour un ladre, pour un Jolivet ?... Tu as payé pour moi quand je n'avais rien, aujourd'hui c'est mon tour... Je veux te promener, t'amuser, te traiter quinze jours de suite.... — Mais... si tu me refuses, je me fâche, et il faudra te battre avec moi... Tu sais que j'ai une mauvaise tête d'abord !

Je prends en riant le bras de Dubois, il me mène au Palais-Royal, il commande tout ce qu'il y a de mieux, prend les vins les plus chers, dépense cinquante francs pour notre dîner... Les cinquante louis ne dureront pas longtemps.

CHAPITRE XVII. — Conversation dans l'ombre.

Avec dix-huit cents francs de revenu, un garçon ne doit pas avoir un logement de six cents francs, ni garder une domestique. J'ai sur-le-champ senti cela ; et comme j'aime à terminer promptement ce que j'ai résolu, surtout les choses désagréables, je donne congé à mon propriétaire et à ma domestique. Ne voulant plus avoir sous les yeux des souvenirs de ma grandeur passée, je vends une partie de mes meubles pour payer plusieurs dettes pressées... d'ailleurs, je n'aurai pas besoin de tant de meubles pour un petit logement, et je vais m'installer dans une modeste appartement de la rue Charlot. Au Marais, les logements sont moins chers, et puis la rue Charlot est tout à côté de la rue Boucherat... je passerai tous les jours devant chez elle... Je ne regrette plus mon bel appartement ; mes deux petites chambres au troisième étage me semblent charmantes... voilà du moins une compensation à mes peines : si je n'avais pas toujours l'amour en tête, je ne supporterais pas aussi philosophiquement la fuite de M. Blagnard.

Dubois ne m'a pas encore laissé un moment de libre depuis qu'il sait le malheur que j'ai éprouvé ; il me mène tous les jours chez les premiers traiteurs de la ville, et là me traite comme un seigneur. J'ai beau l'engager à ménager sa bourse, il prétend que nous devons faire bombance pour que je ne m'aperçoive pas de mon changement de fortune. Il me fournirait aussi des maîtresses, si je le laissais faire. Quant à Jolivet, je l'ai rencontré une seule fois. En apprenant la banqueroute que j'ai essuyée, il m'en a conté sur-le-champ une douzaine dans lesquelles il s'est soi-disant trouvé... il avait peut-être peur que je lui empruntasse de l'argent ; enfin il m'a fallu entendre le récit de spéculations malheureuses, d'affaires manquées, si bien que c'est moi qui étais obligé de le plaindre. Après cela, il s'est rappelé qu'il avait une course très-pressée à faire. Il ne viendra sans doute plus me voir ; j'aime autant cela.

Ce qui m'étonne, c'est l'entier oubli de madame Luceval. Je sais bien que c'est moi qui ai cessé d'aller chez elle, que c'est moi qui lui ai dit que je ne voulais plus la voir... mais j'espérais qu'elle ferait quelque chose pour me rappeler. Elle savait ce que j'ai dit à Jenneville, ce que j'ai tenté pour la ramener à elle !... mais elle ne saura pas cela.

Il y a dix jours que j'habite mon petit logement de la rue Charlot, et depuis deux jours Dubois m'a laissé dîner seul ; car les cinquante louis sont mangés. Au train dont il les menait, cela ne pouvait pas durer longtemps. Mais il n'en est pas plus triste, et dès qu'il sera de nouveau en fonds, il recommencera la même genre de vie. C'est un garçon bienheureux que Dubois, si toutefois l'insouciance est vraiment un bonheur !

Je reviens de chez un modeste traiteur, où, pour mes deux francs, j'ai fait un repas très-suffisant ; je suis étonné que pour un prix si modique on puisse dîner, et bien ; et je me dis que s'il est facile à Paris de dépenser beaucoup d'argent, il est aussi fort aisé d'y vivre agréablement et avec économie ; c'est un avantage qu'on ne trouve pas dans toutes les grandes villes. Je songe que je serais encore riche si j'avais tout l'argent que j'ai dépensé inutilement. C'est étonnant comme les revers de fortune nous font faire de sages réflexions.

Avant de rentrer chez moi, je fais un tour au Jardin Turc ; mes yeux y cherchent ma voisine, et ne l'y rencontrent jamais. En revanche, j'y vois souvent les mêmes figures. Les vieux couples qui se mettent en évidence sur la terrasse, les jeunes amants qui se cachent dans les bosquets, le bourgeois économe qui reste assis quatre heures, avec sa femme et ses enfants, devant une bouteille de bière, tandis qu'en dix minutes quelques jeunes étourdis ont pris du café, du punch et des glaces, l'habitué, sur le retour, qui vient y lorgner les dames, et, en passant devant la maîtresse du comptoir, ne manque pas d'ôter son chapeau en lui faisant un gracieux sourire ; et cette famille, qui n'est composée que de femmes et qui se promène tout l'été, comme Diogène, en ayant l'air de chercher un homme ; et ces vieux amants qui ont été beaux jadis, qui croient l'être encore, et qui, pour l'être toujours, sont chaque année plus recherchés dans leur mise, et se redressent le plus possible ; et cette mère qui porte un bonnet et fait mettre à sa fille un énorme chapeau sous lequel on voit à peine ses traits ; et cette femme de cinquante ans qui donne constamment la main à un enfant tout jeune pour que l'on croie que c'est le sien ; et cette famille, dont l'accent trahit l'origine, qui, en sortant de table, vient prendre pour dessert une bavaroise au chocolat ; et ce monsieur et cette dame qui se promènent toute la soirée sans s'adresser la parole ; et ces grandes demoiselles qui toisent tous ceux qui passent devant elles, comme si elles étaient chargées de faire leur signalement ; et mille autres originaux comme il y en a eu, comme il y en aura toujours, ce qui est fort heureux, car les endroits publics perdraient de leurs charmes si on n'y trouvait pas de quoi critiquer.

J'ai bientôt fait le tour du jardin, et comme je n'y vois rien qui m'intéresse, je rentre sagement chez moi. Mon portier est assis devant la porte de la maison avec toute sa famille ; c'est assez la coutume des portiers du Marais : cela donne à notre rue un air patriarcal et tout à fait province. Du reste, mon portier est aux petits soins pour

moi, par la raison qu'il fait mon ménage ; et, du plus loin qu'il me voit, il me dit : — Monsieur, j'ai une lettre pour vous... Je vais vous la chercher.

Une lettre !... C'est probablement de Ninie ; je ne l'ai pas vue depuis le bal d'Auteuil, et je m'étonnais qu'elle ne vînt pas ou ne m'écrivît pas de nouveau. Peut-être est-ce de mon père... Il doit être fâché contre moi.

Je suis mon portier jusqu'à sa loge. Il me donne la lettre en me montrant qu'elle a été envoyée à mon ancien logement, d'où elle est revenue à celui-ci.

Je prends la lettre ; je regarde l'écriture : ce n'est ni de mon père, ni de Ninie ; mais je gagerais que c'est d'une femme... Ces dames ont une manière particulière de plier et de cacheter leurs billets.

J'ouvre la lettre... Mes yeux se portent sur-le-champ à la signature... Se pourrait-il !... c'est elle... c'est Augustine qui m'écrit !... Oui, c'est Augustine, et cette écriture charmante devait être la sienne... Ah ! lisons vite :

« Je viens d'apprendre le malheur que vous avez éprouvé, et la banqueroute de cet homme qui vous a trompé, ainsi que Jenneville. Vous ne vouliez plus me voir, et j'aurais respecté votre résolution ; mais un tel événement doit me permettre de me rapprocher de vous. N'avez-vous donc nul besoin de vos amis ? Malgré le ressentiment que vous avez contre moi, j'espérais que vous ne doutiez pas de ma sincère amitié. Je veux que vous me rassuriez vous-même sur votre situation ; n'auriez-vous pas encore cette dernière complaisance ?

» AUGUSTINE. »

Je baise mille fois cette lettre, je fais mille exclamations de joie, je ne m'aperçois pas que mon portier est devant moi avec sa chandelle à la main, me regardant d'un air curieux. Enfin, quand je suis un peu plus calmé, je le hasarde à me dire :

— Il paraît que la nouvelle que monsieur reçoit n'est pas mauvaise ?... Je suis bien charmé que pour la première lettre que monsieur reçoit dans notre maison... — Oh ! oui... elle m'enchante !... elle me fait un plaisir !... — C'est peut-être quelque héritage que monsieur n'attendait pas ?

Tous ces gens-là croient donc qu'il n'y a que l'argent qui rend heureux ! Mais il est vieux !... il faut l'excuser... Voyons la date de cette lettre...

Je rouvre la lettre ; mon portier me remet la chandelle sous le nez en disant : — C'est singulier... c'est pourtant de la chandelle des six, et elle n'éclaire pas très-bien... — Comment ! cette lettre est datée d'avant-hier !... et je ne la reçois qu'aujourd'hui ? — Monsieur, les épiciers s'entendent tous avec les chandeliers... — Répondez donc à ce que je vous demande. Est-ce que vous avez gardé cette lettre deux jours dans votre loge ? — Moi ! monsieur... Ah ! par exemple ! elle est là de ce matin seulement... Mais monsieur est descendu si vite que je n'ai pas eu le temps de l'attraper... Je me suis dit il l'aura ce soir, c'est la même chose.

La même chose !... et depuis ce matin je serais heureux... j'aurais été chez elle... Mais il n'est que dix heures, je puis encore y aller ce soir... Oui... depuis assez longtemps je me fais violence pour résister au désir de la voir. Désormais je ne serai plus si stupide !... Puisqu'en me privant de ce bonheur, je ne me suis point guéri de mon amour, je veux maintenant la voir, être près d'elle aussi souvent qu'elle me le permettra... mais jamais, non, jamais, je ne lui redirai un mot d'amour.

Tout en faisant ce nouveau plan de conduite, j'ai franchi le court espace qui me sépare de la demeure d'Augustine. Je suis chez elle ; sa bonne m'a ouvert, et s'est écriée en me voyant : — Ah ! monsieur, il y a bien longtemps qu'on ne vous a vu.

Bonne fille, elle s'est mise à sourire en me voyant... Elle court m'ouvrir la porte du salon ; à l'empressement qu'elle montre, pense-t-elle donc que ma présence fera plaisir à sa maîtresse ? Enfin elle a dit : — Madame, c'est M. Deligny. Et j'entre dans le salon, dont elle referme la porte sur moi.

Le salon est grand ; une seule lampe est placée sur la cheminée, elle n'éclaire que faiblement cette pièce, dont une partie est dans l'obscurité. Le temps est magnifique, un beau clair de lune donne à cette soirée quelque chose de solennel ; une fenêtre du salon est ouverte, Augustine est placée à cette croisée, sa tête est appuyée sur une de ses mains. Elle n'a pas bougé lorsque je suis entré ; sans doute elle n'a pas entendu sa domestique m'annoncer, elle se croit seule encore.

Je reste immobile au milieu du salon. Je suis si content d'être près d'elle que j'ose à peine respirer ; il me semble que je jouis d'une illusion que le moindre mouvement va faire évanouir.

A quoi pense-t-elle en ce moment ?... Si l'on pouvait lire dans l'âme de ceux qu'on aime !... Non, je crois qu'il vaut mieux qu'on n'ait pas cette science-là !

Mais elle a porté son mouchoir à ses yeux... elle les essuie... elle pleure !...

Ah ! elle pense à son mari !

Malgré moi je fais un mouvement qui lui fait tourner la tête.

— Ah ! mon Dieu !... qui est donc là ? C'est moi, madame. — Monsieur Deligny !... c'est vous !... — Oui ; votre bonne m'avait annoncé, mais vous ne l'avez pas entendue. — Et vous restez là sans me parler ? — Je vous voyais, j'étais déjà heureux. — Et cependant... si je ne vous avais pas écrit... Mais vous voilà... Ah !... je suis bien contente de vous revoir.

Elle me tend la main, je la presse tendrement, puis je m'assieds auprès d'elle contre la croisée. Nous sommes éloignés de la lumière ; mais il me semble que l'ombre qui nous enveloppe donne encore plus de charme à cette entrevue.

— Il y a bien longtemps que je ne vous ai vu !... Je m'étais tellement habituée à vos visites... que j'ai trouvé les soirées d'une longueur !... — Oui... on s'habitue à tout. — A tout !... c'était aussi un plaisir, monsieur, et il me semble que je vous l'avais témoigné !... — Certainement, madame, je n'ai jamais eu qu'à me louer de votre accueil... Mais, mon Dieu !... nous voilà sur un ton de cérémonie !... Vous me permettiez autrefois d'être plus amical avec vous... j'ose espérer que vous aurez encore la même bonté ?... — Oui, sans doute, je suis toujours la même. Mais parlez-moi donc de ce qui vous intéresse... Vous avez été victime d'un fripon ? — Oui, madame... C'est une chose bien commune aujourd'hui !... J'aurais dû pourtant me méfier de celui-là, il avait tout ce qui caractérise un intrigant : de l'impudence, du babil ; tranchant dans la conversation, affecté dans ses manières !... enfin tout ce qui annonce un homme qui cherche à faire des dupes !... — Et vous avez été la sienne ? — Que voulez-vous !... cela ennuie de toujours être sur ses gardes... On finit par s'abandonner au hasard... Je voulais réparer les folies que j'avais faites... je voulais m'enrichir très-vite... — Il vous a emporté beaucoup ? — Trente mille francs. — Et vous n'espérez pas retrouver cet homme ? — Le retrouver, c'est possible ; mais en tirer quelque chose, jamais !... Les banqueroutiers arrangent si bien leurs affaires que ce sont plutôt leurs créanciers qui leur redevraient quelque chose. — Et cette perte ne vous gêne-t-elle point ? Pardonnez-moi cette question... une amie a le droit de vous la faire... Je sais que vous ne voudriez pas avoir recours à votre père...

— Oh ! non, et j'espère au contraire lui cacher cet événement. Mais, grâce au ciel, je ne suis pas ruiné entièrement ; il me reste... de quoi vivre ; et maintenant que je n'ai plus d'ambition... que je ne puis plus espérer de changement dans mon sort... avec dix-huit cents francs de rente j'ai tout autant qu'il m'en faut. Je n'en suis pas moins sensible à l'intérêt que vous me témoignez... Je dois même me féliciter de la perte que j'ai éprouvée, puisqu'elle m'a valu cette lettre que j'ai reçue de vous... Sans cet événement... sans doute vous ne m'auriez jamais donné de vos nouvelles.

— Mais vous ne vouliez plus me voir... Devais-je vous y forcer ? — Oui, c'est vrai... je ne voulais plus vous voir !... ou plutôt j'avais dit cela dans un moment de dépit... J'ai bien senti depuis que j'avais tort... Désormais je ne me priverai plus du plaisir d'être avec vous... si vous voulez bien recevoir mes visites comme autrefois... — Sans doute... je n'ai aucune raison pour les refuser.

Augustine m'a répondu cela d'une façon singulière. Il y a quelque chose de contraint dans ses manières, dans sa voix. Il me semble qu'elle n'a plus avec moi cet abandon, cette franchise d'autrefois. Je voudrais pouvoir lire dans ses traits... Mais nous sommes dans l'ombre ; je ne puis pas bien voir l'expression de ses yeux.

Nous gardons quelque temps le silence... J'ai pourtant mille choses à lui dire... mais je cherche... On dirait qu'elle cherche aussi ; elle ne doit cependant pas éprouver la même chose que moi.

— Comment donc avez-vous su que j'étais dans la banqueroute de ce Blagnard ? — J'ai d'abord appris par Juliette que M. Jenneville se trouvait pour beaucoup dans cette affaire... Juliette a un parent qui perd aussi quelque chose avec ce fripon... Elle m'a dit que vous vous trouviez au nombre des créanciers, mais pour une somme moindre que M. Jenneville. — Oui... votre mari perd quatre-vingt mille francs. — Si du moins cela le rendait plus raisonnable ! — Je crains qu'il n'en soit pas ainsi... Cette madame de Rémonde lui fera faire quelque folie... Une intrigante, qui, sous le masque du désintéressement, cherche peut-être à le ruiner !... Que voulez-vous ? puisque cela lui plaît !... Il est le maître de disposer de son bien à sa fantaisie. — S'il avait voulu écouter mes conseils !... — Vous l'avez donc vu depuis peu ?... — C'est lui qui est venu m'apprendre la fuite de Blagnard... Il était furieux... d'autant plus qu'il lui fallait à tout prix de l'argent ; et cela parce que madame de Rémonde a perdu un procès... Mais... pardon, je ne devrais pas vous dire cela peut-être... Cependant, comme vous aimez à savoir ce que fait votre mari... — Oh ! ce que vous me dites là ne me surprend pas ; depuis longtemps je l'avais prévu !... J'ai jugé cette dame de Rémonde ; les femmes se trompent rarement dans les jugements qu'elles portent sur leur sexe. Cette Herminie ruinera M. Jenneville, ou à peu près. — Vous dites cela avec une tranquillité !... — Puisqu'on ne saurait l'empêcher, il faut bien se soumettre. — Encore si cette femme l'aimait !... Je conçois que l'on fasse des sacrifices pour une personne dont l'amour nous est prouvé... — Pourquoi pensez-vous qu'elle ne l'aime pas ? — Parce que j'en suis sûr. — Vous en êtes sûr ?... Ah ! cette dame vous l'a dit ? — Elle ne me l'a pas dit... mais j'ai vu qu'il serait facile de la rendre infidèle à Jenne-

ville. — Ah ! je comprends,... vous avez fait sa conquête... — Une telle conquête n'a rien de bien flatteur ; ces grandes coquettes ont toujours des caprices pour les hommes qui leur montrent le moins de galanterie... elles veulent les forcer à reconnaître l'empire de leurs charmes... — Et madame de Rémonde vous a forcé à reconnaître le sien ? — Non... je ne serais jamais amoureux de cette femme-là... Pourtant, en voyant l'aveuglement de Jenneville, je me disais que le meilleur moyen de lui faire connaître sa folie serait peut-être de... de lui enlever sa maîtresse.

— Eh ! mon Dieu ! monsieur... il y en a mille qui se chargeront de ce soin, sans que cela fasse ouvrir les yeux à M. Jenneville. Cette femme-là doit savoir bien tromper, c'est son métier !... Quand il sera ruiné, elle ne le trompera plus ; mais je ne pense pas qu'il soit nécessaire de vous sacrifier pour obliger votre ami, non que je veuille cependant vous détourner d'une conquête qui peut avoir quelque attrait pour vous !...

— Elle n'en a aucun, je vous le jure ; et si je vous ai fait cette confidence, c'est parce que je suis désolé de voir votre mari entiché de cette femme-là !... — Laissons là madame de Rémonde... je m'en suis trop occupée... Est-il vrai que vous ayez quitté votre logement du faubourg Poissonnière ? — Oui, madame. — Je l'ai su encore par Juliette... elle est si bonne !... Il y a deux jours que je vous ai écrit, et, ne vous voyant pas... je craignais que ma lettre ne vous fût pas parvenue... Juliette passant ce matin près de chez vous, je l'avais priée de s'informer de ce que vous étiez devenu... — Je n'ai reçu votre lettre que ce soir... vous voyez que je n'ai pas été longtemps à y répondre... — Et... où donc demeurez-vous à présent ? — Ici à côté... rue Charlot. — Je suis votre voisin... — Ah ! c'est très-bien d'être venu au Marais... c'est un commencement de réforme... Ce n'est pas pour cela seulement que j'y suis venu !... — Je croyais vous rencontrer quelquefois à la promenade dans les environs... mais il paraît que vous êtes bien sédentaire... Comme je sais que vous avez une campagne à Lucienne, je vous y croyais. — En effet... je devrais y être... la saison est charmante. Je ne sais ce qui m'a retenue ; depuis que vous n'êtes venu, et il y a près d'un mois... je ne suis presque pas sortie de chez moi. Et vous, vous êtes-vous beaucoup amusé ?

— Amusé ! oh non... mais j'ai couru de côté et d'autre... Dubois était presque toujours avec moi... C'est un fort bon garçon. Depuis la banqueroute que j'ai essuyée, il m'a donné mille preuves de son attachement. — C'est fort bien... cela fait excuser ses défauts, car je crois qu'il est un peu... dérangé... qu'il court après toutes les femmes... — Oui... il dit qu'il faut les aimer toutes, pour n'en pas trop aimer une seule... Il pourrait bien avoir raison... — Ah !... vous pensez comme cela maintenant !... La société de M. Dubois vous a fait voir les choses autrement qu'autrefois !... — Si cela était, il me semble que ce serait fort heureux pour moi.

Elle ne répond rien : elle se lève, se met à la fenêtre... J'en fais autant, et pendant quelques minutes nous regardons la lune. Mais ce n'est pas la lune qui m'occupe, je réfléchis aux changements que je remarque dans les manières d'Augustine ; je ne la trouve plus aussi gaie, aussi enjouée que dans sa conversation. Qu'a-t-elle donc ?... que se passe-t-il dans son cœur ?... Par une bizarrerie bien singulière, plus elle me semble disposée à la mélancolie, plus je sens la mienne se dissiper, et une satisfaction, dont je ne puis me rendre compte, s'empare de mon âme.

Tout à coup je ne puis m'empêcher de partir d'un éclat de rire, et Augustine s'écrie : — De quoi riez-vous donc ? — C'est que je songe que depuis un quart d'heure nous regardons tous les deux la lune sans rien dire. — Mon Dieu ! comme vous êtes gai maintenant ! — C'est le plaisir d'être auprès de vous... — Ce plaisir-là ne vous rendait pas si gai autrefois... au reste, je vous félicite de ce changement... il prouve que... que vous n'avez plus rien qui vous chagrine.

Je ne réponds pas à cela... Je regarde dans la rue ; et il me semble alors qu'un homme est arrêté devant la maison où nous sommes et a les yeux fixés sur nous. Je ne me trompe pas ; il y a bien là quelqu'un. J'observe pendant quelque temps cet individu ; il va et vient lentement, cherche peut-être à s'éloigner jamais de la demeure de madame Luceval.

Augustine a fait la même observation, car elle me dit au bout d'un moment : — On croirait qu'il y a là, dans la rue, quelqu'un qui nous guette... — Est-ce que je me remarquais... C'est peut-être quelqu'une de vos maîtresses qui s'impatiente de vous voir rester si longtemps chez moi... — D'abord ce n'est pas une femme... c'est un homme... et un homme d'assez mauvaise tournure, autant que je puis voir... Il est probable que ce n'est pas pour nous qu'il se promène : il a sans doute quelque rendez-vous par ici !... — Je pense que vous avez raison... A propos de rendez-vous, et la petite Ninie, qu'en faites-vous ?

— Je n'en fais rien... je ne l'ai pas vue depuis le bal d'Auteuil... Elle m'a cependant écrit plusieurs fois d'aller la voir... elle veut sans doute me parler de... de son Adolphe... avec lequel elle m'a vu causer... Pauvre petite !... elle était tout effrayée en le voyant là... elle craignait qu'il ne lui fît une scène... il ne pensait guère à elle... J'irai un de ces soirs savoir ce qu'elle devient. Est-ce qu'elle n'a pas à présent quelque autre amant ? — Je n'en sais rien, mais je ne le crois pas... Ninie est vraiment laborieuse, rangée ; et sans les conseils d'une ses amies, je suis sûr qu'elle serait restée sage. — Oh oui !... sage !... comme toutes les demoiselles le sont.

Il me semble qu'autrefois Augustine était plus indulgente; je voudrais lire dans ses regards... En ce moment un rayon de la lune vient frapper sur sa figure... j'en profite pour la regarder; mais en s'apercevant que mes regards sont attachés sur les siens, elle se retire de la fenêtre et se replace dans l'ombre. Bientôt la pendule du salon sonne minuit.

— Minuit ! s'écrie Augustine. — Comme les instants passent vite avec vous ! — C'est-à-dire que vous êtes venu fort tard... mais je ne croyais pas qu'il fût déjà minuit. Il faut vous en aller... que va-t-on penser dans la maison ?... Partez... partez vite... je suis bien aise que vous demeuriez tout près... car cet homme qui se promenait dans la rue me donnerait des craintes.—Ah ! quelle folie !... d'ailleurs il n'est plus là depuis longtemps... Adieu, madame, vous me permettez de vous revoir bientôt ?.... — Sans doute, si cela vous est agréable... Adieu, monsieur Deligny... courez vite dans la rue... je vais vous suivre des yeux.

Quel aimable intérêt! je ne l'ai jamais vue si tendre, si craintive pour moi! Je prends congé d'elle, et, de la rue, je la vois qui est encore à sa fenêtre.... Il me semble aussi que j'aperçois dans l'ombre ce même homme que nous avons déjà remarqué... mais sans faire plus d'attention à cela, je rentre chez moi sans mésaventure; je ne puis pas bien dire toutes les pensées qui se croisent dans ma tête, mais je sais que je n'ai jamais été si heureux.

CHAPITRE XVIII. — Mon père à Paris. — Position singulière.

Je suis retourné chez Augustine le lendemain dans la journée, j'y suis encore retourné le soir; avec quel plaisir je reprends ces douces habitudes !... elle me reçoit si bien, sa conversation a tant de charmes !... Cependant tout confirme mes premières remarques : elle a moins d'abandon, elle me parle moins libre avec moi qu'autrefois; ses yeux, lorsque je lui parle, ne s'arrêtent plus avec bonté sur les miens; quand nos regards se rencontrent, elle détourne bien vite la tête; souvent elle est distraite, rêveuse et, lorsque je lui en fais la guerre, elle tâche en vain de rire, de paraître gaie, il me semble que cela n'est pas naturel.

Fidèle au plan que je me suis tracé, je ne lui ai pas dit un seul mot d'amour. Quelquefois on croirait qu'elle cherche à amener la conversation sur ce chapitre; mais alors c'est moi qui ai soin de ne point aborder ce sujet, et de parler aussitôt de choses indifférentes. Je vois alors comme de l'impatience ou du dépit dans les traits d'Augustine. Le cœur des femmes est si bizarre, que je ne serais pas surpris que, tout en ne voulant pas m'aimer, elle ne conçût du dépit de mon indifférence. Oh! non, ce n'est pas un sentiment si frivole qui peut causer la mélancolie d'Augustine. Quelquefois je me flatte qu'enfin... mais non!... ne nous flattons pas : il est trop cruel ensuite d'être désabusé.

Je remarque aussi qu'elle ne me parle plus de son mari. Lorsque je prononce le nom de Jenneville, lorsque je vais conter quelque fait qui le concerne, c'est elle maintenant qui change de conversation... Ce n'est donc plus pour savoir ce qu'il fait qu'elle me reçoit... c'est à présent pour moi-même, et non parce que je lui suis utile, qu'elle me permet de la voir tous les jours. Il me semble que, sans amour-propre, je puis bien penser cela.

Sa vieille amie, madame Dermont, passe l'été dans une de ses terres, où Augustine a promis d'aller la voir. Je tremble qu'elle ne tienne cette promesse; mais elle ne semble pas y songer.

Juliette vient souvent la voir, et nous nous trouvons ensemble. Juliette me témoigne beaucoup d'amitié; elle est gaie, aimable, très-rieuse. Je m'aperçois que maintenant la mélancolie d'Augustine ne l'inquiète plus; au contraire, elle a l'air de la plaisanter lorsqu'elle la voit distraite ou pensive; elle part d'un éclat de rire lorsque Augustine soupire; alors elle se fâche, se dépite, et son amie ne fait que rire davantage.

Un matin, je viens de me rendre chez madame Luceval, que je trouve plus rêveuse qu'à l'ordinaire, lorsque Juliette y arrive aussi. Elle a reçu des nouvelles de madame Dermont, qui attend avec impatience Augustine à sa campagne.

— Eh bien! dit Juliette en souriant, que faudra-t-il que je lui réponde? — Tout ce que tu voudras, dit Augustine avec humeur; tu es donc bien pressée de me voir quitter Paris? — Non, mais cependant je suis surprise que tu n'ailles pas même à la campagne... — Eh, mon Dieu! j'irai... n'ai-je pas tout le temps? —Nous sommes déjà à la fin de juin!... Tu aimais tant la campagne autrefois! — Je l'aime toujours... mais il n'y a pas encore assez d'ombre. — Ah! c'est différent! je n'avais pas pensé à cela... Répondrai-je à madame Dermont que tu n'iras la voir que lorsque les bosquets seront bien touffus? — Que vous êtes moqueuse, Juliette! je ne sais pas ce que je vous ai fait, mais depuis quelque temps vous ne cherchez qu'à me causer de la peine.

En disant cela, Augustine porte son mouchoir sur ses yeux, elle pousse de gros sanglots... elle pleure, elle pleure avec force pour une plaisanterie de son amie; je ne comprends rien à cela... Juliette court

près d'elle pour l'embrasser; mais Augustine se lève, et, honteuse sans doute des larmes qu'elle vient de répandre, elle sort vivement du salon et va s'enfermer dans son appartement.

Je suis resté avec Juliette. — Comprenez-vous quelque chose à sa douleur? lui dis-je. — Mais... oui... je crois la comprendre... et je vous assure que j'aime mieux la voir ainsi que telle qu'elle était autrefois. — Autrefois pourtant elle était plus gaie. — Oui, avec vous... devant le monde... mais lorsqu'elle était seule, elle ne s'occupait que de son mari !.. elle voulait savoir tout ce qu'il faisait!... enfin elle l'aimait toujours... et moi je vous avoue que cela me faisait mal, parce que, quand un homme se conduit aussi indignement que M. Jenneville l'a fait; quand il abandonne une jeune femme qui n'a eu d'autres torts que de trop le lui dire, certainement il ne mérite plus un seul de nos regrets. — Oh! vous avez bien raison... Et vous pensez donc que madame Luceval... s'occupe moins de son mari? — Il me semble que c'est bien visible... — Mais se fâcher, pleurer pour un mot que vous avez dit en riant. — J'ai peut-être eu tort... mais il y a des jours où les femmes ont besoin de pleurer; je crois qu'Augustine était dans un de ces moments-là. Au reste je connais son cœur... je vous réponds qu'elle ne pleurera plus.

En disant cela, Juliette me sourit d'un air malin et va retrouver son amie. Moi je sors de chez madame Luceval, réfléchissant à ce que je viens d'entendre, n'osant encore me livrer à l'espoir d'être enfin payé de retour, mais déjà heureux par tout ce que j'ai vu; et puis les hommes ont leur coquetterie tout comme les femmes : depuis que je ne lui parle plus d'amour, Augustine semble faire son possible pour savoir si j'en éprouve toujours pour elle; mais je ne le lui dirai pas sans être bien certain que l'on m'aime aussi.

Je vais rentrer chez moi, mon portier m'arrête en me présentant une lettre, et me dit d'un air aimable. — Celle-ci, monsieur, je puis vous assurer que je ne l'ai que d'à ce matin. — Il me semble pourtant qu'elle est arrivée hier à Paris, d'après le timbre. — Ah! monsieur... c'est qu'elle a été encore à votre ancien logement, c'est ce qui occasionne les arrêtements.

J'ai reconnu l'écriture de mon père; je monte chez moi pour lire sa lettre au grand désappointement de mon portier, qui restait là pour voir sans doute si j'éprouverais la même émotion qu'à la dernière lettre qu'il m'a remise. Je pense que mon père me gronde encore de ce que je ne vais pas le voir. Je n'ai jamais tant tardé!... Mais comment me résoudre maintenant à m'éloigner d'Augustine, ne fût-ce que pour trois jours... elle qui semble rester à Paris pour moi !...

J'ouvre tranquillement la lettre de mon père... mais dès les premières lignes je ne suis plus aussi calme... mon père vient à Paris! Ah! mon Dieu!... lisons encore : — Mon cher fils, puisque tu n'as pas le temps de venir me voir, puisque tes nombreuses affaires, tes brillantes spéculations, prennent tous tes moments, je vais aller passer quelques jours à Paris, où je suis bien aise de jouir de la vue de ton bonheur et de ta fortune. J'avoue d'abord te surprendre; mais, comme je connais fort peu ton beau Paris, où je n'ai été que deux fois en ma vie, et il y a vingt ans de la dernière, j'aime mieux te trouver tout de suite en descendant de voiture. Fais-moi donc le plaisir de venir m'attendre à la cour des diligences : notre voiture arrive à cinq heures du soir à Paris; j'y serai le lendemain de ma lettre. »

Le lendemain de sa lettre !... et elle est arrivée hier; c'est donc aujourd'hui à cinq heures que mon père arrive... et pour jouir de la vue de ma fortune, pour voir la brillante figure que je fais à Paris!... Mon pauvre père!... quand il connaîtra le résultat des spéculations que j'ai faites... quand il saura que mes nombreuses occupations m'ont mené dans un petit logement au troisième, dans le Marais... et plus de domestique; plus rien qui annonce l'opulence... Ah! mon Dieu!... que va-t-il dire?... il faudra donc qu'il sache la vérité... qu'il apprenne que son cher fils est presque ruiné?... Pauvre père!... lui dire cela lorsqu'il vient à Paris pour s'amuser, pour se réjouir... Comme cela va le réjouir de savoir qu'en moins de sept ans j'ai mangé près de dix mille francs de rente!... Oh! il faut absolument lui cacher ma situation... mais comment la lui cacher?

Je me promène à grands pas dans mes deux petites chambres; je regarde autour de moi, j'examine mon logement avec plus d'attention que je ne l'ai jamais fait... Je range mes meubles avec plus de soin... j'époussète, je place et déplace quelques chaises... j'ai beau faire, tout cela ne rendra pas mon appartement plus beau, plus vaste; mon père, qui a une maison toute entière pour lui seul, ne va pas pouvoir se retourner dans mes deux petites pièces, qui font même un peu mansarde, ce dont je ne m'étais pas encore aperçu jusqu'alors, parce que de ma croisée je ne pensais qu'à la rue Boucherat.

C'est bien embarrassant! Mon père est bon sans doute, mais c'est une raison de plus pour que je défère plus; il ne causer aucun chagrin, et il en aura beaucoup s'il apprend que son fils, qu'il a cru très-sage, a si mal géré sa fortune!... et puis, en sachant cela, il ne voudra peut-être faire quitter Paris, m'emmener habiter sa petite ville pour que j'aille apprendre à économiser. Quitter Paris, c'est ce que je ne veux pas... Un logement sur les toits, mais que je voie Augustine tous les jours, et je suis heureux... Mon père n'entendra pas cela... il me parlera de mariage... il m'en a déjà dit quelques mots; si je lui avoue que je suis amoureux d'une femme riche, il me dira : Épouse-la... L'épouser!... c'est absolument impossible, quand même nous le voudrions tous les deux. Pour éviter tous ces ennuis, pour ne point entendre les reproches de mon père, il faut décidément que je trouve moyen de l'abuser sur ma position.

Je regarde ma montre, il n'est pas encore une heure, ce n'est qu'à cinq que mon père arrive, j'ai plus de trois heures devant moi; et à Paris on peut en trois heures opérer bien des métamorphoses. Je sors, je prends un cabriolet et je me fais conduire chez Dubois. La dernière fois que je l'ai vu il m'a dit qu'il demeurait rue des Lombards, pourvu qu'il y loge encore ! Il est peut-être onze heures que je ne l'ai vu : dans ce moment lui seul peut me tirer d'embarras.

Je presse mon cocher; enfin nous arrivons à l'adresse qu'il m'a donnée. Je renvoie mon cabriolet, et j'entre dans une maison qui doit avoir été bâtie sous le roi Jean. Je découvre une portière qui semble être aussi vieille que la maison. Je demande M. Dubois. — Il est chez lui, monsieur, au second, sur le derrière.

Il est chez lui, parbleu! c'est un bien heureux hasard!... Je monte lestement et je frappe chez Dubois.

Je frappe à côté, une vieille femme paraît... Il n'y a donc que de vieilles figures dans cette maison!

— M. Dubois? — Monsieur, c'est cette porte. — Ah! je vous demande pardon, madame.

Je ne m'étais pas trompé de porte, frappons de nouveau... La portière ne sait peut-être pas qu'il est sorti... Peut-être aussi Dubois est-il en bonne fortune dans ce moment, et ne veut pas m'ouvrir. J'en suis fâché; mais je ferai tant de bruit qu'il faudra bien qu'il réponde.

Ah! j'entends enfin venir quelqu'un; et je reconnais la voix de Dubois, qui crie : — Un moment donc! vous êtes bien pressé !... Qu'est-ce qui est là?... Eh! c'est moi, c'est Paul : ouvre donc... — C'est toi, mon cher ami?

En disant cela Dubois m'ouvre sa porte, et paraît devant moi, en chemise.

— Comment, paresseux!... tu étais encore couché... — Oui, mon ami. — Couché à une heure après midi!... — Oh! ça m'est bien égal à moi... — Tu as donc passé la nuit au bal? — Non pas... je l'ai passée dans mon lit.

Tout en disant cela, Dubois rentre dans sa chambre et se recouche.

— Eh bien! Dubois, y penses-tu?... tu te recouches? — Oui, mon ami. — Est-ce que tu es malade?... — Non, vraiment!... j'ai au contraire une santé magnifique. — Et tu te recouches à une heure?... — Il le faut bien, mon ami... Dis-moi, as-tu fermé ma porte? — Oui, oui, ta porte est fermée; mais, je t'en prie, Dubois, lève-toi, j'ai besoin de ton secours pour sortir d'embarras... le temps presse. — Mon ami, je ne demanderais pas mieux que de me lever... est-ce que tu crois que c'est pour m'amuser que je passe la journée dans mon lit... moi qui avais mille courses à faire... dix rendez-vous pour ce matin... et un entre autres avec une petite ouvrière en dentelle!... Ah!... si je n'avais pas fait la sottise d'en parler. — Allons, Dubois, pas de plaisanterie, habille-toi, je t'en prie. — Eh! mon ami, comment veux-tu que je m'habille?... je n'ai pas de culotte!... — Pas de culotte! — Ou pas de pantalon, pour mieux dire,... — Tu n'as pas un pantalon ici? — Hélas! plus un seul. — Si tu en as pas d'été, mets-en un d'hiver... — D'abord je n'ai pas l'habitude de garder chez moi en été mes affaires d'hiver, j'ai trop peur qu'elles ne se mangent aux vers; ensuite, malgré la chaleur, si j'en avais un seul, fût-il en cuir de laine, je le mettrais. Mais tu n'es pas rentré hier chez toi sans culotte? — Non assurément; j'avais hier un pantalon de croisé à raies grises qui m'allait comme un gant; plus trois autres dans cette vénérable commode que tu vois là-bas. — On t'a donc volé cette nuit? — Ah! ah! ah! ah! c'est l'histoire la plus drôle... — Ça te fait rire d'être sans culotte! — Mon ami, quand on est bâti comme moi, on ne peut qu'y gagner; et si l'on connaissait ma situation, je te réponds que je recevrais la visite de beaucoup de dames... — Dubois, je suis pressé, explique-toi, je t'en supplie. — Ecoute : figure-toi qu'hier au soir, je reçu la visite d'une femme sensible, couturière de son état, laquelle femme sensible venait passer la nuit dans mon ermitage, pendant qu'on lui croyait à veiller une de ses tantes, à laquelle, pour venir chez moi, elle donne toutes les semaines une colique de miséréré. Or tu sauras que ma couturière est jalouse comme Othello; et cette nuit, tout en plaisantant, j'ai eu le malheur de lui parler de certaine ouvrière en dentelle chez qui j'avais affaire aujourd'hui. Mon Ariane n'a rien dit, mais sais-tu ce qu'elle a fait?... Ce matin elle m'a quitté pendant que je dormais; et, pour m'empêcher d'aller à mon rendez-vous, la cruelle a emporté tous mes pantalons... Oh! elle ne m'en a pas laissé un seul!... Quand j'ai voulu m'habiller, j'ai vu que j'étais prisonnier chez moi... Pas même moyen de sortir en mitron, la friponne m'a tout pris... messieurs ne se montrent plus en sauvages. — C'est un tour affreux... Mais tu pouvais appeler ta portière, l'envoyer acheter un pantalon. — Ah! oui, acheter!... c'est facile à dire... mais je crois que c'est tout au plus douze sous chez moi... tu conviendras qu'à moins d'acheter une culotte en papier gris, comme Cadet Roussel... — Comment! tu es sans argent, et tu ne m'en demandais pas? — Tu n'en as plus trop pour toi-même; je ne croyais pas

en avoir besoin sitôt... J'ai crédit chez mon traiteur, et d'ici à huit jours je termine trois affaires superbes. D'ailleurs je suis bien sûr que ma femme sensible reviendra ce soir avec mes culottes; elle n'a voulu que me faire manquer mon rendez-vous de ce matin. — Moi, j'ai besoin de toi sur-le-champ. Mon père vient à Paris, il arrive aujourd'hui à cinq heures... Je voudrais trouver moyen de lui cacher ma situation... je voudrais qu'il crût que son fils est toujours riche, qu'il fait une brillante figure... Il ne faudrait le tromper que quelques jours, car mon père, qui chérit ses habitudes campagnardes, restera tout au plus cinq jours à Paris. Pendant cinq jours, si je puis l'abuser, il repartira sans content, et me laissera vivre tranquillement ici... Voyons, Dubois, cherche, invente... Tu sens bien que je ne puis pas mettre mon père dans une hôtel garni... Cependant comment faire?... Si tu connaissais quelqu'un qui pût nous prêter un beau logement... des domestiques... je ferais tous les sacrifices nécessaires... — Attends, attends que je me rappelle... D'abord je puis t'offrir mon logement... — Bien obligé! le mien est un palais auprès de cette vieille chambre!... — Diable!... je connais bien plusieurs peintres qui ont des ateliers immenses... ton père serait à son aise là-dedans... mais il n'y a pas de meubles... J'ai aussi plusieurs maîtresses qui se feraient un plaisir de loger ton père, mais elles n'ont qu'un lit,... — Es-tu fou! mettre mon père chez une femme! Songe donc qu'il faut qu'il se croie chez moi... que je loge avec lui... dans une maison honnête et dans un bel appartement. — Oui, c'est assez difficile à trouver... Ah! attends... je crois que j'ai ton affaire... oui... la maîtresse de la maison où j'ai mes yeux en coulisse. Depuis longtemps elle a un faible pour moi... ça ne me tentait pas trop, vu qu'elle a plusieurs lustres accomplis; mais, pour un ami, je me sacrifie... et si elle a un logement de disponible nous sommes sauvés.

En disant cela, Dubois se jette à bas de son lit, et s'écrie : — Prête-moi ton pantalon.... — Mon pantalon... pourquoi faire? — Parbleu, pour que je puisse sortir... Si nous étions en hiver, je me risquerais bien dans la rue avec un manteau; mais en été... d'ailleurs je n'ai pas de manteau. Allons, prête-moi ton pantalon; n'est-ce pas pour toi que je vais sortir? — J'aime mieux t'aller acheter un pantalon. — Et pendant ce temps-là l'heure s'écoule, ton père arrivera, et nous ne saurons où le conduire. Prête-moi ta culotte, te dis-je, et sois tranquille, je ne serai pas plus d'une demi-heure absent. Je vole chez la personne qui peut nous servir, en revenant je passe chez ma couturière, je reprends mes vêtements, et je reviens ici en deux temps.

Dubois a l'air tellement sûr de son fait qu'il me laisse persuader. J'ôte mon pantalon, et pendant qu'il s'habille je lui demande ce qu'il compte faire. Il me dit qu'il connaît une dame qui a une superbe maison dans l'allée des Veuves; que, quoiqu'elle ne loge pas en garni, elle a quelquefois de fort beaux appartements tout meublés qu'elle loue à des Anglais, et qu'elle pourra sans doute m'en céder un pour quelques jours, et nous aidera volontiers à tromper mon père, parce qu'elle est très-indulgente pour les jeunes gens.

Cette idée me semblerait assez bonne si la maison n'était pas située allée des Veuves; mais Dubois m'assure que maintenant ce quartier-là est habité par la meilleure société de Paris, d'ailleurs nous n'avons pas le choix des moyens. Va donc pour l'allée des Veuves. Je donne à Dubois de l'argent pour qu'il prenne un cabriolet, je lui fais aussi emporter ma montre pour qu'il n'oublie pas l'heure; enfin je lui rappelle que mon père doit être à cinq heures dans la cour des diligences. Il me jure qu'il sera de retour dans trois quarts d'heure, et s'éloigne en me criant de l'attendre... Parbleu! il sait bien que je ne m'en irai pas.

Me voilà seul chez Dubois, me promenant dans sa chambre avec mes bottes et tout le reste de mon costume excepté mon pantalon. Je ris de cette situation et de la figure que je ferais s'il arrivait quelque visite à Dubois; mais je suis décidé à n'ouvrir qu'à lui. Pour passer le temps, je veux me mettre à la fenêtre, mais la vue donne sur une petite cour noire et sale, autant ne pas voir cela. J'examine de nouveau la grande pièce où je suis. Pauvre Dubois!... Il n'y a rien de superflu ici; à la rigueur même on n'y trouverait pas le nécessaire, et j'en vois une preuve sur moi en ce moment.

Je me jette dans un vieux fauteuil et je songe à Augustine... à ce que m'a dit Juliette... au changement que j'ai remarqué dans l'humeur de madame Luceval... Mon cœur s'ouvre de nouveau à l'espérance; et comme le temps passe vite quand on pense à l'objet qu'on aime, je supporte d'abord avec assez de patience l'absence de Dubois.

Mais cependant il me semble qu'il y a déjà longtemps que Dubois est parti, et je ne puis pas jeter les yeux sur moi sans penser à l'embarras dans lequel je serais si un tel ne revenait pas avant trois heures. Je me lève, je me promène de nouveau dans la chambre... l'impatience commence à me gagner... je ne sais pas l'heure qu'il est... je suis fâché maintenant d'avoir donné ma montre à Dubois; car dans ma situation je ne puis pas même aller demander l'heure chez une voisine... J'aurais dû penser à cela.

J'ai beau vouloir ne m'occuper que d'Augustine, ma chemise qui voltige et le zéphyr qui souffle sur mes cuisses me rappellent sans cesse ma position. Encore s'il y avait quelques livres ici... Voyons, cherchons.

J'ouvre deux armoires, l'une est vide, l'autre contient quelques bouteilles d'eau de Cologne et des savons parfumés de chez Demarson, rue de la Verrerie... Peste , M. Dubois ne se refuse rien !... Il se fournit chez un de nos meilleurs parfumeurs. Ah! sur cette planche j'aperçois quelques volumes... Voyons : *Traité du mépris des richesses*, par Sénèque... C'est fort bien de mépriser les richesses, mais cela ne va pas jusqu'à mépriser les culottes; et Sénèque, malgré toute sa philosophie, ne m'apprendra pas à m'en passer. Voyons ce petit volume : *De l'utilité de la flagellation*, par Mirabeau le jeune. Parbleu! si je voulais juger si l'auteur a raison, rien ne me gênerait en ce moment. Passons à un autre : *De l'homme dans sa nature primitive*.

Juliette, l'amie de madame de Seneval.

Il semble que tous ces ouvrages soient rassemblés là pour faire allusion à ma situation. Je jette les volumes avec colère. Je vais à chaque instant pour regarder à ma montre!... Mais pas plus de montre que de pantalon... Maudit Dubois... S'il allait m'oublier... Oh! non... l'allée des Veuves n'est pas près d'ici, il faut bien le temps... Mais il me semble qu'il y a un siècle qu'il est parti... Il faut absolument que je sache l'heure... Ah! sans sortir on peut demander...

Je cours à la fenêtre, je penche mon corps en avant pour apercevoir chez les voisins. Je vois la vieille femme qui loge sur le carré de Dubois, elle travaille près de sa fenêtre; bon, elle m'entendra. Je crie: — Madame... madame, pourriez-vous me dire l'heure, s'il vous plaît?

La vieille voisine lève la tête, ôte ses lunettes, me regarde et me répond : — Mon coucou ne va plus depuis longtemps... Mais allez chez madame Bertrand, ici-dessous. Elle sait toujours l'heure au juste... elle a un cadran de *Beurguet*.

Me voilà bien avancé! Je remercie cependant et je quitte la fenêtre. Je ne puis pas aller ainsi en *Écossais* demander l'heure à madame Bertrand... Si j'avais une redingote encore... Misérable Dubois!.. Voilà au moins trois heures qu'il est parti!... Le moment d'aller au-devant de mon père doit approcher... Et il me laisse là... Il est capable de courir maintenant après un petit minois chiffonné et d'oublier ma situation... Je n'y tiens plus... Il faut absolument que je sache l'heure... Il n'est pas possible qu'il n'y ait pas ici quelque robe de chambre , quelque vieille redingote... Cherchons.

Je visite les tiroirs de la commode , je culbute le lit , je regarde partout, enfin j'aperçois quelque chose de pendu à un porte-manteau dans un petit cabinet... C'est une vieille houppelande... Je la décroche ; je m'en empare comme si je venais de conquérir la toison d'or; mais en examinant le trésor que je viens de trouver, je vois que ce n'est pas sans raison que Dubois l'avait mis au rancart. La houppelande est d'un vieux drap, jadis noisette, qui est tout râpé, tout passé ; le collet est si bas que c'est comme si on l'avait coupé. N'importe , cela nous couvrira toujours mieux qu'un habit. Essayons-la.

J'ôte mon habit, et je passe la vieille houppelande ; je vois avec plaisir qu'elle me descend jusqu'aux chevilles... Elle ne s'ouvre pas par derrière, c'est fort heureux pour ma situation ; il ne s'agit plus que

de la faire fermer hermétiquement par-devant.... mais il manque plusieurs boutons, et d'ailleurs elle ne boutonne que jusqu'à la ceinture... Je mettrai des épingles jusqu'en bas.

Je me regarde dans la glace. Ah, mon Dieu!... j'ai absolument l'air de ces vieux juifs qui vendent des lorgnettes et des colliers d'ambre. N'importe, le principal est de pouvoir sortir sans commettre un attentat aux mœurs. Vite des épingles!

Mais trouvez donc des épingles chez un garçon !... c'est comme si vous cherchiez un canif chez une demoiselle !... Pas une seule épingle!... tant pis pour madame Bertrand... Au reste, je ferai attention à moi... j'aurai soin que ma houppelande ne s'ouvre pas. Me voici à peu près dans la situation du voisin Fouyoux, dont nous avons ri chez Charlotte; mais j'aurai soin, moi, de ne pas m'asseoir.

Je sors de chez Dubois , je ne referme pas la porte, et je monte à l'étage au-dessus. J'aperçois une porte entr'ouverte, j'entends chanter : ce sont des voix de femmes, et chacune chante un air différent; ce qui produit une harmonie toute particulière. J'avance la tête... je vois des demoiselles qui savonnent, d'autres qui repassent. Il me paraît que madame Bertrand est blanchisseuse. Je ne me soucie pas de me risquer au milieu de toutes ces demoiselles... Mais je n'entrerai pas.

J'ouvre entièrement la porte, et je demande d'un ton très-poli où peut me dire l'heure qu'il est. Toutes les ouvrières se retournent, me regardent et chuchotent; une grosse mère, fraîche et piquante, qui est en train de tordre du linge, me répond : — Oui, monsieur, certainement... J'ai toujours l'heure juste... c'est moi qui règle toute la maison... Est-ce que monsieur a loué la petite chambre au-dessus?... — Non, madame, non... Je suis chez Dubois... C'est lui qui m'a prié de vous demander cela... — Ah! M. Dubois !... C'est qu'un farceur... Quand il vient, il apprend toujours des chansons à ces demoiselles; il nous a appris la dernière fois : *Tu n'auras pas ma rose!* ... Dieu! *la jolie air !* comme il *la* chante bien !...

— Madame, je vous demande pardon, mais nous avons un rendez-vous, et... — Ah! monsieur, c'est juste... je n'y pensais plus; Victoire, va regarder à mon horloge quelle heure il est.

Mademoiselle Victoire quitte son fer à repasser et va dans la pièce voisine, d'où elle crie : — Madame! quand la grande aiguille est en bas et que la petite est à côté; combien ça fait-il? — Ah! mon Dieu , que c'te fille-là est bête!... elle ne sait pas encore c' que ça veut dire quand les pointes sont baissées!... vas-y donc, toi, Françoise.

La première lettre d'Augustine.

Mademoiselle Françoise quitte son baquet et va dans l'autre chambre, d'où elle crie : — Monsieur, il est trois heures... non ! quatre heures... c'est-à-dire ça fait plus que ça... il n'est pas encore cinq heures pourtant.

Je me décide à aller voir l'heure moi-même, et madame Bertrand m'y engage aussi. Je passe au milieu de ces demoiselles en tenant bien fermé le devant de ma houppelande, ce qui donne lieu à un nouveau chuchotement et à quelques petits ricanements étouffés, sans avoir l'air de m'en apercevoir, je vais regarder l'horloge.

— Ah ! mon Dieu ! cinq heures moins un quart !... et vous allez bien, madame ? — Très-bien, monsieur.

Je n'ai pas un moment à perdre !... je regagne la porte, je remercie madame Bertrand, je vais m'éloigner... je reviens vers la blanchisseuse.

— Madame, auriez-vous la complaisance de me prêter quatre épingles ? — Quatre épingles ?... oui, monsieur, avec plaisir... Eh bien ! mesdemoiselles, pourquoi riez-vous ?... Ces messieurs ont besoin de quatre épingles ; cela ne nous est pas pour eux ; mais tous les jours on reçoit des visites... on déchire la robe d'une dame... il faut bien réparer cela... n'est-ce pas, monsieur ?... Tenez, voilà quatre épingles solides, mon bijou.

Je remercie madame Bertrand qui m'a présenté les épingles d'un air fort malin. Je m'en empare et m'esquive. Je rentre chez Dubois ; là, j'attache les épingles par-devant, de manière que la houppelande ne puisse s'ouvrir, et je descends l'escalier. J'ai encore cent sous sur moi, c'est plus qu'il ne m'en faut pour prendre un fiacre. Il me conduira aux diligences, je trouverai mon père, et le fiacre nous ramènera à mon logement, rue Charlot ; car, puisque ce misérable Dubois me laisse là, c'est qu'il n'a rien obtenu de sa dame de l'allée des Veuves, et il faut bien que mon père sache toute la vérité. Ce qu'il y a de certain, c'est que je ne puis le laisser m'attendre inutilement dans la cour des diligences. Mon père est bon, il m'aime ; mais quand il se croit offensé, il se fâche bien fort ; et quand on ne voit son père qu'une ou deux fois par an, il faut tâcher de ne point le faire mettre en colère.

Me voilà descendu... comment avoir un fiacre !... Si j'envoie la portière, elle ne reviendra pas d'une heure, et le temps presse... Aller en chercher un moi-même m'épouvante !... Malgré mes épingles, il me semble que toutes les personnes qui passent près de moi doivent deviner que je n'ai pas de culotte.

Je me place un moment sur le seuil de la porte, j'implore mentalement la Providence pour qu'elle fasse passer dans la rue un fiacre vide... et la Providence ne fait passer que des charrettes. Enfin j'aperçois un cabriolet, je fais signe au cocher, il vient à moi, je monte avec autant de précaution que Charlotte lorsqu'elle passait du vin sous ses jupons. Me voilà dans la voiture, je respire plus à l'aise ! — Vite, cocher, aux diligences.

Nous brûlons le pavé... J'espère arriver à temps... mais quand je songe à mon costume... que pensera mon père ?... Maudit Dubois , si je le tenais !... et il faudra mener mon père rue Charlot !.., il faudra qu'il connaisse ma situation... Il va vouloir me faire quitter Paris !... quant à cela, je suis très-décidé à n'en rien faire.

Nous sommes arrivés. Notre cabriolet entre dans une des cours. Je fais descendre le cocher, et lui dis d'aller s'informer si la voiture de Chartres est arrivée. Moi, je reste cloué en place... et j'ai soin de tenir le cabriolet fermé. Mon cocher revient. La voiture n'est pas encore arrivée ; mais elle entre par une autre cour, dans laquelle les voitures de Paris ne peuvent pas pénétrer.

Diable, il faudra donc que je descende !... Je ne puis pas envoyer le cocher chercher mon père, puisqu'il ne le connaît pas ! Et puis mon père trouverait singulier que je n'aie pas pris la peine d'être là moi-même... Quand on habite la province, on est susceptible pour tout ce qui tient aux égards, on n'y manque pas, on y tient toujours habitude.

Je me décide à descendre ; je le fais avec tant de précaution que le cocher me dit : — Vous avez mal aux jambes, monsieur ? — Oui, j'ai la goutte. Attendez-moi là.

Un pantalon pour deux.

Je passe dans la cour qu'on m'a indiquée, et pour attendre l'arrivée de la voiture, je vais m'asseoir dans un coin sur un banc de pierre. Là, j'enfonce mon chapeau sur mes yeux ; car je tremble que quelque personne ne me reconnaisse ; je dois être si drôle avec ma vieille houppelande !

C'est un lieu où l'on voit des scènes fort plaisantes que celui où arrivent les diligences ; mais dans ce moment je n'ai nulle envie de m'amuser à observer les autres ; j'ai bien assez de veiller sur moi-même.

Il n'y a qu'un moment que je suis assis, lorsque la voiture que j'attends entre dans la cour. Le cœur me bat... je vais voir mon père ! Attendons que les voyageurs descendent...

Pendant que j'ai les yeux fixés sur la voiture, on rit aux éclats à côté de moi. Je me retourne... C'est Dubois... Dubois avec mon pantalon !... et qui rit aux larmes en me regardant... Ah ! je le retenais... si je ne craignais d'attirer l'attention sur moi, je lui sauterais aux yeux.

— Te voilà, misérable !...

— Ah ! ah ! ah !... J'ai reconnu de loin la vieille houppelande de mon oncle !... Ah ! mon ami... elle te va supérieurement...

— Tu ris maintenant !... mais je te forcerai bien à me rendre raison de ta conduite... — Ah ! Paul, laisse-moi rire un peu... Si tu pouvais te voir : tu es impayable avec toutes tes épingles... Ah ! ah !... Je parie cent francs que tu ne fais pas une pirouette au milieu de la cour. — Il faut que j'aille vers mon père, mais je te retrouverai... — Allons, calme-toi... Tout va le mieux du monde ! J'ai un appartement superbe... des domestiques..., tout l'hôtel si tu veux à ta disposition... et une hôtesse d'une amabilité... Que diable aussi ! on n'arrange pas tout cela en deux minutes... Est-ce que tu crois que je n'ai pas fait autant de mauvais sang que toi ?... Et ma scélérate de couturière que j'ai trouvée faisant essayer mes culottes à un pompier !... Je te conterai tout cela. — Voilà mon père...

— Viens l'embrasser... puis prétexte un rendez-vous d'affaire... et laisse-moi le mener à notre hôtel de l'allée des Veuves ; tu iras t'habiller et tu viendras nous rejoindre. — Ah çà !

Dubois, puis-je cette fois être sûr de toi ? — Viens donc... et ne serre pas tant les jambes en marchant ; on croirait que tu es noué.

Je me laisse emmener : ce qu'il vient de me dire m'a rendu ma gaieté. Mon père est descendu de la voiture... je le vois... je vais à lui... Il m'aperçoit, me tend les bras. Nous nous embrassons, et Dubois se jette aussi sur le sein de mon père et l'embrasse comme du pain, quoique ce soit la première fois qu'il le voie. Mon père se parvient qu'avec peine à se débarrasser des bras de Dubois ; il me regarde d'un air qui signifie : — Quel est donc ce monsieur que je ne connais pas, et qui semble m'aimer si fort ? Je me hâte de lui dire : — Mon père, je vous présente un de mes bons amis, Dubois... courtier en marchandises... il désirait beaucoup vous connaître.

— Connaître le père de mon ami ! ah ! monsieur !... j'en suis d'une joie !... Que je vous embrasse encore... nous vous attendions avec bien de l'impatience !...

— Vous êtes trop bon, monsieur ; je me suis dit, moi, puisque mon fils ne vient pas... il faut aller le trouver... — Ah ! que c'est bien raisonné, monsieur, c'est comme Mahomet a dit à la montagne !... — Embrasse-moi donc encore, mon cher Paul ! — Embrasse donc ton père, mon ami... tu restes là... Monsieur, c'est qu'il est si satisfait de vous voir que ça lui casse bras et jambes...

Dubois me pousse de nouveau sur mon père, et mon père pousse un cri en disant : — Aïe !... qui diable m'a piqué ?...

Je rougis : c'est une de mes épingles qui vient d'entrer dans le mollet de mon père. Dubois se pince les lèvres, et mon père, examinant alors mon costume, me dit : — Ah çà, mais, mon ami, il me semble que tu es singulièrement vêtu...

Je balbutie : — Mon père... c'est que j'étais si pressé... Dubois se hâte de dire : — C'est son costume d'été... Au coup d'œil, vous croiriez qu'il doit avoir bien chaud avec cette longue redingote, eh bien! je vous assure que là-dessous il est très à son aise. — Mais pourquoi donc ces épingles au lieu de boutons? — Ah! toujours, monsieur. — Comment toujours? — Oui, monsieur, nous avons toujours porté des épingles à Paris... — Des épingles à la chemise, mais aux habits... — Aux habits, monsieur, c'est le dernier genre. — Cependant il me semble qu'autrefois les femmes seules se garnissaient ainsi d'épingles, et que les hommes n'avaient que des boutons. — Avant la Révolution, c'est possible, monsieur; mais depuis les progrès des lumières, les hommes se sont déboutonnés, et ils portent des épingles, parce que c'est plus décent, et à cause du proverbe : Qui s'y frotte s'y pique.

Je marche sur les pieds de Dubois pour le faire taire, et je m'empresse de changer la conversation en m'écriant : — Nous parlerons plus tard de toilette; mon père doit être fatigué... il a besoin de repos... — Oui, monsieur, nous allons vous y conduire, dit Dubois en prenant le bras de mon père; c'est-à-dire... c'est moi qui vais vous y conduire, si vous voulez bien le permettre... J'ai là-bas une voiture qui vous y mènera en deux temps... — Comment! est-ce que tu ne viens pas avec nous, Paul? — Mon père, je vous demande mille pardons... Mais une affaire très-pressée... — Oui, monsieur, il ne s'agit de rien moins que de gagner un millier d'écus... Oh! votre fils est un gaillard qui s'entend joliment aux affaires!... Si vous connaissiez seulement sa situation dans ce moment-ci... Il n'y a pas deux hommes à la Bourse qui soient aussi à leur aise que votre fils... — Vraiment! cher Paul... Vous me faites bien plaisir, monsieur... — Mon père, je vous rejoins avant une demi-heure... Dubois, tu ne quitteras pas mon père... — Moi, quitter mon père!... J'aimerais mieux recevoir cent coups de bâton que de le quitter une minute... Venez, monsieur Deligny... Avez-vous votre sac de nuit? — Oui, monsieur... Vous n'avez pas d'autres effets? — Non, monsieur... En ce cas, en route... Je vous mène dans un hôtel qui appartient à monsieur votre fils... et vous m'en direz des nouvelles!...

Dubois entraîne mon père, je suis libre; je retourne à mon cabriolet, je monte, et je fais conduire rue Charlot. Ah! qu'il me tarde d'être arrivé!... qu'il me tarde de changer de costume!...

Me voici dans la rue enfin; mais il y a une maudite charrette stationnée devant la porte de ma maison. Mon cocher veut la faire reculer, je suis trop pressé d'être chez moi pour attendre la fin d'une querelle entre lui et le charretier; je lui dis de m'attendre, et je descends à dix pas de chez moi.

Je marche très-vite et les yeux baissés... je désire éviter les regards de mes voisins... mais au moment de rentrer chez moi, je me jette contre deux dames que je n'avais pas vues... je lève la tête, Ah! mon Dieu!... c'est Augustine avec Juliette.

Je deviens rouge comme un coq; Augustine me regarde avec surprise en disant : — Comment! c'est vous? Juliette part d'un éclat de rire en s'écriant : — Ah! qu'il est drôle comme ça!... M. monsieur Deligny, où avez-vous été chercher cette vieille redingote sans collet?... est-ce pour en faire venir la mode?...

Je ne sais comment me tirer de là; je balbutie : — Madame... c'est que je suis sorti très-vite... pour affaire... c'est une redingote du matin... je n'avais pas eu le temps d'en changer.

Augustine me regarde attentivement, mais elle ne rit pas; mon embarras, ma rougeur semblent lui déplaire, et elle me dit : — Vous n'étiez pas habillé ainsi quand vous êtes venu ce matin me voir. — Non, madame; mais c'est quand je suis rentré que j'ai...

Je suis interrompu par Juliette, qui rit bien plus fort, parce qu'elle vient d'apercevoir mes épingles, et qui les montre à son amie en disant : — Tiens, ma chère, voilà qui est bien plus joli que tout le reste!... une garniture en épingles!... Oh! par exemple, c'est donc une gageure?

— Oui, madame, oui... c'est... c'est une gageure... — Et avec qui donc, monsieur? reprend Augustine d'un air d'humeur; vous disiez tout à l'heure que vous étiez sorti pour affaire. — Madame... c'est vrai... je... Mais je vous expliquerai cela, madame... Pardon... on m'attend... je rentre bien vite... — On vous attend? — Non... on ne m'attend pas... mais... il faut absolument que je vous quitte. Je ne puis rester comme cela plus longtemps.

Je salue ces dames et je rentre vivement chez moi. Que pensera Augustine? Ma foi, elle pensera tout ce qu'elle voudra, mais je n'y tenais plus; il y avait trop longtemps que j'étais dans cette cruelle position.

Ah! me voilà chez moi... J'ôte, j'arrache les épingles; je jette de côté la vieille houppelande, je passe un pantalon... Je le passe avec un plaisir!... Ah! qu'on est bien ainsi!... Comment font les femmes pour aller comme j'étais tout à l'heure! Mais l'habitude!... et d'ailleurs les dames font très-bien de ne pas porter. Maintenant descendons et faisons-nous mener à l'allée des Veuves.

CHAPITRE XIX. — La maison de l'allée des Veuves.

Tout en roulant vers l'allée des Veuves, je pense à la singulière figure que faisait Augustine lorsque je l'ai quittée; elle ne semblait pas ajouter foi à ce que je lui disais. Au fait, je devais avoir l'air si gauche, si embarrassé! Je l'ai laissée bien brusquement. J'irai m'excuser, je lui apprendrai que mon père est à Paris. Mais il y avait dans son mécontentement, dans son incrédulité, quelque chose qui me faisait plaisir.

Nous voici à l'allée des Veuves. Le cocher me demande le numéro. — Ma foi, je n'en sais rien... mais c'est une espèce d'hôtel garni... — Ah! je sais, mon bourgeois; c'est où loge un fameux médecin étranger qui guérit toutes les maladies avec des fines herbes... oh! j'ai déjà conduit du monde là... — Je ne sais pas si c'est bien là... mais nous demanderons.

Mon cocher m'arrête devant une belle maison que précède une cour garnie d'arbustes. J'aperçois Dubois qui se promène sous le vestibule qui donne dans la cour.

— C'est bien là, dis-je à mon cocher. — Eh bien! not' maître, je ne me trompais pas, c'est là où loge le médecin étranger.

Je paye mon cocher, et j'entre dans la cour de la maison. Dubois vient au-devant de moi en se frottant les mains d'un air satisfait.

— Eh bien, Paul! comment trouves-tu cette maison? — C'est fort bien; et si l'intérieur répond à ce que je vois... — Oh! c'est bien mieux encore!... Tu seras enchanté... — Il y a donc un médecin fameux dans cet hôtel? — C'est-à-dire qu'il y logeait, mais qu'il est à la campagne pour quelque jours, fort heureusement pour nous : c'est son logement qu'on t'a donné. — Bah!... — Au premier, un appartement magnifique... Ton père est dans l'ivresse. Je lui ai dit que la maison était à toi. — Ce n'était pas la peine. — Pourquoi? puisque ça le rend heureux... Il a l'air d'un bon homme, ton père. — Où est-il maintenant? — Chez toi... il se repose en admirant tes appartements. — Il me semble que je ne ferais pas mal d'aller aussi faire connaissance avec mon logement. — Un instant, mon ami, il faut d'abord aller saluer ton hôtesse... c'est une femme qui tient aux politesses... qui aime les petits soins... Pour loger ton père ici, il a fallu que je fasse bien des choses. Madame Ledoux m'adore depuis longtemps; ceci si elle te plaît, ne te gêne pas; au contraire, tu m'obligeras.

En disant cela, Dubois m'introduit dans une pièce du rez-de-chaussée où nous trouvons une grosse maman de quarante-quatre à quarante-huit ans, qui s'occupe à glacer de petits pots de crème. Elle nous accueille avec un sourire fort gracieux.

— Madame Ledoux, dit Dubois, je vous présente mon ami Paul Deligny, qui brûle du désir de vous voir et de vous remercier de ce que vous voulez bien faire pour lui. — Je suis charmée de pouvoir être agréable à monsieur, dit madame Ledoux en me souriant et en lorgnant Dubois du coin de l'œil; je sais d'ailleurs qu'il faut excuser un peu les jeunes gens... — Vous êtes trop bonne, madame; j'ai, comme vous a dit Dubois, des raisons pour faire vivre à mon père que j'habite depuis longtemps cette maison. Quant au prix de l'appartement, j'espère... — Ah! ne parlons pas de cela, monsieur, l'appartement m'est payé; il est loué par un médecin espagnol ou italien, un charlatan, à ce que je crois, mais qui dépense beaucoup d'argent. On est venu le chercher pour guérir un Anglais... Les Anglais viennent beaucoup le consulter; mais on l'a emmené fort loin, dans un château d'où il ne peut être revenu avant quinze jours au plus tôt. — Et moi, je sais que mon père ne m'en passera pas huit à Paris. — Alors, monsieur, soyez sans inquiétude. — Je vais rejoindre mon père.

Je salue mon hôtesse, et Dubois va me suivre lorsque madame Ledoux lui dit en minaudant : — Monsieur Dubois... je voudrais bien vous consulter... sur le prix des denrées coloniales.

Dubois fait un légère grimace en me disant à l'oreille : — Mon ami, je crois que c'est moi qui payerai le loyer du logement... Tâche que ton père reparte bien vite.

Je laisse Dubois en tête-à-tête avec madame Ledoux, et je monte à mon nouvel appartement.

J'entre dans une belle antichambre; j'y trouve un domestique fort poli qui me dit qu'il sera à mon service tant que le signor Delzini sera absent. Ce garçon est attaché à la maison, et je vois que mon hôtesse l'a déjà mis au fait de ma situation. Vraiment, madame Ledoux est une femme charmante : il est impossible d'être plus obligeante.

Je remercie Lapierre, c'est le nom du valet que l'on me prête, et, après avoir traversé plusieurs pièces fort élégamment meublées, je trouve mon père assis sur un sofa dans mon salon. Il vient à moi et m'embrasse d'un air radieux en s'écriant :

— Mon ami, je te fais compliment... — De quoi donc, mon père? — Parbleu! de la manière dont tu as géré tes affaires... Sais-tu que c'est superbe chez toi? — Oh, mon père! à Paris, vous savez qu'il est facile d'avoir tout ce qu'on veut. — Je sais qu'à Paris, pour avoir un si beau logement, les meubles, des domestiques, il faut de l'ordre et de l'économie. — Ce n'est pas toujours une preuve, mon père. — Allons, ne vas-tu pas te faire le pauvre, à présent? Mais ton ami t'a trahi... — Je sais aussi que cette maison est à toi... — À moi?... pas entièrement... — Enfin que tu fais des affaires magnifiques; que tu as triplé tes capitaux... — Ah ! mon père, par exemple !... — C'est bien... Je ne te demande rien, puisque tu veux faire le discret... Mais tu ne m'empêcheras pas d'être content de toi, d'être fier de la confiance que je t'ai accordée... C'est que, vois-tu, dans ma petite ville, on me raillait quelquefois; on me disait : Ah! vous croyez que votre fils est sage à Paris, qu'il ne mange pas son bien ; vous verrez ! Et je t'avoue que ce sort ces discours qui m'ont un peu décidé à venir à Paris !... Comme je vais confondre tous ces gens-là à mon retour ! ah, ah ! — Tenez, mon père, laissons ce sujet... Vous devez avoir faim... moi-même je n'ai pas diné... Je vais m'informer... Holà ! Lapierre...

Mon valet arrive et Dubois en même temps. Je demande à mon valet si l'on a songé à nous faire à diner, il me répond que l'on n'attend que mes ordres, et Dubois s'écrie : — Oh ! j'ai pensé à tout. Toi, tu étais si pressé d'aller au-devant de ton père, que tu n'avais pas donné d'ordres à ton maître d'hôtel !...

— Comment ! tu as un maître d'hôtel ! s'écrie mon père. — Et un des premiers cuisiniers de France, dit Dubois, auquel il donne mille écus de gages...

— Mille écus à un cuisinier ! dit mon père ; pour le coup, mon cher Paul, tu m'avoueras qu'il faut faire de bien belles spéculations pour payer si cher un cuisinier... Mais en pareil luxe... — Dubois plaisante, mon père... — Un instant, s'écrie Dubois, expliquons-nous. Votre fils lui donne mille écus, mais le cuisinier fournit tout. — Oh! alors... c'est différent, ce n'est plus trop cher...

Nous allons nous mettre à table ; on nous sert un fort joli repas ; Dubois boit et mange comme quatre en me disant à l'oreille qu'il a bien gagné le diner. Mon père fait aussi honneur au repas ; il boit sec, et je vois qu'il griserait Dubois s'il n'en perdre de sa raison. Je crains que Dubois ne dise quelque bêtise ; déjà plusieurs fois je lui ai marché sur les pieds pour le faire taire lorsqu'il parle de ma fortune, de mes gens et de mes chevaux; heureusement mon père est bien loin d'avoir le moindre soupçon. Ce bon père me regarde avec joie, puis s'écrie : — A la bonne heure !... tu es bien mieux habillé que quand je t'ai rencontré dans la cour des diligences... — Vous trouvez, mon père? — Franchement, ta capote avec ces épingles ne me plaisait pas du tout. — Eh bien ! moi, monsieur Deligny, je ne suis pas de votre avis, dit Dubois en trinquant avec mon père ; ça venait de votre costume de ce matin avait son bon côté... d'abord il était très-galant. — Il ne m'a pas fait cet effet-là ! Ha çà, mes enfants, je ne puis pas rester longtemps à Paris... il faudra bien employer le peu de jours que je vous donnerai... Il faut me faire voir ce qu'il y a de plus curieux... je ne serais pas fâché non plus d'aller au spectacle... — Je vous y mènerai, mon père. — Soyez tranquille, papa Deligny, nous vous amuserons... Si nous pouvions vous faire tout voir en un jour, nous le ferions, mais il faut vous amuser plus vite ! — Mais il me semble que le quartier est un peu éloigné du centre de Paris ? — Eloigné !... non, monsieur, il en est au contraire! Vous êtes entre la cité Beaujon et la ville de François Ier; vous avez tout sous la main ici... l'arc de triomphe... les maisons de santé, le chemin du bois de Boulogne !... Il est impossible d'être dans un quartier plus commode !... — Mais le Palais-Royal ! C'est que nous autres provinciaux nous ne connaissons que dans Paris. — Eh bien ! le Palais-Royal est ici à côté... à deux pas, en marchant un peu vite. — Voyons, mes enfants, ce soir que me fera-vous voir ?... est-il encore temps d'aller au spectacle ? — Certainement... où voulez-vous aller ? — Au meilleur. — Au meilleur?... ça dépend du goût; êtes-vous romantique ou classique? — Qu'est-ce que c'est que ça, mon fils ? — Mon père, ce sont deux genres différents... — Ah çà, papa Deligny, vous êtes un peu en arrière... est-ce que vous ne lisez pas les journaux dans votre petite ville ? — Oui, le Journal des Agriculteurs, et il ne m'a jamais parlé de ces genres-là... — Alors il faut mener ton père à l'Opéra ! On donne la Muette de Portici ; vous serez content, papa Deligny, c'est le seul opéra qui ne m'ait pas fait bâiller... Et puis des danses délicieuses... des danseuses qui font des pirouettes sans poser les jambes... et des poses, ah !... Avez-vous une bonne lorgnette?... A l'Opéra, nous avons des habitués qui ont presque une douzaine de télescopes pour mieux apprécier les objets... — Dubois, cesse donc tes folies... il faudrait nous avoir une voiture... — Parbleu, je vais demander la tienne...

— La sienne ! s'écrie mon père ; comment, mon garçon, tu as une voiture ? — Mais non, mon père... c'est une plaisanterie. — Quand je dis ma voiture, papa Deligny, je veux dire celle dont il se sert habituellement... ce qui revient au même.

En disant cela, Dubois ordonne tout bas à Lapierre de nous avoir une citadine. Je vois bien que ce soir il me sera impossible de quitter mon père, et par conséquent d'aller chez madame Luceval. Il faut me résigner ; demain je trouverai bien un moment pour aller la voir... D'ailleurs mon absence aujourd'hui me servira encore mieux que une continuelle assiduité... Les femmes sont si singulières ! ce n'est pas toujours en leur montrant le plus d'amour que l'on parvient à les charmer.

Nous attendons plus de vingt minutes avant d'avoir une voiture, parce qu'elles ne sont pas près de l'allée des Veuves. Heureusement nous sommes restés à table, et Dubois fait causer mon père, qui cependant s'écrie plusieurs fois : — Ta voiture d'habitude n'était donc pas près d'ici ?

Enfin Lapierre revient ; il me dit à l'oreille qu'il n'a point trouvé de citadine; mais il nous amène un fiacre; nous nous en contenterons.

Nous descendons; madame Ledoux était dans la cour, elle nous fait de belles révérences; et lorsque mon père me demande quelle est cette dame, et Dubois répond que c'est ma femme de confiance. Mon père veut aller lui faire compliment de la manière dont elle tient ma maison; mais je l'entraîne vers la voiture en lui disant que le spectacle sera commencé.

Nous sommes tombés sur le fiacre le plus sale et les rosses les plus maigres de Paris : mon père trouve que ma voiture d'habitude va bien doucement. Dubois lui répond : — C'est par prudence, monsieur ; il y a tant de monde par ici... il ne faut écraser personne.

Mon père met la tête à la portière. Nous sommes dans les Champs-Elysées, et il ne passe personne : je crie au cocher de se presser, il fouette en vain ses chevaux. Mais mon père ne s'ennuie pas, il dit qu'il n'a pas vu depuis longtemps, et au bout de trois quarts d'heure nous arrivons enfin à l'Opéra.

Nous nous plaçons à l'orchestre. Mon père est tout au spectacle. Dubois ne cesse de bavarder, il fait ses réflex ns si haut qu'il incommode nos voisins; et lorsqu'on murmure il regarde chacun d'un air insolent comme s'il défiait le public en masse. Je ne suis occupé qu'à le faire taire, je ne serais pas content qu'il nous fit avoir quelque scène.

Je lui dis à l'oreille de se rappeler que mon père est avec nous, et il me répond tout haut : — Il n'y a pas de mal que ton père voie que tes amis sont des lurons à qui l'on ne fait pas peur.

Après le second acte, je parviens à faire sortir Dubois avec moi; je le mène promener dans les couloirs des quatrièmes, j'ai mon projet ; en effet nous rencontrons par là deux minois chiffonnés que Dubois prétend avoir vus quelque part. Il remarque que ces dames entrent à l'amphithéâtre des quatrièmes et qu'il y a de la place derrière elles. Aussitôt il me quitte le bras en me disant : — Mon ami, je t'ai consacré toute ma journée; ton père est en sûreté à l'orchestre, permets-moi de partir la soirée aux amours. Voilà deux petites mères qui m'ont l'air de savoir que les enfants ne se font pas par l'oreille; je vais me placer près d'elles... ça ne te fâche pas? — Non, vraiment... adieu; à demain.

Je m'éloigne, enchanté d'avoir laissé Dubois aux quatrièmes. Avant de retourner près de mon père, j'entre un moment au foyer. J'y ai fait à peine deux pas, que je me trouve en face de Jenneville et de madame de Rémonde.

Je ne puis passer sans leur dire bonsoir. Les yeux de la belle Herminie me feraient peur si nous étions en tête-à-tête... S'ils pouvaient lancer la foudre, à coup sûr je serais déjà réduit en poussière. Je feins de ne point voir leur courroux, mais je remarque que Jenneville me regarde d'un air ironique : ce n'est plus de l'amitié que je vois dans son accueil, c'est un tout autre sentiment.

— Comment !... vous êtes à l'Opéra? me dit Jenneville d'un ton persifleur, par quel hasard ?... vous qu'on ne voit plus dans le monde... qui fuyez les plaisirs bruyants pour vous consacrer entièrement à la la dame de vos pensées ! — Ah ! il paraît que la dame qui occupe monsieur lui a permis d'aller ce soir au spectacle, dit Herminie en riant avec effort.

Je tâche de prendre un air impassible en répondant : — Si je ne vais pas souvent dans le monde, c'est qu'apparemment cela ne me convient pas... Si je m'occupe de quelque dame, il me semble que cela ne regarde personne, et que je suis maître de faire ce qui me plaît. — Aussi, mon cher ami, n'a-t-on nullement envie de vous détourner de l'objet de vos affections !... — Monsieur place trop bien son amour pour qu'on ait jamais la pensée de le troubler!... — Je crois, madame, qu'il serait heureux pour beaucoup de personne de le placer aussi bien.

Madame de Rémonde se mord les lèvres et rougit; Jenneville rit et reprend : — Oh, mon cher, c'est que votre passion fait plus de bruit que vous ne croyez.

Je me trouble malgré moi, car je vois bien que tout cela ne m'est pas dit sans motif. Mais on a commencé le troisième acte, Herminie entraîne Jenneville, qui en s'éloignant me dit : — J'irai vous faire mes compliments et mes remerciements.

Saurait-il que c'est chez sa femme que je vais tous les jours?... Qui donc a pu le lui dire?... lui qui s'occupe si peu de ce que fait sa femme. Ah! s'il en est instruit, c'est par madame de Rémonde... Cette femme-là me déteste maintenant; elle fera tout ce qu'elle pourra pour me tourmenter... Cependant, elle-même, comment a-t-elle su cela? Mais à Paris, avec de l'argent, ne sait-on pas tout ce qu'on veut !...

Je retourne près de mon père; pendant qu'il s'occupe du spectacle, je ne songe qu'à la conversation que je viens d'avoir avec Jenneville et sa maîtresse; mais je me promets bien de n'en point parler à Augustine. Cela me sera facile; maintenant elle ne me questionne plus au sujet de son mari.

On vers le milieu du dernier acte, des cris, qui partent de l'amphithéâtre des quatrièmes, interrompent le spectacle. On se querelle, on fait un tapage que les paisibles habitués de l'Opéra ne sont pas accoutumés à entendre. J'ai bien dans l'idée que Dubois n'est pas étranger

4.

à ce bruit. Je crois même le reconnaître en haut, gesticulant et menaçant tout le monde! Enfin le spectacle finit; j'entraine vivement mon père, et une voiture nous ramène à l'allée des Veuves.

Mon père veut absolument que je couche près de lui; il a chez lui sa petite servante à ses ordres, et à Paris il se trouve tout désorienté. Je vois bien qu'il n'y a pas moyen d'aller coucher dans ma rue Charlot; mais demain!... ah! demain, il faudra bien que je trouve l'instant d'aller chez Augustine.

En me déshabillant, je cause avec Lapierre de ce signor Delzini dont nous occupons le logement, et qui, à ce que m'a dit mon cocher, guérit toutes les maladies avec des fines herbes. Lapierre m'apprend que ce docteur étranger ne se sert en effet que de *simples* avec ses malades, et que, comme il se fait payer extrêmement cher, on lui croit beaucoup de talent. Je m'endors en priant le ciel pour que le savant docteur ne revienne pas à Paris avant le départ de mon père.

J'espérais, en me levant de bon matin, avoir le temps d'aller chez moi avant le réveil de mon père; mais j'ai affaire à un campagnard qui est toujours debout avec le jour. Je trouve mon père levé, et réglant déjà l'emploi de sa journée. Je l'entends sans cesse répéter : — Tu me mèneras là; puis tu me mèneras ensuite là !...

Tout cela ne fait pas mon compte; j'espère que Dubois viendra me relayer.

Je le vois avec joie arriver.

Mon père lui demande pourquoi il n'est pas resté au spectacle avec nous. — Mon cher monsieur Deligny, dit Dubois, c'est que j'ai retrouvé deux... de mes cousines dans les loges du cintre... et vous sentez qu'on se doit à sa famille...

— C'est toi qui as fait tant de bruit? dis-je tout bas à Dubois; le spectacle en a été troublé. — Que diable! mon ami, est-ce ma faute? ces deux mijaurées qui s'avisent de trouver mauvais que j'appuie mes mains sur leurs hanches !... — Aujourd'hui j'espère que tu seras sage, que tu boiras moins à ton diner, et que tu ne quitteras pas mon père. — Sois tranquille... aujourd'hui ton père me prendra pour Caton II.

Mon père veut aller visiter le jardin des Plantes, le Luxembourg, les Tuileries, le Palais-Royal; il veut voir tous les passages, et se promener en bateau sur le canal. En voilà au moins pour toute la journée, mais je pense que je trouverai moyen de m'échapper.

J'ai proposé à mon père de le mener déjeuner au Palais-Royal. Nous allions nous mettre en route, lorsque madame Ledoux fait dire à Dubois qu'elle désire savoir le cours des denrées coloniales.

Dubois fait une grimace horrible, mais il nous dit d'aller devant, et nous partons.

Les provinciaux sont terribles; ils veulent tout voir, tout examiner de près... Mon père me force de m'arrêter à chaque instant. Je conçois que des personnes qui n'ont passé que quinze jours à Paris connaissent mieux tous les monuments et toutes les curiosités de la ville que celles qui l'habitent depuis trente ans.

Nous arrivons aux Tuileries. Dubois ne nous a pas encore rejoints... Il paraît que madame Ledoux aime à faire durer les conversations. Si Dubois allait me laisser mon père à promener toute la journée !... J'ai presque vue envie de retourner à l'allée des Veuves; mais mon père ne le veut pas. Nous allons déjeuner, j'ai dit à Dubois chez quel traiteur nous serions, je pense qu'il viendra nous y retrouver. J'allonge le déjeuner tant que je puis, mais mon père a fini de manger depuis longtemps; je me presse, il veut bien employer sa journée.

— Il faudrait attendre Dubois, dis-je à mon père. — Mon cher Paul, ton ami nous rejoindra. — Mon père, à Paris on ne se retrouve pas si facilement. — Alors, mon fils, nous nous passerons de lui; pourvu que tu sois avec moi, c'est tout ce qu'il me faut.

Que répondre à cela? rien : il faut se soumettre et avoir l'air content !... Nous partons, et je promène mon père dans les quatre coins de la ville. Tout bas je donne Dubois au diable! Le perfide m'abandonne quand il sait que j'ai tant besoin de lui. Ah !... que la journée me semble longue !... Certainement j'aime mon père de toute mon âme, mais quand on est amoureux !... quand on a mille raisons pour désirer voir celle qu'on adore... Ceux qui aiment comprendront tout le mauvais sang que je me fais !... Si du moins je pouvais dire à mon père que je suis amoureux... lui parler d'Augustine; mais non, c'est impossible.

Enfin, à six heures du soir nous revenons dîner au Palais-Royal. Je suis excédé, harassé, je n'avais jamais tant vu de choses en un jour. Mon père ne semble pas fatigué. Les habitants de la campagne ont de meilleures jambes que les citadins.

Nous sommes revenus dîner où nous avons déjeuné, j'ai encore un faible espoir sur Dubois; en effet, nous ne sommes que vers huit heures qu'il entre dans le salon, et vient s'asseoir à notre table.

— Ah! te voilà donc enfin! — Oui, mon ami... Papa Deligny, vous êtes frais comme une rose !... — Pourquoi n'es-tu pas venu nous rejoindre ce matin? nous t'avons attendu. — Ah! pourquoi... D'abord madame Ledoux... tu sais, la femme de confiance... m'a forcé à lui faire une petite causette... dont je me serais bien passé... Mais il ne faut pas qu'elle s'y accoutume... Après cela, je me suis rappelé que j'avais un rendez-vous important... (Dubois se penche vers moi et me dit à l'oreille : Chez un commissaire de police). Pour une affaire très-majeure... (Pour mes pantalons) et dont la perte m'aurait un peu embar-

rassé... (Je veux bien donner mon cœur à la beauté, mais je ne veux pas lui donner mes culottes)...

Je profite de la circonstance pour dire à mon tour : — J'ai aussi un rendez-vous pour ce soir... C'était pour une affaire assez importante... mais comme mon père est ici...

— Il ne faut pas te gêner, mon ami, s'écrie mon père, si tu as ce soir une affaire à terminer, il faut aller à ton rendez-vous... Monsieur Dubois sera assez aimable pour me tenir compagnie. — Comment donc !... mais avec le plus vif plaisir... Ce soir je suis tout à vous! — Seulement, mon fils, tu tâcheras de nous rejoindre le plus tôt possible. — Oh! je vous le promets, mon père, et vous, papa Deligny, je vous réponds que nous nous amuserons tous les deux... Nous ferons nos farces... Je ne vous dis que ça.

L'assurance de pouvoir aller ce soir chez Augustine me rend toute ma bonne humeur, nous faisons un dîner fort gai. Dubois nous conte mille folies, mon père rit et boit sec; Dubois, qui veut lui tenir tête, est déjà aussi en train que la veille. Après le dessert je les laisse aller prendre le café. Je leur donne rendez-vous pour neuf heures dans la nouvelle galerie, et je recommande mon père à Dubois, qui me crie : — Laisse-nous faire, et t'inquiète pas de nous.

Enfin me voilà maître de faire ce que je veux... Je regarde ma montre, il est sept heures et demie... Je cours à une place de cabriolet, je monte... Je promets un bon pourboire au cocher et il le fouette son cheval. Il me semble qu'il y a un siècle que je n'ai vu Augustine !... Hier je l'ai quittée et tout me paraissait naturel !... Elle a bien vu que mon embarras n'était pas naturel ! Je suis curieux de savoir comment elle va me recevoir.

Me voici chez elle : je monte l'escalier comme si j'étais poursuivi; j'ai sonné, on m'a ouvert. J'ai seulement entendu que madame y est, et déjà je suis dans le salon... Juliette est avec elle : ah! que les amis sont quelquefois insupportables !...

On me reçoit poliment... Mais que cette politesse est froide... que le salut est sévère !... On me remarque à peine, on répond sèchement à mes compliments. Allons, elle est fâchée... Tant mieux... c'est bon signe. Je saurai bien m'excuser en lui apprenant que mon père est ici; mais auparavant je ne suis pas fâché de voir si vraiment on s'est inquiété de ce que je suis devenu.

Juliette a aussi un air plus réservé avec moi, et me regarde en dessous; puis elle regarde Augustine. Pendant quelque temps nous n'échangeons que des phrases indifférentes; on ne me demande pas ce que j'ai fait depuis la veille, mais je vois bien qu'on en meurt d'envie.

Enfin Juliette me dit en souriant :

— Vous avez quitté votre joli doliman à épingles? Ah! vous avez eu tort : vraiment il vous allait bien... — Ah! dit Augustine avec amertume, monsieur a trop bon goût pour se mettre ainsi sans y être forcé... Sans doute il fallait qu'il se déguisât pour tromper la surveillance de quelque jaloux... — Vous êtes bien loin de deviner la vérité, mesdames !... — Vous seriez, je crois bien embarrassé pour nous la dire !... — Non, madame, ce n'est plus facile.

Je fais à ces dames le récit de mes aventures de la veille. En apprenant que mon père est à Paris, Augustine daigne enfin jeter les yeux sur moi; un léger sourire reparaît sur ses lèvres, quoique ses regards conservent encore l'expression du doute. Juliette rit aux larmes lorsque je conte ma position, attendant chez Dubois qu'il me rapporte mon pantalon. Je termine mon récit en faisant connaître toute l'impatience que j'ai éprouvée depuis la veille, et je vois ses beaux yeux se fixer sur les miens avec une expression plus douce et plus tendre qu'ils n'avaient jamais eue en me regardant.

— Voyez un peu, s'écrie Juliette, ce que c'est que de juger sur les apparences !... Nous vous supposions déjà un fort mauvais sujet... Augustine même avait formé le projet de ne plus vous voir... — Quoi, madame !... — Écoutez donc !... un jeune homme qui se déguise... qui ne couche pas chez lui... — Ah! vous avez su... — Oui... par hasard. Augustine voulait aller se promener à la campagne; on a envoyé un domestique pour vous le faire savoir, mais le portier a dit que vous n'étiez pas rentré depuis la veille, et qu'il était très-inquiet de vous.

Je conçois maintenant pourquoi l'on me faisait si froide mine... Si j'étais indifférent, qu'est-ce que cela lui ferait que je ne couche pas chez moi?... M'en voilà encore aux espérances... Je la forcerai bien à se trahir.

Après avoir beaucoup ri de mes aventures de la veille, Juliette nous quitte, et je reste seul avec Augustine; elle se rapproche de moi, il me semble qu'il y a dans sa voix plus de douceur qu'à l'ordinaire, peut-être est-ce parce que j'ai été plus longtemps sans l'entendre... ses yeux me sourient avec bonté... Ah! si je ne me retenais, je tomberais à ses genoux... Mais non, mon ami... il faut que je sois certain d'être aimé : il serait trop cruel de s'être encore abusé.

Depuis plus d'une heure, nous sommes seuls... nous parlons peu... Je ne sais pas trop ce que nous disons... mais qu'importe quand on est bien ensemble !... Augustine soupire quelquefois, je feins de ne point m'en apercevoir. Enfin elle me dit : — Pourquoi donc craignez-vous tant que votre père apprenne que vous avez perdu une partie de votre fortune? — D'abord... parce que cela lui ferait de la peine... — Mais ne faudra-t-il pas que tôt ou tard il sache la vérité?... — Sans doute... mais s'il la connaissait maintenant, il voudrait me faire quitter Paris... il voudrait surtout me marier... — Vous marier ! ah !... vous croyez qu'il pense?.. En effet... vous vous marierez quelque jour...

Elle a prononcé ces derniers mots bien tristement et en laissant tomber sa tête sur sa poitrine. Je garde le silence, mais je respire à peine. Elle reprend au bout d'un moment : — Pourquoi ne voulez-vous pas vous marier maintenant ? — Le mariage n'a rien qui me charme... qui me séduise à présent... — Cependant il faudra bien un jour obéir à votre père... d'ailleurs ne faut-il pas toujours finir par là ?... Vous vous marierez !... puissiez-vous dans votre ménage être plus heureux que moi !...

Elle achève à peine ces mots que deux ruisseaux de larmes s'échappent de ses yeux, les sanglots oppressent sa poitrine, elle couvre son visage de son mouchoir. Mais que fait couler ses pleurs ? Est-ce le souvenir de son mari ? est-ce la pensée que je me marierai ?

Je prends sa main, que je serre dans la mienne pendant qu'elle se livre à une douleur dont je voudrais bien connaître la principale cause. Nous restons quelques minutes ainsi. Enfin Augustine essuie ses yeux et me dit : — Je suis bien ennuyeuse, n'est-ce pas?... pardonnez-moi !... mais le souvenir de mon mariage... Ne parlons plus de cela... Il est bien tard... est-ce que vous retournerez ce soir à l'allée des Veuves?... Tenez... écoutez... c'est la pluie qui tombe à verse.

En effet, il fait un temps horrible, il est minuit passé : auprès d'elle je n'ai remarqué ni l'heure, ni le temps. Mon père doit être maintenant couché et je puis bien aller rue Charlot, et demain je lui dirai que j'ai fait une course avant son réveil ; par ce moyen, je pourrai revoir Augustine demain matin avant d'aller aux Champs-Elysées. Elle approuve mon idée. Je passe encore une demi-heure près d'elle, et en me quittant elle me répète : — A demain !

CHAPITRE XX. — Mon père et Dubois. — L'Anglais malade.

Pendant qu'ivre d'amour et d'espérance, je passais une soirée charmante près d'Augustine, oubliant mon père et Dubois, auquel j'avais donné parole pour neuf heures ; de leur côté, ils n'avaient pas été plus exacts au rendez-vous.

Resté seul au café avec mon père, Dubois veut lui faire goûter de toutes les liqueurs. Malheureusement il se trouve être en fonds ; il a touché de l'argent dans la matinée, et l'on sait qu'il aime autant à le dépenser que Jolivet aime à garder le sien.

Mais les gens de province mettent ordinairement de l'amour-propre à ne point se laisser vaincre en politesses par les Parisiens. Toutes les fois que Dubois a payé quelque chose, mon père veut avoir sa revanche, et il paye à son tour; Dubois fait revenir autre chose, parce qu'il veut avoir le dernier ; mon père prétend aussi ne pas être moins généreux ; ces messieurs y mettent un entêtement qui pourrait finir par les conduire sous la table.

Heureusement la chaleur du café et les différentes libations qu'ils ont faites leur donnent le désir d'aller respirer le grand air. Alors le temps était encore superbe. — Allons-nous promener ? dit mon père. — Oui, allons longner les femmes sur le boulevard, dit Dubois.

Ces messieurs se mettent en route. La raison de mon père n'a pas tenu contre tous les petits verres, celle de Dubois est depuis longtemps déménagée, et tout en se promenant sur le boulevard il se permet de parler à toutes les femmes qui lui semblent un peu jolies. Mon père lui dit avec naïveté : — Vous connaissez beaucoup de monde à Paris ? — Moi, vieillard, je suis connu du beau sexe comme les peintres connaissent l'Apollon du Belvéder.

Cependant plusieurs des soi-disant connaissances de Dubois se sont offensées de ses propos. Quelques hommes s'en sont mêlés : alors Dubois fait doubler le pas à son compagnon : ces messieurs se jettent dans les petites boutiques qui encombrent maintenant les boulevards ; ils renversent les marchandises ; les marchands leur disent des injures, et mon père, tout étourdi de la promenade que Dubois lui fait faire, lui dit : — Pourquoi tous ces gens-là crient-ils après nous ? — Parce que ce sont des drôles qui en veulent que je leur casse... mais je ne les rosserai pas ce soir, parce que vous êtes avec moi.

Il est nuit depuis longtemps. Mon père, fatigué de sa promenade, a envie de rentrer se coucher, mais Dubois lui dit : — Vous n'y pensez pas !... il n'est pas dix heures, et à Paris un honnête homme ne peut pas se coucher avant minuit... — Mais si j'ai envie de dormir?... — Non, respectable vieillard, vous n'avez pas envie de dormir. Je ne souffrirai pas que vous dormiez. Nous allons prendre un sapin, et je vais vous mener dans un endroit charmant, qui d'ailleurs n'est qu'à deux pas de votre logis ; ce qui nous sera commode pour nous en revenir.

Ces messieurs montent en voiture, et Dubois dit au cocher de les mener au salon de Flore, aux Champs-Elysées.

Qu'est-ce que c'est que le salon de Flore ? demande mon père pendant que le sapin roule. — C'est un des bals champêtres de la capitale où l'homme aimable a le plus d'agréments. — Que voulez-vous que je fasse au bal ?... Je ne danse plus. — Vous y ferez tout ce que vous voudrez : nos bals champêtres sont très-agréables, en ce qu'on y fait autre chose que danser... — Dans mon temps cependant j'étais un

amateur de danse... J'avais un jarret étonnant. — Quel âge avez-vous maintenant? — Cinquante-huit ans. — C'est le plus bel âge pour danser, c'est celui où l'on met le moins de roideur dans ses pas... Vous pincerez ce soir votre rigodon... Et si ça vous fait plaisir, vous pincerez bien autre chose !...

On arrive au salon de Flore. Dubois prend mon père sous son bras, et le promène partout en le faisant s'arrêter devant chaque femme et le forçant d'offrir du tabac à celles qu'il trouve gentilles. Mon père, qui croit que c'est l'usage à Paris, et qui d'ailleurs ne sait plus trop où il en est, se promène avec sa tabatière ouverte à la main. Dubois propose du punch pour manger, le punch est accepté, on se met dans un bosquet d'où l'on aperçoit la danse. Mais bientôt la pluie qui tombe avec force chasse tous les promeneurs dans le salon. Mon père et Dubois vont s'y installer avec une autre bol de punch.

Au bout de quelque temps, Dubois dit à mon père : — A présent que nous sommes rafraîchis, nous allons danser. — J'aimerais mieux aller me coucher. — Vous n'y pensez pas... Il pleut à seaux, impossible de s'en aller de ce temps-ci. Dansons... — Je ne connais pas de dames... — Oh ! on a bientôt fait connaissance !... Invitez celle qui sera le plus à votre goût. — Invite-t-on aussi à danser en offrant une prise de tabac ? — Non... vous ferez un compliment à votre choix... Allons, papa Deligny, de la verdeur... Je vais me mettre en face de vous.

Mon père prend son chapeau à la main, se donne un air déterminé, et après avoir fait quelques tours dans le salon, invite une dame de cinquante ans qui n'était venue que pour faire danser ses nièces La bonne dame, enchantée d'une proposition que depuis longtemps on ne lui fait plus, prend aussitôt la main que mon père lui présente, et tous deux vont se placer pour la contredanse.

Dubois vient de se mettre en face de mon père avec une demoiselle qui a sous son bonnet un peigne de six pouces de haut. En voyant la danseuse de mon père, Dubois s'écrie : — Si celle-là ne sait pas encore les figures, ça sera malheureux !... Attention, jeune couple, on a les yeux sur vous !

En effet, beaucoup de jeunes gens qui ne dansaient pas paraissent curieux de voir comment le jeune couple s'en tirera. L'orchestre donne le signal; on sait que ce premier ritournelle n'est que pour avertir les danseurs. Mon père, qui ne sait pas cela, part avec sa dame ; tous deux s'élancent en bondissant vers Dubois, qui retient mon père par le pan de son habit en lui criant : — Un instant, mes petits gaillards !... pas encore... A présent, c'est cela ; déployons tous nos moyens !

Dubois, échauffé par le punch, danse comme un possédé ; mon père et sa danseuse se sont déjà perdus dans la chaîne anglaise ; mais ils se jettent sur tout le monde et dansent toujours ; on rit de tous côtés en les regardant. Dubois trouve mauvais que l'on rie de ses vis-à-vis ; il jure entre ses dents, et dit à l'oreille de mon père lorsqu'il passe près de lui : — Donnez-moi des coups de pied à tous ces drôles-là.

Mon père et sa danseuse ne donnent pas de coups de pied ; mais ils s'égarent de nouveau dans une figure et la terminent une pastourelle en valsant. Les jeunes gens qui les entourent rient de plus belle ; Dubois leur jette alors son chapeau à la tête en leur criant : — Vous êtes des insolents !... Vous n'êtes pas f... pour danser comme ça ! et je vous défie tous !

Aussitôt plusieurs hommes se précipitent sur Dubois ; la danse est interrompue, les femmes crient, les enfants pleurent ; on se pousse, on se menace ; mon père, bousculé par chacun, et ne sachant pas même qu'il est la cause de ce tapage, perd sa danseuse et son mouchoir. Mais Dubois, qui se voit menacé par une dizaine d'individus, prend le bras de mon père, et se sert de sa personne comme un bouclier pour parer les coups.

La garde arrive : on met Dubois et mon père à la porte, parce qu'il est prouvé que ce sont eux qui sont cause de ce tumulte ; et, sans trop savoir comment, parce que la bataille les a beaucoup étourdis, ils se trouvent tous deux, à près de minuit et par un temps horrible, au milieu des Champs-Elysées.

— Ah çà !... où sommes-nous ? dit mon père, qui ne voit que ténèbres autour de lui. — Ah ! les gredins !... je suis encore tout en sueur sur deux hommes... Malgré cela, si la garde n'était pas venue, je les rossais tous ! — Moi, j'aime autant qu'elle soit venue et que nous soyons partis... Je ne sais pas trop comment est arrivée cette querelle, mais je sais bien que je me trouvais au milieu des combattants, et comme vous ne me lâchiez pas... je crois, plusieurs coups... — Vous avez reçu des coups ? — Certainement. — Venez avec moi, vertueux vieillard ; il ne sera pas dit qu'on aura impunément battu le père de mon ami. — Où voulez-vous aller ? — Nous allons retourner au bal, et nous les rosserons comme tout à l'heure... — Non, non... j'en ai bien assez comme cela. — Venez donc... je vous répète que nous pouvons à nous deux assommer tous ces cuistres-là. — Et moi, je vous dis que je ne veux assommer personne, mais que je veux me coucher... il en est bien temps. — Je vous obéis parce que vous êtes le père de mon ami, et qu'il vous a confié à mes soins... Mais sans cela !... mille tonnerres !... Ah çà ! mais il pleut à verse. — C'est vrai. — Et j'ai perdu mon chapeau dans la mêlée... — Dépêchons-nous de rentrer, mon ami... — Connaissez-vous le chemin ? — Soyez donc tranquille ; est-ce que je suis fait pour vous égarer !... — Mais on ne voit pas clair du tout. — C'est égal... en avant et ferme. — Aie !... — Qu'est-ce que c'est ? — J'ai mis le pied dans un trou. — C'est égal. — Mais j'ai de l'eau jusqu'au genou. — Ça se sèchera... Donnez-moi le bras... appuyons-nous l'un sur l'autre. — Serons-nous bientôt arrivés ! — Il faudra bien que nous arrivions quelque part. — Vous dites que ce quartier-ci est le plus beau de Paris ?... Pourquoi donc ne l'éclaire-t-on pas ? — C'est justement pour cela : on n'éclaire que les vilains quartiers où il y a des voleurs. — Mais celui-ci me semble bien désert... — Bah !... vous ne voyez pas les gens qui passent, parce qu'il fait nuit !... — On trébuche à chaque pas... — C'est que nous n'avons pas pris le trottoir... attendez, je vais le chercher... — Ah ! mon Dieu !... vous m'entraînez !...

Ces messieurs venaient de rouler dans un fossé rempli d'eau et de boue. Dubois jure comme un damné, et mon père en fait autant en maudissant le beau quartier où son fils a failli se loger. Tous deux parviennent cependant à se retirer du fossé, mais leurs habits, leurs mains sont couverts de boue. Il faut se remettre ainsi en marche. Enfin, après avoir erré pendant une heure dans les Champs-Élysées, ils se trouvent dans l'allée des Veuves et devant la maison de madame Ledoux.

Le portier en leur ouvrant la porte est effrayé de l'état dans lequel ils sont. Dubois lui dit de se taire et de leur donner de la lumière. Tout en lui présentant une chandelle, le portier dit à Dubois : — Madame Ledoux m'avait chargé de faire savoir à monsieur, si je le voyais ce soir, qu'elle désirait lui parler pour connaître le cours des denrées coloniales.

— Que madame Ledoux aille se promener ! s'écrie Dubois en prenant la lumière... je ne lui dirai pas seulement le cours des haricots !... La petite mère mord un peu trop à la friandise... Allons nous coucher, père de mon ami.

Mon père ne demandait pas mieux ; étourdi de sa soirée, il avait grand besoin de prendre du repos. Il est bientôt couché et endormi.

Il n'en est pas de même de Dubois ; comme il ne sait pas encore dans quel lit il couchera, il prend une chandelle, et se met à parcourir la maison pour se chercher une chambre.

Il était plus de minuit ; tout le monde dormait. Dubois, qui n'est jamais embarrassé, parcourt les corridors et ouvre plusieurs portes. Mais il n'est encore entré que dans des chambres où il n'y a pas de lit.

A force de chercher, il entre dans une pièce où il voit une couchette sans rideaux. — Je tiens : le lit est occupé, et Dubois reconnaît mademoiselle Girard, la cuisinière de la maison, qui ronfle comme un cheval poussif. Mademoiselle Girard n'est ni très-jeune, ni très-jolie ; elle a un gros nez plein de tabac, et une peau qui ressemble à un bouillon gras ; mais quand a beaucoup dîné, qu'on a bu du punch, qu'on a dansé et qu'on a roulé dans un fossé, on doit avoir la tête montée. Aussitôt Dubois se déshabille, souffle sa chandelle, et se couche près de mademoiselle Girard en disant : — Je ne suis pas fâché de savoir si elle fait l'amour aussi bien que le macaroni.

En s'éveillant le lendemain matin, mon père repasse dans sa mémoire tous les événements de la veille ; il n'est pas content de lui ; il ne conçoit pas comment à son âge il a pu commettre autant de folies ; il est surtout en colère contre Dubois, qui l'a fait danser au salon de Flore... Voulant lui faire compliment de mon ami, mon père m'appelle, et je ne lui réponds pas, par la raison qu'au lieu d'avoir couché près de lui, je suis à mon logement de la rue Charlot.

Mon père appelle Lapierre, mais Lapierre était déjà sorti pour les commissions... Mon père se lève, s'habille, et tout en s'habillant il murmure, il gronde ; il est de fort mauvaise humeur.

Surpris de ne point me voir, mon père va sortir pour s'informer de ce que je suis devenu, lorsqu'il entend frapper doucement à sa porte ; il va ouvrir, et un jeune homme mis avec beaucoup d'élégance se présente en lui faisant un profond salut.

Master Dezini ? dit l'étranger avec un accent qui fait sur-le-champ reconnaître un de nos voisins d'outre-mer. Mon père, qui croit que le jeune Anglais demande son fils, parce que le nom qu'il a prononcé est à peu près le sien, présente un siège à l'étranger en lui disant :

— Mon fils est déjà sorti, monsieur, mais si vous voulez bien me dire ce qui vous amène, ce sera absolument la même chose.

Le jeune Anglais ne semble pas avoir bien compris mon père, et tout en s'asseyant il lui répète : — Etes-vous le signor Dezini ? — Oui, monsieur, Deligny... c'est comme cela qu'il faut prononcer, mais je vois que vous êtes étranger, et on ne peut pas tout de suite dire les noms. Monsieur est Anglais ? — Yes, et vous m'avez beaucoup grandement été utile à plusieurs compatriotes à moi, qui avaient donné le adresse de vous. — Ah ! j'entends !... mon fils a fait des affaires avec de vos compatriotes !... cela ne m'étonne pas, il est très-répandu dans le monde ; c'est un garçon qui ira loin !... — Yes, sir, je venais aussi pour que vous soulagiez moi... Je payerai très-fort beaucoup sans marchander... — Ah ! fort bien, monsieur vient pour le consulter... — Yes... consultation. — Si monsieur veut avoir la complaisance de m'expliquer ce que c'est...

Le jeune Anglais rapproche sa chaise de celle de mon père, et lui dit d'un ton très-grave : — Je avais le ver tout seul.

Mon père penche l'oreille vers le jeune homme en disant : — Pardon, je n'ai pas bien entendu. — Je avais le ver tout seul.

Mon père ouvre de grands yeux et se gratte la tête en murmurant :

— Vous avez le ver... Ah ! vous voulez dire que vous faites des vers !... Yes, yes... je faisais !... — Et c'est pour des vers que vous venez consulter mon fils ?... Ma foi, je ne sais pas s'il est poëte... mais comme il a beaucoup d'esprit, il est possible. . et puis à Paris c'est peut-être l'usage de consulter les hommes d'affaires pour les ouvrages littéraires. Donnez-moi vos vers, je les montrerai à mon fils...

L'Anglais regarde mon père d'un air d'impatience en répétant : — Je dis à vous que je voulais plus avoir le ver tout seul... — Ah ! bon, je comprends,... vous ne voulez pas en faire seul, c'est-à-dire que vous voulez que mon fils en fasse avec vous... C'est un ouvrage que vous désirez terminer en société !...

L'Anglais se lève avec colère en s'écriant : — Je avais le ver toute seul... God dem !... vous devez chasser lui de là...

En disant ces mots, l'Anglais prend la main de mon père, et se la pose sur le ventre. Mon père trouve cette façon d'agir très-cavalière : il retire sa main brusquement en s'écriant à son tour :

— Allez-vous-en au diable avec votre ver ! est-ce que vous croyez, monsieur, que l'usage est ici de se faire tâter le gousset pour prouver qu'on est en état de payer les hommes d'affaires ?... Je vois très-bien que vous avez de l'argent !... mais vous vous expliquerez avec mon fils.

L'Anglais devient violet de colère ; il frappe du pied dans l'appartement, et poursuit mon père en lui criant aux oreilles : — Je avais le ver seul... vous... chasser lui de là... vous, donner drogue à moi... vous, être obligé pour guérir moi !...

Mon père commence à perdre patience ; il crie aussi fort que l'Anglais, parce que beaucoup de gens croient qu'en criant ils se font mieux comprendre. Dans ce moment d'autres cris se font entendre dans la maison ; ils partent de la chambre de la cuisinière. C'est madame Ledoux, qui, surprise de ne point voir descendre mademoiselle Girard pour apprêter le déjeuner, est montée jusque chez elle, où elle a trouvé Dubois apprenant à la cuisinière le cours des denrées coloniales. Madame Ledoux est furieuse ; elle n'a pas eu de complaisances avec Dubois pour que ce soit mademoiselle Girard qui en profite. Elle crie, elle tempête, elle ordonne à sa cuisinière de faire son paquet, et à Dubois de m'annoncer qu'elle ne peut plus me prêter son logement.

Dubois est descendu à demi habillé pour m'apprendre cette nouvelle ; il trouve mon père aux prises avec le jeune Anglais, qui ne veut pas absolument le lâcher qu'il ne lui ait prescrit une drogue. Dubois, qui devine sur-le-champ le quiproquo, se jette dans un fauteuil en riant aux éclats, et pour compléter le tableau, madame Ledoux paraît à l'entrée de l'appartement, jetant sur Dubois des regards furibonds.

— Pour Dieu ! monsieur Dubois ! s'écrie mon père, débarrassez-moi de monsieur... et vous, madame, qui êtes femme de confiance de mon fils, pourquoi avez-vous laissé monter cet Anglais, lorsque mon fils n'y est pas ?

— Moi, femme de confiance ! dit madame Ledoux en s'avançant vers mon père, qu'est-ce à dire, monsieur ?... Apprenez que je suis chez moi, que cette maison m'appartient !... et que si j'ai bien voulu prêter au locataire votre fils le logement du signor Delzini, ce n'est pas pour que l'on débauche mes cuisinières, et que chez moi on se permette... Ah ! fi... quelle horreur !... un homme qui a de l'éducation donner dans le torchon !... Je n'aurais jamais cru cela !... — Comment, madame, mon fils n'est pas ici chez lui ?... — Non, monsieur, il est chez moi... et encore n'est-ce que par bonté de ma part... Mais vous arriviez... on voulait vous faire croire qu'on était riche... vous cacher le mauvais état de ses affaires... Moi, je me suis prêtée à cela, parce que j'ai cru qu'on avait des motifs... mais il faut qu'on me rende ce logement ce matin même... Le signor Delzini va revenir... Une cuisinière !... une demoiselle Girard !... c'est indécent !... — Pourquoi vous pas toujours vouloir guérir moi ? dit l'Anglais avec fureur, tandis que mon père, qui commence à deviner une partie de la vérité, se promène avec agitation dans le salon.

— Un instant, dit Dubois, qu'avez-vous d'abord ? — J'ai déjà dit à monsieur que je avais le ver tout seul... — Ah !... ah !... ah !... j'entends... C'est le ver solitaire, que vous voulez dire ? — Yes, yes... le solitaire tout seul !... — Et vous venez pour qu'on vous guérisse ? — Parfaitement, je voulais plus du tout garder le solitaire !... — Eh bien ! milord, ayez la complaisance de repasser ici dans quelques jours : monsieur est le médecin étranger que vous demandez ; le savant docteur est absent, mais il reviendra, et alors je ne doute pas qu'il ne vous ôte tout ce que vous voudrez ; en attendant, ayez la bonté de vous en aller, vous et votre solitaire, c'est ce que vous pouvez faire de mieux.

Ce n'est pas sans peine que l'on fait comprendre à l'Anglais que le docteur est absent ; enfin il se décide à s'en aller, et madame Ledoux le reconduit elle-même jusqu'à la porte de sa maison.

C'est en ce moment que je reviens. J'étais dans le ravissement, je venais encore de voir Augustine ; tout semblait m'annoncer que j'étais aimé, et je me promettais déjà de trouver le soir quelque prétexte pour retourner chez elle. Mais, en entrant dans l'appartement où est mon père, je m'aperçois que, depuis mon absence, les choses ne sont plus dans le même état.

Dubois me fait des signes, des grimaces, auxquels je ne comprends rien ı mais mon père vient à moi, sa figure est sévère, et je vois qu'il n'a pas cette fois des compliments à me faire.

— Mon fils, pourquoi m'avez-vous trompé? pourquoi m'avez-vous dit que cette maison était à vous? pourquoi m'avez-vous conduit dans un logement qui n'est pas le vôtre? Est-il vrai que, loin d'être à votre aise, vous avez mangé tout le bien de votre mère !... Allons, parlez, monsieur, et cette fois dites la vérité.

J'étais si loin de m'attendre à cette brusque sortie, que je reste muet; je ne sais que répondre. Mais enfin la vérité l'emporte, et je m'écrie — Oui, mon père, je vous ai trompé... mais si la fortune m'a été contraire, je puis vous assurer qu'il n'y a point de ma faute; j'ai été la dupe de fripons; j'ai mis ma confiance dans des misérables, voilà tout mon malheur. . . . .

Du moins, je ne dois rien à personne, et votre fils n'a point flétri l'honneur de votre nom.

— Oui, monsieur, s'écrie Dubois; vous avez dans ce fils-là un des plus braves garçons qui existent. Une probité intègre, une réputation sans tache : papa Deligny, cela vaut bien trente mille livres de rente. Parbleu! si votre fils avait voulu faire comme tant de gens qui brillent dans le monde, il aurait calèche, cabriolet, maison, domestiques !... Mais, comment aurait-il acquis tout cela?... il y a tant d'intrigues, tant de fourberies dans les affaires !... Maintenant être pauvre, c'est prouver que l'on a conservé une vertu sévère... et au lieu de gronder votre fils, vous devriez lui faire compliment de ce qu'il n'a plus rien.

— Je vous conseille de parler, monsieur, après la manière dont vous vous conduisez !... Mais je dois me taire... je n'ai pas été plus sage que vous, et lorsque, dans une seule journée, j'ai fait moi-même tant de sottises, j'aurais mauvaise grâce à réprimander les autres. Paul, je vais repartir. — Quoi ! mon père, déjà?... — Oh ! sur-le-champ, j'ai lieu assez de ton Paris. Veux tu me suivre ? — Mon père, il me reste encore de quoi vivre ici, modestement à la vérité; mais cela me force à être sage, rangé, économe, et je m'en trouve plus heureux. — C'est fort bien... mais n'attends pas de secours de moi, je ne te demande pas un sou! Tu as mangé dix mille francs de rente... c'est bien assez; quand tu n'auras plus rien, viens habiter avec moi dans ma petite ville; tu verras qu'on peut y être tout aussi heureux qu'à Paris, et que cela coûte beaucoup moins cher. Fais-moi chercher un fiacre... et vite aux diligences... La voiture ne part qu'à neuf heures; s'il y a encore une place. J'ai donné à mon père ma nouvelle adresse, je lui promets d'aller le voir cet été, il m'embrasse et va monter en voiture; mais avant de partir il me dit : — Mon ami, tu as fait des folies... je dois te pardonner; j'en ai bien fait encore, moi, grâce à ton mauvais sujet de Dubois. Mais pour te ranger, mon fils, il n'y a qu'un moyen, c'est de te marier, et j'ai mis à m'occuper de te trouver ce qu'il te faut. Je ne réponds rien à mon père, et je le laisse monter en voiture. J'ai pour principe qu'il faut le moins possible contrarier les gens, quand on n'a pas dessein de faire leurs volontés.

CHAPITRE XXI. — Les Visites.

Me voilà donc entièrement libre; jamais, je l'avoue, je n'ai goûté si vivement le bonheur d'être maître de mes actions. Je pourrai voir Augustine aussi souvent qu'elle le voudra, et si j'en crois ses yeux, sa voix; si j'en crois mille riens qu'un amant seul devine, j'obtiendrai bientôt le plus doux aveu; et de là au comble du bonheur, il n'y a jamais loin... et je commence à me laisser de n'avoir que des espérances.

Il faut que je revoie Dubois pour savoir où j'en suis avec madame Ledoux. Je me rends chez lui, où il m'a promis de m'attendre; et je le trouve se faisant mettre des papillotes par une de ses voisines les blanchisseuses.

Dubois me dit tout ce qu'il a fait hier avec mon père; je suis tenté de le gronder, mais je ne puis m'empêcher de rire. Il me raconte la scène de l'Anglais et la colère de madame Ledoux, qui a mis mademoiselle Girard à la porte; enfin il prétend que nous ne devons rien à madame Ledoux, et qu'il lui a payé dix fois la valeur de son appartement. Je laisse Dubois se faire friser tout à son aise, et je retourne dans mon quartier.

Je ne suis pas à deux pas de ma rue, lorsqu'une jeune femme pousse un cri en s'arrêtant devant moi. C'est Ninie, que je n'avais pas vue depuis longtemps, et qui est mise avec beaucoup plus de recherche qu'autrefois.

— Ah ! vous voilà, monsieur Paul? je suis bien contente de vous rencontrer !... Je viens de chez vous. — Ah ! vous venez de chez moi?

— Oui... il y a si longtemps que je ne vous ai vu !... Vous ne viendriez jamais me voir chez ma tante, vous, — Vraiment, Ninie, je n'ai pas eu le temps; cependant j'ai souvent pensé à vous : j'étais étonné de ne pas avoir de vos nouvelles. Mais vous avez une toilette charmante... quelle coquetterie maintenant dans la mise !... Ah ! Ninie !... il vous est arrivé quelque aventure depuis que je ne vous ai vue... — Oh ! oui, j'ai bien des choses à vous raconter... C'est pour cela que j'étais allée chez vous... mais vous y retournez... je vais aller avec vous, si ça ne vous gêne pas. — Non, sans doute.

J'aime mieux que Ninie vienne chez moi que de causer avec elle dans la rue. Nous nous acheminons vers mon logement, qui n'est qu'à deux pas. Mon portier me dit : — Monsieur, il est venu une jeune demoiselle pour...

Il n'achève pas, il vient d'apercevoir Ninie qui monte avec moi; il sourit d'un air malin, et rentre sa tête dans sa loge en disant : — Ah ! je vois que monsieur sait qui est-ce qui était venu.

Nous voici chez moi. Je fais asseoir Ninie; je l'embrasse avec amitié seulement, car je suis trop occupé d'Augustine pour avoir des distractions, et je prie la petite blonde de parler.

— Vous savez, monsieur Paul, que je suis raccommodée avec ma tante, que je ne vois plus Charlotte, que je suis bien sage, bien tranquille, et que je travaille toute la semaine sans quitter? — Oui, Ninie, vous m'avez dit tout cela, et je vous crois. — Nous étions allées au bal d'Auteuil avec ma tante et des dames de ses amies, par hasard... et je ne m'étais guère amusée !... — Enfin, Ninie? — Enfin, pour revenir, comme ma tante lasse, nous avons pris un coucou. J'étais assise à côté d'un jeune homme, et comme le coucou nous secouait un peu, à chaque cahot je me trouvais sur lui ; mais le jeune homme était bien honnête, c'était toujours lui qui me demandait excuse de ce que je tombais sur ses genoux. Si bien que l'on a causé tout le long du chemin, et que ce jeune homme nous a dit tout de suite qu'il était garçon pâtissier, mais que son père devait lui donner de quoi s'établir traiteur qu'il se marierait. Nous sommes rentrées chez nous ; mais le lendemain j'ai rencontré ce jeune homme en sortant de chez moi. Il m'a abordée en me disant qu'il avait rêvé de moi toute la nuit, et qu'il voudrait bien être encore dans le coucou. Puis il m'a demandé la permission de venir me voir chez ma tante, parce qu'il n'avait que des vues honnêtes, et qu'il voyait bien que je n'étais pas une demoiselle qui écouterait des bêtises.

— Eh bien! Ninie, vous lui avez permis d'aller vous voir? — Dame, quoiqu'il ne soit pas bien grand et qu'il n'ait pas votre tournure, comme M. Bénin parle toujours de mariage, ça m'a fait faire des réflexions... Bref, il est venu chez ma tante, et depuis ce temps-là il me fait la cour bien sérieusement !... Ma tante, qui a pris des informations, dit que c'est un honnête garçon qui me rendra heureuse. Moi je le trouve un peu bête, et je n'en suis pas très-amoureuse; mais je serais pourtant bien aise de me marier. Je lui ai dit que je n'avais rien du tout en dot; il m'a répondu que j'avais mon innocence, et que ça lui suffisait. J'avais bien envie de lui parler de ma liaison avec Adolphe et vous, mais ma tante me l'a défendu. — Je crois que votre tante a eu raison : ces confidences-là ne font jamais plaisir à recevoir. Si M. Bénin vous aime, il sera fort content de vous épouser telle que vous êtes. — M. Bénin est très-galant, très-généreux, il m'apporte chaque jour quelque petit présent, ma tante veut bien que je le reçoive : mais je ne voulais pas l'épouser sans vous en avoir demandé la permission. — A moi? Ninie !... Est-ce que j'ai des droits sur vous ? — Il me semblait que oui.

Pauvre petite ! elle me dit cela d'un air attendri; il y a plus de sentiment dans ce peu de mots que dans de longs serments !... Je prends une des mains de Ninie, je la presse avec amitié, et je lui dis : — Ainsi donc, si je vous priais de ne point épouser M. Bénin, vous refuseriez sa main ? — Oh ! mon Dieu ! oui : je n'y tiens pas beaucoup, je vous assure. — Et moi, Ninie, je tiens à vous voir heureuse et établie; épousez ce jeune homme, puisqu'il vous offre sa main, quoique vous n'ayez rien; c'est qu'il vous aime réellement. Je suis persuadé que vous serez heureuse en ménage, et que votre mari ne se repentira jamais de son choix. — Dame... certainement que, si je l'épouse... je lui serai fidèle... et puis M. Bénin a l'air bien doux, et il m'a promis qu'il ferait toutes mes volontés, que je serais la maîtresse. — Mariez-vous donc, ma chère amie, je vous y engage très-fort. — Allons, en ce cas-là, j'épouserai Bénin dès qu'il aura le consentement de son père, et nous nous établirons dans les environs de Paris... Je vous enverrai mon adresse, et vous viendrez me voir quand vous passerez par là... n'est-ce pas? — Sans doute; j'irai vous voir comme ami. — C'est bien ainsi que je l'entends, monsieur; quoique ça, si vous aviez pu venir à ma noce, j'aurais été bien contente... Oh ! je n'ai qu'à dire que vous êtes de nos amis, et Bénin ne dira rien... Je vois absolument que par mes yeux, ce garçon-là... — Ma chère amie, je crois qu'il est beaucoup plus convenable que je ne sois pas à votre noce. — Alors, je ne marierai sans vous. Et vous, monsieur Paul, quand vous marierez-vous?... Vous ne dites rien. Est-ce que vous n'avez pas de confiance en moi?... — Je ne puis pas me marier, moi !... — Cependant, vous n'êtes pas sans avoir un sentiment, à coup sûr... — Oui, mais je ne puis pas épouser ce sentiment-là... Quelque jour, Ninie, je vous conterai tout cela.

Ninie reste encore longtemps chez moi; elle me détaille ses projets ses plans de conduite, lorsqu'elle sera mariée; je l'écoute avec plaisir; on en a toujours à voir heureuses les personnes que l'on a aimées. Cependant l'heure se passe. Ninie songe qu'il est temps de retourner chez sa tante; moi je sens qu'il est l'heure de mon dîner. La petite se lève, me dit adieu. Je l'embrasse sur le front, je la regarde déjà comme mariée. Je ne sais pas si cela lui plaît beaucoup, mais elle tourne et retourne autour de moi, elle ne s'en va pas; c'est moi qui lui répète : — Adieu, Ninie. Enfin, elle part tout d'un trait, en murmurant un adieu étouffé... Ah! monsieur Bénin!... je crains bien que... Mais cela ne me regarde pas.

Allons vite dîner pour être plus tôt chez Augustine. Mon portier sourit malicieusement en me regardant : ces portiers du Marais ne sont donc pas accoutumés à ce qu'un jeune homme reçoive des visites de femmes?...

J'ai bientôt fini de dîner; je cours chez Augustine : je pense qu'elle ne sera pas fâchée d'apprendre que mon père n'est plus à Paris, et je monte gaiement chez elle.

— Madame n'y est pas, me dit la domestique en m'ouvrant la porte.
— Madame n'y est pas!... Et elle ne vous a pas dit de m'apprendre où elle est allée? où je pourrai la retrouver? — Non, monsieur.

— C'est Dubois avec mon pantalon, qui rit aux larmes en me regardant.

Je ne conçois rien à cela; elle qui ne sort presque jamais!... Et elle devait bien penser que je viendrais... Je m'éloigne tristement, je marche au hasard; si je savais où la rencontrer... Cette absence ne me semble pas naturelle. Je me suis assez promené, allons voir si elle est rentrée.

— Madame n'y est pas, me répète la bonne. Ces gens-là vous disent cela avec un sang-froid qui vous tue!... Madame n'y est pas!... c'est d'un ridicule... Il faut encore m'éloigner sans la voir... et ne pas daigner me faire dire où elle est! Allons, je ne reviendrai pas de quinze jours.

Un quart d'heure ne s'est pas écoulé que je brûle de retourner m'informer si elle est rentrée. J'attends la nuit cependant; alors je retourne vers sa demeure, je regarde à ses fenêtres... Il y a de la lumière dans sa chambre à coucher. On ne me dira pas cette fois qu'elle est sortie.

Je monte, je sonne, je ne donne pas à la bonne le temps de me parler; je m'écrie : — Madame y est, j'en suis sûr : je l'ai vue à sa fenêtre. — Oui, monsieur, madame y est; c'est vrai... mais elle ne veut recevoir personne.... — Recevoir personne!... Mais je ne suis pas une personne, moi, mademoiselle, et cette défense ne peut me regarder. — Si, monsieur, puisque c'est pour vous justement que madame l'a donnée. — Pour moi!...

Je suis anéanti!... Elle ne veut plus me recevoir.... qu'ai-je donc fait?... En quoi ai-je de nouveau mérité sa colère? Ah!... quelle idée!... Si c'était... si elle avait vu... courons interroger mon portier.

En un instant je suis chez moi; je prends mon portier à l'écart, et je lui dis : — Pendant que cette jeune fille était chez moi aujourd'hui, est-ce qu'il est venu une dame me demander?

Mon portier commence par sortir gravement sa tabatière de sa poche, et le bourreau se fourre une énorme prise dans le nez avant de me répondre : — Monsieur... attendez donc... on est venu... oui... non, on n'est pas venu pour vous... — Vous êtes sûr? — Ah!... on a bien apporté la lettre qui est là... mais c'est depuis. — Une lettre?... Pour qui? — Pour monsieur. — Et vous ne me la donniez pas?... — Oh! j'avais toujours le temps... j'étais bien sûr de saisir monsieur quand il rentrerait pour se coucher.

Moi je suis tenté de saisir ce drôle-là à la gorge, mais je me retiens et me fais donner sa lettre!... C'est de sa main... ah! je vais savoir la cause de sa conduite.

« Je pars demain pour la campagne. Ne vous donnez pas la peine de venir chez moi, vous ne m'y trouveriez plus. Je suis persuadée que vous ne vous ennuierez pas en mon absence; quand on reçoit des visites agréables, le temps passe vite.

» Adieu, monsieur, je vous fais compliment de vos amours.

» AUGUSTINE. »

Des visites agréables... mes amours... tout est éclairci!... elle sait que Ninie est venue chez moi... et c'est pour cela qu'elle ne veut plus me voir! C'est donc la jalousie qui cause sa colère!... Ah! je respire.... cette découverte me fait un bien!... Mais il faut que je me justifie... je n'entends pas qu'elle parte pour la campagne sans m'avoir entendu... écrivons-lui sur-le-champ, elle aura ma lettre ce soir.

Je prends la lumière de mon portier, je monte chez moi, je n'écris que ces deux lignes : « Daignez m'entendre, madame, et vous verrez si c'est encore par amour que l'on vient me rendre visite. »

Je mets l'adresse, puis je descends quatre à quatre, et, sans songer à reprendre la lumière; je veux remettre la lettre à mon portier. Arrivé en bas, je cours brusquement vers sa loge; je n'ai pas vu que la porte de la cave était ouverte, je me jette dedans... Mon front a porté contre un angle... je reçois un coup affreux, je tombe sans connaissance sur le pavé.

Lorsque je reviens à moi, je suis dans mon lit, ma chambre est éclairée faiblement; une vieille femme, que je reconnais pour la sœur du portier, est assise à mon chevet, la tête me fait bien mal. — On vous a saigné, me dit la vieille femme, c'était bien nécessaire... Tâchez de dormir, car vous avez reçu un furieux coup.

Ah! je me rappelle maintenant... Il faut donc se résigner et rester là. Je passe une nuit fort agitée, j'ai de la fièvre, et la contrariété que j'éprouve doit l'augmenter encore. Le lendemain cependant mes idées sont plus nettes.... je me rappelle ma lettre... je fais venir mon portier. — Hélas!... il l'a trouvée à mes pieds et l'a mise dans sa poche au lieu de la porter à son adresse.... il prétend que le plus pressé était de me secourir... Vous verrez qu'il faudra que je lui donne raison. Elle sera partie pour la campagne!... Si pourtant elle avait différé son départ! J'envoie à tout hasard mon portier chez madame Luceval. S'il la trouve, je lui recommande de remettre la lettre à elle-même, et de raconter l'accident qui m'est arrivé. Quand il s'agit de bavarder, je suis certain qu'il s'acquittera bien de la commission.

Je compte les minutes de son absence. Il est longtemps... tant mieux!... il revient, il l'a trouvée... elle n'était point partie!... elle a ma lettre, elle sait ce qui m'est arrivé!... — Et qu'a-t-elle dit en apprenant cela? — Oh! monsieur!... cette dame a pâli, que j'ai cru qu'elle allait aussi s'évanouir... — Fort bien!... — Et puis elle tremblait de tout son corps. — Très-bien! — Et puis elle avait l'air d'avoir tant de chagrin!... — Bon! bon!... — Ah! oui, bon! bon!... c'est-à-dire que c'était capable de lui donner une maladie. Mais je l'ai rassurée sur monsieur; mais, quoique ça, elle a dit qu'elle enverrait tous les jours savoir de vos nouvelles.

Tous les jours!... Elle ne partira donc pas!... Cette idée me console un peu. Je ne suis pas encore en état de sortir. J'ai de la fièvre, j'éprouve un abattement général. Il faut que je me soigne, si je ne veux pas devenir sérieusement malade. C'est l'arrêt du médecin. Soignons-nous donc pour guérir plus vite.

Quel ennui lorsqu'on est malade de n'être entouré que de gens qui nous sont indifférents, de ne recevoir que les soins d'un mercenaire!... combien alors on regrette le toit paternel et les douces attentions d'une mère ou d'une sœur!

Quatre jours se passent, ils m'ont semblé bien longs!... mais elle a tous les jours fait demander de mes nouvelles. Enfin je me sens beaucoup mieux. Je me lève, et après-demain j'espère pouvoir sortir.... D'ici chez elle c'est si près!... Comment passer le temps jusque-là!... Ah! écrivons à Dubois pour qu'il vienne me voir, cela me distraira.

J'ai écrit à Dubois, mais on ne l'a pas trouvé chez lui. La journée s'écoule, et le lendemain je renvoie ma vieille garde, je me sens assez bien pour n'avoir plus besoin de personne; j'ai même envie de sortir, quoique le médecin me l'ait défendu; je balance, je suis prêt à céder au désir qui me presse, lorsqu'on frappe doucement à ma porte.

C'est Dubois sans doute... je vais ouvrir. O bonheur!... c'est elle!... c'est madame Luceval qui est devant moi, et qui pousse un cri de sur-

prise en me trouvant levé, parce que mon portier lui avait dit que j'é-
tais très-mal !...

— Ah ! madame ! que vous êtes bonne !... votre présence va me
rendre entièrement la santé. — J'ai pensé que ma visite vous causerait peut-être quelque plaisir... et cela m'a fait passer au-dessus de
certaines convenances ; quand on a véritablement de l'amitié pour les
gens, il me semble qu'on leur doit bien quelques sacrifices... Mais je
vous avoue que je ne vous croyais pas en état de vous lever... on vous
avait dit si malade ! — Est-ce que vous êtes fâchée de me trouver
guéri ? — Non... mais...

Le père Déligny.

Je la conduis à un siége, je m'assieds près d'elle, je suis si content
que, pendant quelques instants, je ne puis que la regarder en répétant : — Vous venez me voir... ah ! que je suis heureux de l'accident
qui m'est arrivé ! — Il est certain que sans cela... — Vous partiez
pour votre campagne, et vous me défendiez d'aller vous voir !... Qu'a-
vais-je fait, madame, pour mériter tant de rigueur ? — Tenez, ne parlons plus de cela... quelquefois je suis si bizarre... si ridicule... je ne
sais pas ce que j'avais... Monsieur votre père n'est donc plus à Paris ?
— Non, madame, il s'est aperçu qu'il me trompait sur ma position, il
s'est fâché, et il est reparti brusquement... Je me trouvais de nouveau
heureux d'être libre, et j'allais vous faire part de cet évènement.
Quelle a été ma surprise lorsqu'on m'a dit que vous ne vouliez pas me
recevoir !... Qu'avais-je donc fait, madame ? d'où pouvait naître votre
courroux ?... — Mon courroux ? mais vous vous trompez... je n'en avais
point... — Ainsi c'est sans aucun motif que vous refusiez de me voir ?
Elle se tait... elle rougit, elle ne veut pas convenir qu'elle m'a vu
avec Ninie ; je l'y forcerai bien.

— Du moins, madame, vous voudrez bien, je l'espère, me donner
l'explication de ce que disait votre lettre ?... — Ma lettre... je ne sais
ce que je vous ai écrit... dans ce moment-là... j'ignore
à quoi je pensais. Je vous avais aperçu dans la rue, causant avec cette
petite fille, que j'ai bien reconnue... je vous ai vu ensuite la mener
chez vous... cela m'avait semblé singulier... d'après ce que vous m'a-
viez dit... Mais j'ai eu tort dans ma lettre de vous plaisanter à ce sujet... vous êtes bien libre, et je ne vois pas ce qui vous empêcherait
de continuer à avoir cette jeune fille pour maîtresse.

Elle veut cacher sa jalousie... elle ne veut donc jamais que je sache
qu'elle m'aime !... Mais je n'y tiens plus, et je m'écrie : — Non, madame, non, cette jeune fille n'est plus ma maîtresse ; elle ne venait me
voir que pour m'annoncer son prochain mariage, et me demander les
conseils d'un ami. Je sais qu'il vous est fort indifférent à ce quelqu'un, pourvu que ce ne soit pas vous, m'avez si bien défendu de parler d'amour. Vous devez être contente, madame, je vous
ai obéi ; pour vous satisfaire plus encore, je vais aimer toutes les femmes,
je vais chercher à plaire, je vais me marier... enfin... Peut-être alors
m'honorerez-vous de toute votre amitié.

Augustine veut sourire, mais sa voix est altérée, et elle se lève
brusquement en me répondant : — Vous ferez très-bien, monsieur,
et je vous y engage.

Elle va partir, je l'arrête, je tombe à ses genoux en murmurant : —
Ne savez-vous pas que je ne puis en aimer une autre que vous !... que
ce n'est que pour vous obéir que je me contrains à vous taire mes sentiments ! Mais dussiez-vous me bannir encore de votre présence, il faut
que je vous répète que je vous aime... que je vous adore... que je
ne veux aimer que vous.

Elle lève les yeux sur moi... mais ce n'est pas du courroux que j'y
vois... Ses yeux sont mouillés de larmes, elle me sourit tendrement :
— Quoi !... vous m'aimez toujours ?... — Depuis que je vous connais,
mon cœur n'a point changé. — Hélas ! le mien a bien changé au contraire... moi qui croyais ne plus pouvoir aimer... moi qui, en vous
recevant d'abord, ne voulais que savoir par vous des nouvelles d'une
autre personne... je ne sais comment cela s'est fait... je me suis habituée à vous voir chaque jour ; je pensais n'éprouver pour vous que de
l'amitié... Je le croyais alors... mais le temps où j'ai été sans vous voir
me sembla bien long... Déjà je commençais à craindre de vous aimer
trop pour un ami. Juliette me parlait souvent de vous ; elle prétendait
que j'avais agi avec dureté à votre égard... Vous êtes revenu... mais
vous ne me parliez plus de vos sentiments... Je me persuadai que vous
aviez cessé de penser à moi... et cela me fit de la peine... Je ne voulais pas vous aimer... et pourtant... je voulais être aimée de vous...
C'est bien ridicule, n'est-ce pas ?... Je sens que j'ai trop compté sur
mes forces... il ne faut pas à mon âge avoir un ami comme vous. Notre
cœur s'y trompe quelquefois !... — Si un autre n'a pas su apprécier le
trésor qu'il possédait, faut-il pour cela vous condamner toute la vie à
une froide indifférence ? — Mais... en vous aimant... ne suis-je pas
bien coupable !...

Elle m'aime !... Cet aveu vient de lui échapper, et, dans son trouble,
elle cache ses beaux yeux, et veut se détourner de moi... Je saisis sa
main, je la couvre de baisers... En ce moment on frappe à ma porte.

— Monsieur Dubois, je voudrais bien vous consulter sur le prix
des denrées coloniales.

Maudite visite !... Augustine a pâli, elle se lève et me regarde avec
terreur. — Je n'ouvrirai pas, lui dis-je à demi-voix. — Mais votre
portier qui m'a vue monter chez vous ! — Ah ! je suis sûr que c'est
Dubois !... — Ouvrez, je vais entrer dans ce cabinet... Je ne voudrais
pas qu'il me trouvât chez vous... — Eh bien ! entrez... Oh ! je vous
réponds que je vais le renvoyer bien vite !...

Augustine entre dans un petit cabinet qui est à la tête de mon lit,
j'en ferme sur elle la porte vitrée. Je me promets de faire des signes à
Dubois pour qu'il comprenne que j'ai du monde, et qu'il s'en aille sur-
le-champ.

Je vais ouvrir. O funeste méprise !... c'est Jenneville qui entre
chez moi !...

CHAPITRE XXII. — Le Mari chez l'Amant.

Je suis resté immobile en voyant Jenneville. Je ne sais s'il s'aperçoit de mon trouble, de ma pâleur; mais il sourit d'un air ironique en me disant : — Je suis enchanté de vous trouver chez vous.

Il entre, il s'assied dans le fauteuil que sa femme occupait un instant auparavant, et qui n'est qu'à deux pas de la porte vitrée. Je n'ai pas la force de l'arrêter, je le suis, mais il reste debout devant lui en disant : — C'est bien un hasard si vous m'avez trouvé... j'allais sortir.

— Votre portier m'a dit que vous étiez malade... que vous aviez fait une chute terrible !... — Oui, c'est vrai, mais je suis guéri... Je crois même que le grand air me fera du bien. — Vous paraissez encore faible cependant. — Je vous trouve très-pâle. — Oh !... c'est la suite de ma chute... Je vais aller chez mon médecin, et... — Alors je vous accompagnerai, car j'ai à causer avec vous.

Il m'accompagnera, dit-il, je ne pourrai donc pas m'en débarrasser !... Je crois que le plus court est de l'entendre. Pauvre Augustine! quelle doit être ton anxiété en ce moment!

Je me jette sur une chaise avec un air d'impatience que je ne cherche point à cacher. Jenneville ne semble pas y faire attention; il me dit d'un ton moqueur :

— Eh bien! mon cher Deligny, avez-vous toujours envie de me faire retourner avec ma femme?

Je sens que la rougeur me monte au visage. Je veux en vain prendre un air indifférent en répondant : — Moi... je... il m'est fort égal... il me semble que vous êtes bien le maître de faire ce qui vous plaît...

— Oui sans doute; mais lorsque je vins vous apprendre la banqueroute de Blagnard, vous ne rappelez-vous plus la manière énergique avec laquelle vous m'avez parlé en faveur de mon honorable épouse?... le beau sermon que vous me fîtes pour me persuader que j'avais eu grand tort de m'en séparer, et que je ne pouvais être heureux qu'en retournant avec elle?...

— En effet, je me le rappelle... et je ne crois pas, monsieur, vous avoir donné alors de mauvais conseils.

— Comment donc! mais vos conseils étaient excellents... Je vous jure même que, dans le moment, j'en ai été touché... Mais je ne sais plus à quelle occasion... en causant de vous avec madame de Rémonde, elle m'a appris certaine chose qui a beaucoup diminué l'estime que j'avais pour vos avis...

— Je m'inquiète peu de ce que cette dame a pu vous dire... Vous ne me parlez plus de Blagnard... A-t-on de ses nouvelles?... et cet argent dont vous aviez besoin?...

— J'ai trouvé de l'argent, je vous remercie, revenons à ce que madame de Rémonde m'a appris. Parbleu! cela m'a bien fait rire, surtout en me rappelant les beaux discours que vous m'avez tenus au sujet de ma femme!... — Monsieur, je suis pressé; je vous ai dit que j'avais à sortir!... — Oh! une seule de ces remarques encore quelques instants. Eh bien! mon cher, madame de Rémonde m'a appris... ah! ah! ah!... j'en ris encore... elle m'a dit que vous étiez l'amant de ma femme!...

— Madame de Rémonde vous a trompé, monsieur, dis-je d'une voix tremblante. J'ai eu en effet le plaisir de me trouver... souvent avec madame Luceval... car c'est sous ce nom que je l'ai connue, et j'ignorais alors qu'elle vous fût attachée... Mais je puis vous assurer...

— Allons, mon cher Deligny, pourquoi vous en défendre?... Eh! mon Dieu! qu'est-ce que ça me fait, à moi, qu'elle ait vous ou un autre pour amant?... Quand j'ai quitté Augustine, je l'ai laissée maîtresse de faire ce qu'elle voudrait; toutes... nos femmes nous trompent quand nous vivons avec elles: ce serait bien singulier si elles nous restaient fidèles quand nous les quittons... à moins que ce ne fût par esprit de contradiction.

— Je vous assure, monsieur, que l'on vous a trompé sur les rapports qui existent entre madame... Luceval et moi.

— Oui, oh! je sais qu'elle se fait appeler madame Luceval... c'est très-délicat de sa part... Mais vous oubliez, mon cher, qu'avant d'avoir le beau projet de me raccommoder avec ma femme, vous m'aviez avoué que vous étiez amoureux, passionnément amoureux !...

— J'ai pu être amoureux, j'ai pu aimer madame votre épouse, cela ne prouverait pas que j'aie su m'en faire écouter...

— Ah! vous êtes trop modeste; mais ce n'est pas à moi qu'il faut dire ces choses-là. Nous ne sommes plus dans le siècle de l'amour platonique... si toutefois ce siècle a existé, ce que j'ai peine à croire. Nous voulons du réel, du positif, et nous allons vite au fait. D'ailleurs ma femme est sensible... extrêmement sensible; j'en sais quelque chose... lorsque quand on n'a rien obtenu d'une femme que l'on passe chez elle toutes les journées, que l'on y reste le soir jusqu'à une heure du matin?... Hein?... vous voyez que pour un mari je suis assez bien instruit. — Je vous certifie que les apparences sont trompeuses. Qui vous dit que, sachant notre liaison, ce n'était pas pour me parler de vous que madame votre épouse me recevait?... — De moi!... eh! c'est bien aimable!... Comment! c'est de moi que vous parliez tous les matins et tous les soirs?... Vous avez là un beau sujet de conversation et je ne m'étonne plus que cela vous fit veiller si tard chez elle.

— Vous êtes libre de ne pas me croire... je vous dis pourtant la vé-

rité. — Mon cher Deligny, j'ai trop bonne opinion de vous pour vous croire... — Monsieur, en voilà beaucoup trop sur ce sujet, et je vous prie de cesser votre conversation. — Ah! c'est vous qui vous fâchez!... Parbleu! c'est trop drôle!... Il me semble que si quelqu'un doit se fâcher ici, ce devrait être moi, non pas de ce que vous êtes le tendre ami d'Augustine, mais de ce que vous vouliez me faire reprendre celle dont vous êtes l'amant.

— Encore une fois, monsieur... — Oh! mettez-vous en colère si vous voulez; moi je ne m'y mettrai pas. Je ne suis pas de ces époux jaloux et susceptibles qui, non contents d'être trompés, veulent encore recevoir un coup d'épée de celui qui les remplace; moi, monsieur, je me battrais dix fois, vingt fois pour une maîtresse... mais pour ma femme... oh! pas si dupe! je ne veux pas me faire montrer au doigt. Convenez que ce serait d'un ridicule! se battre pour une femme qui ne vaut pas mieux que les autres.

En ce moment, un faible gémissement part du petit cabinet où Augustine s'est cachée, il est suivi d'un bruit assez fort.

Jenneville me regarde. Je suis tremblant. Elle a peut-être besoin de secours, et je n'ose lui en porter, de crainte de la découverte.

Jenneville se lève froidement en me disant : — Vous avez du monde là?... Je suis désolé de vous avoir dérangé... — Moi... je n'ai personne... et d'ailleurs, que vous importe?... — Je crois, mon cher, que votre dame a besoin de prendre l'air.

En disant ces mots, et avant que j'aie le temps de me jeter au-devant de lui, il ouvre la porte du cabinet et me montre Augustine étendue sur le carreau.

Je ne vois plus que la femme que j'adore; je cours, je la relève, je la porte dans l'appartement en m'écriant : — Voyez dans quel état !... Elle se meurt... et c'est vous, vous, qui en serez la cause!...

— Ah! c'est moi qui en serai la cause!... C'est délicieux, d'honneur! Eh bien! me direz-vous encore que vous n'avez aucune liaison avec ma femme? — Ah! de grâce, aidez-moi à la secourir; ensuite, monsieur, vous me trouverez prêt à vous donner toutes les satisfactions que vous exigerez... — Eh! encore une fois, je vous dis que je ne vous en veux pas!... Qui diable vous cherche querelle? Rassurez-vous, les évanouissements ne sont jamais dangereux! Je vous laisse, car si elle rouvrait les yeux maintenant, il me faudrait encore subir une scène tragique, et je ne les aime pas. Adieu... Je suis seulement bien aise de vous avoir prouvé que je n'étais pas votre dupe.

Il est parti! mais en ce moment ce n'est qu'elle que je vois; elle est toujours sans connaissance. Je l'inonde d'eau, de vinaigre. Je ne sais plus ce que je fais... Moi-même, je suis convalescent, je sens que les forces m'abandonnent. Je me mets à genoux près d'elle. Je pose sa tête sur ma poitrine. Je me traîne avec elle contre ma fenêtre, que j'ouvre entièrement. Je crie, j'appelle... On ouvre ma porte, on entre chez moi en chantant.

C'est Dubois qui, en me voyant à genoux près de la chaise sur laquelle est Augustine, s'écrie : — Comment! tu as une dame, et tu laisses ta porte entr'ouverte!... — Ah! viens, viens m'aider à la secourir... Elle est sans connaissance... Je ne sais plus que faire... Ah! Dubois, si tu étais venu plus tôt, elle n'aurait pas vu son mari. — Diable!... si le mari est venu, je conçois l'évanouissement... — Tu es cause que Jenneville l'a trouvée ici! — Jenneville!... comment!... ce serait... — Mais donne-moi donc quelque chose... — Je ne trouve rien ici... c'est ça que chez moi... — Va me chercher du médecin... va, je t'en supplie!... — C'est un bouillon qu'il lui faut. — Dubois, je t'en conjure, va me chercher du secours... Elle ne peut pas rester comme cela... — Allons, calme-toi, je vais t'amener tous les docteurs du quartier.

Il est sorti. Je suis toujours près d'Augustine, je ne cesse pas de la regarder... Enfin, une légère rougeur vient colorer son visage... Elle rouvre les yeux... Son premier mouvement est de porter autour d'elle, puis elle se couvre la figure de ses mains en s'écriant : — Il est parti! mais il m'a vue... n'est-ce pas?... O mon Dieu... je suis perdue... — Augustine... revenez à vous... Pourquoi le désespoir?... Ne vous a-t-il pas, par sa conduite, laissée libre de vos actions?... D'ailleurs, vous savez bien que vous n'êtes pas coupable!... — Je le suis aux yeux du monde. Vous le voyez... on dit que vous êtes mon amant!... — Et que vous importe ce que dit une femme comme madame de Rémonde... qui craignait que votre mari ne revînt vers vous?... — Ah! je sens maintenant toute l'inconséquence de ma conduite; mais vous, Paul, combien j'apprécie la vôtre!... Vous avez donc voulu me ramener à lui?... — Je voulais vous rendre heureuse, et alors je pensais que vous ne pouviez l'être sans lui... — Maintenant vous ne pensez plus cela de moi... maintenant vous me méprisez aussi!... — Moi, vous mépriser! Augustine... revenez à vous... — Comme il m'a traitée... O mon Dieu! suis-je assez avilie!... Avilie!... vous!...

Elle ne m'écoute plus, elle pleure avec abondance... Je sens que la vue de Dubois et des personnes qu'il doit amener ne peut qu'ajouter à son chagrin, et je lui apprends qu'on va venir, que j'avais demandé du monde pour lui donner des secours. Aussitôt elle me tend la main, me dit adieu en sanglotant, et tenant son mouchoir sur ses yeux, elle s'éloigne précipitamment de chez moi.

Pauvre Augustine! La présence de son mari, la manière dont il a parlé d'elle ont dû lui faire un mal!... Mais j'espère que la réflexion calmera son chagrin... Elle sentira qu'elle ne doit pas sa constance à un homme qui se conduit comme Jenneville le fait. Plaisanter, rire des infidélités dont il la croit coupable!... Il a donc tout à fait cessé de l'aimer!... Il me semble que je lui en veux encore plus ; je l'aurais estimé s'il m'avait cherché querelle.

Tout en me rappelant cette scène pénible, je n'oublie pas la conversation charmante qui l'avait précédée... Augustine m'aime! Pourquoi ce qui vient d'arriver changerait-il ses sentiments? Non, je la consolerai... j'essuierai ses larmes ; et, puisque sans l'être, je passe pour son amant, pourquoi ne recevrais-je pas le prix de ma constance, et de mon amour?... Aux yeux du monde, elle n'en sera pas plus coupable; et peut-elle encore se faire un crime de ne plus aimer son époux!

Je me suis jeté sur une chaise ; je repasse dans ma mémoire ce qu'elle me disait avant cette visite funeste ; je n'ai pas entendu ouvrir ma porte, mais en levant les yeux, je suis tout étonné de voir devant moi une petite femme que je ne connais pas, et qui promène des regards curieux dans l'appartement en me disant :

— Où est donc la dame qui a besoin de mon ministère. — De votre ministère, madame?... — Sans doute, monsieur; on vient de venir me chercher... On a cassé ma sonnette à force de carillonner!... c'est bien ce logement qu'on m'a indiqué... Voyons, monsieur, conduisez-moi près de la personne... Depuis quand sent-elle des douleurs?... Est-ce un premier?... la dame est-elle jeune?

J'y suis maintenant!... C'est Dubois qui m'a envoyé cette femme!... — Est-ce que madame serait... — Sage-femme, monsieur, et fort connue dans le quartier, je m'en vante. — Mon Dieu, madame, je suis désolé qu'on vous ait dérangée ; mais je n'ai nullement besoin de vos services. — Je pense bien que ce n'est pas vous, monsieur, qui en avez besoin... Mais on m'a fait venir pour quelque chose, je présume. — On s'est trompé, madame, c'est une méprise !... — Qu'est-ce à dire, monsieur? est-ce qu'on fait venir une femme comme moi pour se moquer d'elle? mon temps est précieux monsieur... et ma sonnette qu'on a cassée? — Je vous entends, madame.

Je glisse une pièce de cinq francs dans la main de la sage-femme, qui veut bien alors me laisser. A peine cette femme partie que Dubois arrive, tenant une demi-douzaine de fioles dans ses mains ; il les dépose sur une table en disant : — Voilà pour les maux de nerfs, voilà pour les pâmoisons... voilà pour les léthargies... voilà pour les syncopes... — C'est inutile, mon cher Dubois, elle a repris ses sens et elle est partie... — C'était bien la peine alors de me faire acheter une pharmacie!... — Es-tu fou, toi, de m'envoyer une sage-femme? — Tu voulais absolument du monde, du secours... J'ai vu un tableau avec une sonnette en bas... j'ai même cru que c'était un dentiste ; mais j'ai dit, envoyons toujours... C'est égal, je rempoche mes drogues, quoique mes jeunes conquêtes n'aient pas l'habitude des évanouissements. Mais on ne sait pas! ça peut leur prendre. Ah çà, causons donc un peu : sais-tu que tu es discret comme un eunuque? Comment! ta passion est la femme de Jenneville, et je n'en savais rien !...

— Ah! tais-toi, Dubois, tais-toi!... que jamais ce secret ne sorte de ta bouche!... — Ce secret?!... puisque le mari le sait, je ne vois pas trop ce que vous avez à craindre... D'ailleurs n'est-il pas séparé d'avec sa femme?... ça ne le regarde plus !... — Je ne le répète, ne dis jamais un mot de cela, si tu ne veux pas que je me fâche sérieusement avec toi... Tout ce que je puis te dire maintenant, c'est que les apparences sont trompeuses, et que, quoiqu'il n'en soit nullement dique, Augustine a toujours été fidèle à son mari. — Ecoute, mon petit, si ça te fait plaisir, je croirai qu'un rat est un bœuf, tu vois que j'y mets de la complaisance. Mais depuis le temps que tu soupires, si tu n'en es pas plus avancé, je ne t'en ferai pas mon compliment. Parlons de toi maintenant : tu t'es blessé, tu as été malade... Je ne l'ai su que ce matin... J'ai encore déménagé... Mais comment te trouves-tu? — Ah! mon ami !... j'étais guéri tout à l'heure !... Elle m'avait enfin avoué qu'elle m'aimait... mais la présence inattendue de son mari a renouvelé tous ses chagrins... et j'ai peur que... — Tu as toujours peur! donc !... Regarde, moi... je n'ai jamais su ce que c'était qu'avoir peur. Aussi je mène lestement les amours !... Voyons, viens-tu de force à venir manger la côtelette et le poulet avec moi? — Non, mon ami... pas aujourd'hui encore. Je suis trop faible... et les événements de cette journée m'ont tellement agité, que j'ai besoin de repos. — A ton aise! je m'en vais dîner. Pour aujourd'hui je veux bien te laisser vivre de soupirs et d'amour; mais demain je te forcerai d'y joindre une julienne et un bifteck : c'est moins romantique, mais c'est plus nourrissant.

Dubois me quitte, et je me jette sur mon lit.

CHAPITRE XXIII. — Quinze jours à passer.

La journée s'est écoulée vite, quoique je l'aie passée seul. Je sais que je suis aimé d'Augustine, cette douce certitude me fait voir tout en rose. Il me semble même que l'aventure de ce matin ne peut me nuire; car il n'est pas possible qu'Augustine puisse garder sa foi à un homme qui est bien certaine maintenant de n'être plus aimée, à un homme qui fait si peu de cas de sa fidélité.

Le lendemain, je me sens tout à fait rétabli; sans la blessure dont je

conserverai longtemps la cicatrice, je ne croirais pas avoir été malade. Je me promets, tout en déjeunant, d'aller bientôt chez madame Luceval... Madame Luceval!... Oui, je me plais à lui donner ce nom ; celui de Jenneville n'était pas digne d'elle !

Je vais sortir, lorsque mon portier entre chez moi une lettre à la main. Il va me questionner sur ma santé, sur ma blessure, sur ce que je pense de sa sœur qui m'a servi de témoin. Je ne lui en laisse pas le temps; je lui arrache la lettre qu'il ne me donnerait que dans cinq minutes ; un secret pressentiment me dit que c'est d'elle, et je vois à l'écriture que je ne me suis pas trompé. Je mets mon portier à la porte, j'ouvre cette lettre... Que peut-elle m'écrire aujourd'hui,... lorsqu'elle doit bien penser qu'elle me verra... Lisons :

« Mon ami... » Son ami!... Ce mot me rassure, elle n'est pas fâchée... « La scène d'hier m'a fait bien du mal, je ne puis m'habituer à penser que mon mari a maintenant le droit de me mépriser... » La mépriser!... Que dit-elle là!... N'est-ce pas lui seul qui est coupable?.. lui seul qui mérite son mépris?... « Pour réparer, s'il se peut, l'inconséquence de ma conduite, et surtout pour tâcher de triompher de la faiblesse dont je vous ai fait l'aveu, il me semble que le meilleur parti serait de ne plus vous voir... » Ne plus me voir !... Ah ! par exemple, c'est trop fort. « Convenez-en, mon cher Paul, ce parti serait sans doute le plus sage, car, en continuant de vous voir, qui me dit que je ne deviendrai pas entièrement coupable?... » Parbleu! je l'espère bien... Mais elle appelle cela coupable !... « Je n'ose plus maintenant compter sur mes forces... ni sur ma raison... » Sa raison!... Cette femme-là me fera perdre la mienne... « Mais renoncer entièrement à vous voir me semble aujourd'hui un bien cruel sacrifice !... et ce monde à qui je le fais ne m'en saura aucun gré... » Non seulement, on ne lui en saura aucun gré !... « Dans le trouble où je suis, tout ce que je sais, c'est que je dois vous fuir pour quelque temps, jusqu'à ce que mon cœur ait repris un peu d'empire sur lui-même... Nous nous reverrons, je vous le promets. Je pars à l'instant pour la campagne : ne cherchez pas à me suivre, je vous en supplie, donnez-moi encore cette preuve de votre attachement. »

Elle veut me fuir? c'est-à-dire qu'elle ne veut me revoir que lorsqu'elle ne m'aimera plus !... Voilà donc quelle sera la récompense de mon amour. Lorsque je suis enfin parvenu à me faire aimer, elle s'éloigne de moi parce qu'elle me craint. En vérité, je finirai par trouver que cette femme-là est extrêmement ridicule. Son mari la quitte, son mari trouve bon qu'elle ait un amant, et madame est fâchée que je sois parvenu à toucher son cœur!... N'ai-je pas bien du malheur d'être tombé justement sur une femme qui veut être sage, lorsqu'on lui donne la permission de ne l'être pas! On a bien raison de dire que ces dames aiment surtout ce qu'on leur défend.

J'en suis bien fâché, madame, mais je n'obéirai pas à la dernière prière de votre lettre, je ne vous laisserai pas tranquillement partir, et, pour commencer, je vais aller chez vous. Si cela vous fâche, eh bien ! nous nous brouillerons tout à fait : je préfère ne pas être aimé des gens à n'être aimé que de loin.

Ma résolution est bien prise, et je me rends chez Augustine ; mais quand je vais pour monter chez elle, mon portier m'arrête et me criant : — Monsieur ne sait donc pas que madame Luceval est partie avec sa bonne à sept heures du matin? — Elle est partie !... pour où? — Pour sa campagne, à ce que je présuppose... Il paraît que madame avait fait faire tous ses apprêts et ses paquets dès la veille, et... — Mais cette campagne, où est-elle? — Ah! madame ne me l'a pas dit... Il paraîtrait qu'elle n'y veut pas recevoir de visites ; car je lui avais demandé si... — Quelle voiture a-t-elle prise? — Un fiacre tout bonnement. — Et quand revient-elle? — Ça, par exemple, je n'en sais rien.

Moi, tout ce que je sais, c'est que sa campagne est dans les environs de Luciennes... Mais de quel côté?... Je n'ai jamais songé à le lui demander. Elle est partie à sept heures du matin !... Elle avait donc bien peur que je vinsse avant son départ. Peut-être ma vue l'aurait-elle fait changer de résolution ; mais elle est partie !...

Comment savoir où est sa maison?... Il faut cependant que je découvre sa retraite, je n'ai pas soupiré si longtemps pour lui laisser le temps de m'oublier au moment où elle commence à devenir sensible. Ah! Juliette connaît sa campagne !... elle y a été... je le lui ai entendu dire. Juliette peut m'apprendre où c'est ; mais voudra-t-elle me le dire?... Oui, Juliette est bonne, sensible, compatissante ; elle est jolie, elle doit savoir ce que c'est que l'amour ; d'après ce que j'ai pu entendre, elle déteste Jenneville, elle doit m'avoir toujours témoigné beaucoup d'amitié... Allons trouver Juliette. Heureusement je sais son adresse.

Juliette est veuve, je puis donc sans inconvénient me présenter chez elle. Je tremble que celle-là ne soit aussi à la campagne.

Grâce au ciel, je vois madame Darbelle, c'est le nom de dame de Juliette; on m'introduit près d'elle, et elle sourit en me voyant. — Je vous attendais, me dit-elle. — Vous m'attendiez?... — Sans doute : vous avez reçu une lettre d'Augustine? — Oui, madame. Elle vous apprend son départ, et vous avez couru bien vite chez elle dans l'espoir qu'elle ne serait pas encore partie? — Oui, madame... — Enfin vous avez su qu'elle était à sa campagne, et vous venez me demander où est située sa maison? — Oui, madame... Mais comment savez-vous?... — J'ai vu hier Augustine... elle pleurait, elle se désolait;

j'ai tâché de la consoler, et je le devais, car si elle a été chez vous hier, c'est bien ma faute. Je lui répétais sans cesse que vous étiez blessé, souffrant, désespéré... — Ah! que vous êtes bonne! — Enfin je l'ai donc trouvée se désolant... elle voulait mourir, elle voulait surtout ne jamais vous revoir; j'ai eu bien de la peine à lui faire comprendre que sa douleur n'avait pas le sens commun; qu'il n'y avait rien de changé dans sa situation, si ce n'est qu'elle avait acquis la conviction que son mari était un homme méprisable, tandis que vous vous étiez conduit très-noblement en faisant tous vos efforts pour ramener son époux dans ses bras. — Ah! madame, que de bontés!... — Taisez-vous donc. Je suis parvenue à ramener un peu de calme dans ses esprits; quant à son cœur, je ne puis trop vous dire ce qu'il pense. Je lui ai fait observer qu'elle ne plus vous voir serait bien mal reconnaître la générosité de votre conduite; alors elle a réfléchi... elle a soupiré, enfin elle a murmuré : — Nous verrons dans quelque temps... — Ah! madame... demain, aujourd'hui... — Mais, monsieur, laissez-moi donc achever. Quand j'ai vu qu'elle était bien décidée à se rendre à la campagne, j'ai en cherché à combattre sa résolution; mais je lui ai promis d'aller la voir, et quoiqu'elle ne m'en ait pas donné la permission, je vous y mènerai avec moi.

— Vous m'y mènerez!... que de reconnaissance!... Quand partons-nous, madame? — Oh! un moment, il faut laisser Augustine s'ennuyer dans sa solitude... dans trois semaines nous irons la voir... — Trois semaines!... mais c'est trois siècles... Je ne pourrai jamais attendre si longtemps!... — Eh bien! dans quinze jours... — Et pourquoi pas demain? — Parce que je connais Augustine, elle a une tête un peu exaltée; elle avait formé le projet de ne plus vous revoir; en vous présentant sur-le-champ chez elle, vous pourriez fort bien ne pas être reçu; mais quinze jours de solitude ramèneront beaucoup de calme dans ses idées.... — C'est-à-dire que je la retrouverai bien raisonnable, bien froide, bien indifférente... — Eh! monsieur, ce n'est pas aux champs, ce n'est pas sous un épais feuillage, qu'une jeune femme retrouve son indifférence. Au reste, je vous l'ai dit, dans quinze jours, pas avant, voilà mon dernier mot. — Et... si... si j'allais seul chez elle? — D'abord je ne vous dirai pas où est sa maison; mais, dans le cas où vous parviendriez à la découvrir, je suis persuadée qu'étant seule à sa campagne, elle ne vous y recevrait pas... ou se fâcherait tout de bon de votre visite... — Elle est venue chez moi cependant. — Parce qu'elle était persuadée que vous étiez fort malade. — Allons, madame... puisque vous le voulez, dans quinze jours... Vous êtes bien cruelle! — Il me semble que je suis bien bonne, au contraire; mais je déteste tant ce Jenneville, qui a rendu si malheureuse ma pauvre Augustine, que je vous aime, vous, pour l'avoir enfin guérie de son indigne faiblesse... Ah! si mon mari m'en avait seulement tant le quart!... Mais, adieu, monsieur Deligny, prenez patience et revenez me voir dans quinze jours.

Me voilà donc condamné à être quinze jours loin d'elle, et cela au moment où je suis certain qu'on ne me voit plus avec indifférence, où je crois toucher au bonheur... Ah! je ne sais à quoi me conduira ma liaison avec madame Luceval, mais jusqu'à ce jour il faut convenir qu'elle m'a causé plus de peine que de plaisir.

Je suis sorti de chez Juliette sans projet, sans but; je n'ai qu'un désir, c'est d'être plus vieux de quinze jours... Pauvres mortels que nous sommes, nous redoutons la mort et cependant, par nos vœux, nous n'aspirons qu'à voir écoulé le peu de temps qui nous est donné à passer sur la terre!... Enfants, nous désirons grandir; adolescents, nous brûlons de prendre place parmi les hommes; mais alors, loin d'être satisfaits de notre sort, l'amour, l'ambition, l'amour-propre nous font enfanter mille projets pour l'avenir, et désirer avec ardeur le lendemain, qui doit toujours nous rendre plus heureux que la veille. Le père de famille veut voir ses enfants établis, l'amant veut obtenir le cœur de celle qu'il aime, l'ambitieux veut arriver aux honneurs; le poëte, le peintre, le musicien rêvent des succès plus éclatants que ceux qu'ils ont obtenus!... Tous ces lendemains arrivent, et nous trouvent aspirant au lendemain encore!...

Quant à moi, dans ce moment je voudrais devenir marmotte, et dormir quinze jours de suite sans me réveiller. J'ai envie d'en aller faire l'essai, et je vais pour cela prendre le chemin de chez moi, quand je me sens arrêter par le bras : c'est Jolivet qui est derrière moi, Jolivet beaucoup plus élégant que je ne l'eusse jamais vu.

— Bonjour, mon petit, comment va cette santé?... Il y a un siècle que je ne t'ai aperçu. J'ai tant d'affaires !... je ne sais où donner de la tête...

Je me rappelle que je n'ai pas vu Jolivet depuis le jour où je lui appris que j'étais victime de la banqueroute de Blagnard; je ne sais si c'est parce qu'il me regarde maintenant comme un pauvre diable, mais je lui trouve un ton de suffisance et presque de protection qu'il n'avait jamais eu avec moi; je ris en moi-même de cette nouvelle preuve de la sottise et de la petitesse de Jolivet, et je me promets de lui faire changer de ton.

— Depuis que tu m'as vu, mon petit, tu ne te doutes pas combien le cercle de mes affaires s'est agrandi, je fais de tout maintenant. J'ai pris un cabinet, je suis même obligé d'avoir un commis... que je paye très-cher, mais je ne pouvais pas m'en passer... J'ai fait des opérations très-importantes.... j'ai prêté... c'est-à-dire que j'ai fait prêter

de l'argent, mais je ne vais qu'avec prudence... il me faut des répondants ou de bonnes hypothèques.

— J'entends : c'est-à-dire que tu ne prêtes jamais aux malheureux .. aux pauvres diables?... — Mon cher, les malheureux ne rendent pas : il ne faut jamais faire d'affaires avec ces gens-là. Eh bien! et toi, tu n'as pas rattrapé ton banqueroutier... tu en es pour tes trente mille francs?... c'est dur.

— Oh! il y a longtemps que j'ai oublié ce petit malheur... Un de mes oncles... du côté de ma mère, qui est extrêmement riche, m'a envoyé le double de cette somme pour réparer ce déficit.

— Diable! le double!... mais c'est gentil, ça!

Et Jolivet, qui jusque-là s'était contenté de marcher à côté de moi, passe son bras sous le mien.

— Et que fais-tu de cet argent?... tu devrais le faire valoir, cela te rapporterait beaucoup. — Tu sais bien que je m'entends mal aux affaires, dans lesquelles je n'ai pas été heureux. — Oui, mais en étant prudent, en s'associant à quelqu'un d'intelligent... — Oh! uon... et puis je n'ai pas besoin de me donner tant de peine; cet oncle me laissera au moins quinze mille livres de rente, avec ce que j'ai encore... et la fortune que mon père que je ne compte pas... Puis en me mariant à une femme qui en aura autant, ça pourra me faire une cinquantaine de mille francs de rente... avec ça on peut vivre...

Ici Jolivet s'appuie beaucoup plus sur mon bras en s'écriant : — Oui, mon ami, c'est fort joli, cinquante mille francs de rente; mais enfin, s'il te prenait envie de les augmenter, je te demande la préférence; avec moi, tu n'auras aucun danger à courir... d'ailleurs l'ancienne amitié qui nous lie, et dont j'espère que tu n'as jamais douté... A propos, et Dubois, qu'en fais-tu?... il y a fort longtemps que je ne l'ai rencontré... sans doute il mange tout avec des femmes, comme à son ordinaire... Ce garçon-là ne fera jamais rien !...

— Mais, au contraire, Dubois a fait de très-belles affaires depuis quelque temps; il a placé ses bénéfices dans une maison de commerce où il a un intérêt... et je sais qu'il est plus à son aise qu'il ne veut le paraître.

— Ah! fort bien... je comprends... c'est pour qu'on ne lui emprunte pas d'argent... ça n'est pas trop bête... Ce diable de Dubois... je n'aurais pas cru ça de lui... Après tout, c'est un fort bon enfant! un bon vivant!... il faudra que j'aille le voir.

J'ai déjà assez de Jolivet, je retire avec peine mon bras qu'il a enlacé avec le sien. — Adieu, Jolivet, il faut que je te quitte... je vais chez une marquise qui demeure ici près... J'espère y trouver une jeune comtesse charmante, à laquelle je fais la cour. Jolivet ouvre des yeux où se peignent la surprise et la considération, en s'écriant : — Bah! vraiment... tu vois des marquises et des comtesses?... — Pourquoi pas? — Ah! c'est bien bon, ça, mon ami... ça peut te faire avoir des places... des... — Au revoir...

Jolivet ne veut plus me lâcher, il me retient par la main en me disant : — J'irai te voir... Tu demeures, je crois, rue Charlot?... — Oui, mais je n'y suis jamais... — Il faut pourtant nous rencontrer... Où dînes-tu? — Oh! j'ai chaque jour dix invitations... C'est bien contrariant, n'est-ce pas?... Moi, je suis désolé quand j'ai deux invitations pour le même jour... parce qu'il faut qu'il y en ait une de perdue... Enfin nous nous reverrons... Oui, oui.

Je m'en suis débarrassé. Pauvre Jolivet! autrefois sa lésinerie me faisait rire, maintenant sa suffisance me fait pitié. Un sot est un être bien ennuyeux; mais quand il devient riche, il est insupportable. Pour connaître jusqu'où peut aller la sottise des gens, il ne faut que les enrichir.

Ce n'est pas avec des personnages comme Jolivet que les quinze jours me sembleront moins longs. Ah! Juliette! que vous êtes cruelle!... Mais elle prétend que c'est dans mon intérêt; peut-être a-t-elle raison... N'est-ce pas pendant le temps que j'ai cessé d'aller la voir qu'Augustine s'est aperçue que ma présence ne lui était pas indifférente? Il faut donc être privé des choses pour sentir ce qu'elles valent...

Je suis rentré chez moi, on est mieux seul qu'avec des gens comme Jolivet; la compagnie des niais nous fait trouver encore plus de charmes à la solitude. Mais Dubois vient... Avec celui-là je puis causer au moins.

— Eh bien! noble ami, comment vont les forces et les amours?... — Mal!... très-mal! — Est-ce que tu es plus malade? — Non... je me porte fort bien... Mais elle est partie!... partie sans me voir... et il faut que je passe quinze jours loin d'elle!... — Eh bien, mon ami, on en prend une autre pour quinze jours... ça fait passer le temps... Je te mène ce soir dans un cercle où doivent venir deux couturières qui veulent suivre un cours de langue française pour entrer dans les chœurs des Bouffes. Nous les appellerions signora, ça ne peut pas manquer de les séduire. — Non, Dubois, je n'irai pas à ton cercle, je ne veux pas de tes couturières... il faut que je te dise encore que je suis amoureux! — Je ne sais pas ce que c'est! moi qui ne fais que ça!... En attendant, viens dîner; on a beau être amoureux, il faut manger... C'est vexant, mais c'est comme ça.

En dînant avec Dubois, je lui conte mon entretien avec Jolivet. Dubois rit de l'idée que j'ai eue de le faire riche, et désire rencontrer Jolivet pour s'amuser à ses dépens.

Malgré les instances de mon fidèle compagnon, je ne vais pas avec lui le soir dans la société où doivent se rendre les deux couturières. La sagesse n'est peut-être pas seule cause de mon refus, mais quand on aime une femme distinguée par son esprit et ses manières, on ne goûte plus autant de plaisir avec des grisettes; il semble même qu'on n'y soit plus aussi à son aise. Tout est habitude dans la vie; mais le meilleur moyen de bien conduire est de bien placer ses affections; malheureusement on n'est pas toujours maître de ses affections.

Huit jours sont passés! encore sept et je la reverrai... Mais comment me recevra-t-elle?... Enfin je la reverrai; c'est le principal; ne nous inquiétons pas toujours de l'avenir.

Dubois a été souvent avec moi pendant les huit jours qui viennent de s'écouler; aujourd'hui encore nous venons de dîner ensemble. Il ne me presse plus de faire une connaissance *momentanée*; mais il m'appelle *Amadis*, *Tancrède*, *Palmérin*. Il prétend que tous les paladins d'autrefois baisseraient pavillon devant moi.

Nous nous promenons en causant dans le jardin des Tuileries, lorsqu'un homme vient en courant nous prendre la main à chacun. C'est Jolivet.

— Bonjour, mes amis... Bonjour, Dubois... Et ce cher Deligny!... Je vous ai vus de loin, et j'ai couru pour vous attraper.., Ces chers amis! ça me fait plaisir de vous voir.

— Dieu me pardonne, Jolivet, je crois que tu as un habit neuf!... Autrefois, tu sais bien que tu achetais des habits de hasard. — Toujours farceur, Dubois, toujours... Messieurs, prenons-nous une glace?... — Il nous offre des glaces?... Es-ce que tu es malade, Jolivet?... — Je ne vous offre pas, je dis : Prenons-nous chacun notre glace?... — Nous en avons déjà pris chacun trois. Ah çà ! tu es donc devenu bien riche, toi, que tu te permets une glace?... c'est sans doute depuis que tu prêtes sur gages? — Je ne prête pas sur gages, moi!... — C'est ce qu'on dit au moins. — Je prête si peu sur gages, que je viens encore de prêter... c'est-à-dire de faire prêter soixante mille francs à Jenneville. — A Jenneville?... — Pas à lui positivement, mais à une certaine madame de Rémonde... pour laquelle il a répondu... Je n'avais pas très-envie d'abord de faire cette affaire; mais les intérêts sont si beaux, et puis Jenneville est un ami... — Mon pauvre Jolivet, je crois que tes soixante mille francs courent de grands risques!...

Jolivet pâlit et regarde Dubois avec terreur en s'écriant : — Qu'est-ce que tu veux dire?... — Je veux dire que Jenneville est *enfoncé*... ou ruiné, si tu aimes mieux. — Pas de mauvaises plaisanteries comme ça!... Savez-vous que je me trouverais enfoncé aussi, moi, par contre-coup? — Qu'est-ce que cela te fait, puisque ce n'est pas toi qui as prêté?... — Je suis associé dans l'affaire... — Comment un homme prudent comme toi fait-il de telles affaires?... — Eh! messieurs, l'appât du bénéfice... on se laisse aller quelquefois... Mais non, non... nous avons hypothèque..... nous avons... Oh ! je suis tranquille... Quoique ça, je vais courir chez mon associé, et m'assurer encore un malheur! messieurs. — Eh bien ! Jolivet, tu ne prends pas une glace?... — Oh ! je n'en ai plus envie.

Jolivet nous quitte en courant, et Dubois le regarde en riant s'éloigner.

— Ce n'est sans doute que pour le tourmenter que tu lui as dit cela ! dis-je à Dubois. — Non, vraiment; d'après ce qu'on disait encore aujourd'hui à la Bourse, les affaires de Jenneville sont très-mauvaises. Sa maîtresse lui coûte un argent fou, il paraît que moins il en a et plus elle lui en demande; c'est toujours ainsi que font ces dames : quand elles voient qu'un homme se ruine, elles ne le ménagent plus, elles lui donnent ce qu'elles appellent le coup de grâce.

La situation de Jenneville me fait de la peine : si j'étais encore riche, je sens que j'aurais du plaisir à l'obliger; mais à présent cela est impossible ! Ah ! cet homme-là mérite pourtant bien son malheur !

J'ai quitté Dubois. Je pense toute la soirée à Jenneville, à madame de Rémonde; je pense aussi qu'Augustine ne laissera jamais son mari dans l'embarras.

Enfin le terme est expiré, les quinze jours sont finis d'hier, et à dix heures du matin je me rends chez Juliette.

Je la trouve tout habillée, toute prête à se mettre en voyage. — Vous voyez que je vous attendais, me dit-elle.

Pour toute réponse je prends sa main, qu'elle me présente; un cabriolet nous attend en bas, et nous partons.

CHAPITRE XXIV. — L'Amour et les Champs.

J'ai loué un cabriolet pour la journée, c'est moi qui le conduis et nous allons comme le vent. Juliette me dit à chaque instant : — Pas si vite, monsieur... — Madame, voilà quinze jours que je meurs d'impatience, je suis bien aise de toucher le but, enfin. — Monsieur, en allant de la sorte, vous nous verserons, ou notre voiture se brisera, ou notre cheval s'abattra; l'un de nous sera blessé, peut-être le serons-nous tous les deux, et il me semble qu'alors, loin de seconder votre impatience, cela pourrait encore reculer ce moment que vous désirez tant.

Juliette a raison, je cesse de tourmenter mon cheval.

— A propos, madame, depuis quinze jours, est-ce que vous n'avez

pas eu de ses nouvelles? — Pardonnez-moi, monsieur. — Elle vous a écrit? — Oui, monsieur. — Et vous ne me le disiez pas !... — Comment voulez-vous que je vous dise quelque chose ? vous êtes comme un fou !... vous ne m'écoutez pas !... — Ah! pardon! pardon! madame. — On m'a écrit au bout de trois jours pour me dire qu'on désirait me voir, qu'on m'attendait... puis on me demandait si je vous avais rencontré... — Et que lui avez-vous répondu ? — Rien; je me serais bien gardée de lui répondre. Quatre jours après, elle m'a écrit que la campagne lui semblait triste, que c'était bien mal de l'oublier... que, sans doute, vous ne songiez plus du tout à elle... — Ah ! vous l'avez détrompée, j'espère... — Mais non, monsieur, je ne lui ai pas répondu davantage. Je suis sûre qu'en ce moment elle est furieuse contre moi... et peut-être un peu contre vous ! — Quoi, madame, c'est ainsi que vous la préparez à me bien recevoir?... — Que vous êtes enfant!... plus on craint d'être oublié de ceux qu'on aime, plus leur présence cause de joie... En vérité, je n'aurais pas cru que ce serait moi qui vous apprendrais ces choses-là.

Je ne dis plus rien, mais je fouette de nouveau le cheval; nous dépassons Neuilly, Nanterre. Malmaison... Nous voici à Bougival...

— Sommes-nous arrivés, madame? — Non, monsieur, pas encore, mais bientôt; il faut prendre ce chemin qui mène et que l'on nomme le *Chemin de la Princesse*, il nous conduira à Luciennnes... La maison d'Augustine est tout près des aquéducs que vous aperceviez devant nous.

Nous montons... il n'y a plus moyen d'aller au galop; les rues de Luciennes ne sont pas tirées au cordeau. Enfin, nous sommes arrivés... — C'est là, me dit Juliette, cette maison qui fait le coin... à gauche.

Nous sommes descendus. Le cœur me bat comme si j'allais commettre une faute... ou plutôt comme si je craignais quelque grand malheur, car je crois que le cœur de l'innocent s'émeut bien plus que celui du coupable.

Juliette a pitié de mon trouble, elle me prend la main en souriant et me dit : — Remettez-vous... pouvi z-vous penser que votre présence ne lui sera pas agréable? — Ah! madame, quand on aime bien on a toujours peur. — C'est donc pour cela, messieurs, que vous êtes ordinairement si hardis.

Une vieille paysanne nous a ouvert la porte cochère. Madame Luceval est au jardin, nous dit-elle, et elle veut aller la chercher, Juliette s'y oppose; elle préfère que nous allions la rejoindre dans le jardin, et je la suis.

Le jardin me paraît être bien grand. Nous avons déjà parcouru deux allées, et je ne vois pas Augustine. Tout à coup, Juliette s'arrête en me montrant un bosquet : — Elle est là, me dit-elle. Tenez-vous un moment derrière cette charmille.

Je fais ce qu'elle me dit, mais je ne suis qu'à deux pas, et je puis entendre sa voix chérie.

— C'est toi! s'écrie Augustine en apercevant son amie. Ah ! que je suis contente !... et pourtant je t'en veux beaucoup !... ne pas m'avoir même répondu !... Embrasse-moi donc... je te gronderai après.

— Ma bonne amie, tu avais l'air d'être si pressée de quitter Paris, tes amis, tout le monde, j'ai voulu te laisser jouir de cette solitude que tu désirais tant. — Ah! oui... sans doute... il le fallait bien... j'aurais dû y vivre depuis que mon mari m'a quittée!... — Comment donc ! mais tu aurais dû même aller habiter dans le fond d'un désert et te vivre de racines, parce que ton mari t'abandonnait et mangeait son bien avec ses maîtresses!... Cela eût été beaucoup plus édifiant. — Ah ! Juliette, je t'en prie... ne parlons pas de M. Jenneville.... — Non, tu as raison, n'en parlons jamais, cela vaudra mieux. Mais je ne suis pas venue seule... je t'ai amené de la société. — De la société!... qui donc ? — Quelqu'un qui n'ose pas se montrer, tant il a peur de toi !...

Juliette m'a fait signe; je m'avance... Augustine m'avait deviné.., Elle rougit... puis elle reprend son air charmant, en me disant : — Vous n'osiez pas vous montrer?... — Si vous m'aviez mal reçu... j'aurais été si malheureux !...

Pour toute réponse, elle me présente sa main, que je presse dans les miennes, et Juliette s'écrie : — Mal reçu!... ah! j'aurais bien voulu que l'on reçût mal quelqu'un que je présentais!

En un moment toute contrainte est bannie. J'ai retrouvé Augustine aussi aimable qu'autrefois, et bien plus encore, car je lis dans ses yeux l'expression de ce sentiment dont elle m'a fait l'aveu. Juliette veut qu'on me fasse voir la maison, les jardins. Je suis ces dames : peu m'importe où l'on me mènera, je serai toujours bien où Augustine sera.

La maison est jolie, commode, ornée avec goût. Le jardin est grand. Il y a des pelouses, de larges et belles allées, mais il y a surtout un petit bois bien épais, bien touffu, dans lequel il doit être charmant de se reposer : j'ai déjà lorgné le petit bois.

Plusieurs heures se sont écoulées, je ne m'en doutais pas; entre gens qui se conviennent, qui s'aiment, le temps passe si vite !

Juliette a promis à Augustine de passer quelque temps avec elle. Moi... on ne me dit pas de rester... mais on m'engage à revenir. Après une journée qui n'a été pour moi que de quelques minutes, je reprends avec mon cabriolet la route de Paris.

Le lendemain, je ne prends pas de cabriolet, cela me coûterax trop cher. Je m'embarque dans la voiture de Saint-Germain, je descends à Marly, et de là je suis bientôt à Luciennes.

On m'attendait pour déjeuner. Comme avec elle un repas me semble charmant! Mais tout acquiert du charme par la présence de ce qu'on aime. La lecture, la musique, la promenade, tout est plaisir avec elle. Je trouve seulement que la journée passe trop vite... et le soir il faut repartir... ce serait bien plus doux de ne pas s'en aller.

Juliette devine sans doute ce que je désire; lorsque le soir je dis tristement : Il faut m'en retourner à Paris... elle s'écrie : — Comment donc irez-vous?... vous n'avez pas de voiture? — Je vais attendre à Marly qu'il en passe une. — Et s'il n'y a pas de place dedans? — Alors, je reviendrai à pied... — A pied... ce serait bien amusant!... Trois grandes lieues à pied... Il me semble, moi, que vous feriez beaucoup mieux de rester ici... Augustine ne manque certainement pas de chambres pour vous coucher.

Je regarde Augustine, elle a les yeux baissés; elle répond en hésitant : — Mais... rester ici... c'est bien alors que dans le monde on dira ... — Le monde!... le monde!... Eh! ma bonne amie, nous sommes donc pas toujours en peine de ce que diront des gens qui jugent si souvent de travers. N'es-tu pas maîtresse maintenant?... Quel mal, après tout, d'avoir de la société à la campagne?... Ne suis-je pas ici, moi? D'ailleurs, tu n'as, en fait d'homme, dans cette maison, que ton vieux jardinier, et j'ai peur la nuit. Vous resterez, monsieur, et désormais vous répondrez de nous.

Bonne Juliette!... ah! si j'osais, je lui sauterais au cou. Je reste, c'est convenu; la bonne reçoit l'ordre de me préparer une chambre. Je vais coucher sous le même toit qu'elle!... Il y a quelque chose de délicieux dans cette pensée, et puis, cela donne beaucoup d'espérance.

Me voilà de la maison, je suis d'une gaieté qui charme ces dames. Dans la soirée, il n'y a pas moyen de faire quelque chose avec moi; jeu, musique, lecture, je fais tout de travers; mon bonheur me cause trop de distractions : on me pardonne, parce que je promets d'être plus raisonnable à l'avenir.

Chacun a pris sa lumière, nous nous sommes dit bonsoir; cela n'a rien de pénible lorsqu'on sait que l'on va dormir à quelques pas de celle que l'on adore... mais aussi qu'il est difficile de dormir quand on pense qu'on est tout près d'elle!... C'est ce que j'éprouve dans la jolie chambre que l'on m'a donnée. Je me tourne et me retourne dans mon lit... je ne puis fermer l'œil... Je suis pourtant bien heureux!... mais je ne le suis pas encore assez... C'est quand l'on n'a plus de désirs que l'on dort bien!... et moi j'en suis brûlé!... L'idée que je couche dans sa maison n'est pas faite pour la calmer.

Je me lève avec le jour. Je vais promener mes rêveries dans le jardin. Je voudrais bien y rencontrer Augustine, mais je voudrais la rencontrer seule... Jusqu'à ce moment, je n'ai pas encore eu un tête-à-tête avec elle. Juliette était toujours là. Maintenant que j'habite la maison, j'espère que je trouverai des occasions !...

Bon! en voici déjà une. Je viens d'apercevoir Augustine qui entre dans le jardin; je cours la rejoindre ; je lui exprime la joie que j'éprouve en habitant avec elle. Elle m'écoute avec bonté, avec plaisir même, si j'en crois ses yeux. Mais il n'y a pas dix minutes que nous causons, et Juliette vient déjà nous rejoindre. Ah! Juliette, vous êtes bien bonne, bien aimable, mais vous devriez être moins matinale.

Aujourd'hui ces dames me font parcourir les environs. Il y a auprès de Luciennes des bois charmants que je ne connaissais pas, des taillis épais où le soleil pénètre à peine, des bruyères, des chemins coupés de buissons, d'où l'on a une vue magnifique; on domine sur Paris et ses environs. Nous trouvons même un petit étang qu'on a décoré du nom de lac, et au milieu duquel il est une petite île plantée de grands saules, et qui rappelle un peu celle de Jean-Jacques à Ermenonville, quoique cette dernière soit plantée de peupliers. Tout cela est fort joli, fort pittoresque; ces bois offrent de plus l'avantage d'une solitude presque complète, car ce n'est guère que rarement que les habitants de Paris viennent les visiter : les bons bourgeois, les marchands, les grisettes aiment mieux les Prés-Saint-Gervais, qui, à la vérité, sont beaucoup moins éloignés de la ville, et où l'on trouve quantité de petits restaurateurs avec cabinets particuliers. Ici la nature est plus sauvage; ici l'on peut, tout à loisir, rêver, méditer, soupirer... Ah! je sens que ces bois me sembleraient encore plus agréables si je m'y promenais seul avec Augustine.

Comme on ne peut pas toujours se promener, nous sommes retournés à Luciennes. Rentrés à la maison, ces dames travaillent; moi, je suis chargé de leur faire la lecture. Je m'en acquitte quelquefois bien, quelquefois mal. J'ai souvent des distractions : lorsque mes yeux rencontrent ceux d'Augustine, je m'arrête, puis je m'embrouille ou je lis trois fois de suite le même passage sans m'en apercevoir. Alors Juliette s'écrie : — Dieu! quel mauvais lecteur! A quoi pensez-vous donc, monsieur? Augustine sourit : elle sait bien à quoi je pense.

Les journées, les soirées, s'écoulent rapidement chez Augustine; cependant les occasions que j'espérais avoir pour lui parler d'amour ne se présentent jamais; Juliette est presque toujours avec nous, et quand elle n'est pas là, quand je pense rencontrer Augustine sans témoins, elle me quitte bien vite pour aller retrouver son amie... Elle craint d'être seule avec moi... tout semble me l'annoncer. Me craindre, n'est-ce pas sentir qu'elle ne pourrait me résister! on ne fuit pas

l'homme près duquel le cœur est muet; c'est donc encore une preuve de son amour... Mais si je me passerais bien de cette preuve-là.

Si n'ose me plaindre, du moins je soupire souvent. En devine-t-elle la cause?... Oh! oui, les femmes devinent tout ce qui tient à l'amour. Voilà quinze jours que j'ai passés chez elle, et point de tête-à-tête. Je ne suis plus gai comme les premiers jours, et Juliette m'en fait en riant la guerre; elle prétend qu'on me renverra si je ne suis pas plus amusant. Augustine m'excuse, elle prend mon parti. Elle sait bien ce qui me fait soupirer.

J'ai beau me lever matin, ces dames arrivent presque toujours ensemble au jardin. Aujourd'hui j'ai été plus paresseux, je descends plus tard, je me dirige vers un joli bosquet qu'Augustine affectionne. Elle y est, elle y est seule !

Je cours me placer près d'elle, elle veut se lever, je la retiens. — Voulez-vous donc me priver de ce moment après lequel je soupire depuis que je suis chez vous!... Voilà la première fois que je vous trouve seule... — Et pourquoi désirer me trouver seule?... n'êtes-vous pas avec moi toute la journée?... ne pouvez-vous pas me parler, me voir sans cesse?... — Oui, mais je puis vous parler de mon amour... vous dire... vous répéter que je vous adore... — Ne vous suffit-il pas que je le sache... que je le croie?... — Non, quand on aime avec ardeur, cela ne suffit pas : et en vous voyant constamment me fuir, m'éviter, ne dois-je pas croire que vous ne me voyez plus avec plaisir... que ma présence vous fatigue?... — Paul, vous ne pensez pas ce que vous dites... je vous ai laissé lire dans mon cœur, dans ce cœur qui ne sait pas assez feindre. Le sentiment que vous m'avez inspiré est criminel peut-être; mais, puisque je n'ai pas eu la force de vous le cacher, je ne vous priverai pas du moins du plaisir que vous cause la certitude d'être aimé. — Il est donc vrai!... vous m'aimez?... — Oui, je vous aime... mais, je vous en supplie, ne me rendez pas plus coupable; l'assurance que votre image sera toujours là doit suffire à votre bonheur. — Vous m'aimez! et vous voulez que cette idée m'empêche pas mes sens, que je ne désire pas d'en avoir la preuve la plus forte! — La preuve la plus forte n'est donc pas de vous avouer que je vous aime! Ah! mon ami, ce que vous désirez encore n'est pas toujours une grande preuve d'amour!... — Si c'est moins à vos yeux que ce que vous m'avez déjà accordé, pourquoi me le refuser?... — Mon ami, vous voudriez donc que je fusse tout à fait coupable?... — Mais pourquoi croyez-vous que cela vous rendrait coupable?... Qui donc fut plus libre de soi-même que vous? — Paul, je ne veux plus vous écouter.

Elle me fuit... mais elle était émue, attendrie... Quelque chose me dit qu'elle ne me fuira pas toujours... Espérons, il faut bien espérer!; sans cela ce serait désolant.

Voilà près d'un mois que j'habite la campagne; pendant ce temps, j'ai été tous les deux ou trois jours faire un tour à Paris. Aujourd'hui je vais m'y rendre, ces dames me chargent toujours de plusieurs commissions : j'ai soin de les expédier promptement pour retourner bien vite à Luciennes.

Je passe un moment à mon logement rue Charlot; on m'apprend que Dubois est venu plusieurs fois; il a, dit-on, à me parler. Il y a en effet plus d'un mois que je ne l'ai vu; mais que peut-il avoir de si pressé à me dire?... Aller chez lui... il n'y sera pas... et d'ailleurs où demeure-t-il maintenant?

Tout en disant cela, je monte chez moi et je change de toilette; je vais repartir, lorsque Dubois arrive.

— Diable!... tu es à Paris?... ce n'est pas malheureux de te rencontrer. Il paraît que monsieur a maintenant une campagne à sa disposition?... — Mon ami, on a bien voulu m'inviter à passer quelques jours, et... — Et tu y passes des mois, ça n'est pas mal : ça prouve qu'on ne te fait pas coucher sur des orties : au reste, tu as raison, il faut profiter des bonnes occasions. Moi, j'ai rarement une campagne où je puisse me refaire, les grisettes n'ont pas l'habitude d'avoir des châteaux. Mais, à propos, depuis que tu habites les champs, tu ne sais pas ce qui se passe à Paris... Il y a du nouveau ici. — Quoi donc? — Jolivet est enfoncé par Jenneville... Je ne croyais pas si bien dire quand je le lui ai prédit le jour où nous l'avons rencontré... — Comment?... explique-toi donc. — Tu sais bien qu'il avait fait prêter soixante mille francs à Jenneville... c'est-à-dire à madame de Rémonde; mais Jenneville avait répondu... — Eh bien?... — Ce qui devait en résulter est arrivé : madame de Rémonde est partie un beau matin avec un jeune Anglais, ou Russe, ou Turc. Elle a laissé là le pauvre Jenneville avec ses dettes à payer. Quand on a été saisir chez elle, il s'est trouvé que rien ne lui appartenait, et qu'elle avait encore fait des traits au propriétaire de l'hôtel qu'elle louait... Jolivet, en apprenant cela, a eu la jaunisse, mais cela ne l'a pas empêché de faire agir les huissiers; enfin, comme Jenneville ne peut pas payer, parce qu'il s'est ruiné avec cette femme-là, notre ami, oubliant les dîners qu'il a reçus de son créancier, l'a fait conduire rue de la Clef... — Serait-il possible!... Jenneville serait... — En prison... à Sainte-Pélagie... dans le quartier du jardin des Plantes... — Et c'est Jolivet qui l'a fait arrêter!... — Oui, mais depuis quelques jours d'autres créanciers se sont présentés et ont également fait écrouer Jenneville... Il doit, dit-on, plus de cent mille francs!... et, comme il a tout vendu, tout mangé, il est probable qu'il restera là longtemps. Ayez donc une maîtresse à plumes, avec voiture et cachemires ! On ne mange jamais cent mille francs avec une femme qui fait des queues de boutons.

Je n'écoute plus Dubois, une seule pensée m'occupe : Jenneville est en prison... il est malheureux, et par conséquent abandonné de ce monde dans lequel il vivait, et où les amis ne sont que des compagnons de plaisir, qui nous fuient dès que nous ne sommes plus en état de lutter de folies avec eux. Ah !... si j'étais riche encore ! mais je n'ai plus que de quoi vivre avec beaucoup d'économie ; mon capital ne pourrait même libérer Jenneville. Et mon père... il n'y a pas de danger qu'il m'envoie de l'argent maintenant... Cent mille francs !... c'est énorme !...

— A quoi donc penses-tu ? me dit Dubois. — Je pense que Jenneville est bien à plaindre... lui qui pouvait être si heureux !... — C'est vrai... mais c'est sa faute... Malgré ça, si me connais, si je pouvais l'obliger... S'il ne s'agissait que de cinquante louis, on se remuerait... mais cent mille francs !... c'est comme si je voulais tenir une pyramide d'Égypte dans mes deux bras. — Dubois, sais-tu où demeure Jolivet ? — Toujours au même endroit, rue du Cadran ; c'est un garçon qui ne déménage pas souvent, lui : ça use les meubles. Est-ce que tu vas payer pour Jenneville ?... est-ce que tu as gagné à la loterie ? — Non, mais je veux voir Jolivet... je veux le prier, intercéder pour une ancienne connaissance. — Je t'assure que tu perdras ton temps.

Quoi qu'en dise Dubois, je le quitte vivement pour prendre un cabriolet et me faire conduire chez Jolivet.

Je trouve le nouvel homme d'affaires dans un petit carré vitré qu'il a probablement fait lui-même dans le coin de sa chambre à coucher. Ce carré vitré est son cabinet, mais je me rappelle le faste et l'élégance qu'étalait Blagnard, et cela me prouve de nouveau qu'il ne faut jamais juger sur les apparences ; car Jolivet est riche, et Blagnard voulait le paraître.

Jolivet vient au-devant de moi avec empressement, il me fait même entrer dans son cabinet, où il serait impossible de mettre plus de deux chaises. Mais il me croit riche, et présume que je viens lui parler pour moi. Dès que je prononce le nom de Jenneville, sa figure se décompose. — Jenneville !... ah ! le coquin !... le misérable !... il nous a mis dedans, moi et mon associé !... Soixante mille francs, mon cher ami !... et cette scélérate de femme avec un mobilier superbe !... tout était dû... engagé. — Mais il me semble que tu as mis Jenneville dedans aussi, car on m'a dit qu'il était en prison. — Oui, certes, il est en prison... et il n'en sortira pas que je ne sois payé... — Et s'il n'a plus rien ?... — Ça m'est égal. — Tu oublies qu'il était ton ami... que tu as souvent dîné chez lui. — Ça ne fait rien du tout !... Quand il me donnait à dîner, il ne m'empruntait pas d'argent... s'il m'en avait emprunté alors, je n'aurais pas accepté ses dîners, parce que cela m'aurait semblé louche ; et en y réfléchissant bien, je ne vois dans les dîners qu'il m'a donnés que de nouvelles ruses dont il s'est servi pour m'amorcer... Ensuite Jenneville n'a jamais été mon ami... c'était le tien, mais pas le mien ; il dépensait trop d'argent pour avoir mon estime et mon amitié. — Mais si ne peut pas payer, à quoi te sert de le garder en prison ?... — Il a de belles connaissances !... Au reste, je te le répète, il ne sortira de Sainte-Pélagie qu'avec de l'argent comptant. — Et combien doit-il en tout ? — A moi, d'abord soixante mille francs, plus les frais qui montent déjà à mille francs... — Et aux aux autres créanciers ? — A peu près autant, à ce que je crois... mais il y en a qui entreraient en accommodement... Est-ce que, par hasard, tu te sentirais capable de payer pour Jenneville ?... ce serait un trait magnifique. — Si je le pouvais, je le ferais avec plaisir... mais puisque tu trouves que cela serait un si beau trait, pourquoi donc ne lui remets-tu pas ta créance, toi ? — Je ne le peux pas non plus, mon ami. D'ailleurs je ne vois pas pourquoi je payerais la maîtresse et le cabriolet de ce monsieur, qui s'est joué.

Je quitte Jolivet, je me hâte de terminer les commissions, les achats dont ces dames m'ont chargé, et je suis de retour à Luciennes deux heures avant le dîner.

Ces dames sont au jardin, je vais les y trouver, je rends compte de mes emplettes, mais Augustine s'aperçoit que je suis agité, préoccupé. Elle sort du bosquet où elle était assise, elle vient vers moi.

— Qu'avez-vous donc ? me dit-elle à demi-voix, avez-vous appris à Paris qui vous ait chagriné ?... avez-vous reçu des nouvelles de votre père ?... — Non... et c'est pas de moi qu'il s'agit... — Je pourrait vous avez quelque chose ? je le vois bien... — Oui... je ne sais comment vous le dire, cependant il me semble que je ne dois pas vous laisser ignorer cet événement. — Parlez donc... — M. Jenneville... — Eh bien, M. Jenneville ? — Est en prison. — En prison !... — Il s'est endetté... il avait déjà engagé tout son bien... enfin il doit près de cent vingt mille francs, et il paraît qu'il n'a plus rien à offrir à ses créanciers... — En prison ! mon mari !...

Augustine reste pendant quelques minutes à rêver, puis elle me dit : — Mon ami... attendez-moi là...

Elle est allée vivement du côté de la maison. Que va-t-elle faire ?... je me promène lentement dans le jardin. Juliette est restée assise sous le berceau ; elle est loin de se douter de ce qui nous occupe dans ce moment.

Au bout de dix minutes, Augustine revient tenant une lettre à la main ; elle me prend à l'écart.

— Mon ami, vous m'avez déjà donné des preuves de votre sincère attachement, j'en attends encore une nouvelle aujourd'hui. — Que faut-il faire ? — Je ne dois pas laisser mon mari en prison... Ma fortune n'est pas considérable, mais j'en sacrifie volontiers la moitié pour rendre M. Jenneville libre... Ah ! s'il le fallait, je donnerais tout ce que je possède !... La richesse ne peut me donner le bonheur ! Tenez, voici une lettre pour mon notaire, dans laquelle je vous donne plein pouvoir pour recevoir de lui les fonds nécessaires et terminer entièrement cette affaire. Je pense que vous voudrez bien avoir la bonté de vous charger de faire payer toutes les dettes de M. Jenneville. Cependant je ne veux pas qu'il ignore que c'est moi qui lui rais rendre sa liberté. Je n'affecterai point ici une fausse grandeur d'âme. M. Jenneville me croit coupable envers lui, il verra que du moins tout sentiment de générosité n'est point éteint dans mon cœur. Je charge aussi mon notaire de prévenir M. Jenneville qu'il lui payera par une pension de mille écus, il m'en restera autant... n'est-ce pas bien assez... surtout si vous me tenez quelquefois compagnie ?...

Quelle femme !... mais j'étais certain qu'elle se conduirait ainsi. — Mon ami, reprend-elle, vous savez qu'obliger vite est obliger deux fois : quand retournez-vous à Paris ?... — Sur-le-champ. Donnez-moi cette lettre... je ne reviendrai que lorsque tout sera arrangé... Adieu.... — Ah ! que vous êtes aimable !... mais embrassez-moi avant de partir.

Pour une si grande faveur, que ne ferait-on pas ! Je l'embrasse... de toute ma force... puis je pars. Je redescends lestement à Bougival, je rencontre un coucou, et me voilà sur la route de Paris.

Je ne sais pourquoi j'éprouve une secrète satisfaction à penser que madame Luceval ne sera plus aussi riche... Il me semble que ce revers de fortune la rapproche de moi ; elle n'en devient pas plus libre, et malgré cela... Après tout, s'il fallait toujours analyser les causes des sentiments qui nous agitent, on n'en finirait pas.

De retour à Paris, je cours chez le notaire ; il me promet de solder les créanciers de Jenneville au nom de sa femme, et moi, je me mets en course pour lui donner le plus vite possible ceux qui retiennent en prison le mari d'Augustine. Je ne me donne pas un moment de repos que je ne sache les noms, les qualités et les adresses des créanciers. Je leur fais dire de se rendre chez le notaire de madame Luceval. Mais je ne vais pas leur parler moi-même, je ne veux pas que Jenneville puisse savoir que je me suis mêlé de cette affaire... Je craindrais que cela ne blessât sa délicatesse... quoiqu'il ne m'ait pas prouvé qu'il en eût beaucoup.

Enfin, le quatrième jour, le notaire d'Augustine, qui a bien voulu seconder mon impatience, et qui éprouve autant de plaisir à rendre un homme à la liberté qu'un huissier en ressentirait à en mettre un en prison, me remet toutes les quittances des créanciers, en m'apprenant que, depuis le matin, Jenneville est libre et sait ce que sa femme a fait pour lui.

Je prends les quittances et je pars tout de suite pour Luciennes. Je n'ai été que quatre jours pour terminer cette affaire : je suis certain qu'Augustine sera contente de moi.

Ces dames sont dans le salon, je ne sais si je dois parler devant Juliette. A mon air satisfait, je pense qu'Augustine devinera que j'ai rempli ses intentions, mais Juliette me dit : — Vous pouvez parler, monsieur Deligny, je sais pourquoi on vous a renvoyé si vite à Paris... on m'a tout dit... Je l'ai grondée... puis je l'ai embrassée... ce qui m'empêche pas de trouver que c'est de l'argent jeté à l'eau. — Ah, Juliette !... tu en aurais fait autant à ma place, j'en suis sûre. — Ma foi, non, je ne crois pas, ou du moins j'aurais laissé mon mari passer quelques mois en prison pour le corriger un peu. — Eh bien ! monsieur Deligny ? — Voici toutes les quittances, madame ; M. Jenneville est libre.

Augustine en prenant les papiers me serre doucement la main, et ses yeux me remercient plus tendrement encore, tandis que Juliette murmure : — Comme c'est amusant un mari qui vous ruine !

Loin que cet événement altère l'humeur d'Augustine, il semble au contraire qu'elle soit plus gaie, plus contente depuis que son revenu est diminué des trois quarts. Jamais elle n'a été plus aimable, plus tendre avec moi ; si je pouvais obtenir un tête-à-tête, je crois que je serais le plus heureux des hommes.

Depuis quelques jours, Juliette annonce son prochain retour à Paris, je désire et redoute ce moment : Augustine me permettra-t-elle d'habiter avec elle quand son amie ne sera plus là ?

Enfin Juliette dit adieu à Augustine, elle retourne à Paris. Je dois l'y accompagner ce matin ; mais reviendrai-je ce soir ? Non... Augustine me dit aussi adieu... en m'engageant à venir quelquefois passer la journée avec elle. Hélas ! c'est me dire que je ne suis plus de la maison... N'importe, Juliette ne sera plus là le matin, et, à moins qu'on ne fasse rester la bonne avec nous, à coup sûr nous serons en tête-à-tête.

Je trouve à Paris une lettre de mon père ; voyons ce qu'il m'écrit : « Mon fils, je ne vous ai point fait de reproches de ce que vous avez dissipé à Paris la fortune de votre mère, parce que les reproches n'auraient point réparé le mal ; mais je me suis occupé ici de vous chercher une femme. Je vous ai trouvé une demoiselle de dix-huit ans, spirituelle, bonne, jolie et riche, qui vous épousera volontiers, parce que je lui ai dit que vous étiez gentil garçon, et que ses parents consentent à vous donner, parce que j'ai répondu de votre sagesse à venir. Hâtez-vous donc de quitter votre Paris, dont j'ai par-dessus la tête, et votre ami Dubois, que vous aurez soin de ne pas amener avec vous. Adieu, mon ami, je vous attends; pressez-vous, la chose en vaut la peine. »

Il veut me marier !... je devais m'y attendre, d'après ce qu'il m'avait dit en partant. Une femme jolie, aimable et riche... je conviens que beaucoup de jeunes gens à ma place se féliciteraient de trouver tout cela... Mais j'en suis bien fâché, mon père, je n'épouserai pas votre demoiselle... Fût-elle millionnaire et belle comme Vénus, je n'en voudrais pas. Je ne veux pas me marier, c'est très-décidé; car il faudrait m'éloigner d'Augustine, renoncer à la voir, et cela m'est impossible.

Le signor Delrini, locataire de l'appartement de madame Ledoux.

Je mets la lettre de mon père dans ma poche, et le lendemain je l'emporte avec moi à Luciennes. Je ne veux point me faire près d'Augustine un mérite du sacrifice; mais pourtant si cette nouvelle preuve de mon amour pouvait la décider à me rendre heureux... pourquoi n'en profiterais-je pas? Ce n'est que lorsqu'on a tout obtenu qu'il faut pousser à l'excès la délicatesse.

Augustine est au jardin, et je suis certain de l'y trouver seule; cette idée me cause une douce émotion. En abordant Augustine, je crois voir qu'elle partage mon trouble, cela me semble d'un heureux augure.

Je m'assieds près d'elle sous ces frais ombrages où, depuis six semaines, nous nous sommes trouvés ensemble presque tous les matins. Mais aujourd'hui combien ces bosquets me semblent plus délicieux encore! Les fleurs, la verdure, le balancement du feuillage ont à mes yeux un aspect plus doux,... c'est qu'aujourd'hui je suis seul avec elle dans ces jardins. Ah! Juliette avait raison en me disant : — Ce n'est point aux champs qu'un cœur aimant retrouve son indifférence : les prés, les bois, les gazons, le silence de ces lieux, l'air pur qu'on y respire, tout dans les champs invite à l'amour... Si je ne triomphe point ici d'Augustine, elle ne sera jamais à moi.

J'ai déjà passé deux heures près d'elle, et je ne lui ai point parlé que de mon amour. Souvent elle m'a interrompu, souvent elle a voulu changer de conversation; mais j'en suis toujours revenu à ce qui m'occupe, et quoiqu'elle me gronde, je vois bien qu'elle n'est pas fâchée de m'entendre.

L'heure du dîner est venue; elle veut que je dîne avec elle, puis je reparte ensuite. — Vous ne pouvez m'en vouloir, me dit-elle, si je ne vous engage pas à rester ici comme lorsque Juliette y était... Que penserait-on, mon ami, que n'aurait-on pas le droit de dire si, habitant seule cette maison, je vous y logeais avec moi! ce serait blesser toutes les convenances.

Elle peut avoir raison, mais je ne veux pas en convenir; je me contente de presser le dîner, car ce n'est pas à table, ayant à chaque instant sa domestique près de nous, que je puis lui parler d'amour.

Après le repas, j'obtiens encore une promenade au jardin. L'air est lourd, étouffant, il annonce un orage; pour trouver la fraîcheur, je

conduis Augustine vers ce joli petit bois que depuis longtemps je convoitais; elle ne veut y entrer qu'à condition que je ne lui parlerai pas d'amour. Je promets tout, et nous voilà sous les arbres dont les branches entrelacées sur notre tête nous cachent les derniers rayons du soleil.

Augustine s'appuie sur mon bras; nous nous promenons quelque temps. Je ne parle pas; mais le silence est quelquefois éloquent. — Eh bien! monsieur, pourquoi donc gardez-vous le silence? me dit-elle. — Vous m'avez défendu de parler, madame. — Est-ce que vous ne savez parler que d'une seule chose? — Auprès de vous je n'ai que celle-là dans l'esprit... — Et moi, je veux que vous me parliez de Paris : y avez-vous appris quelque événement nouveau?... Et votre père?... comment se fait-il qu'il ne vous écrive pas? — Il m'a écrit, madame; j'ai reçu une lettre de lui aujourd'hui. — Et que vous dit-il?... Vous gronde-t-il bien fort?... — Non... mais il veut... — Eh bien?... il veut que vous alliez le voir sans doute?... il a raison. — Je n'irai point cependant. — Et pourquoi cela, monsieur? pourquoi n'iriez-vous point passer quelques jours près de votre père?... Ne doit-on rien à ses parents? — C'est que ce n'est pas seulement pour quelques jours qu'il me demande... il veut... — Il veut... achevez donc?... — Il veut me marier.

Augustine a tressailli, elle quitte mon bras, je vois son émotion; cependant elle s'efforce de prendre un air calme en me disant : — Il vous a donc déjà trouvé une femme? — Il le dit du moins... — Et... comment est-elle, cette femme?...

Pour toute réponse, je lui présente la lettre de mon père; elle la prend et va s'asseoir à quelques pas sur un banc de gazon. Je la suis, je vais me placer près d'elle, et j'attends en silence qu'elle ait achevé de lire. Enfin, sans se tourner vers moi, elle me tend la lettre en me disant d'une voix étouffée : — Il faut partir... il faut épouser celle qu'on vous destine.

— Partir ! m'éloigner de vous... oh ! jamais ! jamais !... Elle tourne alors la tête vers moi, et me regarde avec tendresse en me disant : — Mais songez donc, mon ami, que cette femme est jeune... jolie...

— Monsieur, je vous avais le ver tout seul, Goddem! vous devez chasser lui de là !
— Allez-vous-en au diable avec votre ver !

Il n'y a qu'une femme jolie à mes yeux !... — Elle a des vertus, de l'esprit... Elle vous aimera... — Mais je ne l'aimerai pas, moi... — Elle est riche, vous pourrez de nouveau satisfaire tous vos désirs. — Je n'en ai plus qu'un, un seul... c'est de vous plaire, d'être aimé de vous... de vous voir sans cesse, de ne plus vous quitter... — Rappelez-vous encore que des nœuds indissolubles... que je ne puis être votre épouse. — Ah ! soyez à moi par votre cœur, par votre seule volonté... Heureux d'avoir votre amour, aurai-je encore des vœux à former !...

Je suis à ses genoux; je les presse, et elle ne me repousse pas; je prends ses mains, je les couvre de baisers, j'entoure sa taille, je cherche sur ses lèvres des baisers plus doux encore... Elle ne sait plus se défendre, sa tête est tombée sur mon épaule; mais elle veut en vain éviter mes caresses. Je vais être heureux... lorsqu'une voix se fait entendre... c'est sa domestique qui l'appelle; la voix s'approche de nous, il faut que je m'éloigne d'elle, il faut reprendre un maintien composé... Maudit contre-temps!

Augustine s'est levée, elle a fait quelques pas vers sa bonne, qu'elle ne tarde pas à rencontrer: — Qu'avez-vous donc? lui dit-elle; pourquoi m'appeler ainsi?... qu'est-il arrivé?... — Mon Dieu, madame, il est arrivé un homme de Paris... un monsieur qui vous demande, qui veut absolument vous parler, et comme j'ai dit que madame y était... C'est quelque ennuyeuse visite qui vous arrive... Elle n'a qu'à dire qu'elle s'est trompée... que vous n'y êtes pas, qu'elle ne vous a pas trouvée...

Augustine me serre la main en me disant à l'oreille: — Oh! non, mon ami... que penserait cette fille?... Mais qui donc peut venir?... je n'attends personne... Marianne, comment est-il ce monsieur?

— Dame, madame, il est bien mis. Mais il a un air tout sans gêne, il m'a dit: — Votre maîtresse y est-elle? — Oui, monsieur, que j'ai répondu, elle est dans les jardins. — Eh ben, qu'il a dit, j'vas la trouver. Après ça, il s'est ravisé, et il est entré dans le salon en disant: — Non, au fait, j'aime mieux que vous alliez la prévenir de mon arrivée... elle pourrait être en société, et je ne veux pas la déranger... Allez la chercher; mais qu'elle ne se presse pas, j'ai le temps... Et en disant ça, dame, il s'est étendu sur un grand fauteuil, ni plus ni moins que s'il était chez lui.

A mesure que Marianne parle, Augustine se trouble et pâlit; moi-même je ne puis me défendre d'une certaine inquiétude.

— Et ce monsieur ne vous a-t-il pas dit son nom? demande Augustine avec anxiété.

— Ah! pardonnez-moi, madame, j'y pensais plus, il m'a dit: — Vous direz à votre maîtresse que c'est monsieur... monsieur Jenne... Jenneville qui désire la voir.

Augustine frémit et s'appuie sur mon bras en murmurant: — C'est lui... je l'avais deviné!... O mon Dieu! que vient-il faire ici?... que me veut-il?

— Il veut vous remercier de ce que vous avez fait pour lui... c'est là, n'en doutez pas, ce qui le conduit près de vous... Pourquoi trembler?... pourquoi vous effrayer d'une démarche si naturelle?

Quoique je tâche de rendre le calme à Augustine, je sens que mon cœur est oppressé. L'annonce de la visite de Jenneville m'a fait éprouver une pénible sensation. La bonne Marianne, qui s'aperçoit que l'arrivée de l'étranger nous afflige tous deux, s'écrie:

— Bon Dieu! madame, i gnia pas tant besoin de se gêner pour ce monsieur!... j' vas le renvoyer, quoi! et j' lui dirai que vous n'y êtes pas...

— Non, non, gardez-vous en bien! s'écrie Augustine en arrêtant Marianne; allez au contraire lui dire que je vous suis... que je viens à l'instant...

— Oui, oui, madame... ça suffit!... Oh! il attendra, puisqu'il dit qu'il n'est pas pressé.

Marianne s'éloigne, et Augustine porte son mouchoir sur ses yeux en s'écriant:

— Hélas!... qui m'aurait dit qu'un jour je craindrais... je redouterais la vue de mon époux?... Ah! Paul! je suis déjà bien coupable... mais si j'ai cessé de l'aimer, n'est-ce pas vous qui l'a voulu... qui m'y a forcée?... — Calmez-vous... remettez-vous... Jenneville ne veut que vous remercier des sacrifices que vous avez faits pour lui... — Des sacrifices!... Que ne puis-je donner tout ce que je possède, et vous aimer sans remords!... Mais, mon ami, il m'attend... Partez... partez vite par cette petite porte qui donne sur les champs... ne

passez pas près de la maison, je vous en prie. — Pourquoi me renvoyer?... Sans doute la visite de Jenneville ne sera pas longue; permettez-moi de rester au fond de ces jardins pour en connaître le résultat... — Oh! non... non... je n'aurais pas la force de parler... de répondre à... monsieur Jenneville, si je vous savais encore dans ces lieux... Partez... je le veux... je vous en prie... je tremble déjà qu'il ne vous rencontre... — Eh bien! puisque vous le voulez, je pars... mais qu'il m'en coûte de vous quitter ainsi!... — Et moi... croyez-vous donc que je ne souffre pas?... mais il le faut... Tenez... mon ami... voilà la porte... Adieu... — Je vous verrai demain? — Oui, oui.

J'ai ouvert la porte qui donne sur les champs, j'ai pressé la main d'Augustine... je vais m'éloigner... elle me retient, me tend encore cette main chérie, et me dit en versant des larmes: — Adieu, mon ami; il me semble que c'est pour la dernière fois!

Je la presse contre mon cœur; mais elle rappelle son courage, elle s'échappe de mes bras, et la porte fatale se referme entre nous.

Chapitre XXV. — Le Mari chez sa Femme.

Lorsque Jenneville avait répondu de soixante mille francs pour madame de Rémonde, il était déjà lui-même fort gêné dans ses affaires. Depuis quelque temps, la belle Herminie, qui dans les commencements de leur liaison ne voulait rien accepter de son amant, avait totalement changé de manières avec lui: elle était, devenue prodigieusement coquette, et, pour satisfaire ses caprices sans cesse renaissants, il lui fallait chaque jour beaucoup d'or. A la vérité, elle ne faisait que l'emprunter à Jenneville; elle devait lui rendre tout cela sur le gain d'un soi-disant procès qui ne se jugeait jamais.

Jenneville n'avait point d'ordre, il détestait les calculs, l'économie; habitué à satisfaire toutes ses fantaisies, il ne s'était pas à régler ses dépenses sur ses revenus. Déjà obéré par ses folies, la banqueroute de Blagnard lui avait porté un coup funeste; mais alors, loin de modérer ses dépenses, il avait vendu, emprunté, et cherché dans le jeu à réparer ses pertes. Plus épris que jamais de madame de Rémonde, dont il se croyait adoré, il ne voulait rien lui refuser, persuadé qu'un jour elle rentrerait dans ses biens dont elle lui parlait sans cesse, et qu'alors elle les partagerait avec lui.

Mais quelque temps après avoir répondu pour madame de Rémonde, il crut pouvoir lui avouer qu'il se trouvait lui-même gêné, et avait besoin d'argent. Il désirait qu'elle lui prêtât une dizaine de mille francs, sur les soixante dont il avait répondu; la belle Herminie ne répondit à cette demande de Jenneville que par un sourire méprisant. Elle lui dit qu'il était un monstre indigne de son amour, et lui tourna le dos. Jenneville commença alors à douter de l'excessive tendresse de son Herminie, et le lendemain, en apprenant qu'elle venait de quitter Paris avec un jeune étranger, il vit enfin qu'il n'avait été que la dupe d'une vile courtisane.

Mis en prison par les soins de Jolivet, il y maudissait toutes les femmes, et surtout celle qui l'avait si indignement trompé; quelquefois le souvenir de son épouse se présentait à sa mémoire, alors il était forcé de s'avouer qu'elle valait mieux que madame de Rémonde; il connaissait le cœur d'Augustine, il savait qu'elle viendrait à son secours s'il lui faisait part de son embarras; mais, au milieu de ses défauts, de ses vices mêmes, Jenneville avait de la fierté, et il ne voulait pas implorer celle qu'il avait abandonnée.

Lorsqu'on lui rendit la liberté, il courut chez un de ses créanciers, et en apprenant que c'était par les ordres de sa femme que toutes ses dettes étaient payées, il en éprouva presque autant de dépit que de

Ces messieurs connaissent ma femme! Dieu! qu' c'est heureux!

reconnaissance. Il reçut bientôt après la lettre du notaire qui le prévenait que sa femme lui faisait trois mille francs de pension. Cette nouvelle marque de la générosité d'Augustine augmenta sa mauvaise humeur. Il se rendit chez le notaire, et le prévint qu'il ne voulait pas de la pension que sa femme lui faisait, en le priant de le lui faire savoir. Mais deux heures après il retourna chez le notaire lui dire qu'il comptait lui-même aller voir sa femme, et qu'il était inutile de lui écrire. Enfin, après avoir encore hésité, réfléchi pendant quelques jours, il se rendit à Paris chez sa femme. On lui dit qu'elle était à sa campagne; il connaissait sa jolie habitation de Luciennes, et s'y rendit le même soir.

Augustine venait de me quitter, ses yeux étaient encore rouges des pleurs qu'elle avait versés; son sein était oppressé, sa marche chancelante, et elle entra en tremblant dans le petit salon du rez-de-chaussée où son mari l'attendait, nonchalamment étendu sur une bergère.

En voyant entrer sa femme, Jenneville se lève et lui fait un salut gracieux, tandis qu'Augustine reste immobile et n'ose point lever les yeux sur lui.

— Mille pardons, madame, si je vous ai dérangée... vous aviez de la société peut-être? Au reste, j'avais dit à votre domestique que je n'étais nullement pressé. Ma visite vous surprend?

— Oui, monsieur... je l'avoue... j'étais loin de m'attendre... — Ah, madame! j'espérais que vous me jugiez assez poli pour venir vous remercier. Après la manière généreuse dont vous avez agi envers moi... — Monsieur... je n'ai fait que mon devoir... — Votre devoir! non vraiment. Vous n'étiez aucunement obligée à payer mes dettes; votre bien était à vous, vous n'aviez pas répondu pour moi. — Monsieur, il est quelquefois des devoirs que notre conscience seule nous impose. — Madame, ce que vous me dites-là est très-beau!... Mais si nous prenions des sièges, il me semble que nous causerions tout aussi bien assis... à moins, madame, que quelqu'un ne vous attende. — Non, non, monsieur, personne ne m'attend.

Jenneville prend la main de sa femme et la conduit devant un fauteuil; Augustine s'assied sans lever les yeux sur son mari, qui se place près d'elle, et continue la conversation sur le même ton leste et dégagé dont il a commencé.

— Je vous disais donc, madame, que sans vous je restais en prison; j'y restais peut-être fort longtemps!... car qui diable m'en eût tiré?... Ce ne sont pas mes bons amis qui m'ont aidé à me ruiner... Ce ne sont pas les coquettes qui m'ont dupé... Ah! les femmes!... les femmes!... je les ai en horreur!... Je ne dis pas ça pour vous, madame; mais vraiment, j'ai reçu là une terrible leçon... Le monde ne vaut pas grand'chose!... vous me disiez autrefois, et vous aviez raison!... Ruiné! en ai-je eu de temps!... Il y aurait de quoi devenir misanthrope! Vous vous êtes dépouillée pour moi de la moitié de votre fortune!...

— Monsieur, je vous en prie, ne parlons plus de cela!... — Pardonnez-moi, madame, je dois y songer; et non-seulement vous payez mes dettes, mais vous voulez encore me faire une pension montant à la moitié de ce qui vous reste!... voilà ce que je ne souffrirai pas.

— Quoi! monsieur, vous refuseriez!... — Oui, madame; je ne puis vraiment pas accepter cela... Vivre à vos dépens... lorsque je vous ai jadis quittée... abandonnée... car je sens bien maintenant que ma conduite ne fut pas très-exemplaire...

— Ah, monsieur! ne parlons plus de ce qui s'est passé... et, je vous en supplie, daignez accepter ce que je vous ai offert... Si cela ne vous suffisait pas, je pourrais faire plus encore... il me serait si doux de m'assurer votre tranquillité! Monsieur, je vous en conjure, ne me refusez pas... c'est une grâce que je vous demande; s'il le faut, je l'implore à genoux...

— Augustine!... que faites-vous!... y pensez-vous!... à mes genoux! quand c'est moi qui devrais... Relevez-vous, madame... Allons, vous pleurez, maintenant... je suis cependant pas venu chez vous dans l'intention de vous affliger. — Non, monsieur... je ne pleure plus... mais vous consentez, n'est-ce pas?... — Il n'y a qu'un moyen, madame, de me faire accepter vos bienfaits sans que j'en rougisse. — Quel est-il, monsieur?... — Ah! le hasard d'avance... — Prenez garde, ma chère Augustine, vous allez peut-être vous repentir de vous être autant avancée!... Mais tenez, ma chère amie, sans plus de détours, je vais au fait si je quittée, j'ai peut-être tous les serments... Pendant que nous avons vécu l'un sans l'autre, nous avons fait chacun ce que nous avons voulu, c'était trop juste!... Moi, j'ai fait des sottises, j'en conviens; et la preuve, c'est que je suis ruiné... Vous, vous avez profité de la liberté que je vous avais rendue... c'était tout naturel!... — Monsieur... je conviens que les apparences... que ma conduite fut inconséquente... mais... — Eh, mon Dieu! ma chère amie, je vous le répète, en vous quittant, je vous avais dégagée de vos serments, du moins c'est ainsi que je pense. Mais ce n'est pas du tout de cela qu'il est question. Aujourd'hui, je n'ai plus rien, et après avoir payé mes dettes vous voulez encore me faire une pension!... Je ne puis la recevoir... mais je puis retourner avec vous, je puis revenir à l'épouse que j'ai jadis quittée; alors tout redevient commun entre nous, et je cesse de rougir en vivant de vos bienfaits. Le passé n'est plus rien pour nous!... Aucun reproche ne sortira de la bouche ni de l'un ni de l'autre, car, tous deux coupables, nous n'avons pas le droit de nous

en faire. Je vous connais assez pour être persuadé qu'habitant avec moi, vous romprez toute liaison... que mon abandon seul avait autorisée. Je vous le répète, jamais un mot sur le passé!... et nous vivons ensemble... non comme des amants, je pense que maintenant cela serait difficile, mais comme de bons amis, ce qui vaut peut-être mieux. Voilà, madame, la proposition que j'avais à vous faire; mais remarquez bien que ce n'est qu'une proposition!... Quoique je sois toujours votre mari, et qu'avec ce titre, comme nous nous sommes quittés jadis sans aucune décision judiciaire, je puisse venir m'établir chez vous sans que vous ayez le droit de vous y opposer, soyez persuadée, madame, que telle n'est point et ne sera jamais mon intention. Si ce que je vous propose ne vous convient pas, eh bien! n'en parlons plus. Alors je quitte la France, je m'expatrie; je vais sous un autre ciel essayer de rencontrer la fortune que j'ai menée trop lestement à Paris, ou mourir ignoré dans quelque coin de la terre... ce qui n'est pas un grand mal quand on ne fait rien de bon dessus. Mais en quelques lieux que j'aille, soyez assurée, madame, que je me souviendrai que c'est à vous que je dois d'être sorti de la prison.

Augustine n'a point interrompu son mari. Dès qu'elle a compris que son intention est de revenir avec elle, une pâleur subite s'est répandue sur ses traits; elle a de nouveau baissé ses regards vers la terre, elle garde le silence; mais les fréquents mouvements de son sein décèlent l'agitation de son cœur.

Jenneville attend pendant quelques minutes que sa femme lui réponde; voyant qu'elle se tait toujours, il lui dit: — Eh bien! madame, quelle est votre décision?... Dans un cas pareil, il me semble que l'on doit sur-le-champ vous arrêter à quoi l'on veut faire... vous ne répondez pas... Allons, je devine que ma proposition ne vous tente pas; au fait, je devais m'y attendre. Adieu donc, madame, et pour longtemps, ce qui est présumable. Je vois qu'il faut m'expatrier...

Jenneville va se lever, Augustine le retient en s'écriant: — Vous expatrier!... Oh! non, monsieur, non... Pardonnez si j'ai réfléchi longtemps à votre proposition... Mais je pensais... qu'auprès de moi maintenant il vous serait difficile de trouver le bonheur. Vous aimez le monde, les plaisirs... moi, j'aime la retraite, la solitude... Pour m'être agréable, vous contraindriez peut-être vos penchants... et cependant il ne tiendrait qu'à vous d'être libre, d'être heureux, sans reprendre des chaînes qui vous sont pénibles à porter. Ma fortune est à vous, monsieur, elle est à vous tout entière; je vous le répète, disposez-en, ce sera me prouver que... vous avez encore quelque amitié pour moi; mais d'une épouse ne peuvent humilier... Mais devez-vous pour les recevoir vous priver de cette liberté qui a pour vous tant de charmes?... Non, monsieur, soyez heureux sans vous imposer aucun sacrifice.

— Ma chère Augustine, vous êtes dans l'erreur: en vivant avec vous, je ne regretterai ni le monde, ni la vie que je menais; j'ai pris en haine tout cela... Si j'ai des regrets, c'est d'avoir été dupe des intrigants et dépouillé par des coquettes. Quant à ce que vous me proposez, de disposer de ce qui reste de fortune sans retourner avec vous, c'est absolument impossible: ma fierté s'y oppose... C'est bien assez qu'en vivant avec vous l'argent ne vienne que de votre côté... Mais tous les jours un homme qui n'a rien épouse une femme riche, sans que cela puisse lui être reproché. Ma résolution est donc invariable. Voilà ce que vous voulez faire... Mais, je vous en prie, ne faites que ce qui vous arrangera.

En disant ces mots, Jenneville se lève, il fait quelques tours dans le salon. Pendant ce temps, Augustine, vivement émue, cherche à triompher des sentiments qui agitent son cœur. Enfin elle s'avance vers Jenneville, et lui dit d'une voix tremblante: — Je suis votre femme, monsieur; quels que soient les jugements que vous ayez portés sur moi, je ne l'ai jamais oublié: à ce titre, je dois toujours être prête à remplir vos volontés...

— Encore une fois, ma chère amie, ce n'est pas de mes volontés qu'il est question, mais des vôtres. Voulez-vous ou ne voulez-vous pas vous remettre avec moi?...

— Je le veux bien, monsieur. — En ce cas tout est terminé. Je retourne à Paris faire mes dispositions, et demain je viens m'installer ici. — Ici?... Mais, monsieur... je comptais demain retourner à Paris... — Eh bien! comme il vous plaira, ce sera donc à Paris que j'aurai le plaisir d'aller vous retrouver. Oh! je suis maintenant le meilleur homme du monde... vous verrez que l'adversité est bonne à quelque chose. Adieu, ma chère amie, à demain.

Jenneville prend la main de sa femme, qu'il baise assez tendrement, puis il sort lestement de la maison. Dès qu'il est éloigné, Augustine se laisse retomber sur son siége, et donne un libre cours aux larmes qui l'étouffaient.

CHAPITRE XXVI. — Un Ami et une Amie.

J'étais revenu à Paris, fort inquiet du résultat de la visite de Jenneville à sa femme. J'étais loin cependant de deviner quel en serait le résultat; mais j'avais laissé Augustine tremblante, alarmée, et il me tardait de la revoir, de pouvoir de nouveau rassurer son cœur, et lire dans ses yeux cet amour qui répondait au mien.

J'ai mal dormi, je me lève de bonne heure... je n'ose déjà me rendre

PARIS. — Imp. LACOUR et C⟨e⟩, rue Soufflot, 16.

à Luciennes. Je pense qu'il faut au moins que je réponde à mon père, puisque je ne veux pas aller le trouver. Je commence une lettre, mais je ne puis mettre deux phrases qui aient le sens commun. J'ai sans cesse présent à l'esprit Jenneville chez sa femme. Je déchire ma lettre, je répondrai une autre fois. Mais je puis bien partir maintenant; il est neuf heures passées, et avant que je sois arrivé...

Je vais sortir... mon portier me remet une lettre qu'on vient d'apporter en disant que c'est extrêmement pressé. Avant qu'il me l'ait donnée, j'ai déjà reconnu l'écriture d'Augustine. Qu'est-il donc arrivé, pour qu'elle m'écrive de si grand matin?.... Je ne sais pourquoi je tremble, il me semble que mon sort, mon avenir, tout mon bonheur est dans cette lettre.

Je m'enferme chez moi et je brise le cachet.

« Mes pressentiments ne m'avaient pas trompée, mon ami: la tristesse que j'éprouvais hier en vous disant adieu semblait m'avertir que c'était la dernière fois que je devais vous voir et vous parler. Tout est fini entre nous: monsieur Jenneville revient à moi... Il est malheureux, c'est vous dire assez que j'ai dû accepter sa proposition, lors même que mon devoir ne m'y aurait point obligée.

» Une barrière insurmontable existe maintenant entre nous; n'essayez jamais de la franchir, car, malgré la douleur profonde que j'éprouve, et dont je me flatte pas de guérir, vous devez me connaître assez pour savoir que tous vos efforts seraient inutiles, et que je mettrai désormais autant de soin à éviter votre présence, que j'avais autrefois de plaisir à la chercher. Pourquoi vous ai-je connu!... Pourquoi m'avez-vous aimée!... Je serais à présent heureuse du retour de mon époux... et je rougis en m'avouant qu'il n'en soit point ainsi. Ah! ne croyez pas que ce soient des reproches que je vous adresse... moi seule je suis coupable, mais j'en suis bien punie! Notre amour ne fut qu'un rêve que le réveil ne devait jamais réaliser! Oubliez-moi, c'est la dernière prière qu'il me soit permis de vous faire; oubliez-moi, et soyez heureux... Mais je vous en supplie, si le hasard vous faisait me rencontrer, faites en sorte que mes yeux ne puissent vous apercevoir... Ce sera me prouver que vous avez encore pitié de mon cœur. Adieu pour toujours! »

J'ai lu cette lettre, et je ne puis me persuader que ce qu'elle contient soit vrai; je la relis plusieurs fois, puis je la jette avec violence à mes pieds. Dans ce moment, ce n'est point du chagrin, ce n'est point de la peine que je ressens, c'est de la colère, de la fureur; au moment d'être heureux, perdre pour jamais l'espoir de posséder Augustine, cela me semble impossible... Je marche dans ma chambre, je frappe de mes pieds et de mes poings sur les meubles; je casse, je brise, puis je descends précipitamment chez mon portier. Je ne sais si j'ai fait le mouvement de le traiter comme mes meubles; mais le pauvre homme se sauve de sa loge, et se met en garde avec son balai, en s'écriant: — Monsieur, arrêtez! arrêtez! je vais vous chercher le médecin!

Je reviens à moi, je rougis de ma violence, et je lui dis d'un ton plus calme: — Je désire seulement savoir qui vous a remis cette lettre... — Ah! pardon, monsieur, vous m'avez demandé vous avez les yeux si ouverts, que ça m'a fait peur... — Cette lettre!... — Monsieur, c'est un commissionnaire qui n'avait pas l'air d'être de Paris... Je croirais même jurer que c'est un homme de village. — Il suffit: allez me chercher un cabriolet.

Je remonte chez moi, car j'étais descendu sans chapeau. Je ramasse la lettre fatale que j'avais jetée à terre; je ne veux plus m'en séparer maintenant. Je la relis encore... Elle ne veut plus me voir!... Ah! dussé-je exciter sa colère, je veux la voir, moi, je veux lui parler encore; il n'est pas possible que son mari habite déjà avec elle... avec elle!... un autre!... Ah! si ce n'était pas son mari, quel plaisir j'aurais à le provoquer, à l'appeler au combat... mais il faut tout souffrir et se taire!.. Il faut même éviter de faire naître le moindre soupçon.... et cela sans avoir été heureux!... Mais, quoi qu'elle dise, je la verrai.

Le cabriolet m'attend. Le cocher me demande où nous allons: — A Luciennes! — A Luciennes!... diable! la course est bonne!... — Va promptement, je te payerai ce que tu voudras. — Oh! alors, morsdi-dents!

Nous sommes en route... je pense que peut-être refuser de me voir; mais une fois dans la maison, je n'en sors pas sans lui parler. Le chemin que j'ai fait tant de fois me semble éternel aujourd'hui; cependant mon cocher ne cesse de fouetter son cheval. Arrivés à Bougival, je descends, car j'irai plus vite à pied. Je cours sans m'arrêter; je suis chez elle, j'entre dans la maison, je vais aller dans le jardin, où il me semble qu'elle doit être; je n'entends pas la vieille jardinière qui me crie: — Monsieur, madame n'y est pas, elle est retournée à Paris.

Fatigué de chercher en vain dans la maison, je reviens vers la vieille paysanne: — Où donc est votre maîtresse? — Mais, monsieur, si vous aviez voulu m'écouter en entrant, je vous ai crié que madame est partie de grand matin; mais bah!... vous ne m'écoutez pas! vous courez toujours! — Elle est partie!... et qu'a-t-elle dit en partant? — Rien, monsieur... Mais madame avait l'air si triste, que ça faisait de la peine... Une si bonne dame ne devrait pas avoir de chagrin!

Elle est revenue à Paris... Elle était près de moi, et je m'en éloi-

guais!... Je retourne à Bougival; je remonte dans le cabriolet, et je dis au cocher: — Brûle le pavé, retournons vite à Paris. — Dame! monsieur, nous brûlerons ce que nous pourrons; mais mon cheval est fatigué, et à peine s'il a eu le temps de souffler.

Elle a quitté sa campagne de grand matin... Pourquoi cet empressement à revenir à Paris?... Elle avait l'air bien triste, a dit la vieille jardinière; oh! oui, elle doit avoir du chagrin... Elle souffre, car elle m'aimait... Elle me faisait encore hier, et pour le dire il fallait qu'elle l'éprouvât bien!... Désormais elle ne peut plus être heureuse avec son mari!... Elle me réduit au désespoir... Et tout cela pour un homme qui ne l'aime plus, qui l'a jadis abandonnée, oublié, pour se ruiner avec d'autres femmes.... Elle prétend que c'est son devoir!... Pourquoi donc les hommes ont-ils le privilége de faire toutes leurs volontés, et les femmes n'ont-elles que celui de toujours pardonner?

Nous sommes à Paris, je quitte mon cabriolet, et je me dirige vers la rue Boucherat; j'éprouve un serrement de cœur en regardant cette maison où je lui parlai pour la première fois... où je passai des heures si douces à côté d'elle. L'idée que ces moments-là ne reviendront jamais est cruelle, je ne puis la supporter, je ne veux pas même me la persuader.

J'entre en tremblant dans la maison, et je m'adresse au portier: — Madame... Luceval est revenue de la campagne? — Oui, monsieur; madame est revenue ce matin. Ah! monsieur, permettez, madame m'a dit qu'elle s'appelait maintenant Jenneville, parce que son mari, qui était en voyage, car il disait encore hier, et pour le dire il fallait qu'elle l'éprouvât pas venue... son mari va arriver; elle l'attend aujourd'hui même. Alors elle m'a dit: Je n'y suis plus pour les personnes qui demanderaient madame Luceval, je suis maintenant madame Jenneville. Ainsi, monsieur, voyez qui vous demandez: si c'est madame Jenneville, elle y est; mais si c'est madame Luceval, elle n'y est plus.

Mon oppression augmente en écoutant le portier. Mais le nom de madame Jenneville me dicte mon devoir: je suis certain que c'est pour moi qu'Augustine a donné cet ordre; elle a pensé que je le comprendrais. En effet, je ne dois pas voir madame Jenneville, et madame Luceval n'existe plus pour moi.

Je sors brusquement de cette maison, je m'en éloigne le plus vite possible. Je rentre chez moi, et là je m'abandonne sans contrainte à ma douleur.

Je ne sais combien d'heures se sont écoulées: dans l'excès de la peine, il est des moments où l'on ne pense plus, où l'on ne sait plus si l'on existe.

Tout à coup le souvenir de Juliette s'offre à moi, il ranime mes esprits. Juliette ne pouvait souffrir Jenneville, et elle me traitait comme un frère; courons chez elle, et apprenons-lui mes tourments.

La pensée que je vais voir quelqu'un qui partagera mes chagrins semble déjà me rendre un peu d'espérance. Je cours chez Juliette; elle est seule... je pénètre près d'elle.

— Pauvre garçon! dit-elle en me voyant et en me tendant la main. A cet accueil, à ce soupir qu'elle laisse échapper, je vois qu'elle sait déjà tout. Je n'ai plus la force de parler, je m'assieds près d'elle, je lui présente la lettre d'Augustine, puis je cache mes yeux avec mon mouchoir. Un homme craint de laisser voir ses larmes; mais en ce moment je n'ai pas la force de les retenir.

Après avoir lu la lettre, elle me prend la main, la serre dans les siennes en me disant: — Plus je vois à quel point vous l'aimiez, plus j'éprouve de colère en pensant que c'est pour ce Jenneville qu'elle se sacrifie!... Cependant, nous ne pouvons la blâmer!... il est son mari, et il n'est plus heureux. Malgré cela, j'avoue que je n'aurais pas eu autant de vertu!... Je lui aurais dit très-franchement: Mon cher monsieur, vous m'avez quittée quand je vous aimais; vous revenez quand je ne vous aime plus: j'en suis bien fâchée, mais restons chacun chez nous, et ne faisons pas de folies.

— Par qui avez-vous donc su ces événements? — Par Augustine elle-même; arrivée à Paris, ce matin, elle m'a écrit tout cela, et moi, je me suis rendue sur-le-champ près d'elle; je voulais encore essayer de la faire changer de résolution. Je lui ai dit qu'elle se rendait malheureuse à jamais, ainsi que vous; quoique les hommes!... se console toujours, n'importe; je l'ai engagée à bien réfléchir avant de se remettre avec un homme qui est capable maintenant de la ruiner, comme il s'est ruiné lui-même. Elle m'a dit qu'elle avait tout examiné, tout calculé; qu'elle savait fort bien qu'elle ne pouvait plus être heureuse; mais que son parti était pris, qu'elle ne devait pas hésiter devant son devoir, que cela lui était fort indifférent que M. Jenneville achevât de la ruiner, qu'elle l'en laisserait le maître; que son seul désir maintenant était d'habiter loin du monde, loin de Paris, dans une profonde retraite, et d'y apprendre que vous êtes heureux.

— Heureux!... et je ne la verrai plus!... Ah! madame, c'est impossible!... ma passion pour elle fera le tourment de ma vie. — Mon cher Deligny, le temps est un grand médecin; il guérit des maladies que l'on croit d'abord incurables, et c'est fort heureux. Le sort s'est trompé en ne vous faisant pas le mari d'Augustine; mais il se trompe souvent dans les mariages qu'il arrange. Il faut pourtant bien prendre votre parti; car vous connaissez comme moi Augustine, et vous devez savoir qu'elle tiendra ce qu'elle a résolu.

— Refuser même de me voir!... — Quant à cela, convenez qu'elle a raison. A quoi servirait de vous voir maintenant ? à renouveler toutes vos peines... Ensuite, songez qu'elle n'est plus libre, que Jenneville est persuadé que vous avez été son amant, et que s'il savait qu'elle vous voit encore, cela pourrait amener entre eux des scènes fort désagréables.

— En effet, madame, je sens que je ne dois plus la voir; c'est à son repos que je ferai ce dernier sacrifice. Mais vous, madame, vous la verrez toujours, et par vous, du moins, je pourrai quelquefois avoir de ses nouvelles.

— Oui, je la verrai... parce que je l'aime beaucoup... car, sans cela, je déteste tant son mari, que la crainte de le rencontrer m'empêcherait d'aller voir Augustine... Mais j'espère bien que je ne le rencontrerai pas, et comme ils auront chacun leur appartement séparé...

— Ils auront leur appartement séparé?... en êtes-vous sûre, madame?

— Comment! si j'en suis sûre? Quand même Augustine ne me l'aurait pas dit, pensez-vous, monsieur, que je ne sache pas comment une femme doit se conduire dans sa position?... Est-ce que vous croyez que c'est l'amour qui a opéré ce raccommodement?... Non... Lors même qu'Augustine ne vous aurait point connu, son cœur justement blessé ne se serait point rendu à l'infidèle qui l'a dédaignée. Oh! nous avons de la fierté, monsieur!... et si le devoir force Augustine à retourner avec son époux, il ne la force pas du moins à lui témoigner un amour dont lui-même l'a dégagée. Eh bien! monsieur, voilà votre front qui n'est plus aussi soucieux; ce que je vous dis là vous fait plaisir, n'est-ce pas? — Oh! oui, madame, cela me fait un plaisir extrême! — J'en étais sûre! — Mais pourquoi est-elle revenue si vite à Paris? — Parce qu'elle ne voulait point se réunir à M. Jenneville dans cette campagne où nous avons passé ensemble des journées si agréables. Cette même raison lui fera quitter bientôt son logement de Paris; elle veut éloigner de ses yeux tout ce qui vous rappelle à son souvenir. Précaution inutile!... Pauvre Augustine! elle ne vous oubliera pas!... — Comment, madame, est-ce que vous voudriez qu'elle m'oubliât? — Certainement, je le voudrais, ne serait-ce pas plus heureuse? Mais vous, vous désirez qu'elle vous aime toujours, quoique cela ne puisse plus que faire son tourment. Vous voyez bien que les hommes sont plus égoïstes que nous, qui vous permettez d'être inconstants, quand nous ne pouvons plus faire votre bonheur. Mais rassurez-vous, monsieur; Augustine s'éloignera en vain des lieux où elle vous a connu; le cœur voit encore ce que les yeux ne voient plus, et ma pauvre amie sera toujours malheureuse!... Je la consolerai autant que je pourrai... je lui parlerai de vous, et je vous parlerai d'elle: ce sera, je crois, la meilleure manière de vous être agréable à tous deux.

Je quitte Juliette un peu moins désolé. Quand on est bien persuadé qu'il faut renoncer à tout espoir, on s'efforce de rappeler son courage, pour supporter le mal qu'on ne peut plus empêcher.

Cependant je cherche en vain à me distraire, les jours me semblent maintenant d'une longueur mortelle. Je ne puis m'habituer à ne plus la voir. C'est encore chez moi que je me plais le mieux; elle est venue dans cette chambre, elle s'est assise à cette place; c'est ici qu'elle m'a laissé voir qu'elle m'aimait.... Ah! je ne quitterai pas mon logement.

Je pense quelquefois à Dubois; je ne sais pas où il loge maintenant, et je n'ai pas le courage de chercher à le découvrir: la tristesse nous abat, et nous ôte même l'envie de nous distraire. Mais, un matin, Dubois entre chez moi, et me surprend plongé dans mes rêveries.

— Tu es ici! s'écrie-t-il, je ne voulais pas le croire!... Ton portier dit même qu'il y a quinze jours que tu es à Paris!... est-ce possible? tu aurais pendant quinze jours oublié l'amitié!... Mais qu'as-tu?... comme tu es pâle, défait! tu as donc pris médecine ce matin?...

— Ah! mon cher Dubois, j'ai eu bien du chagrin depuis que je ne t'ai vu!... — Tu as des chagrins!... et tu ne viens pas me chercher! tu me payeras celle-là, par exemple... Mais qu'est-ce donc?... encore une banqueroute?... — Cette femme... que j'aimais... que j'adorais... Augustine est retournée avec son époux!... — Comment, c'est l'amour qui te chagrine... c'est ça qui te fait maigrir!... et c'est dans le siècle des lumières que tu es bête comme ça!... Allons, Paul, reviens à toi, mon ami!... Que diable! autrefois tu n'étais pas sentimental à ce point-là! Est-ce à ton âge, avec ta tournure, que l'on manque de femmes?... Tu sais bien d'ailleurs que j'ai toujours deux ou trois maîtresses au service de mes amis. Tu ne m'écoutes pas... tu t'éloignes de moi...

— Dubois, tu ne sais pas ce que c'est que d'aimer véritablement; si tu l'avais éprouvé, tu ne me plaisanterais pas sur mes peines.

— Eh bien! mon ami, ne te fâche pas... c'est vrai que j'ai toujours fait l'amour en zéphyr, et jamais à poste fixe!... mais puisque ça te contrarie que je veuille te faire rire, c'est fini: parle-moi de tes amours tant que tu voudras, je t'écouterai, je te plaindrai, je pleurerai même avec toi, s'il le faut. Je pleure comme un veau, quand je m'y mets; je ne suis pas ton ami pour rien. Mais, comment diable se fait-il que cet amour qui te rendait si heureux il y a peu de temps?... — Je te dis qu'elle est retournée avec son mari. — Son mari! c'est Jenneville, et il était en prison. — Il n'y était plus; elle a payé ses dettes. — Elle l'aimait donc toujours? — Non... elle ne pouvait plus l'aimer après la conduite qu'il avait tenue avec elle. — Comment, elle

ne l'aimait pas, et elle le tire de prison et se remet avec lui! — Oui, Dubois, juge par là du cœur, des vertus d'Augustine...

— J'avoue que je connais plusieurs particulières qui ne sont pas du tout fâchées que l'on ait coiffé leur mari. Mais enfin, mon ami, quand tu te désoleras, quand tu te donneras le spleen... c'est un mauvais moyen. Madame est retournée avec monsieur, eh bien, qu'est-ce que ça fait? on se voit tout de même, et les rendez-vous n'en sont que plus piquants. — Tu ne connais pas Augustine!... Elle est incapable de tromper son mari. — Ah çà, tu ne me feras pas accroire que c'est une Pénélope.... et pendant tout le temps que tu habitais à la campagne avec elle... — Voilà ce qui te trompe, je n'avais encore rien obtenu que l'aveu de sa tendresse, et c'est au moment où j'allais triompher de sa résistance que je me suis vu séparé d'elle pour jamais!... — Comment, mon pauvre garçon, il serait possible!... en voilà une sévère!... Poussez donc des soupirs... traînez donc une passion en longueur... un mari, un tuteur, un accident arrive subito, et, bien le bonsoir, vous en êtes pour vos œillades! c'est amusant! Ces choses-là ne m'arriveront jamais à moi! il faut que je sache tout de suite de quoi il retourne. Mais assez de plaisanteries: viens, habille-toi, sors avec moi... Je ne te quitte pas de six semaines!... Oh! tu auras beau faire, je suis ton Pylade, ton Castor, ton Ajax. Je n'abandonne pas un ami dans les larmes... Allons déjeuner; nous pleurerons en prenant du chocolat, nous pleurerons tantôt en prenant du beefsteak, et nous pleurerons encore ce soir, en buvant du punch; en pleurant ainsi toute la journée, ça finira plus vite.

Il n'y a pas moyen de résister à Dubois. D'ailleurs je sens bien qu'il a raison: dès qu'une passion est sans espérance, c'est une folie de la nourrir, il faut tout faire au contraire pour la bannir de son cœur. On se dit cela... mais on ne peut pas toujours l'exécuter.

Je suis sorti avec Dubois; je le quitte un moment pour aller chez Juliette, il y a quinze jours que je ne l'ai vue, et j'ai besoin d'avoir des nouvelles d'Augustine.

Juliette me reçoit avec sa bonté ordinaire. Elle m'attend pas que je l'interroge, car elle sait bien de qui je désire qu'elle me parle.

— Je l'ai vue il y a deux jours, me dit-elle: on n'habite plus rue Boucherat; on est allée se loger faubourg Saint-Germain, on ne sort jamais, on ne reçoit jamais, on vit dans la solitude la plus absolue. On n'a point à se plaindre de monsieur; il laisse madame maîtresse de faire ses volontés, et lui-même paraît avoir de la haine pour le monde; son humeur est devenue sombre, il passe souvent des journées entières sans voir madame et sans sortir de son appartement. Comme elle croit que sa tristesse naît des regrets qu'il éprouve de ne plus pouvoir étaler le même faste, mener la même vie qu'autrefois, elle l'a prévenu que sa fortune était à sa disposition, et qu'il pouvait en disposer comme de chose à lui appartenant; mais jusqu'à présent il n'a point usé de cette permission: voilà la vie que l'on mène, vous jugez combien elle doit être triste. On m'a dit qu'on faisait tout ce que l'on pouvait pour vous oublier; mais je n'en crois rien, et j'ai dans l'idée que votre souvenir est au contraire la seule consolation que l'on ait. On m'a demandé si on vous avait vu, si vous aviez pris votre parti... J'ai répondu que non, que vous vouliez l'aimer toujours!... on s'est récriée que cela n'était point raisonnable! mais j'ai bien vu que cela faisait grand plaisir: voilà mon bulletin, monsieur, et je puis vous certifier que celui-là ne contient rien de faux.

Bonne Juliette! que l'on est heureux d'avoir une telle amie!... Je la remercie cent fois et je l'engage à voir souvent Augustine. Je suis bien sûr qu'elle lui dira tout le plaisir que j'éprouve à parler d'elle.

Je quitte Juliette pour aller rejoindre Dubois. Celui-là est aussi mon ami, il me l'a prouvé, et il fait de nouveau ce qu'il peut pour me consoler, me distraire et ramener le sourire sur mes lèvres. Pour le contenter je feins quelquefois d'avoir pris mon parti, je ris, je plaisante avec lui. Mais ma gaieté n'est pas franche et mon cœur ne la partage pas.

CHAPITRE XXVII. — L'auberge du Soleil d'or.

Trois mois se sont écoulés depuis que j'ai cessé de voir Augustine. Mon amour n'est point éteint; je ne pense pas que j'oublierai jamais cette femme adorée, mais je ne parle plus d'elle qu'à Juliette. Avec Dubois je feins d'être consolé, et pour lui complaire je l'accompagne dans plusieurs réunions où il pense que je formerai de nouvelles amours. Je le voudrais, oui, je voudrais qu'une autre femme me fît oublier celle que je ne puis posséder, pour cela j'essaie aussi de quelques nouvelles connaissances; mais ce remède ne me guérit pas!... Qu'est-ce qu'un caprice auprès d'un sentiment véritable?... et toutes ces femmes-là sont si loin... si loin d'Augustine!... Il me semble que je l'aime encore plus toutes les fois que je me lie avec une autre.

Dubois, qui s'aperçoit que je ne conserve jamais huit jours ces nouvelles connaissances, prétend que je deviens encore plus volage que lui. Il ne comprend pas la fièvre du changement par fidélité.

Ce n'est plus que chez Juliette que je me plais; mais je n'ose pas y aller trop souvent, de crainte de l'importuner.

Mon père m'a écrit trois autres lettres: il ne conçoit rien à ma conduite; dans chacune de ses épîtres je vois qu'il a d'abord pris la

plume avec colère, car il commence toujours par me gronder bien
fort, en me disant que j'étais indigne du bonheur qui m'était réservé
et qu'il ne veut plus me revoir ; puis petit à petit il s'apaise, il gronde
moins, et il finit par m'engager à quitter bien vite Paris, me disant
qu'il a trouvé moyen d'excuser mon retard auprès des parents de
celle qu'il me destine, et que rien n'est encore désespéré si j'arrive
bien vite.

Je lui ai répondu une lettre bien soumise, dans laquelle je lui promets d'aller bientôt le voir ; mais où je ne dis pas un mot du mariage
qu'il veut me faire faire, car sur ce chapitre je ne puis encore me
résoudre à lui obéir : ce serait pourtant ce que je pourrais faire de
mieux. Sans aucune espérance du côté d'Augustine, ne pouvant même
plus la voir, d'où vient que je tiens encore à conserver ma liberté !...
Allons chez Juliette, elle n'était point chez elle hier quand je m'y suis
rendu. Cela fait dix jours que je ne l'ai vue, et dix jours sans avoir
des nouvelles d'Augustine, c'est bien long !

Je trouve Juliette ; mais ses traits n'ont point leur enjouement habituel, des nuages obscurcissent son front. Je vais la questionner ; elle
ne m'en laisse pas le temps.

— Vous êtes venu hier, me dit-elle ; j'étais justement chez Augustine...
— Que lui est-il arrivé ?... votre tristesse... — Rien... rien, calmez-
vous, asseyez-vous, et écoutez-moi. Ce n'est pas seulement de la tristesse, c'est de l'humeur, c'est de la colère que j'ai de voir une femme
si douce unie à un homme qui... — O ciel !... Jenneville la rend malheureuse ?... oserait-il la maltraiter ? — Eh non !... mon cher Deligny,
ne vous emportez pas, il n'est arrivé qu'une chose fort simple, et
telle que je l'avais prévue ; voici le fait : je vous ai dit qu'Augustine
avait laissé son mari maître de gérer comme il l'entendrait ce qui lui
restait de fortune... C'était une sottise qu'elle faisait ; mais enfin elle
l'a voulu. Pendant quelque temps M. Jenneville n'a fait aucun usage
de cette permission ; mais Augustine avait bien jugé que sa misanthro-
pie, son éloignement pour le monde ne venaient que du regret qu'il
éprouvait de ne pouvoir y mener le même train qu'autrefois, le cher
monsieur vient de lui en donner la preuve : il a pensé que la fortune,
après l'avoir maltraité, pouvait à présent lui être propice, il a voulu
rattraper ce qu'il avait perdu ; il a été à la Bourse, a joué à la hausse,
à la baisse, a voulu agioter... que sais-je !... le résultat, c'est qu'en fort
peu de temps il a perdu soixante mille francs... — Soixante mille
francs ! — Oui, justement la moitié de ce qui restait à sa femme.
Alors je dois convenir qu'il a mis de la franchise dans sa conduite : il
est venu trouver sa femme, lui a fait l'aveu de cette nouvelle perte, en
lui disant : Désormais, madame, je ne laisses plus disposer de ce qui
vous reste, car je serais assez malheureux pour vous réduire à la men-
dicité. Vous connaissez Augustine ; pas une plainte, pas un reproche
ne lui est échappé ; bien loin de là, elle s'est bornée à dire à son
époux qu'ils vivraient avec encore plus d'économie ; mais voici ce
qu'ils ont résolu : Jenneville ne veut plus rester à Paris ; y vivre avec
mille écus de rente lui semble un supplice ; cette ville lui est devenue
insupportable. De son côté, comme Augustine ne veut pas retourner
à Luciennes, ils ont loué cette campagne ; ils iront habiter une petite
maison qui vient d'Augustine et est située dans le fond de la Beauce ;
c'est une maisonnette isolée, autour de laquelle n'habitent que quelques rustres campagnards, et des paysans. Voilà où Jenneville va conduire sa femme, à présent ! à l'entrée de l'hiver !... Voilà où notre
pauvre amie va désormais passer ses jours !...

— Quoi, madame, Augustine a consenti... — Non-seulement elle a
consenti, mais elle prétend qu'elle est satisfaite de cet événement,
qu'une obscure retraite est désormais l'asile qui lui convient ; elle se
flatte de pouvoir plus facilement y retrouver la paix du cœur ; elle dit
qu'à Paris elle n'ose faire un pas de crainte de vous rencontrer...
— Elle me hait donc maintenant ? — Vous haïr !... Ah ! si elle ne
vous aimait pas toujours, elle ne redouterait pas ainsi votre vue !...
mais votre présence lui ôterait le courage de supporter sa situation...
Pauvre Augustine !... je vois tout ce qu'elle souffre, quoiqu'elle veuille
me le cacher. Elle m'a chargée aussi de vous parler ; cette prière...,
ce sera la dernière qu'elle vous fera ; elle espère que vous n'y serez
pas insensible. — Ah ! parlez, madame, un désir d'Augustine est un
ordre pour moi... Parlez. — Elle sait que vous êtes libre encore, et
je ne lui ai pas caché que son image était toujours gravée dans votre
cœur ; elle désire que vous remplissiez enfin les volontés de votre
père, et que vous consentiez au mariage qu'il vous proposa. — Elle
veut que je me marie !... elle ne veut plus que je l'aime, puisqu'elle
m'ordonne de penser à une autre... Ah, madame ! c'est qu'elle ne
m'aime plus elle-même !... — Vous êtes injuste, monsieur Deligny. Ce
dernier vœu d'Augustine est une nouvelle preuve de sa sollicitude
pour votre bonheur... elle désire, elle espère que vous serez heureux,
et pour cela elle veut même que vous cessiez de penser à elle... Ah !
ce sacrifice est le plus pénible qu'elle puisse s'imposer... Nous sommes
si contentes d'être aimées, qu'il nous faut un grand courage pour vous
prier de nous être infidèles !... — Eh bien ! madame, puisqu'elle le désire... je remplirai ses intentions... j'obéirai à mon père. Ce mariage
me rendra malheureux... mais elle l'aura voulu... et du moins c'est
encore pour elle que je m'offrirai... ce sera mon consolation. — Non,
mon cher Deligny, si votre femme est douce et jolie, vous ne serez
pas malheureux, et vous conviendrez un jour qu'Augustine avait rai-

son. En allant demain lui faire mes adieux, je lui apprendrai votre
résolution.

Je quitte Juliette de très-mauvaise humeur. Il faut donc que je me
marie !... oui, il le faut, puisque je l'ai promis et qu'Augustine le désire. Après tout, je ne vois pas trop ce que je puis faire de mieux...
Le mariage me guérira peut-être de cette maudite passion... mais non,
je suis certain que je n'aimerai pas ma femme.

Après avoir eu cette conversation avec Juliette, je vais retrouver
Dubois ; il s'aperçoit que j'ai quelque nouveau sujet de tristesse, et
me dit :

— Tu as la mine plus longue qu'à l'ordinaire... que se passe-t-il encore ? — Tu ne sais pas ce qu'on veut que je fasse, Dubois ?... Devine
quel sacrifice m'impose cette femme que j'adorais... que j'adore toujours, quoique je ne puisse plus la voir ! — Un sacrifice... Attends
donc... est-ce qu'elle veut que tu deviennes... comme Abélard ? —
Elle veut que je me marie. — Ah ! c'est bien différent... Elle a donc
une femme toute prête à te donner ? — Non, c'est mon père qui depuis plus de trois mois me presse, me prie d'aller le trouver pour me
faire épouser une jeune personne de Chartres, qui est charmante,
riche, qui a toutes les qualités, à ce qu'il m'assure, et qui attend de
m'attendre pour se marier. — Bah ! ton père t'a mis de côté une
petite femme comme ça... c'est pas si bête... Moi, j'ai beau écrire à
mes oncles et à mes tantes de me trouver un cotillon décent avec
quelques écus dans ses poches, on n'a pas encore pu me confisquer
une femme. Pourquoi donc ne m'avais-tu jamais parlé des projets de
ton père ?... — A quoi bon, puisque je ne voulais pas consentir à me
marier ? — Eh bien ! mon ami, tu avais tort... très-tort... Tiens, je
vais te parler en père noble, moi. Tu as mangé les quatre cinquièmes
de ta fortune à Paris, c'est assez ; il n'est pas nécessaire d'y manger le
reste. D'ailleurs, tu n'es plus le même ; depuis ta passion cheva-
leresque, tu n'es plus gai, joyeux, comme autrefois ; je m'aperçois que
tu t'ennuies partout, que tu soupires au lieu de chanter ; il faut mettre
un terme à cela. Ce voyage, ce mariage achèveront de te guérir de
ton vieil amour. Allons, c'est fini, c'est entendu... ta dame l'ordonne,
je me joins à elle. Partons, allons trouver le papa, et marions-nous.
Je t'accompagne, cela va sans dire ; tout fidèle ami doit être le premier garçon de la noce : tu verras comme je mettrai tout en train !...
comme j'organiserai le repas, le bal, les cérémonies !... tu n'auras pas
autre chose à faire qu'à te marier... ensuite nous revenons à Paris...
tu y vis heureux avec ta femme et son argent, et si jamais un fanfaron
se permet de lorgner ton épouse de trop près... c'est moi qui me charge
de le rappeler à l'ordre...

Je n'avais pas besoin des sollicitations de Dubois, j'avais promis de
céder à la prière d'Augustine, et cela me suffisait ; cependant lorsque
je lui dis que je consens à ce mariage, Dubois, qui croit que c'est son
éloquence qui m'a décidé, me presse dans ses bras, m'embrasse, et
s'essuie le front en disant : — Quand je me mêle d'une chose, je suis
toujours certain de réussir. Maintenant il faut mener cette affaire ron-
dement ; tu vas faire tes dispositions, je ferai les miennes... ça ne sera
pas long. Nous sommes au mois de novembre, le temps est beau,
il y a encore quelques feuilles aux arbres ; elles sont un peu jaunes,
c'est égal, ça fait encore point de vue ; il faut en profiter, et partir
avant qu'elles soient toutes tombées... Quand seras-tu prêt ?...
— C'est aujourd'hui mardi... nous partirons samedi... — C'est bien tard !
n'importe, va pour samedi... d'ici là, j'irai couper des éponges à toutes
mes maîtresses, afin qu'elles aient de quoi essuyer leurs larmes pendant
mon absence.

Dubois va me quitter... Un souvenir me frappe... je le retiens ; mais
je ne sais comment lui dire cela... Heureusement j'ai toutes les lettres
de mon père. Je prends celle où il me recommandait si bien de ne
pas lui amener Dubois, et je la présente à celui-ci en disant : —Tiens,
j'aurais beaucoup de plaisir à t'emmener avec moi ; mais je n'avais pas
encore pensé à ceci... Lis.

Dubois lit, puis il se met à rire en s'écriant : — Comment ! c'est
cela qui te tourmente !... Sois tranquille !... le papa m'en veut un peu,
parce qu'il se rappelle notre soirée aux Champs-Elysées ; mais quand
il saura que c'est à ma sollicitation que tu consens à ce mariage, que
c'est moi qui ramène son fils dans ses bras, crois-tu qu'il m'en veuille
encore ?... Et quand il me verra faire des couplets pour la noce, des
couplets pour la mère, des couplets pour le petit frère, s'il y en a un,
donner la main aux vieilles tantes, et danser la camargo avec les
grand'mères... il sera enchanté, transporté, et il me remerciera de
m'avoir amené...

— Je pense aussi que mon père, satisfait de me revoir, ne te gardera pas rancune ; et si tu me promets d'être sage... — Je serai si
sage que ça t'en fera de la peine ! Oh ! j'ai une tenue de province qui
te surprendra. — En ce cas, fais tes dispositions, à samedi. — A
samedi, c'est convenu ; tu retiendras les places, et j'irai te prendre à
huit heures du matin.

Mes dispositions sont bientôt faites ; je vais dire adieu à Juliette, qui
m'apprend que M. et madame Jenneville doivent aussi partir cette semaine pour leur nouvelle destination. Ainsi donc nos destinées vont
s'accomplir ; Augustine va vivre à la campagne avec son époux, et
moi, je vais me marier, puis ensuite j'habiterai où ma femme voudra !... peu m'importe. C'est donc ainsi que devait se terminer cette

liaison que j'eus tant de peine à former!... Ah! si j'avais pu prévoir cela, je n'aurais pas suivi la dame à la capote pensée.

Samedi est arrivé, et Dubois est ponctuel; il est chez moi avant huit heures, avec sa valise sous le bras.

— Eh bien! partons-nous? — Dans l'instant... tiens, je ferme ma valise. — As-tu donné congé ici? — Non, vraiment... Je ne suis pas encore marié... Qui sait si cette demoiselle me plaira, si je lui conviendrai? Il me faut pas aller si vite en affaires de ce genre. — Il me semble que tu ne vas pas trop vite, puisqu'on t'attend depuis trois mois... As-tu écrit au papa pour le prévenir de notre arrivée? — Je m'en serais bien gardé! j'aime beaucoup mieux le surprendre. — Au moins, tu as retenu nos places pour la voiture de Chartres? — Non, pas précisément... mais j'ai découvert de petites voitures fort gentilles qui vont à Epernon, c'est là-dedans que j'ai retenu nos deux places. — Je croyais que nous devions demeurer dans les environs de Chartres? — Oui, mais Epernon n'est qu'à six lieues de là, nous les ferons en nous promenant, ou par d'autres petites voitures qui passent par là; on m'a dit que nous ne manquerions pas d'occasions. — Soit; il me semble cependant qu'il eût été plus court d'aller tout droit à Chartres... — Rien ne nous presse!... Quand on va se marier, mon ami, il faut toujours prendre le chemin le plus long.

Nous prenons un fiacre qui nous conduit à la voiture d'Epernon : on nous attendait pour partir. On tient six dans la voiture. Dubois fait la grimace en s'apercevant qu'il sera placé à côté d'un vieux cultivateur et derrière une vieille paysanne. Comme il pense que la route ne lui procurera pas d'agrément, il promet un bon pourboire au cocher si nous quittons Paris... Ah! je m'éloigne sans regret... je sais qu'elle aussi ne doit plus l'habiter.

Nous faisons la route assez lestement; on ne s'est arrêté qu'une fois, et nous arrivons vers les trois heures à Epernon. Nous avons déjeuné à la première station, et Dubois pense qu'il faut partir sur-le-champ pour Chartres; il veut absolument dîner avec un pâté de cette ville; mais les occasions ne sont pas aussi fréquentes qu'on me l'avait dit. La voiture qui s'y rend vient de partir; on nous conseille d'aller jusqu'à Maintenon, où nous pourrons en trouver une autre. Il n'y a que trois lieues jusqu'à Maintenon; je ne suis pas fâché de faire ce chemin-là à pied, il me semble que cela me donnera encore le temps de la réflexion.

Nous prenons un petit paysan pour nous servir de guide et porter nos valises, et nous nous mettons en route. La campagne n'est plus gaie, les champs sont dépouillés de leurs produits, les arbres de leur verdure; de loin en loin pourtant on trouve encore un site agréable, un point de vue qui n'est pas sans charme. Dubois presse le pas, parce que le temps est déjà froid, et il questionne notre guide.

— Comment appelle-t-on ce pays, mon garçon? — La Beauce, monsieur. Oh! c'est un bon pays!...

A ce nom de la Beauce, je jette un cri de surprise, car je me rappelle que Juliette m'a dit que c'était dans la Beauce qu'était située la petite propriété où Augustine allait vivre avec ses époux.

Dubois me demande ce que j'ai; mais je ne lui réponds pas, je songe à cette circonstance singulière qui me fait encore suivre les pas de cette femme qui m'ordonna de la fuir... Il semble qu'une sympathie secrète m'entraîne toujours de son côté.

Je suis tiré de mes réflexions par Dubois, qui me crie aux oreilles : — Va donc plus vite, tu ne t'aperçois pas qu'il pleut; si nous manquons la voiture, ça sera joli!

La pluie redouble. Les lieues de la Beauce sont longues, car notre guide nous prévient que nous sommes encore loin de Maintenon. Mais nous apercevons sur notre gauche un bourg assez considérable, et nous pensons qu'il est prudent d'aller y chercher un abri.

— Quel est cet endroit? dis-je à notre conducteur. — Ça, monsieur, c'est Hanches, un gros bourg. — Y a-t-il une auberge à Hanches? — Oh! oui, monsieur, l'auberge du Soleil d'or... où l'on est très-bien... et la maîtresse en est fièrement jolie...

Ces derniers mots font leur effet sur Dubois, qui s'écrie : — Tiens, mon ami, nous ne pourrons jamais arriver à Chartres aujourd'hui... d'ailleurs je sens l'appétit qui me talonne. Allons au Soleil d'or... dinons-y, et si l'on y est bien, ma foi, restons-y jusqu'à demain matin, ce sera plus sage; car le temps devient fort mauvais.

J'accepte avec plaisir cette proposition. En quelques minutes nous avons atteint le bourg, et notre guide ne nous quitte qu'après nous avoir conduits à l'auberge du Soleil d'or.

Cette auberge n'est vantée ne serait à Paris qu'une petite guinguette; mais dans un village il faut peu de chose pour imposer aux paysans. Cependant la maison paraît tenue assez proprement; c'est déjà quelque chose; la cour dans laquelle nous entrons, et qui précède les bâtiments, n'est point encombrée de fumier comme presque toutes celles des auberges de village, et la servante qui vient prendre nos valises n'est pas aussi dégoûtante que les maritornes des environs de Paris.

A peine avons-nous remis nos valises à la fille, qu'un petit jeune homme en veste, en tablier et en bonnet de coton, vient à nous en saluant, en sautillant, et en nous montrant une petite figure ronde, bien fraîche, et de gros yeux à fleur de tête qui donnent sur-le-champ une idée de sa capacité.

— Ces messieurs viennent loger chez nous, ils seront contents... Marie, appelez ma femme... J'ai tout ce qu'on peut désirer ici... Où est donc ma femme, Marie?... J'ai du foin, du son et de la litière pour les chevaux...

— Voilà un petit gaillard qui m'a bien l'air d'être digne de manger du foin, me dit Dubois en souriant; puis il frappe sur l'épaule de l'aubergiste, qui est toujours occupé de chercher sa femme : Monsieur l'aubergiste, et vous voyez, vous avez tant de choses pour les chevaux, aurez-vous aussi de quoi nous faire dîner, nous?... — Oh! oui, messieurs, certainement... Ma femme vous dira la carte... elle sait mieux que moi ce que nous avons... Ah! la voilà enfin.

Une jeune femme sortait d'une salle du fond et venait vers nous; mais quel est mon étonnement en reconnaissant, sous le bonnet garni et le déshabillé d'indienne de la maîtresse d'auberge, Ninie, ma petite frangère.

Je pousse un cri de surprise, Dubois en pousse un autre, et Ninie de son côté jette un cri de joie.

— C'est Ninie!... — Monsieur Paul!... — C'est la jeune amie de Charlotte!... — Ah! que je suis contente!... embrassez-moi donc, monsieur!...

Je cède à une si douce invitation, Dubois en fait autant, et pendant que nous embrassons madame l'aubergiste, le mari s'écrie : — Ces messieurs connaissent ma femme!... Dieu!... qu' c'est heureux!...

— Oui, certes, répond Dubois, nous connaissons votre femme... et depuis longtemps... Mon ami, que vous voyez, est son parrain. — Son parrain?... — Si vous voulez bien le permettre.

Je pousse Dubois qui me dit à l'oreille : — Il faut toujours se dire le parrain d'une jolie femme... ça permet plus de liberté.

Ninie sourit à l'idée de Dubois, puis elle me dit : — Vous ne vous attendiez pas à me trouver aubergiste à Hanches. — Ma foi non... Je me rappelle cependant que vous m'aviez annoncé votre futur mariage avec un M. Bénin, garçon pâtissier. — Le voilà, monsieur, c'est mon mari.

Ici M. Bénin ôte son bonnet de coton, me salut jusqu'à terre, et me dit d'un air respectueux et les yeux baissés : — Oui, monsieur, c'est moi qui suis Bénin, qui ai eu celui d'épouser votre filleule, dont j'ose dire que je me félicite tous les jours, si j'en étais capable, et que j'espère pareillement que vous voudrez bien être satisfait de son choix, que je tâcherai de justifier... Voulez-vous bien permettre?

M. Bénin vient m'embrasser, Dubois le retire de mes bras pour le serrer dans les siens, Ninie me regarde en souriant d'un air malin; je m'aperçois que le mariage a déjà donné une expression plus vive à sa physionomie.

— Ma chère Ninie, lui dis-je, je vous fais mon compliment de votre mariage... je suis certain que votre époux vous rend très-heureuse.

A ce compliment, M. Bénin veut encore venir m'embrasser; mais Dubois le retient par son tablier, tandis que Ninie me répond :

— Oui, oui, c'est un assez bon garçon... il fait bien tout ce que je veux... Nous sommes venus nous établir dans ce bourg, parce que cette auberge était tenue par un oncle de Bénin qui la lui a cédée; mais nous y faisons de bonnes affaires. Bénin fait très-bien la pâtisserie; nous avons la renommée des petits gâteaux... — Oui, messieurs, et j'espère un vol-au-vent soigné pour le parrain de mon épouse... Comme la pâtisserie a toujours été ma partie, quand nous avons pris cette auberge, je voulais changer l'enseigne du Soleil, et mettre à la place : u Vol-au-vent d'or; mais ma femme n'a pas voulu. — Ah! vous êtes pâtissier, monsieur Bénin? s'écrie Dubois. — Oh! monsieur, et fameux... demandez à ma femme; il n'y a pas de jour où je ne fasse des boulettes. Mais j'y songe!... Ma femme, pourquoi donc ton parrain n'était-il pas à notre noce?... — Nous étions alors en Russie; nous en arrivons par le bateau à vapeur.

Ninie interrompt cette conversation en nous faisant entrer dans une salle du rez-de-chaussée; elle ordonne à son mari de nous apporter du vin, du meilleur; et pendant que M. Bénin court à la cave, que la servante apporte des verres, Ninie me regarde, sourit, et s'écrie de temps à autre : — Mon Dieu, que c'est drôle!... Quel hasard!... le même jour dans une auberge!... Ah! mais vous... ça me fait bien plus de plaisir!...

Je vais demander à Ninie l'explication de ces mots, lorsque M. Bénin revient avec trois bouteilles dont chacune a un cachet différent. Il nous verse du cachet vert en disant : — Goûtez-moi cela... tous les trois sont fameux... vous choisirez... — Nous boirons des trois, dit Dubois.

Nous trinquons du cachet vert; puis avec le rouge, puis avec le jaune. M. Bénin ne nous fait grâce de rien, il prétend qu'il est trop heureux de recevoir chez lui le parrain de sa femme. Cependant Ninie me prend la main en me disant — Monsieur, vous allez venir voir ma maison, mon jardin, ma basse-cour... — Volontiers, dis-je tandis que Dubois s'assied à table avec Bénin en disant : — Nous, pendant ce temps-là, nous allons tâcher de nous décider entre les trois cachets... mais je crois que le cachet jaune l'emportera. — Monsieur Bénin, je pense que vous laissez sans crainte votre femme se promener avec son parrain? — Ah! monsieur, vous me faites injure!... Dieu merci, je sais qui j'ai épousé! En prenant cette femme-là, j'ai trouvé tout!... tout absolument! Ma femme, va montrer notre propriété à ton parrain... fais lui voir tout ce que tu possèdes... je t'y autorise... je dirai même plus , je t'y engage.

Ninie n'avait pas attendu la permission de son mari pour m'emmener, et déjà nous étions dans le jardin. Quand nous sommes seuls, elle me dit : — Je suis bien contente que vous soyez venu dans mon auberge; mais devinez qui nous y logeons dans ce moment?... — Des voyageurs, sans doute... — Quelqu'un dont la vue m'a donné un coup... Aussi, comme je l'ai reconnu de loin, je n'ai eu garde d'aller lui parler, et j'ai eu soin de me faire vue de lui... quoique, au fait, il ne m'aurait peut-être pas reconnue; et puis, une femme d'auberge!... il ne regarde pas ça, il est si fier!... — Mais de qui donc parlez-vous, Ninie? — De M. Adolphe, qui est arrivé ici une heure avant vous... — Se pourrait-il!... Jenneville est ici!... — Oui... Adolphe... Jenneville... comme vous voudrez... Il voyageait en chaise de poste avec une dame, sa femme, à ce qu'il paraît; il s'est cassé quelque chose à leur voiture, ils ont été obligés de s'arrêter ici, et ils seront forcés d'y rester jusqu'à demain matin, parce que le charron n'aura pas fini avant... Eh bien! monsieur Paul... qu'avez-vous donc?... comme vous pâlissez!...

Ce que je viens d'apprendre me cause une émotion dont je ne suis pas maître. L'idée que je suis encore près d'Augustine renouvelle tous mes tourments, toutes mes douleurs, Ninie m'accable de questions; je sais que je puis me fier à son amitié, à sa discrétion : je m'assieds près d'elle, je lui conte mon amour pour Augustine et les événements qui nous ont séparés. Ninie est attendrie; elle me plaint, elle plaint surtout Augustine, elle me demande ce qu'elle peut faire pour moi. Je voudrais profiter du hasard qui me rapproche de cette femme adorée pour lui dire un dernier adieu; mais il faudrait éviter d'être vu par Jenneville; je serais désolé que ma présence causât quelques désagréments à sa femme.

— Où sont-ils maintenant? dis-je à Ninie. — Dans une chambre où on va bientôt leur servir à dîner... — Pensez-vous qu'ils aient pu nous voir entrer dans cette maison? — Non, les fenêtres de la pièce où ils sont donnent sur le potager là-bas. Ensuite, comme madame a dit qu'il leur fallait deux chambres et deux lits, on leur prépare deux jolies pièces au second, qui donnent l'une dans l'autre... Fort bien... donnez-nous une chambre d'un autre côté. Sans doute, après son dîner, Jenneville descendra.. il faut, ma chère Ninie, qu'on trouve alors le moyen de remettre à sa femme ce papier... sur lequel je vais tracer quelques mots. — Soyez tranquille... je m'en charge... je trouverai bien l'occasion; les maris ne sont pas toujours là!...

J'écris ces mots avec un crayon : « Le hasard m'a conduit en ces lieux; mais je ne les quitterai pas sans vous dire un dernier adieu; j'attends cette grâce pour prix de mon obéissance à votre dernière prière. Cette nuit, pendant le sommeil de votre époux... dans la salle basse... en présence de la maîtresse de cette auberge à qui je puis me fier, et que vous reconnaîtrez sans doute... Si vous me refusez... vous ne m'avez jamais aimé... »

Je donne le papier à Ninie, qui le cache dans son sein en me disant : — Je vous promets qu'elle l'aura. Nous retournons à l'auberge; j'ai hâte d'emmener Dubois dans notre chambre, car je tremble que Jenneville n'aperçoive l'un de nous.

Nous avons été près d'une heure absents; ces messieurs ont presque vidé les trois bouteilles, et Dubois me regarde en faisant des cornes par-dessus la tête de Bénin. Je lui prends le bras et l'entraîne : — Montons à notre chambre, dis-je, il est temps de penser à dîner... — Diable, mon petit, il paraît que tu as faim... je conçois... on me laisse une heure à déguster avec le mari... C'est pas bête!... Monsieur Bénin, faites-nous un bon dîner, le parrain de votre épouse est sur les dents! — Soyez tranquille, messieurs, je vais vous restaurer!... je vais au four...

Ninie nous fait conduire dans une chambre à deux lits qui est au fond d'un corridor au premier. Là, Dubois va continuer ses plaisanteries; j'y mets un terme en lui apprenant la véritable cause de mon trouble.

— Que le diable emporte Jenneville! s'écrie Dubois; il avait bien besoin de venir dans cette auberge avec sa femme, pour te mettre encore le cœur à l'envers!... Songe que tu vas te marier... — Je songe qu'Augustine est ici, et que je ne la laisserai pas partir sans lui avoir parlé un moment... — C'est ça... nous allons retomber dans la tragédie. — Dubois, je ne te demande qu'une grâce, c'est de ne point sortir de cette chambre jusqu'à ce que Jenneville soit couché... — Comme c'est amusant!... et qu'est-ce que ça me fait à moi d'être vu par Jenneville!... — Alors il dira lui-même à sa femme que nous sommes ici, et elle ne m'accordera pas l'entrevue que je lui demande... — Elle fera bien... — Si tu te montres à Jenneville, je retourne à Paris, je ne me marie plus... — Hum!... Mauvaise tête... — Allons, on restera ici, puisque ça t'arrange; mais au moins qu'on nous serve un bon dîner, et qu'on fasse un grand feu; car on gèle au Soleil d'or!

Ninie vient elle-même mettre notre couvert; sa servante nous fait du feu. Il est déjà nuit, car au mois de novembre les jours ne sont plus longs; mais nous nous mettons à table, et je promets à Dubois d'y rester aussi longtemps qu'il le voudra.

M. Bénin s'est surpassé : notre dîner est fort bon. De temps à autre, Ninie vient s'assurer s'il ne nous manque rien. Alors je la regarde pour

savoir si ma commission est faite; un petit signe de tête me dit que non. Au dessert, M. Bénin vient nous trouver; je le force à prendre place à table près de nous. Il est tellement sensible à cet honneur, qu'il va chercher une bouteille de vieux malaga qu'il gardait pour le jour de la naissance de son premier-né, quoique sa femme ne soit pas enceinte.

Enfin Ninie en entrant dans notre chambre m'a fait un petit signe que j'ai compris : mon billet est remis. Maintenant, je voudrais qu'il fût déjà l'heure de se coucher. Heureusement, dans un village, on ne veille pas tard. A force de boire et de causer, Dubois et M. Bénin commencent à s'embrouiller dans leurs histoires.

— Va te coucher, mon ami, dit Ninie à son époux, va, tu dois être fatigué, et il faut te lever de bonne heure ici; moi, je vais jeter encore un coup d'œil partout, savoir si ce monsieur et cette dame n'ont besoin de rien, puis je te rejoindrai. — Tu as raison, ma femme, dit Bénin en prenant une lumière. J'ai fait plus de cent boulettes aujourd'hui, et ça échauffe... Messieurs, bonne nuit, j'espère que le parrain de mon épouse me fera l'honneur de bien dormir chez moi.

En disant cela, M. Bénin nous salue, puis s'éloigne en chancelant un peu.

Dubois ne demande qu'à en faire autant que M. Bénin; Ninie me dit bonsoir en me faisant un signe d'intelligence, et nous laisse. Dubois se couche en me souhaitant une heureuse entrevue, et au bout de quelques minutes il est endormi.

Je regarde à ma montre; il n'est que neuf heures. Jenneville est-il déjà couché?... comment le savoir?

Je sors doucement de ma chambre, je ne prends pas de lumière, et je descends dans la salle basse, où je trouve Ninie seule.

— J'ai déjà envoyé coucher mes domestiques, me dit-elle, afin que personne ne s'aperçoive de votre entrevue avec cette dame. — Croyez-vous qu'elle viendra, Ninie? — Quant à cela, je l'ignore. J'ai profité d'un moment où son mari venait de descendre; je suis entrée dans sa chambre, elle ne m'avait pas encore aperçue. Elle m'a regardée avec attention, et paraissait chercher où elle m'avait déjà vue. Après lui avoir demandé bien poliment si elle n'avait besoin de rien, je lui ai présenté votre papier en lui disant : « Madame, un voyageur qui est ici m'a priée de vous remettre cela. » Elle l'a pris, l'a lu, puis est devenue si pâle, si tremblante, que j'ai cru qu'elle allait perdre connaissance; enfin elle m'a dit à voix basse : « Il est donc ici?... » Moi, j'allais lui répondre et la supplier de vous accorder l'entrevue que vous lui demandez; mais alors j'ai entendu du bruit, son mari revenait, et je me suis sauvée bien vite par une autre porte, de peur de le rencontrer. — Ainsi nous ne savons pas si elle viendra! — Oh! je crois bien que oui... Est-ce qu'on peut vous refuser quelque chose à vous!... — Cette femme-là m'a toujours tout refusé, Ninie! — C'est drôle! vous dites qu'elle vous aime pourtant.

Ninie me quitte pour aller s'assurer si tout est bien fermé et en ordre dans son auberge. Je m'assieds dans un coin de la salle, d'où mes yeux sont fixés sur une vieille horloge dont le tic-tac fait presque autant de bruit qu'un moulin. Une seule lampe éclaire cette grande pièce; mais je puis voir les aiguilles, c'est tout ce qu'il me faut.

Au bout d'une demi-heure, Ninie revient et s'assied près de moi en me disant : — Tout mon monde ronfle déjà!... — Et là-haut? — Ah! dame, il y a toujours de la lumière dans les deux chambres... peut-être cause-t-on... peut-être lit-on; car je leur ai vu des livres. Attendez, un peu de patience; on finira par se coucher. — Et votre mari, Ninie, s'il s'aperçoit que vous n'êtes pas auprès de lui? — Oh! il dort comme quatre!... soyez tranquille. D'ailleurs il s'éveillerait qu'il ne se permettrait certainement pas de venir voir ce que je fais.

Le temps se passe, nous n'échangeons que rarement quelques mots; j'ai toujours l'oreille au guet, et Ninie sent bien que je n'ai pas envie de causer. Dix heures ont sonné, puis la demie, et personne.

— Elle ne viendra pas! dis-je en soupirant. — Peut-être... il faut attendre encore.

Dans un village, rien ne trouble le calme de la nuit; ce silence profond ne me permet pas même d'avoir de fausses espérances. Onze heures viennent de sonner, les yeux de Ninie se ferment, elle n'attend pas un objet chéri. Je perds tout espoir... lorsqu'un bruit semblable au frôlement d'une robe retentit à mes oreilles; je me lève, je cours écouter dans le corridor... on marche... j'entends des pas légers, mais qui s'approchent. Mon cœur bat... c'est elle, sans doute... Ninie, plus prévoyante que moi, s'avance avec la lampe... Oui, c'est Augustine!... c'est elle que je revois... c'est encore sur mon bras qu'elle se repose.

Elle est venue sans lumière, et cependant elle a hâté ses pas. A mon aspect, ses forces semblent l'abandonner; je l'ai soutenue dans mes bras, je la conduis dans la salle, je la fais asseoir et me place auprès d'elle. Ninie me dit en disant : — Je vais veiller près de vous pour que vous n'ayez aucune crainte.

Nous sommes ensemble depuis quelques moments, et nous n'avons pas encore dit un mot. Je tiens les mains d'Augustine, sa tête est penchée sur sa poitrine, et elle verse des larmes que je regarde tristement couler.

— Vous avez voulu me voir encore, me dit-elle enfin, me voici... je n'ai pas cru devoir vous refuser cette légère faveur... — Légère faveur!... Pouvez-vous nommer ainsi le plaisir que j'ai à me retrouver près de vous... chère Augustine!... Ah! pardon, madame, je sais que je ne dois plus vous appeler ainsi... — Non, maintenant je ne suis plus libre... Hélas! je ne l'ai jamais été!... si je m'en étais toujours souvenue, je serais plus heureuse aujourd'hui!... — Comment pouvez-vous vous faire des reproches, vous qui fûtes toujours fidèle à un homme qui vous avait abandonnée... qui n'est revenu à vous que lorsque... —

Marianne la bonne d'Augustine.

Monsieur Deligny, n'oubliez pas qu'il est mon époux... — Ah! je ne le sais que trop; mais cela ne peut m'empêcher de vous adorer... Oui, madame, quoique n'ayant jamais obtenu la récompense de cet amour qui a fait mon tourment, je vous aimerai sans cesse!... je ne vous oublierai jamais! Ah! ne vous fâchez pas... ne vous éloignez pas de moi! Songez que c'est la dernière fois que je vous vois... la dernière fois que je puis vous dire : Je vous aime!... et que la faveur de vous parler de mes sentiments est la seule que vous m'ayez accordée. —
— Si j'avais pensé que vous dussiez me tenir ce langage, je ne serais pas venue à cette entrevue... A quoi renouveler nos peines?... vous voulez donc que je me trouve encore plus malheureuse?...
Elle porte sa main sur ses yeux. En ce moment, un léger bruit se fait entendre dans le corridor, Augustine tressaille et me dit : — Il me semble qu'on a marché. O mon Dieu! si M. Jenneville m'avait entendue descendre!... s'il venait savoir...
— Ne craignez rien, ce bruit vient de la maîtresse de l'auberge; elle veille autour de nous... vous pouvez être tranquille... Que votre crainte n'empoisonne pas mon bonheur... chère Augustine! Quelle différence de cette entrevue avec la dernière que j'eus avec vous à Luciennes... — Ah! taisez-vous, je vous en prie; ne me rappelez pas ces moments qui ne doivent plus revenir... Vous allez trouver votre père et vous marier? — Oui, vous l'avez désiré; je veux vous satisfaire; mais ne pensez pas que cet hymen me fasse vous oublier... Je me marie... mais jamais mon cœur ne pourra éprouver pour une autre ce qu'il ressent pour vous. — Paul!... monsieur Deligny... que vous êtes cruel!... Ah! je vous en prie, laissez-moi espérer que vous serez heureux!... — Et vous, madame, vous allez vous ensevelir dans une obscure retraite. — Oui, je voulais que, pour nous y rendre, nous prissions les voitures publiques... mais, par suite des anciennes habitudes, M. Jenneville n'a pu s'y décider; il a loué une chaise de voyage, et c'est à cela que nous devons l'événement qui nous retient ici... L'habitation où nous allons nous fixer est loin du monde, et elle ne m'en convient que mieux. Quel plaisir pourrais-je trouver maintenant au milieu d'êtres indifférents et légers, qui ne savent que tourner en ridicule les affections du cœur! La solitude aura du charme pour moi; je pourrai tout à mon aise m'y livrer à mes souvenirs, y penser, y rêver à celui... aux personnes que je ne verrai plus... — Et Juliette,

ne la verrez-vous jamais?... Ne saurai-je pas au moins comment vous vous trouverez dans votre nouvelle demeure? — J'écrirai souvent à Juliette, je lui dirai tout ce que je ferai... elle m'en a priée... Si vous la voyez, vous pourrez par elle savoir quelquefois de mes nouvelles. — Si je la vois!... Ah! ce sera mon seul bonheur... Avec elle, au moins, je puis parler de vous, je puis lui conter mes pensées, mes peines; elle ne me force pas au silence quand je lui parle de mon amour pour vous... et je lui en parle sans cesse!... Ah! je vous en prie, écrivez-lui souvent... et que parfois un mot échappé de votre plume me prouve que je ne suis pas tout à fait oublié!...
Elle ne répond pas; mais sa main est tombée dans la mienne, et une légère pression me dit qu'elle m'a compris. Je pose sur mon cœur cette main chérie; nous ne nous parlons plus, mais quels mots pourraient rendre ce que nous éprouvons en ce moment!
Enfin Augustine se lève en murmurant : — Il faut nous quitter. — Déjà!... — Plus nous resterons ensemble, et plus nous aurons de peine à nous séparer... Mon ami, ne me privez pas du peu de courage qui me reste... laissez-moi m'éloigner... je sens qu'il est temps... — Adieu donc... mon cœur se brise. Quoi!... c'est pour jamais que je vous quitte... je ne verrai plus ces yeux dont l'expression fait battre mon cœur de plaisir... Je n'entendrai plus cette voix chérie... Augustine, penserez-vous à moi?... — Il me le demande... ô mon Dieu! il ne voit pas tout ce que je souffre... Adieu... si vous avez quelque pitié de moi, ne me retenez plus...
Elle s'est élancée dans le corridor. Je prends la lampe pour l'éclairer, et nous apercevons à quelques pas de là Ninie endormie profondément sur une chaise.
— Vous le voyez, me dit Augustine, voilà comment on veillait sur nous... heureusement on ne m'a pas entendue descendre... Adieu... adieu!...
Sans attendre ma réponse, elle monte légèrement par l'escalier du fond. C'en est fait... je ne la vois plus!... Je réveille Ninie, et je regagne tristement ma chambre.

CHAPITRE XXVIII. — Rencontre imprévue.

Je me suis jeté sur un siége, ma douleur s'exhale en plaintes, en murmures, j'accuse le sort, l'amour, j'accuse Augustine elle-même;

A la maison de campagne.

dans mon désespoir, je trouve qu'elle a montré de la barbarie à mon égard, et qu'elle ne devait pas me sacrifier à un homme qui l'avait abandonnée. De temps à autre je me lève, je marche à grands pas dans la chambre en frappant du pied avec violence.
Réveillé à chaque instant par mes plaintes et le bruit que je fais, Dubois se retourne en proférant de son côté mille imprécations contre

les amoureux. Puis il se met sur son séant, m'engage à me coucher, commence un discours pour me faire entendre qu'en passant la nuit sans dormir j'aurai demain fort mauvaise mine pour arriver chez mon père ; mais voyant que je ne l'écoute pas, il s'arrête au milieu de son sermon, m'envoie à tous les diables, et remet sa tête sur l'oreiller.

La nuit s'est passée ainsi. Je vois naître le jour, et avec les premiers rayons de l'aurore, il me semble que mon sang se calme, que ma tête devient moins brûlante. On dit que la nuit porte conseil ; mais pour les malheureux ses conseils ne sont jamais favorables, tandis que l'aspect du jour au contraire chasse les tristes pensées, et rend plus de force à notre âme.

Je pense qu'Augustine m'a donné l'exemple du courage, que je dois l'imiter, et non m'abandonner à une faiblesse qui ne remédie à rien. J'ai d'abord l'idée de partir de grand matin avec Dubois, et de quitter ce bourg avant Jenneville et sa femme ; mais peut-être Jenneville se lèvera-t-il aussi de fort bonne heure ; alors il pourrait nous rencontrer dans l'auberge ; je crois que le plus sage est de le laisser s'éloigner le premier, et de rester dans notre chambre jusqu'à son départ.

m'approche de notre fenêtre, qui donne sur la cour ; je n'ose pas me mettre en dehors à la croisée, mais en tirant un coin du rideau je puis, sans être vu, voir entrer et sortir dans l'auberge.

Dubois me regarde en faisant des cornes par-dessus la tête de Bénin.

On nous apporte notre déjeuner, et je viens de me mettre à table, lorsque j'entends des coups de fouet et le bruit d'une voiture qui s'arrête devant l'auberge ; je pense que c'est celle qui va emmener Au-

Oui, mon ami, allons déjeuner ; nous pleurerons en prenant du chocolat, nous pleurerons tantôt en prenant du beefsteak, et nous pleurerons encore ce soir en buvant du punch.

J'entends aller et venir dans la maison ; déjà chacun se rend à son ouvrage ; je reconnais la voix de Ninie qui gronde son mari sur sa paresse, puis ensuite celle de Bénin qui demande excuse à sa femme. Bientôt on frappe doucement à notre porte : c'est Ninie qui s'informe si nous sommes éveillés.

J'ouvre à notre gentille hôtesse, tandis que Dubois se frotte les yeux en disant : — Si nous sommes éveillés !... Demandez-nous plutôt si nous avons dormi !... Voilà un homme qui a passé la nuit à ébranler votre plancher en le bourrant de coups de talon !... Il se vengeait sur les carreaux de la perte de sa belle !... Il n'a pas pour un liard de philosophie !... Dormez donc auprès d'un gaillard qui joue toute la nuit les *Fureurs de l'amour !*

— Allons, Dubois, calme-toi, je serai plus raisonnable désormais... — Oh ! c'est égal, tu ne me rattraperas pas à être ton camarade de lit. — Ninie, pensez-vous que... ce monsieur et cette dame partiront bientôt ? — Mais, oui, leur voiture est réparée, et quand ils auront déjeuné, je présume qu'ils s'en iront. Le monsieur est déjà descendu se promener au jardin pendant qu'on prépare leur déjeuner. — Il suffit... Dès qu'ils seront partis, venez nous le dire, je vous en prie... — Oui, monsieur... Oh ! vous les entendrez bien d'ailleurs.

— C'est-à-dire, s'écrie Dubois, que tu vas encore me faire rester en prison dans cette chambre, jusqu'à ce que monsieur et madame soient partis ;... c'est agréable de voyager avec toi !... — Nous allons déjeuner d'abord... pendant ce temps ils partiront. — Madame Bénin, un déjeuner copieux, s'il vous plaît ;... j'ai infiniment d'appétit chez vous.

Ninie va s'occuper de notre déjeuner. Dubois se lève ; moi, je

Mort de Jenneville, tué par Blagnard.

gustine, et je cours regarder au carreau de la fenêtre pour la voir encore une fois ; mais je me suis trompé. Ce sont de nouveaux voyageurs qui viennent d'arriver. Je vois deux postillons, un jockey, un valet de chambre ; puis un monsieur, dont la tête est couverte par une large casquette de voyage, descend de la voiture, enveloppé dans un vaste manteau, et entre dans la maison. Je retourne déjeuner près de Dubois ; ce nouveau venu ne m'intéresse pas.

Au bout de quelque temps, M. Bénin entre dans notre chambre, nous salue respectueusement, s'informe de ma santé, puis accepte un verre de vin que Dubois lui présente, en disant : — J'espère que ça va joliment, mon auberge !... — Oui, il paraît qu'il vient de vous arriver encore du monde. — Je crois bien !... et du monde qui fera de la dépense, j'ai vu ça tout de suite ! C'est un homme de la haute volée ;... c'est peut-être un prince qui voyage incognito avec son valet de chambre... Ce qu'il y a de sûr, c'est que c'est un personnage *considérable*!... Aussi, ça fait un embarras !... faut entendre ça... Et le valet donc : La plus belle chambre pour monsieur... à déjeuner ce que vous aurez de meilleur... peu nous importe le prix, pourvu que nous soyons contents ! Hein ? dites donc, c'est du style ça, aussi vous entendez bien que je vais lui faire un vol-au-vent comme il n'en aura jamais mangé de sa vie... Par exemple, il attendra un peu !... mais, dame, tant pis;... faut que mon four chauffe !... — Ce monsieur et cette dame qui ont couché ici, déjeunent-ils ? — Ah ! mon Dieu, vous m'y faites penser.... je les oubliais... Leurs petits pieds que je n'ai pas encore mis sur le gril ;... mais aussi, ce nouveau venu m'a tellement occupé.—Allez donc, monsieur Bénin, il ne faut pas négliger ainsi vos autres voyageurs. — C'est vrai, mon parrain. Je vous demanderai la permission de vous nommer ainsi,... par effigie pour ma femme, si ça ne vous blesse pas. — Nullement, monsieur Bénin. — Ce monsieur et cette dame sur le gril. Mais tenez, entre nous, je vous avouerai mon faible ;... les gens qui ne veulent pas manger de pâtisserie, moi, je n'ai aucun zèle pour les servir : ce monsieur et cette dame n'ont pas seulement voulu goûter un de mes petits pâtés... ça m'a choqué... Tandis que le nouveau venu aura pour son déjeuner un vol-au-vent, des petits pâtés, une tourte et un flan !... Voilà un homme qui sait vivre... Au revoir, mon parrain.

M. Bénin nous a enfin quittés, et nous allons terminer notre déjeuner, lorsque j'entends dans la cour une voix bien connue : c'est celle de Jenneville ; il crie, il se plaint de la lenteur qu'on apporte à le servir. Je me suis rapproché de la fenêtre que j'entr'ouvre, et je puis entendre tout ce qui se dit dans la cour.

— En finirez-vous de me donner à déjeuner... depuis une heure que nous attendons ? — Monsieur, je vous demande pardon, mais mon four n'était pas chaud. — Qu'ai-je besoin de votre four pour des côtelettes et des petits pieds ? — Monsieur, c'est juste... mais il vient de nous arriver un nouveau voyageur... un grand personnage auquel il faut de la pâtisserie, et ça nous occupe tant... — Que m'importe à moi qu'il arrive d'autre monde ?... Mon argent ne vaut-il pas celui de votre grand personnage ?... — Monsieur, oui, mais... — Mais vous êtes un insolent. — Monsieur, je... — Je suis pressé de quitter votre bicoque, songez à me servir avant qui que ce soit.

Je ne sais ce que Bénin va répondre à Jenneville qui continue à se promener avec colère dans la cour, lorsque survient un nouveau personnage, c'est le voyageur arrivé en dernier.

— Eh bien ! l'aubergiste, me servez-vous ? dit-il en frappant sur l'épaule de Bénin ; celui-ci fait une profonde salutation en assurant qu'on sera content, et court à sa cuisine.

La voix du nouveau venu m'a frappé ; elle a également frappé Jenneville ; j'écarte les rideaux pour regarder ce voyageur, et sa tête n'étant plus couverte d'une énorme casquette, il m'est facile de reconnaître dans cet homme qui voyage avec tant de luxe le fripon qui m'a emporté trente mille francs. Jenneville, qui a aussi reconnu Blagnard, se place au-devant de lui, au moment où celui-ci allait entrer dans le jardin. M. Blagnard paraît d'abord un peu déconcerté ; mais bientôt il se remet, et salue Jenneville comme lorsqu'il nous invitait à dîner.

— Eh !... je ne me trompe pas !... c'est ce cher Jenneville... parbleu, je ne m'attendais pas à avoir le plaisir de vous rencontrer dans ce village !...

— C'est donc vous, monsieur, qui voyagez avec tant de faste et qui êtes cause que je ne puis parvenir à être servi !... — Avec faste, mon cher, mais pas du tout, une simple partie de voyage... deux postillons... c'est pour aller plus vite... Il faut bien faire ses affaires... Mais pardon... je suis un peu pressé... il faut que je sois à Paris avant midi, et je vais voir... — Un moment, faquin, nous avons d'abord des comptes à régler ensemble.

La voix de Jenneville est devenue foudroyante ; j'avance un peu la tête, et je vois que la colère étincelle dans ses yeux. Blagnard a pâli ; cependant il tâche de conserver son ton léger en répondant : — Ah, ça ! que signifie cet air terrible, mon cher Jenneville... à qui diable en avez-vous ? — Trêve de plaisanteries, ella ne sont plus de saison ; vous m'avez emporté quatre-vingt mille francs ; vous êtes cause que pour réparer cette perte j'ai vendu, engagé le reste de mes biens ; c'est à vous enfin que je dois ma ruine ; il faut me rendre ce que vous avez à moi. — En vérité, je ne conçois pas vos reproches !... j'ai déposé mon bilan, ce n'est pas ma faute si mes affaires ont mal tourné... J'y ai perdu bien plus que vous, moi !... je suis bien plus à plaindre !... — A plaindre !... et vous voyagez comme un seigneur, et vous avez jockey. valet de chambre !... vous êtes un fripon !... — Monsieur !...

— Vous êtes un fripon, vous dis-je ! — Apprenez que tous les jours on dépose son bilan, et que cela n'empêche pas ensuite de recommencer d'autres affaires !... — Oui, les misérables comme toi ; mais les gens qui ont de l'honneur ne doivent-ils pas, dès que la fortune leur redevient favorable, rembourser les malheureux qu'ils ont souvent réduits au désespoir ? — Monsieur, tout cela regarde les syndics !... Pardon, mais je n'ai pas le temps de... — Non, drôle, tu ne partiras pas ainsi...

Jenneville a saisi Blagnard par le bras, il le lui secoue rudement en lui disant : — Il me faut mon argent. — Vous êtes fou, monsieur, point de violence, ou je saurai bien... — Misérable, tu oses me menacer !...

En ce moment, cédant à sa fureur, Jenneville applique à Blagnard un soufflet dont le bruit retentit jusqu'au fond de notre chambre ; Dubois en saute sur sa chaise en s'écriant : — En voilà un qui est vigoureux.

Blagnard est devenu furieux à son tour, je n'entends plus que quelques mots dits d'un ton plus bas : — Vos pistolets !... là—bas... je vous attends... hâtez-vous.

Ils vont se battre, je n'en puis douter, je reviens éperdu vers Dubois en lui disant : — Ils vont se battre !... Qui ça ? — Jenneville et Blagnard... — Bah ! comment, ce voyageur ? — C'est Blagnard. Il est monté chercher ses pistolets et bientôt... — Eh bien ! laissez-les se battre!... ça ne nous regarde pas !... — Non, je ne puis souffrir !... ce Blagnard m'a volé aussi et je veux.... — Allons, voilà une bien belle idée à présent ! ne vas-tu pas t'en mêler, toi ? S'il fallait se battre avec tous ceux qui nous doivent de l'argent, on n'en finirait pas !

Je ne réponds plus à Dubois, mais j'ouvre ma valise et j'en sors mes pistolets. Dubois, qui s'aperçoit de ce que j'ai fait, court au-devant de moi, et se jette dans mes bras au moment où je vais sortir.

— Où vas-tu ? — Laisse-moi, Dubois. — Je ne veux pas que tu sortes... Laisse-moi, te dis-je. — Encore une fois, je ne te mêle pas de cette querelle... songe d'ailleurs qu'il ne faut pas que Jenneville te voie... que tu vas compromettre sa femme... — Je dois maintenant surveiller son époux et le venger... Laisse-moi, ou crains toi-même ma colère...

Je suis parvenu à me débarrasser de Dubois en le jetant sur le plancher, je sors précipitamment, je descends... mais Jenneville n'est plus dans la cour, je ne rencontre que Ninie, à laquelle mon agitation, mes armes causent une vive frayeur.

— Ninie... où sont-ils ?... les avez-vous vus ? — Qui donc cela, monsieur ? — Jenneville et ce nouveau voyageur ? — Ils viennent de sortir... — Grand Dieu !... et par où... de quel côté ? — Tenez, ils ont pris par-là... derrière notre jardin... — Ah ! puissé-je y arriver à temps !... — Mais qu'est-il donc arrivé, monsieur ?

Je ne réponds plus, je m'élance dans le chemin qu'elle m'a indiqué, je regarde au loin... je ne les aperçois pas ; mais des touffes d'arbres, des buissons me les cachent peut-être... Grand Dieu !... j'entends un coup de feu... c'est à gauche... courons... un second coup frappe bientôt mon oreille et achève de me guider !... c'est dans ce sentier...

Je cours... un homme passe en fuyant près de moi... c'est Blagnard!... O ciel, et Jenneville !...

Je veux arrêter Blagnard... je l'appelle... il est déjà loin... Ah ! dans ce moment, je ne dois songer qu'à secourir sa victime.

Je m'élance dans un chemin ombragé d'arbres, et je n'ai pas fait trente pas que j'aperçois Jenneville étendu sur la terre. Je cours à lui... le malheureux est inondé de sang !... La balle lui a traversé la poitrine !... O mon Dieu ! comment le secourir ? Je prends sa tête, je la soulève, je la pose sur mon genou... j'appelle, je crie, je demande des secours, et avec mon mouchoir je tâche d'arrêter le sang qui coule de sa blessure.

Mais j'entends du bruit, des cris, des pas précipités... C'est Dubois. Ce sont tous les habitants de l'Auberge... Augustine est avec eux... Ah ! malheureuse ! pourquoi l'a-t-on laissée venir ici ?...

En ce moment s'est jetée à genoux, elle m'aide à soutenir son époux ; elle ne jette point de cris, mais deux ruisseaux de larmes coulent de ses yeux. Enfin Jenneville entr'ouvre la paupière... il regarde sa femme, puis ses yeux se portent sur moi ; il me tend la main en me disant : — Je vous savais ici... mon ami... je suis bien aise de vous revoir encore...

Nous voulons essayer de l'emporter, on veut mettre un appareil sur sa blessure, il repousse tous les secours en disant : — C'est inutile... le coup est mortel... je sens que je n'ai plus que quelques instants à vivre... laissez-moi parler à ma femme et à mon ami...

Il fait signe aux gens de l'auberge et aux villageois de s'éloigner ; Augustine et moi restons seulement près de lui ; Augustine tient sa main qu'elle baigne de larmes, et moi je soutiens sa tête contre ma poitrine. Jenneville rassemble le peu de forces qui lui reste pour nous parler encore : c'est d'abord à sa femme qu'il s'adresse.

— Ma chère Augustine, je ne mérite pas vos regrets... j'ai fait votre malheur... tandis que je pouvais près de vous passer une si douce vie!... Je sais que, malgré mes torts, vous me fûtes fidèle... Cette nuit... je vous avais suivie... et j'ai entendu votre conversation avec Deligny... Adieu, mes bons amis, ne me pleurez pas... Paul, rendez-la heureuse... faites-lui oublier les chagrins que je...

Il n'en peut dire davantage, ses yeux se ferment pour toujours. En s'apercevant que son époux n'est plus, Augustine a perdu connaissance; Dubois la prend dans ses bras et la porte à l'auberge, tandis qu'aidé de quelques paysans j'y fais aussi transporter le corps du malheureux Jenneville.

En arrivant à l'auberge, mon premier soin est de m'informer de Blagnard; mais il est reparti depuis longtemps, il a semé l'or pour que l'on attelât plus vite ses chevaux. Tout ce qu'on peut me dire, c'est qu'il a pris la route de Paris; quelque part qu'il se cache, j'espère parvenir à le découvrir.

On sent bien que je ne songe plus à me rendre chez mon père!... Cet événement inattendu fait naître en mon âme tant de nouvelles pensées... mais en ce moment je rougirais de m'y livrer. Je ne veux pas même me présenter devant Augustine. Cependant elle ne peut rester en ces lieux; je pense que c'est auprès de Juliette qu'il lui sera plus doux de se retrouver, et je charge Dubois de l'y conduire.

La voiture qui l'a amenée est prête, Dubois et Ninie sont allés chercher Augustine... Elle ne veut point encore s'éloigner des restes de son époux; mais Ninie insiste, Ninie la supplie de partir, et Dubois l'emporte dans la voiture, où il se place avec elle, et que j'entends avec joie s'éloigner.

Il ne me reste plus que de tristes fonctions à remplir. Je passe pour cela quelques jours à Hanches. Après avoir fait enterrer Jenneville dans le cimetière du bourg, je fais placer sur sa tombe une pierre avec son nom; mais je n'y fais point inscrire d'épitaphe; à quoi bon? Ces éloges gravés sur la pierre prouvent bien moins les vertus des morts que la fausseté des vivants.

Enfin j'ai dit adieu à M. Bénin, j'ai embrassé Ninie, en leur souhaitant toutes sortes de prospérités et des événements moins tragiques dans leur auberge. Je leur promets de venir les revoir toutes les fois que j'irai chez mon père, et je retourne à Paris. Qui m'aurait dit que j'y reviendrais si vite? Ah! que j'ai bien fait de garder mon logement rue Charlot!... Combien de souvenirs il me rappelle!... et aujourd'hui que d'espérances s'y joignent!... Oui, je dois l'avouer, pour moi l'avenir est de nouveau plein de charmes.

Mon premier soin est d'aller trouver Dubois. Il m'apprend qu'il a conduit Augustine chez Juliette, à laquelle il a conté l'événement arrivé à Hanches. Il sait que depuis ce temps madame Jenneville est restée chez son amie... Non, je ne le dois pas encore, je veux respecter sa douleur... Elle me saura gré d'ailleurs de la privation que je m'impose. Je me contenterai de faire demander de ses nouvelles.

Mais il y a quelqu'un que je veux voir, que je veux trouver, c'est ce misérable Blagnard; pendant plusieurs jours je ne cesse point de le chercher. Je veux que Dubois m'aide dans mes perquisitions; mais Dubois, qui devine pourquoi je veux trouver ce fripon, prétend qu'il s'est sauvé en Sibérie, et qu'il est inutile de le chercher.

Il y a six semaines que je suis revenu à Paris, j'envoie tous les jours savoir des nouvelles d'Augustine; mais je veux que trois mois se soient écoulés avant de me représenter devant elle. Dubois dit que je recommence à faire des bêtises, et que j'attendrai qu'elle se soit remariée

pour aller la voir. Moi, je sens bien que je ne puis pas me retrouver près d'Augustine sans lui laisser voir mon amour, et il me semb'e qu'il est encore trop tôt pour lui en parler.

Un soir, en sortant de dîner avec Dubois, nous rencontrons Jolivet, que je n'avais pas vu depuis longtemps. Après les premiers compliments, il se met, suivant son habitude, à nous parler de ses affaires; il se plaint, il prétend que son argent ne lui rentre plus. Un de ses débiteurs vient encore de mourir.

— A Sainte-Pélagie? dit Dubois. — Non... à l'hôpital... Oh! celui-là, ce n'était pas la peine de le faire mettre en prison; il n'y avait rien à en espérer!... Vous l'avez connu, messieurs; c'est cet homme qui faisait tant d'embarras!... qui ne voulait pas manger d'omelette soufflée, parce que c'était trop classique!... Apparemment qu'il a trouvé plus romantique de mourir à l'hôpital... — De qui donc parles-tu?— Eh! parbleu, de M. Blagnard. — Blagnard est mort!... Mort à l'hôpital! et il y a six semaines, je lui ai vu encore deux domestiques.— Qu'il ne payait pas sans doute. Ce qu'il y a de certain, c'est que deux jours avant sa maladie, il avait joué et perdu tout ce qu'il possédait, si bien que le maître de l'hôtel où il logeait n'a pas jugé à propos de le faire soigner chez lui.

— Blagnard est mort! s'écrie Dubois, ça fait deux duels de moins; car Deligny voulait se battre avec lui, et certainement, comme je lui aurais servi de second, j'aurais aussi dit deux mots à ce fripon... Mais, après tout, j'aime autant que ça se soit passé comme ça.

N'ayant plus à m'occuper de venger Jenneville, je suis tout au plaisir que je me promets en revoyant Augustine. Les trois mois sont écoulés enfin, et je me présente chez elle. Je la revois!... Un seul de ses regards me paye de cette longue attente. Augustine est trop franche pour cacher le plaisir qu'elle éprouve à me revoir. Son cœur ne sait point feindre ces douleurs qui ne peuvent naître de la perte de quelqu'un qu'on n'aimait plus. Nous ne parlons pas d'amour; mais nous savons bien que nous nous aimerons toute la vie.

Augustine continue d'habiter chez Juliette, jusqu'au retour de la belle saison. Maintenant je la vois chaque jour... Pourquoi nous priverions-nous à présent du bonheur d'être ensemble?

Lorsque le mois de mai a rendu aux champs leur parure, Augustine retourne à Luciennes. C'est là, c'est dans cette campagne chérie que je devais obtenir le prix de mon amour. Ces bosquets, ce bois touffu, témoins de mes soupirs, le sont maintenant de mon bonheur! Augustine est à moi... elle sera ma femme... J'ai écrit à mon père... Il a bien fallu qu'il consentît; d'ailleurs Augustine a mille écus de rente; avec ce qui me reste, n'est-ce pas plus qu'il n'en faut pour vivre heureux?

Elle est ma femme enfin. Je l'ai conduite chez mon père, qui l'a trouvée charmante, et m'a fait compliment de mon choix. Augustine sait se faire aimer de tout le monde, et ne veut aimer que moi. Nous habitons Paris l'hiver, et l'été nous ne quittons pas Luciennes. Juliette vient nous voir souvent; elle est heureuse de notre bonheur. Dubois vient aussi quelquefois nous conter ses fredaines, et ma femme excuse ses folies en faveur de son bon cœur.

FIN DE LA FEMME, LE MARI ET L'AMANT.

UN PARISIEN
DANS L'ANDALOUSIE,

PAR

CH. PAUL DE KOCK.

— Ah! qu'elles sont belles, qu'elles sont séduisantes, agaçantes, voluptueuses, les femmes de l'Andalousie! C'est là qu'il faut être aimé pour connaître toutes les jouissances de l'amour, pour savoir jusqu'à quel point une femme peut porter cette passion!... Là, tout se réunit pour nous enivrer : un climat brûlant, un ciel pur, un air embaumé du parfum des fleurs, des plantes aromatiques que la terre y produit en abondance. Des nuits courtes et tièdes, des refrains piquants et mélodieux; tout, jusqu'au costume des habitants, qui est à la fois gracieux et pittoresque; oui, tout dispose notre âme aux plus tendres sentiments. Ah! mon ami, figure-toi une jeune Andalouse... Je ne te parle pas de celles qui habitent les villes; d'abord leur costume est presque toujours noir, ce qui est moins gai, ensuite elles sont trop soumises aux lois de l'étiquette pour se livrer, du moins devant le monde, à leur aimable naturel; je te veux faire connaître une fille des montagnes, une paysanne de l'Andalousie... Celles-là ne sont point lourdes, gauches, empesées comme nos paysannes des environs de Paris. Le sang brûlant qui circule dans leurs veines donne à leurs yeux noirs une expression que je ne puis te peindre; il y a tout à la fois de l'esprit, de l'amour, de la vivacité et de la langueur dans les regards qu'elles nous jettent. Tous leurs mouvements ont de la grâce; et cette résille qui entoure leurs cheveux, ce jupon court, bariolé de vives couleurs, qui laisse voir une jambe séduisante, terminée par un pied mignon... Enfin, mon cher, il n'y a pas moyen d'y résister; et puisque tu veux faire un voyage d'agrément pour t'instruire et oublier une maîtresse volage, crois-moi, rends-toi dans l'Andalousie... Là tu trouveras des femmes qui te feront bien vite perdre le souvenir de celle qui a trahi les serments qu'elle t'avait faits.

Ce discours était adressé à un de nos Parisiens, beau jeune homme de vingt-cinq à vingt-six ans, par un monsieur un peu plus âgé, qui était petit, gros et laid. C'était en se promenant sur le boulevard des Italiens que ces messieurs faisaient la conversation.

Le beau jeune homme, qui avait écouté son compagnon sans l'interrompre, s'écrie enfin :

— Quoi! vraiment, tu veux que j'aille faire la cour aux paysannes de l'Andalousie? — Je ne te dis pas que je le veuille; mais puisque tu vas voyager, pourquoi n'irais-tu pas? — Et tu as fait des conquêtes dans ce pays-là, toi, Germilly? — Oui, mon ami, nulle part je n'ai été aussi heureux!... Oh! charmantes Andalouses! pourquoi ai-je été forcé de vous quitter pour revenir en France!... C'est étonnant comme ces femmes-là m'aimaient! — Il est certain que cela doit me donner de l'espoir. Oui, les Françaises sont trop coquettes, trop volages!... Me tromper... m'être infidèle!... je suis d'une colère!... — Je le conçois, toi qui as l'habitude de ne pas être prévenu. — Décidément, je vais quitter Paris... et pour longtemps. — Et tu iras dans l'Andalousie? — C'est possible.

Quelques semaines après cette conversation, notre Parisien, qui se nommait Frédéric Dernange, se promenait dans les rues de Cordoue, admirant les hardis édifices de cette ville, dont les Maures furent longtemps possesseurs : ville curieuse, bizarre, magnifique et sale; patrie des deux Sénèque, de Lucain, et des meilleurs chevaux d'Espagne. Frédéric ne s'était pas rendu dans l'Andalousie précisément à cause de la conversation qu'il avait eue à Paris sur le boulevard des Italiens avec le gros et laid Germilly; une affaire d'intérêt, qu'il pouvait terminer lui-même mieux que des gens de loi, l'avait engagé à se rendre à Cordoue; mais peut-être aussi se serait-il dispensé de faire ce voyage si les discours de son ami n'eussent piqué sa curiosité.

Frédéric, jeune, riche, aimable, aimait passionnément les dames. Près d'elles il avait obtenu de nombreux succès; il les avait trompées... C'est presque indispensable, il faut bien en tromper beaucoup pour en aimer plusieurs. Mais sa dernière maîtresse s'était permis d'être infidèle avant lui, et Frédéric, furieux qu'on lui fit une fois ce qu'il avait fait si souvent, avait pris en haine ses charmantes compatriotes, et s'était dit :

— Je voyagerai, j'irai loin de Paris chercher une femme qui sache véritablement aimer.

Ce monsieur était évidemment de mauvaise humeur lorsqu'il avait dit cela.

Frédéric eut bientôt terminé l'affaire qu'il avait à traiter à Cordoue. Il lui avait semblé qu'on n'y était pas plus fidèle qu'à Paris; il s'ennuyait de faire la conversation autour d'un *brasero*, il résolut de voir le pays, et se rendit à Andujar. Tout en parcourant les dix lieues qui séparent ces deux villes, il admirait les belles campagnes, les sites enchanteurs de l'Andalousie, pays riche, fertile, où tout vient avec profusion, et nommé à juste titre l'écurie, la cave et le grenier de l'Espagne.

Mais le jeune Parisien ne voulait pas se borner à admirer la végétation. Il trouvait fort agréable de se promener dans les bois d'orangers et de citronniers, cependant il y cherchait quelque chose qu'il n'avait pas encore rencontré; c'était une femme plus jolie, plus séduisante, plus gracieuse que celles qu'il avait laissées à Paris. Il avait vu souvent sur sa route de fort agréables figures, mais ce n'était point encore là ce que le gros Germilly lui avait annoncé.

Après un court séjour à Andujar, Frédéric se résout à parcourir les environs, non pas en voiture, comme un voyageur nonchalant, mais dans la seule compagnie d'un muletier, guide commode et que l'on quitte à volonté quand on désire s'arrêter quelque part.

C'était un grand et réjoui compère qui servait de guide à Frédéric; un jeune homme au teint brun, aux yeux noirs et vifs, aux manières lestes et hardies, un véritable muletier de La Fontaine; chantant la *canzonetta*, caressant sa mule, la flattant, lui adressant les noms les plus doux, puis humant avec délices un petit cigare que lui-même venait de faire en roulant entre ses doigts des feuilles de tabac dans de petites bandelettes de papier. Les mules, dont la tête était surmontée d'un beau plumet, semblaient mettre de l'orgueil à balancer leur coiffure, et un nombre infini de petites sonnettes attachées au cou de l'animal se mettaient alors en mouvement et faisaient un accompagnement aux chants du muletier.

On suivait les bords du Guadalquivir, laissant les mules hâter ou ralentir leur marche, suivant leur caprice. Frédéric admirait les sites délicieux qui s'offraient à sa vue; ce doux climat lui semblait fait pour des amants, il soupirait, et ses regards suivaient toutes les villageoises qui passaient près de lui. Celles-ci regardaient avec complaisance le jeune Français, dont la tournure élégante et la figure distinguée pouvaient sans désavantage subir l'examen des Andalouses. Frédéric se disait : — Oui, ces paysannes sont fort bien; mais je voudrais une beauté un peu moins rustique... Ce n'est pas encore là ce que Germilly m'a vanté!

Tout à coup Pédrillo (c'est ainsi qu'on nomme le muletier) arrête sa mule et se tourne vers Frédéric, en lui disant : — A propos, senor, vous désirez connaître l'Andalousie, mais vous ne m'avez pas dit par quel côté du pays vous vouliez commencer. — Peu m'importe, dit Frédéric; allons où vous voudrez... Cependant, dirigeons-nous de préférence où les femmes sont plus jolies, plus tendres, plus amoureuses....

— Oh! toutes les femmes le sont!... les aventures galantes ne vous manqueront point par ici!... Tenez, voici le village où loge le fermier Pérez, dont la femme est si accorte et si agaçante. Là bas, nous allons passer devant la *posada* de Garcias; sa fille Juanita est bien jolie, bien coquette... elle aime les fleurettes et n'est pas trop inhumaine... avec les beaux garçons. Là-bas, au fond de la vallée... dans ce petit bourg que vous apercevez... oh! il y a de jolies filles! Sanchette, Maria, Inès!... vives, piquantes et tendres... ah! senor, elles ont des yeux qui ne laissent pas un cœur en repos! — Diable! maître Pédrillo! il me paraît que vous avez beaucoup de relations dans ce pays?... — Oui, senor, je fais une maîtresse à chaque endroit où je m'arrête, parce qu'alors je suis sûr que mes mules sont bien soignées: on leur donne de bonne paille de Castille... Et que voulez-vous! il faut bien faire quelque chose pour ces pauvres bêtes... N'est-ce pas, Ragazza! Oh!... ma bonne Ragazza!... ton pied est toujours sûr! j'ai descendu avec toi les rudes montagnes de la Sierra. Et toi, Catalane, tu es paresseuse par moments! mais aussi quand tu relèves ta tête avec fierté, comme tu emportes lestement le fardeau le plus lourd!...

Et le muletier caresse le cou de sa monture tout en faisant un signe d'amitié à la mule que monte Frédéric; celui-ci sourit de la singularité de Pédrillo, qui prétend ne courtiser les jolies filles que par amour pour ses mules.

On est descendu dans la vallée; Pédrillo se dirige vers le bourg qu'il a montré au jeune Français; mais Frédéric arrête la dolente Catalane en disant au muletier:

— Je ne tiens pas à faire connaissance avec les séduisantes Sanchette et Maria... ne nous arrêtons pas dans ce bourg, maître Pédrillo... D'ailleurs, je vous avoue que je dédaigne les triomphes faciles... N'avez-vous jamais rencontré de cruelles sur votre route?... et ne pensez-vous pas aussi qu'une conquête qui se défend longtemps avant de se rendre fait trouver la possession plus douce? — Je n'ai jamais eu de longs combats à soutenir! dit Pédrillo en souriant d'un air satisfait et aspirant une longue bouffée de tabac. Allons, Ragazza, allons, tu vois bien que le senor veut chercher un gîte ailleurs... quand tu dresseras les oreilles, il faut avancer... tu vois que Catalane te dépasse... Un instant... diable!... et un salut devant la santa Madona!...

Le muletier venait d'apercevoir une Madone placée dans une niche de bois bien simple, à l'angle de la route qui sortait de la vallée. Un homme était prosterné devant la statue. Il était jeune; sa figure était longue, jaune, maigre, ses yeux fauves ombragés par d'épais sourcils roux; sa tête était couverte d'une rézille noire; il portait une veste de drap grisâtre très-courte, attachée par des lacets noirs, un pantalon large assujetti par une ceinture rouge, une cravate nouée fort lâche, et dont les bouts flottaient sur sa poitrine; enfin, il tenait à la main un chapeau de forme pointue et à grands bords. Ce personnage, dont les traits avaient une expression à la fois farouche et stupide, priait très-dévotement et sans faire attention au jeune Français et à son conducteur, qui s'étaient arrêtés à quelques pas de lui.

Le muletier, après avoir adressé une courte oraison à la Madone, va frapper sur l'épaule de l'homme qui se levait alors:

— Bonjour, Ornégro. — Ah!... bonjour!... — Tu viens de faire ta prière? — Oui. — Je gage que je devine ce que tu as demandé à la Madone... Ah! mon pauvre Ornégro!... tu soupires toujours pour la belle et insensible maîtresse, la fière Marquitta!... tu implores tous les saints et toutes les saintes pour qu'ils attendrissent son cœur... Mais, mon pauvre garçon, tu en seras pour ta passion et tes prières!... Marquitta se rit de l'amour; et pour vaincre ses rigueurs, il faudrait un gaillard plus déluré que toi... Adieu, Ornégro; bonne chance cependant!

Le paysan andalou avait écouté froidement les railleries du muletier, et quand celui-ci s'éloigne avec le Français, Ornégro, toujours en méditation près de la Madone, ne répond même pas au signe d'adieu de Pédrillo.

— L'imbécile! reprend le muletier en se rapprochant de Frédéric, l'amour lui tourne la tête!... Il ne pense, ne rêve qu'à sa belle! Marquitta lui dirait: Jette-toi à l'eau... passe à travers le feu! il n'hésiterait pas... et tout cela pourquoi?... pour un froid remerciement et peut-être même rien du tout. — Ah çà! maître Pédrillo, dit Frédéric, il me paraît que voilà une belle moins facile à séduire que celles que vous me citiez tout à l'heure. Quelle est donc cette Marquitta? — La fille d'un riche fermier des environs. Mais elle a perdu de bonne heure ses parents, et s'est trouvée, fort jeune encore, maîtresse d'une jolie fortune et libre de faire toutes ses volontés. Oh! elle en a profité!... elle s'est donné un ton, des allures de dame!... Elle est coquette, aussi elle a toujours les plus belles parures!... — Coquette et point d'amour? — Oui, senor. C'est que Marquitta est trop difficile, sans doute... Moi, je ne lui ai jamais fait la cour... Elle est jolie, fort jolie, c'est vrai; mais je n'aime point les femmes qui veulent dominer notre sexe!... Si j'avais voulu... j'ose croire... mais je n'y ai pas essayé.

Après avoir ri de la fatuité du muletier, Frédéric reprend:

— Et cet Ornégro?... — Oh! c'est un pauvre diable qui est entré au service de Marquitta, afin de la voir tous les jours. Il lui sert de garçon d'écurie, de jardinier, de page!... de tout ce qu'on veut enfin...

Je vous dis que l'amour le rendra imbécile, si ce n'est déjà fait: au reste, je crois qu'il se rend justice, et qu'il borne ses prétentions à regarder, à admirer Marquitta, à obéir à ses moindres signes.

Frédéric semblait rêver. Au bout de quelques instants il s'écrie:

— Pédrillo, j'ai bien envie de voir cette Marquitta. Demeure-t-elle loin d'ici? — Non, senor, à une lieue environ après ce bois que nous allons traverser, dans le petit hameau qui est à gauche... — Mais trouverai-je une auberge?... pourrai-je enfin loger dans ce hameau? — Les *posadas* sont rares, mais Marquitta vous donnera volontiers un gîte... et sans qu'il vous en coûte rien. Oh! c'est une femme grande! généreuse! elle aime à rendre service!... elle est riche et se fait honneur de son bien. — En ce cas, avançons, il me tarde de voir celle pour qui soupire ce pauvre Ornégro.

Frédéric pousse sa mule. Catalane est obligée de quitter son allure paresseuse. On entre dans un bois épais, on y chevauche assez longtemps; mais parvenu au bout, l'œil découvre un point de vue admirable. Sur la droite, le Guadalquivir roule ses flots paisibles; puis les villages, les hameaux s'élèvent en amphithéâtre sur des collines plantées de vignes, d'orangers, d'oliviers. Au loin, sur des masses bleuâtres qui se confondent avec le ciel, on distingue les nombreux clochers de Séville. Enfin, à gauche, l'œil se repose sur une épaisse forêt devant laquelle un petit hameau semble jeté pour servir de halte au voyageur.

Le muletier montre à Frédéric une jolie maison sise à l'entrée du hameau et lui dit:

— Voici la demeure de Marquitta... elle est plus belle que toutes celles du village ensemble! — Ce pays est délicieux! dit Frédéric; je serais charmé de m'y arrêter, lors même que l'on m'y ferait un froid accueil.

Pédrillo est déjà près de la maison, il a mis pied à terre et rit avec une jeune servante qui est devant la porte, avant que Frédéric ait quitté Catalane.

— Oui, petite espiègle de Zerline, c'est un senor français qui voyage pour connaître notre pays et qui voudrait bien trouver à se reposer chez vous, dit le muletier en prenant le menton à la jeune fille.

— Je commets peut-être une indiscrétion, dit Frédéric en s'approchant, mais je suis étranger... et j'espère qu'on m'excusera...

Avant que la servante ait eu le temps de répondre, une jeune femme paraît sur le seuil de la porte. A son maintien à la fois élégant et fier, à sa mise coquette, à la grâce de ses moindres gestes, Frédéric a deviné Marquitta.

C'est elle en effet qui répond au jeune Français d'une voix forte, mais harmonieuse:

— Non, senor, il n'y a pas d'indiscrétion à s'arrêter chez moi. Ma maison est grande, j'ai du monde pour vous servir; vous pourrez vous reposer ici tant que cela vous sera agréable. Entrez, don Pédrillo, on vous fera rafraîchir.

Frédéric est tout occupé de considérer la belle Andalouse, et il trouve que le muletier est resté bien au-dessous de la vérité: Marquitta est ravissante. Ses grands yeux noirs fendus en amande sont pleins de feu et d'enjouement; ses cheveux de jais sont tressés et noués sur sa tête avec des rubans et des fleurs. Sa bouche, petite et gracieuse, est garnie d'une double rangée de perles; sa taille est élégante et bien prise; enfin sa mise, qui n'est pas celle d'une dame de la ville, mais qui est plus élégante, plus recherchée que celle d'une villageoise, achève le charme qu'opère d'abord un regard de Marquitta.

La belle Andalouse s'aperçoit de l'effet que sa vue produit sur le jeune voyageur, et cela ne paraît aucunement l'offenser. Elle présente la main à l'étranger, et le fait entrer dans sa maison, tandis que le muletier, qui a perdu tout son babil à l'aspect de Marquitta, reste à la porte auprès de ses mules.

L'aisance, le bon goût, règnent dans la demeure de Marquitta, qui fait les honneurs de chez elle avec la grâce d'une dame de la ville. Frédéric est conduit dans une salle qui donne sur un beau jardin. Une vieille servante apporte du chocolat, un valet vient offrir au jeune homme de lui ôter ses *espadrilles*, le croyant habillé comme les voyageurs du pays. Frédéric ne peut se lasser d'admirer Marquitta, qui va, vient, court, ordonne avec une vivacité charmante; mais on voit qu'il faut qu'elle soit obéie à la minute, et que la patience n'est point sa vertu habituelle.

Marquitta bientôt vient s'asseoir près de Frédéric. Elle cause avec facilité, avec abandon; sa conversation est spirituelle, enjouée; de son côté, le jeune Français est fort aimable. Il dit être venu en Espagne pour affaires, et n'avoue point ce qu'il y cherchait; mais ses yeux pourraient le faire deviner, car déjà ils sont bien expressifs en regardant la séduisante Andalouse.

Deux heures s'écoulent. Frédéric et Marquitta causent toujours à la même place; ils n'ont pas trouvé le temps long. Il y a des personnes près desquelles on est tout de suite si bien!... et on devine qu'on ne les ennuie pas.

Tout à coup une ombre longue et mince se projette dans le jardin; puis une figure jaune et triste se montre à l'entrée de la porte, et fronce le sourcil en apercevant l'étranger qui est assis près de Marquitta: c'est Ornégro.

— Ah! te voilà de retour, Ornégro? dit la belle Andalouse. — Oui.

— As-tu fait ma commission? — Oui. — Qu'ont dit ces pauvres gens? — Ils vous bénissent pour tous les dons que vous leur faites! — Leur maison vient d'être brûlée, n'est-ce pas un devoir de les secourir? — Belle et bonne! dit Frédéric, il faut donc absolument vous adorer? — Bonne! répète Marquitta en souriant, pas trop!... mais franche du moins... plus que vous autres Français, qui savez, dit-on, si bien mentir, que, tout en ne vous croyant pas, on aime à vous entendre.

Avant que Frédéric ait répondu, Marquitta, s'apercevant qu'Ornégro est toujours contre la porte, lui dit brusquement:

— Que fais-tu encore là?... va-t'en. — C'est que... le muletier qui a amené le Français demande s'il repartira bientôt, et ce qu'il doit faire...

Marquitta regarde Frédéric et s'écrie:

— Partir! mais non, vous n'allez pas repartir aujourd'hui... Rien ne vous presse, à ce que vous m'avez dit, et puisque ce pays vous plaît tant, pourquoi n'y passeriez-vous point quelques jours? Je vous offre l'hospitalité; je vous chanterai des *sequidillas*, en m'accompagnant de ma mandoline; et vous me conterez vos aventures de Paris... — Mais vous ne les croirez pas, puisque vous venez de dire que les Français ne savaient que mentir. — Ah! senor!... il peut y avoir des exceptions... je ne voulais pas vous offenser. Acceptez pour me prouver que vous ne m'en voulez pas. — Ce serait avec grand plaisir, mais je crains d'abuser de... — Allons, vous restez. Allez renvoyer votre *calesero*; moi, je vais donner des ordres pour votre logement.

Frédéric va trouver le muletier, qui est encore à la porte avec Ragazza et Catalane. Il le paye grassement et lui dit:

— Je m'arrête quelque temps ici, Pédrillo, vous êtes libre. Si vous repassez par cette même route dans quelques jours, il est possible qu'alors il reparte avec vous.

Le muletier sourit avec malice, et remonte sur Ragazza en disant:

— Je comprends, senor Français, je comprends!... les beaux yeux de Marquitta ont produit leur effet accoutumé, et la coquette est flattée de votre conquête... Allons, bonne chance, senor, mais ne vous flattez pas trop!... Je repasserai dans quelques jours... si j'ai le temps.

Pédrillo pousse ses mules. L'entonne sa chanson favorite, et bientôt la voix du muletier et le son des grelots se perdent dans l'éloignement.

Frédéric rentre dans la maison de Marquitta, qui vient au-devant de lui et lui propose de parcourir son jardin. Le jeune Français y consent; il offre son bras à son hôtesse, qui l'accepte sans façon; puis tous deux s'enfoncent sous de belles allées de citronniers, d'orangers, sous des bosquets de roses et de jasmin. Frédéric est dans le ravissement: un séjour charmant, une campagne embaumée, un ciel pur, une femme jolie, spirituelle, que l'on tient sous le bras, et qui semble rire très-facilement, c'était plus qu'il n'en fallait pour tourner la tête au jeune Français, et déjà il se disait tout bas: — Germilly ne m'a pas trompé!... Ah! le beau pays que l'Andalousie!...

On revient vers la maison, où le repas du soir est préparé. Marquitta fait les honneurs de sa table avec sa grâce accoutumée; et Frédéric, tout en buvant d'un excellent vin de Malaga, s'écrie:

— Si vous me traitez si bien, mon aimable hôtesse, je ne pourrai plus me décider à vous quitter. — Eh bien! vous resterez... senor Français. Je vous parais bien légère peut-être, mais écoutez-moi. J'ai été de bonne heure maîtresse de mes actions, de ma fortune; cela m'a donné d'assurance que n'en possèdent ordinairement les femmes. J'aime à faire ce qui me plaît, à dire ce que je pense. On me trouve originale, bizarre, coquette, que sais-je! je ris de ce qu'on dit, et je continue à suivre les mouvements de mon cœur, qui jusqu'à présent ne m'a pas mal guidée. Une femme de mon âge recevoir chez elle un jeune étranger!... cela semblera bien inconséquent!.., Mais si, malgré ma jeunesse, j'ai déjà la raison, la fermeté de l'âge mûr; si j'ai bien jugé cet étranger en le croyant incapable d'offenser une femme, alors où donc est le mal, et pourquoi me priverais-je d'une aimable société?... — A coup sûr, senora, ce n'est pas moi qui le trouverai mauvais, répond Frédéric un peu contrarié du ton sérieux que son hôtesse vient de prendre. Mais celle-ci revient bientôt à son enjouement habituel. La soirée s'est passée; Marquitta se lève, appelle une servante, et lui ordonne de conduire son hôte à l'appartement qu'on lui a préparé. Frédéric salue Marquitta, lui baise la main, et s'éloigne, non sans se retourner souvent pour rencontrer encore les beaux yeux de son hôtesse.

La servante conduit le jeune Français dans un pavillon qui est de l'autre côté de la cour, et entièrement séparé du reste de la maison. Frédéric soupire en se voyant relégué si loin; les Français vont si vite en amour, que sans doute celui-ci avait déjà rêvé une nuit plus douce. Il faut cependant qu'il se contente de son pavillon, qui est fort joli. Il se couche en pensant à Marquitta, et s'endort en se disant: — Je l'adore plus que je ne l'ai jamais aimé mes perfides compatriotes!... O Marquitta, si je puis t'inspirer de l'amour, je n'aurai plus rien à désirer!

Le lendemain, Frédéric s'est éveillé enchanté de son séjour chez la belle Andalouse. Il descend de bonne heure; il voudrait déjà être près de Marquitta, dont l'image séduisante ne l'a pas quitté durant son sommeil. Il rencontre dans la cour la sombre Ornégro, qui est déjà occupé à porter des fleurs nouvelles sous les fenêtres de sa maîtresse. L'Espagnol baisse la tête devant le Français et ne semble pas disposé à causer; Frédéric l'arrête:

— Est-ce qu'elle dort encore? — Qui? — Eh! parbleu, votre maîtresse, la belle Marquitta. — Oui. — Alors je vais me promener au jardin en attendant son réveil... Elle est charmante, votre maîtresse, et je suis bien content de vous avoir rencontré hier devant la Madone; sans cela, ce bavard de Pédrillo ne me menait pas ici... — Oh! santa Madona!...

Ornégro n'en dit pas plus. Il croise dévotement les bras et lève les yeux au ciel. Frédéric s'est éloigné; il va au jardin rêver à Marquitta. Son hôtesse paraît enfin; il lui semble encore plus ravissante que la veille. Peut-être la toilette de Marquitta est-elle aussi plus recherchée, plus gracieuse encore; cela n'annonce pas le dessein de déplaire au jeune Français. Celui-ci fait tout ce qu'il peut pour séduire, pour captiver; la journée s'écoule en promenades, musique, conversations. Marquitta chante avec âme, avec sentiment, Frédéric a la voix douce et légère; chacun aime à entendre l'autre. Le temps passe vite ainsi.

D'autres journées succèdent à celle-ci. Frédéric a parlé d'amour, et ses yeux en avaient parlé d'avance. Marquitta a ri de la tendre déclaration du jeune Français. Celui-ci a voulu ravir quelques légères faveurs; Marquitta est devenue sévère, et Frédéric, qui est réellement amoureux, a perdu toute cette audace qui lui allait si bien à Paris. Il se désespère, il jure qu'il mourra s'il n'est pas aimé de Marquitta; il devient triste, il ne fait que soupirer, il ressemble presque à Ornégro; et la coquette rit toujours quand il lui conte ses tourments.

Un jour, Frédéric prend ou feint de prendre son parti; il se présente devant Marquitta en costume de voyage et lui dit:

— Je pars, je viens vous faire mes adieux.

Marquitta ne rit plus. Elle pâlit, se trouble, perd contenance, et murmure enfin:

— Pourquoi donc partir? — Parce que je vous adore... que votre vue ne fait qu'augmenter l'amour qui m'embrase, et que je dois vous fuir, puisque je ne puis toucher votre cœur. — Oh! ne partez pas! répond Marquitta d'une voix tremblante et en baissant ses beaux yeux pour cacher ce qu'ils expriment.

Frédéric s'approche de la belle Andalouse, lui prend la main, la place sur son cœur en disant:

— Il faut bien que je m'éloigne... si vous n'avez pas pitié des maux que vous me causez!

Marquitta est longtemps sans parler, mais elle a laissé sa main dans celle de Frédéric, qui la couvre de baisers; enfin elle lève ses yeux sur lui, le fixe d'une façon singulière, on dirait que ses regards veulent pénétrer dans l'âme du Français; elle lui répond d'un ton presque solennel:

— Vous m'aimez, dites-vous?... mais est-ce bien vrai?... Ne cherchez-vous pas à me tromper?... Savez-vous que si j'aimais, moi, ce serait pour la vie?... Savez-vous qu'il me faudrait un cœur qui comprît le mien... une âme brûlante comme la mienne?... Savez-vous que pour moi l'amour ne serait point un caprice, mais qu'il ferait le bonheur de ma vie ou me donnerait la mort?... Jusqu'à présent j'avais su me défendre de cette passion... je pressentais que je ne pourrais pas aimer à demi... Mon Dieu! pourquoi êtes-vous venu dans ce pays... est-ce pour moi?... est-ce pour me faire connaître cet amour que j'avais rêvé quelquefois?... Frédéric, si vous ne m'aimez que pour un moment, si vous vouliez m'abandonner après avoir soumis ce cœur jusqu'alors insensible, ah! partez, partez... ne restez pas plus longtemps auprès de Marquitta.

Frédéric ne répond à la belle Espagnole qu'en se jetant à ses genoux, en prenant le ciel à témoin de la sincérité de son amour, en lui jurant que son bonheur sera de passer sa vie près d'elle.

Marquitta regarde tendrement le jeune Français; ce n'est plus de la coquetterie, de la malice qui brille dans ses yeux; c'est un feu nouveau, c'est de la volupté, de l'amour; et de ses lèvres s'échappe cet aveu si doux:

— Eh bien!... moi aussi je vous aime...

Frédéric ne se possède plus, son délire est au comble; il presse Marquitta dans ses bras, contre son cœur; elle ne résiste que faiblement à ses transports... Ornégro paraît à l'entrée de l'appartement.

— Que veux-tu? dit Marquitta en se dégageant des bras de Frédéric. — Le muletier qui a amené le senor Français est là... devant la maison... il demande en passant s'il étranger veut repartir avec lui. — Partir!... est-ce donc toujours votre envie? dit Marquitta en regardant tendrement le jeune homme. — Oh! non!... non vraiment! s'écrie Frédéric. — Eh bien! allons tous deux congédier votre muletier.

Marquitta prend le bras de Frédéric; celui-ci, tout en envoyant au diable le muletier et Ornégro, suit sa belle maîtresse. Ils trouvent Pédrillo devant la maison, caressant Ragazza et Catalane. Le muletier fait une légère grimace en voyant la manière familière, le tendre abandon avec lequel Marquitta s'appuie sur le bras du Français.

— Je n'ai pas besoin de vos services, Pédrillo, dit Frédéric d'un air triomphant facile à interpréter; je me trouve trop bien ici pour avoir le désir de m'en éloigner. — Vous l'entendez, Pédrillo, reprend Marquitta. Quand vous passerez par ici, si je crois qu'il sera inutile de vous arrêter... Le senor Français se fixe en Andalousie. — Peut-être, murmure Pédrillo, mais assez bas pour qu'on ne puisse l'entendre. Et, après avoir accepté un verre de vin que Marquitta lui fait apporter, il remonte sur sa mule, sourit au Français, salue Marquitta et continue son chemin.

Le reste de la journée, les deux amants se répètent les plus doux serments. Le soir venu, Frédéric va se promener avec Marquitta ; il conduit sa belle maîtresse sous les ombrages les plus épais ; il brûle des plus tendres feux, Marquitta les partage, et cette fois Ornégro ne vient pas les interrompre mal à propos.

Plusieurs semaines s'écoulent : l'amour habite toujours dans la demeure de Marquitta ; Frédéric est adoré de la belle Andalouse, dont la passion semble s'accroître encore chaque jour. Elle ne peut plus être un instant loin de son amant, ses yeux ne veulent point le perdre de vue ; sans cesse ses bras l'enlacent, ses mains pressent les siennes, et sa bouche lui prodigue les noms les plus doux.

Tous les domestiques de la belle Andalouse se font une loi d'obéir aveuglément à ses moindres volontés, et comme la volonté de Marquitta est que son amant soit respecté et servi comme elle-même, tous les gens de sa maison s'empressent aux moindres désirs du jeune Français. Ornégro se soumet comme les autres, et sert sans murmurer de valet à Frédéric, quoique ses yeux semblent plus sombres et sa figure plus sinistre toutes les fois qu'il aperçoit l'heureux amant de Marquitta.

Mais où la constance fixe-t-elle son domicile ?... Ce n'est certes pas dans le cœur d'un jeune Français. Frédéric, qui a obtenu tout ce qu'il désirait, qui a inspiré la passion la plus violente à une femme qui jusqu'alors avait bravé l'amour, Frédéric sent déjà le sien diminuer ; il est toujours tendre, aimable, mais les journées commencent à lui paraître longues. Marquitta est bien séduisante ! mais il la voit sans cesse... il ne voit qu'elle, car on ne peut faire attention aux autres paysannes du hameau ; enfin ce pays délicieux, ce pays qui lui a semblé l'Eden, la terre promise, il l'habite maintenant avec indifférence, et tout bas même il soupire en se rappelant Paris !... cette cité perverse qui renferme tant de femmes perfides !... mais où l'on s'amuse si bien.

Marquitta a surpris plusieurs fois Frédéric rêveur, elle l'a vu distrait même auprès d'elle ; aussitôt les yeux noirs de la brûlante Andalouse se sont arrêtés avec anxiété sur ceux de son amant, et elle lui a dit :

— Qui t'occupe... t'inquiète ?... N'es-tu plus heureux près de moi ? douterais-tu de ma tendresse ?... Ah !... parle !... ordonne... il n'est rien au monde que je ne fasse pour te prouver combien je t'aime.

Mais Frédéric ne pouvait pas douter de l'amour de Marquitta, et c'était peut-être pour cela qu'il s'ennuyait. Ingrats que nous sommes !... un bonheur trop positif nous fatigue ; il nous faut des inquiétudes en amour, comme de la certitude en amitié.

Frédéric allait assez souvent se promener ou prendre le frais sur la route qui était devant la maison. Alors ses yeux erraient à droite, à gauche... il regardait si par hasard Pédrillo ne passerait pas, car c'eût été un motif pour un petit voyage, une mule, le muletier ne paraissait plus, et le jeune Français secouait la tête en murmurant : — Il a pris trop à la lettre ce que je lui ai dit... il aurait dû deviner pourtant que je ne passerais pas toute ma vie ici.

Enfin, un matin, en abordant sa belle maîtresse, Frédéric, dont l'embarras est visible, mais qui veut faire cependant ce qu'il a projeté, dit à Marquitta en regardant la campagne :

— Ma chère amie... il faut pourtant que je... termine mes affaires.

L'Andalouse regarde Frédéric, son œil de feu s'attache sur son amant, en répondant :

— Comment !... quelles affaires voulez-vous terminer ? — Celles que j'avais en ce pays. — Vous n'aviez dit qu'elles étaient finies. — Oui... ici, en Espagne... mais en France... à Paris, j'ai beaucoup de personnes à voir... — Ne pouvez-vous leur écrire ? — Oh ! ce n'est pas la même chose... il faut absolument que j'aille moi-même à Paris... mais rassure-toi, Marquitta, je reviendrai. Oh ! je me hâterai pour revenir bien vite auprès de toi que j'aime tant !

Marquitta a pâli ; elle prend la main de son amant, et s'écrie :

— Frédéric, vous me trompez !... — Ah ! Marquitta, quelle idée ! — Vous ne m'aimez plus... — Je t'adore toujours. — Et vous voulez me quitter ! — Pour peu de temps. — Vous m'aviez juré de ne me quitter jamais... est-ce ainsi que vous tenez vos promesses ? — Mais... — Je vous avais prévenu que l'amour n'était point pour moi une passion éphémère... qu'en échange de mon repos, il me fallait un cœur qui ne battît que pour moi... Ah ! Frédéric, m'auriez-vous trompée !... — Non, je t'aime toujours... mais j'ai affaire en France... — J'irai avec toi.

Cela ne faisait pas le compte du jeune Français ; il ne s'attendait pas à cette réponse, il se trouble et dit enfin :

— Je ne veux pas que tu quittes ton beau pays... ta présence est nécessaire ici... D'ailleurs... seul, je voyagerai plus vite... je serai plus libre... et plus tôt de retour.

Marquitta n'a pas cessé de regarder Frédéric ; un sourire amer effleure ses lèvres, elle s'écrie :

— Partez donc sans moi... Je vois que je tenterais en vain de vous retenir... Quand comptez-vous me quitter ? — Ce soir, lorsque le soleil ne brûlera plus et ne fatiguera plus la vue... je me rendrai à la ville voisine... Ce n'est qu'à une lieue, m'a-t-on dit. Là, je prendrai des chevaux... une voiture, si j'en trouve... Quand on a formé une résolution, telle pénible qu'elle soit... il faut toujours se hâter de l'accomplir... — Il

suffit, je vais alors donner des ordres pour tout ce qui vous sera nécessaire.

Marquitta s'est éloignée. Frédéric craignait des pleurs, des cris, de longues supplications pour le retenir ; il ne croyait pas que sa maîtresse prendrait aussi vite son parti. Il se félicite d'en être quitte pour quelques mots de reproche. Cependant il a bien vu que la belle Andalouse retenait par fierté ses larmes prêtes à couler, et il a presque des remords de la quitter.

Le soleil est couché, tout est prêt pour le départ du jeune Français. Avant de s'éloigner de cette demeure hospitalière où il fut si joyeux d'être accueilli, Frédéric va encore s'asseoir avec Marquitta sous l'ombrage épais où elle le rendit heureux. Là, Marquitta ne pouvant plus contenir sa peine, entoure son amant de ses bras, le presse sur son cœur, fixe ses yeux sur les siens, et lui dit d'une voix déchirante :

— Ne me quittez pas... cela vous porterait malheur peut-être...

Frédéric hésite... balance... et répond enfin :

— Il faut que j'aille en France.

En ce moment un léger bruit agite le feuillage. Le Français se retourne et ne voit personne. Mais Marquitta s'est levée. Elle a essuyé les pleurs qui coulaient de ses yeux, et elle dit d'un ton résolu :

— Partez donc, je ne vous arrête plus.

La belle Andalouse s'éloigne vivement après avoir dit ces mots. Frédéric, quoique surpris d'un si brusque adieu, pense qu'il est plus prudent de ne point prolonger cet entretien. Une servante est dans la cour avec sa valise, une mule est sellée, le jeune homme doit le laisser à la ville voisine, où Ornégro ira la prendre. Frédéric pensait que le silencieux valet lui aurait servi de guide, mais on lui a dit qu'il était absent.

Frédéric se met en route, laissant sa monture aller au pas. Il doit, pour se rendre à Andujar, traverser le bois par lequel il est venu avec Pédrillo ; à peine a-t-il fait trois cents pas sous l'ombrage des arbres qu'un coup de carabine retentit à son oreille. Il se sent atteint à la tête, il chancelle, tombe, et sa mule se met à brouter l'herbe près de lui.

Frédéric ne perd point connaissance, mais il sent qu'il aurait besoin du secours de quelqu'un pour sortir du bois. Heureusement les paysans ne tardent point à passer. Ils reconnaissent le jeune voyageur pour l'avoir vu chez Marquitta, et se hâtent de lui offrir leurs services. Ils le reportent chez la belle Andalouse, qui, à l'aspect de son amant blessé, semble oublier qu'il l'abandonnait, et se hâte de lui prodiguer les soins les plus tendres.

La blessure de Frédéric n'est point grave, mais plusieurs chevrotines lui ayant traversé la joue, il est à craindre qu'il ne porte toute sa vie la marque de cette blessure. Le jeune homme se fait apporter un miroir, et soupire douloureusement en disant :

— J'aurai une couture au visage !... je serai défiguré. — Moi, je te trouverai toujours le plus beau ! je t'aimerai encore plus, si c'est possible ? s'écrie Marquitta en pressant la main de son amant ; mais cette marque d'attachement ne console pas du tout le jeune homme, qui se désespère d'être balafré.

Au bout de quinze jours, Frédéric est guéri : il en est quitte pour une couture au visage. Marquitta lui jure qu'il est toujours fort joli garçon ; elle a repris sa gaieté, ses couleurs ont reparu, elle croit que son amant ne songe plus à son départ ; mais un matin Frédéric annonce encore qu'il va s'éloigner.

Le front de l'Andalouse devient sévère et soucieux :

— Encore me quitter ! dit-elle... vous voyez bien, Frédéric, que cela ne vous porte pas bonheur !...

Le jeune homme rit des craintes de Marquitta ; il attribue à la maladresse d'un chasseur l'événement qui lui est arrivé dans le bois ; et en effet, pendant qu'il était étendu sur l'herbe, on n'a pas même essayé de le voler. Il fait ses préparatifs de voyage en disant gaiement :

— Cela ne m'empêchera pas de passer demain par le même chemin.

Marquitta retient ses larmes, elle n'essaie plus par ses prières de changer la résolution de Frédéric, elle voit que ce serait inutile ; et le lendemain, vers la chute du soleil, le jeune Français se remet en route, monté également sur une mule. Il se dirige vers le bois sans que le souvenir de sa dernière aventure lui cause aucune crainte, seulement il tâte sa joue en soupirant, et se dit : — Maladroit !... m'avoir pris pour un chevreuil... pour un lièvre peut-être... mais ces choses-là n'arrivent pas deux fois !...

Cependant à peine entré dans le bois, Frédéric entend encore le bruit d'une arme à feu, et une balle vient lui fracasser le genou avant qu'il ait eu le temps de se retourner du côté où partait le coup.

Frédéric ne tombe pas de dessus sa monture ; malgré d'horribles souffrances, il tourne bride, et a le courage de revenir chez Marquitta.

Là, il est de nouveau pansé, couché, soigné. Marquitta fait ce qu'elle peut pour alléger ses souffrances, elle couvre de larmes le visage de son amant, et celui-ci se dit : — Je suis bien heureux dans mon malheur d'être aimé aussi tendrement.

Cette fois la blessure de Frédéric est grave, elle le retient six semaines couché, et quand il se lève, il s'aperçoit que son genou ne peut plus plier, et qu'il boitera toute sa vie.

Quel désespoir pour un jeune homme que l'on citait pour sa tournure, sa démarche, sa danse ! Le pauvre Frédéric se jette sur une chaise d'un air désolé en disant :

— Ce n'était pas assez d'être balafré !... je suis boiteux à présent !... Ah ! je suis bien malheureux ! Marquitta est toujours là pour consoler son amant.

— Que m'importe que tu boites ! lui dit-elle, tu ne m'en es pas moins cher... au contraire, cela te donne à mes yeux l'air plus intéressant. Ah ! Frédéric, mon amour te dédommagera de tous ces faibles avantages, il te prouvera que je sais t'aimer pour toi-même.

Malgré cela, Frédéric se plaint encore ; il est triste, et soupire à chaque pas qu'il fait.

Quelques semaines se passent. Frédéric se résout à boiter, mais une expression de malice infernale se peint sur la figure d'Ornégro, lorsqu'il aperçoit le jeune Français se promener en traînant sa jambe. Frédéric se dit : — Mon rival ne semble pas très-chagrin de mon accident !

Enfin, un certain soir, Frédéric prévient Marquitta que le lendemain il se mettra en voyage pour la troisième fois.

— Eh quoi ! s'écrie l'Espagnole, vous n'avez pas renoncé à l'idée de me quitter !... Ah !... Frédéric, vous voyez bien que le ciel même ne veut pas ce départ. — Je ne crois pas que ce soit le ciel qui m'ait deux fois couché en joue, dit Frédéric ; au reste, demain je n'attendrai pas la nuit pour aller à la ville, et, s'il se peut même, je ne passerai pas par le bois, à moins que vous ne me donniez un de vos valets pour m'accompagner. — Eh bien ! dit Marquitta, Ornégro ira avec vous. Mais, Frédéric, réfléchissez bien avant de partir... et ne méprisez pas mes pressentiments.

Frédéric est très-décidé à retourner en France ; il commence à avoir assez de l'Andalousie ; le lendemain il se met en route suivi d'Ornégro, qui est armé jusqu'aux dents. Le silencieux Espagnol se tient toujours à une grande distance du Français ; il ne répond que par monosyllabes aux questions qu'on lui adresse, si bien que Frédéric finit par ne plus lui parler, et qu'il pousse sa mule sans plus s'occuper de son compagnon.

Ornégro n'est plus derrière le Français lorsque celui-ci entre dans le bois ; Frédéric appelle son guide et ne reçoit pas de réponse ; il lui a semblé cependant entendre trotter un cheval devant lui ; et persuadé qu'il va retrouver son compagnon, il se décide à entrer encore seul dans ce bois qui lui a été si fatal. Il avance en appelant le valet, dont plus d'une fois il a cru entrevoir la sombre figure derrière les arbres. Mais bientôt le bruit accoutumé se fait entendre : une balle siffle et atteint Frédéric à l'œil droit ; il tombe couvert de son sang, et cette fois il perd entièrement connaissance.

Lorsque le jeune Français revient à lui, il se retrouve dans la chambre qu'il occupait chez Marquitta ; la belle Andalouse est assise au chevet de son lit, où elle semble attendre avec anxiété qu'il revienne à la vie.

— Comment se fait-il ?... demande le jeune homme d'une voix faible. — Vous avez encore été blessé ; Ornégro est accouru près de vous au moment où vous tombiez ; il a été chercher du monde, on vous a rapporté ici. — Ah ! mon Dieu !... toujours blessé !... quelle fatalité ! Mais a-t-on du moins arrêté mes assassins ?... — Non... on ne les a pas découverts... Savez-vous bien que votre Ornégro m'a fort mal servi de guide ?... S'il ne m'avait pas quitté, cet événement ne me serait peut-être pas... arrivé... Marquitta... êtes-vous bien sûre de cet homme ?... — Oh !... comme de moi-même !... — Alors mes soupçons sont injustes, et je commence à croire que vous avez raison. Le ciel s'oppose à mon départ, il veut pas que je m'éloigne de vous !... Mais cette blessure... Grand Dieu ! aurais-je perdu... — Un œil ? oui, mon tendre ami... — Je serai borgne aussi !... Ah ! c'est pour en mourir !... — Non, Frédéric, ne meurs point, car Marquitta t'aime comme le jour où elle céda à tes transports... Ah ! ne la quitte plus, et à force d'amour, de tendresse, elle saura te faire oublier ces tristes événements.

Frédéric est longtemps à guérir de cette dernière blessure. Lorsqu'il se lève et se regarde pour la première fois, il se trouve horrible, et dit en lui-même : — Non certes... je ne puis plus retourner en France... aucune femme n'y voudrait de moi, maintenant que je suis borgne, balafré et boiteux !... et puisqu'ici il y en a une qui m'aime malgré tout cela, restons près d'elle, c'est ce que je puis faire de mieux.

Lorsque Marquitta apprend la résolution de Frédéric, sa joie semble tenir du délire, elle ne trouve point d'expressions assez tendres pour peindre son amour, son bonheur ; et le jeune homme, touché d'un attachement si vrai, tâche de prendre son parti et d'oublier la France.

Frédéric est souvent mélancolique ; mais Marquitta est si aimante, si empressée, si bonne pour son amant, que celui-ci lui cache ses ennuis.

Près d'une année s'est écoulée depuis que le Français est chez la belle Andalouse. Un jour, pour distraire son amant, Marquitta veut aller à la chasse avec lui. Elle s'arme d'une carabine. On part suivi de quelques valets. Mais pendant que Frédéric abat des lièvres, Marquitta s'arrête et s'appuie imprudemment sur le canon de son fusil ; un mouvement brusque fait partir le coup. La belle Andalouse est atteinte à la poitrine, elle tombe en appelant son amant.

Frédéric accourt, il se désespère ; sa maîtresse lui tend une main défaillante. On transporte la jeune femme à sa demeure, et tous les secours lui sont prodigués ; mais c'est en vain, le médecin déclare que la blessée n'a que peu d'instants à vivre.

Marquitta devine son sort ; elle prie qu'on la laisse seule avec Frédéric ; alors, rassemblant le peu de forces qui lui restent, elle dit à son amant, qui pleure et se livre au désespoir :

— Mon ami... je vais mourir... je te dois la vérité... Tu voulais me quitter... je ne pouvais vivre sans toi... c'est moi qui t'ai fait assassiner... — Grand Dieu ! s'écrie Frédéric, toi, Marquitta !... tu voulais ma mort !... — Oh ! non, tendre ami, je ne voulais que t'empêcher de partir, je l'avais dit à Ornégro... et je lui recommandais toujours de faire en sorte de ne te blesser que légèrement. — Ornégro... quoi... c'est misérable !... — Il obéissait à mes ordres... il se serait tué lui-même, si je le lui avais ordonné... Frédéric, pardonne-moi... je t'aimais tant !... Ah ! tu ne trouveras jamais de femme qui te chérisse comme Marquitta !...

La belle Andalouse a fermé les yeux pour jamais. Frédéric n'est plus que très-médiocrement affligé ; l'aveu qu'on vient de lui faire a beaucoup diminué les regrets qu'il éprouvait de perdre Marquitta. Il cherche Ornégro, il veut au moins se venger de cet homme qui servait si bien les passions de sa maîtresse ; mais en apprenant la mort de celle à qui il avait consacré sa vie, Ornégro était allé se jeter dans le Guadalquivir.

— Tous ces gens-là ont une singulière manière d'aimer ! se dit Frédéric ; décidément je crois que je n'ai plus rien qui me retienne dans ce pays.

À quelque temps de là, Frédéric se promenait encore à Paris sur les boulevards ; un bandeau noir couvrait son œil droit, mais sa balafre n'était point cachée, et il ne pouvait s'empêcher de boiter en marchant. Un petit homme l'aborde : c'est Germilly, qui s'écrie :

— Eh, mon Dieu, mon cher, comme te voilà arrangé !... dans quel pays as-tu donc été pour te faire maltraiter de la sorte ?... — Dans la délicieuse Andalousie... que tu m'avais tant vantée !... où les femmes sont si belles... si aimantes ! — Allons ! tu plaisantes... j'y suis allé, moi, et j'en suis revenu intact, comme tu vois. — Ah !... tu n'es pas de ces gens qu'on retient de force !... C'est une réflexion que j'aurais dû faire... j'ai acquis de l'expérience à mes dépens !... je ne me doutais pas qu'il y a des circonstances où la laideur sert de sauvegarde !... — Je ne te comprends pas !... Est-ce que tu n'as pas trouvé les Andalouses charmantes ? — Si... mais j'en ai assez... Je reviens aux Parisiennes. Elles trompent souvent, c'est vrai ; mais j'aime mieux être trompé à Paris qu'adoré dans l'Andalousie.

FIN D'UN PARISIEN DANS L'ANDALOUSIE

www.ingramcontent.com/pod-product-compliance
Lightning Source LLC
Chambersburg PA
CBHW060444260626
47161CB00005B/2061